U0016790

在南洋

——陳大為

在南洋　歷史餓得瘦瘦的野地方
天生長舌的話本　連半頁
也寫不滿
樹下呆坐十年
只見橫撞山路的群象與猴黨

空洞　絕非榴槤所能忍受的內容
巫師說了些
讓漢人糊塗的語言　向山嵐比劃
彷彿有暴雨在手勢裡掙扎
恐怖　是猿聲啼不住的婆羅洲
我想起石斧
石斧想起　三百年來風乾的頭顱
還懸掛在長屋——

並非一醰酒　或一管鴉片的小事
開疆闢土　要有熊的掌力
讓話語入木三分
我猜　一定有跟黃飛鴻
同樣屬害的祖宗
偷學蜥蜴變色的邪門功夫
再學蕨類咬住喬木
借神遊的孢子　親吻酋長腳下的土

在南洋　一夥課本錯過的唐山英雄
以夢為馬　踢開月色和風
踢開土語老舊的護欄
我忍不住的詩篇如茅草漏夜暴長
吃掉熟睡的園丘
更像狼　被油彩抽象後的紫色獠牙
從行囊我急急翻出
必用　及備用的各種辭藻
把雨林交給慢火去爆香……

陳大為（1969- ）

出生於馬來西亞怡保市，國立臺灣師範大學文學博
士，現任國立台北大學中文系教授。

作品曾獲：聯合獎新詩及散文首獎、中國時報新詩及
散文評審獎、星洲日報新詩及散文推薦獎、世界華文
優秀散文盤房獎等。

著有：詩集《治洪前書》、《再鴻門》、《盡是魅影
的城國》、《靠近　羅摩衍那》，散文集《句號後
面》、《火鳳燎原的午後》、《木部十二劃》，論文
集《亞洲閱讀：都市文學與文化》、《風格的煉成：
亞洲華文文學論集》、《中國當代詩史的典律生成與
裂變》等。

1998：本文原收入陳大為，《盡是魅影的城國》（台北：時報文化，2001）。

就在這片　英雄頭疼的
野地方
我將重建那座會館　那棟茶樓
那條刀光劍影的街道
醒醒吧　英語裡昏睡的後殖民太陽
給我一點點光　一點點
歲月不饒人的質感
我乃三百年後遲來的說書人
門牙鬆動
勉強模仿老去的英雄　拿粗話打狗

嘿　莫要當真
我豈能朽掉懸河的三吋
在南洋　務必啟動史詩的臼齒
方能咀嚼半筋半肉的意象叢
出動詩的箭簇　追捕鼠鹿
和一閃而過的珍貴念頭
請你把冷水潑向自己
給我燈　給我刀槍不入的掌聲　　　　不要懷疑我和我纖細的筆尖
我的史識　　　　　　　　　　　　　不要擠　英雄的納骨塔
將隨那巨蟒沒入歷史棕色的腹部　　　已占去半壁書桌
隨那鷹　剪裁天空百年的寂靜　　　　我得儲備徹夜不眠的茶和餅乾
聽　是英雄的汗　　　　　　　　　　別急別急　史詩的章回馬上分曉
回應我十萬毛孔的虎嘯　在山林——　在歷史餓得瘦瘦的南洋

華語語系文學讀本

華夷風

Sinophone / Xenophone
CONTEMPORARY SINOPHONE LITERATURE READER

胡金倫
高嘉謙
王德威
———
編

華夷風：華語語系文學讀本

2016年10月初版　　　　　　　　　　　　　定價：新臺幣550元
有著作權・翻印必究
Printed in Taiwan.

編　　者	王	德	威
	高	嘉	謙
	胡	金	倫
總 編 輯	胡	金	倫
總 經 理	羅	國	俊
發 行 人	林	載	爵

出　版　者　聯經出版事業股份有限公司
地　　　址　台北市基隆路一段180號4樓
編輯部地址　台北市基隆路一段180號4樓
叢書主編電話　(02)87876242轉202
台北聯經書房　台北市新生南路三段94號
電　　　話　(02)23620308
台中分公司　台中市北區崇德路一段198號
暨門市電話　(04)22312023
台中電子信箱　e-mail：linking2@ms42.hinet.net
郵政劃撥帳戶第0100559-3號
郵撥電話　(02)23620308
印　刷　者　世和印製企業有限公司
總　經　銷　聯合發行股份有限公司
發　行　所　新北市新店區寶橋路235巷6弄6號2樓
電　　　話　(02)29178022

叢書主編　陳　逸　華
校　　對　吳　美　滿
封面設計　兒　　　日

行政院新聞局出版事業登記證局版臺業字第0130號

本書如有缺頁，破損，倒裝請寄回台北聯經書房更換。　　ISBN 978-957-08-4798-7 (平裝)
聯經網址：www.linkingbooks.com.tw
電子信箱：linking@udngroup.com

國家圖書館出版品預行編目資料

華夷風：華語語系文學讀本/王德威、高嘉謙、
胡金倫編.初版.臺北市.聯經.2016年10月（民105
年）.448面.17×23公分

ISBN 978-957-08-4798-7（平裝）

830.86　　　　　　　　　　　　　　105015804

導言

王德威

　　華語語系文學（Sinophone Literature）是國際漢學界新興課題，近年在台灣和其他華語社會也引起廣大回響。[1]與華語語系文學相對話的是中國文學，英語多譯為Chinese Literature。以Chinese作為中國和中文書寫的統稱原無不妥，但在當代語境裡也衍生出如下的含義：國家想像的情結，正宗書寫的崇拜，以及文學與歷史大敘述的必然呼應。有鑑於二十世紀以來海外華文文化的蓬勃發展，中國、中文或Chinese一詞已經不能涵蓋這一時期文學生產的駁雜現象。尤其在全球化和後殖民觀念的激盪下，我們對國家與文學間的關係，必須做出更靈活的思考。

　　華語語系文學強調以中國大陸及海外華人最大公約數的語言──主要為漢語，包括各種官話到南腔北調的方言鄉音──的言說、書寫作為研究界面，重新看待現當代文學流動、對話或抗爭的現象。遠離中州正韻的迷思，華語文學強調眾聲喧「華」。不僅如此，正因關注「華」的多元性，華語語系文學也必須思考作為辯證面的「夷」。華夷互動在中國的傳統其來有自，更因現代經驗產生新意。中央與邊緣，我者與他者，向心與離力不再是僵化

1　Sinophone一詞早在1990年代初期已經出現，但一直到2007年史書美教授的專書《視覺與認同：跨太平洋華語語系表述‧呈現》（*Visuality and Identity: Sinophone Articulations across the Pacific*）出版，才引起注意。與此同時，石靜遠（Jing Tsu）教授、張錦忠教授等也自不同立場展開對話，從而引起廣泛討論。「華語語系」一詞則是出自我的中譯。「語系」在語言學研究有嚴格定義，但此處必須以廣義的詮釋視之。

定義，而有了互為主從，雜糅並列的可能。Sinophone Literature的概念源起西方學界，一經翻譯為「華語語系文學」，即有了新意，就是一個例證。

　　Sinophone Literature在英語語境裡原來另有脈絡。Sinophone一詞出現於上個世紀末，對應Anglophone（英語語系），Francophone（法語語系），Hispanophone（西語語系），Lusophone（葡語語系）等語彙。意謂在各語言宗主國之外，世界其他地區以宗主國語言寫作的文學。如此，西印度群島的英語文學，西非和魁北克的法語文學，巴西的葡語文學等，都是可以參考的例子。這些語系文學帶有強烈的殖民和後殖民辯證色彩，都反映了十七世紀以來帝國主義和資本主義力量占據某一海外地區後，所形成的語言霸權及後果。由此類推，日據時期的台灣也曾被殖民者試圖轉化為日語語系（Nipponophone）殖民地。

　　回看華語語系文學，我們必須指出相當不同的面向。十九世紀以來中國外患頻仍，並無力主導國家型殖民行動。恰恰相反，香港、台灣、滿洲國、上海等被殖民或半殖民地區裡，華語、中文仍是日常生活的大宗，文學創作即使受到壓抑扭曲，也依然不絕如縷。這讓我們反思華族文明傳統根深柢固的潛力。更重要的，由於政治或經濟因素使然，百年來大批華人移民海外，尤其是東南亞。他們也許遂行了「移民者的殖民」行徑（settler colonialism），卻也同時受到在地（其他殖民者或土著）勢力的威脅。他們建立各種社群，形成自覺和自決的語言文化氛圍。漢語官話或方言，漢文書寫成為族裔身分、文化傳承──而未必是政權認同──的標記。最明白的例子是馬華文學。華人在馬來西亞飽受壓抑，但藉華語、華文，他們致力保存族群以及文化特性，作為政治抗衡的形式。

　　論者或可依循後殖民主義、帝國批判，強調「中國」就是帝國殖民勢力，對境內的少數民族，境外的弱小土著歷來有強加漢化的嫌疑。這類觀點長於政治地理的分疏，卻短於叩問「何為中國」的歷史意識，所呈現的華語語系版圖，因此難免復刻冷戰時代以來的模式。我們強調，作為主權國家的「中國」是二十世紀以來的現象。在此之外，中國也指涉一個朝代興亡的漫長過程，一個區域文明合縱連橫的空間，一個文化積澱或消失的譜系，一個雜糅漢胡、華夷的想像（卻未必和諧的）共同體。我們必須在更深廣的格局裡，建構或解構「中國」。

*

　　秉持上述理念，這本選集呈現華語語系文學的多元面貌，所選刊的三十三篇作品，分別來自廣義的中國以及其他華語地區，亞洲，歐美，甚至非洲，文類則包括詩歌，散文，小說，及報導文學。我們認為，華語語系文學不是以當代中國為出發點的「海外華文文學」，也不必是奉西方反帝、反殖民理論的東方範例。華語語系始自海外眾聲喧譁，但理應擴及至中國大陸以內的文學，包括漢族以及非漢族文學，並由此形成對話。原因無他，既然強調華語的多元、流動、駁雜性，華語語系文學就有必要跨越國家疆界、族裔，甚至民間社會階層等分野，並面對隨之而來的挑戰。既然蘊積這樣的批判能量，華語語系文學就不能再視「中國」為鐵板一塊，進而認知不論在中國大陸、台灣，或其他華語地區都存在多聲複調的現實；主與從、內與外的分野下，不安的力量往往一觸即發。

　　這本選集希望凸顯這股不安的力量。近年有關華語語系的研究，多半集中在殖民，移民，甚至遺民等論述。這些論述其實導向一個歷久彌新的命題，就是華夷之辨。回看中國歷史，華夷之辨原是一個不斷變遷的論述。「夷」在中國古史裡沒有貶義，為漢民族對他族的統稱。許倬雲教授指出，殷商是諸夏的「他者」；孔子與孟子都有對「夷」的肯定之辭。[2]中古時期華夷交錯的例子所在多有。五胡亂華所帶來南北文明的重新洗牌、唐代帝國建制下的胡漢文化交融，均可作如是觀。[3]南宋到晚明因為種種政治、思想原因，夷夏之防成為主流，甚至影響日後革命論述。此說到了清代則丕然一變。滿人統領中原，賴以維繫正統的論述不再局限於民族大義，而訴諸禮樂文化命脈的傳承。[4]雍正皇帝呼應《孟子》章句，因此有言：「不知本朝之為滿洲，猶中國之有籍貫。舜為東夷之人，文王為西夷之人，曾何損於聖德

2　許倬雲，《我者與他者：中國歷史上的內外分際》（台北：時報，2009），第1-3章。葛兆光，《宅茲中國：重建有關中國的歷史論述》（台北：聯經，2011），第1章。

3　陳寅恪指出至少唐代中期，文化，而非種族，是界定士群優劣的判準，見《唐代政治史述論稿》（上海：上海古籍，1997），頁16、27-28。

4　見楊念群的討論，《何處是「江南」：清朝正統觀的確立與士林精神世界的變異》（北京：生活・讀書・新知三聯，2010），第6章。

乎！」[5]

　　葛兆光教授在最近的研究中指出，華夷論述在二十世紀初經過又一次論爭，從滿清革命「驅除韃虜，復興中華」的種族主義論述，過渡到五族共和、「納四裔入中華」的國家主義論述。[6]梁啟超是近代倡導「華族」觀點先驅之一。在〈歷史上中國民族之觀察〉中，他提出「我中華族，本已由無數支族混成，其血統與外來諸族雜糅者亦不少。」[7]即使作為華族中心的漢族，也經歷漫長融合外族的演變。梁的本意是強調現代中國多元一體，以抵禦外侮，但也同時打破漢族中心主義的迷思。後之來者如顧頡剛、傅斯年等乃能以更激進的方式，質疑中國土地、民族一元的傳統說法。[8]但這樣的論述隨即為民族國家統一口號所遮蔽。時至今日，中華人民共和國號稱五十六個民族和諧共存；中華民國在台灣號稱包容十六個原住民民族，都有類似操作痕跡。

　　將焦點轉向海外，近現代的「夷」搖身一變，成為中國以外異族、異國的化身。中國對洋人妒恨的心態，以清末「師夷之長技以制夷」的口號達於頂端。弔詭的是，華人移民或遺民初抵異地，每以華與夷、番、蠻、鬼等作為界定自身種族、文明優越性的方式。殊不知身在異地，「易」地而處，華人自身已經淪為（在地人眼中）他者、外人、異族──夷。更不提年久日深，又成為與中原故土相對的他者與外人。遺民不世襲，移民也不世襲。在移民和遺民世界的彼端，是易代、是他鄉、是異國、是外族。誰是華、誰是

5　《大義覺迷錄》卷1，《四庫禁燬書叢刊史部（二十二）》（北京：北京，2000），頁22-260~22-261。孟子曰：「舜生於諸馮，遷於負夏，卒於鳴條，東夷之人也。文王生於岐周，卒於畢郢，西夷之人也。地之相去也，千有餘里；世之相後也，千有餘歲。得志行乎中國，若合符節。先聖後聖，其揆一也。」

6　葛兆光，〈納四裔入中華〉（May 2014），「打開中國」"Unpacking China"國際研討會宣讀論文，2014年4月24-25日。James Leibold, "Searching for Han: Early Twentieth-Century Narratives of Chinese Origins and Development," in *Critical Han Studies: The History, Representation and Identity of China's Majority*, ed. Thomas S. Mullaney et al (Berkeley: University of California Press, 2012), pp. 216-37。

7　梁啟超著，吳松、盧雲昆、王文光、段炳昌點校，《飲冰室文集點校》（昆明：雲南教育，2001），頁3213。

8　顧頡剛，〈與劉胡二先生書〉，《古史辨》（上海：上海古籍，1982）第一冊，頁96-102。

夷，身分的標記其實遊動不拘。

　　杜維明教授多年前討論「文化中國」概念時，曾指出中國文化無遠弗屆，在文化圈的外圍，「夷」可能被潛移默化為「華」。[9]從華語語系的立場來看，這仍然是萬流歸宗的想法。在「夷民」的語境裡，我們且思考「潛夷」和「默華」如何回應中國的立場和能量：甚至「夷」也可能默化、改變那個（其實意義變動不居的）「華」。從歷史後見之明來看，有清一代滿洲人統領中原，以文明正統自居，就是個脫胡入漢的華語帝國。而當代台灣的去中國化運動則演繹漢族內部，寧夷勿華的弔詭欲望。

　　在一個號稱全球化的時代，文化、知識訊息急劇流轉，空間的位移，記憶的重組，族群的遷徙，以及網路世界的遊蕩，已經成為我們生活經驗的重要面向。華夷的辯證如果仍然有其意義，應該讓我們理解在一時一地的國家文學以外，面對世界文學的重新崛起。我們總已生活在華夷交錯的語境裡。更進一步，網路所構成的虛擬世界一方面不可捉摸，一方面無比親切。在那裡，華和夷正展開另一個維度的互動。而近年中國大陸科幻小說盛行，有志作家一再提醒我們，除了國族，環境，地球這類話題外，遙望宇宙星空，何能不有亙古的天問：在分別華夷時，我們有必要延伸「夷」的定義，想像另類的他者，異形，甚至外星文明麼？面對世界和理性疆界以外的未知和不可知，我們認識自己的渺小，豈能不謙卑以對？

＊

　　本書書名《華夷風》其來有自。2014年夏天，我與高嘉謙教授應邀參加馬來西亞華社研究中心舉辦的第二屆華人研究國際雙年會，會後與莊華興、張錦忠教授等訪問馬六甲。馬六甲在十四世紀曾為滿喇加王朝，已見中國移民。十五世紀鄭和下西洋的史實，漢麗寶公主賜嫁滿速沙蘇丹的傳說，都說明馬六甲與中國王朝的密切接觸。1511年，葡萄牙占領馬六甲，是為西方殖民勢力東來的轉捩點。以後荷蘭，英國，日本軍曾占領此地，直至

9　杜維明，《文化中國的認知與關懷》（台北：稻香，1999），頁8-11。相關延伸討論可參考 Wei-Ming Tu, *The Living Tree: The Changing Meaning of Being Chinese Today* (Stanford: Stanford University Press, 1994)。

1957年馬來亞聯邦成立，馬六甲成為其中一部分。

馬六甲扼守馬六甲海峽，數百年來見證歐亞經貿和軍事起伏，也成為東南亞種種文化的匯集處。華人不曾在此缺席。隨著季節貿易風向，華夷商旅移民往來絡繹南中國海，盛極一時。漫步昔日中國城老街，我們仍可遙想當年繁華。猶記其中有一店家對聯寫道：

庶室珍藏今古寶
藝壇大展華夷風

這一對聯也許無足可觀，卻觸動我們對華語語系文化現象的思考。張錦忠教授特別提及Sinophone譯法之一可以為「華夷風」。的確，Sinophone的「phone」譯為「風」，恰可點出豐富的意義：「風」是氣流振動（風向、風勢）；是聲音、音樂、修辭（《詩經·國風》）；是現象（風潮、風物、風景）；是教化、文明（風教、風俗、風土）；是節操、氣性（風範、風格）。「風以動萬物也。」華語語系的「風」來回擺盪在中原與海外，原鄉與異域之間，啟動華夷風景。

準此，我更建議Sinophone之內或之外，我們可以探討Xenophone——外來的，異邦的，非華語的——元素的呈現。兩者構成「華夷風」更微妙的意涵。儘管本書所有選文都是漢語書寫的作品，但華夷風一旦吹起，勢必揭露文本內外的多音頻道。何況選集內作者所呈現的書寫或發聲位置，從寫在北非的三毛到行旅西藏的馬建，從流亡歐洲的高行健到沉浸楚文化的韓少功，都點出本土和他鄉，同種和異族的關係消長。追根究柢，現代中國白話／華語文學的文類其實是上個世紀初西方引進的產物，原本就是華夷夾雜的形式。

這本選集分為四大部分，代表近年華語語系文學的風向。第一輯「地與景」呈現華語語系文學基本關懷，即對地理空間、民情風土的敏銳感知。第二輯「聲與象」觸及在地風土、人物風貌的中介過程。南腔北調的聲音（方言、口音、外語……）到千變萬化的物象（文字、地圖、造型……）。第三輯「根與徑」探討華語語系文學主體從哪裡來，到哪裡去的動態路線。不論離散還是原鄉，花果飄零還是靈根自植，書寫與閱讀華語文學總是提醒我們

身分和認同的政治。第四輯「史與勢」則強調華語語系文學銘刻，甚至參與歷史的種種方法，從顛覆國家大敘述到挖掘個人記憶，不一而足。而面對歷史的命定論，作家思考、呈現以「勢」——內蘊的氣勢，外緣的局勢——為出發點的詩學政治。

《華夷風》的選文所介紹的作者來自不同的華語社會或地區。從台灣、香港到中國大陸，從北美到東南亞，從歐洲到非洲；他們也代表或書寫不同的族裔、區域文化、政治、國家立場。而在文類、題材上，從林俊頴的閩南語方言實驗（〈霧月十八〉）到伊苞的排灣／西藏信仰見證（《老鷹再見》選段），從楊顯惠的勞改紀實（〈上海女人〉）到劉慈欣的科幻傳奇（〈詩雲〉），也與一般文選大有不同。考慮教學與研究需要，我們收入了數篇較長的文本，尤其是謝裕民的〈安汶假期〉、劉慈欣的〈詩雲〉，都是前此難得一見的佳作。

《華夷風》選集的用意與其說是發明新的批評方法，不如說是反省理論資源，並在歷史情境內探討其作用的能量。我們無意將華語語系文學視為又一整合中國與海外文學的名詞；我們更期望視其為一個辯證的起點。而辯證必須落實到文學的創作和閱讀的過程上。就像任何語言的交會一樣，華語語系文學所呈現的是個變動的網絡，充滿對話也充滿誤解，可能彼此唱和也可能毫無交集。但無論如何，原來以國家文學為重點的文學史研究，應該因此產生重新思考的必要。

這本選集代表我個人與胡金倫先生，高嘉謙教授共同合作的成果。金倫、嘉謙都來自馬來西亞，選擇在台灣落地生根。而我在海外任教已逾三十年。對我們而言，「華夷風」是學術研究課題，也是個人經驗的體現。我們非常珍惜這次合作的機會。同時也感謝國立東華大學華文系劉秀美教授在編輯過程中協助蒐集選文資料，並提出批評意見，以及張錦忠教授對延伸閱讀書目提供增補意見。聯經出版公司編輯同仁的專業水準有口皆碑，尤其是陳逸華先生，在此深表謝意。當然最重要的，我們感謝所有同意本書選刊作品的作家，是他們的寫作使華語語系文學精采紛呈。

目次

三、根與徑 Roots and Routes

四、史與勢 History and Potentiality

華夷風

華語語系文學讀本

Sinophone/ Xenophone
CONTEMPORARY SINOPHONE LITERATURE READER

一

地與景
Sites and Sights

地與景

高嘉謙

　　地與景，長期以來都是人文地理學關注的議題。地（Site），涵攝地方、地標、地志、空間、遺址，總體而言涉及對空間的附著意義的思辨。景（Sights），則泛指地景、景觀、景象、視野、視域，涉及觀看的事物和方式，在社會與人文經驗下對外部世界的感知和把握。兩者之間，凸顯人類在社會過程裡，觀看和認知的位置，以及徘徊於主觀、具體或客觀、抽象的空間感和時間感。

　　我們姑且不談文化地理學或歷史地理學的專業知識，地與景的思考脈絡，其實觸及了政治意識型態、社會與經濟的變革過程中，人類的社會關係與自然世界，相互構建的生活空間，及其可見的景象。無論是時局的亂離動盪，或全球化的跨國流動，華人社群的各式留學、移居、旅行經驗，甚至流亡、流浪、歸返、放逐、漂泊的遷徙和移動過程，華語語系文學不乏關於身體與空間，地方與地方感，歷史與人文景觀的各種思考和辯證。尤其因應性別、階級、國族、記憶的認同與衝突，華語寫作呈現的地理空間和民情風土，恰恰多了一層觀與看的敏銳感知，漸進帶出不同的人文體悟和世界觀。

　　從歷史時空的變遷，探究身分的空間感與時間感，是當代華語寫作的重要現象。災難的深淵，歷史的傷痕，主體的失落，往往容易成為國族寓言的解讀。白先勇的〈芝加哥之死〉處理台灣留學生在標誌都市文明的美國，進退失據的身分危機。在一個地理的向度上，異鄉成了撞擊身分、文化、認同，以及主體存在感的龐大結構，潛在投射了作者思考兩岸分治、留學美國的大潮中，在失落的文化視域內，無魂的主體在異鄉的裂變和崩潰。

　　黃錦樹〈魚〉是舊家記憶寫作裡，透過對身體存在感的重建，勾勒的原鄉世界。家鄉舊居的水塘，讓「已經死過一次」的他，在虛實交錯間追憶抓鬥魚的童年、家毀前的原狀，父母、兄長伴隨的成長空間。故鄉因此是舊址，是遺址，對「未來」的時間拉鋸與辯證裡，游曳逃走的鬥魚，抑或沉入水底腐朽的骨骸，成了主體的原型。這是扎根台灣多年的馬華寫作者建構的原鄉時空體（chronotope），跟代表作〈魚骸〉可以互觀。

　　在歸鄉／尋根的寫作潮流中，韓少功〈歸去來〉回返知青下鄉的舊址，重構一

個失落，且走不出歷史傷痕的主體。但不同的是，共和國語境裡的身分認同和文化尋根，旨在尋找民間文化和傳統價值的重新結合。韓描繪的地方是古老南方楚文化的領域，相對於北方中原文化，這是異域。但對於文革下放多年的知青，異域卻成為迷離原鄉想像的所在。標題〈歸去來〉投射陶淵明式感嘆，卻讓地域與視域的交錯成為更難解的話題。韓少功個案，可以看作白先勇、黃錦樹的參照，帶出了地與景的對話張力。

至於種族、信仰、習俗的地理風土，在不同的華語語系寫作譜系裡，別有獨特視域。馬建的〈伸出你的舌苔或空空蕩蕩〉藉由參觀難產而死的藏族女人的天葬儀式，透過外來者的相機，紀錄天葬台上曝屍於天地自然，割肉餵食禿鷹的過程，細述並展示活著和死後被剝削的女人身體，交織著色欲與殘酷。這是西藏生活習俗和現實的投映，抑或文明視域下的揭露和框限？同樣是西藏經驗書寫，台灣排灣族女作家伊苞的《老鷹，再見：一個排灣女子的藏西之旅》有著不一樣的視角。從西藏聖湖傳說和轉山經驗，到台灣大武山排灣族祖靈的居所，部落的巫師傳統，引導作者追問外來信仰對排灣族原初世界的衝撞。藉由巫的指引，走過祖靈禁忌之地，其實已在走向失落的信仰和身分。西藏與大武山，兩個邊陲之地，傳說與信仰的風土世界，迴響著歷史與文明的叩問。

在行旅、移居、遷徙過程，空間與記憶的拉鋸思辨，往往可見作者形塑風景的意志與動力。認同與地方感的潛在變化，交織著地理、記憶與文化的重層現象。以下三個文本，演繹了一個家、一座城、一條路，繁複又不乏趣味的人文地景。

三毛〈沙漠中的飯店〉描寫婚後的異鄉生活依然做中國飯，張羅母親從台灣寄去的備料，為外籍丈夫和同事料理一道又一道別具名堂，又新奇驚豔的中國菜。這是舌尖上的鄉愁，還是入侵異域的中國菜誘惑？沙漠的家竟成了「中國飯店」，華人日常飲食的地理遷徙從不間斷，卻包裹認同、記憶及文化播遷的多重意涵。

如果三毛講述的家是庶民記憶，西西〈浮城誌異〉著眼回歸前的香港，座標卻是浮城。搭配馬格利特（René Magritte 1898-1967）的圖像，接續展示香港的異質空間，在大歷史的轉輪面前，透過看圖的視覺性刺激和差異，香港的未來以一種寓言般的意義，持續在文字與圖像的交織中延異。

為一座城說故事，可視為一種地誌言說的欲望。但沒有舊時長安的台北街道，又如何演繹詩的地理？洛夫〈車上讀杜甫〉的古典重鑄，非關歷史的後設，卻在遍布中國地理符號的台北，行車讀詩、託物言志，為精粹的唐詩重新排列組合。這恰似熟悉的古典復歸，卻在白話語詞的弔詭碰撞裡，替台北的離散地理，另造文化風景。這是洛夫或杜甫的抒情之現代性，當然也是地與景的辯證。

白先勇

1937年生於廣西南寧，父親是國民黨高級將領白崇禧。在讀國小和中學時深受中國古典小說和「五四」新文學作品的浸染，1956年保送成功大學水利工程學系，1957年考入臺灣大學外文學系，於此遇見了夏濟安教授，從此確立了文學生命。1958年發表第一篇小說〈金大奶奶〉，1960年與陳若曦、歐陽子等人創辦《現代文學》雜誌，發表了〈月夢〉、〈玉卿嫂〉、〈畢業〉等小說多篇，畢業後赴美取得愛荷華大學「國際作家工作坊」文學創作碩士，後於加州大學聖塔芭芭拉分部任教，1994年退休。

白先勇吸收了西洋現代文學的寫作技巧，融合到中國傳統的表現方式之中，描寫新舊交替時代人物的故事和生活，富於歷史興衰與人世滄桑感，曾被譽為「當代中國極有才氣與成就的短篇小說家」、「當代中國短篇小說家的奇才」。近十年來投入崑曲的製作與推廣工作，2004年青春版《牡丹亭》及2008年新版《玉簪記》皆為總製作人，更於北京大學、香港中文大學、臺灣大學開設崑曲課。

著有短篇小說集《寂寞的十七歲》、《臺北人》、《紐約客》，長篇小說《孽子》，散文集《驀然回首》、《明星咖啡館》、《第六隻手指》、《樹猶如此》，舞台劇劇本《遊園驚夢》、電影劇本《金大班的最後一夜》、《玉卿嫂》、《孤戀花》、《最後的貴族》等。另有《白先勇作品集》、《父親與民國：白崇禧將軍身影集》、《牡丹情緣：白先勇的崑曲之旅》、《止痛療傷：白崇禧將軍與二二八》、《白先勇細說紅樓夢》等書。

芝加哥之死

「吳漢魂，中國人，三十二歲，文學博士，一九六〇年六月一日芝加哥大學畢業」——

　　吳漢魂參加完畢業典禮，回到公寓，心裡顛來倒去的念著自己的履歷。愈念，吳漢魂愈覺得迷惘。工作申請書上要他寫自傳，他起了這麼一個頭，再也接不下去了。吳漢魂紮實的瞅了一陣在打字機上擱了三、四天的自傳書，那二十來個黑字，突然蠢蠢移動起來，像堆黑蟻，在搬運蟲屍，吳漢魂趕忙閉上眼睛，一陣冷汗，從他額上冒了出來。

　　吳漢魂來到美國六年，在芝大念了兩年碩士，四年博士。最初幾年，沒有獎學金，吳漢魂在城中區南克拉克街一間二十層樓的老公寓租了一間地下室。這種地下室通常租給窮學生或者潦倒的單身漢住。空氣潮濕，光線陰暗，租錢只有普通住房三分之一。每天下午四時至七時，吳漢魂到街口一家叫王詹姆的中國洗衣店幫人送衣服，送一袋得兩毛半，一天可得三塊多。到了周末，吳漢魂就到城中南京飯店去洗碟子，一個鐘頭一塊半，湊攏，勉強付清膳宿學雜。因為工作緊湊，對於時間利用，吳漢魂已訓練到分釐不差，七時到七時半吃晚飯，吳漢魂便開始伏案自修，一點、兩點、三點一直念到深夜裡去。

　　吳漢魂住的這間地下室，窗子正貼近人行道，窗口一半伸出道上。夏天傍晚，鄰近的黑人及波多黎各人都擁到公寓外面的石階上納涼，半夜三更，有些還倚在石欄上，哼著夢囈似的小調。起初，吳漢魂聽到窗外喧嘩，總不免要分神，抬頭看看，塵垢滿布的玻璃窗上，時常人影幢幢。後來吳漢魂每逢看書，就抱著頭，用手把耳朵塞住。聽不見聲音，他就覺得他那間地下室，與世隔離了一般。冬天好得多。大雪來臨，人行道上積雪厚達一兩尺，把他們的窗戶，完全封蓋起來。躲在大雪下面，吳漢魂像愛斯基摩人似的，很有安全感。

　　吳漢魂攻讀博士時，得到部分獎學金。他辭去了工作，卻沒搬出他那間

地下室。幾年工夫，房間塞滿了書籍雜物，搬運麻煩。每月從房租省下來的二十來塊錢，吳漢魂就寄回臺北給他母親。他臨走時，他母親貼緊他耳朵，顫抖的對他說：

「趁我還在時，回來看我一趟。三、四年不要緊，一定要回來。」

每次他母親來信，問起他幾時得到學位，他總回答還有一年，然後把積下來的錢，買成匯票，封到信裡去。

在他準備博士資格考試時，有一晚，他突然接到舅舅急電，上面寫著：「令堂仙逝，節哀自重。」他捧著那封黃色的電報，發了半天愣，然後把它搓成一團紙球，塞到抽屜的角落裡。他書桌上正攤著《艾略特全集》，他坐下來，翻到〈荒原〉，低頭默誦下去：

> 「四月是最殘酷的季節，
> 使死寂的土原爆放出丁香，
> 羼雜著記憶與欲念，
> 以春雨撩撥那萎頓的樹根。
> 冬天替我們保溫，
> 把大地蓋上一層令人忘憂的白雪——」

街上在溶雪，雪水淅淅瀝瀝流到他窗上，把窗玻璃濺滿了淤泥。他強睜著紅絲滿布的倦眼，一句一句念著艾氏全集。煤氣爐上熬著熱濃的咖啡，咖啡壺噗通噗通的沸騰著。

在考試期間，吳漢魂每天都念到牛奶車戛然停到他窗前的時分。從葉慈、霍金斯，一直讀到英國第一首史詩——比沃夫，跟英國七、八百年來那一大串文人的幽靈，苦苦搏鬥了月餘。考試前一天，他又接到他舅舅一封信，他沒有拆開，就一併塞到抽屜裡去。考完試後，吳漢魂整整睡了兩天兩夜。

他舅舅的信上說，他母親因腎臟流血，不治身亡。因為他在考試，他母親不准通知他，免他分心。他母親臨終昏迷，沒有留下遺言。吳漢魂展開那張搓成紙團的電報，放在信邊，看看信又看看電報，然後一併塞到火爐中燒掉。那晚他發了高燒，整夜做著惡夢。他夢見他母親的屍體赤裸裸的躺在棺

材蓋上，雪白的屍身，沒有一絲血色。當他走向前時，他母親突然睜開老大的眼睛，呆呆的看著他。她的嘴角一直抖動著，似乎想跟他說話，可是卻發不出聲音來。他奔到他母親面前，用手猛推他母親的屍體，屍體又涼又重，像冰凍一般，他用盡力氣，把屍體推落到棺材裡去。

吳漢魂走到洗澡間，放滿一盆冷水，把整個頭浸到水中去。在芝加哥大學廣場上，穿上黑色大袍，頭上壓著厚重的博士方帽，足足曬了三個鐘頭。典禮的儀式繁雜冗長，校長的訓詞嚴肅而乏味。典禮完畢時，他的美國同學都一窩蜂趕到來賓席上，與父母家人擁抱照相。吳漢魂獨個兒走到冷飲台前，要了一杯冰水，不停的揮拭額上的汗珠。他的襯衫沁得透濕，額上被方帽的硬邊壓得陷進兩道深溝。直到他返回他陰暗的地下室，他眼前仍然覺得白花花的一片，被太陽曬得視線模糊。吳漢魂揩乾淨頭面，坐到他那張對窗的舊沙發上。吳漢魂在他那間局促的房間中，從來沒有這樣閒散的靜坐過。平常太忙了，一鑽回他這間地下室，就忙著燒飯、洗澡，然後塞起耳朵埋頭讀書，心裡不停的盤算：八點到十點看六十頁狄更斯，十點到十二點，五首雪萊，十二點到三點——一旦不必做任何事，不要盤算任何計畫，吳漢魂覺得坐在椅墊磨得發亮的沙發裡，十分彆扭，十分不習慣。打字機上那幾行字又像咒符似的跳入了他的眼簾：

「吳漢魂，中國人，三十二歲——」

半露在人行道上的窗口，潑進來一溜焦黃的陽光。芝加哥從夏日的午睡，嬌慵的甦醒過來。開始是一兩下汽車喇叭，像聲輕悄的唱歎，清亮而遼遠，接著加入幾聲兒童繃脆的嬉笑，隨後驟然間，各種噪音，從四面八方泉湧而出。聲量愈來愈大，音步愈來愈急，街上卡車像困獸怒吼。人潮聲，一陣緊似一陣的翻湧，整座芝城，像首扭扭舞的爵士樂，野性奔放得顫抖起來。吳漢魂突然感到一陣莫名其妙的急躁。窗口的人影，像幻燈片似的扭動著。乳白色的小腿，稻黃色的小腿，巧克力色的小腿，像一列各色玉柱，嵌在窗框裡。吳漢魂第一次注意那扇灰塵滿布的窗戶會出現這麼多女人的腿子，而且他更沒想到這些渾圓的小腿會有這麼不同的色調。一群下班的女店員，踏著急促的步子，走過窗口時，突然爆出一串浪笑。吳漢魂覺得一陣耳

熱，太陽穴開始抽搐起來。

　　吳漢魂來到美國後，很少與異性接觸。功課繁重，工作緊湊，吳漢魂沒有剩餘的時間及精力參加社交活動。吳漢魂除卻個子矮小，五官還算端正。可是在他攻讀博士第二年，頭髮卻開了頂，天靈蓋露出一塊油黃的亮光來，看著比他的年齡大上七、八歲的。因此，在年輕的女孩子面前，吳漢魂總不免有點自卑。他參加過一兩次芝城一年一度中國同學舞會。每次他總拖著舞伴躲在一個角落裡，一忽兒替她倒可口可樂，一忽兒替她拿炸芋片。他緊張，弄得他的舞伴也跟著緊張。最後他只好悄悄去乞求他的朋友來請他的舞伴跳舞，以解除尷尬的場面。

　　只有在秦穎芬面前，吳漢魂覺得神態自如。秦穎芬心腸好。他曉得秦穎芬真正愛他。在他臨離開台北的前一天晚上，秦穎芬雙手緊握住他的衣襟，兩眼炯炯的對他說：

　　「我知道你一走，我們就完了的了。你曉得我不會後悔的——」

　　秦穎芬的嗓音有點哽咽。吳漢魂把秦穎芬雙手拿開，替她披上短褸，挽著她默默的走出植物園。秦穎芬一直低著頭，吳漢魂覺得她的膀子在他掌心中顫抖得很厲害。秦穎芬的信來得很勤密，每星期總有一兩封。吳漢魂卻去得十分稀疏。不知怎的，每次總在他寫讀書報告或是考試時，才想起給秦穎芬回信。功課一忙，就蹉跎過去了。三年間，秦穎芬的信積了一大盒，到第四年頭，秦穎芬卻寄來一張燙金結婚請帖。吳漢魂在禮物店裡挑了一個下午，選中了一張精緻的賀卡，給秦穎芬寄去。他把秦穎芬的信及請帖放到字紙簍裡，點上一根火柴，燒了起來。信札在字紙簍中，燒得吱吱發響。燒完後，吳漢魂伸手進去，撈起了一抓又溫又軟的紙灰。

　　「Lucinda，你真是個俏妞兒！」

　　「去你的。少油腔滑調。」

　　窗口出現半截穿著黃裙的女人身體，結實的臀部左右擺動著。一隻筋絡虯盤的棕色手臂，一把，將那攝緊細的腰肢撈住，扶往前去。

　　吳漢魂倏地從沙發上立了起來。他在這間公寓的地下室住了六年，好像這還是第一次發覺到室內的濕氣這樣逼人似的。一陣醞在通風不良地下室的霉味，混著炒菜後的油膩，經過夏日高溫及潮濕的焙釀，在六七點時，從地面慢慢往上蒸發，濃重得令人透不過氣來。吳漢魂環視他這間陰暗的住所，

水槽裡的油污碗碟，冒出槽面，門後的洗衣袋，頸口脹開，擠出一堆骯髒的內衣襪褲。書桌上，紙張狼藉，紙堆中埋著三個黃汁斑斑的咖啡杯。室內的空間，給四個書架占滿了。書架上砌著重重疊疊的書籍，《莎士比亞全集》、《希臘悲劇精選》、《柏拉圖對話集》、《尼采選粹》。麥克米倫公司、中午公司、雙日公司、黑貓公司，六年來，吳漢魂一毛一毛省下來的零用錢全換成五顏六色各個出版公司的版本，像築牆一般，一本又一本，在他書桌四周豎起一堵高牆來。六年來，他靠著這股求知的狂熱，把自己囚在這堵高牆中，將歲月與精力，一點一滴，注入學問的深淵中。吳漢魂突然打了一個寒噤。書架上那些密密麻麻的書本，一剎那，好像全變成了一堆花花綠綠的腐屍，室內這股沖鼻的氣味，好像發自這些腐屍身上。吳漢魂胃裡翻起一陣噁心，如同嗅中了解剖房中的福馬林。吳漢魂一把將椅背上的西裝外套穿上，奪門衝出他這間地下室。

六月的芝加哥，在黃昏時，像塊剛從烤架上叉下來的牛排，醬汁滴瀝，顏色黃爽，洋溢著透熟透熟的肉香。天空裡的煤煙是紫色的，浮在絳黑陳舊的大建築物上，文風不動。街上的行人，穿得彩色繽紛，但是空氣顏色混濁，行人身上，看去如同敷上一層薄薄的煤灰。吳漢魂跟著一大隊人，循著警察的哨音，穿過一條條斑馬線。從克拉克穿到美的聲，從美的聲穿到夢露。城中區每條街上都擠滿了行人車輛，下班的職員，放學的學生；還有一對對穿戴整齊的年輕情侶，在戲院門口，等候入場，他們親暱的偎在一處，旁若無人，好像芝加哥是個夢幻中的大汽球，他們就是夢中仙侶，乘著汽球，飄上半空。

吳漢魂跟著人群，走過Palmer House大旅館，走過Marshal Field百貨公司，走過Golden Dome大酒店。他怔怔的看著金碧輝煌、華貴驕奢的大廈，在芝加哥住了這些年，他覺得好像還是第一次進入這個紅塵萬丈的城中區似的。平常他進入這一帶，總是低著頭匆匆走進菜場，匆匆又趕回他的公寓去。沒有時間，沒有閒情，欣賞這些琳琅滿目的櫥窗。吳漢魂抬頭望望夾在夢露街兩旁高樓中間那溜漸漸轉暗的紫空，他突然覺得芝加哥對他竟陌生得變成了一個純粹的地理名辭，「芝加哥」和這些陳舊的大建築，這一大群木偶似的扭動著的行人，竟連不上一塊兒了。吳漢魂覺得莫名其妙的徬徨起來，車輛、行人都在有規律的協著整個芝城的音韻行動著。吳漢魂立在夢露

街與克拉克的十字路口，茫然不知何去何從，他失去了方向觀念，他失去了定心力，好像驟然間被推進一所巨大的舞場，他感覺到芝加哥在他腳底下以一種澎湃的韻律顫抖著，他卻蹣跚顛簸，跟不上它的節拍。

　　天色愈來愈暗，街上華燈四起。人潮像打脫籠門的來亨雞，四處飛散。吳漢魂像夢遊一般，漫無目的徜徉著，四周的景物，如同幻境。當他踏入來喜街的時候，一片強光閃過來，刺得他雙目難睜。吳漢魂覺得掉進了所羅門王的寶藏一般，紅寶、綠玉、金剛石、貓眼，各色各樣的霓虹燈，從街頭照到街尾。成百家的酒吧、雜劇院、脫衣舞院，櫛比林立，在街兩旁排列下去。遊客來往不絕的浮蕩其間，強烈的綵燈，照得行人鬚眉如畫。許多濃妝豔抹的女人，在酒吧間穿梭似的進出著。當吳漢魂走到紅木蘭門口時，裡面捲出一陣喝采聲來。紅木蘭兩扇豔紅的大門全鑲著法國式的浮雕，門楣的霓虹燈，盤成一大卷葡萄藤，一串串晶紫欲滴的葡萄子，垂落到人頭上來。吳漢魂推開那扇紅門走了進去。酒吧在地下室，吳漢魂順著梯子往下走，好像進入霍夫曼的〈故事〉中去了似的。裡面煙霧朦朧，燈光呈玫瑰色，把煙霧照成乳白。酒吧櫃檯前擠滿了買醉的客人。櫃檯對面的小表演台上，矗立著一個胖大無比的黑女人，伸出兩筒巨臂，嘴巴張成一個大黑洞，兩排白牙閃亮，噴著一流宏大的沉鬱，而又充滿原始野性的歌聲。玫瑰色的燈光照在她油滑的皮膚上，又濕又亮。人們都倚在櫃檯邊欣賞歌者的表演。有幾個青年男女嬉笑的朝她講評著，可是他們的話音卻被那流焦躁的歌音沖沒了，只見他們的嘴巴急切的翕動。當黑人歌女表演完畢，采聲又從平地裡爆炸開來。然後大家開始蠢動，裡面的人擠到外面，外面的反擠進去。

　　「白蘭地。」

　　「喂，兩瓶萊茵果！」

　　「馬地尼，我說馬──地──尼──。」

　　「先生，要什麼喝的？」有個穿花背心的酒保問吳漢魂。

　　吳漢魂要了一杯威士忌蘇打。吳漢魂不會喝酒，這是他唯一熟悉的雞尾酒名。吳漢魂拿著酒杯跟著人擠到酒吧裡端。酒吧裡充滿了嗆鼻的雪茄，地上潑翻的酒酸，女人身上的濃香，空氣十分悶濁。座地唱機一遍又一遍的播著幾個野性勃勃的爵士歌曲：「從今夜扭到天明。」「把這個世界一腳踢走。」「寶貝，你殺了我吧！」吳漢魂啜了兩口威士忌，強烈的酒精燒得人

喉頭發火，他覺得兩穴又開始跳動起來。

　　酒吧裡的人分成兩個極端。有些交頭接耳，不停的講，不停的笑，誰也不聽誰，搶著發言。男的散開領帶，滿面汗水；女的踢掉高跟鞋，笑得前俯後仰。一個六呎多高的大漢，摟著一個還沒有及他胸口的小女人，兩隻熊掌似的巨手在她臀部上漫不經意的按摩著，女人左右扭動，鬼啾一般吃吃的浪笑。但是另外一些人卻呆若木雞，坐在櫃檯的旋轉椅上，一聲不響，一杯又一杯的喝著悶酒。坐在吳漢魂不遠處，有個老人，不到片刻工夫，已經喝掉六、七杯馬地尼。老人戴著一頂舊氈帽，稻草似的白髮，從帽簷底伸張出來，他緊裹著一件磨得油亮的皮茄克，仰起脖子，一杯緊接一杯，把酒液灌進乾癟的嘴裡，他的眼睛發直，一眨也不眨，好像四周那些人打情罵俏，他完全充耳不聞似的。

　　夜愈深，人愈擠，大家的脖子熱得紫脹，眼睛醉得乜斜了，可是誰也捨不得離開，都搶著買醉，恨不得一夜間，把生命全消磨在翡翠的酒杯中去似的。

　　「幹嘛一個人發呆呀？」一個女人側著身子擠過吳漢魂身邊時，突然湊到他耳根下對他說道。

　　吳漢魂怔怔的看著她沒有作聲。

　　「找不到伴兒，我猜。」女人向他擠了一個媚眼，很在行的說道。「來，讓我來陪你聊聊。」然後不由分說的挽著吳漢魂的手臂排開人堆，擠到酒吧後面的座位上。沙發座全塞滿一對對喁喁私語的男女。只有一個四人座卻由一個醉漢占住，醉漢的頭側伏在桌面，嘴巴張得老大。女人過去把桌上的空酒杯掃到他面前，然後同吳漢魂在對面坐了下來。

　　「我叫蘿娜，他們愛喊我蘿蘿，隨你便。」蘿娜笑著說，「你呢？」

　　「吳漢魂。」

　　「吳——」蘿娜掩著嘴大笑起來。「彆扭！我叫你Tokyo算了吧！」

　　「我是中國人。」吳漢魂說。

　　「啊，無所謂。你們東方人看來都差不多，難得分。」蘿娜笑道。吳漢魂看見她露出一排白牙，門牙上沾著口紅。蘿娜臉上敷著濃厚的化妝品，眼圈蔭藍，蓬鬆的頭髮，紅得像團熊熊的火焰，蘿娜的身軀很豐滿，厚實的胸脯緊箍在孔雀藍的緊身裙裡。

「寂寞了，來這兒找刺激是吧？」蘿娜歪著頭，裝著善解人意的說道。

「我第一次到這裡來。」吳漢魂說道，他不停的啜著杯中剩下的威士忌。

「得啦，得啦，你們東方人總愛裝老實。」蘿娜搖著頭嚷道。

「這是我第一次到這種地方來。」吳漢魂說。

「放心，我很開通的。」蘿娜拍拍吳漢魂的肩膀道，「莫太認真了。你是個學生吧？」

吳漢魂沒有答腔，他把杯裡的剩酒一口喝盡。酒精在他喉頭像把雞爪子，抓得火辣辣的。

「怎樣？我猜中了？」蘿娜突然湊近吳漢魂脖子，皺起鼻尖，嗅了一下，大笑起來說：「我聞都聞得出你身上充滿了書本的酸味。」

「我已經不是學生了，我今天剛畢業。」吳漢魂怔怔的瞪著蘿娜，喃喃說道，好像在跟自己講話似的。

「那麼恭喜你呀！」蘿娜舉杯，一仰而盡，興致勃勃的叫道，「快去替我買杯杜松子。你也要杯酒來，我們且樂一樂。」

吳漢魂擠進人堆，到櫃檯買了兩杯酒，再擠到蘿娜身邊。蘿娜時而偎近他親暱的叫一聲「我的中國人」，時而舉杯嚷道：「為東方人乾杯。」

唱機裡播著一首振耳欲聾的扭扭〈莎莉〉，酒檯邊一大群男女都聳肩踏足，左右晃動起來。整個酒吧人影幢幢。突然有一對男女從櫃檯後轉了出來，大家一聲歡呼，讓開一條路，圍成了一個圈子。男的細長得像桿竹篙，穿著大紅襯衫，頭髮染成淡金，滿面皺紋的臉上卻描著深粟色的眉毛。女的全身著黑，男裝打扮，胸前飄著一根白絲領帶，像個矮縮了的小老頭。觀眾喝采擊掌。男的愈扭愈起勁，柔軟得像根眼鏡蛇。女的舞到興濃時，突然粗嘎著嗓門，大喊一聲：「胡啦──」喝采聲於是轟雷一般從觀眾圈中爆了出來。

蘿娜笑得伏在吳漢魂肩上，指著那個男的說：「他就是有名的『紅木蘭小姐』，他的舞伴就是『紅木蘭先生』。」

「我的酒呢？」對座的醉漢被鬧醒了，驀然抬起頭來，囈語不清的問道，再後又趴跌到桌上，嘴角直冒白泡。他的手把吳漢魂的酒杯掃翻了，酒液全潑在吳漢魂的西裝外套上。吳漢魂掏出手帕，默默的把襟上的酒汁揩掉。蘿娜湊近吳漢魂端詳了一會兒說道：

「怎麼嗎？你的臉色不大好呢！」

「我的頭不舒服，這裡空氣太悶。」吳漢魂說，他好像聽到自己的兩穴在跳動，眼前的人群變得面目模糊，溶蝕在玫瑰紅的煙霧裡。

蘿娜挽著吳漢魂的手臂低聲說道：「走吧，到我那兒，我給你醫醫就好了。」

吳漢魂跟著蘿娜走到她的公寓裡。蘿娜走進房間，雙腳一踢，把高跟鞋摔在沙發上，噓一口氣嚷道：「熱死我了！」蘿娜打著赤足走到冰箱拿出兩隻雞腿來，一隻遞向吳漢魂。

「我不要這個。」吳漢魂搖搖頭說。

蘿娜聳聳肩，倒了杯冰水給吳漢魂。

「我可餓得淌口水了。」蘿娜坐到沙發上，蹺起腿，貪饞的啃起雞腿來。吳漢魂呆呆地看著她咂嘴舐唇的吮著手指上的醬汁。

「別急，我來替你醫治。」蘿娜突然抬頭呲著牙齒對吳漢魂笑道：「你曉得，空著肚子，我總提不上勁來的。」

蘿娜啃完了雞腿後，把雞骨頭塞到菸灰缸裡，然後走到吳漢魂面前，「嘶」的一下，把那件繃緊的孔雀藍裙子扯了下來。在較亮的燈光下，吳漢魂發覺蘿娜在白藜衣外的肩胛上，皮膚皺得像塊浮在牛奶上的乳翳。蘿娜轉過身來，用手往頭上一抹，將那毬火紅的頭髮，整個揪了下來。裡面壓在頭上的，卻是一片稀疏亞麻色的真髮。剎那間，蘿娜突然變得像個四十歲的老女人。兩腮殷紅，眼圈暈藍，露在紅唇外的牙齒卻特別白亮。吳漢魂陡然覺得胃中翻起一陣酒意，頭筋扯得整個腦袋開裂似的。

「還不脫衣服，害臊？」蘿娜走到門邊把燈熄掉吃吃的笑著說道：「老實告訴你，我還沒和中國人來過呢？他們說東方人溫柔得緊。」

吳漢魂走到街上，已是凌晨時分。芝加哥像個酩酊大醉的無賴漢，倚在酒吧門口，點著頭直打盹兒，不肯沉睡過去，可是卻醉得張不開眼睛來。街上行人已經絕跡，只有幾輛汽車，載著狂歡甫盡的夜遊客在空寂的街上飛馳而過。吳漢魂從一條走到另一條，街道如同棋盤，縱橫相連。吳漢魂好像陷入了迷宮，愈轉愈深。他的頭重得快抬不起來了，眼睛酸澀得像潑醋一樣，可是他的雙腿失卻了控制，拖著他疲憊的身體，拚命往前奔走。有些街道，通體幽闇，公寓門口排著一個個大垃圾桶，桶口全脹爆了，吐出了一大堆牛

奶盒、啤酒罐，及雞蛋殼來。有些卻燈光如畫，靜蕩蕩的店面櫥窗，豎立著一些無頭無手的模特兒。吳漢魂愈走愈急，當他轉入密歇根大道時，吳漢魂猛吃一驚，煞住了腳。天空黝黑無比，可是大道上卻浮滿了燈光。吳漢魂站在街心中往兩頭望去，碧熒的燈花，一朵朵像鬼火似的，四處飄散。幽黑的高樓，重重疊疊，矗立四周，如同古墓中逃脫的巨靈。一股陰森森的冷氣，從他的髮根沁了進去，吳漢魂打了一個寒噤，陡然拔足盲目往前奔去，穿過高大的建築物，穿過鐵欄，穿過林木，越過一片沙地，等他抬頭喘過一口氣來的時候，他發覺自己站到密歇根湖的防波堤上來了。

　　一溜堤岸，往湖心彎了出去，堤端的燈塔，在夜霧裡閃著淡藍色的光輝。吳漢魂往堤端走去，展在他面前，是一片邃黑的湖水，迷迷漫漫，接上無邊無涯的夜空。湖浪洶湧，紮實而沉重的轟打在堤岸上。黑暗又濃又厚，夜空伸下千千萬萬隻黏軟的觸手，從四周抱捲過來，吳漢魂一步步向黑暗的黏網投身進去。空氣又溫又濕，蒙到臉上，有股水腥味，混著他衣襟上的酒氣及蘿娜留下的幽香，變成一股令人欲嘔的惡臭。他的心一下一下劇烈的跳動起來，跟著湖浪，一陣緊似一陣的敲擊著。他突然感到一陣黎明前惴惴不安的焦慮。他似乎聽到黑夜的巨網，在天邊發出了破曉的裂帛聲，湖濱公園樹林裡成千成萬的樫鳥，驟然間，不約而同爆出不耐煩的鼓譟。可是黑夜卻像是一個垂死的老人，兩隻枯瘦的手臂，貪婪的緊抱住大地的胸膛，不肯釋放。

　　吳漢魂走到燈塔下面，塔頂吐出一團團的藍光，拉射到無底無垠的密歇根湖中。吳漢魂覺得窩在他心中那股焦慮，像千萬隻蛾子在啃齕著他的肺腑，他臉上的冷汗，一滴一滴，流到他頸脖上。夜，太長了，每一分，每一秒，都長得令人心跳息喘，好像在這黎明前的片刻，時間突然僵凝，黑暗變成了永恆。

　　可是白晝終究會降臨，於是他將失去一切黑暗的掩蓋，再度赤裸的暴露在烈日下，暴露在人面前，暴露在他自己的眼底。不能了，他心中叫道，他不要再見日光，不要再見人；不要再看自己。芝加哥巨靈似的大廈，紅木蘭蛇一般的舞者，蘿娜背上的皺紋，他突然又好像看到他母親的屍體，嘴角顫動得厲害，他似乎聽到她在呼喚：你一定要回來，你一定要回來。吳漢魂將頭埋在臂彎裡，兩手推出去。他不要回去。他太疲倦了，他要找一個隱祕的

所在，閉上眼睛，忘記過去、現在、將來，沉沉的睡下去。地球表面，他竟難找到寸土之地可以落腳。他不要回臺北，臺北沒有二十層樓的大廈，可是他更不要回到他克拉克街二十層公寓的地下室去。他不能忍受那股潮濕的霉氣，他不能再回去與他那四個書架上那些腐屍幽靈為伍。六年來的求知狂熱，像漏壺中的水，涓涓汩汩，到畢業這一天，流盡最後一滴。他一想起《莎士比亞》，他的胃就好像被擠了一下似的，直往上翻。他從前把莎氏四大悲劇從頭到尾背誦入心，可是記在他腦中的只有《麥克佩斯》[1]裡的一句：

> 「生命是癡人編成的故事，
> 　充滿了聲音與憤怒，
> 　裡面卻是虛無一片。」

　　芝加哥，芝加哥是個埃及的古墓，把幾百萬活人與死人都關閉在內，一同消蝕，一同腐爛。
　　「吳漢魂，中國人，三十二歲，文學博士，一九六〇年六月一日芝加哥大學畢業——」那幾行自傳又像咒符似的回到了吳漢魂的腦際，他心中不由自主的接了下去：
　　「一九六〇年六月二日凌晨死於芝加哥，密歇根湖。」

原載《現代文學》第19期（1964年1月）；後收入白先勇，《寂寞的十七歲》（台北：允晨文化，2000）。

1　一譯《馬克白》。

黃錦樹

1967年生，馬來西亞華裔。1986年來台求學，畢業於台灣大學中文系、淡江大學中國文學碩士、清華大學中國文學博士。1996年迄今任教於埔里暨南國際大學中文系。曾榮獲多項文學獎。

著有小說集《雨》、《魚》、《猶見扶餘》、《南洋人民共和國備忘錄》、《土與火》、《刻背》、《烏暗暝》、《夢與豬與黎明》，散文集《火笑了》、《焚燒》，論文集《論嘗試文》、《華文小文學的馬來西亞個案》、《馬華文學與中國性》、《謊言或真理的技藝：當代中文小說論集》、《文與魂與體：論現代中國性》等，另外，編有《散文類：新時代「力與美」最佳散文課讀本》（合編）、《故事總要開始：馬華當代小說選（2004-2012）》（合編）、《媲美貓的發情：LP小說選》（合編）等。作品有日、韓、英譯本。

魚

　　古今中外文士均不乏自輓之詞，或關於「我」死亡的夢。儘管用的是不同的文類形式表達（甚至電影），箇中的敘事結構總是相似的：「我」和一群人參加一場葬禮，去時大家都哀傷，畢竟是死別。但屍體埋葬或火化後，回程時就有點歡樂的氣氛，尤其是關係比較疏的那些親友，有鬆了一口氣、「終於了結一件麻煩事啊」那樣的心情。如果是自輓詩文，往往「我」作為敘事人，在畫外（也只能居於那樣的外部）感傷的觀看整個場面，看看誰哀慟逾恆，誰一路說著「我」的壞話或流言蜚語，誰企圖欺負孤兒寡母或雪中送炭、伸出援手。灰暗的色調，山如屍骸。素服，寒涼。宜乎有大風，小雨，被吹得披散的長草，風吹過谷地聲聲哀鳴。

　　如果是夢或小說，那結局會是這樣的：混在朋友群一塊送葬甚至喝著酒的「我」，突然被朋友辨識出來了：「咦，你不是死了嗎，怎麼還跟我們回來？」

　　你立時被那話語留下。獨自面對那冷風、那草、那新覆的黃土、那壘壘的墓塚。然後他們繼續往前走，走出畫面，回返熱鬧人間的柴米油鹽。鏡頭裡，不是他們遠去，而是你被推遠，愈遠愈渺小，終至如沙一般細微不可辨識。

　　你會認得哪顆沙子嗎？

　　雖然「我已經死過一次」這樣的說法往往只是個爛熟的比喻。但我的朋友丁告訴我的這個故事，每當我喫魚時都會想起它。

　　很小的時候，有一天晚上，在熄了燈後無邊濃稠的黑暗裡，丁突然想到死亡這回事（也許白天又弄死了甚麼昆蟲），隨即感到一股無端涯的空茫——黑暗牢牢包覆著「我」，終至不可見——一旦這胡思亂想的「我」消失了，它將消遁到哪裡去？還是就此不見了？隨即陷入一種莫名的恐懼，消失殆盡的恐懼。還好那時他睡在父親與小哥之間，可以清楚感覺得他們手臂的體溫，與及清晰均勻的呼吸聲。也經常可以聽到一板之隔的鄰房大哥大聲

說著夢話，或者大聲斥罵、警告，或者虎頭蛇尾的說著長長的句子。心裡暖暖的冒起一個念頭：他們都在呢，別想太多。於是他就安心的睡著了。

　　此後像感冒那樣久久會重來一次，那種無邊黑暗的恐懼。

　　那些年，對丁而言，最刺激的活動是偷偷拿著畚箕到不遠處（但也隔了大片油棕園）的一處水塘（據說是河流改道後留下來的）去抓打架魚。水塘有一個角落常年漂浮著布袋蓮，擎著串串淺紫色的花。四方的園地都挖了水溝通向它。那覆著青草的踝深淺溝，是最多打架魚的。有時瞧見水草間有白色的泡泡，就知道有公魚在駐守。有一回丁從溝畔還看到兩隻鬥魚在展鰭火拼，畚箕一插，一撈，兩隻都手到擒來。

　　那水窪多深沒人知。目測則不見底，水底應是無盡的爛泥。但他們去抓魚都會避開深水區，水邊有草的地方才有鬥魚——多年以後他方知那是馬來半島原生特有種，秀氣扇形小圓尾，不像泰國鬥魚尾巴那麼大而無當。不論是藍鱗還是翠鱗，尾一般都是豔紅的。每每當畚箕從水草下撈起（水草歷經一番踩踏）——看到淺褐色竹篾上紅的藍的綠的魚在掙扎跳動，心中不由一陣狂喜。

　　但丁在那裡抓到過黃尾的、黑尾的，還看到過一尾一身白的、背脊略帶粉藍色，簡直是前所未見，也未曾聽聞哥哥們捕獲過。

　　發現時牠出現在小水溝與水窪的交接處。當丁從水溝那端追趕牠，畚箕一撈，不中。

　　就在那時牠脫離水溝的區域，從倒伏的水草間滑向那一汪黑水，然後牠鑽進水邊的草莖下方。那是另一種不知其名的草，莖堅韌而互繞著，根鬚且相互糾結纏抱著，然後整團漂浮在水上，尖細的葉子朝上，連綿的捱著塘壁。

　　丁把桶子掛在左肘上，右手將畚箕拋在草上，他試探著踩了上去，草漸往下沉，蜘蛛青蛙紛紛跳走。水很快就浸到他大腿，但那糾結的草像墊子那樣承載著他，沒再往下沉。於是丁輕輕撥開草，繼續尋找那尾遁走的魚。他熟知鬥魚的習性，牠們不喜深水。有一瞬間他幾乎就看到白影一閃；半浸著身體撈捕時，多次抓到往昔常抓到的那幾款鬥魚，但丁都把牠們倒回水裡，就像平日抓到母鬥魚及「假的打架魚」那樣。長大後方知曉那「假的」其實

也是珍貴的馬來半島原生種鬥魚，只不過鬥起來沒那麼兇，色彩的變化也沒那麼戲劇化。他那時全沒想到（也全忘了大人的警告）這種水草間因多蛙而有蛇。

一尾青竹絲突然就竄了出來，牠的顏色和綠草一模一樣，甚至光影明暗也相彷彿。把牠的輪廓從周邊環境區隔開來時，牠已經非常靠近他。雖然蛇身竹竿般瘦小，卻好似可以一口把他吞下似的，目光懾人。

一個驚慌，丁後退了一步，腳下就踩空了。

然後呢？

裝著鬥魚的鐵桶被打翻了。畚箕不知為何被拋向水中央。人下沉，沒頂，咕嚕咕嚕喝了幾口帶泥巴味的水。小腿好似被甚麼東西撞了一下。鼻孔痛。然後是一陣混亂。鼻腔嗆痛。好似被水底下的甚麼力量給推出水面。然後人竟然在塘邊，兩隻手都緊抓著裸露於塘壁上的樹根。猛咳嗽，把自己的身體從水中給拖出來；爬到岸上，吐了幾口濁水，仰躺。而後喘著氣，重新看到雲影天光。天光刺目，乃伸掌遮著雙眼，渾身痠軟，動也不想動。

丁驀然想起，大哥曾說過，有一年枯水，附近的馬來人來這爛泥裡撈到許多肥大的鱧魚[1]，還從這泥巴裡丟出幾塊厚重的木頭，他發現那是三尊灰頭土臉的土地公。他以一張紅老虎[2]向他們買來。把它們沖洗乾淨後，兩尊醜的破損的拿去和附近的拿督公擺在一起，不久前給白蟻蛀得僅剩薄薄的木心，其餘化成泥土了。另一尊被他鄭而重之的重新上漆、訂製新袍、換了新的鬍子，供奉在他自己房間一角，初一十五、逢年過節必拜。讓他中了幾次馬票，換了新車、新老闆和新女友。是祂們的關係嗎？或許不過是迷信。

但丁在雜草上清醒過來後，發現天怎麼有點暗暗的，不過正午，卻好似黃昏；或有人燒火堆讓煙濾掉了陽光的尖銳。畚箕和水桶都沉到水底去了。全身滴著水回到家，免不了捱母親一陣籐鞭狂掃。以前她憤怒的鞭子掃在他屁股及小腿上時，身體都會試著扭動閃躲。但這回，丁的感覺卻像是打在別人身上，聲音很清晰，但一點都不痛。母親雖然很靠近著他吼，聲音卻像是

1　當地俗稱生魚，即近年台灣及美國視為恐怖外來種之「魚虎」者。味極鮮美，是淡水魚中極少數魚肉無土味者。

2　馬幣十元之俗稱。

從隔壁房間傳過來的，非常的不真實。她的臉色也顯得比平日灰黯，像舊照片那樣。

丁不禁懷疑：是世界改變了，還是他的眼睛變了？

那是丁唸小學的前一年的事了。

沿牆擺了一長列的矮玻璃瓶，水均半滿，瓶口蓋著木片，每個瓶子裡頭都各養著一尾雄鬥魚。瓶與瓶間有紙片隔開，一旦拉開，牠們就會隔著玻璃耀武揚威，搞到筋疲力盡也不會罷休。那是丁多日來累積的，有的養在不同的甕裡。丁每天花很多時間欣賞牠們的美麗。抽開隔板，看牠們無傷的炫耀；餵食。但那天，丁只想到應該把牠們全放回棲地去，因牠們都顯得無精打彩，即使拉開了隔板，也死氣沉沉。身軀與水面垂直，口朝上，時不時掀開水面吸一口氣。尾扇摺起、下垂，好似經歷了一場激烈的打鬥，或激情的交配（交配時，母魚雄魚有時會吐盡鰓中氣泡，宛如死魚那樣在水中漂浮良久）。

一瞬間，一整列的空瓶，有的倒下了，有的盛著少量的塵泥死水，游動著細細小小的蟲豸。瓶壁著滿厚厚的塵土，勞蛛綴網。

丁突然發現眼前這一切應該只屬於回憶，或遙遠的未來。他被推到久遠的時間之後，那時甚至父親已過世多年，哥哥們負氣離家，母親衰疲蒼老（難怪鞭打也不覺得疼），走起路來搖搖欲墜，獨自一吋吋的啃嚙寂寞的餘年。那木頭房子被白蟻徹徹底底的蛀成一攤黃土，梁柱崩垮，鐵皮朽爛碎裂，只有水泥屋基是完整的。那感覺令丁十分悲傷。還好那只是一瞬之間，一切又回到正常狀況。

狗突然搖著尾巴站起，遠眺，一前一後沿著小路奔跑。只見遠遠的，路盡頭那端，父親騎著腳踏車，從樹林的光影裡不慌不忙的回來了。然而過了好一會，還不見抵達。莫不是途中耽擱了？像往常那樣，停下來，摘一顆初熟的黃梨，檢視皮色變淡的紅毛榴槤；或撥開草，撿幾粒芒果。但不是的，他還在路上，仍然踩著腳踏車，臉的輪廓已經可以看得頗清晰。他確實已過了那株樹型有點側彎的紅毛榴槤樹。努力越過三棵樹的距離後，狗也維持奔跑的姿勢，四肢張開，側首，歪著耳朵，好似漂在空中。

屋前光裸的地上一向是白色的大片光斑，也突然變成茶色。丁再度抬頭。往昔如果是這種景觀，不只天空會有濃煙（太濃也不行，會不見天

日），多半還有絲狀的灰燼，一碰就散。但這回不是的。沒有煙，只有雲。雲在更遠的地方，略顯朦朧。可是好像有甚麼東西不對勁。光穿過時丁彷彿看到天空有甚麼阻隔，那事物好似有「形狀」、有「彎度」。丁移動身軀到不同的位置，可可樹下，水池旁，水翁[3]樹下、楊桃樹蔭眺望──確實，天空好像有甚麼怪怪的。

母親呢，她的身影也被推向了遠方，一個小火堆的白煙後方，她在那裡掃落葉，但也彷彿突然靜止不動了。雞不啼、狗不叫，沒有聲音。而父親和狗也都凍結在光影裡了。有一股寒氣不知道從那裡暗中襲來。

哪裡有個聲音催促他：逃！

從天上的光的「形狀」和「彎度」，看出下降的地方是南方或北方──丁一向只認得東西，不辨南北──日昇日落好辨別──丁只好往那低處奔跑。雖然身體好像在大風裡呼吸都困難，但還好還能動，逆風似的，在那凝膠似的時空裡。感覺經歷了許多辰光，赤腳踩過枯枝敗葉，尖銳的橡膠果殼（刺痛）、茅草筍尖（灼痛）、根瘤……或軟土陷落，踩扁了一個白蟻窩、蝸牛、烏龜。丁知道他腳底有了傷口，在流血，移動的速度也減慢了，但後面疑似有甚麼東西緊緊追趕著，讓他不敢停下。

不知道消耗了多少時間，天也愈發昏暗，但聽得見甚麼地方有水聲嘩嘩。草上隱約有一條獸徑，穿過密林。身上這裡刺痛、那裡灼熱，野籐的尖刺，毛蟲多彩的毛。穿過密林，就看到光亮；再跨出一步，就看到海了。風好涼好舒服。那是一處沙灘，浪濤拍打著，捲起白色泡沫。回頭一看，有一個略微彎曲的茶色平面反射著刺目的光。

丁退至防風林樹蔭裡，看得出那是個巨大的瓶子，有著女人的腰身和屁股的形狀，半埋在沙裡，單是瓶口就比他還高了。瓶口外側有一圈金屬環，雕著花，寫著丁不認識的籐蔓狀的字。

信步往前走，這沙灘多的是各式的巨大的瓶子，以酒瓶居多（還有殘存的醋味）。還有各色像巨大房子的破船，船身的木板錯落，底部都垮掉了，剩下殘骸，可以鑽進去感受它如峽谷般的巨大（雖然那時他還沒看過峽谷）破漁網和浮球就隨意的拋掛在船壁。成堆的老椰子，每顆都有他家那口鑊那

3　即蓮霧。

般大。絕望的擠在一起，泰半都抽出長長的綠色的芽，有的還攤開成葉子。

　　再往前走，是個河口。有淺淺的清水，奔竄的魚，許許多多的寄居蟹，然後是巨大的腳印。

　　大地震動。移動中的巨足，高聳入雲的身軀，帶來片刻的黑暗。風中有一股海藻的氣息。丁看到一個身體只圍了一塊布的女神朝向岬角那頭飛快奔跑。她的頭髮是金色的，下體圍著的布是草綠色的，渾身散發強烈的腥味。

　　爾後聞到一股腐臭味，成群的大蒼蠅在專注的囓食，高草中十數尺長的一塊甚麼。靠近些，竟是一截巨大的魚尾巴。翠綠色的鱗片剝落，露出白色的肉，被咬得一個洞一個洞的，吸附著紅頭綠身的蒼蠅。

　　這讓丁想起他曾經落水的那片池塘。雖說深不可測，但也有乾枯的時候。有一年好久沒下雨，橡膠提前落葉以「斷尾求生」，好多樹都枯死了。大哥說他造訪過那裡。那時不止乾到看見底泥，底泥的表層且都被曬乾了。躲在裡頭等待雨季重臨的大鱧魚迎來了牠們最悲慘的命運。被馬來人抓走的之外，剩下潛得更深的都被四腳蛇給吃掉了。由於牠們頭往深處鑽，爛泥變硬後，身體就被桎梏住了，動彈不得。聞到魚味的四腳蛇來自四面八方，就挖開土殼從牠們的尾巴吃起。活生生的一截截啃蝕，只剩下空的魚頭兀自插在爛泥深處，著滿蒼蠅。蒼蠅飛走時，就露出一個黑色略帶血紅的洞。魚體愈大洞就愈大。他彷彿可以聽到頭埋在爛泥深處、身體無奈的被慢慢啃食時，老魚悲哀的鳴叫。

　　被那鳴叫聲喚醒的丁，發現自己不止滿臉淚水，褲子黏糊糊的涼透了。依舊是無限黑暗的夜，伸出被子外的左手冰冰涼涼的。父親並不在身邊，也許又摸黑潛入母親的房裡去了。母親房裡傳來一陣陣壓抑的神秘的啜泣。

　　丁知道那時他已死過一次了。那時可能就溺死在那裡頭，數日後腫脹浮出，眼耳口鼻都被泥鰍啃囓殆盡。有人說，從那樣的經驗裡過來，生命會被剝蝕掉一部分。

　　多年以後他離鄉在外，每每會夢見到那小水溝去抓美麗的鬥魚，經常在夢中把牠們帶到他卜居的他鄉。甚至參與綠色和平組織在太平洋阻止不要臉的小日本捕殺抹香鯨時，在那些只有短暫睡眠的夜晚，那熱帶魚五色的華麗，依然巡遊於他夢中故鄉的水塘，布袋蓮開著串串淡紫色的花。

　　而在心理受到傷害時，他就會在夢裡，或想像裡回到那水塘，光裸的沉到水底，躺在爛泥上，背被它吸吮著。不必呼吸，像一具屍體。那些生猛的大魚歡悅的啃食著他發白的肉身，直到只剩下白骨。想像被那尖銳的齒牙撕扯、啃食時，他有時會感受到一股悲哀的歡愉，而讓他產生強烈的生理衝動。他說，他老覺得自己有一副幼小的骸骨沉在那水底，陷埋於爛泥中呢。

　　然後他就看到那尾在他的童年中逃走的白鬥魚，拖著寶藍色的長長的尾巴，像王像流星那樣從水面划過，拖曳出一片水花。或者在布袋蓮葉影裡瘋狂的交配，母魚尾鰭前的開口擠出一顆顆白色的卵，大部分被牠準確的銜著，游過去，吐在葉下的泡泡裡收藏著。但有的遺漏了，竟掉到他骸骨埋處的爛泥裡，令他一陣陣悲欣交集。

　　據說未來會一直來一直來。但長大後我們就知道，未來可不一定會來。如果那是「純粹」的未來，甚至可能永遠凍結於時間之外，是處於永遠不來的狀態。它好像是某種過去。純粹的過去，因其純粹，在來之前就過去了。因此未曾來。

　　因而他總是困惑，到底哪一個才是他的未來：那副骸骨，還是那尾逃走的魚？

2013/9/12，埔里，10月補；原收入黃錦樹，《魚》（新北市：INK印刻文學，2015）。

韓少功

漢族，1953年1月出生於中國湖南省。1968年初中畢業後赴湖南省汨羅縣插隊務農；1974年調該縣文化館工作；1978年就讀湖南師範大學中文系；先後任《主人翁》雜誌編輯、副主編（1982）；湖南省作家協會專業作家（1985）；《海南紀實》雜誌主編（1988）、《天涯》雜誌社社長（1995）、海南省作協主席（1996）、海南省文聯主席（2000）等職。現居海南。

主要文學作品有《韓少功系列作品》（九卷，人民文學出版社，2008），中篇小說集《紅蘋果例外》、散文《世界》、《完美的假定》等，以及長篇小說《馬橋詞典》、《日夜書》。另有譯作《生命中不能承受之輕》、《惶然錄》等。

作品曾獲全國優秀短篇小說獎（1980、1981），上海市第四屆中、長篇小說優秀大獎（1997）、《亞洲週刊》評選二十世紀中文小說100強（1999）、全國魯迅文學獎（2007）、華語傳媒文學大獎（2007），以及法國文化部頒發的法蘭西文藝騎士勳章（2002）；此外他於2010年榮獲第二屆紐曼華語文學獎。

歸去來

很多人說過，他們有時第一次到某個地方，卻覺得那地方很熟悉，不知道是什麼原因。現在，我也得到這種體驗。

我走著。土路一段段被山水沖洗得很壞，留下一稜稜土埂和一窩窩卵石，像剁去了皮肉，暴露出一束束筋骨，一塊塊乾枯了的內臟。溝裏有幾根腐竹，有一截爛牛繩，是村寨將要出現的預告。路邊小水潭裏冒出幾團一動不動的黑影，不在意就以為是石頭，細看才發現是小牛的頭，鬼頭鬼腦地叮著我。牠們都有皺紋，有鬍鬚，生下來就蒼老了，有蒼老的遺傳。前面的蕉林後面，冒出一座四四方方的炮樓，冷冷的炮眼，牆壁特別黑暗，像被煙熏火燎過，像凝結了很多夜晚。我聽說過，這地方以前多土匪，什麼十年不剿地無民，怪不得村村有炮樓，而且山民的房子絕不分散，互相緊緊地擠靠著，都厚實，都畏縮，窗戶開得小眉小眼的，又高，盜匪不容易翻進去。

這些很眼熟，也很陌生；像平時看一個字，越看越像，也越看越不像。見鬼，我到底來過這裏沒有呢？讓我來推測一下吧：踏上前面那石板路，繞過芭蕉林，在油榨房邊往左一折，也許可以看見炮樓後面一棵老樹，銀杏或者是樟樹，已經被雷劈死了。

片刻之後，推測果然被證實了。連那空空的樹心，樹洞前有兩個小娃崽在燒草玩耍，似乎都在我的想像之中。

我又怯怯地推測：老樹後面可能有幢矮矮的牛房，房前有幾堆牛糞，簷下有一張鏽了的犁或耙。當我走過去，它們果然清清晰晰地向我迎來！甚至那個歪歪的麻石舂臼，那臼底的泥沙和兩片落葉，也似曾相識。

當然，想像中的石臼裏是沒有泥水的。但細一想，剛下過雨，屋簷水不應該流到那裏面去嗎？於是，涼氣又從我的腳跟升上來，直上我的頸後。

我一定沒有來過這裏，絕不可能。我沒得過腦膜炎，沒患過神經病，腦子還管用。也許是在電影裏看過？聽朋友們談過？或是在夢中……我慌慌地回憶著。

更奇怪的是，山民們似乎都認識我。剛才挖起褲腳探著石頭過溪水時，

一個漢子挑著兩根紮成 A 字型的樹，從上邊來。見我溜溜滑滑，就從路邊的瓜棚裏拔出一根乾樹枝，丟給我，莫名其妙地露出一口黃牙，笑了笑。

「來了？」

「嗯，來了……」

「怕有上十年了吧？」

「十年……」

「到屋裏去坐吧，三貴在門前犁秧田。」

他屋裏在哪裏？三貴又是誰？我糊塗了。

隨著我走上一個小坡，一片簹瓦門庭在前面升了起來。幾個人影在地坪中翻打著什麼，連枷搖得叭叭響，幾下重，又有一下輕。他們都赤腳，蓄寸頭，臉上有棕色的汗釉，釉的邊緣殘缺不齊。日光下一晃，顴骨處的汗釉有一小塊反光。上衣都短短地吊著，露出軟和的肚皮和臍眼，褲邊也鬆鬆地搭在胯骨上。只有發現他們中的一個走向搖籃開始解懷給小孩餵奶，又發現都掛了耳環，才知道她們——是女人。有一位對我睜大了眼。

「這不是馬……」

「馬眼鏡。」另一個提醒她。覺得這個名字好笑，她們都笑了。

「我不姓馬，姓黃……」

「改姓了？」

「沒改。」

「就是，還是愛逗個耍方呵？哪裏來的？」

「當然是縣裏。」

「真是稀方客。梁妹呢？」

「哪個梁妹？」

「你娘子不是姓梁？」

「我那位姓楊。」

「未必是吾記糟了？不會不會，那時候她還說是吾本家哩。吾婆家是三江口的，梁家畬，你曉得的。」

我曉得什麼？再說，那個什麼又與我有什麼關係？我似乎是想去找她，卻來到了這裏。我不知自己是怎麼來的。

這位大嫂丟下連枷，把我引進她家裏。門檻極高，極粗重，不知被多少

由少到老的人踩踏過、坐過，已經磨得中部微微凹了下去。黃黃的木紋，像一圈圈月光在門檻上擴散浸染開來，凝成了一截化石。小娃崽過門檻要靠爬，大人須高高地勾起腿，才能艱難地傾著身子拐進去。門內很黑，一切都看不清楚。只有一個高高的小窗眼漏下一點光線，劃開了潮濕的黑暗，還有米餿和雞糞的氣味。好半天瞳孔才適應過來，可以看見壁梁上全是煙灰，還有同樣蒼黑的一個什麼吊簍。我坐在一截木墩上——這裏奇怪地沒有椅子，只有木墩和板凳。老婦和少婦們都嘰嘰喳喳地擠在門邊，餵奶的那位毫不害羞，把另一隻長長的奶子掏出來，換到孩子嘴裏，衝我笑了笑，而換出的那一隻還滴著乳汁。她們都說了些奇怪的話……「小琴……」「不是小琴。」「是吧？」「是小玲。」「哦哦。小玲還在教書吧？」「何事不也來耍耍呵？」「你們都回了長沙吧？」「是長沙城裏還是長沙鄉裏？」「有娃崽沒有？」「一個還是兩個？」「小羅有娃崽沒有？」「一個還是兩個？」「陳志華有娃崽沒有？」「一個還是兩個？」「熊頭呢？找了娘子沒有？」「也有娃崽了吧？一個還是兩個？」……

　　我很快察覺到，她們都把我錯當成一個既認識什麼小玲也認識什麼熊頭之類的「馬眼鏡」了。也許那傢伙同我長得很像，也躲在眼鏡後面看人。

　　他是什麼人？我需要去想他嗎？從女人們的笑臉來看，今天的吃和住是不成問題了，謝天謝地。當一個什麼姓馬的也不壞。回答關於一個還是兩個的問題，讓女人們驚訝或惋惜一陣，不費氣力。

　　梁家畲來的大嫂端來一個茶盤，四大碗油茶，我後來知道，這是取四季平安的意思。碗邊黑黑的，令我不敢把嘴沾上去，不過茶倒香，有油炒芝麻和糯米的氣味。她把地下兩件娃崽的髒衣撿起來，丟到木盆，端到裏屋去了，於是一句話被分切成兩截：「老久沒有聽到你的音信，聽水根夫子話……（半晌才從裏屋出來）你一回去，就坐了大牢？」

　　我吃了一驚，差點讓油茶燙了手。「沒有。什麼大牢？」

　　「背時的水根，打鬼講！害得吾家公公還嚇心嚇膽，為你燒了好多香。」她捂嘴笑起來。「哎喲，要死了。」

　　婦女們都笑起來。有一嘴黃牙的還補充：「還到楊公嶺求了菩薩呢。」

　　真是晦氣，扯上了香火菩薩。也許那個姓馬的真的撞了什麼煞，有牢獄之災，而我代替他在這裏喝油茶，在這裏蠢笑。

　　大嫂又端上了第二碗茶，一隻手照例橫搭在端茶這隻手的腕子上，大概是一種禮節。而我第一碗還沒有喝完，水乾了，芝麻和糯米卻沒有滑到碗邊來，不知用什麼辦法才能斯文體面地吃上。「他老是牽掛你，說你仁義，有天良。你那件襖子，他穿了好幾個冬天。他故了，我就把它改了條棉褲，滿崽又穿……」

　　我想談談天氣。

　　屋裏突然暗了下來，回頭一看，一個黑影幾乎遮擋了整個門。看得出是男的，赤著上身，隆起的肌肉沒有曲線，有稜有角像一塊塊岩石。手裏提著一個什麼東西，從那剪影來看，是個牛頭。黑影向我籠罩過來了，沒容我看清面孔，嗵地一下丟掉了手裏的東西，兩隻大掌捉住了我的手銼起來。「是馬同志呵，哎喲喲，呵呀呀……」

　　我又不是一條毛蟲，驚恐什麼呢？

　　當他轉到火塘邊，側面被鍍上了一層光亮，我這才看清是一張笑臉，有黑洞洞的大嘴巴，兩臂上都刺了些青色的花紋。

　　「馬同志，何時來的？」

　　我想說我根本不姓馬，姓黃，叫黃治先，也不是深沉而豪邁地來尋訪舊地的。

　　「還識（認？記？）得吾吧？你走的那年，還在螺絲嶺修公路，吾叫艾八呵。」

　　「艾八，識的識的。」回答得很卑鄙。「你那時候當隊長。」

　　「不是隊長，吾記工。你嫂子，還識不識喲？」

　　「識的識的，她最會打油茶。」

　　「吾同你去趕過肉的，識不識得？（趕肉，是否就是打獵？）那次吾要安山神，你話（說？），那是迷信。收末還不是，你碰上牧麻草，染了一身毒瘡。那回你還碰了隻麂子，從你胯下過，沒叉著……」

　　「嗯嗯，沒叉著，就差一點點。我眼睛不好。」

　　黑洞洞的大嘴巴哈哈笑起來。女人們慢慢起了身，搖晃著寬大的臀部，出門去了。自稱艾八的男人搬出一個葫蘆，向我大碗大碗敬酒。酒很渾濁，有甜味，也有辣味和苦味，據說浸過什麼草藥和虎骨。他不抽我的紙煙，用報紙捲喇叭筒，吸一口，煙紙燒起了明火。他不急，甚至看也不看一眼，待

我急了好一陣，才從從容容一口氣把明火蕩滅，煙還是好好的。

「如今酒肉盡你吃，過年，家家都宰了牛。」他抹著嘴巴。「那年學大寨，誰都沒得祿。你曉得的。」

「是沒得祿。」我想談談大好形勢。

「你視見德龍哥了嗎？他當了鄉長，昨到捉妹橋栽樹去了，興許回來，興許不回來，興許又會回的。」他談起一些令我糊塗的人和事：某某做了新屋，丈六高；某某也做了新屋，丈八高；某某也要做屋了，丈六高；某某正在打地基，興許是丈六也興許是丈八。我緊張地聽著，捕捉這些話後面的各種脈絡。我發現這裏的話有些怪，看成了「視」，安靜成了「淨辦」。還有一個個「集」，是起的意思？還是站立的意思？

我有點醺醺然了，對丈六或丈八胡亂地表示著高興。

「你這個人過得舊，還進山來視一視。」他又把煙紙吸出了淺淺的明火，又讓我暗暗急了兩秒鐘。「你當民師那陣發的書，吾還存著哩。」他咚咚地上樓，好半天才頭頂幾絲蜘蛛網下來，拍著幾頁黃黃的紙。這是幾頁油印的小書，大概是識字課本，已經撕去封面了，散發出霉氣和桐油氣。上面好像有什麼夜校歌謠、農用雜字、辛亥革命，還有馬克斯論農民運動及什麼地圖，印得很粗糙，一個個字大得很，還有油墨團子。我覺得這些字我也能寫出來，沒什麼稀奇的。

「你那時也遭孽，餓得臉上只剩一雙眼睛，還來講書。」

「沒什麼，沒什麼。」

「臘月大雪天，好冷啊。」

「好冷的，鼻子都差點凍落。」

「還要開田，打起松明子出工。」

「嗯啦，松明子。」

他突然神祕起來，顴骨上一小塊光亮，幾顆酒刺，朝我逼近了。「吾想打聽件事，陽矮子是不是你殺的？」

什麼陽矮子？我頭蓋骨乍地一緊，口腔也僵硬了，連連搖頭。我壓根兒不姓馬，也沒見過什麼陽矮子，怎麼刑事案都往我身上扯？

「都話是你殺的。那傢伙是條兩頭蛇，該殺！」他憤怒著，見我否認，似乎有點懷疑，又有點遺憾。

「還有酒沒有？」我岔開話題。

「有的有的，盡你的量。」

「這裏有蚊子。」

「蚊子欺生，要不要燒把草？」

草燒起來了。又有一批批的人來看我，拐進門來，照例問起身體可好和府上可安一類。男人們接過我的紙煙，嗞嗞地抽得很響，靠門或靠牆坐下，眯眯笑，不多言語。聽他們自己偶爾說上一兩句，有的說我胖了，有的說我瘦了；有的說我老多了，有的說我還很「少顏」，當然是由於城裏的油水厚。直待煙燒完，他們又笑一笑，說是去倒樹或下牛糞。有幾個娃崽跑過來，把我的眼鏡片考察了片刻，然後緊張得興高采烈，恐懼得有滋有味。「裏面有鬼崽！有鬼崽！」一邊宣告一邊四下奔逃。一位姑娘，總是咬著一根草站在門邊，癡癡地望著我，還好像亮晶晶地旋著淚花，不知是什麼意思。弄得我很不自在，只好正經地總不時地盯住艾八。

這類事我已經碰得多了，剛才去看他們種的鴉片，路上碰到一位中年婦人。她一見我就顯得恐懼，臉像一盞燈突然黯淡，趕緊拔著鞋後跟，低頭擇路而去。也不知道是什麼意思。

艾八說我還應該去看看三阿公——其實三阿公已經不在，說是不久前被蛇咬死了，只是在人們的談論中，還留下一個名字。在磚窯那邊，還有他一幢孤零零的小屋。已有一半傾斜，眼看就要倒塌。兩棵大桐樹下，青草蓬蓬勃勃地生長，有腰深，已從四面八方包圍過來，陰險地漫上了臺階。搖著尖舌般的草葉，就要吞滅小屋，像要吞滅一個家族的最後幾根殘骨。掛了鎖的木門，已被蟲蛀出了密密的黑洞。我不知道主人在的時候，房屋是否會破敗得這麼厲害。難道人是房屋的靈魂，靈魂飛去，軀殼就會腐朽得這麼迅速嗎？草叢裏倒栽著一盞鏽馬燈，上面有幾點白白的鳥糞。還有一個破了的瓦罐子，你一碰，罐子裏就嗡地一下湧出很多蚊子。艾八說這瓦罐總是浸酸菜，當年我經常到三阿公家裏來吃酸黃瓜的。（是嗎？）牆上灰殼駁落，隱隱約約有幾個油漆字，僅筆觸的邊沿還未完全褪色：「放眼世界……」艾八說那還是我寫的。（是嗎？）艾八扯了一把車前草，又打望樹上的鳥窩。我則朝窗裏瞥了一眼，見屋角有半筐石灰，還有一個大圓盤，細看，發現是鐵槓鈴，鏽得不成樣子了——我感到驚異，這種罕見的體育用品，怎麼會出現

在深山裏？怎麼運到這裏來的？

大概不用問，也是我送給三阿公的，是麼？我把它送給三阿公去打鋤頭或鈀頭，而他終究還是沒有打。是麼？

有人在坡上喚牛：「嗚嗎——嗚嗎——」於是對面的林子裏有隱隱的牛鈴聲。這裏喚牛的方式比較奇特，像喊媽媽，喊得很淒涼。也許那炮樓的磚壁就是被它喊黑的罷。

一位老阿婆揹著小小的一捆柴，從山上下來。腰彎得幾乎成了直角，走一步，扯出的下巴就一鋤，像鋤著步子。她深深地仰望了我一眼。似乎不是看我，而是從前面看到了我腦後的桐樹，模糊的黑瞳孔全頂著上眼皮，沒有任何表情，只有滿臉皺紋深刻得使我一震。她看看三阿公的老屋，又回頭看看寨子口上的那棵老樹，沒頭沒腦地咕嚕了一聲：「樹也死了。」又慢慢地鋤著步子遠去。頭上幾根枯枯的銀絲，隨著風壓下去，壓下去。

我現在相信，我確實沒有來過這裏。我也無法理解老阿婆的這句話——一個無法看透的深潭。

晚飯弄得很隆重，牛肉和豬肉都大模大樣，神氣十足，手掌大一塊，熬得不怎麼熟，有一股生膩味。堆出了碗口，就繫上草箍，一層層往上碼，像碼磚窯——幾千年前就有這種吃法罷。男客才能上桌。有一位沒到，主人在空著的位子上放了一張草紙，大家吃一塊，往紙上夾一塊，算是他也吃了。席間我談到了香米，他們根本不肯出價錢，簡直是要白送。至於鴉片，今年鴉片好是好，但國家藥材站統購。我不好再說什麼。

「陽矮子該殺。」艾八嚰嚰地喝下一口熱湯，把湯勺放回桌面那黏乎乎的老位置上，又眼盯肉碗敲著筷子。「翹屁股，圓手板，什麼工夫都做不像，還起屋，不就是陰毒？」

「就是，哪個沒挨過他一繩子？吾腕子上現在還兩道疤。操他老娘頓頓的！」

「他到底是何事死的？真的碰了血污鬼，跌到崖壪下去了？」

「人再狠，拗不過八字。命裏只有一升，偏要吃一斗。夏家灣的洪生也是這個樣。」

「連老鼠都吃，幾多毒辣！」

「是滿毒辣，沒聽見過的。」

「熊頭也遭孽，挨了他兩巴掌。明明是幾袋顏料，吾視見過的，染不得布，只畫得菩薩伢子。他說是炮子。」

「也怪熊頭的成分大了一點。」

我鼓足勇氣插了一句：「陽矮子的事，上面沒派人來查過嚜？」

艾八咬得一塊肥肉吱吱響：「查過的，查卵！那天來找我，我就去尋雞婆。哎，馬同志，你的酒沒動呵？來，取菜取菜，取。」

他又壓給我一大塊肉。我喉頭緊縮，只好再次作出去裝飯的模樣，躲入暗處，把肉撥給了胯下一擠而過的狗。

飯後，他們說什麼也要讓我洗澡，我懷疑這是不是當地一種風俗，得裝得很懂。沒有澡盆，只有澡桶，很高大，足可以裝幾大鍋熱水，就放在灶屋一角。女人們可以在桶前來來去去，梁家畬來的大嫂還不時用瓜瓢來加水，使我不好意思，往桶內一次次蹲。直到她提桶去餵豬，才偷偷出了口長氣。我已經洗得一身發熱，汗氣騰騰了。大概水是用青蒿熬出來的，全身蚊蟲咬出來的紅斑也不怎麼癢了。頭上那盞野豬油的燈殼子，在蒸汽中發出一團團淡藍色的光霧，給肉體也抹上一層藍。穿鞋之前，我望著這個藍色的我，突然有種異樣的感覺，好像這身體很陌生，很怪。這裏沒有服飾，沒有外人，就沒有掩蓋和作態的對象，也沒有條件，只有赤裸裸的自己，自己的真實。有手腳，可以幹點什麼；有腸胃，要吃點什麼，生殖器可以繁殖後代。世界被暫時關在門外了，走到那裏就忙忙碌碌，無暇來打量和思量這一切。由於很久以前一個精子和一個卵子的巧合，才有了一位祖先；這位祖先與另一位祖先的再巧合，才有了另一個受精卵子，才有了一個世世代代以後可能存在的我。我也是連接無數偶然的一個藍色受精卵子。來到世界幹什麼？可以幹些什麼？……我蠢頭蠢腦地想得太多了。

我擦拭著小腿上一道寸多長的傷痕，這是足球場上被一隻釘鞋刺傷的。似乎也不是，而是……一個什麼矮子咬的。是哪個雨霧濛濛的早上？哪條窄窄的山道上？他撐著陽傘過來，被我的目光嚇得顫抖了。然後跪下，說他再也不敢，再也不敢；還說二嫂的死與他毫無關係，三阿公的牛也不是他牽走的。最後，他反抗，眼球凸突得像要掉出來，咬住了我的腿。雙手開始揪住套著喉管的一根牛繩，接著又猛地伸開去，像兩隻螃蟹在地上爬著、彈著，摳進泥沙裏。不知什麼時候，這兩隻螃蟹才慢慢地休息了，安靜下來……

我不敢想下去，甚至不敢看自己的手——是否有股血腥味和牛繩勒出的痕跡？

我現在努力斷定，我從來沒有來過這裏，也不認識什麼矮子。這一團團藍色的光霧，甚至夢也沒有夢見過。沒有。

堂屋裏很熱鬧。有一位老人進來，踩滅了松明子，說他以前托我買過染布的顏料，欠了我兩塊錢，現在是還錢來的，又請我明天到他家去吃飯和「臥夜」。這就同艾八爭起來了，艾八說他明天接裁縫，已經砍了肉，明天我毫無疑義地該到他家去……

趁他們還在爭執，我潛出門，淺一腳深一腳，想去看看「我」以前住過的老屋——聽艾八說，就是老樹後的牛房。前年才把它改作牛房的。

又經過桐樹下，又看見了雜草將要吞滅的老阿公——傾斜茅屋的黑影。它靜靜地望著我，用烏鴉的叫聲咳嗽，用樹葉的沙沙聲與我交談。我甚至感到了一股似有似無的酒氣。

孩子，回來了嚯？自己抽椅子坐下吧。吾對你話過的，你要遠遠地走，遠遠地走，再也不要回來。

可是，我想著你的酸黃瓜。我自己也學著做過，做不出那個味來。

那些糟東西有什麼好吃呢？那時候是視見你們餓，遭孽，一犁拉到頭，連田塍上的生蠶豆也剝著吃，吾才設法子做一點。

你總是惦記著我們，我知道的。

誰沒個出門的時候呢？那是該的。

那次擔樹椏，我們只擔了九擔，你記數，總說我們擔了十擔。

吾不記得了。

你還總要我們剃頭，說頭髮和鬍鬚都是吃血的東西，留長了會傷精氣。

是麼？吾不記得了。

我該早一點來看你的。我沒想到，變化會這麼大，你走得這麼快。

該走了。再活不快成精了嚯？吾就是喜歡一口酒，現在喝足了，可以安安穩穩睡了。

阿公，你抽煙嚯？

小馬，喝茶自己去燒吧。

……

　　我離開了那股酒氣，舉著將要熄滅的松明子，想著明天早上的農活，不時聽到腳邊的青蛙跳到水圳裏去了，回家了。但我現在手中沒有松明子，我的家也變成了牛房，顯得如此生疏和冷漠。看不清什麼，只有牛反芻的聲音，還有牛糞草熱烘烘的酸氣，湧出門來。牛以為是主人來了，頭擠頭往外探，碰得門欄咔嗒響。我一走，腳步聲就從牛房的土壁上回過來，像還有一個人在牆那邊走，或是在牆土裏面走──這個人知道我的祕密。

　　對面的山壁黑森森的，夜裏比白日裏顯得更高大更近了，使你有呼吸困難的感覺。仰望頭上那寬窄不勻的一線星空，地近天遠，似乎自己就要被一股莫名的力量拉住，就要往這地縫深處沉下去再沉下去。

　　巨大的月亮冒出來，寨裏的狗好像很吃驚，猙猙地叫。我踏著樹影篩下的月光，踏著水藻浮萍似的圈圈點點，向溪邊走。我猜測，在溪邊可能坐著一個人，也許是一位姑娘，嘴裏正含著一片木葉。

　　溪邊沒有人。但我回來時，終於見老樹下有一個人影。

　　夜色這樣好，是該有個剪影的。

　　「是小馬哥？」

　　「是我。」居然應答得毫不慌張。

　　「從溪邊來？」

　　「妳……妳是誰？」

　　「四妹子。」

　　「四妹子，妳長得好高了。要是在外面碰到，會根本認不出妳。」

　　「你跑的世界大，就覺得什麼都變了。」

　　「家裏人都好嗎？」

　　她突然沉默了，望著那邊的榨房，聲音有些異樣。「吾姊，好恨你……」

　　「恨……」我緊張得瞥了瞥通向燈光和地坪的路，想逃跑。「我……很多事不好說。我對她說過……」

　　「那天你為哪樣要往她背簍裏放包穀呢？女崽家的背簍裏，隨便放得東西的嚟？她給了你一根頭髮，你也不曉得嚟？」

　　「我……我不懂，不懂這裏的規矩。我……想要她幫忙，就讓她揹幾個包穀。」

大概回答得不錯，還可以混過去。

「人家都這樣話，你是個聾子嚦？我都視見過，你教她扎針。」

「她喜歡學，想當個醫生。其實，我那時也不懂，只是亂扎。」

「你們城裏人，是沒情義的。」

「不要這樣……」

「就是！就是！」

「我知道……妳姊姊是個好姑娘，我知道的。她歌唱得好聽，針線也做得巧。有一次帶我們去捉鱔魚，下手就是一條。我病了，她哭得好厲害……我都是知道的。可是，有好些事妳們不懂，也說不清楚。我一生都會奔波辛苦，我……有我的事業。」

終於選擇了「事業」這個詞，儘管有點咬口。

她捂著臉抽泣起來。「那個姓胡的，好狠毒哩。」

我似乎知道這是什麼意思，繼續試探著回答下去：「我聽說了，我要找他算帳。」

「有什麼用？有什麼用？」她跺著腳，哭得更傷心了。「你要是早說一句話，也不會成這個樣。吾姊已變成了一隻鳥，天天在這裏叫你，叫你。你聽見沒有？」

月光下，我看見她瘦削的背脊在起伏，上面是光滑的頸脖，甚至頭髮中縫中白白的頭皮也清晰入目。我真想給她擦淚，想抓住她的肩膀，吻她那頭皮，像吻我的妹妹，讓她的淚水貼到我的嘴唇上，鹹鹹的，被我吞飲。

但是我不敢，這是一個奇怪的故事，我不敢舔破它。

樹上確實有隻鳥在叫喚：「行不得也哥哥，行不得也哥哥——」聲音孤零零的，像利箭射入高空，又飄忽忽地墜入群山，墜入綠林，墜入遠方那一抹烏雲和無聲的閃閃雷電中。我抽了支煙，望著雷電。

行不得也哥哥。

我走了，行前給四妹子留了封信，請梁家來的大嫂轉交。信中說她姊姊以前想當醫生，終究沒當成，但願妹妹能實現姊姊的願望。路是人闖的，她願意投考衛生學校嚦？我將寄給她很多很多複習資料，一定。我還說，我不會忘記她姊姊。艾八把那隻樹上的鸚鵡捕住了，我將帶回去，讓牠天天在我的窗前歌唱，與我成為永遠的朋友。

　　我幾乎像是潛逃，沒給村寨裏的人告別，也沒顧上香米——其實我要香米或鴉片幹什麼呢？似乎本不是為這個來的。整個村寨，整個莫名其妙的我，使我感到窒息，我必須逃。回頭看了看，又見寨口那棵死於雷電的老樹，伸展的枯枝，像痙攣的手指。手的主人在一次戰鬥中倒下了，變成了山，但它還掙扎著舉起這隻手，要抓住什麼。

　　進了縣鎮的旅社，在床頭鸚鵡的咕咕嘟嘟聲中入睡。我作了個夢，夢見我還在皺巴巴的山路上走著和走著，土路被山水沖洗得像剮去了皮肉，留下一束束筋骨和一塊塊乾枯了的內臟，來承受山民們的草鞋。這條路總也走不到頭。我看著手腕上的日曆表，已經走了一小時，一天，一個星期了⋯⋯可腳下還是這條路。甚至後來我不管到哪裏，都作這同樣一個夢。

　　我驚醒過來，喝了三次水，撒了兩次尿，最後向朋友掛了個長途電話，本想問問他在牌桌上把那個曹癩子打「跪」沒有，出口卻成了打聽自學成才考試的事。

　　朋友稱我為「黃治先」。

　　「什麼？」

　　「什麼的什麼？」

　　「你叫我什麼？」

　　「你不是黃治先嗎？」

　　「你是叫我黃治先嗎？」

　　「我不是叫你黃治先嗎？」

　　我愕然了，腦子裏空空的。是的，我在旅社裏，過道裏蚊蟲撲繞的昏燈，有一排臨時床。就在我話筒之下，還有個呼呼打鼾的胖大腦袋。可是——世界上還有個叫黃治先的？而這個黃治先就是我嚜？

　　我累了，永遠也走不出那個巨大的我了。媽媽！

原載《上海文學》1985 年第 6 期（1985 年 6 月）；後收入韓少功，《鞋癖》（武漢：長江文藝，1996）。

馬建

1953年出生於青島。1986年移居香港，1997年赴德國魯爾大學任教，1999年起定居英國倫敦專事寫作。著有長篇小說《思惑》、《拉麵者》、《九條叉路》、《紅塵》、《肉之土》、《陰之道》、《亮出你的舌苔或空空蕩蕩》等。其中長篇小說《紅塵》獲英國湯瑪士·庫克旅行文學獎。《亮出你的舌苔或空空蕩蕩》提名英國獨立外語文學獎，入圍美國桐山文學獎。2008年出版長篇小說《肉之土》（Beijing Coma），獲2009年英國國際言論自由監察機構頒發的「言論自由獎」圖書獎，同時入圍英國獨立外語文學獎，獲希臘2009雅典文學獎，入選都柏林文學獎。目前該作品已有法、義、德、荷、西班牙等三十多語種在全球發行。

2004年被法國《閱讀》雜誌評為本世紀全球最重要五十位作家之一。

亮出你的舌苔或空空蕩蕩

在視野邊際，看著我──這片陰憂而寥闊的記憶

女人藍

　　汽車拚命爬上了5000多米的崗巴拉山，幾輛解放牌卡車還在下面困難地移動。山頂最後幾片雲擦著亂石和瑪尼堆往峽谷滑去，羊卓雍湖展現出來。湖面映滿藍天，還把遠處沐浴在陽光下的雪山頂倒插在湖裡，使你不覺產生擁抱的欲望。這是通往後藏的盤山公路。

　　在拉薩住了一個月，遊遍了所有古廟古寺，特別是大昭寺。那裡是藏族佛教聖地。來自各處的聖徒不絕如縷地圍著那裡轉經，祈求來世投胎富足人家，不再受苦。門前磕長頭的人群像職業運動員操練一樣趴下，站起合掌，再趴下。對旅遊者來說，算是滿足了他們的好奇心。特別是西藏的葬禮，更吸引外地人。我背著照相機去了幾趟天葬台。不是天不亮葬禮已完，就是遠遠被發現不准你靠近。有時還扔石頭叫你走開。幾次悻悻而歸。聽說死人要先在家裡停屍三天，然後由家人背到天葬台，一路不能回頭。走到村口或路口要把一個紅陶罐摔碎，表示死者靈魂不再回來了。有錢人還要請喇嘛念經，把死者的功績介紹到佛國，由那裡再去投胎轉世或者就在佛國裡永遠生活。天葬師要先點上香火，再把死者身上的肉刮下切成碎塊，再把骨頭用鐵錘敲成糊狀，撒些青稞麵，攪拌後讓鷲鷹吃掉。如果死者是信徒還要在胸前用刀劃個有吉祥意義的符號。最後把死者頭皮交給親屬，天葬算是完成。再跟死者來往就到寺廟裡燒香拜佛了。

　　我準備去後藏偏僻的地方碰碰運氣，設法看到天葬場面。當汽車轉到山底沿羊卓雍湖奔馳的時候，我覺得頭暈。推開車窗，外面湖面平坦，陣陣清風沒一絲塵土。但汽車裡擁擠不堪，陣陣羊皮子的膻味頂得我無法呼吸。我忍受不住了便逃下了車。

　　這是八月，高原的黃金季節，天空又藍又透明，使你都感覺不到空氣。

我走到湖邊放下旅行包，掏出毛巾痛快地洗了個臉。這裡叫浪卡子，是個上百戶人家的小鎮。藏民在山腳下蓋起一排排泥屋，屋頂全插著經幡。一座很小的喇嘛寺立在半山，牆壁塗成紅白二色，屋簷下有一條很寬的藍色，旁邊是幾堵沒屋頂的斷牆，還有一座靈塔剛剛塗上白灰在陽光下閃耀著。

這是個很美的地方。湖邊沒有雜物，卵石在水裡清晰可見，陽光一直透進湖底。那些屋頂上紅黃白藍色的經幡在陽光下隨風搖動，示意著佛國美好境界。這片泥屋下面，也就是靠近湖邊，有座水泥紅瓦房，大概是鄉公所。我掏出那張蓋著紅印章的假介紹信，走近一看又不像鄉公所，只是普普通通的平房。一個當兵的走出，聽口音是四川人。他招呼我裡面坐，我就跟他進了屋。這是個電話兵分部，他駐紮這裡，負責維修這一段的電話線。平時線路暢通就去湖裡釣魚，大概還看看雜誌和武俠小說。他很高興我要求住在這裡。他已經在這兒待了四年，學會了不少藏話，常跟鄉裡藏民串門喝酒。一支衝鋒槍就掛在牆上，屋裡亂糟糟的像個廢品倉庫。

我打聽這裡有沒有天葬台，他說有。我又問最近有沒有天葬，他怔了一下說前幾天剛死了個女人。我興奮起來繼續問他，他卻支支吾吾說要去買酒晚上喝。我給他錢，他極不自然地推開就走出去。我心裡開始七上八下推測著，萬一在這裡看不到，再碰機會就太難了。哪能我去哪裡就正好死人，這次千萬不能錯過。

晚上我倆喝酒，聊著外地新聞，為了和他搞好關係，我海闊天空吹起牛來。他喜歡釣魚我也釣，而且保證回北京給他寄一副進口不鏽鋼魚竿，並立刻寫了地址，聲稱趙紫陽和王光美都是我左鄰右舍。當然那個地址北京永遠也查不到。後來又跟他談起女人，他很感興趣不斷吸烟。這個話題我可是專家，便把當代女性之開化誇張地描述了一番，還用四川話說，他要到北京我就把我的粉子讓給他睡，並寬容地叫他不要客氣。他摸了摸桌面，突然跟我說，那個女人才十七歲。

我愣住了，這麼年輕。她是生孩子大出血死的。他說。孩子還在肚子裡。我覺得一陣噁心，掏出烟來。

我倆沉默了一陣子。屋裡地面很潮，靠牆支了個單人床，是軍用木床，刷著黃漆，床頭那一面還印著紅五星和部隊編號。牆上貼了很多剪下的畫報。一堆鐵腳架、電線繩子堆在門後臉盆架下面。窗戶下半部用報紙糊滿，

上面透過玻璃看得見天空：已經由深藍變成黑色。公路沒有過車的聲音傳來了。

當兵的站起，靠在床架上，對我說：你能看到的，這裡的老百姓不管那一套，多數人沒見過照相機，米瑪的兩個丈夫更不知道照相機是怎麼回事。

誰有兩個丈夫？我問。

就是那個死人。

怎麼會有兩個丈夫？我又問。

嫁了兄弟兩個唄。他聲音很小。我呆了一會兒，又問，怎麼非要嫁兩個丈夫？話一出口就知道不對勁，人死了還問為什麼嫁兩個丈夫。但他回答了我：她不是本地人，是從乃堆拉遷來的。她家十一個孩子，米瑪又是最瘦弱的一個，剛滿六歲就被人用九張羊皮換來了。

現在還有換人的？我問。他沒回答，繼續說，長大就不一樣了，她還去龍馬孜上過三年學。那會兒她後母還活著。

她後母叫什麼？我覺得這是個值得寫的事，拿出筆和日記本。

她後父是個酒鬼，一醉了就唱歌，還要抱女人，有時就抱住米瑪亂摸，老婆一死他更厲害了。十幾歲的女孩子哪能推開那麼個大漢子。他聲音焦躁不安，我知道他快要罵人了。剛才吹牛的時候他就不住地亂罵。

媽了個八子的，等老子脫了軍裝再說。他臉色由紅變紫，顯出一陣四川男人常表現的倔強。我沒吱聲，等著罵出來的那個字慢慢消退。

他走到門口，看了看風向，電話線一動不動。我把酒喝乾，在屋裡走了幾圈。這裡夏天沒有蚊子，湖面的濕氣溢進室內，使人覺得陰冷。

能帶我去看看嗎？我說。

他沒抬頭，從桌子抓起鑰匙和手電筒：走。

我倆鑽進村子，沿一排黑黢黢泥屋堆砌的夾縫之間往上走去。小巷坎坷難走，乾濕牲口糞和雜草在手電筒的光下無聲無息地縮著。狗叫成一片。他推開柵欄朝一間有光亮的房子喊了句藏語，我倆就鑽進了屋裡。

幾個坐在火堆旁的男人全把臉轉過張著嘴看我。一個歲數稍大的站起。當兵的還用藏語說著，其它人還看著我。

我拿出打火機打著火，又拿出烟遞給他們。昏暗中只能看見他們的牙齒。我啪拉又打了一下打火機，讓火苗竄起，他們的下巴就鬆弛了，我就把

打火機遞給那個站起的，他接過坐下。這時他們的視線全移到打火機，互相傳看，不時抬頭對我笑笑。我坐下，旁邊一個青年從布袋裡掏出乾羊肉，切了一塊給我。這種生吃牛羊肉的習慣我在羊八井牧區吃過多次，便從腰裡解下刀削著吃。他們很高興，又遞過一碗青稞酒。酒沒泡好，麥粒還漂在上面，我就想起了那個女人。

屋裡全是令人窒息的牛糞餅烟味，使人不敢呼吸。我掃了一眼，這裡和其它農民的家一樣簡單：沿牆高出一尺的木櫃上鋪著卡墊，牆用石灰水刷過，進門右邊還有一間裡屋，沒有門簾，裡面黑乎乎看不清，大概是米瑪住的內室或是堆雜物的倉庫。火堆正上方是個古舊藏櫃，靠牆邊貼了張佛畫：一個無常鬼手握生死輪迴大圓盤，正張口嚇唬活人。畫很舊，底下貼了幾張藏文佛經片段，都是印在些紅紅綠綠的紙上。

大概他們說到我要看天葬的事了，幾個藏民一邊看我一邊點頭。當兵的站起，也叫我起身。他帶我走到門後，用手電筒照著一個紮上口的麻袋，麻袋底下是用泥土做的土坯。

這就是她。當兵的說。

我的手電筒在麻袋上晃了幾下，她大概是坐著，臉對著後門那邊，頭很低，大概是麻袋紮口時被按下去的。

躺到床上後我就一直睜著眼，想像著這個姑娘的樣子。她一定會唱歌，這是少數民族的特點，我就常聽到她們在樹林裡、山路上停下來唱，你雖聽不懂，但聽著那袒露無遺的女人嗓子裡發出的聲音也就夠舒服的了。她們還把皮襖解下紮在腰上，頭髮在彎腰幹活時就滑到耳朵兩邊。我又把在汽車裡看到的那個姑娘的臉借來：圓臉，兩腮發紅，鼻子不大，眼圈烏黑，看人直盯盯，脖子和前胸皮膚白細，從側面可以窺見乳房之間的凹處，黑幽幽不時隨汽車顫動著。

當兵的查完線路回來，擰開燈，面無表情，點了支烟就挨著我躺下。我倆都無睡意。

他終於說話了：告訴你吧，反正你又不是這裡的人，待兩天就走了。我要不說出還挺不好受。我也坐起，把枕頭豎在後背。他說：

我跟米瑪很好，就是因為這個我才沒調防。這地方可不是人能長期待住的。最初是在山上碰到她。我上山換電話線，要翻兩座山。她把羊群撒開就

坐在那裡待著。我下山的時候背著一大捆舊線，很重。我招呼了一聲就坐在她旁邊。她的狗看了我一眼就又睡過去了。

那是個挺熱的下午。羊群都找有風的地方吃草。她笑了笑。然後就一直看我，好像我不是個男人似的。我告訴她我是電話站的，她沒聽懂。我就順著電話線指到下面的房子，她又笑了笑，轉過臉看著崗巴拉山頂，那裡正有一輛貨車在吃力地爬坡，但聲音聽不見。米瑪說見過我，還問我為什麼在這裡住這麼久不回家。她說話的口音跟這裡的藏語不一樣。那天我剪了一大段電線給她，叫她拿回去曬衣服捆東西用。以後我常跑上山看她。她也常常特意等我，給我她烤的羊肉乾和青稞酒。她還會把大棗和野生山梨泡成酒。我常跟她一待就到了天黑。她比一般農村的藏姑娘更愛乾淨，身上的膻味和奶酪味不太濃，我倒是很喜歡聞。有一次我伸手解她捆在皮袍上的布帶，她沒推開，我就和她抱在了一起。

她是我接觸的第一個女人。只要挨近或者手碰著她的脖子我下面就走馬了。我覺得她在等著我。可我還是太幼稚。她還告訴我，她阿爸常摳她。她多次跑出來不敢進屋。村裡的人都知道她阿爸跟她睡在一起。青年們都看不起她。去年，差不多也是這個時候，她突然撞進來摸到我床上，我不知哪來的膽子就跟她幹了那種事，而且一夜沒停。天不亮她推開我說要回去了。我幫她套上衣服就睡了。米瑪臨走把她從小佩在身上的松耳石項鍊塞在我枕頭下面。第二天我才知道她嫁給了那兄弟倆。

他說完歪頭看了我一眼又說，這事要說出去我非毀了不可，他們也會捅了我。我嚴肅地點點頭，表示守口如瓶。所以在這篇小說裡只能叫他當兵的。

當兵的從抽屜裡拿出項鍊，我挨近燈光看了看。這是串瑪瑙石項鍊，間隔幾塊就串個紅木珠，一塊很大的綠松石垂在中間，光滑烏亮有姑娘身上那股奶味。我想起在土坯上放著的麻袋裡死了的她。

後來她又找你了嗎？我問。

沒有，她結婚以後就不上山放羊，在家裡幹活了。聽說老大和老二都喜歡她，兄弟倆一喝上酒，就能聽米瑪在下半夜大聲叫喚。有人還看見老二帶她去汪丹拜佛回來在馬上就幹那事。那會兒米瑪已經懷孕了。這兄弟倆活了大半輩子才娶上這麼個老婆。

　　她為什麼不再找你了？我又問。

　　來過。當兵的吞吞吐吐小聲說。我不想都告訴你。

　　爬上天葬台已經看見太陽從東面升起。這裡不像拉薩的天葬台處在一塊伸出來的巨石上，平平整整。這兒是個半山腰，在山丘連著大山的一塊平坦的亂石崗上。有幾根鐵釺深埋在地裡，幾段繩子勒在上面，旁邊有幾把生鏽的破刀，兩把大錘和一把斷了柄的斧子。到處是沒敲碎的骨頭渣子與死人頭髮。還有碎了的手鐲、玻璃珠和鷹拉出的死人指甲。這時山上很靜，鷲鷹還棲在山頂。

　　羊卓雍湖開始起霧，一朵朵霧氣輕輕柔成一片，湖面就不見了。霧越來越濃如女人呼吸一般起伏，輕飄飄瀰漫升高，把血紅的太陽遮起。貼著湖面的霧氣無聲無息地扭動，又慢慢湧向山腳。

　　他們從霧裡漸漸出現了。老大背著麻袋裡的米瑪。他們大概請不起天葬師，或者這一帶沒有。老二背著麵口袋和水瓶，還有只平底鍋。走在後面的是個喇嘛，慢慢我認出來就是昨晚在米瑪家喝酒的其中一個。霧跟在他們後面升騰。

　　他們對我笑了笑，解開麻袋，她露出來了。四肢用了繩子捆在前胸，像是剛出生的嬰兒；背上用刀劃了個卍字，劃開的肉已經乾縮了。繩子鬆開她就摔在地上。他們把她的頭固定住把四肢拉直。這時她仰面躺著，眼睛看著天空和一縷縷散開的霧氣。老二已經燒起香堆，撒上些糌粑，濃烟很快攪到霧氣裡。還有一堆火上架著平底鍋，老二把酥油化在鍋裡，老大往三堆香火裡加上幾塊糞餅，抬頭看了看山頂。喇嘛早就盤坐在羊皮上打開經書，雙手不停地扯著念珠。他坐得離火堆很近。

　　我先是遠遠地看著，慢慢才走近。她的四肢攤開了，似乎對著天空還要做點什麼，乳房比其他地方白細，鬆散在肩胛兩旁，腹部凸起，那個沒出世的小生命正待在裡面。或許是當兵的種，我想。

　　我把照相機調好光圈對了對距離，便蹲在她右邊準備拍照，背景正好是裊裊上升的霧氣，遠處蒼白的雪山頂剛被太陽塗上一層暖色。從鏡頭裡看她像個女孩子。我想到她小時候從馬背上馱到這裡的情景。那時她也是一絲不掛，從羊皮袋裡伸出臉，張望著這裡的大山和湖面；後來她放羊也是靜靜地看著這雪山頂，大概在想著自己的家鄉。在鏡頭裡她似乎是睡著了。我又使

鏡頭往下移：鬆弛的胳膊，手心向上。我猛地想起當兵的那張吱吱呀呀的木床和正在喝酒的兩兄弟。我把焦點在她腳上對了對，腳面蒼白，五趾靠得挺緊，小趾很短，指甲還沒長出。我又往後移了一下調好畫面位置按了快門。快門按不下去。我把相機檢查了一遍，又按了一下，快門紋絲不動。我挺緊張，忙把自動曝光調到機械快門上，重新對好她，輕輕按快門，還是按不下去。我兩腿發軟坐在地上把膠捲退出，重換上電池，對著米瑪的臉部又按了一下，快門像是凍住了。這時，我突然看到她嘴角盪起一絲細紋，不是微笑，不是嘲弄，但確實是動了。

我慢慢站直，頭頂響起一聲刺耳的尖叫，隨後一陣風呼嘯而過，一隻禿鷹俯衝下來，在屍體頂上盤旋，然後落在一塊石頭上，收起了翅膀。

我回到他們三人那裡。老二拖過口袋掏出塊糞餅，順手扔進火堆，又掏出塊糌粑，掰了塊給我。我大吃起來，裡面竟然有幾個葡萄乾。他又掏出塊羊肉乾，還用暖瓶蓋倒了杯青稞酒，我一口氣把酒喝光。羊肉乾大概就是米瑪做的，我抬頭看了看她。她的陰部正好對著這兒，一根棉繩從血乎乎翻起的陰道裡露出，大概是往外拉孩子用的。我用刀使勁切著羊肉乾。兩兄弟對我笑了笑。我好像也笑了，不過是把臉對著遠處的雪山頂。那裡已經被太陽映紅，霧不知什麼時候消失得無影無蹤。遠處的湖面像昨天一樣平靜，一樣清澈，深沉得像米瑪的那塊綠松石。

老大起來往三堆香堆裡加糞餅，又過來給喇嘛倒酒。喇嘛不喝了，他告訴老大，米瑪的靈魂已經送上天了。老二也站起，把隨身帶著的快刀從口袋拿出，我就跟走過去。這時鷲鷹喧囂翻騰在空中衝撞，黑壓壓布滿了上空。兩兄弟把米瑪翻過，從臀部豐滿的位置插進刀子，順著大腿把整條肉一直割到腳跟。老二把肉接過用刀再切成小塊。她的一條腿已全是骨頭了。由於她腹部貼地，從大腿裡又流出些黏乎乎的水。我把照相機端起，調好距離，這回快門咔啦一聲落了下去。

很快鷲鷹落滿四周，幾十隻鷲鷹拚命嘶叫撲打爭搶著。鷲鷹的外圍落了一片烏鴉，大概它們自認種族低劣，沒有敢靠前，遠遠看著，嗅著，等待著。

這時陽光完全鋪滿天葬台。老二不斷轟著越圍越近的鷹群，不斷地向它們扔著米瑪身上的肉塊。我也撿起鏽刀，拿來一隻剛剁下的手，從指縫切下

去，然後把大拇指扔進鷹堆。老二看到笑了笑，把米瑪的手拿過去放在石頭上，把剩下的四個指頭先用大錘敲扁，然後再扔過去餵鷹。我頓悟：這樣就不會剩骨頭了。

當老大把米瑪的臉由下巴掀起的時候，我就記不起米瑪的模樣了。只是她的眼珠還清清楚楚對著天空，直到她完全消失在天葬台上。

最後老大抓著米瑪的辮子，上面還紮著紅色絨線，轟了轟圍著他的鷲鷹，晃晃悠悠走回火堆。這時烏鴉已經與鷹混在一起圍著鐵釬啄著拌上青稞麵的腦漿和碎肉渣子。

我看看錶，上來已經兩個多小時了。我該下山了，當兵的還在等著我。他說他已經借好了船。他說，今天陪我去湖裡打魚。

本文原載《人民文學》1987年第1、2期（1987年1月）；2016年9月修訂。

伊苞

達德拉凡・伊苞，女，排灣族，屏東縣瑪家鄉青山部落（tuvasavasai）人，漢名塗玉鳳，1967 年 12 月 18 日生。1991 年花蓮玉山神學院畢業，求學期間就對排灣族文化傳承感興趣，畢業後，進入基督長老教會總會工作，從事兒童主日學教材編輯。1992 年因為憂心原住民文化流失問題，回到部落從事排灣族母語寫作。1993 年經朋友引薦進入中研院民族所擔任蔣斌先生的研究助理，投入排灣文化研究，從事部落田野工作的採集與記錄，與族中長老、巫師多有接觸，滋養、豐富了伊苞文學創作的題材與內容。2001 年加入優劇場，從事劇場的表演工作。目前遊走於表演、教學與寫作之間。著作包括 2000 年〈慕娃凱〉獲第一屆中華汽車原住民文學獎短篇小說組佳作及 2004 年《老鷹，再見：一個排灣女子的藏西之旅》。

聖湖　巫師：8月15日瑪旁雍措

昨晚十點多才到達位於湖邊的招待所，一片漆黑加上電力不足，什麼也看不見。

清晨起來開門，眼睛為之一亮，天空下浩瀚的湖泊，碧波蕩漾，充滿靈秀之氣，這就是傳說中的聖湖了。

吃過早餐，我們走到湖邊，面對聖湖作五體投地大禮拜，祈求轉山平安，祈禱家人健康。並且以聖湖水沾洗眼、耳、鼻、舌、身。據說，聖湖水能洗盡人們的貪、嗔、癡，慢、疑和疾病。洗畢，我們把台灣帶來的風馬旗掛在淺灘處，並將身上物品、金錢當作供品拋入湖中。

我們繞湖疾走，三十分鐘左右，曉慧體力不支突然昏倒，兩位醫師留下照顧，我們繼續繞湖。

藏族一向有湖中洗澡的習俗，前來朝聖，繞湖一周的人，如能在湖畔浴門淨身，不但消除疲勞，還能消除罪過。

聖湖也稱瑪旁雍措湖，藏語中「措」的意思是湖，「雍」是音譯，意思是湖水的顏色如松石色般美麗，「瑪旁」則是「不敗，無人能敵」之意。這個名字的由來是十一世紀左右，西藏宗教面臨一場激烈的交戰，葛舉派與黑教兩派相互角力，最後代表佛教的葛舉派獲勝，為了紀念此次勝利，葛舉派便將湖名「瑪要措」改為「瑪旁雍措」，即為永恆不敗之湖。

瑪旁雍措湖位於西藏西部，座落於岡仁波齊東南方。它由岡底斯山的冰雪融化而來，面積約四百平方公里，形狀為一橢圓形，北寬南窄，似一倒立的鵝蛋，是印度河與恆河的發源地，也是世界海拔最高的淡水湖。

關於繞湖的習俗，藏人有著另一個美麗的傳說——關於母親與孩子的故事。很久以前，在湖的東方有一個國家，國王有著美麗的妻子與兩個可愛的小孩，生活幸福美滿。但這種平靜滿足的日子並沒有維持多久，皇后在一次

危急狀況下病逝。臨終前,她要求將遺體扔至湖中,並親手將一對可愛的法鼓交給孩子們,告訴他們,遇到危難時,就到湖邊使勁的搖響這對法鼓,那麼神就會保佑他們。國王便依照妻子的意願,將其遺體放置湖中,並將此湖取名為「扔母湖」,即為「瑪旁雍措」。不久國王被一個女鬼變成的美麗女子所吸引。女子假裝重病在床,並佯稱需要吃王子與公主的心才能治好她的病。國王經過痛苦的掙扎,最後為了救治女子,表達自己的一片真心,便捉拿王子與公主。王子與公主驚嚇中連夜逃出,後來記起母親的話,倉皇中奔往湖邊,而國王也追到湖邊。繞著湖,他們使勁的搖響法鼓,所有的希望都緊緊繫於法鼓上。國王眼見要追到時,突然出現一位黑衣騎士,抵擋住國王的人馬,兄妹倆也就安全的度過難關。

從此以後,兩兄妹就沿著湖邊一直繞,搖響著他們的法鼓,一邊轉湖,一邊呼喚著他們的母親。

聖湖的故事讓我想起巫師,巫師十指交纏抱於膝上,我看見手指、手背上紋身的人形圖紋,在歲月中皺褶也模糊了。

她說過,在她第一次月事來的時候紋身的,紋身代表的是階級的象徵,也是一種身體的美觀和成年的標誌,巫師說,在她完成紋身後,她的家人設宴慶祝她成年。她的雙手腫得連吃東西都要有人餵食才行。

我握著她的雙手把玩著。

「妳要不要學習成為一個巫師。」她說。

神靈喜歡的人才能成為巫,巫師曾經唸了一段古語,然後解釋說:「大武山的神坐在雕刻著人形圖的石椅上吃著檳榔,他往下看,看見他所喜歡的人。他在樹上一摘,摘下了za-u給他所中意的人。」

她小的時候,神靈給過她三個za-u,一次是在庭院掃落葉時,突然砰——一聲,什麼東西掉落,她拾起一顆圓石般的果實給父母看,父母立刻知道是怎麼回事。有兩次是在田裡拔花生的時候,跟先前一樣,za-u突然從天上掉落下來。

當時的日本警察,一直認為za-u是巫師自己趁人不注意的時候自己投下

的。巫師在部落的地位崇高，深受人們愛戴和信任，日本警察卻認為她們妖言惑眾，不斷在暗中秘密注意著巫師的言行舉動。

「妳會，妳開始在吟唱了，這不是每個人都做得到。」

「是這個厲害。」我指著錄音機說。「妳的聲音，通通被它抓到它的裡面。」

她把耳機拿在手上，傾著身將耳機湊近耳旁，我按下PALY，她突然咯咯咯笑起來。

「一毛，一毛。」她把耳機當麥克風，孩童般玩耍，叫著她為我取的小名。「一毛一毛，妳在那裡。」她看著身旁的我，哈哈大笑。

巫師的家門永遠都是開啟著，尋常的日子，她總是身著傳統服坐在走廊上吃檳榔、串珠子。

那天清晨我出現在她眼前，她一如往常，「哇～～」一聲，然後，露出老奶奶慈祥的笑容，伸出右手把檳榔袋放在我腳前。

「妳來得正好，我正準備去杜鄔的家為她解夢。」

溫煦的陽光，照在庭院兩旁的檳榔樹上。空氣中充滿了沾著露珠小野菊的清香味道，巫師搗檳榔的小杵臼已擱置一旁，我把檳榔放入口中咬碎之後拿給她，她說：「這就是為什麼我們需要一個健康的子孫。」說完，她把檳榔放入口裡，苧麻袋背在肩上，走出家門。我回頭把門關上，「保持我在的樣子就好。」她說：「門沒關，沒有關係。」

我們朝著斜坡走上去，八十三歲了，她穿戴髮飾、琉璃珠，愉快而開朗地與每一個人打招呼。

「我近來時常作夢，夢見琉璃珠不見了。我不知道，究竟是什麼在削弱我們家族的力量。」杜鄔阿姨面對巫師說。

巫師兩腿夾著葫蘆，葫蘆光滑的肚腹上手指搖晃著小葫蘆。

「大武山的神靈，居住在聚落扎拉阿地阿的祖靈，來自遠古的家族長老、智者，引信靈的球網拋向空中，刺球者的竹竿爭先蜂擁刺向，指引那隱而未現的事、秘密的事，光滑剔瑩的圓石毫無痕跡，請為我們解開迷霧。」

　　巫師吟唱的曲調低迴幽怨，聽來是因為思念而有些哀傷，背後卻深藏著一股沉穩的力量讓心靈沉靜下去。

　　小葫蘆停。

　　巫師說：「妳的問題是什麼？」
　　杜鄔說：「我要問喇路ㄅ，他是基督徒。我時常夢見他，尤其在我喝了酒之後，我看見他站在家門外。他在平地的水溝裡意外身亡，他是意外死亡所以沒有帶回我們婚後所建立的家，他應該回到他出生的家和他的家人在一起。」
　　巫師搖著葫蘆吟唱：「來自中間的扎拉阿地阿的家族之靈，在路中的枉死，那避而不見的、疏遠的，是阻隔。」
　　葫蘆停。
　　巫師：「他同意了，我們希望他能怎麼做。」
　　杜鄔：「我是信仰排灣族的傳統宗教，我一向是排灣宗教的追隨者，這是我心底的意願，你是否願意接受這個事實，並且接受你妻子、孩子們的信仰，你在世時，我的心一直是信仰排灣的古老宗教，而今你已離開我們，回到你出生的家和你的家人在一起……」
　　巫師：「我要和你談談，你是否因為信仰的關係沒有和你的母親、兄弟在一起，回不到你的出生地扎拉阿地阿家族，所以你希望能跟他們在一起，這是我要說的。」
　　葫蘆停。
　　巫師又繼續搖。「我要再問一次，不能隨便了事，要讓你和母親、兄弟在一起，還是你要與他們分開，你心底的意思如何？這是我要問的，你要分別，還是追隨你扎拉阿地阿與家族同路。」

　　葫蘆停。
　　「他要和父母、兄弟在一起。」巫師說，事實的真相是喇路ㄅ要回他出生的家扎拉阿地阿，要和他的家族、母親、兄弟在一起。
　　杜鄔以雙手抹去臉上的淚水，「我知道了。」她哽咽地說，「我知道喇路

ㄅ心底的意思了。」我把咬碎的檳榔遞給巫師，巫師用右手抹了一把臉，不同於吟唱時的莊嚴面容，她又回復為慈祥的老奶奶，她把檳榔送入口中，對著杜鄔和她的家人說：「有了真相，我們知道怎麼面對，心裡的擔子就要放下來，酒，也是要節制地喝。」

杜鄔點點頭，巫師安慰死者的靈魂，同時也安慰生者的心靈。

那年，我從台北返家做田野調查，篤信基督教的頭目帶著我和幾位朋友上山，路上經過廢棄的舊聚落，聚落被廢棄的原因，是這裡曾經發生一名少婦因為難產死亡的事件，過去婦女在家難產死亡，家人就要廢掉家屋而另覓新地建立新家，家名同時要更改。日據以後，則改為只需把婦人躺過的石板丟棄即可。

更早以前，部落若有人惡死（意外身亡）或難產死，巫師就在祭祀屋裡作儀式，所有人都要離開部落，集體到部落上方的山林裡。然後由巫師在祭祀屋外起火，當煙霧直達天空，巫師高聲呼喊：「歐～～」一聲，部落的人就聚集到祭祀屋外，點燃火把，拿著火把各自回家，把家中所有大小水缸裡的水全部倒掉，重新注入新水。

當時這個小聚落沒有巫師，於是住民帶著家當搬離。

少婦難產死亡的家屋已成斷垣殘壁，幾株盛長的棕櫚樹下有數片散置的石板，樹幹上纏繞垂掛的葛藤，看上去十分陰森。

頭目說，不久前，有一隻獵狗誤闖，一回到家就斷氣了。

我們在距離十公尺的地方蹲著，頭目放低聲音說話，誰也不敢趨近。

我們沿著山路繼續往上走，眾神靈的居所——峭壁都有一洞口，頭目說那是神靈抽煙斗的地方，他說不準是哪些神靈的名字，但在巫師的祭詞裡我約略清楚那些地名和神靈所在地，就像她說「扎哩蒡恩的神靈」，我知道她所指的就是這條氣勢磅礡，猶如無人之境的深山幽谷。

在深不見底的綠色水面，峭壁上有一條小棧道，據說是日本人為了開挖深潭地底的礦物而開鑿的，開挖不久，日本人一個個得怪病死亡。因此保住了這條河流免於破壞。

頭目起先以草籐纏繞著頭，「不讓神靈看見我。」他說：「小時候，父親

教導過我的，為了不要驚擾神靈，最好以草籤把自己遮蓋起來，然後以蹲姿快速通過。」

我既不戴草籤，也不蹲下來。

傍晚，吃過飯後，夜晚來臨。滅掉營火，我們各自回帳篷睡覺。

風自遠方唰～～唰～～吹過來，落葉飄落，棚外我聽見一夜未歇的腳步聲，踩著地上的枯枝草葉，繞著帳篷來回不停地走。

身邊的人已經熟睡，我睜著雙眼，一夜未能眠。

下山後我告訴家人，他們有些失望，也有些驚訝竟有這種工作。「你這是什麼專門闖進叢林給鬼找上門的工作，」阿姨說，「你當時應該起來唱聖歌給他們聽。」

我的登山鞋、衣服、身上一定散發著泥土混雜野草腐木的氣味，年輕女人該有的胭脂味在我身上完全走味。表姊撥弄我額前的髮：「向你的親戚們訴說吧！你在台北做的是什麼工作，臉上皮膚為什麼都白不起來，台北沒有漂亮的衣服可穿嗎？」

同樣的事，我告訴巫師。她只看了我一眼，然後哈哈大笑。「走在不同路徑的人，當然不能為人指路。」她說，「你聽說過一隻老鷹會跟母雞說，哈！姊姊，過來跟我一起飛嗎？」然後巫師又說：「我們在那邊的祖先，已經很久沒有看到人類了。看到你這個排灣人當然高興，多少年了，沒有人造訪過那裡。」她拉長了音，強調流逝的歲月，埋在荒煙蔓草中被後代子孫遺忘的部落。將近四十幾年了吧！

居住在大武山的創造神，坐在綠葉蓊鬱的榕樹下看著山下的人民，他身後寧靜的湖泊，魚群自湖中跳躍，有外侵者從他身邊走過，他感到孤單害怕。

我問：「神怎麼會孤單和害怕？」

因為祂的人民背離了祂。巫師說：「我們的傳統信仰已被外來的神所取代，人們離原來的世界越來越遠，他們不知道自己是誰，知嘛ㄥ我們稱為神，外國人的神也借用我的話講他們的神是知嘛ㄥ。」

有兩個外地人，每天到我這裡來傳教，他們對我充滿憐憫，這是他們對

我說的話：「你相信的那位神，是撒旦、魔鬼，你身上穿的百步蛇繡文是罪惡的源頭，人類就是受蛇的誘惑才犯罪。」我這樣回答：「朋友，我就是神。從我的祖先以來，百步蛇就是我們的同伴，我們的朋友，我們既不傷害也不獵殺。不要忘記人類跟自然是合一的，禁忌是教導人們懂得向大自然學習和謙卑，不是接受另一個信仰，然後丟掉自以為在生活中綁縛你的禁忌。等我走了，誰來引領人們回家，與祖靈相見。」

「你是排灣族人？是嗎？」巫師問我。

我點點頭。

回台北之後，整整四個星期不能睡覺。白天不管多累，一到晚上，閉上眼睛歌聲就傳進耳裡，歌聲悠遠而深長，似吟唱又好像在呼喚。我害怕夜晚的來臨，整晚煩躁不安。日復一日，除非把自己灌醉。

朋友半逼半哄，把我帶去精神科。

醫生開口第一句就說：「妳是阿美族！」他胸有成竹，非常相信自己的判斷。

我睡不著，我說，我在山上闖入禁忌之地，回來就不能睡了。

「你相信嗎？」醫生說。五六名學生站在身邊很用心地抄筆記。

我搖搖頭，希望趕快結束，「不相信。」我擠出笑容。

對啊！醫生乾瘦的臉，對我露齒而笑。他說，現在是什麼時代了，你是讀書人，你只是缺乏營養。

身旁穿白衣的學生，埋頭在筆記本裡，刷—刷—刷—地速記著。

巾幡　鷹羽：肆

書上記載，古印度高僧阿底陝與崗仁布欽山這個地方有一段特別的因緣。傳說仙峰頂上有一座勝樂輪宮，宮內有五百名羅漢及山腰下許多空行母在此修練。一日高僧阿底陝路經此山，不知時辰正在納悶遲疑時，聽到山間

傳來陣陣鐘鼓聲，他想應是宮中用來提醒羅漢空行母用膳的聲響，他也覺得自己應在此稍事休息，用餐後再行趕路。而此傳說日後就成為行經此路徑人所津津樂道的一則故事，如你是個有福氣的人，在此休憩時，或許可聽見遙遙傳來的敲磬聲，依稀在山間迴繞。

另外一則傳說傳到了台灣，據說神山轉一圈，可以洗盡一生罪孽，沿著山轉十三圈為一整圈，馬年轉一圈等於十三圈，因馬年是如來佛祖修身成佛的吉日，也是佛教尊者米拉日巴戰勝苯教的紀念年，轉十圈可在五百年輪迴中避免下地獄之苦，轉一百圈便可成佛升天。

有此一說，有的人什麼事都不幹，就是每天不斷地繞著神山轉，一直轉一直轉。因為某種緣故不能轉山，而花錢請人轉山者也有。

我會來西藏，最大的因素是跟神話有關。我在神話中長大，我一直相信著，神話是人類最原始的智慧。

中午，伙夫吉林分別將裝在塑膠袋裡的午餐送到每個人手上，紫外線加上寒風肆虐，我們急急躲進炕裡用餐，炕裡的主人是兩名老婦和一個小男孩，一名婦人理了光頭穿著喇嘛服，她負責把爐鍋上的燒水倒入熱水瓶，然後，再將桶子裡的水倒入鍋子裡，另一名婦人則負責把地上掃出來的枯枝、塑膠、糖果包、果皮、紙箱，通通倒入爐火中燃燒，她們以此作為燒熱水的薪柴，也就是前個客人丟什麼在地上她們就燒什麼，一會兒白煙四起，穿喇嘛服的婦人打開鍋蓋，把鍋子裡的水倒入空的熱水瓶中。可是，明明水才剛倒到鍋子裡的，還沒燒熱就已把水舀起。兩位老人家的模樣好像玩家家酒，玩得不亦樂乎，兩人輕聲細語有說有笑地不斷地重複上面的動作，有時為了要讓火燒得更旺，兩人默契十足地，一人把鍋子從爐灶上提起來，一人就將紙箱撕開放進火爐裡。

塑膠袋裡的午餐，有馬鈴薯、黃瓜、水煮蛋和蘋果，我們倚靠著牆安靜地用餐，我因為疲累而胃口盡失，眼睛半閉半睜地一面喝著水一面聽著安可從伙夫處得來的消息說，有一年這個地方遇到暴風雪，賣泡麵的這些人趁機

大撈一筆……

　　大夥太累了，這個話題沒有引起回響，倒是我想說說在眼前晃動的這兩個老人家，她們很像是我坐在那裡所做的一個夢，又像是我閱讀一個故事後昏昏欲睡中出現的人物。進來的旅客在由「康師傅」成箱成箱的泡麵築構成的泡麵牆中，選擇好口味之後，就由喇嘛服婦人打開熱水瓶為客人沖泡。

　　我的眼睛簡直不敢相信，在這高原上居然會出現現代化的速食食品。水呢？水是從哪兒來的？一鍋子的水，一個紙箱、幾個枯枝、果皮，就能變成沖泡泡麵的熱水，而且還賓主盡歡呢！

　　好像變魔術，真實又不真的真實。

　　犛牛此時也到達，兩名年輕的犛牛工坐在泡麵牆下各自撕開手上的兩碗泡麵，他們看起來非常餓，稀哩呼嚕一口氣吃完後，又繼續泡了兩碗。年輕人頭戴呢帽，右邊衣袖放下來綁在腰間，腰上繫著小刀，看起來粗獷豪邁，右手伸入口袋，掏出大把鈔票，一旁吃著冷餐的我們，看著一大把人民幣，眼睛瞪得很大。後來，導遊走進炕來，說有三匹犛牛可以坐。

　　我們當中沒有人說話。

　　走出炕外，寒風狂吹，土黃色的土地，蒼蒼茫茫。看見一頭身無一物、彷彿被孤立一旁的犛牛。身上的貨物已經被卸下來，光溜溜地背上好像是正體驗著成年禮的孩子，雖然瘦弱卻很堅毅。

　　我走過去輕輕撫摸犛牛背，犛牛不說話。寒風撲面，我把右耳貼在犛牛背上，我說：「再見。再見，犛牛。」

　　阿雄跟安可坐上犛牛了，其他人繼續走。

　　「Cha-si dely。」（吉祥如意）遇上逆時針方向轉山的三名年輕姑娘，她們以甜美而溫暖的笑容問候，她們手持著佛珠，梳著兩條辮子，穿著長袍，身上不帶任何行李。她們是苯教教徒，苯教是以逆時針方向轉山，而佛教徒則是以順時針轉山。（在佛教未傳入西藏之前，苯教是阿里地區〔西藏西部〕藏民所信奉的本土宗教。）

　　「Cha-si dely。」我雙手合十，好像收到一份珍貴的禮物，露出難得的笑容，頻頻說著：「Cha-si dely，Cha-si dely。」

　　下午四點半，到達紮營地。我仰躺在地上，頭枕著背包享受溫煦的陽光。走在後頭的隊友和犛牛隊一一到達，導遊指著右前方宣布：過了那座橋，就是「三途脫坡」了，真正的挑戰來了啊！大家好好休息。

　　聽說「三途脫坡」是轉山之路上最艱辛的一段路。

　　木橋上纏綁著風馬旗幡，風中旗海飄飛，在湛藍的天空下，色彩非常豔麗，賞心悅目。

　　我自背包裡抓了一條毛巾和盥洗包出來，走向河邊準備好好梳洗一番。

　　畢竟我不是游牧民，久久不洗澡，可是經過他們身邊時，可以聞到濃濃的犛牛味和酥油香奶味，我的身上擠不出這種味道，幾天不洗澡，身上就已經溢散著令自己難以消受的味道。另外，我好幾天不曾照過鏡子了，受傷的臉皮是否已變成可怕的模樣？我走向河邊。來到河岸，發現這條由岡底斯山的雪融化的河水，不但挾帶著積沙，而且河水冰冽無比，手上毛巾才浸到水，粒粒沙子就黏在毛巾上，浸泡在水中才一下的手指也立刻紅腫了起來，手指許久無法握住，我連連對著手指哈氣。我把脫掉的外套拿來包裹著雙手，坐在石子上曬太陽。

　　河水滔滔，聲勢凌人。

　　我往右上方的山脈看去，木橋上有一位拄著枴杖的老人正緩慢地走著，後面是背著嬰孩的婦女和三個光頭小孩以及揹著家當的男子，一副全家出遊的圖像，正開開心心地朝著無限延展的褐色的山脈前進。其他轉山人蠕動的身影，也漫步在山野、峽谷中了。

　　清麗的天空，驟然陰沉，寒風來襲，氣候急遽下降。鼻水似流水的氣勢流不停，我穿著單薄的衣裳直打著冷顫。

　　綠色帳篷已經搭好，伙夫們在裡頭準備晚餐，我聽見攝影師麥克搭好個人帳篷，正興高采烈地宣布他今晚要展露廚藝，有人問他，要炒什麼菜，麥克說，炒一道台式洋蔥炒蛋。太棒了，我對著河流會心地笑著，還好不是炒什麼牛肉羊肉之類，洋蔥炒蛋，這是我最喜歡的一道菜。小A說，他也要炒

一道魚香茄丁，背後傳來同伴們的歡呼聲。

　　伙伴們歡樂的氣氛還在空氣中持續著，我心裡想著的卻是那幅全家轉山的圖像。西藏，這是個受到祝福的地方，要不，面對艱困的環境，婦孺老弱，未曾停歇腳步，夕陽已沉落，黑暗就要來臨，他們不擔心嗎？他們要住那裡，有什麼可吃的呢？

　　天色漸暗，沒有了陽光的河邊，寒風一陣一陣。想洗澡的念頭沒有斷，我脫下鞋襪，撩起褲管，心想，我是一個強壯又健康的人，反正，天一暗就什麼也看不見，再次把毛巾往河上浸濕、捻乾之後，全身上下痛痛快快擦洗一番。換上乾淨的衣褲，總算是心願已了。

　　因為天色暗得很快，回到紮營地時，我和小郭隨隨便便找一塊地方便搭起帳篷。在我們開始紮營時，中午看見的那位做大禮拜前進的婦女，經過我們眼前，繼續三步一跪拜地磕著長頭前行。黑夜就要來臨，我穿著防風防雨的名牌外套、保暖的襪子和防雨的名牌登山鞋，帳篷裡有保暖的睡袋，過不久，熱騰騰的晚餐就要上桌了。

　　她，一個婦人，孤單單的，沒有親友隨同。風寒夜雨、山路險峻。沒有擔心嗎？

　　我不斷在心中問，要磕上多少個長頭才會完成啊，難道要日夜不斷磕頭下去。

　　我站在一旁，看著那站立又伏地長拜的身影，彷如觀看一場西藏影片，四周一片空寂、暗瘖無聲，寒風襲面，卻又如此真實。

　　人生，浮浮沉沉，輪迴瞬息，苦難可有盡頭。

　　如果大武山的祖靈還在，如果誦念死者亡魂引渡大武山、迎接祖靈回部落的巫師還在，如果沒有殖民，如果有堅持，我是不是也是大武山的朝聖者。

本文原收入伊苞，《老鷹，再見：一個排灣女子的藏西之旅》（台北：大塊文化，2004）。

三毛（1943-1991）

本名陳平，英文名叫ECHO，1943年生於重慶，浙江省定海縣人，成長於台北。中國文化大學哲學系選讀生。她曾留學歐洲，和荷西在沙漠結婚，婚後定居西屬撒哈拉沙漠迦納利島，並以當地的生活為背景，把大漠的狂野溫柔和活力四射的婚姻生活，淋漓盡致展現在大家面前。她的足跡遍及世界各地，「三毛熱」迅速的從台港橫掃整個華文世界，而「流浪文學」更成為一種文化現象！1981年回台後，曾在文化大學任教，1984年辭去教職，專事寫作和演講。1991年1月4日於住院期間去世，享年48歲。她的作品在全球的華人社會廣為流傳，生平著作和譯作十分豐富，共有24種。第一部作品《撒哈拉的故事》在1976年5月出版，此後出版一連串膾炙人口的作品包括《雨季不再來》、《稻草人手記》、《萬水千山走遍》等。劇本《滾滾紅塵》曾入圍第27屆金馬獎最佳劇本。

沙漠中的飯店

　　我的先生很可惜是一個外國人。這樣來稱呼自己的先生不免有排外的味道，但是因為語文和風俗在各國之間確有大不相同之處，我們的婚姻生活也實在有許多無法共通的地方。

　　當初決定下嫁給荷西時，我明白的告訴他，我們不但國籍不相同，個性也不相同，將來婚後可能會吵架甚至於打架。他回答我：「我知道妳性情不好，心地卻是很好的，吵架打架都可能發生，不過我們還是要結婚。」於是我們認識了七年之後終於結婚了。

　　我不是婦女解放運動的支持者，但是我極不願在婚後失去獨立的人格和內心的自由自在化，所以我一再強調，婚後我還是「我行我素」，要不然不結婚。荷西當時對我說：「我就是要妳『妳行妳素』，失去了妳的個性和作風，我何必娶妳呢！」好，大丈夫的論調，我十分安慰。做荷西的太太，語文將就他。可憐的外國人，「人」和「入」這兩個字教了他那麼多遍，他還是分不清，我只有講他的話，這件事總算放他一馬了。（但是將來孩子來了，打死也要學中文，這點他相當贊成。）

　　閒話不說，做家庭主婦，第一便是下廚房。我一向對做家事十分痛恨，但對煮菜卻是十分有興趣，幾隻洋蔥，幾片肉，一炒變出一個菜來，我很欣賞這種藝術。

　　母親在台灣，知道我婚後因為荷西工作的關係，要到大荒漠地區的非洲去，十二分的心痛，但是因為錢是荷西賺，我只有跟了飯票走，毫無選擇的餘地。婚後開廚不久，我們吃的全部是西菜。後來家中航空包裹飛來接濟，我收到大批粉絲、紫菜、冬菇、生力麵、豬肉乾等珍貴食品，我樂得愛不釋手，加上歐洲女友寄來罐頭醬油，我的家庭「中國飯店」馬上開張，可惜食客只有一個不付錢的。（後來上門來要吃的朋友可是排長龍啊！）

　　其實母親寄來的東西，要開「中國飯店」實在是不夠，好在荷西沒有去過台灣，他看看我這個「大廚」神氣活現，對我也生起信心來了。

　　第一道菜是「粉絲煮雞湯」。荷西下班回來總是大叫：「快開飯啊，要

餓死啦！」白白被他愛了那麼多年，回來只知道叫開飯，對太太卻是正眼也不瞧一下，我這「黃臉婆」倒是做得放心。話說第一道菜是粉絲煮雞湯，他喝了一口問我：「咦，什麼東西？中國細麵嗎？」「你岳母萬里迢迢替你寄細麵來？不是的。」「是什麼嘛？再給一點，很好吃。」我用筷子挑起一根粉絲：「這個啊，叫做『雨』。」「雨？」他一呆。我說過，我是婚姻自由自在化，說話自然心血來潮隨我高興。「這個啊，是春天下的第一場雨，下在高山上，被一根一根凍住了，山胞紮好了背到山下來一束一束賣了換米酒喝，不容易買到哦！」荷西還是呆呆的，研究性的看看我，又去看看盆內的「雨」，然後說：「妳當我是白癡？」我不置可否。「你還要不要？」回答我：「吹牛大王，我還要。」以後他常吃「春雨」，到現在不知道是什麼東西做的。有時想想荷西很笨，所以心裡有點悲傷。

　　第二次吃粉絲是做「螞蟻上樹」，將粉絲在平底鍋內一炸，再撒上絞碎的肉和汁。荷西下班回來一向是餓的，咬了一大口粉絲，「什麼東西？好像是白色的毛線，又好像是塑膠的？」「都不是，是你釣魚的那種尼龍線，中國人加工變成白白軟軟的了。」我回答他。他又吃了一口，莞爾一笑，口裡說著：「怪名堂真多，如果我們真開飯店，這個菜可賣個好價錢，乖乖！」那天他吃了好多尼龍加工白線。第三次吃粉絲，是夾在東北人的「合子餅」內與菠菜和肉絞得很碎當餅餡。他說：「這個小餅裡面妳放了沙魚的翅膀對不對？我聽說這種東西很貴，難怪妳只放了一點點。」我笑得躺在地上。「以後這隻很貴的魚翅膀，請媽媽不要買了，我要去寫信謝謝媽媽。」我大樂，回答他：「快去寫，我來譯信，哈哈！」

　　有一天他快下班了，我趁他忘了看豬肉乾，趕快將藏好的豬肉乾用剪刀剪成小小的方塊，放在瓶子裡，然後藏在毯子裡面。恰好那天他鼻子不通，睡覺時要用毛毯，我一時裡忘了我的寶貝，自在一旁看那第一千遍《水滸傳》。他躺在床上，手裡拿個瓶子，左看右看，我一抬頭，嘩，不得了，「所羅門王寶藏」被他發現了，趕快去搶，口裡叫著：「這不是你吃的，是藥，是中藥。」「我鼻子不通，正好吃中藥。」他早塞了一大把放在口中，我氣極了，又不能叫他吐出來，只好不響了。「怪甜的，是什麼？」我沒好氣的回答他：「喉片，給咳嗽的人順喉頭的。」「肉做的喉片？我是白癡啊？」第二天醒來，發覺他偷了大半瓶去送同事們吃，從那天起，只要是他

同事，看見我都假裝咳嗽，想再騙豬肉乾吃，包括回教徒在內。（我沒再給回教朋友吃，那是不道德的。）

　　反正夫婦生活總是在吃飯，其他時間便是去忙著賺吃飯的錢，實在沒多大意思。有天我做了飯捲，就是日本人的「壽司」，用紫菜包飯，裡面放些唯他肉鬆。荷西這一下拒吃了。「什麼？妳居然給我吃印藍紙、複寫紙？」我慢慢問他，「你真不吃？」「不吃，不吃。」好，我大樂，吃了一大堆飯捲。「張開口來我看！」他命令我。「你看，沒有藍色，我是用反面複寫紙捲的，不會染到口裡去。」反正平日說的是唬人的話，所以常常胡說八道。「妳是吹牛大王，虛虛實實，我真恨妳，從實招來，是什麼嘛？」「你對中國完全不認識，我對我的先生相當失望。」我回答他，又吃一個飯捲。他生氣了，用筷子一夾夾了一個，面部大有壯士一去不復返的悲壯表情，咬了半天，吞下去。「是了，是海苔。」我跳起來，大叫：「對了，對了，真聰明！」又要跳，頭上吃了他一記老大爆栗。

　　中國東西快吃完了，我的「中國飯店」也捨不得出菜了，西菜又開始上桌。荷西下班來，看見我居然在做牛排，很意外，又高興，大叫：「要半生的。馬鈴薯也炸了嗎？」連給他吃了三天牛排，他卻好似沒有胃口，切一塊就不吃了。「是不是工作太累了？要不要去睡一下再起來吃？」「黃臉婆」有時也尚溫柔。「不是生病，是吃得不好。」我一聽唬一下跳起來。「吃得不好？吃得不好？你知道牛排多少錢一斤？」「不是的，太太，想吃『雨』，還是岳母寄來的菜好。」「好啦，中國飯店一星期開張兩次，如何？你要多久下一次『雨』？」

　　有一天荷西回來對我說：「了不得，今天大老闆叫我去。」「加你薪水？」我眼睛一亮。「不是──」我一把抓住他，指甲掐到他肉裡去。「不是？完了，你給開除了？天啊，我們──」「別抓我嘛，神經兮兮的，妳聽我講，大老闆說，我們公司誰都被請過到我家吃飯，就是他們夫婦不請，他在等妳請他吃中國菜──」「大老闆要我做菜？不幹不幹，不請他，請同事工友我都樂意，請上司吃飯未免太沒骨氣，我這個人啊，還談些氣節，你知道，我──」我正要大大宣揚中國人的所謂骨氣，又講不明白，再一接觸到荷西的面部表情，這個骨氣只好梗在喉嚨裡啦！

　　第二日他問我，「喂，我們有沒有筍？」「家裡筷子那麼多，不都是筍

嗎？」他白了我一眼。「大老闆說要吃筍片炒冬菇。」乖乖，真是見過世面的老闆，不要小看外國人。「好，明天晚上請他們夫婦來吃飯，沒問題，筍會長出來的。」荷西含情脈脈的望了我一眼，婚後他第一次如情人一樣的望著我，使我受寵若驚，不巧那天辮子飛散，狀如女鬼。

第二天晚上，我先做好三道菜，用文火熱著，布置了有蠟炬台的桌子，桌上鋪了白色的桌布，又加了一塊紅的鋪成斜角，十分美麗。這一頓飯吃得賓主盡歡，不但菜是色香味俱全，我這個太太也打扮得十分乾淨，居然還穿了長裙子。飯後老闆夫婦上車時特別對我說：「如果公共關係室將來有缺，希望妳也來參加工作，做公司的一份子。」我眼睛一亮。這全是「筍片炒冬菇」的功勞。

送走老闆，夜已深了，我趕快脫下長裙，換上破牛仔褲，頭髮用橡皮筋一綁，大力洗碗洗盤，重做灰姑娘狀使我身心自由。荷西十分滿意，在我背後問，「喂，這個『筍片炒冬菇』真好吃，妳那裡弄來的筍？」我一面洗碗，一面問他：「什麼筍？」「今天晚上做的筍片啊！」我哈哈大笑：「哦，你是說小黃瓜炒冬菇嗎？」「什麼，妳，妳，妳騙了我不算，還敢去騙老闆——？」「我沒有騙他，這是他一生吃到最好的一次『嫩筍片炒冬菇』，是他自己說的。」

荷西將我一把抱起來，肥皂水灑了他一頭一鬍子，口裡大叫：「萬歲，萬歲，妳是那隻猴子，那隻七十二變的，叫什麼，什麼……。」我拍了一下他的頭，「齊天大聖孫悟空，這次不要忘了。」

原題〈中國飯店〉，刊載於《聯合報‧聯合副刊》，1974年10月6日；後改題〈沙漠中的飯店〉，收入三毛，《撒哈拉的故事》（台北：皇冠，1991）。

西西

原名張彥，廣東中山人，1938年生於上海，香港葛量洪教育學院畢業，曾任教職，現專事文學創作與研究，為《素葉文學》同人；著作極豐，遍及詩、散文、小說諸類型，敏感思維，縝密謀篇，出入現實臨即與虛構之最深極遠間，交織攀緣，發為精緻動人的文章。著有長篇小說《我城》、《哨鹿》、《美麗大廈》、《候鳥》、《哀悼乳房》、《飛氈》，中篇小說集《象是笨蛋》，短篇小說集《春望》、《像我這樣的一個女子》、《鬍子有臉》、《手卷》、《母魚》、《故事裏的故事》、《白髮阿娥及其他》、《我的喬治亞》，散文集《花木欄》、《剪貼冊》、《耳目書》、《畫／話本》、《旋轉木馬》、《拼圖遊戲》、《看房子：西西的奇趣建築之旅I》、《縫熊志》、《猿猴志》、《試寫室》，詩集《石磬》、《西西詩集》，讀書筆記《像我這樣的一個讀者》、《傳聲筒》等。

浮城誌異

1 浮城

　　許多許多年以前，晴朗的一日白晝，眾目睽睽，浮城忽然像氫氣球那樣，懸在半空中了。頭頂上是飄忽多變的雲層，腳底下是波濤洶湧的海水，懸在半空中的浮城，既不上升，也不下沉，微風掠過，它只略略晃擺晃擺，就一動也不動了。

　　是怎麼開始的呢，只有祖父母輩的祖父母們才是目擊證人。那真是難以置信的可怕經歷，他們驚惶地憶溯：雲層與雲層在頭頂上面猛烈碰撞，天空中布滿電光，雷聲隆隆。而海面上，無數海盜船升起骷髏旗，大炮轟個不停，忽然，浮城就從雲層上墜跌下來，懸在空中。

　　許多許多年過去了，祖父母輩的祖父母們，都隨著時間消逝，甚至祖父母們自己，也逐一沉睡。他們陳述的往事，只成為隱隱約約的傳說。

　　祖父母們的子孫，在浮城定居下來，對現狀也漸漸適應。浮城的傳說，在他們的心中淡去了。甚至大多數人相信，浮城將永遠像目前這樣子懸在半空中，既不上升，也不下沉，即使有風掠過，它也不外是略略晃擺晃擺，彷彿正好做一陣子盪鞦韆的遊戲。

　　於是，許多許多年又過去了。

2 奇蹟

　　沒有根而生活，是需要勇氣的，一本小說的扉頁上寫著這麼的一句話。在浮城生活，需要的不僅僅是勇氣，還要靠意志和信心。另一本小說寫過，

一名不存在的騎士，只是一套空盔甲，查理曼大帝問他，那麼，你靠什麼支持自己活下去？他答：憑著意志和信心。

即使是一座浮城，人們在這裏，憑著意志和信心，努力建設適合居住的家園。於是，短短數十年，經過人們開拓發展，辛勤奮鬥，浮城終於變成一座生機勃勃、欣欣向榮的富庶城市。

鱗次櫛比的房屋自平地矗立，迴旋翱翔的架空高速公路盤旋在十字路口，百足也似的火車在城郊與地底行駛；腎石憑激光擊碎、腦瘤藉掃描發現、哈雷彗星的行蹤可上太空館追索、海獅的生態就到海洋公園細細觀察；

九年免費教育、失業救濟、傷殘津貼、退休制度等計畫一一實現。藝術節每年舉辦好幾次，書店裏可以選購來自各地的圖書，不願意說話的人，享有緘默的絕對自由。

人們幾乎不能相信，浮城建造的房子可以浮在空中，浮城栽植出來的花朵巨大得可以充滿一個房間，他們說，浮城的存在，實在是一項奇蹟。

3 驟雨

每年五月至九月，是浮城的風季，風從四面八方吹來，浮城就晃晃擺擺起來。住在浮城的人，對於晃晃擺擺的城市早已習慣，他們照常埋頭工作，競賽馬匹。依據他們的經驗，風季裏的浮城，從來不會被風吹得翻側反轉，也不會被風颳到別的地方去。

在風季裏，只有一件比較特別的事情要發生，那就是浮城人的夢境。到了五月，浮城的人開始做夢了，而且所有的人都做同樣的夢，夢見自己浮在半空中，既不上升，也不下沉，好像每個人都是一座小小的浮城。浮人並沒有翅膀，所以他們不能夠飛行，他們只能浮著，彼此之間也不通話，只默默地、肅穆地浮著。整個城市，天空中都浮滿了人，彷彿四月，天上落下來的驟雨。

從五月開始，人們開始做浮人的夢。
甚至在白天，午睡的人也夢見自己變了浮
人，沉默肅穆地站在半空中。這樣的夢，
要到九月之後才會消失，風季過後，浮城
的人才重新做每個人不同的夢。

　　為什麼整個城市的人都做起同樣的
夢，而且夢見自己浮在空中？有一派心理
學者得出的結論是，這是一種叫做「河之第三岸情意結」的集體顯象。

4 蘋果

　　夏天的時候，浮城大街小巷出現了一幅海報，上面畫著一隻蘋果，頂端
有一行法蘭西文，意思是說：這個不是蘋果。海報的出現，十分正常，因為
城內將要舉行一次大規模的畫展，這一年，是為了紀念比利時畫家雷內馬格
列特。蘋果畫幅，是畫家的作品之一。

　　「這個不是蘋果」是什麼意思呢？畫裏邊畫的明明是蘋果。原來作者的
意思是指，圖畫裏的蘋果並非真正可以食用的果子。伸手去拿，並不能把蘋
果掌握手中；用鼻子尋覓，嗅不到果子的芳香；取刀子切割，並不能剖出實
質的果肉和水分。因此，這不是真正的蘋果，而是線條、色彩和形狀，圖畫
中的蘋果只是假象。古希臘哲人柏拉圖不是說過，即使畫得最好、最像、最
傳真的床，仍是床的模仿。

　　大街小巷貼著馬格列特的海報，真正會到展
覽會場去看畫展的，佔浮城人口千百分之一、二
罷了。但那麼多蘋果出現在城市的每一個角落，
畢竟是一件熱鬧的事情，許多人還以為是水果市
場的展銷宣傳。只有若干知識分子忽然想起：浮
城是一個平平穩穩的城市，既不上升，也不下
沉，同樣是假象。浮城奇蹟，畢竟不是一則童
話。

5 眼睛

　　「灰姑娘」是一則童話，南瓜變成馬車，老鼠變成駿馬，破爛的灰衣裳變成華麗的舞衣。不過，到了子夜十二時正，一切都會變成原來的樣子。浮城也是一則「灰姑娘」的童話嗎？

　　浮城的人並非缺乏明澈的眼睛，科技發達，他們還有精密設計的顯微鏡和望遠鏡。他們常常俯視海水、仰望天空、探測風向。到底是什麼原因使浮城能夠平平穩穩地懸在半空中？海、天之間的引力？還是命運之神操縱著無數隱形線段，上演一齣提線木偶劇？

　　圖畫裏的蘋果，不是真正的蘋果，靠奇蹟生存的浮城，恐怕也不是恆久穩固的城市，然則，浮城的命運難道可以掌握在自己手中？只要海、天之間的引力改變，或者命運之神厭倦了他的遊戲，那麼，浮城是升、是降，還是被風吹到不知名的地方，從此無影無蹤？

　　睜開眼睛，浮城人向下俯視，如果浮城下沉，腳下是波濤洶湧的海水，整個城市就被海水吞沒了，即使浮在海上，那麼，揚起骷髏旗的海盜船將蜂湧而來，造成屠城的日子；如果浮城上升，頭頂上那飄忽不定、軟綿綿的雲層，能夠承載這麼堅實的一座城嗎？

6 課題

　　浮城沒有大河，海水不能飲用，浮城的食水得靠上天的恩賜。所以，浮城人雖然喜愛光芒燦爛的豔陽天，有時候不得不渴求一場場驟雨。

　　一位老師，帶領一群學生，到大會堂的展覽廳來了，他們來看馬格列特的畫展。學生們拿著紙和筆，寫下他們的感想，抄錄畫幅的名字。他們問：這傘上頂著盛水的杯子，是什麼意思？為什麼畫的名字又叫做「黑格爾的假日」？於是他們翻開畫展小冊子，找尋答案。

　　對於水，人們在不同的時刻，採取不同的態度；有時容納，有時排斥。

比如說，口渴的時候，人們喝水，讓水進入體內；可是下雨的日子，人們卻又撐起傘來，把水拒斥體外。容納與拒斥、表與裏，本是哲人常常思索的問題。至於水的課題，也許哲人黑格爾有興趣也思索一陣，不過，這麼小的課題，也只在假日空閒之時，他才來想想吧。

一名學生對著畫看了好一陣，他說：人們撐傘，為了不讓雨水打濕身體，既然杯子已把水盛載起來，就不用打傘了吧，還抗拒什麼呢。是的，如果浮城頭頂上有堅實的雲層，浮城的上升就成為可喜的願望，還抗拒些什麼呢。

7 花神

浮城的居民，大多數是戴帽男子──小資產階級的象徵。他們渴求安定繁榮的社會、溫暖寧靜的家園，於是他們每日營營役役，把自己操勞到如同螞蟻、蜜蜂的程度，工作的確可以使人忘記許多憂傷。浮城居民辛勞的成果，是建設了豐衣飽食、富足繁華的現代化社會，但這社會，不免充滿巨大的物質誘惑導致人們更加拚命工作，陷入物累深邃的黑洞。

波蒂采尼是文藝復興時代的義大利畫家，他畫過一幅「春天」，裏面畫著散播大地春回訊息的神祇：傳信使者赫耳姆斯在前引導，邱比特在維納斯頭頂飛翔，西風陪同花仙子並肩而來，優雅三女神翩翩起舞，穿著薄紗彩衣的春日女神把花朵遍灑原野花香的草地。

我國宋代畫家李公麟也畫過一幅「維摩演教圖」，寫文殊菩薩帶了弟子奉釋迦牟尼之命，前往探訪染恙的維摩，維摩帶病說法，講述大乘教義，身旁的天女不停散花，文殊的大弟子，沾滿了一身花朵。

富庶的浮城，充滿物質的引誘，浮城的人，

但願天女把花朵都散在自己身上，甚至就把整個春日女神連同無數的花朵背
囊一般揹在身後。

8 時間

　　那是重要的時刻，絕對的時刻，一輛火車頭
剛剛抵達。在這之前，火車頭還沒有進入壁爐之
內，在這之後，火車頭已經離開；只在這特定的
時刻，火車頭駛進室內的壁爐之中，只有在這絕
對的時刻，火車頭噴出來的黑煙，可以升上壁爐
內的煙囪。煙囪是煙火唯一適當的通道。

　　壁爐使人想起火樹銀花的節慶，那是普城歡
樂的日子。不過，從室內的佈置來看，這個時候
不是節日，因為壁爐前面沒有掛上盛載禮物的長
襪，室內沒有松樹，沒有閃亮的燈泡，沒有天
使，沒有銀鈴，銅燭臺上也沒有蠟燭。

　　壁爐上面的大理石時鐘，時針指向來臨的一，分針指向來臨的九，秒針
的位置並不確知。子夜已過，如果是馬車，馬車已經變回南瓜，如果是駿
馬，駿馬已經變回老鼠，華麗的舞衣也變回破爛的灰衣裳。

　　是的，子夜已過，不過，童話故事告訴人們，子夜之前，灰姑娘遇見了
白馬王子。浮城的白馬王子，也在時間零的附近等待嗎？他騎的雖然是一匹
神駿的白馬，可是只有一匹馬力，也許會遲到。

　　時間零總是令人焦慮，時間一將會怎樣，人們可以透過鏡子看見未來的
面貌麼？

9 明鏡

　　只有到過浮城的人，才知道浮城的鏡子，是一面面與眾不同的鏡子。童
話「白雪公主」裏面，女巫皇后的宮殿牆上有一面魔鏡，能夠回答皇后的問
題，告訴皇后誰是世界上最美麗的女子。那是一面正直忠誠的鏡子，從不撒

謊。浮城的鏡子，也都是正直的明鏡，它們勇於
反映現實，可是，鏡子也有作為鏡子的局限，浮
城的鏡子，只能反映事物的背面。

　　所有的鏡子，不論是本土的成品，還是外洋
的進銷，只要是鏡子，一旦掛到浮城建築物的牆
上，就只能照見事物的背面了。所以，當浮城人
去照鏡子的時候，他們要照的往往不是自己的臉
面，而是腦後的頭髮。曾經有人試過，把另一面
鏡子放在鏡子前面。可是無論怎樣，不管多少鏡
子，轉換多少不同的方向，鏡子反映出來的永遠是事物的背面。這就是為什
麼浮城女子必須光顧美容院的緣故，她們是不易為自己化妝的；同樣地，浮
城男子如果想刮一次理想的鬍子，也得請理髮師幫忙。

　　在浮城，看鏡子並不能找到答案，預測未來。不過，能夠知道過去，未
嘗不是一件好事，歷史可以為鑑，這也是浮城鏡子存在的另一積極意義。

10 翅膀

　　浮城有不少交通工具，既有古老的繩梯、氣球，也有現代的直升機、降
落傘。想上雲層去看看的人，可以攀梯子、乘氣球；想到海面去看看的人，
也可以搭降落傘、坐直升機。不過，一半以上的浮城人，則希望自己長出飛

行的翅膀。對於這些人來說，居住在一座懸空的
城市之中，到底是令人害怕的事情。感到惶恐不
安的人，日思夜想，終於決定收拾行囊，要學候
鳥一般，遷徙到別的地方去營建理想的新巢。

　　有位小說家記載過這樣的事：一人到大使館
去申請護照移民，官員問他想到哪裏去。他答：
無所謂。官員給他一座地球儀，請他選擇地方。
那人看看地球儀，慢慢轉動，然後問。可有另外
一個嗎？

　　離開浮城，到哪裏去，的確煞費思量。什麼

地方才有實實在在可以恆久安居的城市？而且，離城者必須擁有堅固的翅膀，飛行時還得謹慎仔細，不要太接近太陽，否則蜜蠟熔化，就像伊卡洛斯那樣，從空中墜跌下來。

　　浮城居民不是候鳥，如果離去，也只能一去不回。拿著拐杖，提起行囊，真能永不回顧麼？浮城人的心，雖然是渴望飛翔的鴿子，卻是遭受壓抑囚禁的飛鳥。

11 鳥草

　　嚮往飛行，使浮城人時時仰望天空，但他們沒有能力起飛，也無法創造飛天樂伎的飄帶。風季來臨，他們只能做夢，夢見自己默默浮在半空中，即使已經浮在空中，他們仍無法飛行。

　　風季過後，人們紛紛回復自己的夢境，他們夢見豆腐紙鳶、漫天雪花、輕盈的蝴蝶、漂泊的薊草冠毛，甚至有人夢見浮城長出了翅膀。然而人們醒來，發現自己依舊牢牢地固立在浮城的土地上。而土地，竟然長出一種奇異的植物來，那是世界上、生物界中從來不曾見過的鳥草。

　　浮城的城內城外，到處一片青綠，溪水兩岸、山坡谷地、園林花圃，長出了萋萋墨綠色的鳥草。那是一種殊異的植物，扁平的葉子，卻長成鳥兒的形狀。人們摘下一片葉子，可以清清楚楚地辨別鳥的頭、鳥的嘴巴和鳥的眼睛，連葉面也長得很像鳥兒的羽毛。微風拂過，草叢裏傳來籟籟的響聲，彷彿拍翼的飛禽。

　　鳥草形狀像鳥，但本質上是草，所有的鳥草，葉子上的鳥兒都沒有翅膀，人們說，如果長了翅膀，草葉都能飛行，那時候，浮城的天空中滿是飛翔的鳥草，沒有人知道它們究竟是鳥還是草，是動物還是植物。

12 慧童

　　鳥草出現的這一年，浮城出現了慧童，他們都是智慧孩子。這些小孩初生下來，並沒有引起普遍的注意，因為他們不外是一個個粉嘟嘟的柔嫩小嬰孩。不過，小嬰孩很快長大了。智慧與體能還迅速增長，再過一些日子，他們都變成體格矯健、思想成熟的大孩子。

　　是做算術的時候開始的吧，母親們看孩子做功課，怎麼加減乘除不用筆寫，而是玩彩色的積木。怎麼買布用米，買米卻用克。集，又是什麼東西？漸漸地，母親連孩子們的課本全看不懂了，而且，孩子讀書不必打開書本，只需扭亮電視機，或者，把聽筒戴在耳朵上。

　　起初，孩子們告訴母親沐浴時該打開窗子、煮菜不要放過多的鹽，後來，孩子們帶母親到外面去旅行，請她們吃東西，給她們送節日禮物。母親們愈來愈覺得自己變得像嬰孩，而她們的孩子，成為家庭中的支柱，取代了她們作為家長的地位，傾覆了她們傳統的權威。許多的母親因此感到驚怕起來，不知道該怎麼辦。

　　只有部分的母親感到欣喜。她們的心中一直積存著疑慮與困惑，她們有許多懸而未決的難題。這時候，她們想起了智慧孩子，也許，一切將在他們的手中迎刃而解。

13 窗子

　　地球只是宇宙中一個小小的行星，浮城只是地球上一個小小的城市。翻開地圖，浮城的面積細小得好像針孔，浮城的名字也彷彿不存在，不過，這麼小的一座城市，漸漸也引起了遠方的垂注。

　　懸在半空中的城、只照著背面的鏡子、風季中的人浮於夢、泥土裏的鳥草，這麼奇異的城市，吸引了無數的旅者，來探索、來體會、來照鏡子、來做夢。至於沒有來的人，並不表示他們不好奇，許多人甚至關心，於是，他

們站在城外，透過打開的窗子向內觀望。他們垂下手臂，顯然不能提供任何實質的援助，但觀望正是參與的表現，觀望，還擔負監察的作用。

　　站在窗外的觀察者，此刻看見了什麼？他們看見了一位老師和一群學生，到大會堂來參觀馬格列特的畫展；牆上是一幅一幅的畫，展場內是三三兩兩的人，窗外的觀察者與看畫的師生們，忽然竟面對面了。在神情肅穆的觀察者臉上，人們可以探悉事態發展的過程，如果是悲劇，他們的臉上將顯示哀傷，若是喜劇，當然會展露笑容。

　　那邊，工作人員把一幅「蒙娜麗莎」的海報貼在預告板上；這邊，畫中的人和看畫的人，隔著一扇窗子，彼此凝視，各有所思。

1986年4月；收入西西，《手卷》（台北：洪範，1988）。

洛夫

詩人、評論家、散文家、書法家。1928年生於湖南衡陽,台灣淡江大學英文系畢業,曾任教東吳大學外文系。1954年與張默、瘂弦共同創辦《創世紀》詩刊,歷任總編輯數十年,對台灣現代詩的發展影響深遠,作品被譯成英、法、日、韓、荷蘭、瑞典等文,並收入各大詩選,包括《中國當代十大詩人選集》。

著作甚豐,出版詩集《如此歲月》、《時間之傷》等三十餘部,散文集《一朵午荷》等七部,評論集《詩人之鏡》等五部,譯著《雨果傳》等八部。名作〈石室之死亡〉廣受詩壇重視,四十多年來評論不斷,英譯本已於1994年10月由美國舊金山道朗出版社出版。1982年長詩〈血的再版〉獲中國時報文學推薦獎,同年,詩集《時間之傷》獲中山文藝創作獎。1986年獲吳三連文藝獎,1991年復獲國家文藝獎,2003年獲中國文藝協會贈終身成就榮譽獎章,2004年獲北京新詩界首屆國際詩歌獎。1999年,詩集《魔歌》被評選為台灣文學經典之一,2001年三千行長詩《漂木》出版,震驚華語詩壇。同年評選為台灣當代十大詩人之一,名列首位。《唐詩解構》是近年來一系列「古詩新鑄」的創新作品。

車上讀杜甫

劍外忽傳收薊北

搖搖晃晃中
車過長安西路乍見
塵煙四竄猶如安祿山敗軍之倉皇
當年玄宗自蜀返京的途中偶然回首
竟自不免為馬嵬坡下
被風吹起的一條綢巾而惻惻無言
而今驟聞捷訊想必你也有了歸意
我能搭你的便船還鄉嗎？

初聞涕淚滿衣裳

積聚多年的淚
終於氾濫而濕透了整部歷史
舉起破袖拭去滿臉的縱橫
繼之一聲長嘆
驚得四壁的灰塵紛紛而落
隨手收起案上未完成的詩稿
音律不協意象欠工等等問題
待酒熱之後再細細推敲

卻看妻子愁何在

八年離亂
燈下夫妻愁對這該是最後一次了

愁消息來得突然惟恐不確
愁一生太長而今又嫌太短
愁歲月茫茫明日天涯何處
愁歸鄉的盤纏一時無著
此時卻見妻的笑意溫如爐火
窗外正在下雪

漫卷詩書喜欲狂

車子驟然在和平東路剎住
顛簸中竟發現滿車皆是中唐年間衣冠
耳際響起一陣窸窣之聲
只見後座一位儒者正在匆匆收拾行囊
書籍詩稿舊衫撒了一地
七分狂喜，三分歔欷
有時仰首凝神，有時低眉沉吟
劫後的心是火，也是灰

白日放歌須縱酒

就讓我醉死一次吧
再多的醒
無非是顛沛
無非是泥濘中的淺一腳深一腳
再多的詩
無非是血痂
無非是傷痕中的青一塊紫一塊
酒，是載我回家唯一的路

青春作伴好還鄉

山一程水一程
擁著陽光擁著花
擁著天空擁著鳥
擁著春天和酒嗝上路
雨一程雪一程
擁著河水擁著船
擁著小路擁著車
擁著近鄉的怯意上路

即從巴峽穿巫峽

車子已開出成都路
猶聞浣花草堂的吟哦不絕
再過去是白帝城，是兩岸的猿嘯
從巴峽而巫峽心事如急流的水勢
一半在江上
另一半早已到了洛陽
當年拉縴入川是何等慌亂悽惶
於今閒坐船頭讀著峭壁上的夕陽

便下襄陽向洛陽

入蜀，出川
由春望的長安
一路跋涉到秋興的夔州
現在你終於又回到滿城牡丹的洛陽
而我卻半途在杭州南路下車
一頭撞進了迷漫的紅塵

極目不見何處是煙雨西湖
何處是我的江南水鄉

完稿於 1986 年 1 月 29 日；原收入洛夫，《月光房子》（台北：九歌，1990）。

二

聲與象
Sound and Script

聲與象

高嘉謙

　　自古以來，人的遷徙與移動，群體與群體的交際，總涉及語言的接觸與表述。華人遷移、散居與扎根各地，呈現了語言、文體、文化的交融和交織。華語語系作家的各種文體創作，無論是主張純正漂亮的漢語、中文，或調動方言土語展現的語感活力，甚至是破中文的文體實驗，語言展示其自身在播遷過程的繁衍、延異的各種可能狀況，從而形成對話和拉鋸的張力。

　　回顧歷史文獻，「華語」和「華言」出現甚早，一般都用於漢族相對異族、異域語言而對舉的本族語稱謂。「華語」概念的使用，在某個層面而言，象徵著一個外部的語言／文化的播遷視角，必須受到重視。因此「華語」同時表徵了華人在異地、異族的接觸過程，背後需要觀察的文化和歷史意義。

　　史書美提出華語語系的一個核心面向，就是華語因移民的流動擴散形成「多音（polyphonic）」、「多字（polyscriptic）」的混雜與在地化現象，藉此強調了「語系」特質，同時批判了漢語中心主義。石靜遠（Jing Tsu）、白安卓（Andrea Bachner）則強調書寫符號媒介體系的中介作用。聲（sound）必須靠象（sign）的複雜向度，才能賦形。因此王德威替Sinophone下了一個扼要的註解：「華夏的聲音」，恰是一種弔詭且重要的提醒：我們需要重新辯證、辨析的是聲音的各種「傳統」或「發明」。

　　無論身處邊緣異地的漢語使用者，或漢語世界裡使用漢語的少數民族，面對主流漢語的賡續或反思，甚至策略性的對抗，總涉及發聲位置和方式。漢語是「聲調語言」（tone language），當其表現為文體形式，常見的就是各種方言、口語的文學模擬和書寫，以及混雜方言及外來語的華語表述。我們重申聲音的意義，旨在正視族群、人種、語言的接觸和播遷脈絡中，華語寫作因應地域和環境，出現的語言認知與碰撞。另有一種寫作現象，突出其在聲腔、語感的語言排序和組合，接續一種語言型態或文學風格。這既屬作者經營的聲腔，亦見於實驗或創新的文體腔調。華語語系寫作的發聲脈絡，有著值得我們不能忽視的聲音與文化的形塑語境。

　　我們知道華語寫作觸及的在地風土、人物風貌，以及一個社會感覺結構的表述，往往透過各式中介過程。這些需要被賦形的「物象」或「物像」，可以是各類的文字（造字？）、地圖、造型、圖騰、意象，在華語語系不同的發聲脈絡下，構成變動的

網絡，交織的物象流轉。如果各地的華語寫作代表不同的風土把握，這些千變萬化的物象，可以看作與人互涉的感知類型或結構，表現了作者自身的存在感。「聲」與「象」作為一組參照，指向了華語語系寫作值得觀照的一種自我發現的機制。

人與人的交際，以及族群之間的彼此認知，往往訴諸語言、傳說、印象。其中展現的發言脈絡，以及對表述對象、物象的中介過程，牽引出動態的文化語境與風土觀照。戰後台灣漢人與原住民的族群接觸與交際，箇中的矛盾與衝突，常被寫入文學作品。鍾理和〈假黎婆〉透過親情結構引導出漢人對原住民的重新認知，奶奶是漢人還是原住民，突出一個有意思的發聲位置。而身分政治背後觸及的意象：原住民的歌謠和酗酒形象，可看作對異族身分印記的認知和轉移。阿來〈野人〉強調野人及其傳說在藏人世界的變化。當野人成為被獵捕的象徵物，揭露了農民淳樸人性與價值的崩毀。藏族作家筆下的藏人風土，以及文明與欲望的裂縫，格外複雜。

李娟散文〈突然出現的我〉描寫新疆生活，寫哈薩克人，寫羊群，寫山谷、展示了邊疆的日常世界。饒有趣味的是，哈薩克語成為作者各種生活接觸中，構成了認識外部世界的手段，一種描新疆土地上的生活脈絡。

董啟章和張貴興從把握一座城市、一片雨林的風土，提醒我們關注符號的象形和隱喻的張力。董啟章的〈符號之墓穴〉、〈時間之軌跡〉討論空間、時間如何在地圖裡被符號化。無從觀察風水的數碼地圖，列車時刻回溯的城市時間史，展開城市唯物史觀的辯證。張貴興〈巴都〉則反其道而行，重妝豔彩的繽紛語言，著眼巫的圖騰、原住民的紋身、胎記、模擬雨林物種的聲音、動植物的生長趨力。這是華語語系寫作少見著魔般的漢字，逼近熱帶雨林裡的各式圖像，以見證生態蓬勃的演化過程。對外部世界的象形操作，還有駱以軍〈圖尼克造字〉。作者藉由一套新的語言系統，重建自我的認知。漢語是表意文字系統（ideographic writing system），造字，成為小說寓言性的指涉，是重新捕獲失落的象徵物，那些情感肌理深層的沾黏和暗痛。童年玩伴、父子相處的往日時光，顯現和停駐於一個字的象形世界。

而對社會「感覺結構」的把握，還有聲腔的經營。林俊穎的閩南語方言寫作，紮實演繹了台灣鄉土世界。〈霧月十八〉的聲腔活力，鮮明再現了漢人唐山渡海，台灣落地生根，見證乙未割台。福佬腔調裡悠悠的古厝氛圍，家族往事，道盡了這片土地上的聲音與文化。文體的「聲音」，還有文學風格的模擬和延續。李天葆〈莫忘影中人〉，滿布老香港、老上海意象的舊吉隆坡街景——老照相館、舊明星、名伶的照片，文字裡的懷舊和鄉愁，營構了大馬廣府方言群的共同記憶。這是南洋張愛玲的文字魔杖，揮灑弔詭又華麗的南洋豔影。「聲音」在文學地理上的流轉，以此最為可觀。

鍾理和（1915-1960）

屏東人，後遷居高雄美濃。幼年接受私塾漢文教育，後受同父異母兄和鳴鼓勵，接觸新文學作品，也決定以文學創作為職志，更奮發學習中文。在父親經營的農場當助手時結識鍾台妹，從此展開驚天動地的愛情。但同姓婚姻不為客家社會與家庭制度所容，遂奔赴北平、瀋陽等地。1946年攜眷返台，任初中教員。不久，因肺疾惡化，一度入院療養。家計全賴台妹維持。一生備極艱辛，貧病交逼，仍寫作不輟，呈現了作家堅忍不拔、追求理想的精神。

一生經歷台灣淪日五十年的後半期，也在大陸淪陷區的偽政權度過八年，終其一生足跡所至，包括台灣、瀋陽、北平、上海等。作品包含濃厚的自傳色彩，描寫大陸、台灣鄉土的生活經驗及反思台灣人命運為主。病逝後，文友以「倒在血泊裡的筆耕者」稱之，是對其不朽形象最傳神的寫照。長篇小說《笠山農場》曾獲中華文藝獎，另有中短篇小說、散文。逝世後，經張良澤教授整理《鍾理和全集》八冊。

假黎婆

一

　　有一天，慣例在每年春分往下莊的大哥回來時告訴我說，他在下莊碰見奶奶的兄弟，說是這位兄弟心中著實惦念我們，不久想來這裡看看。這消息令我興奮，同時也帶給我一份莫可名狀的愴惘，和一份懷舊之情。

　　我這位奶奶並不是生我們父親的嫡親奶奶，而是我祖父的繼室，我們那位嫡親奶奶死得很早，她沒有在我們任何人之間留下一點印象，所以我們一提起「奶奶」時，便總指著這位不是嫡親的奶奶。事實，我們這位奶奶不僅在地位上和名份上，就是在感情上，也真正取代了我們那位不曾見過面的奶奶，我們稱呼她「奶奶」，她是受之無愧的。她用她的人種的方式疼愛我們、照料我們，特別是對我；她對我的偏愛，時常引起別人的嫉羨。

　　她是「假黎」——山地人，我說用她的人種的方式，並不意味她愛我們有什麼缺陷或不曾盡職，只是說我們有時不能按所有奶奶們那樣要求她講民族性的故事和童謠；她不能給我們講說「牛郎織女」的故事，也不會教我們唸「月光光，好種薑」，但她卻能夠用別的東西來補償，而這別種東西是那樣的優美而珍貴，尋常不會得到的。

　　據我所知，她從來不對我們孩子們說謊，她很少生過氣，她的心境始終保持平衡，她的臉孔平靜、清明、恬適，看上去彷彿永遠在笑，那是一種藏而不見的很深的笑，這表情給人一種安詳寧靜之感。我只看到有一次她失去這種心境的平和。那是當人們收割大冬稻子的時候，清早她到田裡去掐穀，忽然人們發現她在稻田上跳來跳去，一邊大聲驚叫，兩手在空中亂揮亂舞，彷彿著了魔，後來竟放聲哭將起來。大家走前去。原來地面上滿是蚯蚓在爬，多到每一腳都可以踩上七八條。她生平最怕的是蚯蚓。我大姑姑笑得蹲下身子，但畢竟把她馱在背上揹回家去。

　　她的個子很小，尖下巴，瘦瘦的，有些黑，時常把頭髮編成辮子在頭四周纏成所謂「番婆頭」；手腕和手背刺得很好看的「花」（紋身）。我所以知

道她是「假黎」，是在我較大一點的時候，雖然如此，這發現對我並不具任何意義。把她放在這上面來看她、想她、評量她，不論在知識上或感情上，我都無法接受的，那會弄混了我的頭腦。我僅知道她是纏著番婆頭，手上有刺花的奶奶，如此而已。我只能由這上面來認識她、親近她、記憶她！

二

　　我不知道我幾時而且又是怎樣跟上了奶奶，我很想知道這事，所以時常求奶奶講給我聽，碰著她高興時，她會帶著笑容一本正經的答應我的請求。那是這樣的：據說有一天大清早她要去河裡洗衣服時，她看見一個福佬婆把個孩子扔在竹頭下，她待福佬婆去遠了就走前去把孩子抱起來，裝進洗衣服的籃子裡帶回家去，這便是現在的我。

　　後來，我長大了，我知道每一個做母親的都要對自己的寶寶們解釋她怎樣的撿起他們來，不過在她們的敘述中，那個扔孩子的女人都是「假黎婆」，而我奶奶則把她換上了「福佬婆」（閩南女人）。

　　不同的只有這一點。

　　據我後來所聽及推測，似乎是在我有了弟弟那年，開始跟上奶奶，那時我媽媽懷裡有了更小的弟弟，不能照顧我了。不過又說那時我還要吃奶，那麼怎麼辦呢？於是便由我奶奶用「煉乳」餵我。那時候民間還不曉得用保暖的開水壺，沖煉乳自然得一次一次生爐子燒開水，所以在當初那兩年間，我奶奶是很夠瞧的了，這麻煩一直繼續到我四歲斷了奶為止。

　　最早這一段事情我所知甚少，我的敘述應由我最初的記憶開始，不過這也不很清楚了。我只記得屋裡很黑，我耐心地躺在床上假裝睡著，我媽用著鼻音很重的聲音哼著不成調的曲子，一邊用手拍著我弟弟。她哼著哼著，沒有聲音了，屋裡靜得只有均勻安寧的鼻息聲。就在這時候我輕輕溜下眠床，躡手躡腳摸黑打開門溜進奶奶屋裡。奶奶顯然嚇了一跳，但她沒有責備我。我告訴她我媽屋裡尿味很重，我睡不好。奶奶嘆了一口氣，便讓我和往常一樣在她旁邊睡。

　　不一會，我媽找過來。

　　「我知道他準溜回妳屋裡來了，除開妳這裡，他什麼地方都睡不安穩。」

我聽見媽和奶奶這樣說，然後叫我的名字：「阿和，阿和。」

我不應，不動。

「大概睡著了。」這是奶奶的聲音。

「我怕他在裝蒜呢，哪有睡得這樣快的！」媽又說，然後又再叫我，並搖著我的身子：「阿和，阿和。」

我仍然不應，也不動。

「算了！」奶奶說，「就由他在這裡睡吧。」

「你身體不好呢，哪受得起他吵鬧！」媽歉疚地說。

這時我覺得不能不說話了，於是便說：「我不吵奶奶。」

我聽見媽和奶奶都笑了，再一會，我媽就走了。

我就這樣跟上了我奶奶，一直到成年在外面流浪為止；在我的生命史上，她是我最親近最依戀的人，其次才輪到我的父母兄弟。我對她的愛幾乎是獨占的，即使她自己親生的兩個姑姑都沒有我分得多。

三

但直到這時為止，我還不知道我奶奶是「假黎婆」。

有一天，媽和街坊的女人聊天，忽然有一句話吹進我的耳朵。這是媽說的：「假黎是不知年紀的，他們只知道芒果開花又過了一年了。」這句話特別引起我注意，因為我覺得它好像是說我奶奶，但我也不知道是否一定這樣，所以當我看見奶奶時便問她是不是假黎。

「不是吧？」我半信半疑地問。

「你怎麼覺得不是呢！」奶奶笑瞇瞇地說，眉宇之間閃著慈愛的溫馨、柔軟的光輝。她把右手伸給我看，說道：「你看你媽有這樣的刺花嗎？」

這刺花我是早就知道的，卻不知道它另有意義，這意義到此時才算明白。雖然如此，我仍分不出奶奶是不是假黎。我看見她的臉孔，又看看她身上穿的長衫。她的臉是笑著的；她的長衫是我自有知覺以來就看見穿在身上的。我覺得我有些迷糊了。

「你知道奶奶是假黎。」奶奶攀著我的下頷讓我看她的臉，「還喜歡奶奶嗎？」

顯然，奶奶自身並不曾對此事煩心，這對我們二人來說都是好的。

我撲進奶奶懷中，說：「我喜歡奶奶。」

「對嘍！」奶奶摸著我的頭，「這才是奶奶的小狗古呢！」

「小狗古」是奶奶給我取的綽號。

奶奶的娘家，我知道有兩個哥哥，一個已死了，留下一個兒子；還有一個弟弟。這個弟弟少時曾在我家飼牛數年，因而說得一口好客家話；而且他的臉孔誠實和氣，缺少山地人那份剽悍勇猛之象，所以倘不是他腰間繫支「孤拔」，頭上纏著頭布，我是不會知道他是假黎的。我和他混得特別熟，特別好。

當他們來看奶奶時，我發覺奶奶對他們好像很不放心，處處小心關照；吃飯時不讓他們喝太多的酒，不讓他們隨便亂走，晚上便在自己屋裡地面上鋪上草蓆讓他們在那上面睡。顯然可以看出奶奶處理這些的苦心和焦躁；她要設法把它處理得無過無不及，不亢又不卑，才算稱心合意，有一次他們要走時家裡給了他們一包鹽和一斗米。奶奶讓他們帶走那包鹽，卻把那斗米留下來。過後我有機會問到這件事時，奶奶帶著苦惱的表情看了我好大一刻，似乎不高興我提出這個問題，然後我問當我舅舅來時我媽給不給他們東西？

「雖然他們是假黎，」奶奶以更少淒楚更多悲憤的口氣說，「可不是要飯的呢！」

又有一次，她弟弟夫婦倆和她姪子來看她，恰好那天是過節的日子，大概是端午節吧？那晚上家人沒有遵照奶奶的吩咐，讓他們盡量喝酒，結果年輕姪子喝得酩酊大醉，不肯老實坐著，到處亂闖，嘴裡嚕囌，又不知怎麼砸了個碗。他叔叔兩手捉住他，把他硬拖進奶奶房裡。

我奶奶氣得流淚，也不說話，拿起一隻網袋——我想是她姪子的——扔在年輕人的面前，一面連連低低但清清楚楚地嚷著說：「黑馬驢！黑馬驢！」

「嬸兒，嬸兒，」我媽跟進屋裡來苦苦勸解：「是我們給他喝的；過節啦，多喝點沒有什麼關係！天黑啦，明天再讓他走吧！」

經過一番勸解，奶奶總算不再說什麼了，但仍靜靜地流淚。

第二天我醒來時，發覺年輕人不見了。趁著奶奶不在房裡時，我悄悄地問那位弟弟他到哪裡去了？

「走啦。」他低低地說，彷彿這屋裡有什麼東西正在睡著，他怕驚醒它。

「幾時？」我又問。

「昨晚上。」

我不禁吃了一驚。不過我的吃驚與其說是為了年輕人倒不如說是為了奶奶，我從未看過她生這樣大的氣，但就在此時他輕輕地碰了我一下臂肘——我聽見奶奶的腳步聲走來了。

「不要提他。」這位弟弟搖搖頭更低地說。

四

有一次，我大概是中暑，有三天三夜神智昏迷不清，大家都認為我完了，要把我移到地下，但奶奶不肯，她堅持我會好，據說她好像很有把握。一直到現在我都覺得奇怪，我奶奶在這上面有時有極正確、極可貴的判斷，好像她看得清生死的分際。我想這是不是和她那人種的生活經驗有關呢？

果然，在她日夜盡心看護之下，我在第四天下午終於復甦過來了。後來她告訴我，她的弟弟——不是現在這個，那已經死了——曾一連串躺了五天五夜水米不進，後來還是好了；她說她看我和她弟弟的是一樣。她以為一個人既然這樣還沒死，可見他是不會死的。這似乎是她的信念。

那已經是傍晚時分了，開始我覺得自己好像在半天裡飄，身子沒有著落。忽然我聽見有一種聲音，它似乎來自下方的地面，也似乎很遠很遠。漸漸地，這聲音越來越清楚了，好像已接近地面。這聲音我覺得很熟，後來我便聽出這是奶奶的聲音：她在唱歌，唱番曲。

這時我覺得我已經落到地面，覺得有東西包圍著我，我有了重量；我感覺到我的身子，我的手和腳；我的頭有多麼笨重，連我的眼皮都重到無法睜開。我用盡氣力，好容易才打開這重重垂合的眼皮，於是我發覺我是躺在床上的，屋裡光線昏暗，我的眼睛接觸到灰白色的眠帳頂。

就在此時，歌聲戛然而止，同時奶奶也投進了我的視線。

「阿和，」奶奶驚喜萬狀，那聲音有些顫抖，「阿和，你醒了，噢！」

「奶奶！」我喊得有氣無力。

我慢慢轉動我的腦袋，然後我的視線停止在她手上。

「奶奶，妳——」我注視了一會之後說，但一陣暈眩使我趕快閉上眼睛。不過我是高興的，我好像還咧嘴笑了一下。

「你看！」奶奶把手裡的東西舉到我更容易看的地點。

那是用苧子接的一團細繩，是我放紙鷂用的，纏在一隻筷子上。過去我時時纏著要她給我接，但她事情多，接一次只有一點點，有時則敷衍了事，因此每年我的紙鷂都不能放得很高。現在，它已把那隻筷子纏得鼓鼓的，我想一定接得不少了。

「阿和，你趕快好，奶奶還要接，」她笑勃勃地說：「你今年的紙鷂一定會飛得很高。」

我的大姑姑由她那張床走到我床頭來，站在奶奶後面。

「你奶奶接了三天三夜的繩子啦，」她故意說得很詼諧，但我聽得出她也一樣高興的，「你在床上躺著，她就在你腳邊接繩子，她很賣勁呢。」然後轉向她母親，「現在妳去睡吧，我來代妳。」

「還不累呢，」奶奶說。

「好啦！好啦！」姑姑說，「別累出病來啦，你的小狗古還要你接繩子呢！」

奶奶朝她的女兒眨了眨眼，想了一會兒，好像她還不知道應不應該去睡，不過終於還是去睡了。我看她的眼睛四周有一圈黑圈，眼睛有一些紅絲。

「那麼，」奶奶對我笑了笑，「阿和，奶奶去躺一會。」

「你奶奶熬了三夜了，」奶奶走後姑姑說道，「她只要自己看著你。」

這時我媽自外面進來了。

五

有一次，我二姑丟了一頭牛，第二天奶奶領著我往山谷幫忙找牛去了。時在夏末秋初，天高氣爽，樹上蓄著深藏的寧靜和溫馨，山野牽著淡淡的紫煙。我們越過「番界」深進山腹。我們時而探入幽谷，時而登上山巔，雖然都是些小山，但我已覺得夠高了。由那上面看下來，河流山野都瞭若指掌。我頭一次進到如此深地和高山，我非常高興，時時揚起我的手。

　　我奶奶對這些地方似乎很熟，彷彿昨天才來過；對那深幽壯偉的山谷似乎一點不覺得希罕和驚懼，也不在乎爬山。登上山頂時她問我是不是很高興？然後指著北方一角山坳對我說，她的娘家就在那裡，以後她要帶我去她的娘家。

　　那是一個陰暗的山坳，有一朵雲輕飄飄地掛在那上面，除此之外我什麼都沒看見。

　　奶奶時時低低地唱著番曲，這曲子柔婉、熱情、新奇，它和別的人們唱的都不同。她一邊唱著，一邊矯健地邁著步子；她的臉孔有一種迷人的光彩，眼睛栩栩地轉動著，周身流露出一種輕快的活力。我覺得她比平日年輕得多了。

　　她的歌聲越唱越高，雖然還不能說是大聲，那裡面充滿著一個人內心的喜悅和熱情，好像有一種長久睡著的東西，突然帶著歡欣的感情在裡面甦醒過來了。有時她會忽然停下來向我注視，似乎要想知道我會有什麼感想。這時她總是微笑著，過後她又繼續唱下去。

　　唱歌時的奶奶雖是很迷人的，但我內心卻感到一種迷惶，一種困擾，我好像覺得這已不是我那原來的可親可愛的奶奶了。我覺得自她那煥發的愉快裡，不住發散出只屬於她個人的一種氣體，把她整個的包裹起來，把我單獨地淒冷地遺棄在外面了。這意識使我難過，使我和她保持一段距離。有時奶奶似乎看出我的沮喪，有幾次當我們停下來休息時，她把我拉向她，詫異地也關心地問我為什麼不高興？是不是不舒服？起初我只是默不作聲，後來終於熬不住內心的孤寂之感而撲向奶奶，熱情地激動地喊著說：

　　「奶奶不要唱歌！奶奶不要唱歌！」

　　奶奶為我的瘋狂發作而驚惶失措，一連聲的問我：「怎麼的啦？怎麼的啦？」她兩手捧著我的頭讓我抬起臉孔。「你哭啦，阿和？」她看著我的眼睛吃驚地說：「你怎麼的啦？」

　　「奶奶不要唱歌，──」我再喊。

　　奶奶奇異地凝視著我，然後勉強地微笑了笑，說道：「奶奶唱歌嚇壞小狗古啦！」

　　奶奶不再唱歌了，一直到回家為止，她緘默地沉思地走完以下的路，我覺得她的臉孔是憂鬱而不快。但一回到家以後，這一切都消失了，又恢復了

原來的那個奶奶；那個寧靜的、恬適的、清明的。

六

　　到我十三歲外出求學，畢業以後又在外面闖天下，於是要我關心的事情已多，無形中減少了對奶奶的懷戀，而且常常幾個月見不到一次面。但奶奶對我的感情依舊不變，不！也許因為離開，格外加深了她的懷念。每當我久別回家，她便要坐在我身旁久久看著我，有時舉手自我頭頂一直摸到腳跟，一邊喃喃自語：「我的小狗古大啦！我的小狗古大啦！」由她的口氣和眼色，我理解她這句話是要給她自己解釋的；在她看來，這小狗古會長大是一件不可思議的事，她有些吃驚呢。

　　後來我遠走海外，多年沒有寄信回家。她是在光復前二年死在砲火聲中的；她在病中一直唸著我的名字，彌留之際還頻問家人我的信是否到了？

　　待我回來時，奶奶墓地上長滿了番石榴，青草萋萋，我拈香禮拜，心中感到冷冷的悲哀。

七

　　哥哥說後不久，奶奶的弟弟到我家來了，但如果不是他自己自我介紹，我幾乎不認得了。這不但因為他人已老，而是他的裝束和外貌已經改觀；他腰間已不繫「孤拔」，而穿著一套舊日軍服；頭髮也剪掉了，因而已不再纏頭布了；頭髮剪得短短，已經白了，腮幫子也因為牙齒掉落而深深陷下去；唯一不變的似乎祇有他的眼睛和臉孔的溫良誠實，以及一口客家話。

　　我領他到奶奶墓前拈香拜了幾拜。是夜我們談到深更才睡。我發現他說話之前總要先搖一次頭，由這上面看來，似乎他的晚年過得並不怎麼好。

　　「嗨，他不做人啦！」

　　當我問及那位姪子時他搖搖頭後這樣說。他告訴我這位姪子酗酒、嫖妓、懶惰、不務正業。據說他們那裡（指山地社會）也有「不好的女人」了呢，（這應該說是娼妓吧！）這是從前沒有的。

　　他又說他大哥只生了這一個兒子，卻不想是這樣子的，這已經是完了；

二哥呢，沒有一個子息；他自己也只生了一個女兒——已嫁了。

「這都因為我爺爺從前砍人家的腦袋砍得太多了，所以不好呢！」

他又搖搖頭後這樣說道。

第二天，他要走時我們又到奶奶墓前燒了一炷香，當他默默地走在前頭時，我忽然發覺他的背脊有點傴僂，這發覺加深了我對奶奶的追思和懷戀，我覺得我已真正失去一個我生命中最重要最親愛的人了。

原載《聯合報‧聯合副刊》，1960 年 1 月 20 日；選自《鍾理和全集 1》（台北：行政院客家委員會，2003）。

阿來

藏族，1959年生於四川阿壩藏區的馬爾康縣。畢業於馬爾康師範學院，曾任成都《科幻世界》雜誌主編、總編及社長。1982年開始詩歌創作，80年代中後期轉向小說創作。2000年，其第一部長篇小說《塵埃落定》獲第五屆茅盾文學獎，為該獎項有史以來最年輕得獎者及首位得獎藏族作家。2009年3月，當選為四川省作協主席。主要作品有詩集《棱磨河》，小說集《舊年的血跡》、《月光下的銀匠》、《蘑菇圈》，長篇小說《塵埃落定》、《空山》、《格薩爾王》、《瞻對》，散文集《大地的階梯》等。

野人

　　當眼光順著地圖上表示河流的藍色曲線蜿蜒向北，向大渡河的中上游地區，就已感到大山的陰影中輕風習習。就這樣，已經有了上路的感覺，在路上行走的感覺。

　　就這樣，就已經看到自己穿行於群山的巨大陰影與明麗的陽光中間，經過許多地方，路不斷伸展。我看到人們的服飾、膚色以及精神狀態在不知不覺間產生的種種變化，於是，一種投身於人生、投身於廣闊大地、投身於藝術的豪邁感情油然而生，這無疑是一種莊重的東西。

　　這次旅行，以及這個故事從一次筆會的結束處開始。在瀘定車站，文友們返回成都，我將在這裡乘上另外一輛長途汽車開始我十分習慣的孤獨旅行。這是六月，車站上飛揚著塵土與嘈雜的人聲，充滿了爛熟的杏子的味道、汽車輪胎上橡膠的味道。

　　現在，我看到了自己和文友們分手時，那一臉漠然的神情。聽到播音員以虛假的溫柔聲音預報車輛班次。這時，一個戴副粗劣墨鏡的小夥子靠近了我。他顫抖的手牽了我的袖口，低聲說：「你要金子嗎？」

　　我說不要鏡子。我以為他是四處販賣各種低檔眼鏡的浙江人。

　　他加重語氣說：「金子！」

　　「多少？」

　　「有十幾斤沙金。」

　　而據我所知，走私者往往是到這些地方來收購金子，絕對不在這樣的地方進行販賣，我聳聳肩頭走開了。這時，去成都的班車也啟動了，在引擎的轟鳴聲和廢氣中他又跟上我，要我找個僻靜地方看看貨色。

　　他十分執拗地說：「走嘛，去看一看嘛。」他的眼神貪婪而又瘋狂。

　　但他還是失望地離開了我。他像某些精神病患者一樣，神情木然，而口中念叨著可能和他根本無緣的東西，那種使我們中國人已變得喪失理智與自尊的東西的名字：金子。現在，我上路了。天空非常美麗，而旅客們卻遭受著塵土與酷烈陽光的折磨。我還能清晰地看見自己到達丹巴縣城的模樣和丹

巴縣城的模樣：建築物和我的面孔都沾滿了灰塵，都受到酷烈陽光的炙烤而顯得了無生氣。我看見自己穿過下午四點鐘的狹窄的街道，打著哈欠的冷落店鋪、散發著熱氣的房子的陰涼、孤零零的樹子的陰涼。一條幽深陰暗的巷道吸引了我，我聽見了自己的腳步聲在寂靜的巷道中回響。從第一個門口探出一個中年漢子的腦袋，他神情癡呆麻木，眼神更是空空洞洞，一無所有。我從這扇沒有任何文字說明的門前走了過去，我在巷道裡來回兩趟也沒有見到幾個字指點我在哪裡可以登記住宿。從巷道那一頭穿出，我看見空地裡只剩下我站在陽光底下，注視那一排排油漆已經褪盡了顏色的窗戶。

　　一個身體單薄的孩子出現在我面前，問我是不是要登記住宿。他伸出藍色血脈顯現得十分清晰的手，牽我進了樓，到了那個剛才有人探出腦袋的房間門前。

　　「阿爸，生意來了。」

　　這個娃娃以一種十分老成的口氣叫道。

　　門咿呀一聲開了，剛才那個男人的腦袋又伸了出來，他對我說：「我想你是來住店的，可你沒有說話我也就算了。」

　　「真熱啊，這天氣。」

　　「剛才我空著，你不登記。這陣我要上街打醬油去了，等等吧。我等你們這些客人大半天了，一個也沒等到。現在你就等我十幾分鐘。」

　　我望著他慢吞吞地穿過陰暗涼爽的巷道，進入了微微波動的絢爛陽光中間。他的身影一從我眼光中消失，我的鼻孔中立即撲滿了未經陽光照射的木板和蛛網的味道。這彷彿是某種生活方式的味道。

　　那孩子又怯生生地牽了牽我的衣角。

　　「我阿媽，她死了。還有爺爺、姐姐。」他悄悄說。

　　我伸出手撫摩他頭髮稀疏的腦袋，他縮著頸子躲開了。

　　「你爺爺是什麼樣子？像你阿爸一樣？」

　　他輕輕地搖搖頭：「不一樣的。」

　　孩子低下了小小的腦袋，蹬掉一隻鞋子，用腳趾去勾畫地上的磚縫。從走道那頭射來的光線，照亮了他薄薄而略顯透明的耳輪、耳輪上的銀色毫毛。

　　「我的名字叫旦科，叔叔。我爺爺打死過野人。」

　　他父親回來了。搭著眼皮走進了房間，門砰的一聲關上了。我們隔著門

板聽見醬油瓶子落上桌面的聲響，給門落閂的聲響。

孩子踮起腳附耳對我說：「阿爸從來不叫人進我們的房子。」

旦科的父親打開了面向巷道的窗戶，一絲不苟地辦完登記手續。出來時，手拎著一大串嘩嘩作響的鑰匙，又給自己的房門上了鎖。可能他為在唯一的客人面前如此戒備而不太好意思吧。

「縣上通知，注意防火。」他訕訕地說。

他開了房門，並向我一一交點屋子裡的東西：床、桌子、條凳、水瓶、瓷盆、黑白電視、電視套子……最後，他揭開枕巾說：「看清楚了，下面是兩個枕芯。」

我向站在父親身後的旦科眨眨眼，說：「還有這麼多的灰塵。」

這句揶揄的話並沒有在那張泛著油汗的臉上引起任何表情變化。他轉身走了，留下我獨自面對這布滿石棉灰塵的房間。縣城四周赤裸的岩石中石棉與雲母的儲量十分豐富。許多讀者一定對這種下等旅館有所體驗，它的房間無論空了多久都會留下前一個宿客的氣味與痕跡，而這種氣味只會令人在這個陌生的地方倍感孤獨。

那個孩子呆呆地望著我撢掉床鋪上的灰塵，臉上神情寂靜而又憂鬱，我叫他坐下來分享飲料和餅乾。

「你怎麼不上學？」

他含著滿口餅乾，搖搖頭。

「這裡不會沒有學校吧？」我說。

旦科終於嚥下了餅乾，說這裡有幼稚園、小學、中學，可他爸爸不叫他上學。

「你上過學嗎？」

我點點頭。

「你叫什麼名字，我的名字都告訴你了。」

「阿來。」

「我有個表哥也叫阿來。」

「那我就是你表哥了。」

他突然笑了起來，笑聲乾燥而又清脆，「不，我們家族的姓是不一樣的，我們姓寺朵。」

「我們姓若巴。」

「我表哥死了，我們的村子也完了，你知道先是樹子被砍光了，泥石流下來把村子和許多人埋了。我表哥、媽媽、姐姐……」

我不知道如何去安慰這個內心埋葬著如此創痛的孩子。我打開窗簾，一束強光立即照亮了屋子，也照亮了從窗簾上抖落下來的雲母碎片，這些可愛的閃著銀光的碎片像一些斷續的靜默的語彙在空氣中飄浮，慢慢越過掛在斜坡上的一片參差屋頂。

旦科的眼珠在強光下呈綿羊眼珠那樣的灰色。他在我撩起窗簾時舉起手遮住陽光，現在，他纖細的手又緩緩地放了下來。

「你想什麼？叔叔。」

「哦……給你一樣東西。要嗎？」我問他。

「不。以前阿媽就不叫我們白要東西。以前村口上常有野人放的野果，我們不要。那個野人只准我爺爺要。別的人要了，他們晚上就進村來發脾氣。」他突然話題一轉，「你會放電視嗎？」不知為什麼我搖了搖頭。

「那我來給你放。」他一下變得高興起來，他爬到凳子上，接通天線，打開開關，並調出了清晰的圖像。在他認真地撥弄電視時，我從包裡取出一疊九寨溝的照片放在他面前。

「你照的？」

「對。」

「你就是從那裡來的？」

「對。」

他的指頭劃向溪流上古老的磨坊，「你們村子裡的？」

我沒有告訴他那不是我們村子的磨坊。

他拿起那疊照片，又快快地放下了。

「阿爸說不能要別人的禮物。要了禮物人家就要進我們的房子來了，人家要笑話我們家窮。」

我保證不進他們的屋子，旦科才收下了那些照片。然後，才十分禮貌地和我告別。門剛鎖上，外面又傳來一隻溫柔的小狗抓撓門板的聲響。我又把門打開，旦科又怯生生地探進他的小腦袋，說：「我忘記告訴你廁所在哪個地方了。」

我揚揚手說：「明天見。」

「明天……明天我可能就要病了。」小旦科臉上那老成憂戚的神情深深打動了我，「阿爸說我一犯病就誰也認不出來了。」

這種聰明、禮貌、敏感，帶著纖弱美感的孩子往往總是有某種不幸。

「我喜歡你，你就像我弟弟。」

「我有個哥哥，你在路上見到他了嗎？」見我沒有回答，他輕輕說：「我走了。」我目送他穿過光線漸漸黯淡的巷道。太陽已經落山了，黃昏裡響起了強勁的風聲，從遙遠的河谷北面漸漸向南。我熟悉這種風聲。凡是林木濫遭砍伐的大峽谷，一旦擺脫掉酷烈的陽光，地上、河面的冷氣起來，大風就生成了。風暴攜帶塵土、沙礫無情地向人類居住地──無論是鄉村還是城鎮拋撒。離開時，又帶走人類生活產生的種種垃圾去污染原本潔淨美麗的空曠原野。我躺在床上，電視裡正在播放系列節目《河殤》，播音員憂戚而飽滿的男性聲音十分契合我的心境，像一隻寬厚的手安撫我入眠。醒來已是半夜了，電視節目早已結束，屏幕上一片閃爍不定的雪花。

我知道自己是做夢了。因為有好一陣子，我盯著螢光屏上那些閃閃爍爍的光斑，張開乾渴的嘴，期待雪花落下來。這時，風已經停了，寂靜裡能聽到城根下大渡河澎湃湧流的聲音。

突然，一聲恐懼的尖叫劃破了黑暗，然後一切又歸於沉寂。寂靜中，可以聽到隱約的幽咽飲泣的聲音，這聲音在沒有什麼客人的旅館中輕輕迴盪。

早晨，旦科的父親給我送來熱水。他眼皮浮腫，臉色晦暗，一副睡眠不足的樣子。

「昨天晚上？」我一邊注意他的臉色，小心探問。他歎了口氣。

「旦科犯病了，昨天晚上。」

「什麼病？」

「醫生說他被嚇得不正常了，說他的神……經，神經不正常。他肯定對你說了那件事，那次把他嚇出了毛病。」

「我想看看他。」

他靜默一陣，說：「好吧，他說你喜歡他，好多人都喜歡他，可知道他有病就不行了。我們的房子太髒了，不好意思。」

屋子裡幾乎沒有任何陳設，地板、火爐、床架上都沾滿黑色油膩。屋子

裡氣悶而又暖和。這一切我曾經是十分熟悉的。在我兒時生活的那個森林地帶，冬天的木頭房子的回廊上乾燥清爽，充滿淡淡陽光。而在夏季，森林裡濕氣包裹著房子，回廊的欄杆上晾曬著獵物的皮子，血腥味招來成群的蒼蠅，那時的房子裡就充滿了這種濁重的氣息——那是難得洗澡的人體，以及各種經久不散的食物的氣息。就是在這樣晦暗的環境中，我就聆聽過老人們關於野人的傳說。而那時，我和眼下這個孩子一樣敏感、嬌弱，那些傳說在眼前激起種種幻象。現在，那個孩子就躺在我面前，在亂糟糟一堆衣物上枕著那個小腦袋。我看著他薄軟的頭髮，額頭上清晰的藍色血脈，看著他慢慢睜開眼睛。有一陣子，他的眼神十分空洞，過了又一陣，他才看見了我，蒼白的臉上浮起淺淡的笑容。

「我夢見哥哥了。」

「你哥哥。」

「我還沒有告訴過你，他從中學裡逃跑了，他沒有告訴阿爸，告訴我了。他說要去掙錢回來，給我治病。我一病就像做夢一樣，淨做嚇人的夢。」小旦科掙扎著坐起身來，瘦小的臉上顯出神秘的表情，「我哥哥是做生意去了。掙到錢給阿爸修一座房子，要是掙不到，哥哥就回來帶我逃跑，去有森林的地方，用爺爺的辦法去逮個野人。叔叔，把野人交給國家要獎勵好多錢呢，一萬元！」

我把泡軟的餅乾遞到他手上，但他連瞧都不瞧一眼。他一直在注意我的臉色。我是成人，所以我能使臉像一只面具一樣只帶一種表情。而小旦科卻為自己的描述興奮起來了，臉上泛起一片紅潮。「以前我爺爺……」小旦科急切地敘述有關野人的傳說，這些都和我早年在家鄉聽到過的一模一樣。傳說中野人總是表達出親近人類模仿人類的欲望。他們來到地頭村口，注意人的勞作、娛樂，進行可笑的模仿。而被模仿者卻為獵獲對方的願望所驅使。貪婪的人通過自己的狡詐知道，野人是不可以直接進攻的，傳說中普遍提到野人腋下有一塊光滑圓潤的石頭，可以非常準確地擊中要擊中的地方；況且，野人行走如飛，力大無窮。獵殺野人的方法是在野人出沒的地方燃起篝火，招引野人。野人來了，獵手先是怪模怪樣地模仿野人戒備的神情，野人又返過來模仿，產生一種滑稽生動的氣氛。獵手歌唱月亮，野人也同聲歌唱；獵手歡笑，野人也模仿那勝利的笑聲。獵手喝酒，野人也起舞，並喝下

毒藥一樣的酒漿。傳說野人第一次也是最後一次喝下這種東西時臉上難以抑制地出現被烈火燒灼的表情。但接近人類的欲望驅使他繼續暢飲。他昏昏沉沉地席地而坐，看獵人持刀起舞，刀身映著冰涼的月光，獵人終於長嘯一聲，把刀插向胸口，獵人倒下了，而野人不知其中有詐。使他的舌頭、喉嚨難受的酒卻使他的腦袋漲大，身子輕盈起來。和人在一起，他感到十分愉快，身體碩壯的野人開始起舞，河水在月光下像一條輕盈的緞帶，他拾起鋒利的長刀，第一次拿刀就準確地把刀尖對準了獵手希望他對準的方向，刀揳入的速度非常快，因為他有非常強勁的手臂。

傳說中還說這個獵人臨終時必然發出野人口中吐出的那種叫喊。這是人類寬恕自己罪孽的一種獨特方式。

傳說講完了。小旦科顯得很倦怠，陽光穿過窗櫺照了進來。這地方那可怕的熱氣又在開始蒸騰了。

旦科說：「阿爸說人不好。」

「不是都不好。」

旦科笑了，露出一口稚氣十足的雪白整齊的牙齒，「我們要變成壞人。哥哥說壞人沒人喜歡，可窮人照樣沒人喜歡。」

他父親回來中止了我們的談話。

我忍不住親了親他的小額頭，說：「再見。」

旦科最後囑咐我：「見到哥哥叫他回來。」

他父親說：「我曉得你什麼話都對這個叔叔講了，有些話你是不肯對我說的。」

語調中有一股無可奈何的淒涼。

孩子把一張照片掏出來，他爭辯說：「你看，叔叔老家的磨坊跟我們村子裡的那座一模一樣。」

濁重的大渡河水由北而南洶湧流過，縣城依山傍河而建。這些山地建築的歷史都不太長，它的布局、色調以及建築的質量都充分展示出急功近利、草率倉促的痕跡。我是第一次到達這個地方，但同時又對它十分諳熟，因為它和我在這片群山中抵達的許多城鎮一模一樣，它和我們思想的雜亂無章也是十分吻合的。

　　僅僅半個小時多一點，我已兩趟來回走遍了狹窄曲折的街道。第一次我到車站，被告知公路塌方，三天以後再來打聽車票的事情。第二次我去尋找鞋店。第三次走過時有幾個行人的面孔已經變得熟識了。最後我打算到書店買本書來打發這幾天漫長的日子，但書店已經關了。

　　這時是上午十一點半。

　　「書店怎麼在上班時間關門？這個地方！」因為灰塵，強烈的陽光，前途受阻，我心中有火氣升騰。

　　終於，我在一家茶館裡坐了下來。

　　一切都和我想像的一模一樣。無論是茶館的布置、它的清潔程度、那種備受烈日照射地區特有的萎靡情調。只有沖茶的井水十分潔淨，茶葉一片片以原先植株上的形態舒展開來。我沒有租茶館的武俠小說，我看我自己帶的書《世界野人之跡》，一個叫邁拉・沙克利的英國人寫的。第四章一開始的材料就來自《星期日郵報》文章〈中國士兵吃掉一個野人〉，而那家報紙的材料又來自我國的考古學雜誌《化石》。這引起我的推想，就在現在這個茶館坐落的地方，百年之前肯定滿被森林，野人肯定在這些林間出沒，尋找食物和潔淨的飲水。現在，茶館裡很安靜，那偶爾一兩聲深長的哈欠可能也是過去野人打過的深長哈欠。這時，我感到對面有一個人坐下來了，感到他的目光漸漸集中到了我的書本上面。我抬起頭來，看到他的目光定定地落到了那張野人腳印的照片上。這個人給我以似曾相識的感覺。這個人又和這一地區的大部分人一樣皮膚粗糙黝黑，眼球渾濁而鼻梁一概挺括。

　　「野人！」他驚喜地說，「是你的書嗎？」他抬起頭來說。

　　「對。」

　　「啊，是你？」

　　「是我，可你是誰？」

　　「你不認得我了？」他臉上帶著神秘的神情傾過身子，口中的熱氣直撲到我臉上。我避開一點。他說：「金子！」

　　我記起來了。他是我在瀘定車站遇見的那個自稱有十幾斤金子的人，加上他對野人的特別興趣，我有點知道他是誰了。

　　我試探著問：「你是旦科的哥哥。」

　　「你怎麼知道？」他明顯吃了一驚。

「我還知道你沒有什麼金子，只有待會兒會放出來的屁。」不知為什麼我一下子對這個年輕人顯得嚴屬起來了，「還有你想捕捉野人的空想。野人是捉不住的！」我以替野人感到驕傲的口吻說。

「能捉到。用一種竹筒，我爺爺會用的方法。」

他得意地笑了，眼中又燃起了幻想的瘋狂火苗，「我要回家看我弟弟去了。」

我望著他從其中很快消失的那片陽光，感到瀝青路面變軟，鼓起焦泡，然後緩緩流淌。我走出茶館，有一隻手突然拍拍我的肩膀：「夥計！」是一個穿制服的胖子。他笑著說：「你拿了一個高級照相機啊。」那懶洋洋的笑容後面大有深意。

「珠江牌不是什麼高級照相機。」

「我們到那邊陰涼地坐坐吧。」

我們走向臨河的空蕩蕩的停車場，唯一的一輛卡車停放在那裡看來已經有很長的時間了。

我背倚著卡車輪胎坐下來，面向滔滔的大渡河水。兩個穿著制服的同志撇開我展開了別出心裁的對話。

「昨天上面來電話說一個黃金販子從瀘定到這裡來了。他在車站搞倒賣，有人聽見報告了。」「好找，到這裡來的人不多，再說路又不通了。」

胖子一直望著河面。

瘦子則毫不客氣地逼視著我，他說：「我想我們已經發現他了。」

兩人的右手都括在那種制服的寬敞的褲兜裡，但他們的手不會熱得難受，因為他們撫弄著的肯定是某種冰涼的具有威脅性的金屬製品。而我的鼻腔中卻充滿了汽車那受到炙烤後散發出的橡膠以及油漆的味道。

我以我的採訪證證實了身分後，說：「到處聲稱有十幾斤金子的人只是想像自己有那麼富有。」「你是說其實那人沒有金子？」胖子搖搖頭，臉上露出不以為然的笑容。

「嗨，你們知道野人的傳說嗎？」

「知道一點。」

「不久前，聽說竹巴村還有野人，那個村子裡連娃娃都見過。」

「竹巴村？」

「這個村子現在已經沒有了。」

「泥石流把那個村子毀了，還有那個女野人。」

我又向他們詢問用竹筒捕捉野人是怎麼回事，他們耐心地進行了講解。原來這種方法也和野人竭力模仿人類行為有關。捕捉野人的人事先準備兩副竹筒，和野人接近後，獵手把一副竹筒套在自己手上，野人也撿起另一副竹筒套上手腕。他不可能知道這副竹筒中暗藏精巧機關，戴上就不能褪下了，只能任人殺死而無力還擊了。

「以前殺野人多是取他腋下那塊寶石。」

「吃肉嗎？」

「不，人怎麼能吃人肉？」

他們還肯定地告訴我，沿河邊公路行進十多公里，那裡的廟子裡就供有一顆野人石。他們告辭了，去搜尋那個實際上沒有黃金的走私犯。我再次去車站詢問，說若是三天以後不行就得再等到三天以後，這幫助我下定了徒步旅行的決心。

枯坐在旅館裡，望著打點好的東西，想著次日在路上的情形，腦子裡還不時湧起野人的事情，這時，虛掩的門被推開了。旦科領著他哥哥走了進來。我想開個玩笑改變他們臉上過於嚴肅的表情，但又突然失去了興致。

「明天，我要走了。」

他們沒有說話。

「我想知道野人和竹巴村裡發生的事情。」

他們給我講了已死的女野人和他們已經毀滅的村子的事情。那個野人是女的，他們又一次強調了這一點。她常常哭泣，對男人們十分友善，對娃娃也是。竹巴村是個只有七戶人家的小村子，村民們對這個孤獨的女野人都傾注了極大的同情。後來傳說女野人與他們爺爺有染，而女野人特別願意親近他們爺爺倒是事實。

「爺爺有好長的鬍子。」

後來村子周圍的樹林幾年裡就被上千人砍伐光了。砍伐時女野人走了，砍伐的人走後，女野人又回來了。女野人常為飢餓和再難得接近爺爺而哭泣。她肆無忌憚的哭聲經常像一團烏雲籠罩在村子上面，給在因為乾旱而造成的貧困中掙扎的村民帶來了不祥的感覺。於是，村裡人開始仇恨野人了，

他們謀劃殺掉野人。爺爺不得不領受了這個任務，他是村裡德高望重的老人，也是最為出色的獵手。

爺爺做了精心準備，可野人卻像有預感似的失蹤了整整兩個月，直到那場從未見過的暴雨下來。大雨下了整整一夜，天剛亮，人們就聽見了野人嗥叫的聲音，那聲音十分恐懼不安。她打破了以往只在村頭徘徊的慣例，嗥叫著，高揚著雙手在村中奔跑，她輕易地就把那隻尾隨她吠叫不止的狗摜死在地上了。這次人們是非要爺爺殺死這個野人不可了。她剛剛離開，久盼的雨水就下來了，可這個災星恰恰在此時回來想激怒上天收回雨水。

阿媽跪在了阿爸——她的阿爸我們的爺爺面前，說殺死了這個女野人村裡的女人肯定都會愛他。

爺爺帶著竹筒出現在野人面前。這時，嘩嘩的雨水聲中已傳來山體滑動的聲音。那聲音隆隆作響，像預示著更多雨水的隆隆雷聲一模一樣。人們都從自家窗戶裡張望爺爺怎樣殺死野人。爺爺一次又一次起舞，最後惹得野人摜碎了竹筒。她突然高叫一聲，把爺爺夾在腋下衝出村外，兩兄弟緊隨其後。只見在村外的高地上，野人把爺爺放了下來，臉上露出了傻乎乎的笑容，雨水順著她細綹的毛髮淋漓而下。女野人張開雙臂，想替爺爺遮住雨水。這時，爺爺鋒利的長刀卻扎進了野人的胸膛，野人口中發出一聲似乎是極其痛苦的叫喊。喊聲餘音未盡，野人那雙本來想庇護爺爺的長臂緩緩卡住了爺爺的身子。爺爺被高高舉起，然後被摜向地上的樹樁。然後，野人也慢慢倒了下去。

這時，泥石流已經淹沒了整個村子。

旦科說：「磨坊也不在了，跟你老家一樣的磨坊。」

「這種磨坊到處都有。」

他哥哥告訴他說。

第二天早上我徒步離開了那個地方，順路我去尋訪那個據說供有野人石頭的寺廟。寺廟周圍種著許多高大的核桃樹。一個僧人站在廟頂上吹海螺，螺聲低沉幽深，叫人想到海洋。他說廟子裡沒有那樣的東西。石頭？他說，我們這裡沒有拜物教和類似的東西。

三天後，我在大渡河岸上的另一個縣城把這次經歷寫了下來。

本文原收入《格拉長大》（上海：東方出版中心，2007）。

李娟

散文作家，詩人。

1979 年生於新疆，漢族。高中畢業後一度跟隨家庭進入阿勒泰深山牧場，經營一家雜貨店和裁縫鋪，與逐水草而居的哈薩克牧民共同生活。1999 年開始寫作，著有《九篇雪》、《阿勒泰的角落》、《最大的寧靜》、《離春天只有二十公分的雪兔》、《羊道：游牧春記事》、《羊道：游牧初夏記事》、《羊道：游牧盛夏記事》等，出版後得到巨大回響，被譽為文壇清新之風，來自阿勒泰的精靈吟唱。作品曾獲人民文學獎等多種獎項。

突然間出現的我

　　小時候我家在城裡開著一個小商店，生意並不是很好。那時的縣城沒有多少人口，街道安安靜靜，空空蕩蕩。我家所在的整條大街上除了林蔭道、圍牆及兩、三個工廠大門之外，再空無一物。更別說別的什麼店鋪了。我們的商店像是一百年也不會有人光顧。但推開寂靜的門邁進去，總是會發現店裡滿滿當當一屋子人。全是喝酒的。

　　我們店有著高高的櫃檯，鋪著厚厚的木板。喝酒的人一個挨一個靠在上面高談闊論，一人持一只杯子或拎一瓶酒。房間正中有一張方桌，四周四條長凳。也坐滿了人。桌上一堆空酒瓶和花生殼。這是我最早接觸的哈薩克人。

　　小時候的我非常好奇，不能理解到底是什麼話題能夠從早談到晚，從今天談到明天，從這個月談到下個月──一直談過整個冬天……而冬天長達半年。這麼偏遠的小城，這麼單調的生活。他們談話時，語調平靜，聲音低沉。輕輕地說啊說啊，偶有爭議，卻少有激動。

　　在更遙久的年代裡，大地更為漫遠，人煙更為微薄。大約還是這樣的交談，這樣的耐心，堅韌地遞送資訊，綿延著生息與文化。

　　那時我一點也不懂哈語，雖說每日相處，但還是感覺距離遙遠，像面臨踞天險為關的城池。

　　可如今，我會說一些哈語了，起碼能維持最基本的一些交流。但仍面臨著那個城池，難以往前再走一步。

　　卡西有自己的朋友，斯馬胡力有自己的朋友。札克拜媽媽當然也有自己的朋友，那就是加孜玉曼的媽媽沙里帕罕。兩人之間還會互贈照片什麼的。每次我要給大家照相的時候，她倆就趕緊站到一起。

　　兩人一有空就湊在一起紡線、搓繩子、熬肥皂，縫縫補補。手裡的活計不停，嘴也不停，說啊說啊，直到活幹完了，才告辭分手。但回家轉一圈，又沒別的事情可做，便持著新的活計，轉回來坐在一起繼續聊。

　　不知道都聊了些什麼，那麼入迷！紡錘滴滴溜地飛轉，語調不起波瀾。只有提到蘇乎拉時，才停下手裡的活，驚異地議論一陣。又扭頭對我說：「李娟！蘇乎拉昨天又哭了！今天就騎馬去縣城了！」

　　我問：「哭什麼？」

　　「那一次有人把電話打到阿依努兒家找她，她也哭了！然後也去了縣城。」

　　「那這次為什麼？」

　　沙里帕罕媽媽強調道：「上一次是在拖依[1]上哭的！還喝了酒！」

　　我覺得有些沒頭沒腦。又不是十分好奇，便不吭聲了。

　　但兩人一起轉向我，努力地對我無窮無盡地表達。其中的曲折與細節，向我黑暗地封閉著。蘇乎拉是孤單的，她身懷強大的欲求。札克拜媽媽和沙里帕罕媽媽也是孤單的，只能做遙遠的猜測與評說。最孤單的卻是我，我什麼也不能明白。

　　又記得剛剛進入札克拜媽媽的家庭生活時，在春牧場吉爾阿特，一天傍晚媽媽讓我去看看駱駝在不在南面大山那邊。

　　我跑到山上巡視了一番，跑回家氣喘吁吁地報告：「駱駝沒有！只有『山羊』！」

　　但當時我還不會「山羊」的哈語，那個詞便用漢語說的，媽媽聽不懂。我便絞盡腦汁地解釋道：「就是……白白的那個！和綿羊一樣的那個，頭上尖尖的、長長的那個……」

　　媽媽聽得更糊塗了。

　　我一著急，就用手摸了一把下巴，做出捋鬍子的樣子：「這個嘛，有的！這個樣子的嘛，多多地有！」

　　媽媽恍然大悟，大笑而去。當天晚飯時，大家聚在一起的時候，她把這件事起碼講了五遍。從此之後，每當派我去趕山羊的時候，大家就會衝我捋鬍子：

　　「李娟，快去！白白的，頭上長長的！」

　　這當然只是一個笑話。但時間久了，這樣的笑話一多，就不對勁了。我

1　宴會、舞會。

這算什麼？

　　每平方公里不到一個人，這是不孤獨的原因。相反，人越多，越孤獨。在人山人海的彈唱會上，更是孤獨得近乎尷尬。

　　在冬庫兒，我們石頭山駐地寂靜極了，寂靜也掩飾不了孤獨。收音機播放著阿肯對唱，男的咄咄逼人，女的語重心長。卡西帕嘖嘖讚歎：「好得很！李娟，這個女的好得很！」我不知「好」在哪裡，更不知卡西情識的門窗開在哪裡。

　　閒暇時候，總是一個人走很遠很遠，卻總是無法抵達想去的那個地方。只能站在高處，久久遙望那裡。

　　每次出門，嚮往著未知之處無盡地走，心裡卻更惦記著回家。但是去了很久之後，回來看到一切如舊。羊群仍在駐地附近吃草，斯馬胡力哈德別克兩個仍躺在草地上一聲不吭。半坡上，三匹上了絆子的馬馱著空鞍靜靜並排站在一起。溪水邊的草地上，媽媽和卡西帕正在擠牛奶。看了一會兒，再回過頭來，斯馬胡力和哈德別克已經坐了起來，用很大的嗓門爭論著什麼，互不相讓。

　　我高高地站在山頂，看了這邊，又看那邊。天氣暗了下來，那時最孤獨。

　　所有的黃昏，所有欲要落山的夕陽，所有堆滿東面天空的粉紅色明亮雲霞，森林的呼嘯聲，牛奶噴射空桶的「滋滋」聲，山谷上游沙里帕罕媽媽家傳來的敲釘子的聲音，南邊山頭出現的藍衣騎馬人……都在向我隱瞞著什麼。我去趕牛，那牛也隱約知道什麼。我往東趕，牠非要往西去。

　　媽媽在高處的岩石上「咕嚕咕嚕」地喚羊，用盡了溫柔。氈房裡卡西衝著爐膛吹氣，爐火吹燃的一瞬間，她被突然照亮的神情也最溫柔。

　　山坡下，溪水邊，蒲公英在白天濃烈地綻放，晚上則仔細地收攏花瓣，像入睡前把唯一的新衣服疊得整整齊齊放在枕邊。潔白輕盈的月亮浮在湛藍明亮的天空中，若有所知。月亮圓的時候，全世界再也沒有什麼比月亮更圓。月亮彎的時候，全世界又再沒有什麼比月亮更彎。有時候想：也許我並不孤獨，只是太寂靜。

　　還是黃昏，大風經過森林，如大海經過森林。而我呢，卻怎麼也無法經

過，千重萬重的枝葉擋住了我。連道路也擋住了我，令我迷路，把我領往一個又一個出口，讓我遠離森林的核心。苔蘚路上深一腳淺一腳地走，腳印坑裡立刻湧出水來。走著走著，一不留神，就出現在了群山最高處，雲在側面飛快經過。心中豁然洞開，啪啪爆裂作響，像成熟的莢果爆裂出種子。也許我並不孤獨，只是太熱情……

無論如何，我點點滴滴地體會著這孤獨，又深深地享受著它，並暗地裡保護它，每日茶飯勞作，任它如影相隨。這孤獨懦弱而微渺，卻又永不消逝。我藉由這孤獨而把持自己。不悲傷，不煩躁，不怨恨。平靜清明地一天天生活。記住看到的，藏好得到的。

我記錄著雲。有一天，天上的雲如同被一根大棒子狠狠亂攪一通似的，眩暈地胡亂分布。另外一天，雲層則像一大幅薄紗巾輕輕抖動在天空。還有一天，天上分布著兩種雲，一種虛無縹緲，在極高的高處瀰漫、蕩漾。另一種則結結實實地浮游在低處，銀子一樣鋥亮。

我記錄著路。那些古牧道，那些從遙遠的年代裡就已經纏繞在懸崖峭壁間的深重痕跡。我想像過去的生活，暗暗地行進在最高最險之處，一絲一縷重重疊疊地深入森林……那時的身體更鮮活，意識更敏銳。那時食物和泥土難分彼此，肉身與大地萬般牽連，那時，人們幾乎一無所有……荒蠻艱辛，至純至真。但是，無論他們，還是我們，都渴望著更幸福更舒適的生活，這一點永遠沒有改變。

我記下了最平凡的一個清晨。半個月亮靜止在移動的雲海中，我站在山頂，站在朝陽對面。看到媽媽正定定地站在南邊草坡上。更遠的地方，斯馬胡力牽著馬從西邊走來。更更遠的地方，稀疏的松林裡，卡西帕穿著紅色的外套慢慢往山頂爬去。這樣的情景之前無論已經看到過多少次，每一次還是會被突然打動。

我收藏了一根羽毛。一個陰沉的下午，天上的太陽只剩一個發光的圓洞，大約快下雨了，大家都默默無語。趕牛的卡西回到家後，顯得非常疲憊，頭髮上就插著這根羽毛。

我開始還以為是她穿過叢林時不小心掛上的，誰知她一到家就小心取下來，遞給了媽媽。原來是撿到後沒處放，怕這輕盈的東西在口袋裡壓壞了，

特地插在頭上的。我突然想到，這大約就是貓頭鷹毛吧。據說哈族將貓頭鷹羽毛和天鵝羽毛視為吉祥的事物，常把它們縫在新娘、嬰兒或割禮的孩子身上，司機們也會把它們掛在後視鏡上，保佑一路平安。我想問卡西是不是，卻不知「貓頭鷹」這個詞怎麼說，就衝她睜隻眼閉隻眼地模仿了一下。她一下子明白了，卻說不是。但札克拜媽媽卻說是，媽媽仔細地撫摸它，把弄彎的毛捋順了，然後送給我，讓我夾進自己的本子裡。我不禁歡喜起來，真心地相信著這片羽毛的吉祥。那是第一次感覺自己不那麼孤獨。

有一次我出遠門，因為沒電話，大家不知道我回家的確切日期，斯馬胡力就每天騎馬去汽車走的石頭路邊看一看。後來還真讓他給碰到了。可是馬只有一匹，還要馱我的大包小包，於是他讓我騎馬，自己步行。我們穿過一大片森林、一條白樺林密布的河谷，還有一大片開闊的坡頂灌木叢，走了兩個多小時才回到冬庫兒的家中。

雖然騎著馬，但怎麼也趕不上走路的斯馬胡力，每到上坡路，他很快就消失進高高的白花叢不見了。不知為何，任我怎麼抽打，馬兒也不理我。慢吞吞邊走邊在路邊啃草。叢林無邊無際，前面的彎道似乎永遠也拐不過去，似乎已經和斯馬胡力走散了……後來，我一個人來到坡頂的花叢中，小路仍在延伸。斯馬胡力紅色外套的背影在小路盡頭閃耀了一秒鐘，立刻消失。

一路上不停地追逐，若隱若現的小路越走越清晰。以為它即將明確地抵達某處時，轉過一道彎，往下卻越走越模糊，並漸漸消失。我和我的馬兒出現在一片石頭灘上。眼下流水淙淙。前方不遠處跑過一隻黑背的索勒[2]。跑著跑著，回過頭看我。

漸漸又進入一條沒有陽光的山谷，越往前，越狹窄。這時，斯馬胡力突然從旁邊的大石頭後跳出來，衝我明亮地笑著。我連忙勒停馬兒，問他這是哪裡。他笑道：「前面有好水。」

我不明白何為「好水」，便跟著去了，但這時馬兒突然死活也不聽話了，折騰半天也不肯離開原來的道路。我只好下了馬，牽著馬兒遠遠跟去。腳邊有一條細細的水流，前面有嘩嘩的水聲，並且聲音越來越大。轉過一塊

2　旱獺。

大石頭——瀑布！前面是瀑布！

前方是個死角，被幾塊十多公尺高的大石頭堵得結結實實。石壁光潔，地面也是一塊平平整整的巨大石頭。水流只有一股，水桶粗細，從石堆頂端高高甩下來。水流沖擊處的石面上有凹下去的一眼水潭，估計是天長日久沖刷而成的。附近沒有泥土，只有白色的沙地，寸草不生。這一方天地雖水聲喧囂，看在眼裡卻無比沉寂。

斯馬胡力站在水流邊，炫耀一般地望著我笑。他引我偏離正道，繞到這裡，果然給了我一個驚喜。我感受到了他滿當當的歡樂與情誼。他才孤獨呢。

還是在冬庫兒，我們北方的駐地，有一隻羊晚歸時一瘸一瘸，大家都看著牠歎息。兩個小時後，牠的兩條後腿就站不起來了。趴在地上，以兩條前腿掙扎著爬行。第二天早上，羊群出發時，只有牠獨自躺在溪水邊呻吟、痙攣，很快死了。之前令人揪心，之後讓人鬆一口氣。似乎沒有什麼歸宿比死亡更適合牠。牠的罪終於受完了。斯馬胡力剝下羊皮，埋了羊屍。其他的羊正遠遠地，喜悅地走向青草。在這豐饒的夏牧場，我那點孤獨算什麼呢？

本文原收入李娟，《羊道・前山夏牧場》（上海：上海文藝，2012）。

張貴興

祖籍廣東龍川，1956 年生於馬來西亞砂勞越，1976 年中學畢業後來台，師大英語系畢業後於國中任教。其作品多以故鄉婆羅洲雨林為背景，常處理華人與當地土著間的愛恨情仇與剝削關係。文字風格強烈，以濃豔華麗的詩性修辭，刻鏤雨林世界的凶猛、暴烈與欲望，是當代華文文學中一大奇景。代表作有《伏虎》、《賽蓮之歌》、《頑皮家族》、《群象》、《猴杯》、《我思念的長眠中的南國公主》、《沙龍祖母》等。

作品曾獲時報文學獎小說優等獎、中篇小說獎、中央日報出版與閱讀好書獎、時報文學推薦獎、開卷好書獎、時報文學百萬小說獎決選讀者票選獎、聯合報讀書人最佳書獎等。作品也被翻譯為日文、英文出版。〈巴都〉曾被莊華興譯為馬來文刊載於馬來西亞語文出版局《文學》（*Dewan Sastera*）雜誌。

巴都

　　舢舨搗蹄甩頭像一頭驚驢將他擲入巴南河時，雉正仰視河岸上一個大蜂巢，完全沒有防範，或許是巴都暴烈的搗槳，或許是激流、暗樁、漂浮木，只感覺那隻扁扁的水獸像中了箭，削了肢，落入了陷阱。它徹底翻了個身，龍骨朝天，貼著一根顯然從伐木廠流失的浮木漂向下游。雉才剛調整完姿勢，觀巢揉腳，落水後左腿突然失去知覺，全身肌腱僵硬，一頭栽入下游中下層水域。巴南河水質黯濁，即使頂著太陽，能見度幾乎是零。之前雉完全信賴巴都的操槳技術，事出突然，還未反應過來，左肩已傳來刺痛，伴隨一股腥味。雉感覺左肩正在撕裂、剝離，或許是銳石、尖樁，或許是甚麼大魚恨恨叼了一口⋯⋯雉不敢相信聞到了、甚至可能喫下了自己的血。

　　「這是巴都，我的好友⋯⋯勇士⋯⋯我們長屋裡的。」東北季候風夾著一股怪味吹進B4棟寬敞走廊上，隨著風力強弱，可以清楚從氣味中區分來自院外曝曬住家陽台上的蝦膏魚乾，焚耕雨林的煙霾，被提煉成黑色血液灌輸到國家的衰弱經濟體質的蠻地下的原油，病房裡攪和了辣椒大蒜香茅咖哩的辣味，燕窩湯裡的燕子口水，像蛇丸一樣腥臊的藥錠，哺乳科的陽氣和兩棲類的腺騷。亞妮妮，這個說番語和英語風韻截然不同的達雅克女孩，這時候卻是談笑自若，人獸一體，不算流利但顯然經過刻意淬煉的英語，其中結合了蜿蜒的蟒語，肢體化的猴語，甲骨風的鳥語，潺湲的胎語，緩緩介紹著身邊魁梧短小的漢子。也是正午了，那渦季候風溽熱得像一胎羊水。「做過很多次導遊了，帶著那些白人，走遍第四省巴南河畔，每一間長屋都很熟的。」

　　雉感受到巴都的傲慢。他背著手，橫著蟹胸，豎著樹脖子上的椰殼型頭顱，試著將小角度的仰視變成縹緲的鳥瞰。眉粗牙大，魯道夫人之顴，繁緻的咀嚼肌，妖嬈的紋斑——少說佔了全身五分之四。他紋得如此密緻，是想遮掩那蔓延全身的胎記，以致到了後來，連他自己也分不出來那一些是紋斑，那一些是胎記，最後竟沒有人記得這人全身原來是疙疙瘩瘩爬滿胎記的。紋身在達雅克族自有表徵忌諱，巴都的隨性和違悖常理，招致族人物議

和不諒解，十五歲執行完成年禮隨族人第一次狩獵時，巴都就把一位族親誤認成獵物用吹矢槍射傷，長屋放養的豕禽也常被巴都追獵，有一回巴都甚至烤食了一隻達雅克族視為聖禽的大犀鳥。森林巫師花了一星期走遍狩獵地，拜訪無數山鬼樹妖，求了一道野豬脾骨削成的符牌掛在巴都身上。十六歲那年，在一次大規模野豬群圍獵中，巴都又誤殺了一個肯雅青年，幾乎釀成二族一場血戰。族親翻越馬印國境，從加里曼丹請來一位婆羅洲島碩果僅存的馬來鄉村巫師，據說巫師抵達長屋那一晚，家畜無語，飛禽繞樹無數匝，淒然鳴叫不肯入巢。巫師帶著巴都夜宿雨林，放了五隻家鬼和山靈鬥法，三日後，巴都一人出林，足有六十多日不發一字，一日傍晚忽然大叫：好肥的羌鹿！口銜吹矢槍射死一隻身懷六甲的家犬。山靈放蠱，大顯魑魅，兩隻家鬼被斷筋剝皮，頭部以下醃泡石甕中，至今狩獵人還可以聽到他們響遍山林的討饒求救；一隻被收伏了去，另兩隻支離破碎魂魄散漫，讓羞於出林見人的鄉村巫師狼狽牽回加里曼丹。巴都被族人剝奪了狩獵權，不屑農耕，以林為家，屈就白種人和黃種人狩獵和旅遊嚮導，過著一種半放逐生活。

　　臉頰、脖子，也爬滿紋斑……或胎記，而且對稱完美，很難想像其中會有胎疤。這漢子給人正在出殼、蛻皮，或躲在戰盾、紋甕後的感覺。雉像握到了乾死的珊瑚。「我最羨慕你們了。以林為家，以獸為友，自由自在，坦坦蕩蕩，沒有得失牽掛，真是人類最高境界的生存形式了。」

　　巴都的笑容依舊像山崖上一道不易發現的細縫，不過總算滴著讓人親炙的野泉，垂下友誼的莽草，即使和人握手。他的手掌，即使盛蛋，也會被地心引力戳破的吧。他的嘴唇嚅了嚅，抹去了刀削出來的冷笑，在雉抽回手掌後。雉突然感受到了巴都的緊張。

　　「巴都一向不多話……和我在一起……也一樣，」亞妮妮睨了朋友一眼。巴都和亞妮妮對視。有一種胎語進行著。「等你們熟了……就好了……他很愛唱歌的……歌唱得尤其好聽啊……」

　　「噢——」雉發出一聲長嘆。

　　「他一天唱歌……比說話還多呢……」

　　「愛唱歌的，」雉點著頭。「一定很愛交朋友……」

　　「……他不許你帶腳伕……行李少帶……可以吧？」亞妮妮向後撥了撥長髮，露出被銅環拉長的耳垂。「吃喝不必擔心……巴都也擅長獵野

味……」

「好。」雉說。「走水道或陸道呢？」

「水道為主……陸道為輔……這樣子較便捷，巴都會做主的……先划槳，等到了內陸巴都會幫你租一艘有馬達的舢舨……」這許多話，摻著猴肢的毛氄氄，鳥爪的爬蟲類迻譯，蟒的多餘尾助詞，羊水和口水的氾濫。「酬勞是……一天十五元馬幣……巴都一向這個價錢……」

「好。」雉說。「後天出發可以吧？」

「隨時都可以……」

「好，後天早上八點，就從麗妹消失的地點出發……」

亞妮妮看了看巴都。巴都點點頭。

「獸，」整個過程，巴都只說了一句話。「不是我的朋友。」

鄉村巫師頭紮黑巾一身玄衣，口嚼檳榔蔞葉，用煙草、樹皮、乾果皮燒烤一甕清水和一缽黑炭，咒語淒厲像婦人臨產，點燃蠟燭，將燭淚滴在清水和紅炭上，渾身顫慄，或坐或站，手舞如鰻足蹈如鱔，正和山靈討價還價。巫師以蟒牙劃破小指，染紅一甕清水，放出豢養多年驅邪降魔無數的蟋蟀鬼。蟋蟀鬼頭如蟋蟀身如人，專治樹妖草怪，胃鬆腸弛，吃得下一座長屋十年糧秣，東跳西竄咬痛幾隻藤精後，開膛剖肚在一隻夜鶚巨爪下。巫師劃破無名指，放出蝠首人身凌空步行的吸血鬼，正要撲吃夜鶚，讓一隻碩大如浮腳樓的黑熊叼走。巫師又劃破中指。泥鬼口吐瘴氣，將森林犁成一片浮浮沉沉的沼澤，但轉眼又讓一棵龍腦香用根莖攄困。至此巫師已氣血衰弱，哆嗦不止，不得不劃破食指拇指，放出巨鬼和吃屍鬼護駕遁逃，臨走時對巴都說：你先祖作孽深了，我不能救你……巴都盤腿坐在月色下，看見一隻山貓屹立禿幹上，聽見各種塞塞窣窣非人非獸耳語，學術狡詐，創作喜悅，渾身紋斑胎記如蜈蚣蟾蜍撲竄，數不清的錘針砸向自己，新紋細如尿道緊如肛道，新胎記腥如臍帶，如撒尿如屙屎，如射精淋向自己，苦樂參半，紋得他像一頭中了矢箭的雲豹，像一隻開屏孔雀，像一座著火宮廷，像雷電交加即將大雨滂沱的午後亞熱帶天空。巴都握著番刀站起來，在深夜雨林中穿梭自如，彷彿走向長屋，彷彿離開長屋。他祖父阿班班十五歲那年為了參透婆羅洲土著裝飾藝術的奧妙精髓也常深夜獨遊雨林，呼妖擾靈，逐獸追月；白晝登樹攀崖，觀察花草樹木，蟲魚鳥，趾蹄爪牙；漫遊半個婆羅洲島，拜師學

藝，像變色龍擬態掠食在各族雕刻紋身之幽幻斑斕。阿班班二十八歲強聞博記，腦中紋路潛伏著數千種婆羅洲原始民族傳統裝飾圖案，適用於紋身、武器、建材、首飾和各種器用上，巴南河上游一帶的長屋或浮腳樓，處處可見到阿班班從記憶中謄錄或設計的紋樣，數量之多，連擁有者自己也不記得是否出自阿班班，但阿班班記得一清二楚。阿班班最令人稱道之處，在於他對同一種器皿所設計的圖案從來未曾重複，因此他雖然繪製過上千支刀柄圖案，放眼望去，彷彿上千名將並列各擁版圖殺陣。阿班班熟記各族裝飾圖案後並不滿足，無時無刻不在搧風撩火保持創作高溫，他那雙達雅克族眉毛雖然缺乏表情，但深陷眼窩中的眼眸常常突然落下一淚像火山爆發時驚跳出土的瞎眼鼴鼠。在長屋一角或雨林打坐時也常常嘎嘎自語，滑稽怪誕，若人竊笑，彷彿一隻戲水火鴨不自量力地窺視不屬於小池塘裡的豚語鯨夢。那時候部落戰爭頻仍，出陣和祭典儀式興隆，祭師戴上阿班班設計的面具後即不由自主起舞唸咒，戰士視死如歸如有神助，因為戰船、木槳、戰盾、刀柄、刀身、槍簇上有阿班班設計的圖案。阿班班說，參悟各式靈獸，最有效的方法就是親炙原身，或摸頭撫乳，或剝皮卸骨，賄賂攻擊，無所不用其極，因此他獻身山靈，膜拜日月；描繪植物文時，光看表面不夠，必須驗脈刨根，檢視發芽源頭——種籽。先人留傳下來的植物文只述其表象，而我阿班班另闢路徑，觀其胚胎形跡，直取精髓。描繪動物文時，先人只強調惡形惡狀，或尖爪利牙，或骨骸脾臟，而我阿班班另創玄幽，描其腦髓褶紋，堪稱精華中之精華，斑斕中之斑斕。

　　阿班班最感興趣的裝飾圖案，當屬紋身了。阿班班以為人體俊美，最適合雕琢誇耀，如同湖濱點綴浮萍蘆葦，枝椏歇禿鷹，晴空飄雲。阿班班又以為，人生短暫如一個浪頭的起落，人體的腐朽脆弱，最適合創作者反吊且緩如逆走的樹懶爬行，最適合他的藝術浪花飛撲殉葬。阿班班一度繪製了數百塊紋身印板，只等人來求取，他就請人雕鑿出，塗上墨汁捺印在紋身者適當部位上。阿班班幫人設計圖案都有公定酬勞，只有紋身圖案免費提供。他常說，印板上的紋樣是猛獸對他徹底的撕裂啖解，淅淅瀝瀝，不成人形，只有當它們被刺繡在另一人肉體上，被雕琢在棺木上，被浮雕在吹矢槍上，被肉雕在刀背腕環上，被彩繪在符籙木偶上，被編織在搖籃上，他才感覺身體某一部位幽幽復活，睪丸裡的頑蟲滋滋蠕動。阿班班黃昏在河邊裸身沐浴，向

族人展示他爬滿紋案的健美身材。胸腹萬獸奔走如山林，四肢花葉鳥蟲如樹杪，背部日月風火雷電如晴空，腳掌手掌兩棲爬蟲類，臀部兩座骷髏塚，滿臉精靈，連男器也爬滿紋斑，皮皮的像一隻褶頸蜥。阿班班二十歲娶親，將許多保留多年的紋身印板應用在妻子身上，這使他妻子在不流行大量紋身的達雅克婦女中感到尷尬害臊，一度威脅全身抹上蜂蜜躺在雨林中讓蟲蟻螫爛她的皮膚。阿班班夫婦育有一子四女，子女身上都有五、六塊胎記，族人以為這是阿班班夫婦過度紋身的結果。阿班班的兒子阿都拉十歲繼承父親衣缽，嘗試成為和父親一樣顯赫的紋案設計師，但阿都拉慵懶愚笨，不但記不住數千種傳統紋案，也不勤奮拓展自己的風格，聲名遠不及其他年輕設計師。請託阿都拉繪製紋案的本族、外族或白種人，完全看在阿班班的大師名份上。阿都拉執行完十五歲成年禮那年，阿班班已很少出手，鎮日漫遊雨林不見蹤影。阿都拉十八歲成家後開始成為一個專業圖案繪製師，但很快發覺收入不足以養家，不得不放下身段像其他青年狩獵農耕，逐漸疏遠父親傳授的手藝，三十歲生下巴都時，阿都拉已將父親強迫自己記憶的數千種圖案遺忘得一乾二淨。阿都拉夫婦共生下一子三女，三女胎記稀落並不明顯，兒子巴都落地即爬滿葉狀或蟲形胎記，達全身三分之一。阿班班這時已在雨林失蹤兩年多，終其一生，巴都從來沒有見過這位對婆羅洲土著裝飾藝術造成重大影響的祖父。

　　「這裡……」雉渡過小河，穿上運動鞋，指著一片莽叢。「就是我妹妹消失的地方……」

　　巴都脖子上掛新球鞋，四面八方觀望。很難從巴都深陷眼窩和胎記紋斑的眼神猜測他的心思，椰殼型的圓臉蛋也只讓人感覺到明顯的七個竅穴但感官糊塗。他的頭顱封閉得如此密實，竟不放鬆一點皮肉。譬如此刻，與其說觀望，不如說嗅、聽、經驗反芻，來疏通他和這片野地的血脈。雉才繫好鞋帶，巴都已掏出番刀走入莽叢，從出發至今只有一句更正和一句嘲諷。雉趕緊揹上行李。綠竹，蕨類植物，藤蔓，野香蕉，野芋，野蘭，白菅茅，密實扶疏薈萎肥沃，撩得雉擠眼撐鼻，卻幾乎沾不上巴都。巴都雖然提了番刀，但走了十多分鐘，雉還沒看他削過一枝一葉，甚至蜂鳥似的不發一聲，只偶爾在腐植土上磨擦出職業嚮導穩重規律的腳步聲。「他像游牧民族拔寨，只差沒有攜家帶眷……」巴都直視雉，湊近亞妮妮用達雅克語說。巴都的達雅

克語說得顱骨撼動，胎記紋斑打成一片，恰似一道粗雷，細雨不降。不必亞妮妮迻譯，雉也大致聽懂。他的達雅克語還可以湊合著用，就像巴都的英語還可以湊合著用。那時亞妮妮正在醫院給二人送行，並且準備給妹妹辦出院手續，胸前摟一隻雉送給妹妹的玩具黑熊，像牧羊人摟一隻羔羊。估計巴都和雉溯游而上抵達她居住的長屋時，她早已和妹妹回到家裡，用巴都祖父阿班班設計的猴文或龍文織妥一個背簍和一個綴珠提包。

「放心，泰，」亞妮妮兩手玩弄黑熊，彷彿用熊的肢體彌補英語的不足。那熊的多毛和肥胖掩沒了她的手掌。「巴都很行的……長屋的豬逃到雨林去了，只要不被野獸吃掉，巴都都找得回來……何況令妹還抱著嬰兒……」

黑熊扮演各種角色做了生動的詮釋。很行的巴都。逃亡的豬。吃豬的獸。被麗妹抱著的嬰兒。

「希望到妳家作客時，」雉說。「瑪加已經好了……」

破曉有一陣子了，瑪加仍然抱著紅毛猩猩熟睡。走廊外五點樹和炮彈樹後的天空像一片烤得焦黑的土司，抹著草莓醬之類。

「即使被野獸吃了，巴都也知道是什麼野獸……」亞妮妮和黑熊對著二人出發時的背影做了最後的叮嚀。「巴都甚至可以獵獲那隻野獸……」

巴都一雙大腳丫子踩著白腹秧雞的欺敵步伐，早消失在一大叢猩紅花影後，彷彿追隨血跡追蹤那頭野獸。正在怒放的千日紅和美人蕉，或已糜爛的大紅花和雞冠紅，籔籔晃動，鳥蟲在殺氣絢爛中驚跳。雉來不及欣賞亞妮妮如何表演黑熊被追獵屠殺，馱著那一袋被嘲笑裝得下一家子游牧民族家當的行李，沐著腥風血雨似的穿過那片花叢，渡過一條小河，進入一片密林，來到一片空曠地。晴空也很空曠，數朵白雲形勢混亂，如崩塌的蟻丘；數隻閒鷹沒什麼得失心地畫著陰陽交互的太極狩獵圖。荒地不見半棵綠色植物，頗似燻烤過的豬皮或鴨皮，飄浮著生蠔似的冷煙，莽叢了無生氣像蛻化後的蟬殼或蛇皮。形狀完整的鳥巢和蟻窩灰燼，鞭炮般開膛剖肚的爬蟲類屍體，睾丸皮囊似的豬籠草瓶子殘骸，偶爾豎著一兩棵巫偶似的隱荸椰子和螞蟻樹破，是一片石南樹叢和矮木叢蔓延的野地，顯然數天前遭遇過一場野火。巴都只掃了一眼就直直穿過野地，番刀入鞘了。

雉以為巴都會像普南青年追蹤獵物，東嗅嗅，西舔舔，尋找腳印或棄

物，甚至和雉商量麗妹的個性習性，不想巴都從麗妹失蹤處走到這兒，精確地像蟻窩裡的螞蟻爬行，似乎早就預定要走這片荒地，要穿過那片野塋，要經過眼前這條布滿人膽豬心狀石塊的小河。野塋也遭遇了一場溫吞犀利的火勢，石南樹叢和蔓芒萁砸成灰渣，一隻黑乎乎的瘦鳥站在一塊黑乎乎的石碑上。數百塊石碑經過火舌梳耙後像一口壞牙暴露野地上，透露著一種慘笑或喜泣的小丑神情，「李囗」，「王輝燦」，「余阿皇」，見得到或見不到的漢字，像死胎淹泡福馬林中。那隻瘦鳥從這一座石碑飛到另一座石碑，很像有一隻無形的手在揮毫填補缺乏養分而萎縮的一些撇或捺。豬籠草瓶子的巨大殘骸像破損的竹簍掛在石碑上。……

　　人膽豬心狀石塊依舊布滿河床上，岸邊的樹根彷彿從死動物身上流出的腸子。藤蔓掛滿苔藻，蕨類植物在黑暗中閃爍。一尾水蜥蜴像被野獸吞吃的羊足，緩慢地消失樹根中。彈塗魚的腳印像屁眼。小螃蟹的竇穴像肚臍眼。一百年前被英國人匆忙放倒的樹身橫攔兩岸，遠看像一艘擱淺的古戰船或護壕上攻城失敗的破城椿。樹橋上灑了鳥屎，長了青苔，樹橋下依舊掛著水藻和蛙卵。那棵百年老榴槤樹依舊葉密如冊。

　　巴都連抬頭多看幾眼的興致也沒有，像一頭每年循固定路線摘食熟果的猩猩，即使走過那條壁直漫長的樹橋也十足固執而狐疑，彷彿還有其他樹橋供他選擇似的。雉馱著行李走在闊大得足以容納四人轎子的樹橋上，差點滑了一跤，汗和熱氣澆得他像一頭吞下五隻母雞的水蜥蜴。看起來三兩步可以走完的樹橋，現在冗長得像要消化五隻雞。一隻魚狗緩慢地滑行過樹橋下，側著頭，巨鯨似的瞪著上面的人。不知為何，魚狗來回滑行五次，終於停在河面像一群交媾的鱟的巖石上。每次魚狗從樹橋下滑行過——有一次甚至發出皮影戲似的奸人笑聲——，樹橋就增了些高度，加了些窄度，行李就多了些重量，步行就多了些險度。雉清楚看見橋上除了鳥屎苔蘚，還有一群像河岸上肚臍眼和屁眼的小竇穴。那顯然不是小動物的竇穴，或許就是傳說中的彈孔刀砍吧。樹橋和總督皮襞一樣嵌著數百顆子彈。雉忽然覺得兩腳脆弱得像瓜棚上的兩根橫架，行李像逐漸肥大的南瓜將他壓垮。那樹橋搖晃得像一根骨折的狗腿，嗚嗚咽咽地懸在空中。催促雉往前推進的不是巴都快速的步伐，而是一種結群遷徙滾石般的力量和氣氛，這種力量和氣氛一再出現，似乎在巴都身上凝結成更龐大的力量和更怪異的氣氛，以較緩和的速度一再彈

撞雉，彷彿那最初的力道是一道秒針，而巴都是分針，雉就是那被雙重力道輪流彈撞的時針了。某種景象——荒地，野塋，橫著樹橋的小河——，像整點報時一再出現，鎖緊雉對時間和記憶的發條。已經走過了樹橋嗎？或者已經走過很多次，或者第一次走過……。雉努力地跳著、踮著，樹橋卻像跑步機轉軋著相同跑道。有時候感覺已經完全脫離樹橋，但雉那黏稠的水蜥蜴尾巴才剛拖過橋頭。……

　　已經來過這座長屋了吧。……巴都終於停下腳步，站在巴南河畔這趟旅行第一座造訪的長屋前。

　　早晨的陽光像燃燒彈落下。這是一座現代化的樣品長屋，專職侍候顯要和觀光客，上等建材，水電齊全，樓下飼幾種樣品家畜，走廊掛滿樣品傳統器具。遊客一到，電視音響像罪犯藏躲，牛仔褲洋裝換成丁字褲沙龍，大小住戶車屁股沒傍過似的迎客，得了腦疝似的裝得楞頭楞腦。付點錢，還可以合照，聽賞成年禮、豐年祭、祭人頭舞。國家大力飼養觀光事業的巨翕下，這批達雅克人成了囚欄裡只會縮頭刨乳的小崽豬。勉強擠出達雅克精神芽肉的，大概只有身上的紋皮和器物上的雕飾了，好像那些甕瓶、籃簍、刀矢也被飼得腦滿腸肥……。偶爾一二位老人家，像果樹上無花開出的老枝，高傲而虛幻地豎立著，嚼著檳榔和蔞葉，吸著煙草，懷念自己失去的處女蒂和猿猴摘走的瓢核，顯然為這種生活形態感到憂慮和不屑，但又掙不脫那家族樹的牽繞，幾乎蛻變成一種和母樹無關的攀爬植物了。老人家枝枒狀的肉身像獵物綑紮在墨綠色的蜘蛛紋網中。

　　巴都一連造訪了三座這樣的長屋，越深入內陸長屋設備越寒傖，但是也越能夠暴露出達雅克精神的生殖芽肉和排泄老枝。居民的達雅克語也逐漸展露原住民的王者尊嚴，不再攙和華語和英語，不再因為討好觀光客而接受英語的妾吻和華語的讒臣誣陷。但畢竟是觀光據點，一群觀光客在第三座長屋前圍看鬥雞表演，美鈔下注。雄畜不諳套招，削斷的雞冠，戳爛的眼珠子，跛腿裂爪，張著殘破的喙，發出悟道成佛的勝利愴鳴。

　　「看見一個二十出頭的中國女子，抱著出生不久的嬰兒……」巴都的詢問多變而含糊，似乎不願意將太多資料告訴對方，甚至故意讓對方摸索猜測。每一句話，總要等尾音降下，雉才知道是一句直述句、否定句或疑問句。「……嗎？」

　　也許是配合長屋緩慢的生活節奏，在等待問題像霧靄漫向一百多戶人家時，巴都和幾個熟悉朋友像被問題熏得焦慮不安的蚊子，嗡嗡釋出一串快速含糊的達雅克語。雉，和巴都等人不同種類的蜥蜴，半華半英的母語之舌抓不住半隻飛騰的蚊語。那道地和腔調迥異的正統達雅克語，只有內陸深山的女腔和男海綿體才能伸縮自如地吞吐。直到「抱著嬰兒、二十出頭的中國女子」被百多戶人家證實不存在後，巴都等人才停止爭論。

　　「陌生人……最近看到吧……」抵達第二座長屋時，巴都沒有直接描述麗妹，甜蜜幸福地談起巴南河魚汛，兩岸獵物和野果，野豬群數量，一年一度的蝙蝠大遷徙。一隻馬來麝貓在一棵龍腦香產下一窩小崽貓，全身黑斑紋十分罕見，剝了賣給華裔吧。普南人在這一帶架設陷阱捕捉黃喉貂。瑞士籍攝影家正在附近拍攝紅葉猴和銀葉猴。一個在三公里外巴南河畔開五金店的華商向我族購買山產時磅秤動了手腳，常把我族獵獲的長鬚豬秤成豬尾猴。一群日本人湧入長屋尋找和祭拜二次大戰被盟軍驅逐入林而遭我族斬首的大和戰魂，觀光長屋那有髑髏供他們憑弔。普南、肯雅、加拉必和我族正組織抗議團體，阻止日本人伐林，可是日本人擁有政府批准的墾伐執照，敢向政府抗議就是顛覆分子，坐牢一輩子。西馬中央政府正在這裡造大水壩發電，生態大浩劫。進入第三座長屋時，巴都絕口不提麗妹，只和屋長閒話家常，一個個詢問朋友近況和長屋的稼穡獵獲。屋長似乎要介紹幾個未婚年輕女子給巴都，被巴都禮貌性地婉拒。

　　雉的達雅克語雖然混沌黑暗，但學習和適應力極強，一路聽聞逐漸天地洞開，躍出無數昆蟲走獸奇花異草，踏入一個彩繪靈動的達雅克原始世界，巴都和族人的達雅克語頗有創世意味。

　　隨後就在巴南河畔釣鯰魚。

　　雉又像一頭鯰魚掙扎在那個熟悉的夢境中了，那個夢境有時候會變成一道魚鉤，讓他渾渾噩噩吞下，刺穿鰓鰾肚壑，企圖將他拉上覺醒的叢岸，甚至像一頭水獺撕裂著他，將他的記憶吞吃排泄。雉分不清楚河床上那一些是人膽豬心狀石塊，那一些是額頭、胸膛、手腳，岸邊那一些是樹根，那一些是族親的腸子。藤蔓被血渲染得像一塊胎盤。一隻女腿正被樹根下一隻大蜥蜴吞吃。彈塗魚從一塊肩胛骨跳到一片滑嫩肚皮上。小螃蟹絞爛了屁眼和肚臍眼，用螯將人肉卸成小方塊，急急忙忙運回土窨。兩隻食猴鷹的尖喙像縫

紉機切割樹橋上的屍體。幾隻大猴在老榴槤樹上翹著紅屁股，垂下大花臉啃吃男童，其他猴崽一旁觀望，發出七情六慾的吼叫。最早將男童肚子刨空的猴王坐在樹梢上，樹下的小河像兩片蜻蜓紅翼撲罩在猴眼上。

「醒來了。……」

雉頭枕著樹根撐開眼睛，雨點和陽光從樹蓬迷彩地落在他身上，巨大的紅翼蜻蜓四處飛舞。逆光中，蜻蜓宛如食蟹猴的粉紅臉皮。似猴非猴的蜻蜓在他胸前、膝蓋和空中交媾，身體像飛行陽具。雨點乾燥如粉末，陽光豐沛潮濕，雉兩眼裹著霧氣，像視覺不良的總督模糊看見巴都分解動物。那褐黑色動物趴在地上，屁股似乎面對雉，當巴都用不明利器熟練迅速地撕裂牠的身體時，牠似乎還猛烈掙扎了一會。一攤又一攤黏濕的東西，顯然是內臟吧，被巴都不費勁卸下，攤在陽光下。腸子顯得纖細而僵硬，似乎已在外頭暴露了一段長時間，也許巴都獵殺牠時，第一擊就開膛剖肚。一個多毛濕滑的小胚胎，左後肢被巴都二指捏著，從一堆穢物中崩出，被巴都高高舉到眼前。巴都左右搖了搖即將自然出腔的胎兒，將胎兒扔到樹外。巴都從母獸身上又挖出一隻胎兒時，那胎兒突然悽苦地叫了一聲。巴都用力擠壓牠的肚子。胎兒連續發出極響的哀叫後，終於沉默。巴都把謀殺後的胎兒扔到樹外，隨後將已掏空的母獸皮囊也拖到樹外陽光下。母獸像被拆掉支架的帳篷完全變形，也許是一種軟骨動物。小胚胎卻清楚顯示是一種長著四肢和渾身獸毛的哺乳科動物。

雨點消失。雨後的陽光已和雨點攪拌成橙黃色果凍，像牛乳淅淅瀝瀝從樹蓬滴下。數不清的紅蜻蜓從河畔飛到樹下，又從樹下飛到河畔，一再來來去去，彷彿被囚禁著尋找逃生口。飛行中紅蜻蜓仍然利索而優雅地交媾，利索而優雅地感覺不到痛苦或快樂。雉坐起身子，揉掉睫毛上的雨水，才驚覺紅蜻蜓巨大得像初生男娃的陽具，兩眼像半透明的睪丸。牠們在樹下和河畔來回追逐，交換伴侶，求偶，強暴。

那隻水上騎獸——舢舨——被巴都用繩索捆在河邊，順著水流轉悠，彷彿放馬吃草。

「還好吧……」巴都檢視雉的左後肩。「可能撞上了暗礁或攔到了藤蔓，不知道怎麼回事，船翻了……我也嚇一大跳……費了好大勁，才把船、行李和你拖回岸上。行李可能掉了不少，能找到的我都找回來了。你不是會

游泳嗎？」

「我……沉船前……左腳抽筋……」雉感到左後肩傳來一陣刺痛和草葉的腥膻。

「水流很急……還好我及時拖住了你……」巴都手掌上捧一塊綠葉，將上面搗碎的草渣敷在雉肩上。「你左肩受了點傷……不過傷口不大……敷點藥就好了……痛吧？」

「還好……」

「你行李都泡濕了……我把裡面的東西拿了出來，曝曬在陽光下……東西真不少……」

越來越強烈的陽光像火矢攻擊樹的城堡。蜻蜓集團爆發宮廷式的淫亂。那隻被巴都凌遲掏空的母獸，化成雉的行李袋，疲乏潮濕地攤在草地上。行李袋裡的急救藥品，雨衣，帳篷，蚊帳，塑膠袋，烹具，手電筒，洋煙，酒，餅乾，速食麵，小番刀……和一大綑繩索，像內臟敞露行李袋四周。一隻熊玩偶和一隻會發聲的紅毛猩猩玩偶，幾乎彼此相擁躺在草地上。雉希望牠們送到亞妮妮另外兩位妹妹手上時，絨毛沒有脫落，機器還會嬌嫩地鳴叫。

雉站在兩排像矮牆的板根中間，脫下襯衫、長褲、鞋襪，僅著內褲走到樹外，將衣物和自己曝曬日頭下。紅蜻蜓常在水上靜止不動，凝視自己爆裂的倒影。連續點水時，像和倒影做劍客式的刺擊。巖石上的蜻蜓群忽降忽昇，紅尾巴翹得像天牛角。蜻蜓多得出乎雉意料，連倒影也出現一陣一陣暈紅。

「太陽很大，東西很快可以曬乾……」巴都解開繩索，登上舢舨。「我到上游租一艘有馬達的長舟和僱一個腳伕，一個小時後回來……」

一隻魚狗衝入蜻蜓群，停在一根樹椿上嚼蜻蜓，不到三秒像飛去來兮棒再度衝入蜻蜓群，停在樹椿上嚼第二隻蜻蜓。蜻蜓撲楞得像剉斷的蜥蜴尾巴。魚兒躍出水面，試圖捕捉蜻蜓。雉將帳篷、蚊帳、衣物仔細攤開，檢查手電筒、藥品、洋煙、酒、速食麵。一批累贅瑣碎的東西已不知去向，包括相機、望遠鏡、液晶體收音機、電池、瑞士多功能刀和一把大番刀。雉覺得自己像和一個強大敵手照面，消耗了許多致命武器。雉將泡軟的餅乾扔入水中，魚族紛紛露臉搶食。曾祖和祖父第三天來到布滿人膽豬心狀石塊的小河

時，族親的屍體已被啃得差不多了。一批吃紅了眼的怪魚，拉扯著一個大人泡在河裡的腿骨，努力將大人上半身拖入河裡。一頭不怎麼大的蟒蛇吞下超過肚量的族親，慢條斯理地爬行著，被曾祖不費勁地剁爛蛇頭。巨大的紅色螞蟻忙碌切割一具女體。應該是一百多位族親吧，二人忙了半天，只拼湊出約七、八十人，在野塋掘了七、八十座墳，含糊葬了。日軍尾隨幾位探測消息的族親，從醫院，荒地，野塋，一路跟蹤到小河邊，將河邊憩息的一百多位鄉親一網打盡。據說為了撲殺可能的漏網之魚，日軍將慘絕人寰的刑拷動用在幾位尚存一息的族親身上。

　　曾祖、祖父另外掘了一個大墳，將嬰屍連同豬籠草瓶子一起埋葬。日軍攻下小鎮時，仍然有幾位充滿愛心和責任感的年輕護士留守醫院照顧重患和初生嬰兒。日軍湧入醫院時，用武士刀刺殺病患。因為在嬰兒室中遭受護士的激烈抵抗，日軍逞完獸慾後，首先用刺刀削掉男嬰小陽具，戳爛女嬰陰部，再將那批哭號不停的娃兒拋到半空用武士刀劈殺。不知為何嬰屍後來竟出現豬籠草瓶子中……。

　　雉凝視潮濕的行李，摸了摸左肩後的傷口，湧起一個模糊的怪念頭。

原載《聯合文學》15卷6期（1999年4月）；後收入張貴興，《猴杯》（台北：聯合文學，2000）。

董啓章

1967年生於香港。香港大學比較文學系碩士，現專事寫作及兼職教學。1997年獲第一屆香港藝術發展局文學獎新秀獎。2005年《天工開物‧栩栩如真》出版後，榮獲中國時報開卷好書獎十大好書中文創作類、亞洲週刊中文十大好書、聯合報讀書人最佳書獎文學類。2006年《天工開物‧栩栩如真》榮獲第一屆「紅樓夢獎：世界華文長篇小說獎」決審團獎。2008年再以《時間繁史‧啞瓷之光》獲第二屆紅樓夢獎決審團獎。2009年獲頒香港藝術發展局藝術發展獎2007／2008年度最佳藝術家獎（文學藝術）。2010年《學習年代》榮獲亞洲週刊中文十大好書。2011年《學習年代》榮獲「第四屆香港書獎」。2014年獲選為香港書展「年度作家」。

著有《安卓珍尼：一個不存在的物種的進化史》、《雙身》、《天工開物‧栩栩如真》、《時間繁史‧啞瓷之光》、《學習年代》（《物種源始‧貝貝重生》上篇）、《在世界中寫作，為世界而寫》、《地圖集》、《夢華錄》、《繁勝錄》、《博物誌》、《體育時期（劇場版）【上、下學期】》、《美德》、《名字的玫瑰：董啟章中短篇小說集I》、《衣魚簡史：董啟章中短篇小說集II》、《心》。

符號之墓穴 | the tomb of signs

　　現存唯一的一套完整的香港數碼地圖資料，是由一名大商家於1997年向香港政府測繪處土地信息中心購入的。該套資料建基於自70年代以來測繪的為數達三千多幅的1比1000大比例地貌圖，並不時做更新和修訂，務求以最快的速度追隨地貌的變遷。

　　這套數碼地圖的優點，是能夠同時以多達八十種符號標記不同的地貌資料，而且使用者可以做選擇性檢索，例如自動搜尋設施或用地，凸出地勢或地質。使用者亦可以選擇不同的比例和大小，隨意調度資料的繁簡，切合不同的需要。地圖上不同類別的資料均以不同顏色的線條勾畫，使一幅全顯示式的數碼地圖有如五光十色的霓虹交錯。與傳統紙上繪圖或製版印刷圖相比，數碼地圖無疑是信息高度匯集和功效高度提升的結晶，但在精微差別化的同時，數碼地圖也因信息的繁複和符號的高度約化，而呈現出缺乏區分和至為抽象的視覺面貌。在傳統地圖上我們看見世界的縮影，在數碼地圖上我們看見的只是顏色和線條。符號中意符和意指的想像性關係徹底破滅了。

　　數碼地圖亦比大量製作的實物地圖更進一步地打破地圖的神話。中國古代截至清朝康熙皇帝敕令繪製的〈皇輿全覽圖〉，也是收藏於內府，並不向外公開的。地圖一方面是皇帝獨家使用的統治工具，另一方面它獨一無二的實物本身就是權力的象徵。地圖彷彿帶著一種神祕的力量，擁有地圖就是擁有世界的一種體現。非物質化的數碼地圖瓦解了這種神祕主義。它暗示著世界並不能擁有和移交，因為我們對世界的控制，只不過是由沒有實體的位元所組成的點和線和顏色，而這些點和線和顏色會隨著使用者的需要和偏好，演化出不同的形貌。使用者在這操控中，以另一種方式延續那古老的掌管世界的虛幻欲望。

　　購買數碼地圖的大商家每天在電腦上塑造和確認自己的王國，並在臨終前請來了著名的堪輿學家，為他在他所擁有的土地上找尋風水墓地。堪輿家在參考過商人的數碼地圖之後，表示說：「先生，我看不出這上面一個地方跟另一個地方的分別，這些五顏六色的線條完全不服從陰陽五行相生相剋的原則。不過，先生請放心，不會再有什麼能剋制先生的命運，因為地圖上已經沒有一個地方不是屬於先生的了。我可以按先生的意願在地圖上為先生布

置最好的風水陣勢。先生擁有的，是位元的七色亮光；我給先生設計的，是符號的永恆墓穴。」

　　大商家在數碼地圖上占有一切，也失去一切。

時間之軌跡｜the orbit of time

　　地圖考古學者曾經在《1997年香港街道地方指南》一書中，發現一個摹描時間軌跡的地圖。這發現對地圖作為空間的呈現這一既定觀念產生了根本性的震撼。在一切地圖製作的背後，也假設了一個凝定的時間，在這「永恆現在式」的假設上，描畫出地表「在某一時刻」下的狀況和面貌。這種假設於是亦同時否定了時間，把時間排斥在地圖之外。就算是在地圖上做出有關時間的記錄，例如地區發展年份的資料，這也只能算是以文字「提及」時間，而非把時間視同空間一樣以地圖符號系統予以形象化的表達。

　　根據上述普遍地被接受的認識，初讀〈香港地下鐵路及九廣鐵路路線圖及列車時間表〉的時候，難免會忽略此圖作為時間的符號呈現的可能性。事實上，對大多數習慣了不可拂逆的時間觀的讀圖者來說，這種可能性是匪夷所思的。在圖中可以看見鐵路運輸系統的四條主要路線：九廣鐵路（黑色）──自北部邊境羅湖南下至九龍；地下鐵路荃灣線（紅色）──自西部荃灣穿越九龍至香港島；地鐵港島線（藍色）──橫跨香港島北岸；地鐵觀塘線（綠色）──自九龍中油麻地穿過九龍東部跨海到達港島東；當中紅、綠、藍三線在旺角、金鐘和鰂魚涌三站連成一循環線，九廣鐵路則與地鐵在九龍塘站連接。既有的地圖空間觀念，令我們相信，紙張上彎曲糾纏的顏色線條代表了真實城市的交通運輸網絡。

　　從這種「常理」解讀，我們可以了解當時列車的開行時間和班次。以九廣鐵路為例，自羅湖開出往九龍的尾班列車時間是00：08，途經各站時間分別為：上水00：12，粉嶺00：14，太和00：19，大埔墟00：22，大學00：28，火炭00：32，沙田00：34，大圍00：37，九龍塘00：41，旺角00：44，九龍00：47。然而有地圖考古學家卻認為，這地圖其實有另一種讀法。在羅湖站「往九龍」一項之下的00：08，其實是「去到00：08的九龍」的意思。這即是說，當九龍站的時間來到00：47，只要你在同一刻走

進羅湖站並乘上列車，你便可以跨越時光回到00：08的九龍站。同理，同一刻從上水乘車，可以回到00：12的九龍站，從粉嶺乘車，可以回到00：14的九龍站，如此類推。乘上時光列車的車站距離目的地越近，可以回溯的時間差距便越小。在當年，這種時光回歸構想的極限是三十九分鐘，而這幅鐵路路線圖就是時光回歸的圖像化描畫。它嘗試在空間的平面展現狀況中，賦予時間可視的符號，也即是一條一條參差錯落的曲線，一組來回往復的軌跡。在地圖的閱讀中，我們坐上了駛往過去的列車，在猶如巨浪淹至的將來面前，朝反方向與時間競賽，力求延遲現在的到臨。

　　聰明的讀圖者指出，在紅、綠、藍三色交接的循環線上，因為沒有終站造成的極限，時光旅客可以不斷推延回溯的時間，在自我閉合的幻想時間軌跡上，周而復始，驅策那永遠的尾班列車，走回一個三十九分鐘又一個三十九分鐘。

本文原收入董啟章，《地圖集》（台北：聯經，2011）。

駱以軍

文化大學中文系文藝創作組、國立藝術學院戲劇研究所畢業。曾獲第三屆紅樓夢獎世界華文長篇小說首獎、台灣文學獎長篇小說金典獎、時報文學獎短篇小說首獎、聯合文學小說新人獎推薦獎、台北文學獎等。著有《願我們的歡樂長留：小兒子2》、《女兒》、《小兒子》、《棄的故事》、《臉之書》、《經濟大蕭條時期的夢遊街》、《西夏旅館》、《我愛羅》、《我未來次子關於我的回憶》、《降生十二星座》、《我們》、《遠方》、《遣悲懷》、《月球姓氏》、《第三個舞者》、《妻夢狗》、《我們自夜闇的酒館離開》、《紅字團》等。

圖尼克造字

> 辛未，……趙元昊自制蕃書十二卷，字畫繁冗曲類符篆，教國人紀事
> 悉用蕃書。私改廣運三年曰大慶元年，再舉兵攻回紇，陷瓜、沙、肅
> 三州，盡有河西舊地，將謀入寇，恐嘉勒斯賫制其後，復舉兵攻蘭州諸
> 羌，南侵至馬銜山，築城瓦驪凡川會，留兵鎮守，絕吐蕃禮樂……
>
> ——《長篇》

> 沈存中云：「元昊叛，其徒約噶先創造蕃字，獨居一樓上，累年方
> 成，至是戲之，元昊乃攻元，製衣冠禮樂，下令國中，悉用蕃書胡禮，
> 自稱大夏。」

女孩問圖尼克：

但是你在這旅館裡轉悠著做什麼？

圖尼克說：「我在發明文字。」

那些死者的腸黏膜像灌香腸一樣被塞滿加了硝的腐肉。

記憶被漂洗，

意義被竄改，

那像一個猜字謎遊戲的棋盤，

每一枚文字的定義被翻牌時刻，

流浪者之歌便變貌成騎兵血洗異族誌，

哀傷的受難者則成了瀆神的人造人基因工程狂徒。

因為這是一個被驅趕出「我們」之外的「他們」的旅館，

這裡頭住的是一群脫漢入胡的可憐鬼。

這是一個「新人類」鉅大工程中那些故障品、怪物或作為比對基因序的抗原在實驗過後的拋棄收容所，被稱為「他們」的我們威脅了稱為「我們」的他們的自我製造工程，因為這些我們身上帶著太多他們想 delete 掉的記憶體基因，如果要將我們編寫進他們的變種新人類程式，會造成他們理想型獨

立人造人品系的混亂。這讓我們非常痛苦，因為我們內部的某些人，認為他們裡面那些被神聖化的「我們」，其實是之前某些強暴或實驗室控管程序出問題而被汙染植入的別的人種基因序列。但他們現在堅持那些保存下來的汙染後遺變種基因才是好的、進化的、真正的「我們」。他們把強暴之前原生種的我們在強暴後萎縮擠壓削減的殘餘視為可憎的、欲除之而後快的「他們」。問題是這些被稱為「他們」的我們其實並不是真正的「他們」。他們也知道，於是他們發明了一個新稱謂：「你們」。他們說：「你們」滾回「他們」那邊去吧。但我們又不願意在他們的「我們」還在一單套染色體創造幻夢中虛飄時，莫名其妙被人家強迫變成「你們」。我再強調一次，我們認為自己即是「我們」。

　　我們，這間旅館的創建者，發現問題出在我們太依賴他們裡面那些「他們」的敘述方式，我們和他們皆受困於這種包括指稱代名詞整套貧乏表述語言系統，要解決這個單一植株在單一型態記憶黑死病侵襲下滅種的恐怖危機，只有重新創造一套獨立於他們之外的語言系統。

葰　孤獨王國的國王　他翻開小記事本的一頁，在上頭畫了一幅簡易地圖，那像一個大寫的Ｆ：豎直的背脊是那個年代南京東路五段的大馬路，Ｆ的上下兩橫則是圈環住故事的兩條巷子。在這個Ｆ的頂端，也就是第一條巷子的對面，是一棟當時算方圓一公里內最高的建築，事實上這張簡易鳥瞰圖，就是他和鄰居那男孩跑到七樓高的頂樓陽台繪下的。國宅的對面是他家和男孩家的雜貨店，Ｆ左上角的內側區塊是一個類似榮民之家住了許多外省老兵的破舊房舍圈住的院落，那個院落向外翻，隔著一條防火巷，恰就是南京東路上一排商家的後門。

　　那時他和那男孩大約小學四、五年級，為何會像電影裡的PTU機動部隊或黑豹中隊要圍捕公寓槍擊要犯，先跑上大樓居高臨下繪製這幅小孩們無意識玩進玩出的巷弄地形圖？

　　那男孩的父親在一次被車撞後，可能留下某些無法復原的殘疾，丟了飯碗也失了志，他的母親是個能幹的女人，硬是借錢在巷子裡弄了一間雜貨店讓丈夫顧店，但男孩下午一放學前腳回家，父親便後腳出門找朋友喝酒打牌。於是許多個下午，便是他陪著男孩，百無聊賴地趴在雜貨店收銀的鋁辦

公桌上，兩人盯著一台字典大小的黑白迷你電視，看那個時段唯一播出的節目：國劇。有時男孩會請他吃冰櫃裡的百吉棒棒冰。

傍晚男孩的母親回來後，他們便像兩隻解了頸鍊的小狗，歡歡勢勢地從巷子玩到大馬路。仔細回想玩些什麼？好像也講不出個所以然來，兩個人口袋都沒錢，兩人除了彼此好像也沒別的朋友。巷子出去的六線道大馬路上的洶湧車潮好像又把那個年紀小孩可能往稍遠處冒險的想像力給截斷了。

那個年代剛流行起來「任天堂」電視遊樂器，他們巷口出去便有一張店裡放了幾台電視連著遊戲機，還有各式各樣的遊戲卡匣，他們倆總趖進去，負手站在那些大孩子後面，看他們闖闖破台。每天去，當然偶爾有意外零用錢打個幾次，但大部分時候是愣站在那兒專注研究別人的技藝。日子一久那家店的一個胖老闆娘就確定了他倆的行情，開始驅趕他們。男孩比他不畏大人，用三字經回嘴，當然是被以更激烈的方式轟出店外。

也許是某種遊戲情節裡，穿著忍者服的小人在敵人大宅廊柱間藏匿、潛行、上下翻跳的畫面，給了他們小小胸膛裡憤怒羞辱之炭火，鼓吹了某種可以執行的復仇想像：他們密謀後，決定闖空門，把那雞歪老闆娘的所有遊戲卡匣全部搬空。

這個行動的策畫從登上國宅樓頂繪出巷弄鳥瞰圖開始。他們預定從邊牆翻進榮民之家，穿過那個院子，再翻牆進防火巷，然後從一處極高的氣窗口翻進那間電視遊樂器的後門。這之前他們偵察的狀況有三：一、遊樂器店的老闆娘九點半一定關店鎖門走人，但是隔壁一間西藥房是二十四小時營業。這是整個計畫最大的危險。二、從防火巷翻進那排店家後門的那扇氣窗實在太高，這曾讓他們極度受挫幾乎放棄；但後來在老兵們的後院發現一張廢棄破沙發，他們到時可以先搬過去在下面墊腳。三、遊樂器的後門是用木門喇叭鎖鎖上。

男孩不知從哪弄來一副拆卸下來的喇叭鎖，每天下午都在雜貨店裡用鐵絲練習開鎖的細微竅門。大約練了一個禮拜，已能做到在極短時間內，十次有八次可以咔啦把鎖撬開。

於是他們約好在某一天夜裡，各自穿黑衣黑褲，戴上麻線手套（雜貨店裡賣的），三點半準時行動。第一晚他等到五點天亮，男孩沒有出現。第二天說他睡死了爬不起來。第二晚還是被放鴿子；直到第三晚，男孩依約出

現。兩人遂像那遊戲裡的小人兒，貓著腰上樹走牆，穿院鑽窗，一切都如預定的計畫：他們蹲在那扇木門邊，隔壁西藥房的燈亮著，他聽見自己和男孩的呼吸聲在靜夜裡像機車排氣管的燃爆一樣大聲。

男孩拿出預藏的鐵絲，插進鎖孔，七旋八轉，大約搞了半個小時以上，就是弄不開。

「幹！」男孩滿頭大汗地回看他一眼，他以為他要放棄了，誰想到那傢伙從書包（他們預備得手後裝那些遊戲卡匣的）抽出一把平口螺絲起子，準備破壞那個喇叭鎖。

「不要——」他的唇氣聲還沒出口，木頭門便被男孩撬出一個撕裂的巨響，這個白癡！那個巨響，簡直不如他們用鎯頭把玻璃窗敲破算了。隔壁西藥房馬上有動靜，人影移動，「誰？」他們倆像被咒術凝固成石像蹲在黑暗裡。還好那老闆並未開門出來，只是把臉伸在毛玻璃上的透明玻璃朝外張望，大約認定是從簷上摔下的貓，不一會又離開了。

才喘氣回神，他發現男孩又打算把起子插進鎖座。他拍拍他的肩頭，比手示意千萬不要，男孩卻像對臨即的危險完全缺乏現實之理解，執意要破壞那鎖。他比了個手勢，說我不幹了，我先走了。遂翻身上牆，而男孩也就跟在後面，兩個賊便循原路撤退。

我們或以為這故事未如預料中精采，在那個最後終於沒被撬開的鎖頭後面，那個房間裡，原本或被預期存在著，某樣遠超過男孩們能承受的大人世界的某個悲慘乖異景觀：躺在一具棺木裡睡覺的老闆娘？或是時間老人的化身？或是預見未來三十年後一無所成的他們中年人之形貌，臉色蒼白坐在黑暗裡打電動？或是白日裡坐在那兒打電玩的大孩子，其實全是一些栩栩如生的紙摺假人？

還好他們沒打開那扇後門。

但這故事最動人的部分，其實是他描述那國小五、六年級辰光：他和男孩並不同班，下午他倆不論在雜貨店盯著小電視看百無聊賴的國劇，或是在巷弄裡漫遊、闖入廢棄空屋的冒險時光，他們彼此都不知道，也從不提起白日裡各自在學校裡發生了什麼事。其實在那兩年內，他幾乎沒有坐過自己的課桌椅座位，每天一到學校，書包一丟便自己走到教室後面罰站。他說這件事其實像卡奴一樣，他遇上一個我們那年代有相當比例會遇上的虐待狂老

師，每天有寫不完的功課，但他一離開學校後便時間靜止進入和男孩的巷弄冒險神祕時光。第一次沒寫第二次沒寫被老師痛揍罰半蹲，慢慢的積欠的作業累到像刷爆的卡債，永遠還不起了。他便再也不打算還了，每天在教室，他都像異鄉人獨自站在教室後面，看著那似乎和他無關的一整班同學。

他說：「我成了一個孤獨王國的國王。永遠只有我一人站在那裡。」

這事他從未對男孩提及，後來他們上了不同的國中，便慢慢岔開各自的世界，幾年後他家搬到基隆，兩人更失去聯絡，很多年後他回去那個社區找男孩，他家的雜貨店早收了，他們訕訕地不知該說些什麼，他們已確定活在完全不同的世界（他考上大學，男孩念一所二技學院），男孩約了一票朋友要去唱KTV，問他跟不跟去？他拒絕了。在等那些傢伙騎機車來接男孩的垃圾時間，他提起他們小時候在巷弄裡幹的一些蠢事，包括那次功敗垂成的闖空門……

男孩卻說他不記得那些事了。

鬼　他記得那時是在一極深極濃稠的黑暗裡，他和父親走在那片森林，說是森林，其實他的鞋底踩在水泥路面上，但他們確實是被一層又一層彷彿充當某個妖道擺設陣法之臨時演員的樹木包圍著。他感覺到當他們走動時，那些樹木群也移形換位跟著走動。他看不見樹影（因為實在太黑了），但可以聞見那些樹木的呼吸，像是每一片葉子的毛細孔都噴散它們盈滿溢出的靈魂或夢境。

那時他大約五、六歲，所以他父親是四十八歲壯年的尾聲了。黑暗中父子牽著手，他感覺他父親其實迷路了。他們似乎在迷宮般的林間小徑繞圈圈。周圍盡是蛙鳴和貓頭鷹的威脅性低哮。他父親說：「今天晚上怎麼所有的路燈全壞了。」

就是那一刻，那成為他永生難忘，回憶中總無法準確形容的時刻，他們拐了個彎，在那條路的盡頭，站著兩個古裝巨人，他們面孔猙獰，浸浴在一片朱紅金黃的光裡，不，應該說第一瞬印象他以為是兩個穿著魚鱗胄甲蟒兜戴著黃金盔腰佩寶劍，一人手持長戟，一人握神鞭的天神從火海中走出，和他父子二人遙遙對峙。

　　他父親似乎也驚嚇了一下，然後鬆口氣說：「原來是秦叔寶和尉遲恭哪。」像是遇見故人一樣。一個紅臉鳳眼長髯，一個面色如焦、濃眉怒目。

　　他父親告訴他，那是用彩漆畫在兩扇門上的兩尊門神，再大一點之後，他知道那個晚上他們置身在南海路的植物園。更多年後，他知道那兩個宛如從闇黑之火中走出古代神祇，祂們巍巍藏身的那幢燕尾翹脊屋頂的荒敗古厝，就是從中山堂原址遷過來的清末「布政使司衙門」。

　　那個恍若從一片氣氛妖異、液態柔軟、植物之鬼魅占領的黑暗，突然被一陣強光霹靂推門闖進兩個重武裝天神的戲劇性時刻，成了他日後面對情傷、創痛，或無從過渡過去的死陰之境時，一個內在絕望隧道的暗示性救贖。

　　他在一張紙上試圖畫出那些暗夜裡形成迷宮的路線，以及作為路之盡頭、人界與神界邊境的建築。這時我已有經驗了，我知道他正描出一個他自己賦予意義的漢字。

　　「這是個側躺的『神』字嘛？」我說。

　　「不，是『鬼』字。」

　　他說，後來他在一些場合遇見一些比我倆都小上二十歲的年輕女孩，她們對自己的生命懵懂無知，其實像被剝去殼的牡蠣與蝦蟹，把最柔軟的內裡暴露在懸浮著腐爛物和寄生蟲的池水中卻渾然不覺。譬如說，有一個極美麗的女孩，一邊在一間像地窖或停屍間般的昏暗小密室裡替他按摩，一邊告訴他為何和之前的男友分手。因為他會打我。他有暴力傾向。有一次還把我打成熊貓眼噢，害我三、四天都不敢來上班。我不喜歡這樣。

　　她說得像是不喜歡男人有狐臭或不愛刷牙這樣的毛病。當他表示自己最瞧不起打女人的男人時，女孩卻睜著一雙美目說：也許是有時候我的嘴真的很賤，老愛去戳人家的痛處，他忍不住，當然就想打人嘍……

　　她們的四周全是靈魂有破洞汩汩流出黑色濁水的病態男人：酗酒的男人、吸毒的男人、玩女人的男人、賭博的男人、打女人的男人。但她們在那暗黑小房間裡，遞上熱毛巾，在他們的背上抹油，用手肘摳出暗藏在緊繃身體下的瘀紫，有時抓著天花板的鋼管，用穿絲襪的纖細小腳踩在男人們的背脊，無比優雅嫻靜。

　　她們說：誰叫年輕時愛玩呢？

她們說：哪一行不辛苦呢？

另一個女孩，看不出年紀（或是那些包廂實在太暗了？），一次邊幫他推油按摩著，就被他用話搭訕著套出故事。說原本有一個先生……他以為接下來是男人劈腿那些老套……結果車禍死了。啊？我有一個女兒快上高中了，又吃了一驚，我以為妳才二十幾歲呢？女人則一臉迷醉握著胸部看著小几鏡中的自己，我就是這裡肉太多了，我每天下班後，就去健身房跑跑步機，讓自己出一身汗……

他想：有一天我會老去。這些女孩也會慢慢老去，然後我們就變成阿公店豆乾店裡的老色鬼和媽媽桑。

那段時光，他總睡不著，夜裡躺在床上總聽見冰箱裡製冰機冰塊墜落的聲音，馬桶水箱從按柄鏽蝕洞口漏水的滴答聲，或是遠處馬路上那些空計程車像孤獨的燈管魚在水族箱裡巡梭的車胎輾過柏油聲……

他乾脆起來熬夜看DVD，白天則繼續工作，最長紀錄他曾一個月沒闔上眼，即使吃了醫生開的像Stilnox這樣的強力安眠藥仍是睡不著。有一次他看到一部叫《越獄風雲》的美國影集。有一個傢伙是建築結構工程師，他為了救出他冤獄被叛死刑的哥哥，把他用管道弄到的整座監獄之建築細部平面圖全刺青紋在自己身上。故意搶銀行，帶著這張活人皮逃獄地圖混進那座監獄，只有他可以把他哥哥從死亡中救出。

他那時想：如果在我的身上刺青一張逃亡地圖，可能得把這些女孩們在這些密室裡說的故事微縮成一張像晶片電板的迴文圖吧？但是要救誰出來呢？

也許我會死掉吧？像這樣一直不睡覺，有一天他躺在其中一間密室任那個有高中生女兒卻穿得像二十來歲辣妹的女孩按摩，他突然被像那些填海堤的水泥塊那麼重的疲倦沉沉地壓住。

對不起，我可能會睡著喔……

他真的在那張暗室裡的小床上睡著了。並且作了個無比立體、彷彿深深烙進靈魂灰色深處的夢。在那個夢裡，世界又回到他父親的年代，像幻燈片膠卷一般的暗褐光度；空蕩蕩的馬路上有胖墩墩的公車沿站停靠，日式建築的屋瓦上恣意爬著小紫花的九重葛。木頭桿的圓頂罩路燈，拿著蒲扇著背心

腆著肚子的外省漢子坐在自家門口的竹躺椅上乘涼，蝴蝶成群如蒼蠅圍著銀色垃圾筒飛舞。

他坐在公車上，哀傷地看著窗外緩緩流逝的街景，那些昔日之街的景物。馬路邊的大溝圳。三輪板車，委託商行櫥窗裡沒套上洋裝的白色塑膠人偶，那些鬼魂般面無表情上下公車的昔日人們，男人們穿著皺巴巴的西裝褲，女人們穿著露出胳膊膀子的連身洋裝，男人整體較現在男人黑瘦，女人整體較現在女人豐腴……

回到童年的，弄子盡頭的老屋，紅漆白細槽木門上的春聯已被撕去，左上角殘紙撕未淨處貼了一張小白紙，上頭寫著：「喪制」。

他又回到許多年前在深不見底的黑暗中突然一扇門打開的時刻，這次把他從那絕望與恐懼之淵拉起的不再是兩尊發光的猙獰神祇，而是孤獨坐在昏暗客廳裡啜泣的，他父親的鬼魂。

那個老人用一種無助的眼神看著他，說：「你媽媽走了。」

那恰與真實顛倒。走的人是您啊。

他父親過世迄今已三年，那個傷害與哀慟的實體性深深超出他所預料，他母親徹底垮了，成為一隻老婦外形的孤雁，她的膝蓋壞毀，走路時兩腿明顯扭曲，不久前還檢驗出脊椎骨有兩根早已折斷，似乎連想退化成古老失憶之魚都不得全形。且常沉溺於少女時期和當時年輕的父親之艱苦戀情。

他則和妻子形同離婚，內心深處只覺舉世茫茫無真正可信任之人，不同階段的摯友在不同時期或細故起嫌隙或莫名疏遠，有時任著一雙孩子奶獸柔軟在他肚腩爬上爬下，心裡想：「有一天你們也終將棄我而去。」

在那個夢裡，那扇光源盡被某種邪惡意志吸去的黑暗盡頭之門終於打開。但這次，華麗的神祇不再降臨，只剩下那個彷彿用漫天風暴將原本靜止美好昔時悉數席捲而去的佝僂老人。他期待的戲劇性救贖時刻似乎並未出現。他嘆口氣，把那個瑟縮成孩子模樣，一臉驚惶的父親鬼魂擁進懷裡，輕輕地拍著它的背，安撫著……

本文原收入駱以軍，《西夏旅館》（下）（新北市：INK印刻文學，2008）。

林俊頴

1960年生，彰化人。政治大學中文系畢業，紐約市立大學Queens College大眾傳播碩士。曾任職報社、電視台、廣告公司。著有小說集《我不可告人的鄉愁》、《鏡花園》、《善女人》、《玫瑰阿修羅》、《大暑》、《是誰在唱歌》、《焚燒創世紀》、《夏夜微笑》等，散文集《日出在遠方》。

霧月十八

　　毛斷（modern諧音，摩登）阿姑是佇（在）彼一場大霧中見到秀才郎老父。

　　淒冷的雺霧，若一鼎清糜（清粥），伊聽見百年前的烏色東螺溪雖然溪面罩霧，夾帶的大量沙石的水流陷眠（做夢）彼般佇咬噭齒根（磨牙），水聲生猛，偶有大石沉落溪底，彈出悶雷一響。

　　毛斷阿姑頭頷頷（低垂），心內叫一聲負手背向伊站佇渡船頭的老父。

　　數十年後，老父撿骨，重見天日，天无（無）忌地无忌土公（撿骨師）欲挖墓，大厝兒孫一大陣佇墓頭迎接，片雲大心肝（貪心）欲遮日頭，掠過頭頂一點清涼，才掘出的墓土烏滄，略略有清芳，毛斷阿姑心內講，老父久見喔，汝真正是倒佇茲。年年清明來墓埔，透早扁擔扛竹籃，帶柴刀鐮刀，落雨過的草路口（難）行，一厝人丁若一行蚼蟻（螞蟻），伊綴著行得搖搖擺擺的嬰也（母親）。

　　土公也是農場老長工，血肉消散的老父倒在草蓆上，鬃銀清洗了後的骨色紅芽，土公也以銀硃筆蘸紅粉水全副逐一點遍，翻新點紅。六兄唸出，筋絡通暢，兒孫全紅。楊柳枝串起老父一節一節的龍骨，總共廿四目。再以紅絲線綁骨頭，正倒手骨、腳骨、腓骨各綁一束，總共六束。再來裝金（撿骨術語，放入陶甕），照順序，龍骨，下八卦，頂八卦，最後放頭骨。黑傘遮日，土公也正手持銀硃筆，開光點眼，朗聲唱唸，「孔子賜我銀硃筆，點天天清，日月光明，點左眼清，點右眼清，點人人長生。」大厝兒孫齊聲應，「有喔。」老父頭骨放入金甕，「頭殼落金斗，保庇兒孫代代千萬口。」然後點甕，點魂，引魂，謝土；燒壽金，旋點金斗甕四周，嘩：「好命仙魂，看好時好日，叫師傅來動土洗骨，頂八卦左右卅六，下八卦左右廿四，師傅頂八卦撿齊未？請山神幫忙來撿。下八卦師傅撿齊未？仙魂自己愛撿齊。」

　　墓碑損破，墓穴空戶，老父金斗甕內綴著（跟著）大厝兒孫一大陣離開，青草發到半人高的墓埔一大片望到天邊空蕩蕩，今日在世的活人捧著死很久很久的老父，日頭下若一陣風吹過草叢。

毛斷阿姑是遺腹子，六兄講老父少年時，佇渡船頭幫一位青盲一目的老漢付了船資十六文，老漢握著老父的手，「紅花雙蕊欲開時，千萬得注意。」老父染虎列拉（霍亂）過身（過世）三個月後，嬰也生下一對雙生（雙胞胎），毛斷阿姑先出世，產婆說還有，卻是一具目珠微張若花苞，頭毛黑黬黬的死胎。二兄三兄還是取名玉姝。

嬰也堅持將玉姝燒水洗淨，身軀若象牙雕成，亦若百子圖粉面桃腮的幼嬰，抱著相了一暝。日後嬰也講，老父彼暝有來，晃頭笑伊憨，接過玉姝，講汝我各育一個，紅嬰佇老父手彎內笑了。

老父相片掛佇大廳，戴花翎官帽穿補服，狹長臉，瘦，留兩丿嘴鬚。相片前紅木高几常年放一盆素心蘭，六兄講，老父在生最愛素心蘭。老父過身，換伊出生，逐日看著老父相片，亦无感覺老父不存在。

老父死佇天欲光的時；彼早，無聽見一隻雞公啼。卅幾年後，中秋過了還是熱得使人痚痧（中暑），毛斷阿姑開始早晚發燒，全身痠疼，一日比一日昏沉，睏得面色潮紅。請西醫來出診，講是瘧疾，寒熱症，服了金雞納霜，照常昏睏。先生是老父結拜的後生（兒子），病院的七個護士都傳染得了。請來的漢醫噴一聲，「干是天狗熱？」

六兄帶頭，六嫂、四嫂、五嫂、七嫂一隊同姒也（妯娌）、鹹菜姆、寶珠，曝乾的艾草放石臼內搗，竹篩搖，取得灰白棉絮，加雄黃一起燻燒。眾人捧著鉛桶大厝內薰，逐個房圍煙蓬蓬。

大廳的紅毛鐘噹噹噹，彼一丸鐘擺黃黅黅，又沉又實搢著時間的銅牆鐵壁。（「紅毛鐘」為作者杜撰，即落地鐘。「紅毛」在台灣或原指荷蘭人，泛指外國人及其引進之物事。）

彼年的中秋四腳扶桑人（此亦作者杜撰，源於台人對殖民者日本人的鄙視洩忿。）已經走了了，特別悽慘，三兄半年前走去扶桑國首都偎靠二兄，四兄八兄各佇上海廈門，大兄後生予唐山也捉去坐監。媽祖宮的金爐燒勿會旺，大街絡絡長，拜月的供桌零零落落，八嫂猶原送來土豆油糕餅。囝也（孩童）應時拍扑（拍手）唸歌：「月娘月光光，阿公掘菜園，菜園掘鬆鬆，阿公欲種蔥，種蔥毋發芽；阿公欲種茶，種茶毋開花；阿公種菜瓜，菜瓜毋結子，阿公氣欲死。」聽起來淒涼。紅光滿面的馬神父來訪，烏長袍若裙，帶一袋曝燋（曬乾）的曼陀羅花，讀聖經予四兄六兄聽，「彼時沒有

王，各人任意而行。」

鹹菜姆佇竈腳（廚房），斜一目，手持菜刀佇水甕邊鏘鏘乖乖磨著，問六兄，「姑丈還是无消息？」

毛斷阿姑佇眠床上齅著艾草味，錯覺時間倒退轉去到五日節（端午節）。伊看著才大伊六歲的大舅厾子（小兒子）嘉興自農場來，曝得黑金釉亮，都是臭汗酸及日頭味。伊文文笑著。上午時，伊因為整晚燒熱痠疼而蒼白无氣力，到了下晝欲晚又是燒得面脖脖。毋眠的暗暝，善翁也（壁虎）嘎嘎叫得響亮，厝後的竹叢沙沙搖晃。終於聽見厝簷頂的雀鳥叫，大街賣醬菜搖鈴鐺，玻璃窗透青光，伊予爁燒折磨得內衫褲澹漉漉，失了神志，看見雙生小妹玉妹佇蚊罩外，伸手進來握伊的手。小妹的手若一塊寒玉，握著就爽快。兩人對相，若照鏡，目珠仁圓瞵瞵，但是玉妹比伊越蹻（活潑），想欲講予毛斷阿姑聽伊三十年來的遊歷。

六嫂、寶珠輪流捧飯菜飼伊，「小漢姑汝是去遊地府還是和唐明皇去遊月宮？」

新曆十月上旬，舊曆二五，寒露；十一，霜降。古冊讀甚深的四兄是如此吟讀：「九月中，氣肅而凝，露結為霜矣。此時，寒氣肅凜。蟲皆垂頭而不食矣。」四兄斯文地搖頭晃腦，「風大而烈者為颶，又甚為颱。颶常驟發，颱則有漸。颶或瞬發倏止，颱則常連日夜或數日而止。大約正二三四月發者為颶，五六七八月者為颱。九月則北風初烈，或者連月，俗稱九降風，間或有颱，則驟至如春颶，船在洋中遇颶猶可為，遇颱不可當矣。」

四兄愛坐的藤椅，佇廳前菜瓜藤架下放了一暝到透早，予露水凍得澹澹。

百草結霜的時日其實非常少。

四兄六兄每日輪流來伊眠床邊探望，六兄搖伊叫伊仙也（阿姑的小名）有聽到无？六兄一次夢著嬰也，驚惶以為伊無救了，嗚嗚哭了。

久長的睏夢中，大厝若大海底的水晶宮。一隻白色大海龜揹著伊，終於浮出海面，望見極遙遠有一個人影，伊食了一嘴海湧。

毛斷阿姑醒起，大厝无人息，大廳的紅毛鐘毋動了，大灶的爐灰亦冷了。

伊落眠床，魂魄茫茫渺渺，喙內（嘴裡）是糜的發酵味，其實伊正大口

大口吞食著大霧，一百年來斗鎮罕見的大霧。

　　雙腳若有一萬隻蚼蟻仔囓，好佳哉證明伊還未死，毋是鬼。憑氣味，摸索到六兄的蘭房柵欄，內埕土下鋪細石與石板。前廳，伊看見諸甫（男性）祖、諸姆（女性）祖兩尊坐佇烏木太師椅上，兩堆巨大的蟻巢，笑伊已經嫁人了是外家鬼神了，大面神（厚臉皮）轉來後頭厝做阿姑。伊羞愧，一賭氣舉起大門後的橫楗，咿啞打開門，跨過戶橙，整個斗鎮的霧霧若大水湧入。

　　將近一百五十年前，聽講林厝太祖自鹿也港夜溯東螺溪到渡船頭，抵達時罩大霧；大兄四兄講是年底，六兄堅持伊聽到的版本是二三月。无人解釋為啥粅（為什麼）太祖一個羅漢腳（單身漢）會行水路到斗鎮，但是家族的共同記憶，高強大漢、酒量踣海的太祖可是做土匪頭的料。傳說伊佇渡船頭對岸的東羅社與熟番結拜為副遞（兄弟），佇鹿場做長工，為屯丁代耕埔地。所以太祖真有可能短暫予面肉白、大耳洞的番婆招過做翁婿。四兄講，大兄曾經見過老父保存的一領鹿皮衫及一支海螺。八兄弟団也時有兩句老父教的番話當作暗語耍笑，「夫甲嗎溜文蘭」，捕鹿；「密林嗎流耶豪偉含」，來去釀酒過年。八兄弟以為是老父講笑詠。

　　愛古物的四兄有一張反黃、有水漬的舊地契：「立開墾永耕字人東螺社番通事巴難宇士有祖父遺下荒埔一段址在七張犁莊南勢土名旱溝頭東至施家二分大圳西至王黃張家旱園北至雪施九荒埔南至曾頭家草地並橫車路四至界址明白為界今因離社太遠不能自墾爰是招得東螺街益美號布店內黃泉官出首承墾時值壓地佛銀一十六大員正其銀即日收訖其荒埔隨即踏明界址付黃泉官掌管經營墾闢成田成園栽種果子竹木任從其便同中議約三年後成業每年抽的番租銀六大員不得托詞保此荒埔巴難係承祖遺下物業與別社番親通事土目無干亦無交加來歷不明等情社。合立開墾永耕字一紙付執為照行。即日同中親收墾契字內壓地佛銀十六大員完足再照行」。

　　天光柔和，一隻雞公傲慢行過內埕，四兄朗聲唸：「壓地佛銀十六大員完足。我就送汝佛銀一大員。」討厭雞公儌蹌（囂張）的樣，遂摛（擲）去一粒土豆。

　　「所謂漢奸，意思是漢人奸巧。真正古意食虧的是番也。」老父總是撚著嘴鬚感慨。

　　林厝第一塊田園佇太祖於彼個大霧之日落渡船頭後差不多二十冬得到。

結為副遞的番人兄弟，全番社溯東螺溪、阿拔泉溪搬遷深山林內。禍福相倚，毋免歡喜過早，翌年東螺溪大水氾濫，田園流失，留下的都是烏色溪水帶來的石塊。

六兄偷偷講過，還有一個惡質的講法，太祖便是大海賊蔡某人派來做先鋒的爪牙，來及（與）山賊交結，約束到時北中南三路盜賊並起齊發。但是官兵五千登陸鹿也港，一部分持火槍拉大砲駐紮枯水期的東螺溪溪底邊。匪賊晝伏晚出，佇溪底挖沙疊石為壕溝，欲趁著透北風火攻軍營。天生反骨的太祖，一早大霧中渡溪去密告，彼暝官兵一人扒（舉）一支菜油或鹿脂火把照亮溪底，大砲相準沙坑覓藏的匪賊，每發都中。天一光，整個溪底若肉砧。官兵既然勝利，太祖將功贖罪因此得以用假名林大鼻（歌仔戲《陳三五娘》中的丑角）定居斗鎮。

六嫂掩喙笑，解釋：「陳三五娘彼個丑生就是叫林大鼻。」

可恨者東螺水，可愛者東螺水；四兄六兄全講這是老父的口頭禪。太祖彼時，斗鎮叫斗街，街中心媽祖宮左廂壁上嵌有石碑，碑文說明斗街建地買自番社，還是同孔子公最有緣的四兄會吟誦碑文：「乃定規模，經營伊始。其北一段中建天后宮，南向；西北建土地祠，所以崇明祀，庇民人，禮至重也。兩旁俱有舖舍，謂之北橫街。其中街與後街東西向，中設有二大巷；其南亦有橫街縱橫二里，街巷俱有井字形。其外則有竹圍、溝渠、柵門，以備盜賊。蓋取諸井養之義也，又取諸市井之名也，又取諸方里而井守望相助百姓、親睦之意也。」「其東、西、南有大溪迴護，北有小澗合流，此又天地自然之形勝也。地雖彈丸，而規模宏遠矣。」

四兄不以為然，何來的北斗魁前六星之象？穿鑿附會。斗街名字就是自番語轉音而來。

成也東螺溪，敗也東螺溪。大兄二兄三兄四兄小漢時，舊曆八月下晝，沿溪做水醮拜溪王水府，四個兄弟及隨老父踏察過太祖最初的腳蹤。被香火及米酒香迷的日頭，嗩吶、引磬、雲鑼、鐃鈸融合的悽曠亮烈聖樂，溪岸上，豎著直又青的燈篙，從龍邊至虎邊是飄著幡帶的綠色龍神燈、紅色七星元辰燈、黃色天燈、白色孤魂燈、黑色水神燈。竹棚內，神桌上端坐著金銀黃靛紅各色鮮怒紙紮的六甲將軍、六丁將軍、神虎將軍、大士爺、山神、土地公、五方童子，騎著神獸的馬趙溫康四元帥，溫燒的光影內可比佇戲臺上

入定，昂著兩道目眉，錦繡戲袍熱風內細細顫。神桌前一長條鋪血紅巾子的看牲桌，一碟一碟的果雕與蔬菜雕，醮壇前有豬公剖腹展開披著五彩繡幃咬著染紅饅桃（饅頭）。

老父毋准四兄弟行前偎近，溪水熱得咕漉漉。一寸寸偏西的日頭若鎏金，道士踏罡步搖法鐘，叮鈴叮鈴。

日頭落山了後，溪風吹來，守著溪岸的燈篙如同獅頭天將，嘎嘎響，精神飽足，欲及（欲與）溪水中的鬼魂開講一暝：金紙的火星一團一團若一尾龍蛇燈篙之間遊走吐氣，將烏暗暝燒成一領龍袍刺繡。溪風滅了日時的燒熱，眾神退位，溪水猶原摻著雲鑼及嗩吶的迴響，鬼聲啾啾，吵到天光。

離太祖登上渡船頭一百年了。東螺溪及三條圳溪之間，增添為四條水道，每一條都有渡津，然而大竹筏小商船載滿貨物航向出海口或是從出海口航來的盛況早就不再。

東螺溪源自水脈分支闊且稠（多）的濁水溪，而東螺溪發自海島正中央若一條龍骨的內山，溪水若骨髓夾帶大量泥沙、碎礪甚至大石，日夜奔吼，翻攪，終於沉澱淤積。烏肥東螺水臨幸孕育了斗街，禍害了斗街，也繁華了斗街，陳某人有詩為證：「地勢青龍轉，溪流黑水通。」有朝一日，必然亦會沒落了斗街。

四兄遺傳著老父愛講古的天分，這是老父講過的，自漢人唐山渡海來，統計東螺溪流域至少做大水氾濫十次，以致樊梨花移山倒海彼樣的河道大變遷有三次。大水沿岸挽下木石房舍，挪移陸地沙洲，沖出新的溪河。

始終存在的是東螺溪，只是漸漸瘖瘖无聲老去。因此勢必有這樣的傳說，變換水道若幻術的東螺溪是一身三頭的黑蛟龍，而環抱斗街的水道則是兩條小蛟龍，一濁一清，一公一母，予深山滾落來的神石壓著，三不五時欲翻身脫逃。有好畫虎卵（誇張吹牛）的就講斗街是一粒龍珠，是雙龍搶珠格的風水。

最後一次做大水，四兄出世彼年，落雨之前，反常的燠熱，渡船頭傳來溪對岸下邊看見天頂發紅，一道紅劍光自內山竄出射向海口。下晡（下午）長工熱得舀古井水淋頭頂。大雨連續落三暝日，消息才傳來內山的水潭潰決，洪峰若走山，東螺溪已經劈啪雷響，一鞭一鞭打佇厝簷，天地欲閤起彼般。溪水溢灌斗街，不過一個時辰，水淹到腰，沖走廿四間大厝。水勢只有

到了媽祖廟口時自然收勢若跪拜。陳秀才厝內長工街上打鑼，趕緊到媽祖宮避難，秀才數日前夢見手卂（舉）三炷香跪佇宮前黃泥水內。昏暗廟廊天井內，驚惶講著崩溪了，自內山一路往海口崩去。

　　隔日大水去，日頭赤炎炎，烏青溪水瀝瀝嚕嚕若講著夢話。老父見識到了何謂崩溪，渡船頭找毋著了，昨日的溪岸若年節切菜頭粿（蘿蔔糕）陷空，溪面變闊，竟然若海面，一時看毋到對岸。暝夢中的溪水轉圓圈成漩渦。隱隱上游還有土石崩落滑入溪中的悶雷響，漂流的一叢一叢刺竹嘎嘎嘎絞結著。更過一暝，遍溪岸浮出水流屍，包括雞鴨貓狗禽牲，曝得熟爛。屍體腐臭附身活人的黑衫褲，暗暝了後，大街无人影，无油燈的火光，只有堆到腳肘的泥沙水窪白霧白霧的反光。第一隻活狗開始嗥狗螺，一隻接一隻接續傳開合嗥，意思是欲喚起沉佇溪底的冤魂。

　　蛟龍離開斗街了，東螺溪的主流往南走，斗街如果是龍珠也不再是龍珠了。正是彼四句戲文：「打開玉籠飛彩鳳，扭斷金鎖走蛟龍，鯉魚脫出金鉤釣，搖頭擺尾再不來。」

　　不再來。

　　老父曾經及大伯父坐帆船到鹿也港請一位漢文老師洪先生。船順流而下，運貨亦運人，先到番也挖，再到王宮，繼續行海溝往鹿也港。溪水溫柔時若一場美夢。

　　大水後老父夥同斗街及上下游村庄頭人、四腳也大人收埋水流屍，清運大街土沙，唯恐瘟疫爆發。老父自渡船頭、媽祖宮得知東螺溪改道，決心再坐船往出海口航行一次。大大改變的毋只是東螺溪溪道，早佇四年前，唐山皇帝及扶桑國打契約，烏水溝這邊交予扶桑人接管。年初，軍用輕便鐵道佇斗街西北鋪設，老父第一時間趕去看，看了大失所望，完全不同於傳說噴火嚕煙的烏鐵殼怪獸，一部台車兩人手力押送，若是坡路增加為三人，等於是陸上行舟。斗站台車大約有一百台，到縣城十五里，往南可以到嘉義、府城、打狗。運費一隻牛剝兩層皮，分路線修繕費及押送人工費，到打狗總共四大圓十八錢。

　　四年前，割讓予扶桑國的消息確定，老父、大兄及陳秀才、武秀才、丙丁仙（仙，尊稱先生之意）、元音仙、傅阿舍（少爺）、大目仙諸人聚佇楊舉人大厝一下晡對相，若一巢蚼蟻交頭接耳，到欲晚時，厝頂青光。大勢已

定，只能如此，過去一百年，東螺溪源頭大水改道數次，這次換做異族人，
毋確定的是扶桑人是否橫逆（橫行霸道）過大水。

　　老父轉身，霏霧中目珠仁堅定的溫暖光采。啊，老父。溪面送來的風清
冷甘甜。佇彼瞬間，毛斷阿姑明瞭，老父不曾離開過，彼些暗暝，掛著一串
玉蘭花的虻罩外窸窣的影，齅著樟腦的寒芳，嬰也翻身，綠豆殼枕頭沙沙
沙，揪一下金耳鉤，夢中講話，咿咿喔喔，有問有答，有時咯咯佇喉管內
笑。夢中的言語，讓伊迷戀。更有彼些欲晚未點電火時，大廳太師椅或者六
兄的蘭花花房彷彿有個人影恬恬。伊終於了解，常予四兄笑及孔子公無緣的
伊有時會思念老父留下的古冊，忍不住提挈摩挲，原來是幻影彼般的老父佇
嬉弄。

　　藏佇老父背後有幼秀的聲音唱了兩句戲文：「關津渡口人盤問，妹子如
何搭渡口？」

　　是玉姝，捏著手巾掩喙笑。雙生姊妹肩並肩，岸上人與溪中影。伊看清
楚了，玉姝頭額上倒手（左手）邊一片暗紅胎記，古輿圖一塊破碎的海國，
伊自己肩胛頭也接續了一部分，所以，當初兩人佇嬰也腹肚內，玉姝的頭額
是磕佇伊肩胛頭？伊更進一步確定，雙生姊妹從无分離過，相對於老父過予
伊的思鄉感應，玉姝感染伊的是早夭的哀怨。月事來洗時，伊有鼻管癢的症
頭，四兄教伊哺菸噌煙來止癢。浮著淡薄茉莉花芳的晚頭，躲佇房墘內哺
菸，平靜中有著泫然的衝動，毛霧窗玻璃的人影疊著厝簷，季風來自遙遠的
外面世界。

　　老父一生懸念著大海，夢想有朝一日反溯太祖的渡海之旅。早太祖一百
年渡海來一探究竟的郁某人（郁永河）有詩作：「東望扶桑好問津，珠宮璇
室俯為鄰。波濤靜息魚龍夜，參斗橫陳海宇春。似向遙天飄一葉，還從明鏡
渡纖塵。閒吟抱膝檣烏下，薄露冷然已濕茵。」老父一生心嚮往之，冊上寫
烏水洋的變化，南風柔而浪軟，北風剛而浪勁。

　　四兄認為不及這段古文：「自鹿港出洋，水色皆白；間有赤塗色水者，
則溪流所注也。回顧臺山，羅列如畫，蒼翠在目；已而漸遠，水色青藍；遠
山一角，猶隱約波間。旋見青變為黑，則小洋之黑水溝也。過溝，水色稍
淡，未幾深黑如墨，橫流迅駛，即大洋之黑水溝也。險急既過，依然清水，
轉瞬而泉郡之山影在水面，若一抹痕。俄而水漸碧色，碧轉為白，則泉之大

隊山在目前矣。」

　　林厝祖先來自泉州。老父佇船頭，一隻水鳥從容掠過水面，若照鏡。

　　竹船食水淺淺，平穩離溪岸五六尺，破霧前行。篙船的諸甫（男人），戴草笠穿棕蓑，玉姝附耳講：「鹹菜姆的老父。」彼次做大水崩溪，抱著金斗甕被沖到下庄。老父帶著彼時十幾歲的鹹菜姆沿溪找了兩暝日，找到認出伊雙手還是抱著金斗甕。

　　漸漸聽得溪底還是偶爾沙沙響，黑蛟龍的腹肚猶原搖頭擺尾貼著溪底還未離開？

　　老父綴著阿祖，見識過東螺溪的興旺，人及貨物從內山去出海口，從海口深入內山，加上南北兩邊佇東螺溪渡口相會，竹材，布料，鹽，食油，豬肉，海產，豆豉，茇葉。佇渡船頭扴頭即見媽祖宮，晚時點心攤燈火光燁燁。斗街因此學鹿也港，大街起遮棚，地鋪紅磚，襲用其名號不見天街。最興旺時，大街亦有五行八郊十三個組織儼然的郊行舖會，泉郊金盛順，水郊金安瀾，簀郊金興順，油郊金隆順，糖郊金崇興，布郊金慶昌，染郊金合順，米郊金豐隆，茶舖金廣源，藥舖金元昌，料館金萬利，香舖金長和，糕餅舖金和興，繁華若夏天的滿天星斗。

　　水泄瀾糊的渡船頭，透南風還是颺北風，各種腔口呼嘩。老父愛看山內來的放竹也（划竹筏者）。東螺溪頭盛產麻竹，青碧竹材用麻索紮成竹排，每張竹排前後一位放竹也，手握一支丈長竹篙，雙人配合佇湍急溪水點撥撐篙操控，一路放流，泅過游渦及暗流，閃過大石；內山大雨，溪浪可以托起竹排半天高若騰雲。放竹也得熟記沿溪水文特性與險關，祝禱每年夏秋大雨大水毋改變水道，一般是父傳子，若欲學出師，起碼兩三冬。東螺溪凶猛，夾裏大石泛流，一說是蛟龍換喙齒，換下的龍牙屬有金沙銀沙，月光暝溪水內放光明。拾得龍牙石，裁為硯，青色，直潤而栗，寫文章得神助筆走龍蛇。

　　放竹也騎溪破浪到斗街渡船頭，溪面平靜，兩人將竹排篙到再下游一寡（一些），靠岸，解開竹排，牛車運往南北，或再行水路去鹿也港。

　　放竹也雖然戴草笠，面肉黑金，手臂粗若竹頭。竹排毋是帆船，平坦貼溪水，人若溪水上兩隻白翎鷥。小漢囝時的老父赤腳佇溪灘，打水漂來打招呼，靈機一動亂嘩：「夫甲嗎溜文蘭，密林嗎流耶豪偉含。」放竹也咻的厚

重山內腔回應。

　　兩岸邊有竹叢，大白鵝佇竹蔭內游著。竹排拆散，竹篙碰竹篙，清空的豁啦啦。用火烤，竹青出油。

　　「俟河之清，人壽幾何？」四兄時常這般唸。東螺溪若變清，必有大事。老父出生彼年，東螺溪清了數日。宮口打鑼通知。同年，果然紅英兄弟戴某人造反，攻下縣城，響應唐山太平軍，自封東王。唐山官兵自然稱之為反賊匪黨。東王軍數次渡過東螺溪而无攻打斗街，傳說之一，戴東王是媽祖信徒，因此毋敢輕慢媽祖宮。傳說之二，東王一位心腹與陳厝後生是結拜兄弟。老父強調，戴東王確實佇斗街北邊草寮藏了幾暝。

　　戴東王之前有鴨母王，有順天盟主之亂，有大海賊蔡牽，之後有規模較小的施某人反抗賦稅，有鐵國旗鐵虎軍反抗扶桑國。

　　伊們才是真正的蛟龍。老父雖然敬佩鐵虎軍，最愛的是漳州人大海賊蔡牽，神出鬼沒於東南沿海，及清朝水師鬥，三番兩次進攻滬尾、鹿耳門；妻子巧又嬌（美），人稱蔡牽媽，開炮神準。老父講蔡牽故事予四兄六兄七兄八兄聽，大伯父唸：「教壞囝也大小。」十五暝，月光清清透過菜瓜藤架，父子遙想起外海某處藏有金銀財寶，佇海底閃爍。

　　夢中的東螺溪清澈无比，潔淨可飲，老父終生夢想熱天時航向出海口，順南風，歷時九更差不多等於十八點鐘久渡過「六死三留一回頭」的烏水溝到泉州。伊當然知悉，鹿也港佇伊出世之前已經嚴重淤塞，大船只能停佇外海，靠小船接駁。

　　溪面噗通一聲，一尾鮕鮘一跳，雺霧似乎也被這聲響啄破。溪岸又稠又糊，然而船隻還是青暝彼般摸牆扶壁緩慢前行，老父寂然不語，負手看著岸邊樹叢，檳榔，鹿也樹──若毋是熱天哪會結朱紅色果子？刺桐──還是二三月？不然哪會滿樹頭若蝴蝶的紅花；苦苓──真正是春天吧？一樹若雨濛的紫白花；野根蕉，大樟樹樹身附生山蘇花。

　　夢幻的時刻，豈能无鳥啼，有烏秋，有雄雞清亮的啼叫，有角頭鴞刺耳若像車輪的嘰嘰嘎嘎。

　　毛斷阿姑突然意識到，老父一世人用舊曆過日。寒天的東螺溪，溫柔羼屑（內向羞怯）；海口來的船少了，因為溪水淺了，逆流如同爬崎（爬坡），費力費時，不如行旱路。此時溪水銀漾，映照滿天星斗，老父決定伊

的後生就以北斗七星的排序取名。而東螺溪流域的溪流之間，有大片被沖刷的溪灘溪埔，佇日短夜長的旱季，被日頭與海風風乾成為一片毋是鹽磧的肥沃烏土。

溪流轉彎，溪道變窄，岸邊野草叢。扶桑國軍隊來到斗街是六月，同年十月，有大官進駐許秀才大厝，四周遍插扶桑旗，腰帶束得十分精神的護衛隊箍三層，步槍刺刀白凜凜。斗街人擔肥戴草笠，牽牛荷鋤頭，遠遠繞著大厝若過節看戲台頂的武生，每一日愈行愈偎近。許厝長工出來誶，七月半鴨也毋悉（知道）死活。

神祕的扶桑大官，只接見了楊舉人後生、陳秀才、元音仙三人，大官仁丹喙鬚，掛目鏡，比一般四腳軍高強大漢，軍服胸前掛滿錦繡徽章，東螺溪流域所有渡口瞭解透徹。「看起是讀冊人，通漢文。」楊舉人後生送上一幅畫，留白處小楷抄提了〈桃花源記〉全文，大官回敬一幅字，草書狂掃，墨色濃厚，「德不孤必有鄰」。

八個月後，傳說中神出鬼沒的鐵虎軍五百人以火繩槍、大刀襲擊駐紮東門的守衛軍，頭一日井水投瀉藥，半暝攻打。斗街事先无一人知情，火光佇街尾一煠一煠。死傷的扶桑軍擲入井底。

如同彼次做大水，陳秀才再次召集佇媽祖宮跪拜，雞公啼叫喔喔喔，交栳請示是毋是加入鐵虎軍，媽祖笑笑不答。來的人比上次稠，丹池滿滿，再請示，還是以不變應萬變？媽祖仍是笑笑。一人佇陳秀才身後細聲，怎毋問扶桑人到底好人歹人？又連三栳都是笑栳。天光清清，兩側護龍與天井跪著滿滿的人，辮子纏頭，擠勿入來的溢到宮前，宮口廟埕的食攤一律收了。斗街傳言又一件，大街媽祖宮由於當初時先人籌建是佇東螺溪一次嚴重的大水後，倉促之間，建材銀兩无夠，因此只建得前殿，後殿闕如，從此冥冥之中定下了斗街的氣數，好不過三代。

殿內一列牌匾，「海疆靖鎮」，「后德同天」，「瀛海慈航」，「威靈赫濯」，軟身黑面媽祖兩旁配祀的有水仙王、觀音媽、註生娘娘、五穀王、西秦王爺、千里眼、順風耳。諸神默默，眾人躊躇，決定換人再問，紅漆剝落半月形的栳佇石板上无噠翻滾，街尾隱隱傳來相戰聲。

雖然斗街人明白為何而戰，但是毋參戰為上策？咔噠，無栳（神明不置可否）。

鐵國軍戰輸還戰贏？咔嗟，無桮。

扶桑國皇帝是毋是比唐山皇帝好？咔嗟，又是無桮。

兩個月前，扶桑軍攻入斗六街，屠殺將近五千戶人家，趕盡殺絕，聖母知麼？咔嗟，這次非常響亮，又是無桮。

當然悉（知道），問這是存心欲予媽祖婆生氣。一同跪的陳秀才、元音仙越頭眕（轉頭瞪）眾人，傳話毋好烏白問。

斗街人其實並毋驚惶。古早古早，粵人趕走番人，漳人及泉人再聯手趕走粵人及土匪，再來，漳人及泉人沿東螺溪流域為著爭墾地，為面子，為偷豨（豬），為清明買菜，相鬥相刣、放火，心甘情願了，泉人得五十三庄包括斗街，漳人渡溪而去，得七十二庄。過去兩百外年，東螺溪不定時發大水甚至改變水道教訓了斗街人，一如叛黨來，叛黨去，匪賊來，匪賊去，所以，扶桑人來，將來扶桑人走，也是必然。

夏秋溢洪，內山響雷，電光睒睒，烏濁溪浪砳砳砳砳，竹筏揪上岸，斗街人只有等待，學會了等待。雷電之後等大水，大水之後等沙石、漂流柴，等東北風帶來平安的旱季，等溪水讓出埔地，等埔地長出土豆及胡麻，等媽祖婆下指示。

佇楊舉人大厝，老父讀著渡船頭傳來的丘先生詩作：「宰相有權能割地，孤臣無力可回天。扁舟去作鴟夷子，回首河山意黯然。」元音仙紅了目睭，吟著：「捲土重來未可知，江山亦要偉人持。成名豎子知多少，海上誰來建義旗？」許秀才接續：「英雄退步即神仙，火氣消暑道德篇。」頓了一頓，「之兩句反話意思真深。」

傅阿舍講：「答案就是隨後之兩句，我不神仙聊劍快，仇頭斬盡再昇天。」

輪到老父筊桮，消息來報，扶桑軍大敗，守衛軍隊長死，欲撤軍轉回縣城；老父手放開，石板上一正一反，聖桮。眾人嘩地甚至雙手拍扑笑了。

斗街死了第一個扶桑人。聖母不曾透露的是，六年後扶桑軍提議休兵和解，舉辦了盛大的和解式，溪邊白旗飄動。是日斗街戒備，休市，眾人毋准外出上街。蕭殺詭異的氣氛中，隱隱聽到似乎鞭炮聲。因此，老父歷歷指出，野草叢徘徊毋去投胎轉世的鬼魂，番鬼，粵鬼，漳鬼，泉鬼，四腳鬼，放竹也鬼，鹿鬼，禽牲鬼。沿溪遵守死狗放水流的習俗，死亡使得一切平

等。

迷離霧中，船隻原地打轉。當溪水不再因為內山沖刷來的泥沙大石而沺沸，水色轉為碧綠，老父不免心灰意冷。

玉姝偷偷講予毛斷阿姑聽，彼年伊陪伴老父行遠路到縣城檔案庫房內，意圖解祕滿足終生的好奇，排解无聊的時日。老父予蠹魚爬上喙鬚，土粉黏了一身，錯過了醋渡（中元普渡）的人鬼同歡及澎湃胜臊的牲禮供品，枵（餓）得手慄（發抖）喙慄，懊惱結果是佇冊本內迷途。足大本若草蓆的輿圖，予時間煎熬得破破爛爛，五十萬分之一比例的蕃地圖，出自總督府民政部蕃務本署，印刷、發行日期及印刷所寫得明明白白，老父趴著森森地睏，綴著航海線神遊東邊外島的紅頭嶼，向北扶桑國，向西唐山。老父認真讀明白的是大海賊蔡牽的一生，若樹蟬蛻殼，擺脫了自小對蔡某人的崇拜，而平視大海賊畢竟是一條好漢。老父唯一得到的是不禁懷疑自己是毋是有番人的血統，懷疑伶俐機巧海賊底的太祖干真正是姓林的泉人？

越頭轉去渡船頭吧。老父交代船夫。

嬰也欽佩老父巧，摰讀冊（善於讀書），晴耕雨讀是老父的理想，伊當然知曉死了後十年，扶桑人四腳也總督用新時代新方法整治羅水溪大片流域包括東螺溪，興建護岸堤防，每戶出丁一人，分配負責三尺長，自備鋤頭畚箕扁擔挖土挑土，三年完工，東螺溪自此成為渠道，圳溝遍布水蜘蛛。渡船頭遂廢棄，堤岸兩邊建橋，做大水的記憶終止。所以講，這到底算毋算是扶桑人的貢獻？

玉姝問：「這比汝當年坐的大船如何？可愛いこちゃん。」

老父亦笑：「汝彼個浮浪曠翁婿（你那個流浪漢夫婿）。」

玉姝不滿老父話講一半。老父只得解釋，毛斷阿姑的翁婿及陳厝的人完全無同款，除了伊的彼一位伯公祖。

古早時兩家的恩怨過節。太祖當初與陳厝先人結拜，然而到了阿祖，誇口林厝女眷出閣前外人休想一睹盧山真面目。彼時自命風流的陳家大少爺與阿祖相輸贏一定看得到。中秋前，陳家一頂轎扛到內埕，含糊講是少奶奶來送禮，掀開轎簾出來的是陳家大少爺，笑哈哈將林厝女眷看遍。管家生氣，扎尿桶潑了陳少爺。此後，林厝女兒出嫁，陳少爺便請大鼓陣佇媽祖宮前擋路，一來延誤吉時，二來讓新娘佇轎內悶出一身汗。

玉姝手巾佇毛斷阿姑面前翼一下，講彼年伊只及到雞籠港，毋敢行上鐵殼大船。

「そうか。」是這樣呀。

玉姝又手巾掩喙笑，吟了兩句戲文，百世修來同船渡，千世修來共枕眠。

彼年三月初，毛斷阿姑才滿十七歲，及六兄坐大和丸去扶桑國。兩人前一日就到雞籠港，等隔日下晡三點的船開。六兄講，大和丸，原本是露西亞國的商船，兩國相戰，露西亞戰敗，大船賠償予扶桑國。

旅館窗門打開，看見港口，三月暗暝還是寒冷，海風有著新鮮的腥味，海天濛濛的青紫光晃著，毛斷阿姑與六兄睜大目珠看彼有著若石柱的兩管煙筒的鐵殼大船，好巨大可比龍宮吧，如何航過大海而勿會沉落？伊癡癡看著，若魂魄被攝去，大船可有整條大街長闊？裝得下斗街所有人家厝吧？啟程前幾日，四兄講古薛仁貴保主跨海去征東，唐太宗被風浪所驚駭，毋願上船，薛仁貴拜求九天玄女，天書現出瞞天過海之計，軍師徐茂功歡喜照做，用大樹做一座四四角角共四里的木城，推入海上，名叫避風寨，上面更有清風閣予唐太宗住；木城內有樓房街道，鋪泥沙種花草，一萬兵丁假扮各行各業百姓，皇帝渾然不知是佇海上。

所以，大船上到底是一個舊世界還是新世界？啟程前，厝內同姒也欣羨毛斷阿姑，四嫂及六嫂笑，這次輪到小漢姑食鹹水囉，林厝第一個食鹹水的諸姆人。但是出門前一晚，六嫂來伊房墘，手巾包著二十圓，是六嫂自做新婦也（童養媳）儉存的，予伊添做所費，幫忙照顧六兄，留意毋好食太鹹，六兄胃毋好，若食糯米量得控制。六嫂講得面紅了。

老父料想未到，伊死了後十年，斗街无人留辮子戴碗帽，陳林謝楊顏、許黃張王李十大厝競相送子弟去扶桑國，一如自己的老父及阿祖兩代走唐山。

登船時，放送著交響曲〈藍色多瑙河〉，樂音迴旋的浪拍得毛斷阿姑頭暈。碼頭上滿滿是送行的親人佇翼手拭目屎，手巾若一大陣的蛺也（蝶）。鳴笛啟航，笛音撕裂耳孔，噴出烏雲薰入胸坎，一出外海，海湧轉強，一倒落榻榻米上便感覺大海自頭頂覆蓋。開始吐，連膽汁都吐出。醒來已經昏眠了兩暝，六兄撐著伊到甲板上透空氣，看夜景，海面轉為平靜，大船破水前

進的聲響細微，海風竟然甘甜，是完全不同氣味的海。神聖的天非常威嚴，垂目眈眈注視著船上米粒一般的渡海人。

昏沉中，聽見六兄及一位穿學生服的少年講話。六兄及伊解釋，真正巧合，七星里陳厝的後生。少年點頭，叫伊：「密斯林。」伊突然面紅得燒熱。少年的聲音讓伊忘記暈船的艱苦，講話極有條理。少年是兩年前綴大兄到扶桑國，一年前大兄醫科畢業轉去別位，伊預備學校補習了半年，考得商業學校，再年半可以卒業，但是有心繼續讀外語學校。六兄探聽日常開銷，伊用自己為例一項一項說明，四疊半榻榻米房租六圓，每個月餐費二十圓，早頓一角，中晝、晚頓各一角五分，澡堂的錢湯每個月一圓五角。少年答應，明日上岸會協助六兄安頓。

隔日，天未光，導航船帶領大船入港。岸上的山低矮，只是蒼蒼的一堆，但天雲洋洋灑灑，千萬里闊，少年屢屢越頭向毛斷阿姑一笑，喙齒鹽白。

彼個禮拜日，少年帶六兄與毛斷阿姑去看櫻花，「可愛いこちゃん。」可愛的少女，少年佇兩人單獨相處時講的第一句話。異國的好天氣，櫻花吹雪，花瓣白色若結腖的豬油，粉紅色若少年的耳珠。彼是毛斷阿姑的青春夢，伊情願及少年行入一年只有一回茫茫遮天蓋地的花雪內，入定其中。

確實櫻花雪毛斷阿姑只看過一回，少年幫六兄及伊租厝，相隔兩條巷子，方便互相照應。六兄瞞著嬰也及四兄偷偷去裁縫學校上課，學得好歡喜，再將課堂的精要教予伊，兄妹燈下展開報紙鉸出的衫型若看著一個新世界，兩人志氣想欲找出新的路線，六兄頭一次勇敢講出心願，希望有一日及伊開裁縫店，一人一台裁縫機。熱天的扶桑國首都，車聲人聲，機器的氣味，樓厝的蔭影，日日澎湃將伊捲入，一切新鑷鑷，四兄總是笑伊及孔子公無緣，但是去讀扶桑語的路上，時時感覺一個時代的脈動恖恖跳得真猛，高䠟鞋叩叩響。其實並不思念家鄉。少年住處魚鱗板屋，門前一欉櫻花瘦痛痛，石頭上有若雲的青苔，少年讀冊予伊聽，「一切偉大的世界歷史事變和人物，可以說都出現兩次，第一次是作為悲劇出現，第二次是作為笑劇出現。」少年的面有不可解的神情，又唸：「一個幽靈在歐洲遊蕩。」伊應，汝是欲講鬼故事？少年唸詩予伊聽，歐羅巴的詩人，印度的詩人，唐山的詩人，伊無一首無一句記得。無要緊，少年寬慰伊，汝就親像一尾金魚泅過一

片荷花池。金魚目珠凸凸呢，伊應。另日伊頭毛梳兩丸伫頭額兩邊，少年穿
柴屐陪伊行回住處，看見房間墻暗暗，悉六兄還未轉來，兩人繼續行，去一
條小川邊。伊思念並且等待來年櫻花開，但是嬰也叫四兄寫批（寫信）來
催，年底伊及六兄坐大船先去唐山找五兄及八兄，少年送行到霜凍的海港，
滿滿的人及貨物，海天盡頭堆雲一層層，汽笛響，伊目屎滴落，少年伫港岸
伊始終看得清清楚楚。

　　老父面色微微一變。船隻靜止毋動，雙生姊妹手牽手，紅花雙蕊欲開
時，不知如何解說彼一份年少的心志，純真的思念。

　　「孽緣。」老父晃頭吐大氣。

　　一隻白翎鷥幽幽飛過，似乎將霁霧銜去一層。

　　溪邊竹叢若碧綠海湧。透南風的下晡，大曆後竹叢則是沙沙嘎嘎響，竹
葉青森森，遂感覺秋沁。

　　三人同時聽到紅毛鐘噹噹噹，彈簧牽動金黃燦爛的鐘錘伫正點報時的洪
亮響聲。斗街人講笑，斗街第一富，陳及謝？諧音，陳及誰？另一個諧音，
陳阿舍。兩家相比，陳家略勝一籌。斗街第一座紅毛鐘，陳阿舍所買，嫌旱
路顛簸恐怕壞了機械，坐船行東螺溪，運上渡船頭，用一頂轎扛過斗街獻
寶。紅毛鐘一個大人高，上等木料油光水滑，浮雕花草禽鳥，玻璃罩內若黃
金打造的金杵金錘。阿舍膨風（吹牛），打算開一間紅毛鐘專賣店，以後斗
街的雞公无用了。招待一陣一陣人到陳厝聽鐘響，門口埕的雞鴨驚得拍翅奔
走。鐘響，黑衣短褂的斗街人按著胸坎，毋讓心臟起共鳴卜卜跳太快。阿舍
搖著葵扇笑。彼日半暝，斗街大火，巡更的打鑼，眾人以為是眠夢著紅毛鐘
響。大火燒毀人家店面將近百戶。天光，希微聽見鐘響五下。陳阿舍，少年
的先人。

　　船隻靠著渡船頭，毛斷阿姑踏上岸，船隻隨即緩緩離岸，玉姝講：「汝
轉去。來日重逢有時。」隨即及老父泯入霧中，溪水漉漉，父女兩人的目珠
若四蕊蠟燭火苗。

　　毛斷阿姑舔舔霧氣，亦不悲傷，亦不啼哭，只感覺心內空洞洞。如同彼
年，伊等待了整整一年，少年陳嘉哉終於踏入大曆，嬰也四兄六兄大廳迎接
訪客，紅毛鐘適時噹噹響，六嫂來伊房墻，笑笑，「小漢姑，嬰也叫汝。」
腳未到，伊先看見、感覺大廳特別光亮。

伊記得四兄講過的另外一件事，一年大熱的暗暝，綴著老父扎火斗來到渡船頭，聽講溪內出現大陣鮎鮘。溪岸烏影，水聲潑喇潑喇，有人抓到，扎起鮎鮘，大口細牙佇半空中哈喘。四兄記得老父正手（右手）搭伊肩胛頭突然一緊，順著老父眼光看去，溪淺處彷彿有個特別孤單的人影，陰沉地及老父對相看。隔日，老父倒佇眠床上發燒嘩冷。

溪底究竟有多少冤魂？

毛斷阿姑一步一步行過曾經的不見天街，彼些染坊、布店、油車塯、家具店、米店、山料店、販也塯，自從東螺溪敗，旺店勢頭去了三分、去了五分，借一場大霧亦沉沉睏去了。

米店前倒著的路旁屍是彼個可憐諸姆（女人），自從伊的四腳大人（警察）翁婿匆匆轉去扶桑國了後，一日一日委靡，聽講彼位四腳也答應一定儘快來同伊會合。嫁大人作家後（妻子）的諸姆會壓弦（彈琴）亦會跳舞會繪圖，一夕之間化作烏有，忽然一天面抹白粉若藝妲宮前徊來徊去，毋出一個月就完全是乞食款（乞丐模樣）。柱子影內，可憐諸姆若一墩蚼蟻巢。

霎霧到了媽祖宮自然成了祥雲繚繞。毛斷阿姑聽見大街始終毋斷根一直存在的羅漢腳，拒絕大霧的催眠，是唯一精神的，耳後到顄頸疊著一粒粒肉瘤看似釋迦果，搖著空碗，碗內喇喇骰子響，正是昔年東螺溪的響亮。

霎霧開始化作雨水，整個斗鎮慢慢露出了原形。

羅漢腳搖著碗內骰子，嘩了一聲，「十八啦。」

*王華南，《古意盎然話臺語》一書註釋，「阿嬰」一詞係台灣中部大家族對母親之尊稱。亦有以「嬰也」稱呼，發音似「一啊」。

本文原收入林俊穎，《我不可告人的鄉愁》（新北市：INK印刻文學，2011）。

李天葆

廣東大埔人，1969 年生於馬來西亞吉隆坡，17 歲開始寫作。

曾獲馬來西亞首屆客聯小說首獎、第三屆／第七屆鄉青小說首獎、第二屆花蹤文學獎馬華小說首獎、第二屆馬來西亞雪華堂優秀青年作家獎。

著有散文集《紅魚戲琉璃》、《紅燈鬧語》，寫作老歌、老電影、戲曲掌故的《珠簾倒卷時光》、《斜陽金粉》、《艷影天香》，短篇小說集《桃紅鞦韆記》、《南洋遺事》、《民間傳奇》、《檳榔豔》、《綺羅香》、《浮艷誌》，長篇小說《盛世天光》等。

莫忘影中人

壹。

　　說起老吉隆坡的影樓，金蓮嬌是熟悉不過了——從來沒見過這樣喜歡拍照的婦人；無數個豔陽炎照濕雨斜風的日子裡，都不曾錯失留影的機會：不同年歲的眉眼容顏——凝定在底片——是蘭肌玉膚眸光流媚，還是綺年暗逝強挽芳華，彷彿有了這一幀一幀的大小照片，就能充當生命的某種存在證據……至少在裡邊，她是體面而璀璨的。金蓮嬌舉起指頭算著，從古舊影樓影社到如今的攝影屋形象設計，閉起眼，也算出其中的滄桑變幻。一九六八年半山芭大街虹光甫開張，她便上門去：當時剛生了兒子阿森，不到半年，柳腰身段保養得極纖細，穿起剛做好的卡芭雅娘惹裝——新街場地母廟後面有海南小腳女人的手工精緻，黑色的蕾絲花團，一片片貼在身上，乍看有點像鮮麗的魚鱗。一頭鬆蓬蓬的燙髮，蓮嬌以一把尖尾梳，將它刮得更鬆更高，髮末彎成小鉤，俏皮地依戀在臉頰。那年代燙頭髮不會少過十塊錢。何安記茶室樓上的月紅就很好，藥水也不會讓髮梢損傷。她半側臉孔，一隻手舉起來——戴著白手套，拈著朵玫瑰；淺淺一笑，丹鳳眼晶亮得如裝進了一天的星光。虹光老闆後來放大，描上顏色，擺在店外玻璃櫃裡。一九六九年五月，城裡騷亂，暴徒把櫃子砸破了，金蓮嬌的玉照倒無恙，依舊的向著街心，像是見證著紅塵紫陌的百般人事流轉。一直等到一九七一年，才換上了女歌星姚蘇蓉的大頭照。

　　虹光老闆於一九七三年過世——死得奇慘，被人劫財之後，還將他捅斃，扔入巴生河；警方尋著了屍體，已是好幾天後的事；據說凶手是白牌霸王車的司機。金蓮嬌卻只願意記得這老闆的細心，如何照顧備至的挑了朵怒放的紅玫瑰給她——碗口大的花容經過描色，變得異樣的紅，閃閃發光，映著她整個人也有著綺麗的光華。虹光換了人，還是叫虹光——金蓮嬌牽著兒子的手，來拍幼稚園畢業照；她仔細環顧，那從前的布景畫片不見了：雕花欄杆，吊鐘盤兒堆著紫羅蘭，上邊是浮雲片片，掠過肥滿金黃的圓月，底下

椰樹影影綽綽……她丁字步站著，手挽皮包，電影明星也不過如此，不管那曾是李湄的斜睨姿態，林黛嫣然一笑的方式，李麗華嫵媚華貴的手勢，忍不住都試了。這年已三十三歲，彷彿青春的花車輝煌喧麗地漸行漸遠。她惆悵地想念著去年的自己，三年前的自己，五年前的自己，再久一點，更覺得日月森森浸入肉體的寒涼。

樹膠錫米好價，馬來半島的華人在金黃日光底，瞇起眼，說起話來，也有笑意——金蓮嬌自認沒享到什麼福。丈夫何必貴在裁縫洗衣業公會裡當座辦，算懂得幾個字，可沒什麼錢：他勝在好脾氣，個子不大，白淨的饅頭臉，總罵不出半句難聽的話；對她，也是什麼都說好。金蓮嬌在婚前送他三寸見方的小照，他還工整地以鋼筆寫上其芳名，並另有一句：「難忘影中人」，也附註年月日，珍寶一樣的。蓮嬌提起了，只有笑道：「肉麻死了。」何必貴倒靜靜不語，坐在騎樓的藤椅，穿著塔標白背心，埋首在看報紙，對於這姿色美豔的妻子，他總覺得滿足，完全沒有遺憾——供著天上神仙般的，纏綿蜜語說不出。但望著，一陣恍惚，花朵似的人兒笑語溫香，卻不像真的。就連她打牌，他也只能老實得過了分的立在一旁，含笑觀望，不會獻殷勤。多年後，金蓮嬌才發現自己怨懟的這種那種，不過是藉口——畢竟他們是通了幾次信見了兩面就結婚的。慌裡慌張，像乘著大好春光便要嫁出去。

那幀描色五彩的照片鑲了框，掛在房裡梳妝台上，一仰頭，立即瞥見。阿森讀小學一年級，金蓮嬌拿著照片，跑到麗都戲院畫廣告版的男子藍天河的小房裡住了，將同一個鏡框掛在牆壁。吉隆坡大水災才過了幾年，可何必貴的家近似遭逢另一場洪水氾濫，沖得他心神俱焚。滿目淨見是千瘡百孔花殘玉碎。靜默的臉老是罩著一層燈影後的烏雲陰雲，在人們驚異好奇的眼光裡，一刻也難以揮去。

之前香港長城電影明星組團蒞隆表演，傳奇石慧出現在國家體育館外，路上有人歡呼，手拿紅旗，晃個不已——也實在敏感，難怪後來接下去總有「查紅布」行動，一聽見有風聲，家家戶戶便立即緊張起來。何必貴家向東的窗廉是裹紅，蓮嬌手一扯，拉了下來；翻箱倒櫃，尋出舊衣陳衫，真有不少紅色：桃紅辣椒紅旗袍、水紅連身衣裙、妃紅絲中配蕃紅挖領長袖上衣……必貴蒼白著臉，倚在門口看，一點也插不上手。她回頭睨了一眼，冷

笑；找了個廣明酒莊商號絨繩穿孔的雞皮紙袋，把衣裳一一塞進，擱在地上。又復站起身，抬高胳臂，去掀開那跑馬月曆牌，看清楚日期。金蓮嬌淡淡道：「二十號，我就走。」他忽然微弱的說：「我做錯什麼，你說好了。」蓮嬌嘴角一牽，不作聲。她坐下來，對鏡凝視——頭髮是燙了再剪的，一卷卷扭成花兒舒瓣或鳳凰展翅；眼睛狹長得微翹上去，原本是單眼皮，不知怎的，漸漸多了一條淺痕，越來越深，不馴地變成了悍麗的雙眼皮。蓮嬌回頭，道：「我只能活一次，不想困在這裡到老。唯有他，才可以給我快樂。」必貴的聲音略為沙啞，又有點嗚咽的硬撐著：「……孩子，怎麼辦？那是我們的孩子。」金蓮嬌笑起來：「兒孫自有兒孫福，阿森就歸你好了。」

　　一下子風吹窗戶，金溶溶太陽闖進來，滿室煌煌，一片昏花——他認不得她了。

　　何必貴願意保留的記憶，大概只剩下她送給自己的那張小照。二十歲的金蓮嬌半垂眼，素臉白衣，還是個清秀無華的少女……高中畢業不久，留在怡保家裡開的「永香茶室」裡幫忙。照片白色的邊沿印凸著「好景影相館」字樣。那屬於一九六五年的事，過去了。

貳。

　　黑白相片拍得好，依舊得講光色——描顏上彩不僅媚俗，價錢也貴；而上一次相館，算是大事了。從前怡保的影相館，大概數這幾間：「景好」、「仙容」、「國際」，還有最老的一間，在大街二馬路：「蓬萊」。英國殖民地時代頗有名的，總督夫人也曾光臨——老闆顧鶴翁特地放大，擺在門口，一個戴仕女簪花帽的太太，珠鏈垂胸，含笑凝睇，得體地坐在花梨木酸枝椅上；臉容五官淨是黑白，只有背景塗上淡金色，流露出華貴氣息。那時馬來人婚嫁不興照相，除非是貴族特請攝影師上門，過後坐著轎車來看相片。金蓮嬌小時，就目睹過這種排場，尤其注意馬來婦人，豔麗斑斕的沙龍裹身，腕間頸際，金光燦爛，走過時吹起一陣薔薇花體香。金家永香茶室也曾請「蓬萊影相館」在門前攝了一張——蓮嬌的父親金阿團站在大熱天底；他南來多年，才熬出頭來。這張相片洗了，鑲框，掛在櫃台上。以後研究南洋華人史的海外學者，覓得此照，也可當做是半世紀前的風俗資料。

　　一九五七年馬來西亞獨立，仙容影社出了個花樣，以招徠人客：在相片背後蓋了個「建國獨立紀念章」。蓮嬌的姊姊蓮麗去拍了張——熨了髮，穿波點傘裙，手執一枝仙女棒，還洗了一打回來贈人，蓮嬌看了眼紅，恨不快點長大。可等到了十七歲，父親仙逝，茶室歸叔父打理；錢只過他的手；她的家又沒有年長男人，一個弟弟才十四歲，母親陳氏又是個小腳女人，做不了大事。蓮嬌唯有眼睜睜看著相館外的玉照，一個個熟悉的女子，在熾熱天氣下展露笑顏，留下了她們的綺年玉貌，卻少了自己的那一張。僅有的一次，有個男同學要求拍她——長廊外是一個個圓拱門洞，太陽漏了進來，蓮嬌拿著藤籃書包，寶藍色長袍罩下身來；他叫她看過去，蓮嬌哦一聲，柔柔一笑，剪齊的短髮貼在頰上，日光不經意地將花影印在額頭，又落入她的眼裡。他太高，她稍矮，如此便有了距離；她不得不仰頭望著。他放下相機，走過來笑了。蓮嬌不會忘記他的名字——徐奕驍。他手頭上總有魯迅全集，高爾基、屠格涅夫的作品；蓮嬌借了，也不大看得進去……不過是接近他。她愛看他的笑，笑得眼裡漆黑的瞳仁也亮起了星光。但一年後，他進了叢林裡，沒多久就聽說輾轉到了中國大陸，不回來了。

　　這張徐奕驍替她拍的相片，一直找不到。恍惚間記得是在許多年後經過了無數的變故，在藍天河那兒弄丟的。

　　金蓮嬌在永香茶室灰撲撲地捧茶洗杯，來回忙碌，暗褪的衣裳像陰天一樣。再美的人也會一天天老下去——嫁到吉隆坡大城市，簡直水雲堆裡滲出了碎光，光明的照下來。生下何家的一點血脈，養到七歲大，卻又靜極思動，嚷著要必貴讓她出來。於是就在十二間老京華咖啡室管算賬，坐櫃面。蓮嬌挽住阿森的小手，跑入店裡，叫他坐在一旁做功課；而她三天兩頭便換了一件旗袍，專挑古銅斑斕龍蛇花木圖案的沙龍布來裁剪，冶豔而大膽。男人喝了啤酒，就要說渾話；有的說她何時才辦嫁妝……蓮嬌有點歡喜，居然認為還是未嫁身。她身後高高低低排滿了香煙盒，明星月曆牌掛在一側，底下供著土地公，油燈放了紅水，火光閃閃，透出神祕的幽紅色；蓮嬌蹲下，點了香，插上。有男子在上面拍打著櫃台，叫著：「三個五！」她一咬牙，罵道：「等下會死呀？」一扭身，搖過去；那暗光裡電扇一下子晃起風影漾動。抬頭一看，他瞅住她笑。蓮嬌口一震，咬著了舌頭，痛起來。男子指著香煙，她拿了扔在台上。男子笑道：「趕時間，要畫預告片。」蓮嬌問：「什

麼戲？」他說：「占士邦。」蓮嬌突然一笑，又問：「你叫天河是嗎？」他不答，只是抿著嘴笑。她再問：「你會不會畫人像？我有張照片，人家說畫成油畫很好看。」男子說：「好啊，有空拿來。」蓮嬌微笑：「你明天過來一趟。」他揚眉輕笑：「你來好了，在戲院後邊的房間。」然後轉過身，走出老京華。金色浪濤似的太陽光，撲打在他身上。

　　也不知兩人是否有算過流年——桃花芽一發，竟不可收拾。她已三十四歲，藍天河才二十八。

　　事態嚴重的時候，傳到怡保那兒；熟悉蓮嬌的喝茶客人，幾乎看著她長大的，聽見也不禁瞠目結舌，都說絕不能讓已婚婦人出來做事，不然準紅杏出牆；迷信的甚至扯到陰宅風水去。金家纏腳的陳氏又羞又悲，直任由叔父罵道：「……我們現在沒用豬肚套住頭，也不好意思出門囉！」做好做歹，到底也要到必貴家裡去，一頭安慰那做丈夫的，一頭又要做惡人，把女人家的婦德擺出來，誓必要蓮嬌從命。蓮嬌冷著臉，一對眼睛睒著年老的叔父，不作一言半辭。必貴只是呆呆的，掉了魂一般，問十句才答一句：叔父心驚，唯有暫時把阿森帶到怡保照料。沒有辦法挽回情勢，只能歸為家門不幸。

　　其中的波折，大概也不須再提。一九七五年六月，金蓮嬌住進了舊樂園巷印度理髮店樓上；後座的長廊隔著一行鐵枝欄杆，與另一座的人家相對，底下則是天井地。搬過來的第三天，她將紅白間隔的格子被單，拿出來曬。對面有凸腹婦人捧著血點子斑斑花樣的臉盆，踩住木屐經過，瞟了蓮嬌一眼。蓮嬌低眉看著天井的胖貓，懶洋洋躺在一角，臉貼著牆；她學著貓叫一聲，胖貓驚起，望四周，沒發覺什麼，又復睡了。蓮嬌回過身，開門，天河還在床上，光著身子，她輕輕跨過他的腳，一下子蹲下身，湊前去，以手一下下撫摸他的臉，眉毛，鼻梁，唇沿……蓮嬌流下淚——他如此年輕。她別過身，拭去。有許多人在罵——她不會不知道。老京華茶室就有人暗地嘲諷：「……神台上的貓屎，神憎鬼厭。」

　　但就忍受不了何必貴。他怎樣遷就，也不會改變的。這麼一個平凡到極點的男人，厭倦了他的樣子，那種問她今晚吃什麼菜的語氣；在麻將桌旁死賴不走的坐著，小心翼翼地細察她的神色……其實就怕她被人搶了去。一點點，積成了枯萎的根根鬚鬚，她恨不得要撥開去——不然，便從此溫吞吞的

過日子，在大節日裡隨著他去親戚家送禮；再過幾年，生多一個，她的未來更被綁得無法掙脫了。

藍天河是不同的——在喜歡他的女人眼裡，恐怕縱有缺點也會覺得醺然若醉。金蓮嬌坐在戲院後房裡，以小刀在刮著馬蹄的皮衣，弄出了一個個玉白色的小馬蹄，放在小盤子，準備給天河吃。天河口咬著煙，用漆上色，整十多尺的廣告板，畫草稿，是甄珍鄧光榮的愛情片；他握住漆掃，唰唰聲，掃出了草綠的底色，再換小號掃子，以深紫塗滿了垂下來的藤花。斑斑痕濺在他的衫領，沒一會兒，便抓了幾個馬蹄，另一隻手取下香煙，夾在耳邊，然後就嚼起馬蹄。蓮嬌仍在削皮，偶爾抬頭，一笑。在下午陪著男人，也覺得滿足。天河畫好廣告，一個人爬到頂上去掛，大熱天裡，火紅太陽罩下來，滿眼花花亂舞，蓮嬌在路邊叫道：「喂！小心呀！」也許聲量過高，引起行人側目以視。天河下來之後，臉色沉沉，粗眉底下的眼睛，倔倔不悅。蓮嬌突然害怕，忙說：「我知道了，以後不會再喊了嘛。」他點了煙，白了她一眼，淡淡笑著：「知道就好。」他休假的那天，兩人去拍照。是在巴剎大街靠近太陽宮的「東南亞影社」——金蓮嬌對鏡梳妝，描眉畫鬢。那時「亞米茄」、「辮子梳髻」都不流行了，她照著婦女雜誌上的模特兒，洗直了髮，剪短了與臉頰齊，鬆鬆地披下來……鏡光裡的人，倒年輕起來；眼波依舊明麗，肌膚在燈泡映照下還是皮光肉滑。藍天河不大上照，在她身邊反顯得黯淡，不過是稍為平頭整臉。蓮嬌眷戀著一張張沖洗出來的相紙——那美豔鑒人勾魂攝魄的容光色影，總是這樣輝煌而體面，雖然有時她的風光僅僅停留在相片裡。藍天河對拍照興趣缺缺，那幾年，蓮嬌買的小相機才用過兩三回，只好輪流在吉隆坡的照相館影樓來回走動——五枝燈的「詩奇影相」、茨廠街尾的「百代影社」、半山芭的「虹光相館」……這些已經是老字號了。後來彩色照普遍了，又有所謂的「快洗服務」，不到兩個鐘點，便可看到照片。蓮嬌慧眼細察，知悉品質並不好，仍是上門找相熟的——即使是一張普通的三寸證件照片。他們舊式的燈光攝影就是不一樣……彷彿只有在那兒，她的豔影麗容，才不會讓急促的流年洗得脂殘粉褪，露出老態。

從前的南園遊藝場拆了，改建成極大的百貨廣場——在建好的半年後，藍天河離開了她。

參。

　　八十年代初，市面一片好景，比起後來的蕭條，也只是暫時的假象，何必貴辭了座辦，給朋友拉了去開製衣廠。那陣子確實賺到了一筆——耐不住親友勸告，也剛好有人介紹，便又再娶了。蕭影芳那時二十八歲，必貴比她大一輪不止；只是她長得稍為老成，看起來倒相配。婚禮籌備得從容，結婚照在她弟弟影然的照相館拍——他正是那種從英國學攝影回來開店的年輕人。店裡不只是做拍照的生意，還包括婚紗出租、形象設計，偶爾也有雜誌租場地，請遠道而來的藝人明星拍封面——收費並不大眾化。影芳樂得撿了個便宜，任由影然去擺布。必貴胖了，但穿上西裝，卻是穩重殷實的商人模樣；因不習慣擺姿勢做表情，合照只拍了半卷，剩下的全留給影芳，她穿了低胸禮服，一朵朵累結著的玫瑰花繞在她的背、肩、胸脯；抬起了下巴，紅唇綻笑，一口白牙，眼睛略為大小不一，是所謂的鴛鴦眼，戴了隱形鏡片，才察覺。可蕭影芳態度雍容大方，笑是放開懷抱的笑，不作媚態。必貴坐著，凝視站在布景前的新娘子，百感交集，這許多年過去了，他居然有成家的一天；她的柔和平順，做事有條有理，讓他放心，家裡的確需有一個女人坐鎮，爐火熱旺，枕溫被暖——影芳的好處，絕對適合現在的自己。從前把空有美貌的九天玄女供奉在家，是一種錯誤。

　　影芳除了拍照穿著累贅的裙褂禮服，平時就一件衣，配長褲，頭髮剪短，齊耳，露出一張象牙白容長臉，耳珠夾住一對鑲紅寶石耳環，坐在辦公桌上算賬，兩邊耳垂紅光閃爍，一抬臉，是一副笑吟吟的樣子。必貴逢人說：「哪張單？去問影芳，都交給她了。」是理財的好助手。而阿森已經讀初中三了，長得瘦小，戴一副眼鏡，滿臉暗瘡，有些已灌膿——影芳見了，哎一聲，忙遞了管藥膏給他。阿森微笑道：「不要，阿姨，真的不需要。」客氣地保持距離。影芳訝異，愣在那兒。後母的畫像老早在眾人裡有了個藍本，即使做得再好，也有個惡名的陰影尾隨——他可不是她親生的。光是這點，影芳的無微不至，就換不了阿森的心；少年醬黃色的臉容，目光淡漠，用語極有禮——也止於防範式的禮貌。影芳在露台的小凳，斟了一杯啤酒，細細飲著——她彷彿瞥見阿森眼角，投來鄙夷的一瞥。

　　影芳的不拘小節，對他來說，簡直是觸犯了天條——給了一個他恨她的

藉口。當然比起來阿森肯定會更加憎恨自己的生母。

　　蕭影芳在陰雨細細的午後，收拾衣櫥，找到了兩大冊舊相簿；放在地板上看，一掀，樟腦丸的味道撲面而來，那簿子上的膠水過時，黏性不夠，稍為移動，照片便一張張掉下來──都是阿森童年的留影，相紙背後寫著日期、地點、事項：滿月，三歲生日，到摩立海邊野餐，總一一註上。抱著他的女人，長得嬌小嫵媚，但姿態過於自覺，千方百計老是不忘對著鏡頭賣弄風情。她穿一件頭泳衣，踏浪戲水，也仍舊要丁字步俏立，斜睨鳳眼，海水到底濺濕了那一絲不苟光可鑑人的高髻……影芳失笑，當年林黛尤敏那輩的明星拍照的功架，卻讓她一人繼承了去；影然喜歡懷舊古物，他看見這些老相片，想必把它當寶。另一張，阿森五歲生日，她陪著他一起吹蠟燭，女人髮尾梳成彎勾，垂在兩旁，穿無袖波點黑底迷你裙，一雙大腿外露；她低眉嘬嘴──眉毛剃了，再描上去，一條振翅欲飛的柳葉眉，越描越高，直畫進鬢邊去，媚意春光都鎖在裡面。保留的是合照──個人照，她大概拎走去了。影芳一抬眼，窗門洞開，簾動雨飄，隱隱聽見樓下收音機播放的歌聲──恍惚有個人，走進來，又匆匆出去。

　　何必貴提起金蓮嬌的名字，也不過是一次──解釋這兩冊舊照片的來由和她酷愛拍照的癖性。影芳笑問：「以前的結婚照呢？拿來看一下。」他卻沒應什麼，只是淡笑而已。影芳倒是心癢難耐，刻意地去搜尋，總尋找不到一幀相片──就想一睹她的倩影，當新嫁娘的究竟是如何的模樣。影芳也不敢多問，然而一念及金蓮嬌穿著老電影中過時衣衫，在黑白相片裡凝睇含笑，便止不住地神魂迷離起來……這多少年代前的仕女，卻是何必貴的前妻，還和他生過一個兒子，似乎有種不可思議的感覺。蕭影芳沒事，偷偷的又把相簿裡的舊相片，看了一遍；她抽起一根煙，淡藍的煙，一縷縷劃過陳年的花容笑貌，可以察覺到年月消逝的尾聲，在指頭翻開簿子時的摩擦間，一點點過去了。也不知她怎樣了──影芳忽然記起吳鶯音唱過的老歌：「……秋月春花飄零，嬌容悴憔有誰憐……」

　　後來正式的與金蓮嬌有點瓜葛，是影芳懷了六月身孕的時候。那天阿森的老師上門家訪，說他曠課多天，在一個女生家裡待著──女生家長投訴：整個下午，阿森都躲在他們女兒房裡，不懂在做什麼。影芳慌了，等到必貴回來就一一說了；必貴氣惱不已，痛罵兒子：「……你不要讀書就退學好

了！給我丟人！」影芳忙著軟言柔語勸道：「年紀太小，談戀愛實在不適合──也不是反對，正常來往便夠了，書不念待在房裡，難免會做錯事，現在不曉得，將來就知道後悔……」阿森冷著臉，抱住胳膊，什麼也不想，就只橫起眼睛──何必貴微怔，彷彿多少年前也曾見過這樣的一種神情。影芳仍不放棄，湊前去，又講了許多；阿森索性掩住耳朵，站起來，一步步走入房裡，鎖住門。

夜裡影芳害喜，嘔吐得厲害，蹲在浴室，一聲聲從喉裡發出來；吐的淨是酸水，就連眼淚也一滴滴的沁出──她扶住白磁磚，手心一片冰冷，而心底跟著冷下去。他畢竟不是她生的，在自己肚生的卻是血肉相連，一條臍帶剪斷了，也還是她的──心思白費了，阿森已經十六歲；她入門太遲，他早就懂得什麼是外來的女人，不過是他父親的妻，不是他的母親。

影芳拭去淚，咬牙，走出來，倒見必貴聽著電話，阿森站在一旁──必貴沉下臉，低聲講了幾句，把話筒遞給兒子，阿森復淡淡說三兩句，就放下了。她坐在沙發上，靜靜的，可他們什麼也沒跟她說，好像剛根本沒人打過電話一般。

一直等到第二天早上，廳裡響起了電話的呼喚聲，一句句的鈴……鈴……鈴；影芳伸手接了──是一把嬌柔甜膩的嗓音，分明是個女人，可又好比沒完全長大：「何太嗎？我是阿森的媽……」影芳嚇著了一下，停了須臾，方搭了腔。談的還是阿森鬧戀愛的事，影芳惟恐不夠盡責似的，老實的一一彙報，對方嗯一聲復又嗯一聲應著，中間又夾著：「對呀，你說的對，他還小啊。」軟言輕柔，帶著無限諒解。影芳一口氣說了許久，不禁嘆了一聲，然後那婦人便笑道：「……都說後母不簡單，委屈你了……」影芳愣住，眼前唯見窗口曬進來的白花花陽光，一地都鋪滿了，屋裡的桌椅在光裡斜斜地拉長了影子……她頓時很想哭，萬萬料不到這金蓮嬌如此通情達理。影芳只在相片裡認識她──此刻，這一抹豔影卻悠悠然活過來，在現實中幫了自己一把。

結果卻是相反──蕭影芳之後再勸阿森的時候，無意間便把那一回與蓮嬌通電話的事透露，只是想讓阿森知道連他的生母也不贊成。阿森翻一下白眼，冷笑道：「……我媽告訴我，你和爸爸都不懂愛情！你以為你是誰？我可不是你生的！」影芳立即停止，別過臉去，久久不吭一聲。就在剎那間，

廳裡的燈光一點點暗下來，影芳揞住半邊臉，背向著阿森，像要嘔吐的模樣——過了一陣子，始終沒吐。他臉色蒼白，轉身便回房。

何必貴回來，剛脫鞋，就瞥見露台的小黃燈炮點亮了——影芳端了張大圈椅，半躺著，一隻手靠在欄杆，她低眉，容色冷淡，必貴叫道：「阿芳……」影芳竟像沒聽見。他又走上前，叫了一聲；影芳望了望他，沒應，手指卻在一根根鐵欄杆間輕掠，一下下。露台的洋灰地冷冷停駐著琥珀黃的燈色，恍如在水底，越坐越寒涼。必貴問：「什麼事？」影芳搖搖頭，淒然一笑；手指乍停，他忙抓住她的手，好一陣子，默默無言。

捱到八月尾，蕭影芳生下了八磅二安士的男嬰——只差一天，便是國慶獨立日；她睡在全白的床上，電視播映著獨立廣場大遊行的盛況，可這份熱鬧喧譁，卻與自己沒半點關係。必貴抱起了孩子，很歡喜地為他想了個名字——阿森是何逢森，這個則是何逢慶。

慶慶三個月大，他們一家人到影然的「紫禁城攝影屋」——必貴和影芳坐著，阿森執意要站在後面；影然把聚光燈開了，叫他們看著鏡頭。影芳把頭髮修短了，清爽整齊；她穿個棗紅套裝，懷裡抱住自己的孩子——嘴角淺笑。如今的影芳一點也不在乎阿森喜不喜歡她。在未來的相簿裡，她就知道以後會有逢慶的照片，數不清值得紀念的光影痕跡……一年年成長的階段，各種微妙而叫人眷戀的神態，影芳永遠會記得，自己有了個兒子。笑意更濃，前邊的攝影機咔嚓了一響。

肆。

昌壽大廈底下，斜對著星光唱片行的轉折處，金蓮嬌擺著檔口，賣錄影帶。她懂得護理容顏，一到了午後，金熾熾的太陽穿門過戶，曬進去；蓮嬌忙戴起一頂花帽，側著身子，以五寸電池小風扇在頸際吹著。掃地的娣嬸，口裡淨埋怨著：「——慘，忘了影相，表格明天就要交。」也不知她申請什麼。金蓮嬌搭腔：「街口那間虹光，拍得不錯呀！」娣嬸皺眉問：「多久才會洗好？」蓮嬌笑道：「三天就好。」嗤一聲，嘴藐藐，沒好氣的，這娣嬸抓住拖把，走遠去了。另一個打掃的印度女人乘機過來，綻開一道白牙道：「……她就是這樣。」金蓮嬌哼一聲說：「無知的婦人就是不懂！不要說我以

前，即使現在我也不會去那些即影即有的……」印度女人嘆口氣，一口廣東話倒是流利無阻的說出來：「阿嫂，誰像你這麼有錢？」金蓮嬌冷笑：「你別看小這娣嬋，她的棺材本比我還要多呢！」印度女人忙說：「她可比不上你美！」金蓮嬌不禁的將手上的小電扇停了，笑了起來，也無力再辯。印度女人笑著，在地面掃起灰塵，邊掃邊走；塵影飛入日光底，點點浮沉不已。

　　她們並不知道那時虹光影樓玻璃櫥的一張照片——金蓮嬌把花帽除下，眼裡卻是自我解嘲的笑意。一頭青絲斑白，每隔一個時期就要染；染黑的，彷彿惹人疑心，於是就染得紅赤帶褐的，瀏海一撮，髮尾又一撮，陽光一照，還微閃著金絲，相當時髦，來買錄影帶的熟客都稱讚她年輕。蓮嬌格格笑，但笑聲縱有一點快慰，也帶著光陰鋸齒輾過去的酸冷難耐。客人要選老電影舊戲曲就得來找她：「蓮姊」，不識相的喚她「蓮姑」也照應不誤；有時，她會順帶的睨了對方一眼，似嗔還喜的。一個五十四歲的女人的笑，再嬌媚也得打個折扣。小攤位上放著陳年舊片：林鳳林家聲主演的《傾國一笑》，新馬師曾鳳凰女的《安祿山夜祭貴妃塚》，葉楓凌雲的《癡情淚》，白燕張活游的《孤鳳啼痕》……生意清淡時試放其中一卷來看，光影斑駁，色褪花萎，當初美麗動人的，如今卻反覺得拙劣可笑，而老顧客買的不過是回憶罷了。金蓮嬌還兼賣佛經影帶，什麼金剛經、大悲咒、婆羅多心經……總有許多上了年紀的婦女到來選購。

　　近四點鐘，她俐落的收了攤子，把手推車停在一邊，將太陽傘合上，然後喝一口礦泉水——從來就不相信因果報應，即使多年來藍天河那次，也不認為是上天給她的懲罰。只要自己不死，天上的日月星辰沒停止轉動，金蓮嬌還是願意見證即將流逝的事物。她拖住已過了半世紀的身軀，默默地經過了一間老舊的影樓影社：五枝燈的「詩奇」屬於半休業狀態，上了去，廳裡只亮著小黃燈，有個老頭子伏在櫃台睡覺；百代影社保留著舊裝修，外頭擺著好幾十張彩色護照相片，而過去的藝術仕女照片，卻影蹤全無；大街的虹光照舊有生意做，樓下是「一個鐘頭快洗服務」，樓上是攝影室，依舊是老式——金蓮嬌曾在四十六歲那年，又再重到這兒：她剛割了眼袋，恢復了青春豔光；有個五金商人追求得熱烈，蓮嬌一屁股坐在虎皮氈上，身著海藍色牛仔褲，手抱膝蓋，一回眸，百媚俱生。一直等到三年前離開了他，也沒讓自己損失，華友花園有個小單位收租——倒是後來抵押炒股，又一場空。錢

來錢往，不外是如此。

　　在最應該美的時候也美過了；在日落昏黃，她完全知道怎樣美化自己……不用央求，別人自動地就會在鏡頭上加柔鏡。就算在最低落無助時，蓮嬌在照片裡還是理直氣壯的美豔——檀香扇後的一雙眼睛，晶亮碧清。然而眸光盈盈，再也回不去，金蓮嬌是過了河的卒子，只得往前走，一直到生命結束。

　　「你爸爸不懂得愛。」她幽幽地對阿森如斯說。

　　這句話至少有一層意思，阿森永遠不知道——一九七六年，舊樂園巷的小房，蓮嬌推開門，一片黑暗；摸索著燈掣，一開，沒有光，燈壞了；跌跌撞撞的走著，碰著了床沿，便坐上去，她喊，天河，他不在：手裡撿到一個枕頭，蓮嬌抱枕，藍天河的味道突然濃得化不開；她嗅著，淚如雨下，天井外，貓兒一聲聲叫，有婦人以腳頓地，嘖聲趕貓。蓮嬌爬起來，搜尋房內，天河的衣物仍在，人卻不見了。戲院說他已辭了工，回去了。她連他的鄉下在哪裡也不曉得，他從來不讓她知道。樓下印度理髮店沒關門，門縫裡傳出了一扭扭柔腰女聲豔曲；蓮嬌尋出了一捆電線，瞪著它發愣。當月影未升上來時，她上吊了。

　　被救醒的當兒，金蓮嬌微啟鳳目，瞥過對樓婦人的面影，幾個白衣褲的男人，走來走去。復又閉起眼，浮起的是許多許多年前，必貴到怡保永香茶室來找她：店內昏暗，蓮嬌從廚房走出，店外翠竹簾子掀開，陽光燦爛，他歪著頭，跨進裡邊；她一笑，他才察覺。兩人通信兩個月，見了面倒沒話說。蓮嬌聽見自己的聲音：是他吧。低垂著頭，任由他去找她那小腳的母親商量一切。結婚照還是在蓬萊拍的——終於走進去了。蓮嬌披上了如雲似霧的白紗，明眸櫻唇也被遮蓋住；她想起的卻是徐亦驍，在圓拱門洞外的走廊為她拍照……

　　一度曾強烈地以為他會娶她；如果是他，她後來的際遇必定會兩樣吧。但已經不能回去了，似水流年，什麼都挽不回。蓮嬌從何家走出來，也回不去了。她躺在病床上，頸上有繩痕，肚裡有了藍天河的孩子；她姊姊蓮麗特地去找何必貴，求他讓她回去；必貴淡淡一笑：「……她不值一分錢。」蓮麗憤恨的告訴了蓮嬌——她又再閉上鳳目，淚流光了，悔恨至極；她以為他還是等著她的，兩人還共同擁有過一個兒子阿森，為了孩子，他應該讓她回

去。可是回不去了。

　　蓮嬌隻身落在舊樂園巷的小房裡，身懷六甲，藍天河一走了之，上吊卻死不去——她只有讓體內的孽種死掉。三十五歲婦人，身子墜入無邊情海，飄盪無休。

　　蓮麗帶著她回怡保小住。永香茶室的招牌還在，只是換了老闆；叔父過世，弟弟對生意沒興趣，堂兄弟姪輩等人都到城裡去，舊屋只剩下小腳母親——已八十三歲，眼睛不大好，終日顧著吃點中藥，睡覺。從前的老照相館，像仙容、好景、蓬萊，都一一關了，或一轉手換了人，無非是自動沖洗服務。小城裡的男子大部分都離開了，幾乎是空城，大白天也是空蕩蕩的。金蓮嬌憔悴地坐在屋前五腳基，在一個無風的下午，馬來少婦經過，衣衫晃過的薔薇花香，卻喚醒了她的種種前塵，一下子看清楚自己——她淒楚的一笑。如今真的只剩下孤身一人。

　　多年以後，蓮嬌收了攤子，乘著日落之前，想去針灸，但那診所偏遠，巷子冷僻，想了想，打了個電話：「阿森在嗎？」另一頭卻是女人朗聲應著，她忙蓋了。實在不願意必貴再娶的那個知道；蓮嬌總在懷疑她在搬弄些什麼，阿森會更難做人——他帶她去茨廠街冠記吃麵的那次，便說：「阿爸要結婚了。」結婚照預早拍好，他從書包裡掏出一個信封，蓮嬌揭開，蕭影芳倩笑，與她打了個照面——只是年輕，不會比她當年美。蓮嬌看了一眼，然後靜靜地吃麵。吃飽，她從皮包裡尋出紙巾，抹嘴，再找了一管口紅，打開了，鏡裡的唇乾裂無光，不是天時熱，而是蒼老。她粗暴地塗抹，用力過甚，唇一下子紅得驚心。阿森一看，有點黯然；金蓮嬌不在乎，抬頭一笑——年月過去了，她當初為了男人出走，說過孩子歸何必貴，如今他倒悄悄長大了；而她的豔麗也跟著過去。數十年的花光豔影，大抵是這麼一回事。

本文原收入李天葆，《檳榔豔》（台北：一方，2002）。

三

根與徑

Roots and Routes

根與徑

高嘉謙

　　從散居、流徙的角度而言，離散個體和社群面對「何以為家」，在不同世代、不同語境、不同歷史脈絡下都有值得觀察的發展軌跡。離散同時涉及人類學家柯立福（James Clifford）提出的兩個核心概念──根（roots）和徑（routes）。一般認知，根（roots），象徵了家國、故鄉、過去和記憶，以及歸返之所在；徑（routes），則指向居住地、流動形成的「畛域」、未來和未知。這是離散研究中常見的始源和去向的討論，涉及血緣、祖籍、原鄉、出生地、宗教、語言等各種元素的辯證。但王德威提醒一般華語語系研究的內／外、定居／離散等二分，難以擺脫「根」的政治──空間／位置的政治學（spatial and positional politics），過於強調立場與方位。因此我們將根（roots）和徑（routes）並置而觀，恰似兩個「中心」，討論的是兩點「之間」（in between）的張力，或兩股拉鋸的力量。這同時回應了柯立福的主張，「根」並非總在「徑」之前；「徑」是觀察行旅、遷移過程的接觸，旨在打破國族、族裔的疆界和地域觀念，透過遷移的「徑」，同時創造新的「根」的認同。跳脫本質主義的預設，觀察主觀位置的替換，我們經由以下三組文本，討論根與徑的兩個中心和軸線，演繹各式華夷元素的碰撞、融合和分離。

　　第一組的主題呈現番與漢的相遇，凸顯族群的偏見與矛盾，重層的歷史遭遇，以及身分追尋和建立的多元結構。這不是根和徑的單向逆返，而是在漢人與原住民的族群歷史縱深裡，照見各式認同的解構、碰撞和形塑。

　　李永平〈拉子婦〉處理在婆羅洲叢林部落經商的漢人，無視華人的血統觀念，鬧家庭革命迎娶原住民女子。但混血雜種的小孩、病體色衰的女子，最終成了漢人始亂終棄的理由。一對兄妹將故事娓娓道來，帶有成長啟蒙意味，揭露血統想像背後的華人主體性危機，以及箇中涉及的階級、性別、城鄉等對立和剝削。

　　利格拉樂‧阿𡠄的散文〈祖靈遺忘的孩子〉，著眼嫁入眷村的排灣族女子，最終回歸部落，重新自我認同的心路歷程。這裡呈現了原住民漢化過程的矛盾，女性周旋於漢人與部落父系體制的對抗與重塑。從外省人的妻，回到部落女兒，曲折的復歸之路，彰顯身分的游移和轉換的複雜性。

　　瓦歷斯‧諾幹的〈父祖之名〉透過口傳的故事，為原住民徹底漢化的下一代，

傳遞記憶，重新建立部落拓荒的歷史，及其在各方政權下的流徙，和家族離散的際遇。這位說故事者最終對原住民姓名的強調和重申，為弱勢族裔的自我身分，找回自身主體的起點。

第二組文本質問故鄉和國家主義之間的拉鋸，移民與移民下一代的複雜情感和生存結構。哈金〈孩子的本性〉藉由中國父子在千里外的相聚，將彼此的「代溝」放在對天安門事件的不同理解。直白的詩語言，反諷地揭示國境內外對新聞真相的遮蔽和暴露。孩子未泯的善良，成人的家國仇恨，去國與還鄉的自我拷問，格外尖銳。

嚴歌苓〈大陸妹〉著眼華裔移民社群的異質性。「大陸妹」在美國的台灣人移民家庭內是符號、他者，地域性的刻板形象。她被次等化（subalternization）的救贖，竟是教會美國華裔移民的第三代學背唐詩。唐詩的邊塞悲情，突出的是鄉愁，還是華人移民「夷化」的危機和喟嘆？

第三組是兩篇較長的文本，讓歸鄉與尋根議題，不局限於一時一地，參照閱讀，呈現更大的視域滑動。

楊顯惠〈上海女人〉寫上海和西北。西北甘肅的夾邊溝有著一九五、六〇年代中國大批右派分子下放勞改的農場，充斥著飢餓、疾病和死亡，流放之地成為國境內的異域。然而千里尋夫的上海女人，執意將曝屍荒野的丈夫遺骨帶回故鄉。堅定的姿態和意念，確立了政治風暴的離散裡，一種歸鄉的衝動。面對無可抵擋的歷史流離和傷痕，死後落葉歸根為的不是血脈宗法的延續，而是對一個人的政治尊嚴作最後敬禮。〈上海女人〉暴露國家文學主旋律下執拗的低音。當我們以華語語系觀點介入當代中國時，這篇作品提醒我們內和外，同類和異類的劃分不能僅以邊疆和少數民族政治輕易打發。蒼莽的大陸上，意識型態、階級、性別、區域各有各的「語言」和命運，盤根錯節，有待繼續挖掘。

面對南洋華人的移民史，謝裕民〈安汶假期〉以清代遊記〈南海述遇〉為題材，重述了一個中國商人在印尼安汶（Ambon）遇上明代朱姓皇族後裔的經過。但作者另有懷抱，將這則海外記聞，改編為當代新加坡華人父子的尋根之旅。華印混血的遠親，刻有明朝年號的祖墳，凸顯移民／遺民／夷民的歷史錯置感。其中跟荷蘭女子豔遇的插曲，同時點出了東南亞殖民地的重層歷史。因此對血統的追溯和尋根，不過是對華人身分一種曖昧與不確定性的歷史想像。作者將尋「根」看作冰箱的隔夜菜，祖籍或父輩記憶顯然食之無味，棄之可惜。這是浪漫又反諷的故事，叩問著當代新加坡華人的身分危機和文化想像。

李永平

1947年生於英屬婆羅洲沙勞越邦古晉市。中學畢業後來台就學。國立台灣大學外國語文學系畢業後，留系擔任助教，並任《中外文學》雜誌執行編輯。後赴美深造，獲美國紐約州立大學比較文學碩士、聖路易華盛頓大學比較文學博士。曾任教於國立中山大學外國語文學系、東吳大學英文系、國立東華大學英美語文學系創作與英語文學研究所教授。2009年退休，受聘為東華大學榮譽教授。著有《婆羅洲之子》、《拉子婦》、《吉陵春秋》、《海東青：台北的一則寓言》、《朱鴒漫遊仙境》、《雨雪霏霏：婆羅洲童年記事》、《大河盡頭（上卷：溯流）》、《大河盡頭（下卷：山）》、《朱鴒書》。另有多部譯作。

《吉陵春秋》曾獲「20世紀中文小說100強」、中國時報文學推薦獎及聯合報小說獎。《海東青》獲聯合報讀書人年度最佳書獎。《大河盡頭（上卷：溯流）》獲2008中國時報開卷十大好書、亞洲週刊全球十大中文小說、第三屆「紅樓夢獎」決審團獎。《大河盡頭（下卷：山）》獲2011年度亞洲週刊全球十大中文小說、台北書展大獎、金鼎獎。大陸版《大河盡頭》上下卷獲鳳凰網2012年度「中國十大好書」獎。2014年獲中國廣東中山市第三屆「中山杯全球華人文學」大獎。2016年榮獲第19屆國家文藝獎，其小說《朱鴒書》亦同時獲頒金鼎獎。同年獲頒第11屆國立臺灣大學傑出校友。

拉子婦

昨日接到二妹的信。她告訴我一個噩耗：拉子嬸已經死了。

死了？拉子嬸是不該死的。二妹在信中很激動地說：「二哥，我現在什麼都明白了。那晚家中得到拉子嬸的死訊，大家都保持緘默，只有媽說了一句話：『三嬸是個好人，不該死得那麼慘。』二哥，只有一句憐憫的話呵！大家為什麼不開腔？為什麼不說一些哀悼的話？我現在明白了。沒有什麼莊嚴偉大的原因，只因為拉子嬸是一個拉子，一個微不足道的拉子！對一個死去的拉子婦表示過分的悲悼，有失高貴的中國人的身分呵！這些日子來，我一閉上眼睛，就彷彿看見她。二哥，你還記得她的血嗎？……」

拉子嬸是三叔娶的土婦。那時我還小，跟著哥哥姐姐們喊她「拉子嬸」。在沙勞越，我們都喚土人「拉子」。一直到懂事，我才體會到這兩個字所蘊含的一種輕蔑的意味。但是已經喊上口了，總是改不來；並且，倘若我不喊拉子，而用另外一個好聽點的、友善點的名詞代替它，中國人會感到很彆扭的。對於拉子嬸，我有時會因為這樣喊她而感到一點歉意。長大後唯一的一次見面中，我竟然還當面這麼喊她，而她卻一點也沒有責怪我的意思。媽說得對，她是個好人。我想她一生中大約不曾大聲地說過一句話。有一次，二妹曾告訴我，拉子嬸是在無聲無息中活著。在昨天的信上，二妹提起了她這句話，只不過把「活著」改成「挨著」罷了。想不到，她挨夠了，便無聲無息地離開了。

我只見過拉子嬸兩次面。第一次見到她是在八年前。那時學校正放暑假；六月底，祖父從家鄉出來，剛到沙勞越，聽說三叔娶了一個土女，赫然震怒，認為三叔玷辱了我們李家門風。我還約略記得祖父坐在客廳拍桌子、瞪眼睛，大罵三叔是「畜生」的情景。父親和幾個叔伯嬸娘站在一旁，垂著頭，不敢作聲，只有媽敢上前去勸祖父。她很委婉地說：「阿爸，您消消氣罷，您這些天來漂洋過海也夠累的了。其實，聽說三嬸人也滿好的，老老實實，不生是非，您就認這個媳婦罷。」

祖父拍著桌子，喘著氣說：「妳婦人家不懂得這個道理，李家沒有這個

畜生，我把他給『黜』了。」

　　父親聽說祖父要把三叔逐出家門，立刻跪在老人家跟前，哭著要祖父收回成命。我和二弟那時正躲在簾後，二弟先看見爸爸下跪，叫我擠過來看。我剛一探出頭，猛然聽得一個蒼老的聲音喝道：「小鬼頭作什麼？」是祖父的聲音！我和二弟嚇得跑出屋子。

　　後來的事情，媽告訴大姊的時候，我也偷聽了一些。祖父雖然口口聲聲不認拉子婦是他三兒媳，但到底沒把三叔趕出家門。媽說，聽說三嬸「長相」很好，並且也會講唐人話。過幾天，三叔就會從山裡出來，那時，祖父見了三嬸的「人品」，想來也會消消火氣的。三叔長年在偏遠的拉子村裡做買賣，一年裡頭，難得出來到古晉城一兩回。這次祖父南來，父親本來很早就寫信通知三叔，可是祖父卻早到了。

　　我把拉子嬸要來古晉拜見家翁的消息傳揚開去，家中年輕的一輩便立刻起勁地哄鬧起來。六叔那時已經長出小鬍子了，卻像一個在池塘邊捕到一隻蛤蟆的孩子般興奮。他喊我們到園子裡的榕樹下，兩隻小眼睛在我們臉上溜了五六回，故作一番神祕之狀才壓低嗓門說：「嘿！小老哥，曉得拉子嬸生得怎麼樣的長相嗎？」

　　「曉得！曉得！拉子嬸是拉子婆，我看過拉子婆！」大家搶著答應。

　　六叔撇了撇嘴巴，搖晃著腦袋，帶著警告的口吻說：「拉子嬸是大耳拉子喔！」

　　大夥立刻被唬住了。那時華人社會中還流傳說大耳拉子獵人頭的故事。我還聽二嬸說過，古晉市近郊那座吊橋興工時，橋墩下就埋了好多顆人頭，據說是用來鎮壓水鬼的。

　　「大耳拉子！曉得嗎？大耳拉子的耳朵好長喲。瞧，就這麼長！」六叔得意地拉著他的耳朵，想把它拉到下巴那個位置。他咧著嘴哇的一聲哭起來：「嘿！小老哥，大耳拉子每天晚上要割人頭的呀！」

　　把我們唬得面面相覷了，他又安慰我們，說他有辦法「治」大耳拉子，要大夥一起「搞」她。大家都連忙答應。

　　我第一個見到拉子嬸。三叔領她進大門時，我正在院子裡逗蟋蟀玩。我叫了一聲三叔，三叔笑著說：「阿平，叫三嬸。」我記得我沒叫，祇是楞楞地瞪著三叔身後的女人，那時年紀還小，不曉得什麼叫「靚」，只覺得這女

人不難看，長得好白。她懷裡抱著一個小娃兒。

「阿平真沒用，快來叫三嬸！」三叔還是微笑著。那女人也笑了，露出好幾顆金牙。我忽然想起六叔的叮囑，便冒冒失失地衝著那女人喊一聲：「拉子嬸！」

我不敢再瞧他們，一溜煙跑去找六叔。不一會，六叔率領著十來個姪兒姪女聲勢浩大地闖進廳中。家中大人都聚集在堂屋裡，只不見祖父。大伯說：「孩兒們，快來見過三叔和三——三嬸。」

「三叔！拉——子——嬸！」

「拉子嬸」這三個字喊得好響亮，我感到很得意。忽然覺得有點不對勁，大家好像都呆住了。我偷偷瞧爸爸他們，不得了！大人好像都生氣啦。那女人垂著頭，臉好紅。我連忙溜到媽媽身後。

大伯和父親陪著三叔匆匆走出去。孩子們立刻圍成一個大圈子，遠遠地盯住拉子嬸，偶爾有一些低聲的批評和小小的爭論。後來大約覺得拉子嬸並不可怕，便漸漸圍攏上前，挨到她身邊。嬸嬸們遠遠地坐在一旁，聊著她們自己的天，有時還打幾個哈哈，彷彿完全沒把眼前這位貴客放在眼中。只有媽坐在拉子嬸的身邊，和她說話。媽問道：「妳是從哪個長屋來的？」拉子嬸慌慌張張地看了媽一眼，膽怯地笑一笑，才低聲答道：「我從魯馬都奪來的。」媽又問道：「店裡買賣可好？」拉子嬸又慌慌張張地看了媽一眼才紅著臉回答：「好——不很好。」我感到很詫異，媽每問她一句話，她便像著了慌似的臉紅起來。我想如果我是媽，早就問得氣餒了，但媽還是興緻勃勃問下去。

二弟和二妹忽然在拉子嬸面前爭吵起來。先是很小聲，漸漸地嗓門大起來。

「我早就曉得她不是大耳拉子。」二弟指著拉子嬸的耳朵說。

「誰不是？瞧，她耳朵比你的還長。」二妹說。

「呸！比妳的還長！」

「呸！希望你長大時討個拉子婆！」

媽生氣了，把他們喝住。嬸嬸們那邊卻有一個聲音懶洋洋地說道：「阿烈，討個拉子婆有什麼不好呀？會生孩子喔」大家都笑了，拉子嬸也跟著大家急促地笑著，但她的笑難看極了，倒像是哭喪著臉一般。只有媽沒笑。

　　其實拉子嬸並不是大耳拉子。後來我從鄉土教育課本書上得知，大耳拉子原本叫做海達雅人，集居在沙勞越第三省大河邊；小耳拉子是陸達雅人，住在第一省山林中。拉子嬸是第一省山中人，屬陸達雅族。

　　孩子們把拉子嬸瞧夠了，便對她懷中的孩子發生興趣。他模樣長得好有趣，眼睛很大，鼻子卻扁扁的。大家逗他笑。四弟做鬼臉逗他，把他逗哭了。拉子嬸著了慌，一面手忙腳亂地哄著孩子，一面偷眼瞧瞧我媽又瞧瞧嬸嬸們。嬸嬸停止聊天，瞪著拉子嬸（其實是瞪著她的孩子）。我媽說：「亞納（註：土語，孩子之意）想是要吃奶了。把奶瓶給我，我喚阿玲給妳泡一瓶。」拉子嬸紅著臉低著頭，囁嚅地說：「我給孩子吃我的奶。」她解開衣鈕，露出一隻豐滿的乳房，讓孩子吮著她的奶頭。這時四嬸忽然叫起來：「我說呀，拉子本來就是吃母奶長大的。二嬸，妳何必費心呢！」

　　這時父親和三叔走進來。三叔的臉色很難看，好像很生氣，又像是哭喪著臉。我猜他們剛從祖父房裡出來。祖父沒出來吃中飯，我媽把飯菜送進他房裡去。

　　飯後，我媽把拉子嬸帶進她房裡。我想跟進去，被媽趕了出來。經過廚房時聽見二嬸在嘀咕著：「吃呀就大口大口的扒著吃，塞飽了，抹抹嘴就走人，從沒見過這樣子當人家媳婦的，拉子婦擺什麼架勢……」

　　第二天早上，祖父出來了。他板著臉坐在大椅子裡悶聲不響。大人都坐在兩旁，半點聲息也沒有。拉子嬸站在我媽身邊，頭垂得很低，兩隻臂膀也垂在身側。媽用手肘輕觸她一下，她才略略把頭抬起來。這一瞬間，我看見她的臉色好蒼白。拉子嬸慢慢走向茶几，兩條腿隱隱顫抖。她舉起手——手也在顫抖著——倒了一杯茶，用盤子托著端送到祖父跟前，好像說了一句話（現在回想起來，那句話應該是：「阿爸請用茶。」）祖父臉色突然一變，一手將茶盤拍翻，把茶潑了拉子嬸一臉。祖父罵了幾句，站起來，大步走回房間。大家面面相覷，誰也不作聲，只有拉子嬸怔怔地站在大廳中央。

　　那天下午，三叔說要照料買賣，帶著拉子嬸回山坳裡。

　　多年後聽媽說，當時祖父發脾氣是因為三嬸敬茶時沒有跪下去。

　　第一次見面，拉子嬸留給我們的印象一直不曾磨滅。可是一直到六年後，我才有機會再見到她。那時，因為家中產業的事，父親命我進山去見三叔。我央二妹同去。

　　這次進山，是我和二妹六年來夢寐以求的。這一段日子關於拉子嬸的訊息，全都是從山裡來客那兒得知。可是，家中大人從不向他們探問，就是母親，我那最關心拉子嬸的好母親，也只希望客人說溜了嘴的時候，會偶然無意的透露一點關於拉子嬸的消息，因此我們所知的也就非常少。家中只曉得三嬸又生了一個孩子，產後身體便一直很孱弱。後來有個冒失的客人酒醉飯飽之餘，揭發了一個驚人的消息：「你們三頭家不知幾世積的德，人家十八歲的大姑娘都看上他，哈哈！如今人家碰到他都問幾時吃他的喜酒哩。」這個消息在我們家自然引起一陣騷動，但是彷彿沒有人比嬸嬸們更來勁了。她們幾個人湊在一起逢人便說，她們老早就知道我們三叔不是糊塗人，怎麼會把那個拉子婦娶來作一世老婆？不會的，斷斷不會的。我們三叔原本就是一個有眼光的商人哩！除她們之外，家中其他大人都不怎麼熱心；就是我媽，也只是暗地裡嘆息兩回罷了。此時祖父已經過世，六叔出國讀書，六年前圍在「那個拉子」身邊瞪著她的孩子們，如今都已經長大了。自從拉子嬸第一次到家中之後，大夥便常常在一起談論她。隨著年齡的增長，大夥對小時候的胡鬧都感到一點歉意。尤其是二妹，常常說她對不起三嬸，要找機會去山裡看她。我和其他男孩子又何嘗不是有同樣的想法，只是身為男人，不好說出口罷了。三叔進城時，大夥便纏住他，要他說三嬸的事。二妹警告他不可欺負我們三嬸。每回三叔都笑嘻嘻答應，誰想如今他竟要娶小老婆呢？

　　進了山，才能見到真正的沙勞越，婆羅洲原始森林的一部分。三叔的舖子就在這座原始森林裡。這是一個孤獨的小天地：舖子四周只有幾十家經營胡椒園的中國人，幾里外，疏落地散布著拉子的長屋。只有一條羊腸小徑通到山外的小鎮。這個小天地幾乎與世隔絕。

　　三叔當然變得多了，兩鬢已冒出些許白髮。我們談了幾句話，正要向他探問三嬸，外面進來一個老拉子婦。三叔簡單地說：「你三嬸。」我猛然一怔，她不正是我們進舖子時看見的那個蹲在舖前曬鹹魚的老拉子婦麼？怔忡間，二妹已喚了一聲三嬸；我只好慌忙喚了一聲，喚過之後，我才發覺我竟然喊她拉子嬸。她驚異地笑一笑：「是哪一個姪子叫我呀？」並沒有責怪我的意思。她還是跟六年前一樣，卑微地看著人，卑微地跟人說話。只是她的面貌變化實在太大了，我不曉得應該怎麼講，我只能說她老了二十年，像個老拉子婦。

　　三叔剛問起家中景況，從後房忽然傳出嬰孩的哭聲。三嬸向我們歉然一笑，便向後邊走去。她的步履輕飄飄，身體看來非常羸弱。

　　「三叔，三嬸又生了一個娃兒？」我問。

　　三叔簡短地「唔」了一聲，眼睛只顧盯著茶杯。

　　「三叔，三嬸剛生下孩子，怎麼可以讓她在太陽底下曬鹹魚呢？」二妹低聲地責怪。

　　三叔沒有回答。

　　「三叔，雇個工人也不多幾個錢吧？」二妹說。

　　三叔猛然抬起頭來，把稀疏的眉毛一揚，粗聲說：「阿英，你當山裡的錢容易掙麼？」

　　二妹默然，但我曉得她心裡不服氣。

　　三嬸抱著孩子出來。她解開了上衣，讓孩子吮著她的奶頭。我忍不住瞪著那隻奶子：它就是六年前在我們家展露的那個大乳房？委實又瘦又小，擠不出幾滴奶水。娃兒緊緊抓住它，拚命吮著乾癟的乳頭。二妹剛開口，我就立刻瞪她一眼，搶先說：「娃娃好乖，叫什麼名字？」三嬸想回答，三叔卻粗聲粗氣地說：「叫狗仔。」三嬸默默瞧我們一眼，垂下頭。

　　誰也找不出話來說。不一會，外面跑進兩個孩子：一男一女都是同款的大眼睛、扁鼻子、褐色皮膚。三叔說：「快來叫哥哥姊姊。」兩個孩子呆呆瞧著陌生人。三叔眉頭一皺，大聲說：「聽見沒有？」孩子們彷彿受了驚嚇，楞在那裡沒出聲。

　　「蠢東西，爬開去！」三叔罵了幾句。兩個孩子便垂著頭，默默地、慢慢地走開去。三叔在後邊還不斷嘀咕：「半唐半拉的雜種子，人家看見就吐口水！」他坐在店舖櫃檯後面罵了半天，忽然大聲說：「死在這裡做什麼？把他抱開去，我要跟阿平談正經事。」三嬸抱著孩子走了。

　　我把父親的話告訴三叔。他靜靜聽著，似乎不很留心。

　　但我和二妹已經見到了夢寐以求一見的三嬸。我看看二妹，我明白她的心意。她恨不得立刻便去向三嬸說，我們對不起她，請求她寬恕我們小時的胡鬧；還要告訴她說，我們同情她，我們愛護她。可是我們之間到頭來誰也沒開口。可憐的二妹，每一次她總是說：「這回我一定要說了，不然會憋死我的。」可是每一次她總是說不出。三嬸和她在一起時，她便強裝笑臉，說

些不相干的話，彷彿心安理得的樣子。終二妹一生，她再也不會有機會說了，這會成為她畢生憾事的。但這又何嘗不是我的畢生憾事呢？其實，我們何止不知怎樣開口，我們後來還怕見到三嬸的身影。那一個籠罩著我們兩兄妹心頭上的陰影日漸擴大，迫使我們吶喊，把所有的事，毫不欺瞞的說出來讓三叔聽，讓三嬸聽，也讓龍仔、蝦仔和狗仔三個孩子聽，還有讓那些想吃三叔喜酒的人也聽聽；然後讓三叔把三嬸和孩子趕回長屋，再明媒正娶，討他那個十八歲的大姑娘進門來，這樣，一切便結束了，大家都可以鬆一口大氣。或者就讓我和二妹跟三叔大大的吵一場罷，逼他發誓和三嬸相偕到老，作一世夫妻。我和二妹卻沒有這個勇氣，而且連吶喊的力氣也沒有。大家彷彿都知道一切都將要過去了：三叔知道，那些想吃喜酒的人知道，三嬸也知道。三嬸傴僂的身子在店舖角落的陰影裡無聲無息走動著，像一個就要離去的靈魂，她會知道自己日後的命運嗎？她會知道的。但她不敢怨恨，她為什麼要怨恨三叔呢？她是一個拉子婦。她也不會怨恨我和二妹。她對待我們非常好，但她不會說親暱的話。她管我叫「八姪」，管二妹叫「七姪女」，不像嬸娘們成天喊我「老八」，喊二妹「七妹子」，親熱得不得了。待在山裡第四天傍晚下起雨來，二妹站在屋簷下看雨。雨水打濕了她的頭髮，三嬸看見了便拿一頂草笠，靜靜走過來戴在二妹頭上，輕輕拍了拍她的肩膀。二妹後來告訴我，她那時流眼淚了，她把頭別開去不讓三嬸看見。二妹哭著說：「她那麼愛我，我卻一直沒有對她說我愛她。」「誰叫她是個拉子呢？」我衝口說出這句不該說的話，它傷了二妹的心。但是，這是一句最實在的話：誰叫她是個拉子呢？

　　可憐那三個孩子，他們也知道阿爸要討小老婆嗎？也許他們心裡知道的。年紀較大的兩個兄妹整天躲在屋後瓜棚下，悄悄玩他們的泥偶。他們不敢去看爸爸的臉，不敢去看那些想吃爸爸的喜酒的支那人的臉。只敢看媽媽的，看小狗仔的。還是二妹有辦法，她把兩個孩子哄住了，我們之間建立了友誼。從兄妹口中我們問出了一些可怕的事：

　　「爸就是常喝酒，喝完了就抓媽來打。」小哥哥說。

　　「他還打我和龍仔。」小妹妹說。

　　「有一晚，爸又喝了酒，抱著小弟弟狗仔要摔死他，媽跪在地上哭喊，店裡的夥計阿春跑來把狗仔搶過去。」

「爸罵媽和阿春××。」

「爸常說，要把媽和我跟蝦仔、狗仔趕回長屋去。」

我該去勸三叔。我去了，但三叔只答我一句話：「拉子婦天生賤，怎好做一世老婆？」

第五天傍晚，我和二妹悶悶地在河邊散步。二妹遠遠看見三嬸蹲著搓洗衣服。我們悄悄走過去。三嬸看見我們，立刻顯露出驚惶失措的神色，想把一些東西藏起來，可是已經來不及了。我們看見那幾條褲子上染著一大片暗紅色的血。我默默走開去。

晚上，二妹紅著臉告訴我，那血是從三嬸的下體流出來的。她告訴二妹，近來常流這樣的血。我立刻去找三叔。

「三叔，你要立刻送三嬸去醫院。」我顫抖著嗓門，一字一頓地說，盡量把字咬清楚。

「最近的醫院在二十六里外，阿平。」三叔平靜地說。他的手一邊飛快地在算盤上跳動著，一邊在帳本上記下數字。

「三叔，你不能把三嬸害死。」我大聲說，幾乎要迸出眼淚來了。

三叔立刻停下工作，抬起頭來，目光在我臉上盤旋著。他似乎很憤怒，又似乎很詫異。半晌，他霍地站起來，說：「叫你三嬸來。」

二妹攙扶著臉色蒼白的三嬸走進來。

「阿平說要送妳到醫院去。妳肯去不肯去？」三叔厲聲說。

三嬸搖搖頭。

「阿平，」三叔回過頭來對我說：「她自己都不肯去，要你費心麼？」

翌晨，我和二妹告辭回家，三嬸和她的三個孩子一直送到村外。分手時，她低聲哭泣。

八個月後，三叔從山裡出來。他告訴家人，他把「那拉子婆」和她的三個孩子送回長屋去了。又過了四個月後，也就是我來台灣升學的前幾天，三叔得意地帶著他的新婚妻子來到家中。她是一個唐人。

沒想到八個月後，拉子嬸靜靜地死去了。

原題〈土婦的血〉，後改名〈拉子婦〉，刊載於《大學雜誌》59期（1972年11月）；後收入李永平，《拉子婦》（台北：華新，1976）；本書所收入為修訂版，見李永平，《迌迌：李永平自選集（1968-2002）》。

Liglav A-wu (利格拉樂‧阿𡠄)

漢名高振蕙，既是排灣族也是外省二代，兩個名字、兩種身分、兩種認同，數十年來始終在身分認同的河流裡跌跌撞撞，流離在父系與母系的家族故事中，著有《祖靈遺忘的孩子》、《誰來穿我織的美麗衣裳》、《紅嘴巴的VuVu》、《穆莉淡Mulidan：部落手札》等散文集，以及《故事地圖》兒童繪本，編有《1997原住民文化手曆》。

祖靈遺忘的孩子

　　幾天前，母親在小妹的陪同下，風塵僕僕地遠從屏東山中的部落趕來，我清楚的嗅到母親身上芒果花的香味，恍惚中似乎又回到童年記憶裡燠熱的夏季，媽媽坐在芒果樹下溫柔地哄著我入睡的情境。自從父親過世後，母親帶著對父親的思念回到睽別二十年的部落，療養生離死別的傷痛，長期蟄居氣候溫和的中部，母親當年一身健美的古銅色肌膚，如今已漸漸褪成不健康的青白，若隱若現的血液在泛白的皮膚下流動，隱藏在血管背後的是看不見的病痛。就像離開泥土的花朵終將因失去養分逐漸枯萎，當母親以一身「平地人」的膚色回到部落時，族人紛紛相信這是一個離開族靈護衛的孩子遭到懲罰的下場；因為，母親不是第一個遭到祖先處罰的例子。

　　畢竟是離開了二十年的地方，儘管母親在這裡出生、茁壯，但是在社會的規範下，選擇重返部落無異於是選擇重新開始生活；漢人社會中，存在兩性之間的對待差異，隨著文化的流通，也慢慢地侵蝕了族人的腦袋，部落裡有色的眼光像把銳利的刀，無時不在切割母親的心臟，「死了丈夫的女人」、「不吉利的家族」等等字眼，如空氣般充斥在母親的部落生活中。看到母親來回掙扎於定居與謠言的苦痛，遠嫁中部的我，幾度衝動地想將母親接出部落，好讓她擺脫流言的中傷，母親卻只有搖搖頭說：「沒關係，習慣就好，大概是我太早就嫁出去，祖先已經把我忘記了，總有一天祂會想起我這個離家很久的孩子；妳要記得常常回來，別讓祖先也忘了妳啊！」

　　母親在貧窮的五〇年代，遠嫁到離部落約有五、六十公里之遠的老兵眷村中，充滿夢幻的十七歲，正是個美麗的年紀；但是在一個動亂的年代裡，為了撫養下面五個孩子，單純的外婆在「婚姻掮客」的矇騙下，將母親嫁給了一個在她的世界觀裡不曾出現的地方來的人；同年，母親國小的同學有近一半的女性，像斷了線的風箏，飄出了祖靈的眼眶。認命的母親在被迫離開生養的部落後，專心地學習著如何做好一個盡職妻子的角色，「這是妳外婆在離開家前一天夜裡唯一交代的事，她千叮嚀萬叮嚀，就是要我別丟家裡的臉，做得好不好，有祖靈在天上看著；受了委屈，祖靈會託夢告訴她，所以

一定不能做壞事。」結婚後一年，母親抱著未滿月的我，興奮地回到日夜思念的部落，在中秋月圓的前一夜，趕上一年一度的部落大事——豐年祭。沉浸在歡樂歌舞中的母親是快樂的，她出嫁前外婆親手為她縫製的衣服，仍安靜地躺在衣櫃中，似乎在等待著主人的青睞，細細的繡工化成一隻隻活現的百步蛇，服貼地睡著了；當母親愉快地穿起傳統服飾，興匆匆的飛奔到跳舞的人群中時，族長憤怒的斥責聲赫然轟醒母親——她已是個結過婚的女子，那年母親十八歲。

　　依照排灣族的傳統，祭典中的歌舞是依身分做區別的，有貴族級、有平民級、有已婚級和未婚級的，這些族規在每個孩子生下後，就有長輩諄諄告誠並嚴守。母親其實並沒有忘記規矩，錯在她太早就出嫁，十八歲的女孩，在部落裡正是隻天天被追逐的蝴蝶，來回穿梭於青年的社交圈裡，但是被快樂沖昏頭的母親，卻意外的觸犯了族規。當她落落寡歡被分發到已婚者的舞群中時，竟發現她許多同窗摯友的臉孔，錯落地出現在這群略顯老暮的團體中：「那是我第一次覺得離部落很遠很……遠！」那天夜裡，母親與其他的同學喝到天亮，聊天中，知道許多女同學和她一樣，嫁到了遙遠的地方，沒有親人、沒有豐年祭、沒有歌聲，也沒有禁忌，一個人孤零零地生活在眷村，或客家庄，或閩南聚落裡，除了孩子別無寄託。隔天清晨，母親將少女時期的衣服脫下，仔細地用毛毯包裹好，藏進櫃子的最底層，抱起熟睡的嬰兒，在第一聲雞鳴時離開令她日夜牽掛的部落，同時告別她的少女時代。

　　回到眷村後的母親，第一次認真地想要讓自己成為「外省人的妻子」，因為她知道，與部落的距離將愈來愈遠，最後她終會成為被部落遺忘的孩子，成為老人記憶中的「曾經有那麼一個女孩……」；但是，有許多事情真的不能盡如人盡，就像母親說：「儘管我再怎樣努力，但是身上排灣族的膚色仍然無法改變，我走到哪裡，有色的眼光就像這身黑色一般，永遠跟著我。」為此，母親傷心、憤怒，卻依然無法抹去原住民身分的事實。童年的印象中，母親常常躲在陰暗的角落掩面啜泣，小小的我，不知道母親為何如此傷心。直到年歲漸長，才慢慢地體認到隱藏在她心中多年的苦處：「當你離開家，家裡的人都把你當成外面的人，回家時像作客；而你現在住的地方的人，又把你當成外面的人的時候，你要怎麼辦？」母親曾經不只一次的舉例說給我聽，當時我只天真的想：「再換個地方就好了嘛！」這般刺骨的疼

痛，一直到我自己結婚後才親身經歷到，日子就在反反覆覆的情感掙扎中過下去。

　　父親與母親的年紀相差足足二十五歲，敦厚木訥的父親有著一百八十公分高、一百公斤重的巨人體型；而母親玲瓏嬌小、小鳥依人的五短身材，站在父親身旁時，常有不知情的鄰居友人，誤以為他們是父女；在現代生活中，常常聽到這樣的話「身高不是距離，年齡不是問題」，我可以認同前一句話，卻質疑下一句詞。年齡的差距，其實非常嚴重地影響父母之間的相處，小時候，家裡像個無聲的世界，除了語言障礙外，母親坦承：「我真的不知道該跟妳父親說什麼？」現代社會強調的兩性關係與共同生活的必要條件，用父母的婚姻狀況來看，似乎顯得多餘又諷刺。當我上高中後，一個喜歡為賦新詞強說愁的年紀，因為找不到寫散文的題材，自作聰明地將父母的婚姻添油加醋寫成一篇名為〈歷史造成的悲劇婚姻〉的散文，這篇散文意外地遭校刊主編錄取，那一學期校刊一出版，我興奮地拿回家給父親閱讀，藉機炫耀作品；沒想到，父親看完文章之後，抄起竹條便是一陣雨點般的毒打，直到午夜，被罰跪在客廳的我，仍然不知道一向溫和的父親，為什麼把我痛打一頓？事後，母親告訴我，當天夜裡父親將那篇文章念一次給母親聽（母親識字不多），他們兩人坐在房裡，無言以對。我才知道，這不是一篇加油添醋的文章，它不但是事實，同時，因為我的無心，竟深深地刺痛這一對「歷史造成的悲劇婚姻」中男女主角的傷口。

　　解嚴前兩年，父親輾轉自移居美國的姑姑手中，拿到從大陸老家寄來的家書，離開故鄉四十年的紛雜情緒，因為一封信與一張泛黃照片的飄洋過海，使得父親幾度涕淚縱橫，無法自持。母親目睹父親情緒的潰堤，驚訝原來在父親的心中，竟有另一個女人已輕輕悄悄地住了四十年，一時之間，恐懼、傷心、生氣、嫉妒……占滿她心臟與腦袋所有的空間，在父親還沒從接獲家書的喜悅中清醒的那一晚，母親拎著她所有的家當，悄然離去。我們全家都以為母親必定是回去部落了，父親帶著我們三個小鬼匆促趕上山，母親的未歸頓時在部落引起一陣騷動，有人說：「母親是跟人跑了。」也有人說：「母親跑去自殺了。」第一次驚覺到即將可能會失去母親，成為孤兒的恐懼一直侵擾著幼年的我，三天後，父親在另一個眷村找到母親的蹤跡。多年以後，父親畢竟沒趕上解嚴的列車，「沒能回老家看看」成為父親這一生

的缺憾。

　　母親之於父親的情感是複雜的，父親生前一絲不苟的個性，常是母親數落的話題，而母親粗枝大葉的行事方法，常常就是他們之間導火線的引爆點，但也許就是這種互補的個性，多少也彌補了父母親婚姻之間的缺憾。印象中的母親，在父親的護衛下生活，所以一直讓我有股「不安全感」，在我高中聯考那年，母親因為找不到我的試場而當場落淚的記憶，更確定我的判斷是正確的；父親過世那天，母親數度因過度悲傷而昏厥，身為長女，在見到母親無法處理喪事的情況下，只得一肩扛起父親的身後事，在短短的一個星期中，我能夠很清楚地感受到自己由少女轉型至成人的變化，並開始擔心起一向羸弱的母親該何去何從，父親過世那年，她才三十五歲。

　　父親過世滿七七的那一天，母親臉上出現一股堅毅的表情，那是在父親過世之後，第一次見到她沒落淚，我當時以為她會想不開，做出什麼傷害自己的舉動，在所有的祭祀活動終告結束之後，母親宣布決定搬回部落，「外面的世界已經沒有什麼值得我留戀的。」帶著小妹，母親回到了她曾經發誓再也不回去的故鄉，開始另一個社會對於女性的挑戰，經過生離死別的洗禮，母親終於鼓起勇氣去開闢另一個屬於自己的戰場，社會之於女性是殘忍的，受到道德規範的牽制與世俗眼光的殺傷，女性用「堅忍」二字換來的卻是一身不堪入目的傷痕。當母親帶著芒果花香出現在我眼前時，我知道母親又走過了一段不堪回首的歲月，誠如她自己說：「我用五年的時間才讓部落裡的老人，想起那個他們口中的『曾經有一個女孩……』，也用了當初我離開部落再乘以百倍的精力，讓祖先想起好久好久以前就離開部落的那個孩子，因為這個過程很累、很辛苦，所以我再也不敢離開家了。」謹以這幾句話送給離開家好久好久的原住民族人們。

本文原收入《誰來穿我織的美麗衣裳》（台中：晨星，1996）。

哈金

本名金雪飛，1956年出生於中國遼寧省。曾在中國人民解放軍中服役五年。在校主攻英美文學，1982年畢業於黑龍江大學英語系，1984年獲山東大學英美文學碩士。1985年，赴美留學，並於1992年獲布蘭戴斯大學（Brandeis University）博士學位。現任教於美國波士頓大學。著有詩集：《沉默之間》（*Between Silences: A Voice from China*）、《面對陰影》（*Facing Shadows*）和《殘骸》（*Wreckage*）；另外有短篇小說集《光天化日》（*Under the Red Flag*）、《好兵》（*Ocean of Words: Army Stories*），《新郎》（*The Bridegroom*）和《落地》（*A Good Fall*）；長篇小說《池塘》（*In the Pond*）、《等待》（*Waiting*）、《戰廢品》（*War Trash*）、《瘋狂》（*The Crazed*）、《自由生活》（*A Free Life*）、《南京安魂曲》（*Nanjing Requiem*）、《背叛指南》（*A Map of Betrayal*）；論文集《在他鄉寫作》（*The Writer as Migrant*）。在台灣出版中文詩選《錯過的時光》、《另一個空間：哈金詩集》。

短篇小說集《好兵》獲得1997年「美國筆會／海明威獎」。《新郎》一書獲得兩獎項：亞裔美國文學獎，及The Townsend Prize小說獎。長篇小說《等待》獲得1999年美國「國家書卷獎」和2000年「美國筆會／福克納小說獎」，並入圍普立茲文學獎，為第一位同時獲此兩項美國文學獎的中國作家，該書迄今已譯成二十多國語言出版。《戰廢品》則入選2004年《紐約時報》十大好書、「美國筆會／福克納小說獎」，入圍2005年普立茲文學獎。

孩子的本性

他將抵達三藩市——
六歲的孩子必須自己從中國
飛二十個小時。我們去那裡接他，
希望他還認得爸爸媽媽，
雖然他已經三年沒見過我們。

我們耐心在機場等待，
直到乘客都出了關。
他誤了班機嗎？
為什麼他還沒出現？我們詢問
航線的地勤人員但得不到答案。
他媽媽抱怨我們不該
讓他冒這個險，雖然她也明白
如果讓他等到我們可以回去接他，
那樣風險會更大。

終於兩個空姐領他出來了，
一個拎著他的小旅行箱，
另一個牽著他的手，拿著護照。
他媽媽衝上去抱起他來，
又親又撫摸，而我向
兩位小姐出示我的護照和駕照。
她們說他一路還好，就是有點害怕。

他仍認識媽媽，但必須被告知
我是他爸爸。他有些羞怯，

好像被介紹給一位大朋友。

可是他不要跟我們去旅店，
說叔叔、姨媽和表弟表妹
都在上海機場等著呢，
等他把爸爸媽媽領回去。
全家到齊後，就一起乘火車
回東北。他們告訴他
已經買了八張車票。

我向他保證會往回飛，
但我們得先去三藩市的動物園
看長頸鹿，再去一座叫波士頓的城市
看鯨魚。多逗留幾天沒關係。

他說跟叔叔去北京辦簽證時，
到處都亂七八糟：
「好多流氓在殺解放軍呢。
那裡有反革命暴亂。」

我不敢相信自己的耳朵，就問：
「怎麼會是反革命暴亂呢？
只有當兵的有槍炮，有坦克，
他們在街上屠殺老百姓。」

「不對！流氓殺了解放軍。
我在電視上看見他們在搶商店。
好多卡車都被砸了，燒了。
爺爺說那都是些壞蛋，
他們要推翻政府。」

「歡歡，」他媽媽說，
「爸爸沒錯，電視在撒謊。
爺爺不知道真相。
人民軍隊完全變了──
他們殺害咱們這樣的老百姓。」

我們都陷入沉默，
他看上去不很高興。

在旅店裡我找到《紐約時報》，
讓他看一幅幅照片：
數具屍體和自行車被坦克碾在一起，
一位中彈的學生由三輪車拉走，
一個中年人的臉被槍托砸破，
一位母親抱著孩子的屍體痛哭，
一名士兵一絲不掛但仍戴著鋼盔，
被吊死在燒毀的公共汽車的窗上。
我指著那個士兵說：
「他殺死了五個平民百姓，
子彈打光後就被人逮住了。
這是為啥他像豬一樣被吊死了。
你覺得他不應該死嗎？」

「不應該。」他搖搖頭。

「為什麼不應該？」我以為
他真的沒救了──無論用相片
還是真話都無法說服他。

「就是那樣
也不該殺人呀。」
他把聲音壓得低微，
不敢抬頭看我。
而我卻驚訝得不知該說什麼。

那天夜裡，他睡過去後，
我對他媽媽說：「咱們早晚
都要回去。已經塑成了中國人，
咱們年紀太大了，無法適應美國。
但是歡歡堅決不能回去。
他心地太善良，
沒法在那裡生存。」

1989 年 7 月；後收入哈金，《另一個空間：哈金詩集》（台北：聯經，2012）。

嚴歌苓

1958年生於上海，少年從軍，20歲從文。1986年出版第一本長篇小說，同年加入中國作家協會。代表作有：《扶桑》、《人寰》、《白蛇》、《少女小漁》、《第九個寡婦》、《小姨多鶴》、《金陵十三釵》、《穗子物語》、《陸犯焉識》、《媽閣是座城》等作品。1989年出國留學，就讀於芝加哥哥倫比亞藝術學院，獲文學創作藝術碩士學位。自1990年陸續在海外發表近百篇文學作品，曾獲得台灣和香港十項文學獎，在大陸也獲得多項文學獎。2007年出版第一部以英文直接創作的長篇小說《赴宴者》，受到英、美評論界的好評，並被BBC廣播電台選入小說連播。根據其小說改編、並親自參與編劇的電影《少女小漁》、《天浴》，分別獲得亞太電影節六項大獎和金馬獎七項大獎，根據長篇小說《金陵十三釵》、《陸犯焉識》改編，由張藝謀執導的影片分別於柏林和坎城影展參展。小說被譯成英、法、荷、義、德、日、西班牙、葡萄牙、希伯來等十六種語言。

大陸妹

　　大陸妹當然不叫大陸妹，她名字太好，別讓我寫糟蹋了。大陸妹長得也好，就怕一寫也會寫俗掉。能說的就是她悄悄氣氣，靜比動多，動起來也像靜。大陸妹得到最大的恭維是「你真不像個大陸妹」。大陸妹一天到晚聽到這個讚美，回回她很領情地給個笑。人想，她沒笑出多少快活。

　　大陸妹是半年前從大陸來的。找上門時，自己介紹自己是這家已故某老二房妻的外孫女。沒講完，大陸妹就沒信心再往下講，似乎領悟到：遠到這樣的親就讓它遠得沒影拉倒了。

　　「是我媽叫我來的。」大陸妹在被人提提防防讓進門時這樣補一句。窘得絕望的她只得抵賴。再找個機會，大陸妹又來一句：「我不會住這裏的。」

　　這話多出來的，沒人說過要她住這裏。

　　大陸妹說她有住處，同住的是另外五個大陸妹。從入夜到清晨都有人歸來或出走，上床或起床。「就是有點吵。」大陸妹臉有點淡藍的白，在那些無眠的夜中嘔的。

　　大陸妹進門時，這家正備晚餐。晚餐總要留她喫的。

　　唐太太是這家女主人，很有章程地在廚房小跑：灶頭到水池，水池到案板。自說自話：「菜還要洗啊，還要切啊，八隻手腳也不夠啊。」見菜已在淘籮裏，擺得扎扎齊。大陸妹沒聲一樣說：「菜洗過了。」又看菜上黃瓜切得線粉一樣。大陸妹一點動作也沒有，事情都弄妥了。

　　晚餐桌上，唐太太對就餐人抱歉：黃瓜切得太細，喫不出脆頭來了。

　　「下次粗切切就好啦。」她看看大陸妹，笑得很長輩的。

　　大陸妹心為那個「下次」漲落一下。弱弱點頭，對唐太太給的補過機會示出感激。

　　大陸妹喫得很細作，用的卻是隻大碗，還有隻大盤。其他人用的是一色青花，碗都像大了些的盅。都說大陸來客一是喫得多些，二、或許有病暗裏生著，大陸人活得將就，不病出來自己也不知道。因此大陸妹用的碗碟便另一樣了。

　　飯後唐太太說想大陸妹住幾天，家裏空得出屋來給她睡的。她記住了大陸妹正開始暑假。「倒是有個墨西哥女人一禮拜來幫我兩天，掃掃擦擦、熨熨衣服。上月我請她走了。」

　　大陸妹沒問為什麼。

　　「為什麼你知道吧──」唐太太嚴重地瞪著眼，喘息也噎住。

　　「為什麼呢？」大陸妹問。漠然怎麼行？

　　「家裏丟掉一隻鑽戒！」

　　唐太太眉眼、音調都在講鬼故事似的。

　　「唉呀！」大陸妹真心為唐太太心痛一下。

　　「沒幾天找到了。」唐太太語氣正常下來。「我還是請她走了。那隻鑽戒讓我受得一場驚唬足足夠夠了，我再不想外面請人來做家事。不然老有個人要你防你說煩不煩？」

　　幾天後，大陸妹開始獨自在廚房、洗衣房忙。她忙不像唐太太那樣有聲勢，見她閒著，就忙完了。唐太太已留她下來，說是每月付她工錢，喫住在「家裏」。大陸妹自然肯的。

　　當晚有十多個客人來喫飯，唐太太頭沒做，指甲沒修，得體衣裳也缺一套。備下一蒸一烤兩隻大菜，餘下的，她對大陸妹一俏皮、一撒嬌地笑：「拜託啦。」

　　「乾燒魚會吧？」

　　大陸妹說當然。

　　「講給我聽聽，怎麼燒？」唐太太一面拔襪蹬鞋，外面唐先生的車引擎轟轟地催。

　　「先備料：蔥、薑、蒜、辣醬豆瓣、香菇、肉……」

　　「不對耶，」唐太太說，「那是你們大陸的燒法。」她扳著手指，眼朝屋樑上覷起：「要……碎豬肉、香菇、豆瓣辣醬、蒜、薑、蔥！」

　　大陸妹點頭，表示兩分一模一樣的東西，唐太太的仍正確些。

　　大陸妹在席間出出沒沒，十來個客人間不斷有人問：「大陸來的？──一點不像大陸來的！」

　　後來住久了，大陸妹一聽這話就悄沒聲一笑。她是對這句因果顛倒的話笑：既然一點不像大陸來的，又憑那點所有人脫口而出地先斷言她「大陸來

的？」

這樣想時她在熨衣服。

衣服熨得太多，大陸妹就唱歌。唱歌很解悶也解乏。大陸妹當然都唱大陸的歌。什麼「哥哥你走西口，小妹妹我也難留」、「四十里那個平川嘞，瞭呀麼瞭不見個人」。山西民歌、陝北民歌，一根直嗓子捅出來，痛快，有煩有怨也冒掉了。正唱，唐太太的女兒珍妮推開洗衣房門。

「My God！你們大陸的歌吧？」

珍妮生在台北，念完大學到美國的。

「你唱得好怕人的！」

大陸妹看著她，嘴裏一個高亢的尾音被杵回嗓子眼兒。大陸不光是我們的。什麼時候成了你們、我們呢？不是這土腥的歌合成的黃土文化，生育出你我今天的國音鄉韻？你的父輩離鄉時太匆匆，帶走的就給了你，不能帶走的，便留給了我。帶走的也屬於我，留下的也屬於你。這歌是他留下的；是他想帶卻力不能及的。這歌就是無垠黃土本身，是泥沙俱下的長河本身。是你所不認識的闊大不盡的窮山惡水很古很癡的抒情……當然，大陸妹沒對珍妮說這些。說這些或許會更唬著她。

大陸妹不再唱大陸歌去唬人了。這房子裏有的是歌，從鄧麗君到蔡琴。

卻是珍妮五歲的女兒娜拉有天冒出了一句又直又高的啼囀，惹得全家神經一錯位。只有大陸妹聽懂了。大陸妹有些感激感動地走到五歲的、只肯講英語的娜拉身邊。

以後就常常見大陸妹耽在小小娜拉身邊。

娜拉有天在飯桌上仰首翹顎：「舉頭望明月，低頭思故鄉。」

大陸妹眼毛閃閃的，筷子停在她的大碗大盤上。

唐太太與外孫女調侃：「什麼是故鄉呢？」

「故鄉就是故鄉嘛！」小女孩受不了外婆的寡知。

「這樣子啊！」珍妮詭看大家一眼，「故鄉到底是什麼呢？」

「故鄉是Mushroom！（香菇）」

大家都樂瘋。大陸妹也跟著笑，她懂得湊趣。小娜拉在人笑時溜下她的高凳，鑽到大陸妹臂彎中，不時從那裏伸出臉，來一句：「花飛花落飛滿天」，要麼：「彩線難收面上珠」，甚至：「質本潔來還潔去」。

　　大陸妹一回兩回糾正娜拉，輕輕聲地。問是什麼，小女孩替大陸妹答：「紅樓夢呀！」

　　珍妮大聲地：「這樣子啊！」轉向大陸妹：「你們大陸的國語有許多聲音都怪怪的。垃圾，應該是 Le Se 啊。」

　　唐先生說：「垃圾、Le Se 都對。」

　　唐太太：「怎麼會！」

　　珍妮隔桌對女兒叫：「坐到自己位子上，你這樣子，阿姨怎麼吃飯！」

　　小娜拉不理會，聽唐太太糾正大陸妹的「垃圾」，頭仍鑽在大陸妹的臂彎裏。人發現娜拉越來越經常地將頭這樣鑽在大陸妹臂彎。直到一天，大陸妹耙淨前後院草坪上的落葉回來，一進門，見小娜拉被所有成年人圍住。大家站著，娜拉坐著，哭醜了臉。

　　大陸妹沒問。她眼睛卻問：出什麼事啦?!

　　珍妮「哦」了一聲，出來張頓開茅塞的臉。她叫大陸妹「過來過來！」其他人也跟著瞅大陸妹，也跟著開竅地明了眼。

　　大陸妹想，唉呀，別又沒了個鑽戒。她在人指定的椅子上坐下，沒穩，頭髮就被人揪起了。

　　「你看你看，這不就是嗎？」珍妮嚷。

　　大陸妹頭皮嘩嘩喙喙，疼得細碎，知道那是髮絲被牽起，拔下。

　　「不像，和娜拉頭上的不一樣！」唐太太說。

　　大陸妹不懂他們正討論的事。她一頭是忙亂煩躁的手指。

　　「怎麼會？朱麗班上的老師馬上把全部小孩子的頭髮都檢查過了，都沒有耶！從那裏得來的呢？娜拉又從來沒和鄰居小孩子玩過！……真要死了，老師不要娜拉去了，要我把她頭髮上虱子都弄乾淨，再要張醫生證明，才允許她再進幼兒園！」

　　一些手指頭在大陸妹頭上發起脾氣來。大陸妹突然明白他們在她頭髮裏探勘一樣找的是什麼。

　　「我從來沒生過頭虱！」

　　「生過也沒關係啊！」唐太太一臉勸她想開的慈愛，「美國辦法很多的！大陸是大家一塊洗澡，也不是天天洗，一人有大家都有了！」

　　「我……連虱子都沒見過！」

「我們也沒見過，這次大家都見見啊！」

大陸妹臉血紅紅。她的勃然大怒就是個血紅紅的臉。沒人看見她的臉，它給頭髮遮嚴了。那麼多手指在她頭上繰絲。最後翻弄她頭髮的是個治頭虱的醫生，他在大陸妹頭髮上什麼都沒翻出來。

許多日子了。大陸妹開始說「喫飯」是「呲飯」，「垃圾」是「勒色」。大陸妹頭髮也不再結成一根辮子，而是披散開來。大陸妹早就不唱那些聽都聽得出土腥的歌。

這天又有客人來吃飯。四對夫婦，都是珍妮的年紀。唐太太早已放心大陸妹全盤統治廚房的文文武武。唐太太誇大陸妹上菜也頗有樣子。上甜食時，大家已談熟。冷菜談生意，熱菜談家常，到甜點，人就連篇打諢了。一個年輕太太繃緊指尖戳戳自己先生：「你乖不乖呀，不乖給你找個大陸妹！」

都笑了。大陸妹也笑，不笑多孤立。

收掉麻將桌，洗完消夜碟子，已是凌晨。大陸妹坐下來。客廳在靜中大許多似的。襯衫胸前口袋有什麼竊笑樣的響，大陸妹掏出它。一張二十圓美金鈔票，新綠新綠。一位客人塞給她的，過意不去她一場辛勤。

無意中，她翻起當天的華文報。有篇文章是紀念一位已故老作家的。是她學文學時最喜愛的一位作家。

他的作品讀也讀得出土腥，最新鮮的土才有的腥。

大陸妹忽然哭了。不止哭作家的死；死的也似乎不止作家。一切東西都要褪盡泥腥了。她是哭這個嗎？也不盡然。

小娜拉已一覺睡醒，這時悄然出現在大客廳那一頭。燈光使她的臉擠得很皺。她慢慢走近，好奇著大陸妹臉上的淚。然後，她出來了又弱又沙的聲音：

「大漠孤煙直，長河落日圓。」

大陸妹怔了。看著小小的、漸漸走攏的女孩，大陸妹的淚竟汛猛起來。

原載《聯合報·聯合副刊》，1992 年 8 月 11 日；後收入嚴歌苓，《海那邊》（台北：九歌，1995）。

楊顯惠

1946年出生於蘭州。中國作家協會會員，現居天津。1965年由蘭州二中上山下鄉赴甘肅省生產建設兵團安西縣小宛農場。1971年入甘肅師範大學數學系讀書。1975年在甘肅省農墾局酒泉農墾中學任教師。1981年入天津作家協會專職寫作至今。主要作品收入《這一片大海灘》、《定西孤兒院紀事》、《夾邊溝記事》、《甘南紀事》等書。曾獲全國短篇小說獎、中國小說學會獎、《上海文學》獎。《夾邊溝記事》曾被導演王兵改編為電影《夾邊溝》（2010），引起國際好評。

上海女人

　　這段故事是一位名叫李文漢的右派講給我聽的。他是湖北省人，高中畢業，1948 年參加解放軍，解放後曾經加入志願軍入朝作戰。在朝鮮戰場他負了傷，三根肋骨被美國人的炸彈炸斷。回國治療後留在公安部工作。他說，後來因為出身於大資本家家庭的緣故，組織部門調他到甘肅省公安廳，名義是支援大西北。可是他在省公安廳工作不久，又被下派到酒泉地區勞改分局，在生產科當一名生產幹事。1957 年他被定位右派，開除公職，送夾邊溝勞動教養。1960 年 12 月以後，夾邊溝農場的右派全部釋放回原單位去了，他卻無「家」可歸，因為他是被開除公職的右派。在勞改分局的招待所裡住了兩個月以後，領導終於想出辦法來了：你到安西縣的十工農場去吧，不算幹部，也不是勞改犯，去當個工人吧。他到了十工農場，場領導又作難了：正式招工吧手續又不好辦，哪有右派招工的道理？最後只能以刑滿就業人員對待，每月發二十四元工資，在勞改隊種菜。種菜到 1969 年，因為戰備的原因，十工農場的犯人遷移到甘肅中部的五大坪農場去了，他不是犯人不能去，只好和其他幾個就業人員一起移交小宛農場。於是，他就成了我們十四連畜牧班的放牧員，和我同住在羊圈旁的一間房子裡。在一起生活得久了。相互有了了解，也信任對方了，他便陸陸續續對我講了許多夾邊溝農場的故事。

　　今天我再給你講一段夾邊溝的故事，是一個女人的故事。她是個右派的老婆，上海人。

　　我跟你說過，1960 年國慶節前，夾邊溝的右派——包括新添屯作業站的右派——除去死了的和幾百名體質太弱什麼活也幹不了的，全都遷移到了高台縣明水鄉的一片荒灘上。省勞改局的計畫是從酒泉勞改分局管轄的十幾個勞改農場和勞教農場調人，在那片荒灘上建一片河西走廊最大的農場，要開墾五十萬畝土地。因為倉促上馬冬季臨近，其他農場的領導很賊，沒有按

計畫調人，就夾邊溝農場的右派調過去了。大約是一千五百人，分別住在祁連山前的兩道山水溝裡。千百年來，從祁連山裡流出的洪水在那片荒灘上沖出了幾道深溝。山水溝蜿蜒兩公里多長，南邊靠近祁連山的一端很淺，越往北越深，最深處有六七米。出了山水溝是一片泥沙沉積的沙土地，再往北是一道接一道的沙梁。

由於沒有木材蓋房，我們住在自己動手挖的窯洞裡。窯洞大小不等，溝淺的地方，靠近南端，因為崖坎矮，挖的窯洞才一米高，人四肢著地才能鑽進去，進去後坐著剛能仰起臉來，這樣的窯洞住一個人或者兩個人。我們組的窯洞挖在山水溝中端，很大；我們組最早是二十五個人，在夾邊溝死掉了三個，還有三個因瘦得走不動路留在夾邊溝了，剩下的十九個人加上其他組沒住處的兩個人，全住在這個窯洞裡。我們組的人，我印象最深的是文大業、崔毅、魏長海，還有晁崇文、鍾毓良、章……哎呀，叫章什麼來的，那是個西北師院歷史系的教授，姓章，可名字突然就想不起來了。對了，崔毅，崔毅這時候已經不在明水也不在夾邊溝了，他在兩個月前就逃跑了。他是四十年代北大的畢業生，英文講得特好。這人四十年代就參加學潮，是地下黨，解放後是省委宣傳部的幹部。文大業是省衛生學校的副校長，原蘭州醫學院教授，死在明水了，吃髒東西死掉的。對了，董建義也是那幾天死掉的，和文大業前後腳死掉的。

文大業的死我記得很清楚。那是十一月上旬的一天，他從自己的鋪上挪過來湊近我，說，老李，我活不過一星期了，我喝粉湯了。我當時嚇了一跳，問他真的嗎，他說真的。

我可是嚇了一跳，他說的粉湯就是用黃茅草籽煮的湯。黃茅草你知道嗎？你肯定知道，草灘上到處都長，你就是不知道它叫什麼名字。它長的樣子就像駱駝草一樣，一蓬一蓬的，莖稈比駱駝草的莖稈還粗還高。它的莖是黃色的，葉片也帶點黃色，很好辨認。河西的農民都叫它黃茅草，有的叫黃茅柴，因為農民們都拿它當燒柴，有的把它挖來埋在田埂上做風牆──擋風，黃茅草的草籽是能吃的，這我們原來不知道，是酒泉縣和高台縣的右派們說的，他們也是聽老人們說的：鬧饑荒的年頭，當地的農民們用它充飢。於是，右派們就跟他們學，拿著床單到草灘上鋪開，把黃茅草枝條壓下來敲打，把籽打下來；然後用手搓，把皮搓掉，再拉著床單搖晃，叫風把皮兒颳

走。不能吹，黃茅草籽太小太輕了，像罌粟籽那麼大小，一吹就連籽都吹跑了。籽兒收集回去再用鍋炒熟。炒的時候要注意，不能炒焦了，只要爆一下就成。當然，那麼小的籽兒，你是聽不見爆聲的，要用眼睛看，籽兒在鍋裡自己動了一下，那就是爆了。炒熟之後裝在小布袋裡，縫在衣裳裡邊，藏好。一定要藏好，幹部們要檢查的，那東西容易吃死人，幹部們不叫吃，檢查出來就沒收了。

黃茅草籽吃起來也麻煩，抓一撮放在飯盒裡煮，煮著煮著就成了清白色的粥，真像是澱粉打的粉湯，與澱粉湯的不同之處在於用筷子一挑能拉出絲來。這時候還不能吃，要攪，一邊攪一邊吹，叫它快點涼下去。涼了的「粉湯」像一團麵筋，柔柔的。把它拉成條狀，拉長的感覺就像是拉橡膠一樣，然後咬著吃，那東西是嚼不爛的，只能咬成一塊一塊嚥下去。這東西根本就沒有營養，但是也沒毒，吃它就是把空空的腸胃填充一下，克服飢餓感，就像有些地方的人吃觀音土一樣。這種東西能挺時間，吃上一次能挺三天，因為它是不消化的。既然不消化也就排泄不出來，需要吃別的野菜什麼的頂下來。這種東西千萬不能在粥狀的時候喝下去。在它還沒凝固成塊狀之前喝下去，它會把肚子裡的其他食物——樹葉子呀，乾菜呀，還有別的雜草籽呀——黏在一起，結成硬塊堵在腸子裡形成梗阻。我估計，在夾邊溝和明水至少有幾十人因為喝了這種「粉湯」而致死。有些人是出於沒有經驗，第一次喝了就死去了，但另一些人的想法是嚼著吃太噁心。少喝一點可能沒有危險，實際是對「粉湯」的黏性估計不足。

真是嚇壞了，我當時就說他：你不知道那東西不能喝嗎？他回答：餓得等不及了，還沒放涼就喝了幾口。我生氣地說，幾口？就幾口嗎？他回答，也就半碗。

我說這可怎麼辦呀？

他說要是有點蓖麻油就好了。

我知道，蓖麻油是瀉藥，它可以把腸子裡的食物變成稀湯子排泄出來。我立即跑出去跑了一趟場部衛生所，但是醫生把我罵了出來：人家都拉肚子拉得要把腸子拉出來，你還要瀉藥，我到哪裡給你找瀉藥去！

醫生說的話也對，農場鬧病的人大都是因為吃了髒東西拉痢疾。有些人拉得起不了床，幾天就死掉。

　　我沮喪地回到窯洞，跟文大業說，你還想活不想活呢，想活我就給你掏！

　　還在夾邊溝的時候，我們就互相掏糞蛋蛋了。超常且沉重的勞動把我們的身體榨乾了，每天供應的十二兩[1]原糧不能提供沉重勞動所需的熱量，為了活命，我們把穀糠呀、樹葉和草籽呀，凡是我們認為有營養的東西都填進肚子。這些東西是不易消化的，加之我們的腸胃早就沒有了油水，所以排泄就成了非常痛苦的事情。我們每次要在茅坑上蹲半天，竭盡全力才能排泄出幾個糞蛋蛋。有人在罵人的時候說，你打嗝怎麼是草腥味的！那意思是說你不是人，你是吃草的牲口。我們那時候排泄出的東西就是和驢糞蛋一樣的草團子。我們經常在茅坑上蹲半天，連個糞蛋蛋也排泄不出來，必須相互幫助，互相配合：一個人趴在地上撅著屁股，另一個人從後邊掏。我們大多數人都有一個專用工具，是用質地堅硬的紅柳枝條削成的木勺，狀如挖耳朵勺但又比挖耳朵勺大出許多倍。沒有製備專用工具的人只好用吃飯小勺的把兒掏了。

　　文大業對我講的時候，事情已經到了很痛苦的程度：小肚子脹得圓鼓鼓的，但又排泄不出來。我馬上和他一起走到窯洞外邊去，他趴在一個土坎上，撅著屁股，我跪在後邊進行操作。但是，用了很長的時間，我也沒掏出一點東西來。文大業的肚腸裡吃下去了很多菜葉、草籽之類的代食品，「粉湯」把這些代食品黏結在一起，凝成了一個很堅硬的硬塊。硬塊的直徑超過了肛門的直徑許多，堵在肛門上，根本就無法掏出來。我試圖把這個硬塊捅碎，使之化整為零，但也沒有成功。我的專用工具一用力，那硬塊就移動，根本用不上力，而文大業又痛苦難忍呻吟不止。最後的結果是我的專用工具把他的糞門搞得鮮血淋淋，一塌糊塗，硬塊安然如初。

　　文大業的肚子脹得越來越大，五六天後就「脹」死了。我們把他的屍體用被子裹起來抬到窯洞外邊放著，下午，農場掩埋小組的人把他裝上馬車，拉到北邊的山水溝口埋掉了。

　　我們窯洞裡。唯一不吃髒東西的是董建義。董建義是省人民醫院的泌尿科醫生，上海人，印象中似乎是畢業於上海的哪個醫學院。還在夾邊溝的時候我就認識他，就是沒說過話，我和他不在一個隊。1959年國慶節前夕，

1　舊秤，一斤為十六兩。

農場組織我們去酒泉看酒泉勞改分局搞的《建國十周年勞改成果展》，在一家飯館吃飯，我們倆坐在了一起。夾邊溝的右派分子們大都身上帶著一些錢和糧票的。這是他們當初從家裡帶來的，因為勞教農場不許加餐，就總也花不出去。只要遇到外出，見到飯館，就絕不會放過吃一頓的機會的。可惜那時的飯館裡賣飯也是定量，只賣半斤小米飯或者兩個饅頭。有的人為了多吃一份，只要時間來得及，吃了一家飯館再鑽進另一家飯館。

那天在飯館吃飯，我們正好坐在一起，便跟他說了說話，知道了他是在1956年支援大西北建設的熱潮中自己要求來蘭州的。他原在上海的一家醫院當主治醫師，來蘭州後在省人民醫院做泌尿科主任。他愛人也是上海一家醫院的醫生，那年正好生孩子，就沒跟他來。他還說，他愛人是獨生女，岳父岳母堅決反對她離開上海，否則也就來了。

董建義三十四五歲的樣子。

那次在飯館吃飯，他的文雅書生的樣子在我的心中留下了難以磨滅的印象。記得從飯館出來，右派們排隊集合回夾邊溝的路上，我跟別人說過，董建義活不長了，看他吃飯細嚼慢嚥像是吃什麼都不香的樣子，就活不長。旁邊有人說，你可是說對了，那人吃東西講究得很。別人挖野菜呀捋草籽呀逮老鼠呀，什麼能填肚子就吃什麼，他嫌髒，說不衛生，不吃。他就吃食堂供應的那點東西。

後來有一段時間，我沒再看見他，便以為他死掉了。誰知到了明水，他又出現了，並和我住在同一個窯洞裡。見面時我還問了一句，老董，你沒死掉呀？他笑了一下說，你怎麼這樣說話呀？我說你不是吃東西很講究嗎，好長時間不見，我以為你死掉了。他告訴我，因為肝硬化，他到場部醫務所住院三個月。

到了明水，董建義還是不吃髒東西。在夾邊溝的時候，因為勞動太過沉重，又吃不飽——人們每月吃二十四斤原糧——就有少數人死去了。到了明水，糧食定量進一步降為每天七兩，月不足十四斤，一天就吃一頓菜團和一頓菜糊糊，營養極度短缺，大批死亡就開始了。為了減輕死亡，農場領導採取了特殊措施：停止右派們的勞動，准許在上班時間去草灘上捋草籽、抓老鼠和逮蚯蚓充飢，或者在窯洞裡睡覺。那一段時間我們把山水溝附近的老鼠和蜥蜴都逮絕了，吃光了，把附近柳樹和榆樹上的樹葉都吃光了。可是董建

義不吃那些東西，每天吃過了食堂配給的菜團子和菜糊糊以後，就在鋪上躺著挨日子。我曾經勸過他，別那麼斯文啦，能弄到什麼就吃什麼吧，活命要緊。他竟然回答：那是人吃的東西嗎？

實際上，他之所以沒有餓死，完全是他女人的功勞。自從他定為右派到了夾邊溝，他女人三兩個月就來一次，看望他，並且捎來許多餅乾、奶粉、葡萄糖粉之類的食品和營養品。

但是，到了明水才一個多月，他的身體就不可逆轉地衰弱了，身上乾得一點兒肉都沒有了，眼睛凹陷得如同兩個黑洞，怪嚇人的。他的腿軟得走不動路了，每天兩次去食堂打飯的路上，他搖搖晃晃地走著，一陣風就能颳倒的樣子。在窰洞裡要想喝點水，就跪著挪過去。他整天整天地躺在被窩裡默默無語，眼睛好久都不睜開。

那是11月中旬的一天傍晚，我正在靠近窰洞門口的地方煮從田野上挖來的辣辣根——這是一種多年生根類植物。最粗的能長到筷子粗細，生吃是辣的，煮熟後有一點甜味——董建義忽然挪到了我的身旁。我以為他想要吃點辣辣根，便用筷子撿了幾根給他。他卻推開了，說，老李，我想求你一件事，我問什麼事，他說，我認為你是能活著回到蘭州去，這是沒問題的。我說你怎麼認定我能活著回去？你沒看見嗎，我的臉腫得眼睛都睜不開了，腿也腫得穿不上鞋了。說真的，到了11月，幾乎所有的人都衰弱不堪了，除去上次我給你講過的魏長海。每天晚上入睡的時候，誰都不知道轉天早晨還能不能醒來，因為每過三兩天就有一個人死去，而且都是睡眠中死去的，沒有呻吟，沒有呼喚，一點痛苦的掙扎都沒有，就靜靜死去了。

什麼，你說人們為什麼不逃跑嗎？有逃跑的。崔毅不是跑了嗎，後來鍾毓良和魏長海也跑了。民勤縣供銷社的主任，哎呀，我叫不出他的名字來了，也跑了。但是逃跑的人總歸是個別的，是少數人。絕大多數人不跑。不跑的原因，上次我不是說過了嗎，主要是對上級抱有幻想，認為自己當右派是整錯了，組織會很快給自己糾正，平反。再說，總覺得勞教是組織在考驗我們，看我們對黨忠誠不忠誠，如果逃跑不就對黨不忠了嗎？不就是背叛革命了嗎？就怕一失足鑄成千古恨，跑的人就很少了。

我說我的身體也不行了，怕熬不出去了，但董建義說，老李，你肯定能活著出去，你是個有辦法的人。我驚了一下說，我有什麼辦法？他說，有人

給你送吃的，我知道。有過兩次了，孔隊長夜裡叫你出去，你回來後就在被窩裡吃東西。我夜裡睡不著覺，都聽見了。

我不好再說什麼了，他的話說得對，他窺探到了我生活中一件極端秘密的事情。還在1959年的時候，夾邊溝和新添屯就開始死人了，人們都寫信叫家人寄餅乾寄炒麵，而我也開始考慮如何不被餓死的問題了。考慮來考慮去，我決定討好孔隊長。孔隊長是從甘谷磚瓦廠調來的幹部，官不大，是夾邊溝基建隊的副隊長，可是他經常跟著馬車去酒泉，給農場拉生產資料和生活用品，還從酒泉郵局取回右派們的郵包。我當時想，這個人對我有用，一定要搞好關係，所以有一天我從他那裡取省公安廳一位朋友給我寄來的包裹，看包裹裡沒有吃的，只有一團棉線和一塊藍條絨，我就全都給他了。我對他說，孔隊長，這些東西我拿著沒用，你拿去給你愛人做件衣裳吧。孔隊長是甘谷縣人，甘谷縣新生磚瓦廠撤銷後，他調到夾邊溝來了，但他女人沒調過來，他女人比他小幾歲，二十二三歲的樣子。女人是農村婦女，從甘谷縣來夾邊溝看過他，我看見過。他接下了我的東西，像是有點不好意思，跟我說了幾句同情的話：這是你家裡人寄來的包裹嗎？你家裡人怎麼不給你寄些吃的來，你現在最缺的是吃的東西。我順著他的話往下說，孔隊長，你說得太對了，你真能體諒人。我現在就是缺吃的，可是我是個單身漢，沒有對象，父母又年老多病，我不願叫他們知道我犯了錯誤在這裡勞動改造，這樣一來就沒有人給我寄吃的了。看起來我的話起了作用，他說，沒人寄吃的可是個問題，你的日子不好過呀，可你要是有錢也行呀。我聽出來一點門道了，又說，有錢能有什麼用處，咱們農場裡什麼也買不上，拿錢拿糧票也不賣饅頭，還得餓肚子。他說，噯噯，哪能一棵樹上吊死，場裡不賣，不會到酒泉去買嗎？酒泉的黑市上什麼都有。我說，黑市上有也沒用呀，我們這種人出不去……說到這裡我就停住了，想看看他的態度再往下說，結果他卻直截了當地說，咳，那有啥難嘛，我三天兩頭去酒泉，你要是買啥東西就說一聲，我給你捎回來不就中了嗎！他的話正中下懷，我立即就對他說，要是這樣，就太感謝你了。只是我還有個困難，你要是能幫助我解決就更好了。他說，你說你說，你有啥難事就說。於是我告訴他，我來夾邊溝農場第一天，報到登記的時候，身上帶著的一千元錢和三百元公債券都交給財務科的人保管了，現在取不出來。你能不能想辦法替我取出來。他回答，這有啥難，明

天我去就給你取出來。他說話算話，第二天傍晚就把我叫到副業隊的辦公室，說錢取出來了。問他怎麼取的，他說他告訴財務科的人，我家的老人病了，我要給老人寄錢治病，財務科叫他代我簽了個字，就把錢和公債券都給他了。我接過錢和公債之後，立即把三百元公債券給了他，我說，我要的是現金，公債券給你吧，到期後你取出來補貼家用吧。他很高興。他一個月的工資四五十元，三百元對他可是個大數。趁著他高興，我又抽出二十元錢給他，請他去酒泉時替我捎點吃的回來。兩天後的一個夜晚，我已經睡覺了，聽見孔隊長的聲音喊我，叫我出去一下。我走出去，跟他走到山牆那邊，他交給我一個紙包。他說是兩塊燒餅，並囑咐我不要叫人知道。此後，每過一個星期，我叫孔隊長帶一次燒餅，已經有一年多的時間了。當然，有這兩塊燒餅和沒這兩塊燒餅是大不一樣的。雖然燒餅都不大，每塊只有半斤重，但是對於我極端虛弱的身體，是不可缺少的補充，使我苟延殘喘至今。只是近來我手頭的這筆錢已經所剩無幾了，而身體健康狀況更加糟糕，我內心裡極為恐慌。

見我無語，董建義又說，我求你一件事，不知道你答應不答應？

我說，你說吧。

他說，我愛人要來看我了，但是，我的情況可能是等不到她來……

我很是驚駭，說他，你怎麼這樣想？不是好好的嗎！

他搖著頭說，你聽我說，我把話說完。近來幾天，我坐著坐著，大腦就突然變成空白，意識消失了，眼前的東西都沒有了。

這不是好現象。

我說，你不要胡思亂想。那是你瞌睡了。

他依然搖頭：老李，你不要說了，瞌睡和暈眩我還是分得開的。我沒有瞌睡，一天到晚睡覺，我都睡不著，坐一會兒就瞌睡到那個樣子？暈眩，那是暈眩，已經出現好幾次了。這是預兆……

我說，瞌睡了，你是打盹了。

他說，老李，我是認真和你談這件事的，你聽我說。我前幾天就接到我愛人的信了，她說最近要來看我，我也給她寫了回信，說近日農場要調一部分人到別的地方去，其中有我，她能來就快來吧。我還告訴她，如果她來了明水找不到我，就找你詢問我的情況……

　　我驚叫起來，老董，你怎麼這樣？

　　他苦笑一下：你不要急，不要著急。我原想不告訴你的，想再等幾天，可能還能見著她。今天早晨起床，暈眩又出現了，不能等了，我把這事告訴你。

　　我說，胡思亂想，你這是胡思亂想，你想老婆想瘋了，神經錯亂。

　　他仍然苦笑，然後說，你不要打岔。我求你的事很簡單，其實很簡單，但你一定要辦。當然囉，如果她來了，我還活著，就不麻煩你了。如果我這兩天就死了，我愛人還沒來，求你把我捲起來，就用我的被子捲起來，把我放在裡邊一點的地方，就是那兒。

　　我們的窯洞本來就挖得很大，近來又抬出去了幾個人，所以靠著最裡邊的黑暗處已經空出了很大的一片空當。他指了指那片空當又說，你們把我放幾天，等我愛人來了，把我的情況告訴她，叫她把我的屍體運回上海去。

　　他說了求我的事，然後黑洞洞的眼睛看著我，那意思是問我答應不答應。我沒吭聲，我的心當時抽緊了，不知說什麼好。靜了一下，他又說，求求你，求你幫我這次忙。我不願意把自己埋在這裡。老李，當初呀，我愛人，我的父母，還有岳父岳母，都勸我不要來大西北，我沒聽他們的話，一心要支援大西北建設，來了大西北。我真後悔，後悔沒聽他們的話。那天董建義說了很多話，並且最後還說，在窯洞裡放上三幾天，如果他愛人還沒有來，就把他抬出去埋了。否則會發臭的，太髒。

　　三天後董建義死去。我們窯洞死去的幾個人都是在睡夢中死去的，睡著後再也沒醒過來。董建義不是，他死於白天。那是他委託後事的第四天上午，他圍著被子坐在地鋪上和我說話，說他女人快到了，看來用不著我為他料理後事了。他正說著話，頭往膝蓋上一垂就死了。這樣的死亡方式我在電影裡看到過，我總認為那是藝術的誇張，但自從董建義死後，我相信了，藝術是真實的，遵照死者的囑託，我和晁崇文把他用他的鴨絨被和一條毯子裹起來，塞到窯洞的角落裡，等他女人來收屍。

　　誰知事情就那麼怪。往常，各個窯洞死了人，都是堆在門口，由農場組織的掩埋小組拉走埋掉，但董建義死去的第二天早晨，卻遇上農場劉場長親自帶著人清理死屍。他大聲吆喝著叫人走進窯洞檢查，結果把董建義搜出來拖出去，拉到山水溝的崖根處埋掉了。為了對董建義的女人有個交代，我跟

著掩埋組去看了掩埋的地方。

　　過了一天，我們就明白劉場長親自帶人清理屍體的原因了。這天中午，山水溝裡突然來了幾位不速之客，他們大都穿著軍大衣，但又不是軍人，其中還有兩位女同志。他們一間挨一間進了幾間窯洞和地窩子，和右派們說話，問他們從哪個單位來的，多長時間了，犯的什麼錯誤，每天吃多少糧食。他們走後不久，就有消息傳開來：中央的一個工作組來過了，是由中央監察部的一位副部長掛帥的，調查夾邊溝的情況。傳聞還說某某右派認識那位副部長，兩個人還說了話。副部長是位女同志。

　　這個消息真是鼓舞人心，人們都以為中央來解決夾邊溝的問題了，右派們要離開明水要回家了。已經有一段時間了——還是在夾邊溝的時候——就有消息說，夾邊溝餓死了不少人，中央都知道了，中央要解決夾邊溝的問題。過了幾天，看不見什麼動靜，人們的心又涼了下來。

　　夾邊溝的右派們回家，是1961年1月份的事情，還真與那位副部長的到來有關，但是我們還是回到董建義的故事上來吧。大約是董建義死後五六天的一個下午，他的女人到了明水。他是從高台火車站下火車，東打聽西打聽來到明水鄉的山水溝的。她問董建義住在哪兒，有人把她支到了我們的窯洞。

　　我的鋪靠近門口，我首先聽見有人喊董建義。這聲音是陌生的，似乎是個女人。我就問了一聲誰找董建義。

　　我，是我找董建義。

　　驀地一驚，我明白她是誰了。我慌慌地站起，一時間竟然忘了窯洞的高度，頭撞在洞頂的硬土上。但我顧不得疼痛，低聲對窯洞裡的右派們喊了一聲老董的愛人來了，然後才對洞口說，哦，哦，你是……進來吧。

　　窯洞裡像是颳起一陣旋風，躺著的人急忙坐起，有的穿衣裳，有的拉被子，一片亂紛紛的窸窣聲中，洞口的草簾子被人掀開了，一個女人從台階上爬上來，進了窯洞。她的頭也在頂壁上碰了一下，她扭著臉看我，躬著腰說，我是從上海來的，叫顧曉雲。我是來看董建義的，他是住這兒嗎？

　　是，是，住這兒，住這兒，可這陣……

　　說實在話，這些天我就沒想過她來了怎麼和她說話。我原本以為董建義死去六七天了，她一定是接到農場發出的死亡通知單了，可能不來了。現在

她突然闖了來，搞得我一陣慌亂。她似乎看出我的慌張來了，臉上顯出詫異的神情說，怎麼，他不在呀？

我沒回答，只是模稜兩可地點了點頭，便扭臉看了看我的夥伴們，想從他們那兒得到一點靈感。可他們靜悄悄或坐或躺，眼睛都盯著我不說話。我更慌張了，對她說，坐下，你坐下，我跟你說。你是董建義的愛人嗎？

她說是是，我是董建義的愛人，但她沒坐。她的眼睛往四下看了看，似乎感覺到了氣氛的異常，便把詢問的目光投在我的臉上，說，你是叫李文漢嗎？我說對對，我叫李文漢。她又說，哦，你是李大哥，那好，那好。老董在信上說了，他要是不在明水農場的話，叫我找李文漢——就是你呀？我哦哦地應著，她繼續說，我接老董的信，說他可能要調個地方，叫我能來就來一趟。我想，前幾次來看他都是去夾邊溝，明水這邊還沒來過，我就來一趟吧。要是調到一個新地方，安定下來，我再來，時間就太長了。李大哥，老董是調走了嗎？

出去了，老董出去了……我糊裡八塗地應著，躲開她的眼光跪在地上拍打我的鋪腳，說，坐下坐下，你先坐下呀。我的鋪很髒，但我拍打和收拾鋪蓋不是為了乾淨，而是想利用這個時間來思考怎麼告訴她關於董建義的事。

她坐下了。她的手裡提著個很大且鼓鼓囊囊的花格子書包，她放下書包，然後抹下頭上的綠色綢緞方巾，仰起臉來看我。這是個典型的南方人，有著鼓鼓的前額，凹陷的眼睛，很秀氣的臉，尖下巴。董建義跟我說過，她已經三十歲了，但我看她也就是二十五六歲的樣子。真不忍心告訴她董建義的事情，我忙忙地又去洗茶缸，然後給她倒水。我的鋪前有個熱水瓶，那是我的，但提起來晃晃卻是空的。我便說，你先坐一下，我去找點開水。我原想以打開水為藉口走出去，這樣我就有充分的時間思考怎麼和她說話；可是她說，不要去了，不要去了，李大哥你坐下，咱們說說話。老董幹什麼去了，幾點鐘能回來？我只好對其他人說，喂，你們誰有開水，給顧大姐倒一點！右派們有的有自己的熱水瓶，放在自己的鋪跟前。我從一個右派的熱水瓶裡倒了開水，把茶缸子放在我鋪旁的皮箱上，然後說，顧同志，我叫你大姐對吧？老董跟我說過你三十歲了，比我要大幾歲，你就叫我的名字好了。她笑了一下，表示默認，但有點難為情的樣子，然後說，小李大哥，這老董去哪兒啦，你知道嗎？我說，顧大姐，老董的事我要詳細跟你談談，可是你

聽了我的話可不能太傷心。老董走了，走了七八天了。

在接待她的這段時間裡，我在心裡作出決定，要告訴她實情，瞞是不行的。只是這樣的談話對她來說太殘酷了，我於心不忍。為了掩蓋內心的不安，我立即扭臉朝著洞裡的其他人說，對嗎，老董走了七八天了？老晁，你說是不是？但是誰也沒回答我，他們靜靜地坐著，斂氣收聲望著那個女人。

我害怕那女人痛哭起來，可是她一動不動地坐著，眼睛直愣愣盯著我，臉上沒有任何表情。是她沒聽清我的話呢，還是不懂「走了」的意思，我就又說了一遍：顧大姐，你明白我的話嗎？——老董去世已經七八天了。

她哇的一聲哭起來。其實，她聽懂我的話了，她是在抑制突如其來的悲痛。在抑制無效的情況下才哭出聲來。

這是那種發自胸腔深處的哭聲。她的第一聲哭就像是噴出來的，一下就震動了我的心。接著她就伏在那個花格子書包上嗚嗚地哭個不停，淚水從她的指縫裡流下來。她的哭聲太慘啦，我的心已經硬如石頭了——你想呀，看著夥伴們一個一個地死去，我的心已經麻木了，不知什麼叫悲傷了——可她的哭聲把我的心哭軟了，我的眼睛流淚了。確實，她的哭聲太感人了。你想呀，一個女人，在近三年的時間裡，每過三兩個月來看一趟勞教的丈夫，送吃的送穿的，為的是什麼呀？是感情呀，是夫妻間的情分呀，盼著他出去闔家團圓呀！可是她的期望落空了——丈夫死掉了，她能不悲痛嗎？再說，那時候從上海到河西走廊的高台縣多不容易呀！你知道的，現在從上海坐去烏魯木齊的快車兩天兩夜就到高台！可那時候，鐵路才修到哈密，這條線上連個普通快車都沒有，只有慢車，像老牛拉破車一樣。她從上海出來，還要轉幾次車，要五六天才能到高台。一個女人，就是這樣風塵僕僕數千里奔夫而來，可是丈夫沒了，死掉啦，她的心受得了嗎，能不哭嗎？我落淚了，的確我落淚了。我們窯洞其他的右派我看見他們也都在悄悄地垂淚。我們確實被那個女人的哭聲感動了。

我等著那女人哭了一會兒，把最初的悲痛、艱辛和委屈哭出去一些之後，勸她：顧大姐，不要哭了，你要節哀，可不能把身體哭壞了，你還要回上海呀。我這樣勸一點兒作用也沒有，她還是號啕大哭。後來我說，顧大姐，我想跟你說說老董的情況，老董在去世之前託付過我一些事情，我要告訴你。她這才克制住了號啕大哭，坐起來，打嗝一樣地抽泣著，看我。於

是，我把董建義去世前後的事講了一遍。我重點突出地講了董建義死亡的過程，告訴她董建義死時沒有痛苦，他是在和我們說話的時候突然停止了呼吸的。我們把他皮箱裡一套新呢子制服給他穿起來，用他的被子和毯子裹好，拉到墳地埋葬了。

董建義說的不願埋在大西北，叫女人把屍體運回去的話，我隱瞞了。我只是告訴她，老董死後，他的遺物被農場管教科拿走了。你要是這次想拿回去，你就到場部去找管教科，要是不拿，他們以後可能把貴重的東西從郵局寄給你，其他的就當破爛扔了。

她又痛哭起來，哭著說，人都見不著了，要那些東西幹什麼？

她又哭了很長時間，然後才止住哭，拿過花格子書包打開，掏出好幾個紙袋子，打開攤在鋪上。然後她說，小李大哥，這兩件襯衣是我在上海買的，給老董買的。老董走了，也就沒人穿了，你就留著做個紀念。說著話，她又抽抽噎噎地哭了，哭著又說，這裡還有一件毛衣，是我自己織的，一針一針織出來的，我就拿回去了。然後她指著那些食品——餅乾呀，肉鬆呀，蛋糕呀——提高了嗓門：這些吃的東西，你們大家就吃了吧。

要是往常，哪個右派的親人來探望，身邊總是圍著一幫人，期望能得到一塊餅乾，或者一勺炒麵和一支香煙，但是這天的情況竟然這樣令人難以置信：人們都坐在自己的鋪上不動，顯出很文明的樣子。有人還以高貴文雅的口氣說，不吃，我不愛吃甜食。經她再三催促，有人才說了一句：你回上海的路上不吃嗎？那女人說，我能吃多少，有幾塊餅乾就行。我在火車上還可以買盒飯，你們可是沒地方去買。

你說得對，那我可就不客氣了。那個說話的人站起來，彎著腰走過來，拿了兩塊餅乾放進嘴裡。不知什麼原因，他嚼了幾下就咳嗽起來。有人笑了一下，說，小心，小心嗆死。他咳得眼淚都流出來了，但還是把食物嚥下去。他抹著眼淚說，嗆死我我也要吃，叫我女人去找顧大姐打官司吧。人們都笑，那女人也咧了一下嘴。笑聲中，人們才走過來拿吃的，走不動的人跪著挪過來，把他們髒污的手伸向那些食品袋。我急得大聲喊，喂，你們客氣點，給顧大姐留下一包餅乾路上吃。但最後我的鋪上只剩下一些細碎的麵包屑。那女人對我說，叫他們吃吧，叫他們吃吧，我在火車上買盒飯吃就行。

我覺得這幫人在老董的女人面前搶吃搶喝，有辱斯文，太不雅觀了，抱

歉地對她說，顧大姐，你不要見怪，我們這些人真是餓極了，臉都不要了。
她嘆息著說，不怪大家……

　　人們吃完食品，坐回到自己的鋪上去了，有的人手裡還捧著多維葡萄糖
的粉末一口一口地舔著。這時那女人又說，諸位大哥和兄弟，你們是老董的
朋友，老董活著的時候，你們對他的幫助，我非常感激，只是有一件事還要
請你們幫我做一下……她說到這裡停住，眼睛看著大家。大家也都靜下來看
她，等她往下說，有的人還催促：說吧，有什麼事你就說吧。她才又接著
說，我這次來看老董，根本就沒想到他會不在了，連個面也沒見到。所以我
想呀，請你們帶我到墳上去看看，幫我把他的墳挖開，叫我看他一眼，然後
我要把他運回老家去。請你們幫我這個忙。立即就有人說，行呀，這有什麼
難，埋得又不深，不費事就能挖出來。但我卻嚇了一跳，忙說，顧大姐，那
可不行，老董的墳可是不能動。

　　她驚訝地說，為什麼？

　　我說，你想想呀，才埋進土裡七八天，肉體開始腐敗了，但又很完整，
那個樣子你挖出來怎麼運回去，火車上叫你運嗎？

　　她愣住了。

　　我又說，不行，你可別打這主意。遷墳可不是運個死狗死豬那麼簡單的
事。

　　她說，那可怎麼辦？

　　我說，你要是真想遷墳，就過幾年再來，到那時就可以把他的骸骨帶走
了。

　　她不說話了，在思考，良久才說，沒辦法嗎，真沒別的辦法嗎？那就只
能按你說的辦了，我就過兩年再來，趕在三周年之際遷墳。

　　我說三周年也不行，肉體在地下腐敗的過程很慢，三周年時間恐怕太
短。接著我又以隨便但卻認真的口氣說她：你著什麼急呀，反正這一次帶不
走，你就多過幾年再來唄。人都說入土為安，他已經入土了，很安穩了，你
就不要急著遷墳了。

　　她說，好的，好的，我聽你的話，過上幾年再來。今天就請你帶我去他
的墳上看看就可以了，然後我就回去。

　　我的心裡格噔響了一下。這是我最怕的一件事。我一邊思索一邊說，顧

大姐，老董的墳……你就不要去了吧。

她的眼睛立時顯出驚訝的神情，說，為什麼？

我躲開她的眼睛支吾著說，不為什麼，就是……一個土堆，有什麼看的？

她的臉色有點變，說話的口氣也有點變：小李大哥，我跑幾千里路來大西北就是看他的……

我有點狼狽了，說，是呀，你是來看他的，可是他已經不在人世了。

人是不在了，可是上墳掃墓是應該的。

是應該，是應該，可是……

可是什麼？

可是……他的墳……可能找……不到了……

怎麼會找不到？

我真是不知如何回答她了，因為她的臉上一片狐疑的表情，眼睛似乎要把我看穿。我支支吾吾了：

荒灘上到處都是墳堆，亂七八糟的……怕找不到呀。

她說，小李大哥，你剛才還說過，是你們親自把他拉到墳地埋葬的。這才幾天時間，你就認不出地方了嗎？

我心裡真是後悔，後悔先前說話欠思考，現在竟然陷於狼狽。為了改變狼狽境地，我厚著臉皮改口說，顧大姐，剛才我說的我們，是指掩埋組的人，而不是我和我們窯洞的人。

她不說話了，眼睛直愣愣看我，顯出不信任的眼神。我接著又說，你要是不信就問問他們：他們誰去埋老董了？

她把眼光投向其他的人，其他人都不出聲，於是她又對我說，小李大哥，我不知道你是不是真的沒去墳地，但我請你一定要幫我這個忙，我一定要認下老董的墳。我不認下他的墳，以後來遷墳，我到哪兒去找他的骨頭？

糟了，她誤會了，以為我不願帶她去墳地，這樣一點舉手之勞的事都不願意辦。這使得我心裡很不是滋味。我又說，顧大姐，你聽我說，我們這裡，人死了，都是抬到門外放著，專門有掩埋組的人趕著馬車來，把屍體拉去掩埋，其他人都不去。你想呀，人們都餓得站不起來，走不動路了，哪還有力量抬死人哪。除了掩埋組的人，其他人都不去墳地，這是真的。

聽了我解釋，她靜了片刻，又說：小李大哥，那就這麼辦吧，你領我到墳地去一趟，我挨個墳堆去找。

我說，到了墳地你也找不到的。墳堆都是一樣的，你能認出哪個是老董？

她驚訝地說，沒有墓碑呀？

墓碑？哼哼，你想得好！你以為是烈士陵園啦？

連墓碑都沒有，哪能這樣做事呀，這不是傷天害理嗎。死者的親屬來上墳，給誰燒紙呀？

我攤開雙手：那不是我考慮的事。對啦，我說的也不全對——幸虧你提醒我——死者的身上還真是拴了個紙片片的，寫上名字，編上號碼，是毛筆寫的。

她說，身上掛個紙牌牌有用嗎？埋在地下的人，家屬來了也不能哪個墳都挖開看看呀。

我說，人家可不那樣想啊！人家編號是為了統計數字，好造冊，向上級交代，哪管以後家屬來了方便不方便。

她又哭了起來，哼哼……這樣說來，我是見不著老董了？

我沒說話，覺得不好回答。倒是晁崇文叫了起來：怎麼找不到？你到場部去，找管教科，埋人的事是他們管。他們登記造冊，他們就該知道埋在哪裡。

其他人也說，老晁說得對，就找管教科。

那女人抹著眼淚看我。我說，那你就到場部問問去吧。

我們的住處在山水溝中端。我領著那個女人順著彎彎曲曲的山水溝走了十幾分鐘，從南邊爬出山水溝，指著東邊二三里處的一道山水溝告訴她，場部就在那裡，看著她走近那道溝了，我才回到窯洞去。

老李，你他媽的真不是東西！我剛剛爬進窯洞，就聽見晁崇文的吼罵聲。晁崇文是山西人，1946年就參加了地下黨，那時他才十七歲，正在上中學。解放後他在甘肅省運輸公司當政工科長。這個人脾氣很是暴躁，看見不順眼的事就要說就要罵。據他自己說，他是在當政工科長時因為給書記提意見，被定為右派的。我驚訝地問，老晁，你罵我幹什麼，我惹著你啦？

罵你，罵你還輕咧！你他媽的不是個好熊，我聽著就有氣。人家老董的

媳婦哭哭啼啼地求你，叫你領到墳上去看一看，這也是人之常情嘛，男人死咧，媳婦上個墳，記下男人的墳在哪邊哩，以後來上墳哩遷墳哩也方便嘛，你他媽的就幾步路的事，你不願去！你說你找不著！你咋個找不著？那天埋葬董建義，不是你跟著去的嗎？你說你要看一下埋在什麼地方了，他媳婦來了也好有個交代。人家媳婦來了，你又說不知道，你到底安的什麼心？你才是這麼個熊人！

我耐著性子等晁崇文罵完，然後回罵他：閉上你的臭嘴吧，你他媽的那個嘴怎麼那麼髒！我不領她去看墳自然有不領的原因，用著你管嗎？說實在的，那女人在這兒的時候，我就怕你多嘴惹事！

怕我多嘴？你不要胡扯！你為啥怕我多嘴？不就是怕我揭露你還想要那件毛衣嗎？那媳婦把那件毛衣給你，你就領著去了。

你胡說！我真生氣了，罵他。你知道個屁！前兩天，我往溝口那邊去挖辣辣根，看見老董被人拋屍荒野，光溜溜地扔在沙灘上。他的衣裳叫人扒走了，被子和毯子都不見了。

有這回事？晁崇文說，睜大了驚愕的眼睛。

師院歷史系的章教授說，肯定是叫人拿去換吃的了！那天我就反對過——我當時說了沒有？——不要給他穿呢子衣裳，不要裹鴨絨被，你們不聽！

我說，我告訴你們吧，還有更糟的事！老董屁股蛋子上的肉叫人剜走啦！

真的？

不信，不信你們去看呀，我騙你們幹什麼？小腿肚子那兒還叫人刮了兩刀。

誰幹的。誰他媽的幹這種缺德事情？晁崇文大聲吼叫說。魏長海，是不是你幹的？

魏長海前幾天因為刮死屍被隊長捆了一繩子還關了禁閉，這兩天正在恢復被繩子勒得近乎壞死的胳膊。晁崇文一吼，他驚慌地說，老晁，你可不要冤枉人！

晁崇文說，冤枉你？你媽個屁，我看就是你幹的！王院長是不是你動的？

　　魏長海叫起來：老晃，你可是冤枉人。王院長的事我承認做錯了，可我再也沒幹過那種事，這幾天我的胳膊腫得連門都出不去，還能幹那事嗎？

　　晃崇文問，你敢說沒出過門？

　　我忙忙地插了一句：老晃，這事我作證，他是沒出去過，飯都是我給他打的。

　　晃崇文說，那是誰幹的？啊呀，這人都他媽的變成畜生了！虎毒還不食子哩，人吃開人了，這人還叫人嗎！

　　大家都不出聲，我又說，你不是問我安的什麼心嗎？我告訴你吧，就為了這事。你去看看吧，屍體凍得硬邦邦的，乾不拉幾，光溜溜的那樣子，我怕那女人見了受不了呀！

　　晃崇文啞口無言，過一會兒才說，那就不該叫她去場部打聽。

　　我恨恨地說，不是你叫去的嗎，你還說我？

　　晃崇文不言聲了，但恨恨地唉了一聲。

　　已經是黃昏了，從我們窯洞看出去，對面的懸崖邊上僅剩下一條窄窄的夕照，山水溝裡已是陰影朦朧。我們去食堂打了菜糊糊，吃完就躺下了。

　　吃了就睡，減少無謂的活動，把熱量的消耗降低到最小，是大家的共識。但是，我還沒有睡著，就聽見草簾子的響聲。我問了一聲：

　　誰？

　　我，小李大哥，我又找你來了。

　　是那個女人的聲音。我坐起來穿衣裳，同時輕輕地喊了一聲喂，老董的愛人又來了，怎麼辦？聽見了晃崇文的聲音說，那就叫進來唄。我便朝窯洞口說，進來，你進來吧。

　　天還沒黑盡，洞口的草簾子斜了一下，窯洞裡透進一片朦朧的亮光，一個人影爬上台階來，站住。我明白，這是因為窯洞裡太黑，她怕碰著什麼。我叫她等等，點上了煤油燈，然後問她，找到人了嗎？

　　如豆的燈光照在她的臉上，她的臉色蒼白，且不清晰。她哀哀地說，李大哥，我還得找你，求你幫助我……

　　她說不下去了，要哭，淚水盈滿了她的眼睛。我忙忙勸她：不要哭，不要哭。你坐下，坐下說，出什麼事了，沒找到人嗎？

　　她擦了擦眼睛坐下了，還坐在我的鋪角上。我蹲在她的對面。在我們窯

洞裡站著是很累的，因為窰洞很矮，總要彎著腰。

然後她告訴我，在場部的一間芨芨草席搭的棚子裡，管教科的一名幹部翻開死亡人員登記冊查了查，說董建義真是死了，七天了，但不知道埋在什麼地方。她要那位幹部去問問掩埋組的人，幹部叫來了一個叫段雲瑞的人。但段雲瑞說他只是負責登記姓名和死亡日期，不去墳地。叫他去找那幾個人，他說一個吃髒東西死了，另一個病重住進醫務室了，剩下的三個人走不動路了，在窰洞躺著。

新組建的掩埋組又不知道先前的情況。她在辦公室哭泣很久，說找不到董建義的屍體就不回上海去，那位管教幹部竟然發火了，說，咦，你不回去呀，那好辦，我叫人給你找個窰洞住下。你想住多久就住多久！她不說話了，還是哭。那人就又說，真不想回去嗎，那你告訴我，你是上海哪個單位的？她說你問我的單位幹什麼？那人說，給你們單位寫信呀，叫保衛科來領你回去。你們這些大城市的小姐太太，男人思想反動，勞動教養，你不跟他劃清界限，還跑到這裡來胡鬧。你這是立場問題，是向政府示威，向無產階級專政示威。我們要通知你的工作單位，要好好教育你。聽那人這樣說，她不敢哭了，也不敢說什麼，就又來找我了。小李大哥，求你幫幫我吧。她哀求我。

聽她敘說，我的心放下了。我說，你叫我怎麼幫你？她說，明天你就領我到墳地去找找老董的墳。我說怎麼找呀，幾百座墳，上千座墳，到處亂埋，有些墳還叫風颳平了。連墳也找不到了，你上哪兒去找？她說就是一個墳一個墳地挖，也要找到老董的墳。我說你那樣做行嗎？不要說你沒那力量挖，就是有力量也不能挖呀。為了找一個人，把全部墳都挖開，那樣做妥當嗎？

她嗚嗚地哭了，哭著說，小李大哥，那你說還有什麼好辦法呀？

我說有什麼好辦法？找不到就找不到吧。你來看望過了，知道他的情況了，也就盡到親人的心意了，老董也就入土為安放心地走了。這就行了。你要知道，找不到親人墳墓的不是你一個呀。你今晚上就在這兒湊合著住一夜，明天早晨到火車站去趕火車吧，回上海去。

她嗚嗚地哭個不停。沒理會她的哭泣，我把自己的被子整理好以後對她說，你就在我的鋪上睡吧，我找個地方睡去。然後我就拿件大衣，和另一個

右派擠在一起睡覺了。在夾邊溝農場還有幾間用來接待探視者的客房，明水可沒有那條件了，除去場部用芨芨草席搭了幾間房當辦公室，所有的勞教犯和幹部都住地窩子和窯洞。親屬來探親只能擠在勞教犯中間睡覺，或者坐以待旦。

我睡下了。我想，作為老董的朋友，我應該把自己的鋪讓給他妻子去睡。

許久之後抬頭看看，她還坐在地鋪上。我想，她可能是嫌我的被褥髒。已經整整三年了，我沒拆洗過被子。被子髒得沒法看，還長滿了虱子。我還聽見她輕輕的啜泣聲。

不知道夜裡她睡覺沒有，我早晨醒來的時候，她還是那樣坐著，只是把一條被子披在她的列寧式呢子短大衣外邊。冷啊，雖然還沒到隆冬季節，但高台的夜間溫度已降到零下十七八度。窯洞裡又沒有爐子取暖，洞口只有一個草簾子擋擋風。唉呀，溫暖的火爐呀，我們已經三年沒見過它了。

我起床後沒有洗臉，——我已經記不清幾個月沒洗臉了。洗臉水要去東溝大灶旁的水井去抬，我們沒有打水抬水的力氣了——就去找隊長開了個條子，給她買了一份客飯——兩個菜團子——端回來叫她吃。我說她：快吃吧，吃完了去趕火車。

她接過了菜團子，但沒吃，放在皮箱上。

我說，昨天餓了一天，今天還不吃，你是嫌飯難吃吧？

不想吃，我一點兒也不餓。她一說話就又哭了：小李大哥，求你帶我去找老董的墳吧。找不到墳，我一口飯也吃不下去。

我說她：唉，你怎麼這樣不聽話，不是跟你說過了嗎，我不知道墳在哪個地方。你快吃了飯回上海去吧。

她哀哀地哭：小李大哥，老董在信裡說，叫我到了農場有什麼事就找你。你一定知道他埋在什麼地方。

我說，他是講過這話，他如果等不著你，沒了，就叫我給你說說他的情況，可是我真沒去埋葬他。

她驀地大哭起來：嗚嗚嗚！你知道，你就是知道。昨天你說過，你去埋的他，後來你又否認。你為什麼不帶我去看他呀……

我無言以對了。我的心裡也很難過，也很矛盾。不告訴吧，她嗚嗚的哭

聲悲痛欲絕，肝腸寸斷，令人心碎，但是告訴她真相，又怕她的精神承受不了。我愈是勸她不要哭了，她愈是大放悲聲。真叫人受不了，我扭頭走出窯洞，心想，不理會你了，你就死心了。

我在另一孔窯洞裡坐了一天，心想，她一定是走了。夕陽西下時分我回到自己的窩，她卻仍然在鋪角坐著，嚶嚶地哭泣。有人小聲對我說，她整整哭了一天，一會兒放聲痛哭，過一會兒又輕輕啜泣。

菜團子還放在皮箱上，已輕乾巴和萎縮了。不知是誰在她面前放了一茶缸水，水仍然滿著。

我趕忙又去打了一份客飯——半盆菜糊糊——給她。我勸她：你還是要吃點飯呀，儘管飯不好吃，但不吃飯不行呀，會餓垮的。餓垮了你怎麼回上海呀？她沒有吃，默默地流淚。

和頭天夜晚一樣，她又坐了一夜。這天夜裡我遲遲才睡，離她遠遠的在被窩裡坐著，看著她。我沒想到她是這麼固執的人，真怕她想不開出什麼事。我想，她對董建義如此痴情，什麼事都可能做得出來。半夜裡油燈滅了，我看不見她了，但是黑暗中時不時傳來她低沉的哭泣聲。

這是她來到明水鄉山水溝的第三天的早晨。我從睡眠中醒來。早晨的太陽已經升起，陽光還沒有直射進我們的窯洞，但是從草簾子旁邊的縫隙處透進來的亮光投在她的身上。她還是坐在那裡，一動不動，木雕泥塑一般。但是，她臉上掛著淚水，眼睛腫得桃子一樣大。

我的神經可是受不了啦。我把晁崇文叫出窯洞：老晁，你看怎麼辦呀？她已經整整兩天沒吃沒喝了，可別餓死了。晁崇文說，你說的，咱們餓了兩年多還沒死掉，兩天就能把她餓死？我說，可是光哭也不行呀，萬一有個好歹……後邊的話我沒說下去，晁崇文說，那你說怎麼辦？我說我問你呢，你倒反問我。他不言語了，抬頭看天片刻，然後說，有啥好辦法？要不你就領她去墳地看看，叫她看一眼老董？我忙說不行不行，昨天前天沒答應，今天領去算什麼事？再說，見了老董那個樣子，真要哭死了怎麼辦？他說，這樣也不行，那樣有危險，你是啥意思嘛？我看他著急了，便說，我的意思呀，今天你勸勸她，叫她快點回上海去。她已經懷疑我了，認為我騙她了，我的話她聽不進去了；你勸勸她，可能起作用。晁崇文痛快地說，好，我勸就我勸。吃過了早飯，我好好勸勸她。就是這能行不能行，我也沒有把握。這媳

婦夠固執的。

　　晁崇文說吃過早飯勸那女人，可是我和他從食堂端著飯回到窯洞，出了件事：有個人死了。死者是省商業廳的一位會計。他的身體已經徹底垮了，幾天前在廁所解手，他在茅坑上蹲下後竟然沒有力氣站起來的；站起之後，他又繫不上褲帶──身體越差越怕冷，穿的就越厚，毛褲外邊套著棉褲，棉褲再套上單褲──他的手已經沒有力量把皮帶勒緊了。還是我幫著他拉緊了皮帶。這天早晨的事情是這樣的：起床時他就躺著沒動，旁邊睡的人還問了他一聲：我給你帶飯嗎？見他不回答，那人就自己去打飯了。打了飯回來，那人見他睡覺的姿勢一點也沒改變，便覺得情況不妙。拉開蒙著頭的被子一看，人已經僵硬了。想必是夜裡就斷了氣。

　　死就死了罷，這種事大家已經習慣了，所以有人還喊了一聲：不要動，吃完飯再說。大家靜靜地吃飯，然後才有幾個身體強健一些的人來處理他。我和晁崇文屬於「強健者」之列，我們打開他的箱子，找兩件乾淨的衣裳給他穿上，然後用他的被子把他裹起來。我們還把一根繩子截成三截繫了繫，一截繫在脖子的地方，另一截繫在腰部，還有一截絜住腿部，把被子勒緊。然後我們幾個人連抬帶拉把他拖出窯洞，放在洞外的空地上。

　　幹完這些事，我們已經累得氣喘吁吁，坐在窯洞外的太陽地裡喘息。這時我看見了那個女人，她站在窯洞裡，掀著草簾子從上往下看著我們。她可能是被死人嚇壞了，臉色慘白，一臉的恐懼。她已經不哭了。於是，我推了一下晁崇文，叫他看那女人，並說，去，跟她說去，叫她快回上海！

　　晁崇文進窯洞之後，我在外邊坐著，等他勸說的結果。我認為，勸說過程將是很艱難的，晁崇文一勸，她肯定要哭起來，我可不願看到她痛不欲生的樣子。

　　不料也就三五分鐘時間，沒聽見一聲哭泣聲，晁崇文就走出窯洞來了。對我說，老李，不行呀，我的話她根本就不聽，說咱們是合起來騙她，不叫她見到老董。她今天要自己找老董去。

　　我吃了一驚：什麼？她要自己找去？

　　是呀，她不叫你我領她，要自己到墳地去。她說一定要找到老董的墳。啊呀，這個媳婦犟得很……你說怎麼辦？

　　我和晁崇文說話，那女人已經走出來了，下了台階。她的眼睛已經不適

應太陽的光線了，儘管冬季早晨的陽光並不強烈，太陽像是黃疸病人的臉一樣黃慘慘的，她舉起一隻手遮擋著光線朝我們看了看，轉身往北邊走去。

我急忙朝她喊了一聲：哎，你幹什麼去？

她沒搭理我，往前走。

看來她真是生我的氣了。我急忙追上去擋住她說，顧大姐，你不要去找啦，你找不到的。這裡埋了幾百個人，到處都是墳堆，連個記號都沒有，你到哪裡找老董去？

她站住了，眼睛直愣愣地盯著我，一句話也不說，那神情似乎是在責備我：你不要騙我了！然後繞開我又往前走。我有點急了，說她：你這個人怎麼不聽勸呢……

這時候晁崇文說話了：老李，不要管了，她不聽話就叫她找去，她找不到就死心了。我略一躊躇說，你不聽勸呀，那你就找去吧，可是你不能到那邊去。農場的墳地大部分在這邊的沙灘上，就是你前天去場部的那個方向……

她看了我一眼，調轉身向著山水溝南邊走去了。

她走出一截去，晁崇文小聲問我：老董的墳在這邊嗎？

我說不，在那邊。

晁崇文：那你把她支到這邊去，你不是害她嗎？

我：那你說怎麼辦？老董就在北邊不遠的地方，叫她找到了怎麼辦？哭死怎麼辦？

晁崇文不說了。我又說，找去吧，不到黃河不死心，叫她白跑一趟她就死心了。

我和晁崇文認為，她到了墳地，很快就會回來的，那兒除了墳堆什麼標誌都沒有。不料到了中午她也沒回來，夕陽西下也還沒回來。後來吃過了晚飯，暮色已經像潮水一樣注滿了山水溝，還是不見她的蹤影。我有點沉不住氣了：莫非她在墳地出了什麼事？我走到晁崇文旁邊說，咱們去找一下她吧，不要叫狼吃掉了。

我們剛遷到明水的時候沒見過狼，但是時間不久，就有狼了，並且很快地這兒就野狼成群了。有時候，天還沒黑透，狼就順著山水溝跑來跑去，根本就不怕人。牠們吃死亡右派的屍體，長得肥肥的，身上的毛都油光發亮。

我和晁崇文出了窯洞往南走，剛走到伙房跟前，一個小小的身影走了過來。我喊了聲顧大姐，她站住了。

我走過去說她：都啥時間了，還不回來！你不怕叫狼吃了，可我們害怕呀。你叫狼吃掉了，我們要擔負責任的呀！

她不說話。

回到窯洞我們問她：你找到了老董的墳了嗎？

她還是沉默。

你找不到。到處亂埋的，又沒有墓碑，你怎麼找？給，把這兩個菜團子吃了快睡覺吧，明早回家去，再不要瞎折騰我們了。

我把兩個菜團子放在皮箱上。這是吃晚飯時我專門給她要來的兩個菜團子，出去找她的時候怕別人偷吃掉，我裝在自己的口袋裡的。

她沒有吃菜團子，她只是喝了一茶缸涼水就躺下了。看起來她累了，疲憊不堪了。

第四天的黎明到來了，我一如往日給她打來了客飯，勸她：吃吧，吃完了回家吧，不要瞎折騰了，但她卻說：

小李大哥，你借給我一把鐵鍬吧。

我驚訝極了：你要鐵鍬幹什麼？

她軟軟的嘶啞的聲音說，我昨天都看過了，墳地裡只有不多幾個墳頭上放著些磚頭，磚頭上寫著死難者的名字。其他的墳上連磚頭都沒有。我試著用手挖開了兩個墳堆，埋得很淺，也就半尺深，有的還露出被褥來。今天我要拿把鍬去，我要一個一個地挖。你放心，我挖過的墳我再埋好。

我驚呆了：這個女人，她到底要幹什麼！我的心咚咚地狂跳起來，眼睛一熱，淚水差點兒流出來。我擦了一把眼睛，說，大姐，吃吧，你吃點飯吧，吃完了我領你找老董去。一定領你去找……真的，不騙你。

眼淚簌簌地流過她的臉頰。

她的身體已經很虛弱了。從窯洞出去，走下台階的時候，她的腿一軟就栽倒了。站起來再走，她努力地提起精神，但她的身體搖搖晃晃的。

這天我們是往北走的。我們還沒走到溝口，就看見死屍了。正式的墳地在溝外的沙窩子裡，但是，掩埋組的人偷懶，有時拉到這裡就掩埋了。這地方的地勢寬闊了，也有一片沙包，埋了一些屍體。因為埋得草率，有些屍體

已經暴露了出來。藍色、黃色、黑色和各種衣裳的破布條以及土蒼蒼的頭髮在早晨的寒風掠過的地面上索索抖動著。

我向晁崇文使了個眼色，叫他把那女人引開去假裝辨識那些屍體。我徑直找到董建義的屍體並趕緊往上撩沙子。我想抓緊時間覆蓋一下，以免那女人看見了難以承受。我蓋住了他的兩條腿，就停下來喘氣。我的身體太虛弱了，已經挖不動沙土了。這時候那女人朝我走過來，問，你找到了嗎？我馬上裝出挖土的樣子說，你來看看這個是不是，我看著像是老董。

說真心話，我還真怕她認不出來。從前的董建義多麼英俊呀，三十多歲，白淨的面皮，高高的身材穿一套灰制服，瀟脫極了。而現在的董建義，赤條條躺在地上，整個身體像是剝去了樹皮的樹幹，乾乾巴巴的。身上瘦得一點肉都沒有了，皮膚黑乎乎的，如同被煙火熏過的牛皮紙貼在骨頭架子上。他死去才八九天，倒像是從古墓裡挖出的木乃伊。他的屁股蛋兒上少了兩塊肉，露出帶著血絲的骨頭。我們和他一起生活了近三年，是眼看著他從一個健壯的人變成這樣一個木乃伊的，否則我也不會認定他就是董建義。

可是那女人走近後只看了一眼，就咚的一聲跪倒，短促地呀了一聲，撲在「木乃伊」上。

我的心沉了一下！她撲在「木乃伊」上之後，就一動不動了，沒了聲息。這種情景持續了足有一分鐘。我忽然害怕了，是不是一口氣上不來憋死過去了？晁崇文反應比我快，他推我一下說，哎，這是怎麼啦，別是沒氣了。快，快拉起來。我們同時跨前兩步要拉她，她的身體卻又劇烈地抖動一下，同時她的嗓子裡發出一種奇怪的咯吱吱的響聲。咯吱吱的聲音很費力地轉化為一聲淒厲的哭喊：哇啊啊啊……

哇啊啊的哭聲剛結束，她就使勁兒搖晃起那個「木乃伊」來，並且抬起臉看著天，嗓子尖利地喊出董建義的名字來：

董——建——義——

她連著喊了幾聲董建義，山水溝裡便連續不斷地迴盪起一個聲音：義義義……義義義……

然後她就伏在屍體上大哭起來。

她嗚嗚地哭，我和晁崇文在旁邊站著，耐心地等著她的哭聲結束。可是半個小時過去了，她還哭個沒完沒了。我們等得不耐煩了，不得不拉她回

去。我對她說，顧大姐，不要哭了，咱們該回去了。

我和晁崇文一用力把她拉起來了，但她卻抱著木乃伊不撒手，把木乃伊也拉了起來，哇哇地哭，就像他們是一對連體嬰兒無法扯開。沒有別的辦法，我們硬是把她的手從「木乃伊」上掰開，分開他們。我很粗魯地推開她說，行啦行啦，多髒呀，你抱著他！走開，走開點，我來埋掉他。

但是，她猛然吼了一聲：不准你埋！

不埋怎麼辦？就這樣擺著？

我要運走，運回上海去！

我苦笑一下說，你怎麼運走，背著他上火車嗎？

把他火化了，我把骨灰帶回家去。

我一驚，這可是個好主意，但又覺得這主意不可行，沒有柴。明水附近的荒灘上只有乾枯的駱駝草和芨芨草，用它們是難以把屍體燒成灰的。

她問我，這附近有沒有農民？

我說往西北走七八公里有個明水公社。她又要我領她去明水公社，找農民家買柴禾。她說花多少錢都在所不惜。她如此固執，我只好拖著浮腫的雙腿帶她去。

我們整整走了兩個小時，才在明水公社找到一戶農民，買了幾捆木柴。同時她對那個農民說，願意多出點錢，請他去火化一個人。那農民不幹，說他不幹那種晦氣的事。但他給我們叫來了兩個老頭，說他們願意去幹，叫我們和他們講價錢。講好了價錢，兩個老頭替我們雇了一輛牛車，拉著木柴往回走。經過供銷社老頭叫我們又買了一桶煤油。老頭說，屍體很難燒透，所以要準備充足的燃料。

回到山水溝，那兩個老頭把木柴堆好，再把屍體碼在上邊，澆上煤油點著了。火勢很大，很快就燒塌了木柴，屍體掉下去了。在火焰中，屍體突然坐了起來，嚇了我們一跳。後來木柴燒光了，就往火裡潑煤油。終於煤油也燒光了，灰燼中剩下了一堆骨頭。腿骨很長，像燒黑了的木頭棍子。我對她說，再也沒辦法了，你就撿點碎骨頭帶回去吧。但她說，不，我要全帶回去。

她抹下綠色的緞子頭巾，想把骨頭全包起來，但是頭巾太薄，透亮，一眼就能看見裡邊的骨頭。我說她：你就撿點小骨頭拿回去吧，大骨頭不好

拿，也的確沒那個必要。就是在火化場，也只是給你一部分骨灰裝骨灰盒，你何必大老遠全都背回去？再說你這樣上火車，列車員會看出來的。她不聽，說，我用那件毛衣裹起來。

於是，她提了一大包骸骨回到窯洞，拿出花格子書包裡的毛衣來包裹它。但是那僅僅是件背心，太小，她無論如何調度，骨頭還是露在外邊。後來我從皮箱裡拿出一條軍毯給她。我告訴她，這是我入朝作戰帶回來的戰利品，美國士兵的軍毯。我抖開毯子叫她看，商標上還有USA字樣。我說，這條毛毯我已經保存八九年了，捨不得用它。來農場勞教，許多衣物都拿去換了糧食，軍毯卻保留至今，捨不得換吃的，因為它是我的一段光榮歷史的標誌。

她接過毯子去了，她說，毯子用過之後，她要洗乾淨寄還給我的，因為它對我很重要。我說你不要寄了吧，你寄來的時候，我可能收不到了。——我能活那麼久嗎？我笑著說，你就放在你家裡吧，如果我能活著離開明水，有一天去上海，我上你家去拿。她說，那好，那好，我把我家的地址告訴你。在大家苦澀的笑聲中，她拿起我放在皮箱上的一冊筆記本寫下了她家的地址。

因為時間已是黃昏，這天夜裡她又在我們組的窯洞過夜。翌日清晨，我送她出了山水溝，指著南戈壁上的一個叫明水河的小火車站說，你到那裡去乘火車吧，比去高台火車站近得多。

我在戈壁灘站了許久，看著她背著背包往前走去。那個背包是我幫她打的，因為骨頭多，背包很大，我把它捆成了軍人的背包形狀，好背。她的身體是瘦小的，而背包又大，背包把她的肩膀都擋住了，那塊綠色的頭巾，她又裹在頭上了。11月下旬的清晨，戈壁灘上颳著凜冽的寒風。頭巾的尖角在她的脖子上像個小尾巴一樣突突地跳著。

那個女人說要把軍毯寄回給我的時候，我不是跟她說了嗎，不要寄，如果我能活著離開明水鄉，有機會去上海的話，就去她家取毛毯。她當時還真寫下她的住址。可是我哪有去上海的機會呀！你看我現在的樣子：羊倌。再說，如果有一天老天睜眼，可憐我，把我頭頂的山揭掉，我也變成像你們一樣的自由人，如果真去了上海，——我不是說要去拿那塊毛毯，那才值幾個錢？主要是那個女人在我的心裡印象太深刻了，真想再見到她——我也是沒

法找到她了。那是1960年12月份，夾邊溝的右派們在生死存亡的要緊關頭，為了取暖，都把書和筆記本當柴燒，我的那冊筆記本也被人扔進火堆轉化為卡路里了。

　　和李文漢在一起放了三年羊，後來我就作為工農兵學員去西北師院讀書，畢業後留在蘭州的一所中學教書，就再也沒見過他。再後來，聽回城的知青們講，他已經平反了，回了省勞改局，具體在哪個部門哪個單位工作，誰也說不清楚。

　　但是，什麼事情不會發生呢！1996年的一天，我去看望我中學時代的一位老師，剛剛走到蘭州二中門口，就聽見有人喊我的名字。我扭臉一看就驚呆了：這不是那個腦門有點禿頂的李文漢嗎！和從前不一樣的是他的頭頂全禿了，後腦上的頭髮全白了。其他都沒變，高高的身材，黑黑的爽朗的面孔。我熱烈地握手，問他怎麼在這裡站著？他說，我就在這裡住呀。他指了一下二中旁邊省勞教局的家屬院。他立即就拉著我進了家。在他家裡我們整整聊了一天，還喝掉了一瓶白酒。他告訴我，平反以後，他在五大坪農場當了十多年生產科長，然後離休，全家就搬到蘭州來了。談話中他突然說起一件事來：喂，你還記得我給說過的那個上海女人嗎？我說記得。他說，我還真有機會去了一次上海，找過她。我說是嗎？他說，你還記得我跟你說過的話嗎？1957年，我就是因為寫文章被打成右派的。可是平反以後的幾年裡，我的手癢癢，又寫了幾篇論述勞改工作的文章發表。這一次沒被打成右派，有一篇竟然被司法部評為優秀論文，頒獎會在上海舉行。

　　那是在上海的最後一天，大家自由活動，我去淮海路購物。淮海路的繁華，在我的眼裡是可以和南京路相媲美的：商店鱗次櫛比，遊人如織，摩肩接踵。我是想給老伴兒買件衣裳的，——我的老伴兒也是個苦命人，在五大坪工作幾十年，把兩個孩子帶大了，遇上我才成了家。她連一件時髦點的衣裳都沒穿過——可是跑了幾家服裝店，也沒買成一件衣裳。原因是時髦的太時髦，不時髦的我又看不上眼。

　　我繼續逛商店，看見一家商店門口的牌匾上鎦金大字寫著：老字號伊麗

莎白西裝店。店鋪的門面不是很輝煌，但卻莊重大方。我的心突然動了一下，伊麗莎白這幾個字我好像很熟悉。我站住想了想，還真想起來了：近三十年前，在明水的山水溝裡，一位上海女人去探視丈夫時對我講過，她家公私合營前有一家西裝店，店名叫伊麗莎白。她還說她家就住在店後的一幢小樓房裡。那女人拿過我的一條毛毯，用於包裹丈夫的遺骨。

心頭突發的一陣興奮，我走進了西裝店。我並沒有要回毛毯的念頭，我是想，既然走到門口了，進去問問，如果能見到那位女人，喝杯水，敘敘舊，不是很好嗎？

店鋪不是很大，但生意很火，顧客擁擠。我思考了一下，走近一位年紀大一點的營業員——實際他也就三十幾歲不到四十的樣子——耐心地等他應付完幾個顧客，才說，請問師傅，你們這個服裝店最早的老闆是不是姓顧？營業員有點莫名其妙的樣子，說，什麼老闆？我們店是國營企業，不是個體經營。我說，不，不是這個意思，我是說最早——就是五十年代剛解放的時候，這個西裝店的老闆是不是姓顧？他的眼睛顯出驚訝的神色，你問這幹什麼？公私合營的事我哪裡曉得啊？我說你們這兒有沒有歲數大點的人，了解這個西裝店歷史的人？他思考一下說，你到樓上去問問我們的會計，他可能知道。

按著他的指點，我從店堂的過道上到二樓，在一間狹小的房子裡，找到一位年近六旬的老同志。當他明白了我的來意之後，明確地告訴我，這個店公私合營時期的老闆不姓顧，而是姓朱。我說怎麼會不姓顧呢，老闆的女兒告訴我，她家的西裝店就叫伊麗莎白，難道上海還有另一家伊麗莎白西裝店嗎？老同志肯定地說，不會的不會的，上海沒有第二家伊麗莎白西裝店。我在上海的私營和國營服裝店工作了一輩子，有多少家老字號服裝店是很清楚的。看他回答得很肯定，我便說，那是我的記憶出差錯了嗎？老同志，我再問你個問題，你們的店後邊是不是有幢小洋樓？那位女同志告訴過我，她家的店後邊有一幢二層的小洋樓，她家就住在那棟小洋樓上。老同志搖著頭說，沒有沒有，我們這個店後邊從來沒有過小洋樓。我說是不是有過，後來拆掉了？他還是搖頭：我不是說了嗎，從來就沒有過。我在這兒工作了二十多年，後邊都是大樓房，是解放前蓋的，沒有過二層的……他說著說著突然停止了搖頭，改變腔調說，哎呀，你要找的莫不是南京路上的維多利亞西裝

店，那兒的老闆最早是姓顧來的，公私合營後換了新經理。我說，是嗎？他的老闆是姓顧嗎？你能肯定嗎？他說肯定，我一點都沒記錯。我疑惑了，說，可我的印象裡是伊麗莎白西裝店呀。他堅定地說，不對，就叫維多利亞，是你記錯了。維多利亞後邊是有一座小洋樓，現在還有。我遲疑地說，這是怎麼回事呢，她親口對我說的，她家的店名叫伊麗莎白，是英國女王的名字。但老同志又說，沒錯，我說的沒錯，你要找姓顧的，就到維多利亞去找吧。是你記錯了，維多利亞，伊麗莎白，都是英國女王，你把維多利亞和伊麗莎白搞混了。時間久了。記憶容易出錯誤。

　　我被老同志說服了，承認是記憶力出了毛病。老同志熱情地把我送出西裝店，站在人行道上指給我去什麼地方坐幾路車可以去維多利亞西裝店。我謝過他。

　　但是，在熙熙攘攘的人群裡走了一截，我就突然決定不去找那位姓顧的女人了。我是這樣想的：挺費事地找了去，如果顧家不住那兒了，不是徒勞一場嗎？就是顧家還住在那兒，但那女人倘若已經搬走了抑或不在人世了，不也很掃興嗎！

原題〈上海女人：夾邊溝記事之一〉，刊載於《上海文學》2000年第7期（2000年7月）；後收入楊顯惠，《夾邊溝紀事》（廣州：花城，2008）。

謝裕民

1959年出生於新加坡加冷河畔，祖籍廣東揭陽。曾任《新明日報》和《聯合早報》文藝副刊編輯。現為《聯合早報》副刊組高級編輯。作品被收入多種文學選集。著有散文集《六弦琴之歌》（與齊斯合著），小說集《最悶族》、《壹般是非》，微型小說集《世說新語》，散文和小說合集《重構南洋圖像》，中短篇小說集《謝裕民小說選》，長篇小說《m40》、《甲申說明書：崇禎皇帝和他身邊的人》、《放逐與追逐》等。三度榮獲金獅獎肯定，以及新加坡新聞與藝術部頒發青年藝術獎、新加坡書籍獎、新加坡文學獎等。1995年受邀參加美國愛荷華大學國際寫作計畫。2014年受聘為新加坡南洋理工大學駐校作家。

安汶假期

一

漢子緩緩地睜開眼，烈光針般飛刺入瞳，隨即一片泛白。漢子立即合上眼，以耳代目。先聽到微弱的呼吸聲，是自己的，然後是陣陣浪濤。

漢子動了動手指，緩緩地移至眉前，再小心地睜開眼，窺視未知的世界。

人尚在船上，船已靠岸。漢子望著隨船的夥伴，祈望還有一兩個活口，正想推他們一把，一個浪打來，將他甩到船的另一端。

一陣風過，漢子但覺刺骨的冷。身體漸有知覺，最先的反應是全身滾燙，喉嚨乾涸。

水。漢子抬起頭，但見一列黝黑的腳。一群跟他長得完全不一樣的人圍著他，等待他的反應。漢子想，怎麼台灣都是番人？再乏力地閉上眼。

二

我閉上眼。飛機正飛往安汶島途中。

Excuse me，安汶島，你知道在哪裡嗎？

我一點也不知道。我們從新加坡飛到雅加達，再從雅加達轉機，不知道七個小時的飛程會將我們帶到哪裡。

我當然不是去探險。誇大一點說，是去尋根。大家在「第一節」看到的，便是我想像我的祖先初抵安汶島的情景，我們就是要去找這位老祖宗。據說，這位老祖宗跟我們相距三百年。三百年，夠誇張吧？

我把要去尋根的事告訴我女朋友，卻叫她笑掉了淚。我自己也不太相信，而且是陪我爸爸一起去。我爸爸現在就坐在我隔座，有期待的不安，讓人以為是第一次乘飛機。

父子年紀大了比朋友還不容易相處，本來應該像朋友的，但一想到雙方

的身份，什麼話都沒了。還有，父子一起去尋根，有多戲劇性。你能想像此刻我比我爸爸還不安。

我媽媽當然不這麼想。她希望我能照顧我爸爸，臨走前一晚拿了五百元和一個平安符給我，說：「爸爸畢竟老了。」之後眼睜睜地看著我。我沒要她的錢，避開她的眼光，在反應和沒反應之間接過平安符。我要怎麼照顧我爸爸？所以，我女朋友知道後便笑著叫：「那你準備扮演怎樣的角色？」

助理。我把我爸爸的尋根之旅當作一個 project。我爸爸到中國為我叔叔料理後事，回來後在一次晚餐上告訴我們，原來我們的祖先曾到過印尼，還在那裡傳宗接代，照理說我們應該還有親戚在那裡。

我跟我弟弟──以前還有我妹妹，還好她去了澳洲念書──聽到我爸爸這麼說，是有一點興趣，又怕他扯太久，通常都自顧地吃飯，而且不能吃太快，最好在他把話講完後，剛好吃完，同時表示，他說的我們都聽到了，但沒意見。

他的話局限在一碗飯的時間內，像拍得不流暢的電影，後半段匆匆結束。我們幾乎拿起碗筷要起身到廚房去的時候，我爸爸看著自己的碗，又說：「我準備到印尼去走一趟。」

他這麼一講，似乎又掀開新的一章，禮貌上我們應該坐下來繼續聽。我弟弟不管，像小時候做完我爸爸交代的功課，走了。我遲疑一秒，也走。

我爸爸的另一個話題就此沒著落。我沒時間也沒心情去理他的事，更不關心我的祖先曾到過印尼。我的工作或我的行業正發生巨大的危機，它甚至牽連新加坡、亞洲或全世界。我在一個從沒有過的、無邊際的風暴中，與許多人一樣無助地在觀望。我們都知道，除了觀望，不能有任何作為。世界經濟史或搞亞洲經濟的人，一定會常提起這一天：

一九九七年七月一日，亞洲金融風暴。

金融影響股市，我是股票經紀，等不到人進場就像失業。沒有人知道谷底在哪裡，有同事開始不來上班，底子好的當作養傷，更多的是尋找新工作。我卻想起我爸爸在我開始做這份工作時的看法：缺乏基礎，不踏實。那是三年半前，連菜市場阿嫂也進場。我在那時候考獲經紀執照。那時候的行情是，做一年分一年半的花紅。沒有人會預想到三年半後的局面。我的第一個客戶，也是我前女朋友的哥哥，我們後來成了好朋友，他在三年半內三級

跳，從五房式政府組屋跳到半獨立式洋房，這名公務員在風暴後一周打電話來聊天，認真地說，銀行逼倉，想去跳樓。我只好開玩笑地說，我會幫你找新加坡最高的大樓，不過還是要抽佣。我們的聊天少有的得出一個結論：一座城市可以輕易地毀於旦夕。這不是說害怕能體會的。

股票跌超過三分一，能守就穩賺。像「守」、「穩」之類字眼，不知道為什麼，我總會聯想到我爸爸。打電話到學校找他，他沒說股票的事，倒告訴我，準備學校放假就到印尼去。因為自那頓晚餐後，我根本不清楚這名教了三十年小學的教員的動向。

大概是隔著電話吧！覺得這樣的方式和距離聊天能把我們拉近一點。剛開始我也不知道為什麼長大後不習慣面對面和我爸爸交談，以為是必然的代溝，直到有一次我女朋友說，跟你爸爸在一起真好玩，像在上課一樣，他永遠在教導。開始我還把它當笑話，後來深覺，這便是問題的癥結。從小到大，我爸爸都在教導我們，長大後我們被教累了，開始避開他，深怕他教個沒完，這種怕最後像鬆了的彈簧，再也拉不回。

我隨口問一些不關痛癢的旅行必備問題，瞎扯了一陣，不知道接下來要講什麼的時候，我爸爸又拉回股票的事，還是那句話，淡淡的、溫和的：「你看著辦吧！不要買太多就是。」

這幾年我也幫他小賺了一些，可是他這麼說，潛台詞就是叫我別讓他虧錢。我非常介意，特別是上個月我建議他買馬幣，害他虧了，直到現在我還耿耿於懷。理由很簡單，第一，我騙他；第二，他養了一個白癡兒子，幫他敗家。我於是莫名其妙地告訴他：「最近生意很差，可能跟你一起去印尼。」

我爸爸沒特別興奮，說：「你想清楚再說吧！我要去上課。」

我女朋友也覺得是我讓他虧了馬幣內疚。我倒沒後悔。反正現在沒人進場，我也不想去上班，三幾天到沒有股票起落的地方也好。問題是，我還不確定去幹嗎。

我爸爸不這麼認為，他的看法很別致。有一次與我媽媽閒聊時，她告訴我，我爸爸認為這是祖先的「召喚」。天啊！亞洲金融危機成了老祖宗對我的「召喚」。太偉大了吧？

我從我媽媽那裡，有一句沒一句地知道，原來我爸爸在中國出生，隨我公公過番到南洋。六十年代印尼排華，他們決定離開居住的廖內省，原本一

家四口一起回中國的，我公公卻意外地留下我爸爸，讓他跟一個沒有親屬關係的長輩來新加坡。自那時候開始，他便沒再見到自己的父母，弟弟還是二十年後才見上。

另外，據我女朋友轉述——我女朋友對我們家的事知道得比我多，我爸爸風風光光地為他弟弟辦了葬禮後，他的侄兒把一個小盒子交給他，說：「大伯！這是爸爸要我交給你的。」

盒子後來我見過，不是什麼傳世之寶，只是普通的木盒，把東西放在盒子裡，大概為了顯示慎重。

小盒裡只放著數張紙，除了一張新信紙，其他都是發黃的書頁。

信上寫著：

建發吾兄：
　　父親大人生前透露，吾等乃鳳陽朱姓，為明朝之國族，先輩因逃難，
　客居印尼。詳情見附書。

　　　　　　　　　　　　　　　　　　　　　　　　　　愚弟字

故事經過轉述與拼湊，還是帶出兩個令人興趣的重點：

一、我爸爸小時候住在印尼廖內。但是，為什麼我公公不把他一起帶回中國？

二、天啊！我們竟然是明朝貴族，會不會是皇帝的後代？

知道這些之後，我才比較重視這個 project，偶爾會問我爸爸一些問題。第一個問題是：印尼那麼大，我們究竟要去哪裡？

他說：安汶。

安汶在哪裡？我問。

天啊！兜了一圈，我們又回到一開始的問題上。

三

經兩星期航行，船須小修、添水，暫停於安汶島。島約百里，從海上遠眺，如含苞初放的蓮花露出水面；近看則見果樹成林，一望無際。

船靠岸，一群小孩於岸邊拍手唱歌歡迎我們，一旁的婦女也停下工作。下船派糖果，小孩們開心地離去後又回來，拿著新鮮的水果回報。

與友人立於船首吃著小孩們的水果，數名小童領著一名中年人從樹林中跑過來，在岸邊向我們招手。我們讓小孩上船，中年人也跟著上來。

中年人上船後，深深地拜一揖，以京話說：「故人遠道而來，鄙人竟不知，要不是鄰居小孩相告，幾乎要錯過了。」說完又行禮。

我們吃驚地看著這名作土人裝扮的中年男人，為何不是說廣東或福建話，而是京話？此人眉豐目秀，面赤唇紅，亭然玉立，不像一般人。

我們隨即請他坐下，問他家鄉何處。他嚴肅地說：「鄙人乃鳳陽朱姓人，是勝朝國族，祖輩因宗室之誼，曾被封爵，後來國破家亡，先祖乘船出海，要到台灣投靠國姓爺，不料半路遇上風暴，漂流到這小島。虧得土著讓我們立足，我們在這裡，傳到我兒子已經是第七代。我們住久這裡，也從這裡習俗，只是國土鄉音，還有祖宗族譜，必對兒子口傳心授，不敢忘本。」

眾人知道他的身世後，異常感動。有人端上茶，他握著杯子，因激動久久不能言。

四

經七小時飛行，我們終於以從新加坡飛到日本的時間抵達安汶島。

不知道飛機怎麼飛，我主要以地圖「認路」。我手上有一幅東南亞地圖，地圖上最顯眼的是加里曼丹島，就是新加坡右邊的大島，加里曼丹再往右有好些島嶼，但不是我們要去的地方，那是蘇拉威西。蘇拉威西再往右偏上是一片散布的群島，群島以前譯作「摩鹿加群島」，現在譯成「馬魯古群島」，它因出產香料，所以也叫「香料群島」。安汶島就在群島南部，它也是群島的首府。我爸爸當初是這麼教我認識安汶島。不過，我卻不覺得自己已經抵達地圖上的安汶島。

有海水的地方就有華人。十九世紀末的某一天，有一個叫「闕名」的清朝人來到安汶島，「第三節」便是他的部分遊記，到船上找他的那名「鳳陽朱姓人」就是我的祖先，在安汶島的第六代祖先。

Excuse me，字典上說，「闕」同「缺」，也念成「缺」，「闕名」就是沒

有名字，那幾頁我叔叔留下來的遊記作者正是「闕名」。也就是說，記載我祖先事蹟的作者不知道是誰。我和我爸爸就憑幾張不知道是誰留下的遊記來尋根。

　　遊記的出處，經我爸爸多方查尋，出自一套於1891年陸續出版的書籍《小方壺齋輿地叢鈔》，記載我祖先的是其中一則〈南洋述遇〉。

　　「第三節」只是故事的開始，我爸爸怕我看不懂原文，還幫我譯成白話文，「第三節」就是我爸爸的部分譯作。後來他索性把原文影印給我，還告訴我，根據他的推算，這個在安汶島的第六代祖先，叫四世祖，也叫高祖父，那個要到台灣的祖先與我相距十代，叫九世祖，也叫鼻祖或始祖。

　　小小的機場因飛機降落掀起一陣喧嘩，幾個小孩和婦人像歡迎闕名般歡迎歸人，不過不是我們。

　　除了幾個洋人外，就只有我們兩人是旅客。不！對我爸爸來說，意義上也算是回家。

　　有人前來問：要車嗎？

　　我爸爸搖搖手，四處張望。我的背包旅行經驗告訴我，雖有資料在手，還是應該找遊客中心或警局問一問。

　　我爸爸卻決定：「市中心有幾間酒店，先到市中心再說吧！」

　　我不喜歡他這種定調式的決定，當作沒聽見，到外邊探視環境。立刻，有幾個人圍上來推銷土產，還有幾個熟食攤似乎在等我光顧。我打量著他們，還真希望能找到「講京話卻作土人裝扮的中年男人」。

　　不知怎地，我一直記得闕名初見我高祖父的場面，像武俠小說對英雄的描述。面對原文，從原本看不太懂，到最後還會背一兩段：

　　「余驚睇之，見彼修髮番衣，儼然土人裝束也，何以所操之音非閩非粵，聲類京腔？細審之，眉豐目秀，面赤唇紅，亭然玉立，知非凡種也……」

　　每閱讀至此，總會有相同的畫面閃過；前朝遺臣的落寞，和海外孤子的悲戚。

　　才踏出機場，雨突然下起來。小販都躲雨去，只剩幾輛頂上沒寫著

「TAXI」的計程車。回頭找我爸爸，剛才那個司機看見雨來了，又向我爸爸兜生意，我爸爸用印尼話跟他討價還價。一個洋妞見狀，走過來以英語輕聲向我說：「他們相當專業，不會敲詐旅客。」

我覺得有些丟臉，向她致謝，催促我爸爸上車。洋妞灑脫地揮手離去。

老舊的車子沒冷氣，轉下車窗，雨絲立刻飄進來，只好當作蒸氣浴悶在車裡。窗外像個現代裝置藝術展，隔著薄紗藍綠交替的錄像快速地放映，間中許或有變化，但不大。我爸爸坐在前邊，保持在飛機上的坐姿，一聲不響地看著前方，成了部分裝置藝術。

一下子空間轉換，心緒跟不上，像窗外的雨絮，一片霧白。不知道那個要去投靠鄭成功的九世祖，初次踏上這片土地心緒如何？悲痛？恐懼？倦餓？失望或瘋狂？還有，他跟誰同來？家人還是志同道合之士？如果是家人，同來的親戚呢？如果是好友志士，安汶島是不是有他們的後人？

我爸爸在新加坡為我「補課」時提過，九世祖要去投靠的「國姓爺」叫鄭成功，因為父親鄭芝龍與南明隆武皇帝要好，將他過繼給皇帝做兒子，賜姓朱，取名成功，號稱「國姓爺」。

鄭芝龍後來降於清廷，鄭成功拒絕議和並北伐，失敗後於1661年3月出征台灣，準備退守台灣，卻到1662年2月才從荷蘭人手裡取得台灣。之後得知永曆帝被俘、父親被清廷處死，鄭成功極傷心，也於同年6月死於台灣。

從我爸爸的資料看來，我推測九世祖應該是在1661或62年準備到台灣去。如果他老人家是在鄭成功取下台灣後才去，那就是1662年。三百三十七年前的事。所以，如果沒有那場颱風，我們現在是台灣人！

再往上追溯，我們還是明朝皇族後裔，而且是鳳陽人。鳳陽在哪裡？我爸爸說，現在的安徽省。

但是，我們的籍貫寫的是：廣東。

唉！這又是另一段故事，要講到我的曾祖父──我高祖父提到的「第七代兒子」，他當時還是個十歲不到的孩子。他也將出場，並扮演一個決定性的角色，繼續我們家族近百年來的漂泊史。

闕名大概不會知道，他的奇遇，改變了一個家族。

五

午覺醒來，孩子們又在碼頭向我們招手。下船與他們打招呼，有小孩拉著我的衣服，要領我們四處遊覽。知道他們的好意，隨他們而去。

離碼頭約三里，一條小河彎如環帶，兩岸果樹成林，綠葉紅花豔麗奪目，鳥兒鳴唱於枝椏間。有村童持竹竿追逐，爭奪剛採下水果。

越過樹林，是一片碧綠如鏡的水田，遠山近嶺，相映成輝。細草與碎石鋪成的小徑，塵土絕跡。牧歌隱約傳來，此情此景，令人流連。

小童引我們至一處海灣。海口有山浮於水面，海灣內微波起伏，碧綠見底，細沙如粉，土著嬉戲沐游其間。

擔心太陽下山後不易回返，要小童們帶我們回船。

回程於近碼頭處，兩名小童拉著我們，要我們折往他處。就在碼頭旁一村落，但見一棟方樓，屋前有短梯，屋頂以茭葦葉蓋上，風過時乾葉起伏如奏樂，非常別致。

兩名小孩跑進屋裡，不一會，一老者出來迎接。簡單地打過招呼後，我們先在梯階脫鞋，進屋後席地而坐。幾名婦人也坐一旁，都非常整潔。

言語不通，主客以手勢寒暄。一頭插鮮花女孩捧著不知名水果前來，意外地盤中還有涼粉。

老主人指著嘴巴要我們吃水果。忽然一隻猿猴拿了我的鞋子跑進來，老主人對牠喊了一聲，要我別害怕。猿猴被叫住後就伏在我們的前面，伸腳跟牠玩，牠躺著抱住我的腳吮舔。

這時有鳥鳴聲響。屋裡還養了兩隻小鳥，就在簷懸上，一黃一白。小孩以為我喜歡，要把兩隻小鳥送給我，我不肯要，小孩們卻堅持，只好要了一隻小黃鳥。

盡興地相處了一會便向老主人告辭，老主人送至門口，要小孩們帶我們回船。

上了船，取數塊印花布分贈小孩，小孩們開心地離去。

六

我爸爸的電子錶又叫了，凌晨兩三點吧！

睡不著。外邊陣陣蟲鳴像浪濤，很難想像在新加坡聽到的都是汽車引擎聲。

我爸爸老是在翻身，大概也睡不著。他應該知道，他這種事先完全沒有策劃，甚至連準備都沒有的尋人方式，只有空跑一趟。

我爸爸採最不是辦法的辦法，或者根本不是辦法——逢人就問。計程車進入市區後，我們選擇一家外表比較可觀，又在資料裡找到名字的旅店。我爸爸一進去，見到是華人，還沒登記就問：附近有沒有姓朱的。櫃檯小姐聽不懂華語，再以印尼話問，人家還以為他是來問路。

Check-in輪流沖涼後，估計我爸爸會說先休息再出發，他卻說要去吃午餐。美其名是吃午餐，還是在打聽消息。午餐後的節目是沿街問：「附近有沒有姓朱的？」這句話就在街心迴盪。

我嚇了一跳，這樣子怎麼找人？我沒問我爸爸，他大概也知道我不高興。來之前見他找很多資料，做很多功課，應該了解這裡的環境，至少知道去哪裡找人，沒想到跟我一樣。我不知道他是這樣找人，知道就不跟他來，甚至不讓他來。老實說，我覺得被騙。當然，從另一個角度，你還得佩服他憑幾張舊書紙就敢來冒險。我只好告訴自己，既來之，則安之，才剛抵步，不想掃興，希望熟悉環境後有其他辦法，也祈禱老祖宗真的出來「召喚」我們，否則就當作一次背包旅行。

那個在機場載我們到旅店的計程車司機，載了我之後就一直停在旅店外，大概想做我們的生意，一路跟著。

還好有他在，沿路問到市區邊緣，累了，也懶得走，司機的耐性終於做成生意。一直想問他，這裡沒有其他人需要車嗎？

回旅店太累睡了過去。醒來時我爸爸已經不見蹤影，大概又去問人。

下樓，那個司機還在，向我指了個方向。其實上哪裡都無所謂，我爸爸出來這麼久，怎麼還找得到？我只想四周看看，來了大半天，還不知道安汶島長什麼樣子。

就是典型的熱帶小鎮。數座高樓擋去天空，以舊式兩層樓的店屋為主，

間中還可以看到一些鋅板屋，賣賣汽水、水果。久違的是空中的電纜，一些封塵的記憶像被電纜牽動，特別是走在店屋的長廊上，大概剛睡醒，覺得不太實在，像夢裡小時候外婆家的場景，雖遠去卻常在夢裡出現。

旅遊資料說，這裡是馬魯古群島的行政、商業和通訊中心，人口二十萬。

經過一家雜貨店，看到玻璃裝的Coke，還是印尼裝配的。沒想到第一天就有收穫，比起我爸爸的尋根，真是無心插柳。選了三瓶——三瓶可以留兩瓶，一瓶拿來跟別人交換；我女朋友說的。我收集Coke還是受她影響。

在店裡還找到不少新加坡已當收藏品的日用品：小時候我爸爸的腳踏車前掛著的方形車燈、小豬撲滿、瓷筷筒、木秤，太多了。最後只買一瓶Coke，喝著Coke時慶幸沒犯上新加坡人的通病——到處shopping。

近黃昏，加上剛才的一陣雨，輕風中略帶涼意。走著走著，竟有些不習慣，所有的建築都落在身後，視線太寬了。抵步時快速交替的藍與綠在摘去薄紗後，固定地成了小島的背景。雖是熟悉的綠叢藍天，還是叫人心曠神怡。同是海島，新加坡就沒有這樣的綠與藍。怎麼沒人在這裡建度假村？風聲、鳥鳴與蟬嘶四起，深吸一口氣，還嗅到夾雜著草與泥土的味道，這是城市人典型的期待，不太肯定自己需要嗎？如果辦公室設在這裡就太好了。馬路轉彎的草坪上豎立著兩塊大大的廣告牌——Coca Cola和Toyota，一輛羅厘打下面經過，像極了Discovery頻道的畫面。

前邊會有關名筆下的河灣、海灣或水田嗎？一處海灘在走約十五分鐘後自山後逐漸展現，灰白的峭壁鬼斧神工地被劈開，驚心動魄地屹立兩旁，蔚藍的天空貼著低低的白雲，海鳥優遊海面，還有一排高矮不一的柱子中分地伸向大海，點綴了單調莊嚴的畫面。

沙灘上擱著一輛腳踏車，一個洋女人在取景，看見我半喊：「嘿！能幫我拍張照嗎？」

「沒問題。」

走近才發現是在機場遇見的女郎。她也認得我，「Hi！」地打過招呼，將相機交給我說：「能給我拍一點背景嗎？這樣才不會辜負這片景色。」

她靠在一根柱子上，及膝白褲與膚色相襯，印尼峇迪料子粉紅底藍色圖案的緊身上衣，經主人將衣角綁緊，顏色與身材互搶風頭，久曬的臉頰因上衣顏色紅得可照人，唯一缺點是眼角魚尾紋微露。不過這還是一張足以上旅

遊書的照片。

拍好，她問：「要不要也幫你拍一張？」

說不要等於否定她的審美眼光，拿出相機準備也讓她在鏡頭裡評頭論足。

交還相機時，她不忘自我介紹：「Jolanda，從荷蘭來。」

「Choo，新加坡人。」

「來度假？」

不想說謊，太沒禮貌，又不想交代得太清楚，想了想說：「是的，不過意義上屬探親。」

她知道不方便追問，只說：「嘩！意義重大。」

「你呢？」

她莞爾地說：「意義上屬度假。」

「來了多久？」

「三天。」

「還喜歡吧？」

「噢！簡直愛上這裡。你呢？」

喜歡是喜歡，但不太確定會愛上這裡，何況要陪我爸爸找人。還是禮貌地回：「我已愛上這裡。」說完覺得虛假，客氣地說：「安汶不大，希望再見面。Bye！」

回途時滿天金光，鹹蛋般的夕陽逐步藏到不知名的海島後，棉花雲像童書裡描繪的，鑲上金邊遊走天際。籠罩在金光下久久不想離去。

回到旅店不見我爸爸，他趕在天黑前回來，大概想掩飾自己的失望，拿出兩瓶Coke來說：「給你女朋友的。」

看來我們不只走同一條路，還進同一間店。

在旅店外吃過簡單的晚餐，沖了涼出來，我爸爸不知幾時已立於窗前抽煙。我拿了手機，怕他要迴避我講電話，說下樓去走走。

他看在眼裡，交代：「記得打電話給你媽。」

出了旅店，整個世界突然如落入噩夢般的漆黑，下午或傍晚的安詳與寧靜已化作死寂，原本想四處溜達的也省下來。想上樓去拿手電筒，又覺得應該享受這樣的夜，這樣黑到世界都停頓下來不是隨處都有的，新加坡就沒有。

　　坐在路邊一下子想起當兵時候的無助，胸口悶悶的，有點慘澹。打電話給我女朋友，覺得蠻不是味道，特別是她習慣的愛笑，聽起來就更不好受，又不能阻止她，所以講起話是來一問一答的。

　　比如她問：「How is everything?」

　　答：「還好啦！」然後等她發問。

　　「酒店多少顆星？有沒有冷氣？蚊子有多大？」又笑起來。

　　答：「還好啦！你知道這種地方的啦！」

　　「風景很漂亮吧？記得多拍一點照片啊！」

　　剛才的海灣？不是三兩句話能交代，簡單地說：「OK啦！」

　　知道她不能想像這裡的一切，很想告訴她，我就坐在一盞微量的街燈下講電話，方圓一百米內就只有這裡有燈光，整個世界像錄像機不小心按到「STILL」，畫面靜止不動。還是沒說，整個mood不對，她的世界是動態的，家裡還傳來電視劇的對白。

　　還好後來提到我爸爸，談得比較流暢。發牢騷地告訴她，原來我爸爸沒準備就來。她也意外，覺得我爸爸簡直是在開玩笑，隨即改變立場，說什麼身在外，以和為貴，勸我收起脾氣，找不到算了，平安最重要。

　　原本要向她吐苦水的，沒想到她變成我媽。握著手機不知道該說什麼，她也接不上，大家停頓一陣。想起我爸爸要我打電話給我媽媽，叫她幫我打，她說這種事要自己做，之後又沒話。不想這樣耗下去，告訴她要打電話給我媽。

　　掛了電話立刻想到至少有兩件事可以告訴她，一是我爸爸買了兩瓶Coke給她。還有，我爸爸又抽煙，他以前也抽的，人家說戒煙他也跟著戒，剛才又恢復。

　　發現跟我女朋友談話的方式，與跟我爸爸交談的方式剛好相反，我爸爸是要隔著電話才有話講，跟我女朋友則要現場，像剛才就老是找不到話題。

　　回旅店，我爸爸在看書。才八點多，不知道怎麼度過，拿出Disc-man躺在床上，我爸爸在一邊試探：

　　「怎樣？不好玩吧？」

　　他大概也沒事做，房裡又只有兩個人，總不能悶著聽對方的呼吸聲，隨口找話說。

我沒想過好不好玩，只覺得他找人的方法有點笨，敷衍他：「還好啦！」

他問：「打電話給你媽媽了沒有？」

這才想起忘了打，還是說：「打了。」

他見我沒有固定的目的，再試探：「要不要喝茶？」

長大後我們都不曾如此寬待對方，有點意外。

「好啊！」我幾乎沒有機會說不要。不可能像在家裡吃晚餐，吃完就走掉，而且就這麼一個小房間，沒地方去。

他帶來的小熱水壺已派上用場，茶也泡好了。他替我倒茶，我只好放下Disc-man，也等於要跟他聊天。聊天？慢點！有點不可思議。第一，這不是我們相處的方式，我想他大概又要講一些東西吧！我極不願意出了門還被「教導」。第二，談什麼？這才意識到，我跟我爸爸竟然沒有共同的話題。以前——小時候吧！我們的關係很好，究竟談些什麼？長大後除了買賣股票，其他的一點印象都沒有。第三，也是最重要的，現在怎麼開始？

我喝了一口茶。嘩！是中國茶！凌晨兩三點還睡不著，剛才中國茶喝多了吧？早知道喝自己帶來的咖啡。

還是我爸爸先開口，話題仍環繞著我媽媽。「有沒有想過，如果現在任何一邊發生戰亂和什麼的，我們跟你媽媽可能就這樣分開，從此生活在兩個不同的地方。」

我只能聯想到電影、電視裡的情節，答他：「沒有。」

他顯然有話要說，先幫我添茶，完全像跟朋友聊天。這也讓我放鬆些，老實說，我也想怎麼跟他相處得好一點。

「其實，很多時候都是一些突發事件決定一個人的一生，你看我們的家族就是，幾次的變化都是一連串的意外。」說完看著我，等待我的看法。

我相信他在概括他這輩子的生活經驗，等著聽。

他繼續說：「不過，人最大的本事就是適應環境。」

我順著他的話問：「那你從小就離開阿公阿嬤，會不會遺憾？」

「當然。」他想說什麼又沒說。

我只好繼續：「你去中國，第一次見到叔叔，有什麼感覺？」

他笑了。「開始真的不懂得怎麼去應對，雖然是兄弟，但也是小時候的印象，最後只好把他當朋友。也只有這樣，對嗎？」

我沒有經驗，無從接口，談話因此中斷。各自喝茶，等待第二輪對話。

我爸爸再為我添茶，然後說：「你媽那邊就比較完整。」

又用我媽媽來銜接。偉大的媽媽！

我們都跟我媽媽那邊比較親，我爸爸這邊，就只有他從小投靠的長輩。

「不過這樣也好。」我爸爸說：「因為老是在變，所以對所謂根、祖國、認同的觀念都非常質疑。比如說你，你的祖國其實決定在我，而我又決定在你公公。如果當初你公公沒離開印尼，現在你跟你弟弟妹妹就是印尼人，又或者我跟你公公去了中國，你跟你弟弟妹妹現在都是中國人。」

印尼人？中國人？我從沒想過，倒聯想到另一件事。「原來我們都有印尼土著的血統，我們有六代人跟土著結婚。」

我爸爸借題發揮：「對啊！所以有時候想，我們的血統到底要追溯到哪裡？三代前有印尼土著的血統，再往前原來還是明朝貴族。誰知道再追溯上去，會不會不是漢人？」

我想到最切身的問題：「反正追溯不完，那你為什麼要來？」

他一怔，笑了起來：「我倒沒想過。不過也沒什麼，就是看到你叔叔的信後，想來走一趟。可能是一個心願吧？」

「你的心願？」

他沒回答。

我想到另一個問題，再問：「那你認同哪裡？」

他肯定已經思考過，所以答案快而簡單：「你在一個地方生活久了，就是那裡的人，不管你願不願意，承不承認，你的行為舉止都是。當然，一個人在思想、性格的形成期，在一個地方生活，最容易認同那裡。」

這樣的「聊天」蠻累的，漫漫長夜，要談到什麼時候？我喝了五六杯茶，喝不慣，說不喝了。說完才驚覺，這等於宣布結束今晚的對談，覺得不太好，節目還未到尾聲，不過說了就算。我爸爸倒無所謂，點了煙又走到窗前去。我不想這麼早睡覺，一時有點無聊。

我爸爸突然說：「那邊有火，不知道是不是火燒。」

我走到窗前去，突然冒出一個想法：如果發生什麼事，我們會不會就此跟我媽媽和弟弟妹妹分散？

火一下子就滅，我肚子的中國茶卻開始在作祟，睜著眼躺在床上看天花

板上的污漬數綿羊。真的有幾塊污漬像綿羊，也有幾塊像闕名筆下的海灣。

唉！明天不能再喝中國茶了。

七

第二天一早，朱先生便在碼頭等候，我們趕緊請他上船。

朱先為昨天失態道歉，並給船上的人帶來不同的小禮物。朱興奮地說，這還是四年來第一次看到華人船隻經過。四年前也有一艘船被風吹到這裡來，見他們腦後都留著辮子，跟祖先們留下來的畫像不一樣，問他們為什麼？他們都是一般勞工，說不出所以然來。只說他們見到的人都如此。朱不敢問太多，今天遇到我，希望我說個明白。

我於是將本朝的衣飾、制度告訴他。朱聽後欣喜，覺得自己長久以來對故土的懷念不再是空想。

朱也介紹自己居住的地方說，安汶在海一角，沒有土產外輪，所以沒有商船經過。倒是附近的島民，每年都會有一兩次，將瓷器、布料等雜物運過來，本島的居民便以蚌中掘出的珍珠與他們交換。

船上即將開飯，朱不逗留，期盼地說：「先生的船還須小修數日，希望鄙人能盡地主之誼，帶大家四處逛逛。我明天來接你們。」

說完欣喜地告辭。

八

我們沒有高祖父的欣喜。尋根之旅今天正式開始，昨天只是熱身。

出了旅店，昨天載我們的計程車司機已經在等我們，問我們要上哪裡去，說可以載我們去某旅遊點等之類的話。

我爸爸向他搖搖手，朝昨天的相反方向，繼續沿路問人。司機像昨天一樣，在後邊跟著。我是陪客，志在看風景。這裡最便宜的消費是抬頭看天空。天空一早便醒來，滿天棉花雲網般地覆蓋著大地，單色藍的天空亮得讓人心情開朗，也預告今天的天氣：豔陽天。

走到市鎮盡頭想找車，那個司機已經不在，只好在路邊等車。邊走邊

等，感覺自己像肉身溫度計，體驗氣溫的變化。才十點多，已有午後兩點的酷熱。大概走了半個小時才等到車，我爸爸也不知道要上哪兒去，要司機往前走，直到下一個市鎮出現。

下車後像一對迷路的父子，繼續沿街問人。答案幾乎一樣：一臉茫然。

安汶島是很小，不過真要一個個市鎮去問，至少要整個星期，希望我爸爸不是來真的。

別問此刻心情如何。如果在家早就不陪他玩，現在至少有兩個理由不能掉頭就走：

一、是我沒問清楚便跟著來的，沒得怨，最糟的是不能丟下他。現在是想辦法的時候，吵架還嫌早一點。

二、想起臨來的那晚，我媽媽說：爸爸畢竟老了。真的，偶爾走在他身後，看著他的背影，發現他不知幾時已老了，還想起一篇課文，朱自清的經典──〈背影〉，雖然已忘記大部分內容。

唯一想走掉的理由是：太熱。

我爸爸的精力顯然比我好。昨晚或今天凌晨，我數著旅店天花板上的綿羊，幾乎天亮才閉上眼，接著就被他的洗臉刷牙沖涼聲吵醒。出門時腦裡像蜂窩，嗡嗡嗡地響。想起當兵的日子，不知道待會兒會不會邊走邊睡。

走進一家飲料店休息，昨天遇到的荷蘭女子Jolanda也在一旁休息。

「Hi！」她先打招呼。無袖T恤加bermuda，白皙的皮膚披著汗珠，像剛做完日光浴。

「Hi！」門口的腳踏車應該是她的。

買了汽水，發現店裡唯一的桌子已經給她坐了。

她拿下背包，說：「一起坐吧！」

我介紹：「我爸爸。陪他來找親戚。」

「噢！令人感動。」

我爸爸插不上嘴也沒興趣，到外邊去。我大概太想找人吐苦水，有點滑稽地說：「找分開四代的親戚。」

「四代？難以想像。」她關心地問：「找到了嗎？」

「還在找。」我苦笑。

她建議：「你們可以試一試到警察局或市政府去問一問。」

　　不想再說自己的事，開玩笑反問：「你好像很熟？」

　　「是啊！我全去了，為了安全。」她失笑。「我一個人來。」

　　「一個人？」比我爸爸更瘋狂。

　　「嗯！看看這個神秘、浪漫的地方當初如何吸引荷蘭人。」她大概知道我會好奇她的職業，自己先說：「我是荷蘭一家雜誌的記者，像你一樣，知道自己的老祖宗來過這裡，好奇為什麼他們要老遠的到來。」

　　「你的祖先來過？」

　　「不曉得，反正荷蘭人很早就來印尼，而且還做了很多事。」

　　我想起看過的資料，失笑低語：「做了很多不該做的事。」

　　她吃驚，意外地聽到老祖宗的不是，不過不想爭辯，聳聳肩，剛才的熱情急速退減。局面有點僵，還好我爸爸進來，說：「附近有家雜貨店，聽說是華人開的。」

　　向Jolanda道別，覺得剛才有點魯莽，像昨天一樣客氣地說：「安汶島真的很小，我們今天又碰面了，希望能再見面。」

　　「也希望能再見到你。」她遲疑了一會問：「我們交換旅店住址，好嗎？」

　　我不可能拒絕。

　　華人雜貨店是我爸爸在附近問來的。太陽已亮得睜不開眼睛，還好這一段路樹木不少。雜貨店老闆是四十開外的中年人，已不會說華語，但是知道自己的姓怎麼寫，以印尼話說：「兩個木。」

　　他大概也知道我們這樣找人不容易，說再往前走半公里，有個村鎮有好幾戶華人，不妨去問一問。

　　截不到計程車，繼續走路。還是單色藍的天空，棉花不知幾時已轉換成魚鱗。滿天魚鱗，一路陽光，一路曝曬，當然也一路的懊悔與生氣，所以一路靜默。

　　村鎮出現時像跑完馬拉松，快撐不下。我爸爸問了好幾家人，都不是華人。那個雜貨店老闆不像要我們，再問一家，順便說是雜貨店老闆說的。主人說，你們大概弄錯了，要再下一個村鎮。我真想打暈自己，也決定向我爸爸攤牌，不想再走。幸虧主人看我們累不成人，答應載我們去，我幾乎要擁抱他。以為是汽車，結果出現兩輛電單車。無論什麼交通工具，還是感激。

　　抵達時我爸爸被折騰得有些累，沒有剛才聽到有華人雜貨店的興奮。村

鎮也只有四戶華人。第一家是剛才雜貨店老闆的親戚，不過比雜貨店老闆好，懂得寫「林」。

第二家讓我爸爸又振奮起來，應門的老太太略說華語，說姓「zhu」，我爸爸看了看我，興奮地要她寫出來，老太太怎麼寫都不像「朱」字。

我爸爸看著那張「字畫」，在紙上寫下「祝」字，老太太直點頭。

第三和第四戶都不會說華語，也不知道姓什麼，問祖先來安汶多久，還有什麼親戚，都搖頭不知，我爸爸只好放棄，順便在附近吃午餐。

午飯後更想睡，走多幾處，我爸爸也累了，建議回去休息，求之不得。

我爸爸盡量不表露失望，回到旅店沒睡覺，而是立於窗前抽煙。

我不知道過後他做了什麼，反正我在五分鐘內就睡去了。醒來的方式跟早上一樣，被他的沖涼聲吵醒。我媽媽怎能忍受他？

在旅店附近吃了晚餐回來，我爸爸已累得說不出話，還是輕鬆地徵求意見：「明天不找了，反正來了，玩了再說。」

這樣的話原本應該是我講的，現在卻由他來說，大概怕我不陪他玩。我隨口應：「隨便。」

他見我拿出Disc-man來，不像昨晚主動找話題，自己拿了一本書躺在床上，幾乎立刻聽見他的鼻鼾聲。

想給我女朋友打電話，拿了手機帶上門。有人上樓來，看到我說：「Hi！」

以為是同一旅店的住客，「Hi！」地回應。待想起，她已先說：「Jolanda。」

只好作道歉狀。Jolanda一襲至腳黑色長裙，外加小皮包，與白天的T恤短褲判若兩人。

她也知道自己裝扮上的差異，學模特兒擺了個姿勢，露出皮製平底涼鞋。

我開玩笑地說：「我喜歡你的鞋子。」再說：「我們又碰面。找人？」

她故作思考狀，莞爾地說：「找你。」

不知道是不是認真的，一時接不上，卻嗅到淡雅的香味。

「意外？」

不想撒謊。「嗯！不過感謝你的到來，我正想出去散步。」

「請我喝咖啡，如何？」

「這個時候，這裡，有嗎？」

「當然有。」

女孩子主動邀請，故意說得鄭重：「那絕對是我的榮幸。不過得給我三十秒。」

「幹嗎？」

「換衣。」

開門，難題隨即來，這一趟出門沒帶長褲，怎麼辦？我爸爸正深睡，米色長褲就掛在一旁。沒時間考慮，試穿他的褲子，有七十巴仙合身吧！配上唯一一件有領T恤，還好是白色的，加上沒得換的球鞋，覺得還蠻休閒的。

再開門，我爸爸大概已經在作夢。Jolanda真的在計時。「三十六秒。走吧！Taxi在樓下等著。」

走近Jolanda，又嗅到淡雅的香味。上了車冒出一個念頭：萬一她想害我，這麼跟她走，不就上了不歸路？隨即覺得荒謬。

「你笑什麼？」

沒實說，故意壓低聲言：「告訴你一個秘密，我穿我爸爸的褲子。」

她吃驚地打量著我：「真的？」

「嗯！寬一點，也短一點。」

「這就是跟爸爸出門的好處。」她笑著說。

「歡迎共享。」

「褲子還是父親？」

「任選。」再反問：「你媽媽沒來吧？這麼漂亮的裙子……」

「從手到腳都是這裡買的。」

應該叫我女朋友也來shopping。

計程車在一條不知名的長街盡頭停下，街道旁有好幾間店屋，看不出哪裡可以喝咖啡。

Jolanda走向角落近草叢的一間，推開門，音樂和著香煙味衝出來。裡邊的人比想像的多，而且幾乎是洋人。安汶島的洋人都在這裡吧！

Jolanda說：「我們到後面去。」

推開後門，又是另一個世界，臨海的花園佇立於平坦的沙灘上，大家面海喝酒聊天，看著腳下的沙灘伸向無盡，融入黑暗。海天之際絤著銀帶般的浪花，三幾人在漫步，步向天地盡頭。

海風太大，數支照明火把突明突暗，整個花園便在明暗中轉接。

「Hi！」一個五十出歲的男人走近，親切地摟著 Jolanda。

「Hi！」Jolanda 以荷蘭話跟他交談，再幫我們介紹：「Hans，這裡的老闆，在這裡出生的荷蘭人。」

「喝點什麼？」Hans 問。

「你決定。」

「Jolanda 照舊是 Spice Lady，Choo 試試 East India Hero。如何？」

「我想試別的。」Jolanda 說。

「烈一點的？」

「OK！」

「試試 Amboyna Love 吧！」Hans 解釋：「Amboyna 是 Ambon 的舊名。」

Hans 走後，我問：「你怎麼發現這個好地方？」

「一個美國人帶我來的。我每次來了都在想，要怎樣的決心，才捨得離開安汶。你還喜歡吧？」

我不禁地說：「是啊！我也愛上這個地方。」想起第一天在海邊說同一句話的虛假。

她笑說：「那你得感謝你爸爸。」再好奇地問：「為什麼會跟你爸爸一起來？」

是啊！為什麼？答不上，反問：「這是問題嗎？」

她點頭，再問：「不是問題嗎？」

我只好說：「總得有個人陪他來，不是嗎？」

她勉強地點點頭，提醒：「噢！是了，你們或許可以找 Hans 幫忙。」

我想珍惜這趟尋根之旅的插曲，不想再談找老祖宗的事。侍者把酒端來，我舉杯說：「來！為我們的認識慶祝，也感謝你把我帶到這個人間天堂。」

她真摯地回說：「希望認識你能為我的旅途增添美好的記憶。」

為了表示豪邁，喝了一大口。天啊！辛辣與酒精直沖鼻喉，簡直在消

毒。「這是什麼口味！」

「他們調的，都帶香料。」

我喝著一旁的冷開水，說：「這讓我想起我媽媽煮的肉骨茶。」

「肉骨茶？」

「新加坡道地的美食。歡迎你到新加坡來，我一定請你嘗肉骨茶。」說著再向她舉杯。

她回敬：「遊過印尼，我會到新加坡去，到時一定去找你。」

「就這麼說定。」我在杯墊上寫下新加坡的地址與電話號碼，她也在記事簿上寫下荷蘭的地址，撕下來給我。

「你幾時會走？」再喝，比較順喉。

「還不知道。我沒固定的目的，只想離開荷蘭，出來走走看看，希望三十歲之前走遠一點。」

她至少比我小三歲，沒想到。「怎麼從印尼開始，要遠一點的可以選擇到中國，現在流行。」

「現在流行到東方來，荷蘭人來東方多數從印尼開始。語言溝通方便，還有，因為香料。對我來說，香料充滿神秘的誘惑，令人著迷。」

我想起看過的旅遊指南，能體會西方人對熱帶的幻想，順著她的意思問：「來了之後是不是覺得像個神秘的人間天堂？」

「神秘的色彩漸褪，但人間天堂的感覺卻加強了，是有另一種誘惑，沙灘、藍天、海水、陽光，還有純樸的人民。」她喝了一口酒，陶醉地說：「我嚮往這裡的生活。」

「你可以找 Hans 幫忙，或者索性就在這裡做 parttime。」

「是啊！我想啊！這麼純樸、簡單的生活，叫人不想回荷蘭去。」她想起什麼地問：「你看過我的腳踏車吧？」

我點點頭。

「我用新車價買回來的二手腳踏車。」她說：「我來了第二天，想有輛腳踏車，又不想買新的，覺得太浪費資源。我在酒店附近的小鎮，看到一個年輕人騎著一輛腳踏車，問他他的腳踏車新的要多少錢，他說了一個印尼價錢，我換算不來，要他換成美金，他想了想說，二十美元。我拿了二十美金給他，說這輛腳踏車我要了，你去買一輛新的。他怎樣都不肯，我說沒關

係，我只要一輛舊的，你去買一輛新的還能用很久。年輕人最後讓我說服，把腳踏車賣給我，不過卻提出另一個價錢。你猜他要多少？」

我最不喜歡聊天時玩這種遊戲，通常都不猜。「多少？」

「他堅持要還我十美金。哪有這樣的人？我不理，將十美金放在他的衣袋裡，還給了他一個吻。你知道他有什麼反應嗎？他的臉立刻紅起來，紅到脖子去，急忙地離開。早知道我一開始就給他一個吻，不必拉扯這麼久。」她嚮往地說：「我就喜歡這種單純、知足、簡樸的環境。」

我提醒：「很可能一輛新腳踏車只賣十美金。」

她停下酒杯，故作無奈：「你給一個美麗的故事作了最壞的註腳。這就是城市人，只有城市人才會這麼想。」

我有點心虛，覺得不該把辦公室心態帶到這裡來，自顧喝著酒。

她沒留意，仰起頭搖著短髮：「嘩！開始有些熱，酒精起作用了。」

我將我的開水給她，覺得自己的臉也在發燙，問：「不知道酒精含量是多少？」

「Hans說，Spice Lady是二十度，這兩杯應該都超過。」

「那應該把那些火把拿掉。」

「幹嗎？」

「當心火花飛過了，我們燒起來。」

「誇張。」她笑起來，再說：「有了買腳踏車的經驗，所以在機場看見你爸爸在講價，才會忍不住上前告訴你，這裡的人專業，不會敲詐旅客。後來想一想，專業與單純其實有共通之處，專業因專而純，單純因純而專。」

我想起什麼地問：「那天你去機場幹嗎？」

她作個神秘的表情：「你不相信吧！我去買炸豆蔻。我不知道還有炸的豆蔻，真的太好吃了，你回去之前，應該試一試，就在機場外。」

「那你是進去避雨的？」

她點頭。

我想起之後幾次的偶遇，說：「我們其實蠻有緣，從機場就認識。來！乾杯。」這才發現只剩最後一口。

她的也快完了，問：「再來一杯吧？」

我很少這麼喝，想說不，最後還是說：「好啊！」

她向侍者要一杯Spice Lady。

我說：「為了避免火燒，是不是有酒精少一點的？」

侍者說：「Blue Island如何？十六度。」

聽到比上一杯少，只好點頭。

她接回剛才話題：「我也很意外，我們竟然連續碰面三次，安汝太小。不過，你可能是我要找的人。」

我不明白：「你找人？」

她解釋：「來之前，我純粹只想度假。來了幾天後，開始興趣荷蘭人究竟在印尼做了些什麼。當然我可以回去看書，或者訪問學者。但我更想知道的是，非荷蘭人、非西方人，或者一個當地人，對荷蘭人統治的看法。你知道我是記者，我們有一套自己觀察東西的方式，我有個感覺，他們一定能提供另一個完全不一樣的答案，特別是早上你說過，荷蘭人做了很多不該做的事，我更相信這個感覺。」她盯著我說：「印尼人當然不可能告訴我，Hans也不太可能。」

這大概是她找我的目的，才這麼想，又覺得自己太「目的論」，太城市人。正認真考慮如何回答，侍者把酒送來。我順手將酒杯拿高，對著光源輕搖晃著，看著酒與冰溶化後釋放出來的液體交融、滲透，好一會才說：

「你想找人談荷蘭人在印尼，最不該找的是我。第一，我不懂印尼歷史，我爸爸或者好一點。」說著自己也笑起來，幹嗎總要扯到我爸爸。

她也笑。「真的非找你爸爸不可。」

「第二，像我們這種移民的第二代或第三代，對殖民地統治者已經沒感覺。」我指著酒杯說：「我們有點像裡面的液體，已分不出水或酒。」

她敏銳地在關鍵上問：「那你怎麼知道荷蘭人做了許多不該做的事。」

我只好坦白說：「看書，一些舊書，本區域作者寫的。如果你真的要我實際的舉幾個例子，我肯定說不上。我只記得書上說，東西方的香料控制在阿拉伯人手上，歐洲人不想讓阿拉伯人控制，開始尋找傳說中的香料群島。荷蘭人花了十多年的時間才抵達印尼萬丹。」

她將年份都說出來：「一五九六年抵達萬丹，一六○○年在安汶島設立辦事處，兩年後成立荷蘭東印度公司。」

她雖然說純粹來度假，但該看的資料都看了，我更小心：「我看過的書

說，荷蘭東印度公司施行貿易即戰爭的策略，以海軍和陸軍開拓東方之路，獨占海上貿易。」

說完直看著她，她也目不轉睛地看著我，思考我的每個字。

我繼續說：「書上也說，荷蘭人把印尼人當奴隸，還有，在爪哇屠殺整萬的華人。」說著覺得挑戰的味道太重，喝了一口酒，故作輕鬆地說：「比起 East India Hero，Blue Island 像開水。」

Jolanda 仍在歷史裡，她回說：「我以為歐洲人給東南亞帶來商業與技術上的改革，還有現代化的生活。」

我從沒想過可以這樣理解殖民地歷史，一時無言以對，自然地拿起開水，以喝開水的時間思考。我是覺得不妥又不知怎麼回答，沿著思路想起二次大戰，告訴她：「日本軍人在第二次世界大戰時說，他們幫東南亞國家趕走殖民統治者。」

她看著我，再無目的地將目光投向漆黑的大海。

不想把氣氛搞僵，五百年前的恩怨不該由我們來承擔，我們應該走出歷史，特別是這個時候，我從另一角度說：「那是個遠征或開拓的時代，不只荷蘭人，整個東南亞在第二次世界大戰前，都是西方國家的後院。所以第二次世界大戰對東南亞是重要的，這些國家都在戰後獨立。當然，這不意味著同意日本軍人的說法。」

我平常不談這些，不知道是不是受我爸爸長期「教導」的潛移默化，或者是體內男性荷爾蒙雄激素在驅動。

她靠在椅背上，叉著手問：「我還不知道你從事什麼行業，不介意我問吧？」

我笑著問：「真的想知道？」

她好奇地頭點。

「股票經紀。」

她「噢！」了一聲，側過頭去表示不能接受。

我拿出皮夾裡的經紀證。

她伸過頭來，看了說：「我還以為你是教師。」

我又嗅到她身上的香水味，本來想說我代過課或我爸爸媽媽都是，最後改口說：「我喜歡你的香水。」

「我也很喜歡，不知道新加坡有沒有，法國牌子。」她仰著頭靠過來，頸項移到我鼻下。「你嗅嗅看。」

我不但嗅到香水的淡雅，還感覺到她微觸著我胸前的乳頭和輕吹在肩上的鼻息。我發現拿著皮夾的手微抖。

她閉上眼，輕問：「如何？」

我低頭嗅了嗅，鼻子觸及她的髮梢，抬頭起，一伸直腰她的乳房便貼在我胸前。「很淡，像遠遠飄來的香味。」

「那就再靠近一點。」說著上半身緊靠著我。

我撫摸著淺棕色的短髮，看著經紀證上的照片，想著接下來該做什麼，或者，面臨交界點，跨不跨過去。

九

晨起，朱先生與數名小童已在岸上等候。洗刷後與友人帶了乾糧上岸並向朱道歉，不知道他們這麼早就到。

雖已清晨，小島仍薄霧瀰漫，晨曦投入枝椏間，光影明暗間隔，漫行其中，如置人間仙境。

行約百步，過兩道小橋，即見一竹屋，籬笆以藤編成。推開木門，但見山花遍地，紅紫相間，柏樹數棵。幾隻鳥兒像鸚鵡，卻長著棕色的嘴、青色的羽毛，不怕生地飛過來。

東邊有棟房子，屋頂白色，呈鐘型，由八支粉紅石柱支撐。屋前有一小水池，小孩們都跳進去洗腳，朱洗過腳後叫我們也一起洗，說此乃回教堂，須淨腳方准進入。

朱與小孩們跪拜後，赤足上梯級。大門關著，我們從左側門進入。屋內白石鋪地，非常乾淨，兩邊石柱的天然花紋漂亮壯觀。後牆有石塊寫著蝌蚪般的金色文字，下面有一個金香爐，一盞金燈臺。

再進入另一道門，小室窗戶皆以鐵枝圍著。忽一吼叫聲響，鐵欄內一頭野獸，高四尺，鳥足人掌，豹頭鹿身，蛇尾卻長鱗甲；體毛疏長，呈深黃色帶白斑，腹部全黑；眼睛圓而大，閃爍著凶光；獅子鼻，嘴闊及耳，牙齒全暴露唇外，極為恐怖。野獸直跳不停，見人便伸爪過來，類似猿猴。

問朱這屬何獸。朱說，此獸本土亦不常見，不知道它叫什麼。它養在這裡已兩個星期，最初出現於不遠處的海邊，那裡風平浪靜，是本地人愛去的海濱。

告訴朱，我們昨天好像去過。朱問小童，果然是我們昨天去過的海邊。

朱說，去年春天，野獸不知從何處來，白天在水裡游，夜裡則伏於山間，樹上的果子和海裡的魚網都被糟蹋，漸漸地連雞羊也都遭殃。此獸行動敏捷，大家都無法對付，後來發現它愛喝酒又貪睡，大家商討後決定，每戶人家入夜後在門外綁一頭羊，一旁放著一瓶酒，大家在屋內守候。果然，有一晚怪獸出現，連吃三頭羊，喝了數瓶酒後，倒地便睡，大家便將它捉起來。它沒傷過人，大家也不忍殺掉它，就養在這裡供觀賞。

休息一會，朱神秘地說，要帶我們到一個特別的地方——美女村。大家半信半疑，言談間到一村落，朱說就是這裡。村在山腰，屋子散落，依地勢而建，我們只覺一般。隔著小河，看到村裡男女約百人，女人都穿紅衣花裙。村人前來邀我們參觀，我們在一戶人家的大石上休息。朱提及是美女村，所以特別留意這裡的女性，發現其中一些皮膚較白的別有風情，長髮黑而滑，眉目嫵媚。

有數名老人捧來果酒，其中一人問朱一些問題。朱說他是這裡的村長，他好奇我們腦後的辮子有什麼用途。我們只好笑答，辮子沒什麼用途，乃國制如此，從小就蓄辮，並視為美。村長不能接受，與朱聊了一陣離去。

時已近午，玩了半天，不好意思再麻煩朱，請朱一起回去用餐。朱不肯，卻想知道故土風情，便隨我們回去。

船上午餐極簡單，所以把帶來的鹹魚、火腿和皮蛋也拿出來。安汶是海島，不乏鹹魚；火腿朱便不認識，恐朱是回教徒，沒叫他嘗。朱比較好奇的是皮蛋，對著晶瑩透彩的皮蛋看了好一會，搖頭表示不解。告訴他，皮蛋是用水混合石灰、黏土、食鹽、稻殼等包在鴨蛋或雞蛋上，使它凝固變味而成。朱嘗過後不甚喜歡，但對此蛋做法大稱奇妙，覺得中國的文化深遠，從飲食可見一斑。

告訴他，現在往來中國的船隻很多，如果願意，隨時可回家鄉一飽鄉愁。

朱聽後不解地問：「我聽祖先說，中國有海禁，難道現在已經解禁

了？」

　　他顯然不知道這兩百多年來的變化，於是告訴他關於臨海港口通商之事。朱聽後昂首若有所思，好一會才欣然地說：「我這輩子應該還有機會回返故國。」

　　安慰他，若按地圖，從安汶島西行到荷蘭屬地托羅灣，順風的話，五至七天可抵達，之後再轉船，國門並不遙遠。隨即送他一幅地圖。

　　朱接過，欣喜地說：「既然你們的船還要小修數天，希望能到荒居走一趟，以便家人可以一睹故國的人，增廣見聞。」

　　我只能笑著答應。

＋

　　醒來後依稀嗅到那股淡雅的香味，正在想身在何處，就聽到我爸爸的洗臉刷牙沖涼聲。

　　昨晚回來已累得沒力氣換衣，還好記得先把我爸爸的褲子掛回去。忘了幾點才離開那間PUB，反正是聊到打烊。出了PUB意外地有一排計程車在外邊守候著，等待當天的最後或第一名乘客。

　　送Jolanda回旅店，下車後大家定定地看著對方，尋讀彼此臉上透露的思緒，等待對方下一個決定。最後將她擁入懷，用盡力氣抱著她。滿天星光閃爍，月華如水，真希望就此天荒地老。

　　好一陣才想起計程車還在等候，吻了她的臉頰，說：「晚安！」

　　她低笑回吻，道晚安後輕步離去。

　　登上計程車後不知道後悔嗎？也在思索，如果剛才停車時司機轉過身來要車費，會不會付了錢，自然地就與Jolanda上樓去？真的不知道，就像在PUB裡，Jolanda要我嗅她身上的香水，突然冒出個曾帶Jolanda來PUB的美國人，一切徘徊在臨界處的情緒像退潮般回到原點。

　　昨晚的酒精還在起作用，究竟來安汶多久了？才第三天，怎麼像過很久？闕名第二天就與高祖父相識，我們今天卻要去──對了！要去觀光。

　　我爸爸的裝扮讓我吃一驚，T恤、球鞋，還有那件米色長褲，幾乎跟我昨晚的穿著一樣，還好T恤有別，他穿的是他們那個年齡自認為休閒的深紅

帶黑紋T恤。昨晚我不是這種旅客裝扮的故作輕鬆狀吧？

我爸爸還戴了一頂帽子，胸前掛個傻瓜相機，十足像個日本佬，一點也沒有找不到老祖宗的失望。他不像這麼容易放棄的人。

「真的要去玩？」

他倒過來安慰我：「來了就玩了再說。」他應該是在安慰自己。

昨天那個做不成生意的計程車司機又出現，看到我們出來，立刻向前來，大概在重複昨天的話。

我爸爸跟他交涉，我一下子想起Jolanda的「專業論」，不過沒去阻止兩人的「談判」。

我爸爸叫我上車，我還沒開口，他先解釋：「旅遊點就那幾個，自己去跟別人帶都一樣，自己找車更麻煩。」

我們也不知道要上哪裡去，任由司機載。如果不是語言不通，很想問他，有沒有美女村。

司機先載我們到市中心的Victoria Fort（維多利亞炮臺），據說來這裡就足以了解安汶的歷史。司機變成導遊，告訴我爸爸，我爸爸再解釋給我聽，雖然我一直有旅遊指南在手。

炮臺當然沒有什麼好看。「好看」的是荷蘭人的堡壘就建在被他們趕走的葡萄牙人的基地上。現在這個炮臺是印尼的軍事基地，參觀臨時申請准證。

接著到不遠的市中心廣場，一座塑像就在炮臺對面。是安汶抵抗荷蘭的英雄，名字抄下來，大家記一記：Kapitan Pattimura，譯成華文大概叫「帕提姆拉甲必丹」吧！Jolanda應該到這裡來，或者她已經來過？

我爸爸把相機交給司機，拉了我在塑像前拍照。司機還在摸索怎麼拍時，我爸爸因為我戴著墨鏡，也戴上我女朋友送的墨鏡，把右手搭在我肩膀上，一副老友的樣子，讓我想起美國電影裡的滑稽兄弟。大概是他突然太親熱，我反而有點不能接受，一時不知道雙手該放在哪裡，結果交叉在胸前。

無法想像照片拍出來是怎樣子，他還要求司機拍多一張。我要替他拍個人照時，他很快地拿下墨鏡說不必。

這兩個地方比較有印象，然後去一個前荷蘭總督官邸、市鎮東邊山上的一個博物館Museum Siwalima（西瓦利馬博物館），再去一個老村莊，村內有

葡萄牙人的教堂、丁香園，據說從十六世紀傳到現在。

荷蘭人的村莊在中部Soya（索雅），這裡也是當地一個貴族的舊部落。據說山頂有一塊史前的岩石，我們對石頭沒興趣，沒上去。

對於上述景點，我爸爸其實一直心不在焉，他有他的目的，通過旅遊景點了解華人的情形，換另一個方式尋找老祖宗。歷史當然不會把華人記錄在內。

午後天色轉暗，驟雨頃刻間就到，我爸爸還問司機哪裡可以去，司機反問我爸爸：你們有什麼目的地嗎？

我爸爸想了想說，要找一個親戚，不完全是華人，是印華混血。

沒想到司機回答得快，我一句都聽不懂。我爸爸卻興奮地向我轉述，司機也有一點華人血統，不過對印華混血的事了解不多，他有個遠親比較了解，可以載我們去。

過後我分析自己接下來的決定是因為我受過股票經紀的訓練。司機的話一聽就讓人覺得充滿未知，這未知可以進一步解釋為可能帶有欺詐，可能帶有欺詐是帶危險的。好了，別再抽絲剝繭，直接地說就是，誰知道司機會不會騙我們，隨便把我們帶到樹林裡，搶劫一番，甚至要我們的命。人命關天，我不是Jolanda，不可能把司機想得那麼單純，何況牽涉到兩條人命。

像我爸爸現在這種狀況最容易出事，經驗豐富的司機跟著我們，觀察了三天，捉正我爸爸脆弱之處。我當然沒直說，從最不利的因素提醒我爸爸：「快要下雨了，明天再說吧！」

我爸爸只是隨口告訴司機，意願並不強。我偷偷地鬆一口氣。

回到旅店雨便下起來。我爸爸習慣地叫我去沖涼。沖了涼出來，雨也停了。打開窗，外面轉亮，對街一排店屋盡頭，還可以看到部分的村落，一切都很亮，很靜，像在哪裡看過的油畫。這樣的地方怎麼會有「鳥足人掌，豹首鹿身，蛇尾卻長鱗甲，體毛疏長」的怪獸，它究竟是什麼動物？簡直是漫畫的好題材。

村落後不知幾時出現了一道彩虹。對我來說，這絕對是課本印象多於實際接觸。

告訴我爸爸。他在弄杯杯麵，待麵軟化。我留意杯杯麵蓋上的日期，至少過了一個月，大概又是在新加坡買的便宜貨。我提醒他：「不能吃，過期

了。」

　　他看了看日期，只皺了皺眉，說：「是啊！買的時候沒留意。」隨即改口：「沒關係。」

　　我有點生氣，說：「都過了整個月，還說沒關係，每次說你都不聽。」

　　我知道跟我爸爸出門遲早會吵架，沒想到這麼快，而且不是為行程。

　　我爸爸倒沒生氣，回應：「我的肚子有自己的時間。在這裡不吃就沒了，這裡沒有時間，只有麵，時間是你們城市人的。」

　　我原本以為他會跟我吵架，也作了準備。聽下去卻覺得他在退一步維持我們的關係。想起我女朋友說的話，沉住氣沒反駁，繼續欣賞彩虹，然後竟覺得我爸爸的話有點道理，雖然組織得不太好。原本想告訴他，還是別吃，萬一食物中毒，這荒山野嶺去哪裡找醫生，結果沒說。食物中毒大概也是「你們」——他強調的——城市人才有的毛病。城市人因為時間的限制，食物才有期限。像我爸爸或媽媽，雖然生活在城市裡，某些時候還是不受時間限制，比如食物，我媽媽每天都有超越時空的隔夜菜，對她來說，電冰箱能叫時間停留。

　　我爸爸是對的，安汶島沒有時間，十年，甚至五十年過去了，一切都不變，所以，即便是過期的杯杯麵，在這小島還屬於未來。

　　我爸爸燙了麵，爭取維持我們之間的關係，說：「不會有事的，要不要吃一點？」

　　我當然沒吃，不因為過期，那一小杯麵夠誰吃？

　　雨又下了，連綿地。躺在床上，睡過去作夢並不意外，意外的是，夢見Jolanda與我爸爸在一起，我爸爸為她的腳踏車裝上方型車燈。他們怎麼會在一起？

　　醒來時天已黑。問我爸爸吃過了嗎？他說打包了，一起吃吧！給了我一杯茶。我說我喝自己的咖啡。

　　兩個大男人擠在一張小凳邊吃飯，黏濕的空氣被頭頂上的風扇吹乾後變成乾燥的熱風在屋裡四竄。

　　對著不怎麼可口的飯，想起闕名的鹹魚、火腿，還有皮蛋，平常都不吃的，現在卻渴望有一些來配飯。對了，鹹魚、火腿和皮蛋其實也都超越時空，不受時間控制。

匆匆吃完，想起昨晚沒打電話給我女朋友，告訴我爸爸一聲就出去。

雨後蟲嘶聲四起，今晚四周亮了一點，月亮像小時候的手工，單調、空蕩地貼在一棵椰樹旁。坐在街燈下，大概睡足或者天空較亮，心緒比前晚好。

跟我女朋友聊天，話題也多一點，先解釋昨晚為什麼沒打電話給她：太累，睡過去。她沒懷疑，還要我盡快打電話給我媽媽，說我媽媽在罵我，來這麼多天還沒打電話回去。

覺得對不起我媽媽和女朋友，避開話鋒，轉向天氣，說這裡剛下過雨，你們那裡有沒有雨？她立刻接說，沒有，熱到要命，月亮在就我前面，你那裡看得到嗎？我們在不同的空間看著同一輪月亮。她又問，要不要聽鄧麗君的〈月亮代表我的心〉？我去找來播，昨天還聽見我媽在播。

電話停了半分鐘，接著真的是鄧麗君的〈月亮代表我的心〉。鄧麗君唱到一半就被我女朋友關掉，然後問我：土不土。我以前肯定同意，現在這種氛圍下，覺得還蠻動人的，最好是當作昨晚海邊PUB的背景音樂。Jolanda今晚會去嗎？

我女朋友沒察覺我沒回答，把話轉向我爸爸。我說他今天還好，就不懂明天該怎麼辦？告訴她，看樣子多一兩天就能見面。她雖然不像前天，要我別跟我爸爸吵架，還是交代要多安慰他，然後催我打電話給我媽媽。我不知道她是不是也感覺到，隔著電話我們缺乏話題。

打電話給我媽媽，她接了電話果然質問為什麼現在才打來，我聽了就心煩，那種對不起她的感覺也沒有了，等她問問題，然後回答。

我們的內容還是圍繞在我爸爸身上，最後像在重播我與我女朋友的對白。

我當然沒告訴我爸爸。他在看書，看到我回來，合上書問：「你說那個司機可以相信嗎？」

我已經忘了這回事。打完電話我一直在想，要不要去昨晚那家PUB？怎麼去？

我爸爸見我沒反應，再問：「你不同意去找他？」

那間PUB究竟在哪裡？轉回心緒，提醒我爸爸：「即使真的可以相信，也未必會找對人。對嗎？」

我爸爸同意卻有點認命。「現在只好靠運氣，不放棄每一個機會。」

我小心地提出一直想問的問題：「你來之前完全沒想過怎麼找人？」

我爸爸先是一愣，知道沒惡意後坦言：「沒有，也不知道怎麼去計畫或者找人幫忙。對嗎？」

那你敢就來？我當然沒說，這個時候說這種話就是準備吵架。我倒在想，明天怎麼辦？繼續遊山玩水，還是繼續問人？

他猜到我在想什麼，安慰地說：「算了，如果老祖宗真有靈，就應該讓我們碰上該找的人，要不然，我們來了，也算是盡人事。」

我媽媽和女朋友要我安慰的話，都由我爸爸自己講出來，我也省事。其實任何事發生後，當事者都知道接下去該怎麼做，只是不願意去做。所以我也在想，我爸爸不是放棄吧？

他倒了一杯中國茶給我，我示意不要，吃自己的糖，也給他一顆。

我爸爸搖手，再問：「打電話給你媽媽了沒有？」

「打了。」我想到我爸爸這三天也沒跟我媽媽聯絡，把手機給他。

他們都不習慣在孩子面前流露自己的感情，說：「你打了就好。」再說：「讓她安心是應該的。」

我知道我爸爸又有話說，沒開口。

他喝著茶，蠻享受的，我就沒那種感覺。喝過後他才問：「你會不會覺得，你媽有時緊張兮兮的？」

我靠在床上，沒否認。

他看著我，坦誠地說：「我要負大部分責任。」

這是我第一次聽到我爸爸談他的不是。大概真的找不到話題，連「最高機密」都拿來談。我當然樂於聽卻裝著不當一回事。

我爸爸改口問我：「你記得嗎？你念中一的時候，要到聖約翰島去露營，我不讓你去。」

我還有些印象，那時候準備不理他去了再說。

「其實，我一直有個陰影，因為我自己，你公公，甚至你曾祖父，都在年少離家，你又是我大兒子……」話沒說完，他就自嘲地笑起來。

我勉強地陪笑。如果那是我們家族的命運，那我中一離家後，現在會怎樣？

最後我還是去了，不是不理我爸爸的反對，而是我媽媽幫我爭取。我想

到關鍵問題：

「最後你怎麼會答應？」

「我決定搏一搏。」他又笑。

拿我來搏一搏？我看著我爸爸，這不像他的作風。

「你記得嗎？那時候我要你每晚都打電話回來。」我爸爸說：「等你回來後，我才告訴你媽媽，也證實是我的迷信。不過，卻對她起一定的影響。」

我想我媽媽事前知道的話，一定不讓我去。沒有人曉得，這是不是我們家族的命運。難怪這次來之前，我媽媽給了我一個平安符，還好我接受。不過剛才在電話裡對她的語氣，好像過分一點。

我爸爸以為我也受影響，扯開話題：「現在你妹妹到澳洲讀書，男朋友是香港人，看樣子回來的機會不大，你媽媽卻好像不擔心反而開心。」

我也想輕鬆一些，隨著他的思路說：「她大概在想，可以乘機出國旅行。」

沒想到我爸爸卻稱讚我：「這樣想就健康。嗯！對！這樣的性格才可愛。」

我被讚得莫名其妙，我知道的是，他一直都不太欣賞我的作為，特別是我的工作。

他的情緒還在，接著說：「你們這代人比較好，對事物都看得比較寬，而且能從容地看待問題。我們就不行，經歷多，包袱也多。所以，問題都從消極面去看，開朗不起來。」

我覺得他十分明理，安慰他：「也沒什麼，這叫危機意識。」

沒想到他認真地說：「那也是，現在的年輕人就是寬得太厲害，沒有危機意識。」

他的話像在針對我。好心沒好報，只好不出聲。

他大概也意識到不該借題發揮，自顧地喝茶。

知道他無心，我重提我妹妹在澳洲的事，指著手機說：「現在到哪裡都一樣，科技這麼發達，拿起電話就可以找到人。」

果然對正他熟悉的思考範圍，我爸爸在講課：「其實所謂的國家都是政治概念。講東南亞好了，這個區域有好幾次都曾經由一個政權統治，像室理佛逝、滿者伯夷、麻六甲，勢力都曾遍布東南亞。後來西方人來了，東南亞

成了他們的殖民地，二次世界大戰後，又按不同宗主國留下來的模式建立國家。這些都是政治。」

「其實東南亞應該像一個國家多一點，也更應該是一個國家。」我說。說完問自己，幾時有這種想法？昨晚對著Jolanda，是想在女性面前表現自己的學識，今晚面對我爸爸，不是也要求表現吧？不過開了頭，想到什麼就說。「以股票或貨幣來說，如果東南亞是一個國家，影響力完全不一樣，也不會有這次的金融危機，人家一個美國富翁就能玩掉你一個國家的貨幣。你明白我的意思嗎？」

我怕他不了解金融，再舉例：「你看美國，為什麼人家要改良飛機，發明傳真機、網絡？人家地方大，迫使他們去發明。新加坡太小，只好發明些小玩意，像擁車證、汽車固本，或者為了要讓幾個小學生入學，定了一大堆條例，這個你比我清楚。如果東南亞是一體，就應該有更多更大的作為，比如，東南亞到處是海，應該有很多海事等著改善、發明。你明白我的意思嗎？」

我爸爸一直點頭，像老師安撫學生的幼稚見解。「嗯，這樣的說法有建設性。」然後再進一步開展討論課題：「東南亞要成為一個國家是一種理想，這個區域的種族、文化太多，差異太大，如果沒有時機或逼於形勢，很難走在一起。東南亞國家也因為形勢組成聯盟，就是我們講的亞細安，我們現在也只能維持這種聯盟。」

我只是想講自己的看法，沒想過要跟他討論，而且他又把話題擴大來談，不在我熟悉的思考範圍內，所以沒接上。

他看在眼裡，喝了一口茶，勸說：「你不妨多看些文化、政治的東西。」

來了！又來了！來了三天之後，我爸爸的壞習慣又來。今晚已經是第二次，雖說是他的「惡習」，也不想有第三次，在他開始另一段話題前，在床上隨便捉了一本書，說：「我要上廁所。」

坐在廁所裡看書時，無聊地在想，昨晚這個時候在幹嗎？

十一

朱先生邀請我們到他家作客。走了兩里路，經過好幾個村莊方到。

　　朱家門前有道小溪，溪中紅蓮盛開，葉和苞都比中國見到的大。房子有兩棟，籬笆以竹編成。屋後有座小山，山上多花木，都結滿果實。

　　走入屋內，大廳正中擺著一張石桌，牆上掛了好幾幅作古人打扮的畫像，應該是朱家祖先。右柱上掛了一把四尺長的古劍，劍柄以玉雕成，劍鞘嵌有珠寶。朱說，古劍是先祖蒙皇上所賜。

　　朱招待我們入坐下後，領一中年婦人、一少婦、一女孩和兩個男童出來。見面時，他們都舉手向上，向我們致禮。中年婦人是朱的母親，少婦是其妻，女孩是他的妹妹，兩個男童是朱的孩子。朱的母親和妻子都是土著，大方有禮。兩個男孩用京話跟我們打招呼，並拿煙給我們抽。

　　我們從安汶島聊起，問他島上是否有酋長？共住了多少人？朱指著其妻說，她是前酋長的女兒。現任酋長住島中央，此去三十里。島上的居民每年交百分一的土產給他，居民間如果有事都找酋長理論，但這裡的人以爭論為恥，所以並不常去找酋長。

　　這裡的居民皆信奉回教，酋長也就是長者，每逢節會，酋長會率島上其他回教堂的長者一起誦經，婚喪禮則由各回教堂自己承辦。

　　酋長每三年赴望加錫一趟，朝會當地酋長。安汶島一向不設軍事，別地方若有人來犯，酋長便會請望加錫酋長相助。望加錫居民孔武善戰，其他島的人皆敬畏他們。

　　安汶島居民有一萬二千人，相傳從古至今都如此。

　　坐了一會，我們便起身告辭，朱挽留我們，說已交代家人做飯，吃了再走。朱接著以酒招待我們，器皿都是古董。銅盤、銀勺是明代古物，三只酒斗和一盞金爵造型古色古香，斗以碧玉琢成，可容一斤多酒，柄長一尺多，兩邊都雕有螭龍蟠蜿，玉色翠潤，寶光可鑒，令人不捨得觸摸；金爵光熠閃耀，呈赤紫色。金爵上花紋精細，非仔細看不可，爵上刻有《念四孝》全圖，形神畢肖。圖下寫著一行字：

　　天啟三年某官監製

原來是明朝熹宗年間產物。

酒色淡黃，香味撲鼻，入口後有點酸。據說是採山裡水果釀成。

　　朱太太送來食物，主食是雞和魚類，跟我們在中國吃到的沒多大差別，不過有些辣。我們一面吃一面聊起島上的風土民情，吃到略帶醉意才離開。朱送我們到船上，說如果明天不開船，再來約我們去玩。

<h1 style="text-align:center">十二</h1>

　　我真的看到那批明朝古董！

　　「古衣冠畫像數幅……古劍一把，長四尺，琢玉為柄，鞘嵌珠玉為飾。」還有，「酒斗三只金爵一盞……斗乃碧玉琢成，柄長尺餘，兩端成雕螭龍蟠蜿形。爵金彩耀目，作赤紫之光，上鏤《念四孝》全圖，下有小字一行，曰：天啟三年某官監製。」

　　對不起，面對這些古物，我覺得不譯成白話文比較傳神，也比較具真實感，證實有關我的祖先的記載不只是文字，還有文物作證。天啟三年，我爸爸想了想說，應該是一六二三年。超過三百年的東西，確實是我的祖先留下來的。

　　當你閱讀「第十一節」闕名的遊記時，有幾次我都衝動地想介入，打斷你的閱讀，告訴你，這一切都是真的，我們就在現場；我們終於找到老祖宗的住處，並觸摸著他們留下來的文物。還有，請留意「第十一節」中提到的兩名男童，那個大的就是我從未謀面的曾祖父。他是個劃時代的人物，是他改變了我們這一支族人的歷史和命運。

　　回到歷史現場。我只知道我很感動——我從不輕易用這兩個字。看著文物，證實自己跟這裡的一切都有聯繫，一時像迷路，不知從何開始；又像小孩進入玩具店，興奮得忘我，準備在最短的時間把所有的東西看完。我當然也忘了留意我爸爸的反應，注意到他的時候，只見他凝呆地立著，像面對巨大的困惑或暫時失去記憶，緊接著一一向牆上的古肖像鞠躬，然後想到還有我在場，拉了我一起敬禮。之後每拿起一件古董，都轉過頭看我一眼，像在告訴我：看！這就是祖先留下來的。

　　我爸爸亢奮的情緒影響在場每一個人，包括文物現在的主人——我爸爸——跟他對證後，證實跟他一樣，是闕名筆下「朱先生」第四代後人，今年七十三歲的萊伊；還有那個司機——萊伊的遠房堂弟，現在也成了我的遠遠

房叔叔阿迪。

　　一下子多了兩個親人，不！不只，是一群。這群人在我爸爸對著文物講解後知道它的意義和價值，都有股市高漲時，發自內心的欣喜，特別是面對那個三腳金爵和那把寶劍。

　　金爵上的「天啟」，據我爸爸解釋，是明朝熹宗朱由校的年號，明朝第十五位皇帝，也是最後第二位皇帝，他只在位七年就去世，傳位給他的哥哥思宗朱由檢，也就是崇禎皇帝，然後明朝就結束。這段簡短的解釋，除了提高金爵的價值，更把在場的每個人都跟一段不可思議的歷史扯上關係。

　　至於那把長「四尺」的寶劍，我量過，大概1.25米，比電影或電視上看到的長一整尺，而且很重，單手不容易提起，不知道以前的人怎麼使用。劍出鞘的剎那，像武俠小說裡的描述，一股寒意隨劍出鞘，劍光灼人。

　　在場以婦孺居多，面對小孩以為可以升級當叔叔，沒料到幾乎都是同輩。

　　年輕人大部分到雅加達或鄰近的城市發展。萊伊伯父的兒女大部分在雅加達，問他怎麼不去跟兒女住？他先笑說自己老了，比較適應鄉下生活，然後才認真的說：「我還要看著這些先人留下來的東西。我一直不太知道這些東西的來歷，包括我父母在內，也懂得不多。我從小就被教導，這是我們的祖物，不管怎樣一定要留在身邊，看守著它們，離開這世界之前一定要交給大兒子保管，不得有誤。可是，我卻不明白這些東西上面寫著什麼，我知道是華人的東西，卻不明白為什麼華人的東西會是我們的祖物，又不敢冒然問華人朋友。」

　　老人家顯然因為明白了歷史，寬慰地說：「現在好啦！你們的到來讓我知道自己與這些寶物的聯繫。唉！這幾年來，我還老是在擔心，我老了，時代也變了，這些寶物如果以後我大兒子不要，該怎麼辦？我大兒子這個月會回來，到時跟他說，他一定會很高興。」然後轉問：「你們沒這麼快走吧？應該會等到我兒子回來吧？」

　　我爸爸忙說：「不行，我們必須回去工作。」

　　老人家體諒地說：「唉！城市就是這個樣子，沒有自己的生活。」

　　我當然聽不懂這位萊伊伯父的說話，都是通過我爸爸的翻釋。套一句官腔，我對最後一句話「留下深刻的印象」。

　　萊伊伯父接著簡述他那一支族人的變遷，原來我們還有些親戚移民到荷蘭，我根本沒辦法從明朝聯想到荷蘭去。Jolanda應該認識萊伊伯父。

　　喧鬧了一陣，我爸爸看了看錶，輕聲對我說：「人家要吃飯了，該走了。」於是像闕名一樣，我們起身告辭，也像闕名一樣，我們被主人留住，主人已準備我們的午餐。

　　我爸爸竟然連客套話都不說就坐下來，說：「那我們就吃了再走吧！」

　　午餐如闕名所說的，「食品皆雞魚之類，別無大異，味尚辛辣」。三百年不變，不過，相當的豐富，我奇怪我爸爸今天特別能吃辣。

　　飯後我爸爸要求萊伊伯父帶我們去看祖墳。祖墳就在屋後。屋後的小山還在，祖墳就在山腳下。說是祖墳，其實是亂崗，雜草叢生，碑石橫倒，應該有好一段日子沒有人打理。

　　我爸爸很失望，一一到那些倒裂的石碑前跪拜、辨認。問題是，已經兩三百年的石碑，經過風吹雨打，大部分字體已模糊難辨。

　　我爸爸匆匆地繞看了一陣，情緒跟剛才完全不一樣，只淡淡地向我說：「走吧。」然後就向萊伊伯父告辭。

　　萊伊伯父不再留人，他也需要一些時間整理自己的思緒。他誠懇地握住我們的手，說：「你們是真主派來的使者，你們的到來讓我們的家族更加壯麗，我們明天再相聚。」

　　萊伊伯父顯然是家族中的長者，吩咐阿迪叔叔載我們回旅店。

　　才半天，計程車司機跟我爸爸成了堂兄弟，也成為我的叔叔阿迪。他還是我們家族分散百年後的撮合者，而且從機場就「跟」了我們三天。一切真的冥冥中早有安排？巧合成分太高了，但不影響他作為歷史性人物。

　　早上從旅店出來，像前兩天，那個計程車司機已停好車在路邊等我們，見到我們後親切地上來問候，再問我爸爸，還想見他那個略懂得華人事物的遠親嗎？

　　我爸爸看著我，我不表態。他點點頭。我當然沒有意見，總不能再到街上問人或到旅遊點去玩。當然，我的職業慣性地促使我提高警覺。

　　我爸爸在前座問司機的名字。司機說：「阿迪。」

　　他們在前面聊天，我卻一直留意沿路環境的變化，像看股市起落。我必須說，我是有備而來。我的背包裡有把小刀，雖不至於要人命，至少能嚇唬

人；我還帶了兩瓶我爸爸送給我女朋友的Coke。別笑，這兩瓶汽水絕對是武器，握在手上敲破下半部，比小刀更具殺傷力，聽說以前私會黨火併就拿這個當武器。

當然，去一個未知的地方，手機不可缺。還有平安符，早上收拾背包時，遲疑一陣才帶在身上。

車子轉進小路，我提高戒備。我發現司機的話少了，我爸爸並沒察覺，似乎很信任他。我卻在盤算著司機可能出手的方式，也在腦裡預演如何先下手為強。我看過，司機身邊可以看到的地方都沒攻擊性器具，座位底下或車門旁就不曉得。我肯定如果他出手，會先制伏我爸爸。我想過，小刀真的不比瓶子好用，萬一他真的行動，最直接的辦法就是，用瓶子襲擊他的後腦；要不然左手掐住他的頸項控制住他，右手敲破瓶子當武器威脅他。

我最擔心的是，他有幫手，那時唯一的逃生方法是鎖上車門，不讓車子停下來……

車子就在這時停下來！

「What is the matter?」我高喊，伸手捉住司機的肩，不讓他動，右手已握住瓶子。

司機傻了，從望後鏡看我，再跟我爸爸說一些話。

我爸爸也不解地轉過頭來問：「你幹什麼？」

我沒時間解釋，也不因為我爸爸的提問而放鬆，反說：「你問他想幹什麼？別耍花樣。」

我爸爸看了看我說：「你吃錯藥啊？」再轉問司機，然後對我說：「車輪陷在泥裡，他要下去……」

我預料的事終於發生，他故意把輪胎陷在泥裡，裝著要推車，一下車，同黨就出現。讓他下車去我們還有救？我立刻鎖上司機的車門，差一點就要拿出瓶子來，喊：「You! Stay here!」再對我爸爸說：「叫他在車裡開動，不能下去。」

司機只好待在車裡踩油門，試了好幾次都沒結果，我懷疑他是故意的。車外雖然沒有人出現，我還是不敢放鬆，告訴我爸爸：「叫他繼續。」

司機不明白我為何要這樣做，一面試一面怪叫。大概過了十分鐘，車外仍沒動靜，我才跟我爸爸說：「叫他下去看看吧！」

司機下車，我爸爸用莫名的眼光看我。我放下緊張的情緒，靠在座背上懶懶地說：「防人之心不可無。」

我爸爸經我提醒，覺得可能性存在，緊張地東張西望。

司機找來一堆椰葉，我爸爸又轉過頭來問我的意思，我想大概不會有同黨等我們下車才出現，試一試吧。說：「我先下車，你在車上等我。」

我爸爸卻幾乎和我一起下車，還好沒事。兩人一起幫司機推車，車子一下子就越過泥窪。

車子重新出發，沒有人知道他會載我們去哪裡，即使真的把我們載到如他所說的「懂得華人事物的遠親」，誰又知道這個「遠親」就是我們要找的人？只能說是冥冥中的安排。

第一次感覺冥冥中另有安排，是阿迪叔叔說到了，我自車裡往外望，覺得怪怪的，怎麼一切如闕名遊記中所描述的。

下車後立刻有道小溪在前面等著我們，只是不再有紅蓮，倒是垃圾相當多。房子有兩棟，竹籬笆沒了，取而代之的是一些灌木。屋後當然有小山，不過少了花木和果樹。

阿迪進屋去找人，有幾隻胖貓跑出來。我們坐在院子裡的木凳上沉凝地等待。我爸爸看了我一眼，大家心照不宣，沒有人知道接著會發生什麼事。

很快地，一個黝黑矮小而結實的老人出來。我爸爸與他握手，兩人交談一陣，我爸爸懷疑中帶興奮地轉告我：「他說他也有一棟屋子，收了一些祖先的東西，就在隔壁，我們去看看。」

我們登上另一棟房子，一進去都呆住，竟然都是我們在文字上閱讀過的熟悉東西。

該怎麼去形容這麼戲劇化的轉變？

我只能把一切巧合以我爸爸一開始就說的那句話來解釋：祖先的召喚。

十三

船已修好，將於這一兩天開行，船主要我找朱先生幫忙買乾糧。

正想找朱，他已上船來，後邊還跟了兩名壯漢。

朱說酋長知道有貴賓到此，想和我見面，特命兩名隨從來迎接。

酋長接見當然開心，把帶來的丈餘萬壽綢帶在身上便出發。途中告訴朱，船主託買乾糧，他連聲說沒問題。

走約一個鐘頭，大概有十五六里路，經過數座小山，來到兩山環抱之中，地勢變得險隘，氣溫也降低，略帶涼意。在羊腸小徑穿行約莫半個鐘頭，見一木柵關口。木柵後是草屋，屋裡列了一排刀。裡邊的人看到我們，前來迎接。這些人個個闊背巨臂。朱說，這是島內的「一線天」，是酋長居住的地方，設有守衛。

一名士兵捧著冊子前來，要我簽名，我跟著他們橫寫漢字，並註明是赴酋長之約。士兵舉手謝退，送山茶一杯，喝下後頓覺甘甜。

朱指著一旁的石窟說，這是泉水的出處，島上的人因為它甘甜，都叫它糖井。

謝別後繼續前進，這段山徑更曲折，不宜騎馬，步行約三里，左轉出山，又是另一番天地。但見高樓巨室都呈白色，巨木株藤環繞屋外，路上行人往來不絕。原來今天是個回教節日。

朱的岳父住在村南面，屋子壯觀，陳設華麗，四面牆幔紗飄垂，並有多面畫鏡，屋中椅子皆鋪錦布。

與朱的岳父寒暄後，他吩咐朱帶我到浴室。請客沐浴是尊敬的禮儀。浴室由白石建成，非常乾淨，中擺木盆，上有銅壺，銅壺有開關，水自上流下，毛巾和肥皂也備了。朱代我關上門，在另一間房洗澡。

重回大廳，已有十多名男女席地而坐，朱說都是他的姻親。主人先以水果招待。不一會，屋外傳來喧鬧聲。朱和其岳父到門外迎客，屋內的男女也都站起來。從窗口可見一中年男人乘白馬前來。

中年男人下馬後，與眾人招呼然後登樓入屋。朱向我介紹：「這位便是酋長。」

我向他作揖，酋長握住我的手，慰問一番。繼後有一白鬚老翁和壯漢一起進來，老翁是宰相，壯者是武臣。

朱邀請大家入席。菜十分豐富，牛羊雞魚皆以大銅盤盛放，左邊放醬，右邊放薑。

酋長幫我夾菜並問：「覺得這裡風景如何？聽說貴國地大物博，我們這裡曾有人到貴國一遊，回來後出書，這裡的人讀過後無不羨慕。我也曾在望

加錫見過貴國數人，都行色匆匆，不能詳談，今日能與您同席而坐，實在是榮幸。」

我只好客氣地答說這裡也不錯。當然，我們是通過朱的通譯。

酋長又問：「聽說貴國也有人信奉穆罕默教？」

我說：「唐高宗時，大概離現在一千兩百五十多年，貴聖穆罕默謝世時，有個叫賽弟蘇哈爸的人，奉遺囑把《古蘭經》帶到中國傳教。另外在西曆七百五十年，中國天寶朝有亂事，當時的將領郭汾陽借回兵十萬，由西部入中原援助朝廷。這些人在中國住下來，並與當地人通婚。」

朱的岳父則問我，從這裡怎麼到中國，又問我從事什麼行業，何以南遊。我一一回答，朱的岳父又問關於養蠶的方法。我略略地說了，把帶去的萬壽綢拿出來給大家看。

他們見過後都讚不絕口。蒙主人欣賞，又蒙主人相待，我把萬壽綢送給酋長。酋長接過後，看了好一陣問：「請問此綢織自何處？怎麼稱呼？」

告之產自皖北亳州，並解釋「萬壽」二字的意思。酋長聽後非常開心。

我們繼續喝酒，酋長問：「現在南洋諸國，你覺得誰最強？」

我說：「歐洲國家。他們美其名通商，其實是在蠶食。」

酋長聽後不禁感慨。

酒後，酋長陪同共遊教堂、市場。夕陽西下，向酋長告辭。酋長說：「如果以後經過此地，希望再來玩。」

十四

我爸爸也要去辦貨，一早與在旅店外等我們的阿迪叔叔打過招呼後，像第一天問有沒有姓朱的人一樣，忙著沿街問：「有沒有賣金銀紙？」這回幸運些，在一家老店裡，搬出所剩無幾的金銀紙。

之後又吩咐阿迪叔叔到市中心廣場去。不是要去參觀旅遊點吧？我沒問，我爸爸也沒說，我們又恢復在家裡的相處方式。

到了廣場，我爸爸忙著來回於幾間紀念品店。我無意間在一家店外看見Jolanda的腳踏車。跑過去，不見Jolanda。這種腳踏車其實隨處可見。不知道她走了嗎？

　　我爸爸從紀念品店拿著一小盒包得不怎樣的禮物給阿迪叔叔，說：「忘了帶東西來，隨便買點什麼當見面禮。」我爸爸也送了萊伊伯父同樣的東西，當然，也買了好幾包糖果給孩子們。

　　像昨天一樣，我們又在眾目睽睽下，向牆上的老祖宗們鞠躬。

　　我爸爸與萊伊伯父聊了一陣，客氣地要求讓我們上香，祭拜祖先。萊伊伯父同意，我們在後院的碑墓前一一祭拜，過後一起辨認碑石。

　　我略略看了一下碑石，都是明朝的。九世祖他老人家不認滿清王朝，後邊的便不知道他們的家鄉已經改朝換代，所以，都採用同一個年號——崇禎。

　　我問我爸爸那時中國誰當皇帝了？他說，康熙。抱歉！我又聯想到時間的問題。我爸爸的過期杯杯麵或我媽媽的隔夜菜是將時間抽離，這些老祖宗們卻一直真實地生活在抽離與虛構的時間裡。九世祖他老人家來到這裡之後，在土著的世界裡，為了爭取認同與歸入正統，不得已娶土著為妻，卻繼續維持自己的文化、民族意識，抽離地生活在一個與外在環境完全不同的小天地裡，並影響往後的數代人。

　　不知道幾時開始，碑石上刻的已不再是方塊文字，也不知道後來的祖輩都葬到哪裡去。

　　我爸爸要我辨認一些文字，我幫不了他，由得他去說像什麼。我不知道我爸爸在找什麼，這些都是我們的祖先，他想找寫著什麼字的碑石？我相信他也在找時間——碑石上的年份。問題是他認同到哪裡？最早的一座？最早的五座或十座？

　　大概找不到所要的年份，最後變成清理碑石，或者——掃墓。

　　我爸爸有點失望，午餐後便提說要回去休息。還是阿迪叔叔送我們回去，我爸爸一上車就閉目養神，好一陣才說：「等一下去辦回去的飛機票，看幾時可以走。」

　　要走了？

　　我一時反應不過來，只覺得某種關係剛接上，又要斷了。我不知道我爸爸怎麼想，他不是來尋根嗎？幹嗎剛找到立刻就要走？

　　我爸爸解釋：「事情辦完了就走，免得你媽媽掛心。」

　　就這麼簡單嗎？他是失望，還是累了？或者面對一堆無法辨認的碑石，

想像沖淡了？

　　我爸爸補充：「等一下我們自己去好了，別再麻煩人家。」

　　回到旅店我爸爸沖了涼倒頭就睡。我把機票和護照準備好，閒著無事，不知道我爸爸幾時會醒來，想要去找Jolanda，最後泡了咖啡，靠在床頭翻看小說。這個時候她大概已不在旅店裡，說不定已經離開安汶。

　　還好沒去找Jolanda，我爸爸十分鐘後醒來。回去的手續倒容易辦，後天剛好有一趟飛機飛雅加達。我再三跟我爸爸確認是後天。他肯定地點頭。

　　回途經過一處海邊，我爸爸叫司機停車，問我要不要下去走走。

　　這是我在安汶踩上的第三個沙灘。沙細密平坦，像在等待人們的腳印，然後期待人們回首，領悟出一些人生道理。

　　天氣轉陰，構成畫面的三種顏色，藍天、綠水、象牙色沙灘都添沉灰，卻更古典、高雅；當然，一棵斜伸出來的椰樹是必要的，像postcard上的畫面。還有，一塊大岩石孤立在椰葉下端，簡直是人工之作。一切都太完美，完美得超越想像中的真實。所以，距離還是必要的，一些事物經接觸後反而被顛覆了。距離是美。以這個「距離論」來理解我爸爸，我逐漸明白他打退堂鼓的心態。

　　坐在大岩石上休息，我爸爸從褲袋裡拿出煙來，在往嘴裡送的時候，改而遞給我。這是繼他「請」我喝茶後，第二回「請」我，而且是「請」兒子抽煙。

　　他拿出打火機，先為我點上，再自己點。風大，他擦了幾次打火機，我都是沒點上，有點緊張。

　　「意外吧？」我爸爸抽著煙，沒頭沒腦地問。

　　我知道他指昨天的事，點點頭。

　　「我昨晚跟你媽媽說，她也覺得不可思議，特別是阿迪，想了就好笑。」我爸爸吐了一口煙，問：「一切像不像冥冥中注定？」

　　我昨天告訴我女朋友的是我的「隔夜菜」理論。整個安汶島是個電冰箱，我們的家族只是其中一道隔夜菜，我們的旅程是一次「隔夜」行程，隔了十二萬兩千多個夜。

　　他繼續說：「特別是看到萊伊，就想起我說的，一個人的祖國不由他作決定。」

我比較想知道的是：「幹嗎這麼快就要走？」

他看了我一眼，深吸一口煙，再說：「我真的不知道，像我冒冒然就來一樣。」

「這麼辛苦來到，這樣看一看就滿足嗎？」

他看著遠方，答：「你問的問題我都沒想過，我們這一輩人很少把問題細想清楚再去做，只要覺得有必要就行動，這個『必要』的概念是很模糊的。」說著轉過頭來問我：「不是有個理論叫『模糊美學』嗎？」

我聳聳肩。

他看著遠方說：「我想，我們這輩人大概都有自己的『模糊美學』，都有幾件東西這輩子必須去做。來安汶島是我的其中一件吧！」

從他的「模糊美學」，我想到我的「距離論」，想告訴他又怕太抽象，還好立刻想到不錯的比喻。「我想到家裡的古董。你找到想要的古董，買了回來，最後還是擺在一個角落。你明白我的意思嗎？像我們的老祖宗，OK！最終找到了，我們還不是後天就要回去。」

沒想到我爸爸先教訓我：「你怎麼每次說話都問人家，『你明白我的意思嗎』，昨天這樣，今天也這樣，很不禮貌的，知道嗎？」

說「you know what I mean」很不禮貌嗎？

我爸爸轉教訓為「教導」：「你怎麼會扯到買古董去？收藏古董是興趣，像你們喜歡收集Coke。但是這次不同，像萊伊伯父第一天說的，我們的到來，讓他感到我們家族的壯麗。我們要找的是自己的歷史，豐富自己的生命。」

我不知道是不是真的如此，只覺得說中他的心事，他變得在乎。這個時候我當然不理他在不在乎，他的使命達成，我的project也完成，我想對他的「教導」提出看法：「很多時候，我們的一些感受都是二手經驗，別人告訴我們他們的感受，我們碰到同樣的情況，就代入人家的感受，像這樣的沙灘，旅遊指南也告訴我們，應該從熱帶天堂的角度來欣賞。」

「你是以一個概念硬套在另一個不同的概念上。」他非常介意，解釋：「我說的不是二手經驗，是活生生的例子。說你好了，你我都在新加坡生活，但你因為我的因素，對新加坡的感情就完全不一樣；如果阿公也在新加坡，我們都在新加坡生長，對新加坡的感情相信又與現在不同。」

我無法體會，也不喜歡他繼續「教導」，反問：「那你對這裡，我是說對安汶島的感情又怎樣？有這麼多祖先在這裡。」

他發現手上的煙因忙著跟孩子爭辯，已燒掉一半以上，深吸了一口，舒緩剛才的情緒，坦然地說：「那只是對家族的感情，生活上完全沒有。再住下去，說不定會有。」

我又回到一開始的問題：「那為什麼不住多幾天？」

他轉輕鬆地說：「幾天不是生活啊！兒子！生活不是說你要到哪裡就去哪裡。那只是過境或旅遊，我們的生活還是在新加坡。」

我爸爸很少能說服我，但這次我同意。不過我還是覺得我的「距離論」最符合他的心態，他先虛構一個真實的故事，然後一一證明故事是真的，現在他急著回去是因為他的真實故事像這裡的風景，太美了，美得不符合想像，所以，他必須選擇離去，以保留他虛構的真實。

You know what I mean？

對了！安汶島究竟有多少沙灘？九世祖他老人家究竟在哪個沙灘靠岸？

十五

船主定明日開船。準備去向朱先生告別，感謝他的款待，找了行李箱，竟找不到一件珍貴又有意義的禮物送給他。想起他說希望有一天能回故鄉，於是準備了一件長衫、一件襪褲、一頂黑絨小帽、一雙藍線鞋、一縷辮線當禮物，以便他回家鄉時可用。即使他不能如願以償，也能留給子孫。

抵達朱家，架上的鸚鵡以土語報告主人，有客到。

朱從廚房裡出來，笑說：「我知道你還沒走，特地弄一些食物，想邀你共醉，沒想到你先到。」

我道明來意，朱謝過試穿，果然像華人，可惜少了辮子。朱把母親和太太叫出來，兩人見狀都大笑起來。朱太太笑過後，臉上有少許隱憂。我開玩笑地問朱：「如果有一天讓你回國，你會帶著全家一起走，或是一人獨行？」

朱認真地說：「這裡雖然好，畢竟是荒蕪之地，不及故土。我雖然在這裡出生，不曾看過故鄉的秀麗，但聽先人所說和書本上的記載，嚮往已久。如果真能讓我到故土，我將留下一個孩子守著這裡的田園，與家人一起回

返。如果在家鄉有駐足地，便在那裡耕種，不再回來。留下來的孩子可守住
祖墳，並留下香火。如果回去而無所依託，就再回返，不過，也已償所願。」

我們席地就飲，進酒話別。朱詳細地問故國的山川、風土、人物，聽過
後歎息地說：「聽你所敘述，叫人歎為觀止，怎麼不動思鄉之情？」

朱也命兩個兒子前來敬酒，兩個小孩拿了酒杯，跪地而敬。我不勝酒
力，已微醉，朱也不勉強，便一起進餐。飯後，朱拿來文房四寶，要我寫下
名字和住處，以便他日再會。

臨別前，朱堅持送回一程。一路無語至岸邊，要朱就送至此，朱才依依
不捨地握住我的手說：「鄙人借得天緣，讓先生到來，追隨先生數日，以慰
藉一生。先生有事需別，此地又沒有其他船開行，實在不敢要求先生多住幾
天。承蒙先生的厚愛，無以為報。」說著打開一個盒子。「這裡有寶石數
塊，蚌珠百顆，椰珠五粒。區區微物，聊表心意，希望先生會喜歡。」

寶石有紅藍兩色，光澤並不怎樣；蚌珠有綠豆般大，亮而圓；椰珠有黃
白兩種，大如扁豆，閃亮發光。

朱說：「椰珠生於椰中，不易取得，貓眼般發著銀黃光的為上品。」

知道無法推辭，接下朱送的禮物，再邀他上船喝茶。船上其他人也圍過
來，朱有問必答，直到夜深才告辭。

我牽著朱的手送他上岸，朱有些傷感地說：「與先生此別，不知幾時才
會見面。海浪難測，願先生多保重。」

是啊！此後幾時再相見？雖是萍水相逢，畢竟是異鄉骨肉。我也不好
受，點點頭，接受他的嚀囑。

大家都不想這樣的場面出現，朱轉過身惆悵地離去，幾步後，又回過頭
來說：「明天一早，還可再見一次面。」

十六

在一家餐館裡，我們也在敘別。

別離有別離的情緒，像我高祖父向闞名說的「與君此別，後會茫茫」，
或電視、電影裡常有的對白，現在也很適合：「這次分手後，不知道什麼時
候還會見面。」

　　我爸爸和萊伊伯父談得多吃得少，是有點情緒，大家盡量不提別離的事，主要還是互相叮嚀，常說不到兩句就輕拍對方的手表示關懷。別離的話其實早上也已說完。早上我爸爸跟萊伊伯父提起今晚的飯局，他雖然已知道我們的歸期，還是十分捨不得。

　　萊伊伯父今晚特別隆重，穿著傳統禮服出來，我爸爸也慎重地在旅遊區買一件這裡的傳統服裝，看起來雖然怪怪的，甚至有些造作，但盛意不減。奇怪的是，怎麼兩人的傳統禮服不太相同？

　　餘興節目開始，大人們鼓勵小孩唱歌，然後邀我爸爸一起唱。他當然不肯上台，但是禁不起小孩們的再三邀請，也唱起來。

　　萊伊伯父見我爸爸唱歌，自己則跳起舞來，並邀我爸爸。我哪肯錯過機會，拉了我爸爸一把，把他推向前，我爸爸有些尷尬，旁邊的女性立刻引導他跳。

　　不知道怎樣，我一直覺得不太真實，這樣十足歡送會的場面不是我預想中的。以為會是感人的場面，像闕名與高祖父的道別。我只有用相機把一切記錄下來，證實這一切是真的。

　　「Hi！」有人拍我的肩膀。

　　Jolanda終於來了。

　　我意外，半喊：「你還沒走？我還以為你不來。」

　　她淡笑，說：「等你來找我啊！」

　　我一時接不上話，轉移焦點，故意誇張地打量著她。

　　她雖淡妝，仍異常動人。像那天，擺個模特兒的姿勢，說：「昨天在旅店接到你的字條後才去買的。怎麼臨時才通知我？」

　　我解釋：「我爸爸臨時決定回去。」

　　我爸爸和萊伊伯父走近，在樂聲裡互相介紹，Jolanda知道我爸爸與萊伊伯父是堂兄弟，不禁半喊說：「太令人感動了。」

　　音樂太吵，難以交談，寒暄後二人便走開。Jolanda伸伸舌頭，說：「你爸爸跟你伯父真的有點像。」

　　我笑說：「我跟那些小孩是同輩，請幫我看看，我跟他們像不像。」

　　舞台上的人玩開，唱得更起勁。我拿了一罐啤酒給Jolanda，步出餐館。

　　餐館外是漆黑的蟲鳴世界，哪裡都去不了，只能並坐在餐館的木條籬笆

上。

Jolanda說：「以你們的找人方式，能找到人是意外。」

「我一直覺得這是冥冥中安排。」我說。

她問：「你也相信這個。」

「由不得你不信。」

「我信。」她看著我。「至少我們相遇了。」

我考慮著如何回答，最後什麼都沒說，緊摟著她，輕拍她的肩，過好一陣再問：「你幾時會離開安汶。」

「還不確定，我還是喜歡這個人間天堂。」她側過身。眼露笑意地說：「不管怎樣，遇到你是我的榮幸，讓我在享受浪漫之餘，也從你的歷史觀點看東西，使這趟旅遊更立體。」

「不是我的歷史觀，我背書背來的。她轉問：「你是不是很想知道，我為什麼敢找你去喝酒嗎？」

我搖搖頭。奇怪，幹嗎想告訴別人的話卻說成別人想問。

她先笑了再說：「因為肯陪父親出門的男人壞不到哪裡去。」

我大笑。難怪那晚她問我為什麼陪我爸爸來安汶。我開玩笑地說：「這是你了解華人的第一章。」

誰知她偏說：「不是已經到尾聲嗎？而且缺乏中間最深刻和最美好的。」

是的，是尾聲。我記起收拾行李時的平安符，拿出來送給她。

「什麼東西？」

「我們華人相信，這張黃色的紙能帶來好運。」我誇張地補充：「我媽媽給的。」

她將符攤開，嘗試解讀，再抬起頭捧著我的臉，歎息後忍不住說：「天啊！我竟喜歡一個離不開爸爸媽媽的男人。」說完緊緊地抱著我。

我仰望夜空，莫名其妙地想起鄧麗君的〈月亮代表我的心〉，想起那晚送她回旅店，擁抱著她，希望就此天長地久。

十七

與朱先生告別後，徹夜輾轉難眠。

東方微亮，雞鳴了，船夫開始升帆。立於船首，不見朱的蹤影。昨晚他還說：「明早我們尚可見一面。」也許睡不醒，或者相見不如不見，又或者……

錨錠已起，船隨時要開。

有兩個身影從林中跑出來，是朱和他大兒子。我呼叫他們趕快上船。

朱上來後無比激動地握住我的手。我也很感動，說：「我以為你不來了。」

朱正傷心，搖頭不答，忽地跪在地上，也拉了兒子一起跪下。

我一時不知所措。「你怎麼啦！」說完要扶他起來。

朱不願意起來，抬頭激動地說：「昨晚我想了一夜，我這輩子大概離不開這裡，為將香火留在故土，所以攜小犬同來，希望先生將他帶走，以繼我們故鄉的香火。」

船夫要撐篙，我叫他暫停，轉身對朱氏父子說：「起來再說吧！一切好商量。」

朱不但不起身，還向我叩頭：「先生若肯帶小犬走，他日小犬必報先生大恩。」

突如其來的要求教我不知如何回應。船夫在催促，其他人也圍上來。我不想朱家父子跪著，幾乎沒有時間思索，對朱說：「起來再說吧！別跪著，一切好商量。」朱叩謝，並要兒子也叩謝。

朱起身後，將帶來的袋子交給我，說：「這是答謝先生的微酬，希望先生收下。」

我打開袋子，裡邊都是黃金，我立刻退還。「孩子跟我沒問題，東西我不能要，而且，孩子跟我肯定要吃苦，你可要考慮清楚。」

朱立刻答：「只要小犬能回故鄉，再苦的日子他都應該承受。」說完對兒子說：「你跟先生回家鄉，一定要聽先生的話，將來也要報答先生。知道嗎？」

小孩茫然地點頭。

朱緊捉孩子的手，將小手交給我，說：「一切託付先生了！」說完，頭也不回地上岸去。

船夫撐篙，乘潮出港，船離岸數丈時，林裡又跑出三個人，是朱的媽

媽、太太和妹妹，朱擋住她們，將三人抱在懷裡。

我緊緊地握住身邊小朋友的手，但見他不斷地向岸上的人揮手。

十八

我不斷地向我爸爸揮手，我爸爸轉過身，登上飛機。

是的，我們的家族注定要我留在安汶島，以完成百年的家族大團圓。

我將一輩子生活在這裡。我媽媽、弟妹、女朋友，我在新加坡的生活就此成了我下半輩子的記憶。

我將如何在這裡度過我的下半生？忘掉上半生，從頭開始？不可能，即使是虛構、幻想，我還是要跟過去的日子銜接，甚至延續，設法回到過去的日子。

除了虛構和幻想，物質生活呢？過著「水漁山樵，土麥番米優然自給，不復知世外歲月」的日子？不可能的。沒有電話、電視、電腦是城市人追求的短暫假期，生活不是這樣的，生活需要與外界接觸，需要各種資訊，更需要各種電器和先進日常用品帶來方便。

我當然不願意留下來。在鬧哄的機場，我想像如果自己必須留下來應有的反應。

故事結束了，不再是岸邊，不再有小孩向大人揮手。我們與萊伊伯父和阿迪叔叔相互揮手、擁抱、祝福，說了很多別離的話。

那個「不斷向岸上揮手」的小孩就是我的曾祖父。

這個不到十歲的小孩的離去，開始我們家族的漂泊史。沒有任何文字記載他的日後生活。闕名帶他到中國的什麼地方？他的生活如何？他如何安定下來，娶了我曾祖母，生下我祖父？這裡邊還有很多空白要中斷、跳過，我根本無法想像還能作什麼假設。最後是我爸爸告訴我們一個我們這一代不太關心的記號——我們原籍廣東。

閱讀闕名的遊記，每一回讀到這裡我都特別激動，故事到這裡我才有參與感，可是故事已經結束了。一則「海外奇述」。

闕名的故事結束了，我們的故事才開始。同樣的畫面重疊的出現，我祖父託付他的好朋友照顧我爸爸，我爸爸不斷地揮手。還好，我爸爸沒有將我

交給任何人。我忽然明白，我祖父當年特地從中國到印尼廖內，不是為了生計，而是前來尋根。我相信我曾祖父一定告訴過我祖父，我們還有親人在安汶島，我祖父因此南來印尼。我祖父因為政治因素必須離開，他一定預感不會再回來，所以才以防萬一地留下我爸爸，目的是我們這一趟的安汶之行。一個簡單的心願由三代人來完成，當然，如果把我算進去是四代。我逐漸能體會我爸爸的感受。

　　機場外的雨還沒停。阿迪叔叔送我們來機場途中又下起雨來，像我們抵步的時空，一切像沒發生卻又發生了。車裡只坐了四個人，除了我和我爸爸，就是萊伊伯父和阿迪叔叔。這樣最好，最怕送別的場面變成送殯，可是萊伊伯父還是紅著眼眶。

　　抵達機場時，小販們都躲雨去，找不到炸豆蔻，或者根本沒賣。就是這樣的一場雨，Jolanda走入我們的旅程。

　　進入離境大廳，我們向萊伊伯父和阿迪叔叔揮了揮手，距離我曾祖父揮手有一百年。

　　然後我看見Jolanda從後邊跑上來，立於阿迪叔叔身邊，揮動著手上的小紙袋，裡邊大概是炸豆蔻吧！昨晚她還說不曉得如何應對這種場面，不來了。

　　我自然地停下腳步，與Jolanda隔著離境閘門相互揮手。我不知道這是不是這段情感不斷推演所預期的結局。望著她與阿迪叔叔，我才驚覺，她也是我們與阿迪叔叔的撮合者。

　　三代人的行程終於告一段落，闕名的南洋之旅也告一段落。飛機升空，安汶島仍如九世祖初臨般寧靜。

十九

　　回到新加坡後，股市和匯市在預料中齊跌。我回來後接到的第一個電話是我的第一個客戶打來的，他說銀行追錢，他頂不住了，準備賣掉半獨立洋房，搬到三房式政府組屋去。我只能安慰他，大丈夫能伸能屈。

　　景觀改變，生活改變，安汶的一切與Jolanda身上淡雅的香味比我想像中迅速淡去。雖然如此，我仍會在辦公室裡，像其他同事無精打采地觀望著

螢光幕上數字跳躍的同時，偶爾把數字組成Jolanda的臉孔。

我沒去制止Jolanda身影的浮現，我很清楚這樣的情感也將隨淡雅的香味迅速飄遠。

螢光幕上Jolanda的臉孔很快獲得實質的延續，Jolanda在我們離開五天後寄來一張postcard。但只寫兩句話，說正在安汶機場，將到萬丹去，然後是寫信末端的客套話，或者不是：I miss you。

沒留下下一站行程的住址，我只能等著收信。再過三天，我又收到她的postcard，從萬丹寄來，仍沒留下住址，仍是簡潔的文字，我只能猜想也許是英文書寫能力的關係。

Jolanda繼續她的浪漫熱帶之旅，她嚮往的是藍天、碧水、香料、陽光、土著。有時我會突發奇想，我是不是也構成她浪漫的部分──一個偶遇的東方男子？我不知道，但明瞭這種浪漫有跡可尋，而且剛好是逆向的，像我們生活對浪漫的解讀是歐陸風情。

在雨季的一個午餐時間，我坐在二十五樓辦公室的落地窗前，視線暫離螢光幕，俯視微雨中砌圖般的地面。濕漉的馬路上，打傘的上班族快速地竄動覓食，我頓時想起某個落雨的午後在安汶初識的阿迪叔叔，無法判斷他在安汶簡單地以開計程車為生比較幸福，還是我們這些上班族。

二十五樓足以眺望不遠處歷史的海口。繁忙的海道煙雨瀰漫，像所有十九世紀西方人對熱帶小島的描繪。我突然覺得我的九世祖初抵安汶時就是如此的情境，並能體會他的惶恐與絕望。令我意外的是，這樣的感受竟在現代化大廈裡，在安汶我還一直靠好萊塢電影來想像。這又讓我想到我爸爸對安汶的體驗，他先在現代化都市虛構一個故事，到安汶後設法證實這個故事的真實性。故事獲得證實後，便急著離去，因為安汶的現實環境會破壞他的虛構，他必須離去以保留真實的虛構。

這種真實的虛構也適宜我的九世祖、闕名、我的高祖父和Jolanda。

九世祖真實地虛構了一個中華文化小天地，Jolanda則帶著旅遊書虛構一個西方人對熱帶海島的幻想。

闕名是我最懷疑的人物。實際上，沒有人知道他是誰。重新翻閱這則找不到作者的遊記會發現，它存在太多疑點。比如，遊記中竟然沒提起荷蘭人，在整個行程中，竟然也沒有荷蘭人或荷蘭商船出現。

在「第八節」裡，在與Jolanda聊天時她便說，荷蘭人於一六○○年在安汶島設辦事處，兩年後成立荷蘭東印度公司，我則提到，荷蘭東印度公司施行貿易即戰爭的策略，以海軍和陸軍開拓東方之路。

當時的環境闕名是知道的，在「第十三節」裡，當酋長問他，現在南洋諸國誰最強，他說：「歐洲國家，他們美其名通商，其實是在蠶食。」

所以，闕名不可能不知道荷蘭人的存在，也不可能沒遇上荷蘭船，荷蘭人更不可能輕易地讓一艘中國船，在他們管轄的範圍內自由航行。

還有，我的高祖父，或者那位「鳳陽朱姓人」也完全沒提到荷蘭人，在「第七節」裡，這名「鳳陽朱姓人」說：「安汶在海一角，沒有土產，沒有商船經過。」

那時候的安汶島是摩鹿加群島的中心，西方殖民者為它出產的香料開戰，怎麼可能沒有土產和商船呢？

他們都描述一個與當時現實環境不符的故事。我一直有這樣的假設：闕名根本沒去過安汶島。〈南洋述遇〉只是一篇參考其他海外遊記，虛構或聽說的想像文章，後來被當成是一篇實地遊記編入《小方壺齋輿地叢鈔》。我不排除另有文章或傳說描繪我的祖先到安汶的情況。

我在二十五樓的感受也是另一次的虛構，像我在「第一節」的虛構。但是，同一地理環境的自然景觀應該是一樣的，茫雨中南洋小島的情境向來都令人斷腸，我相信我掌握這份情感。

雖然如此，我還是認為我們都虛構了安汶，真正的安汶屬於萊伊伯父和阿迪叔叔。所以，有時候我也會像一開始時那樣在想：安汶究竟在哪裡？雖然我確實到過那裡。

我爸爸又在一次晚餐上說要再去安汶島。那是我們回到新加坡一個月後。

我爸爸已不再抽煙，他要再去安汶島有他的使命。他說：「我決定把九世祖的骨灰帶到台灣去，葬在鄭成功廟旁。他想投靠鄭成功，應該了結他的心願。」

我弟弟在他說完話後，拿了碗筷，走了。我看著我弟弟經過我和我爸爸掛在飯廳的十六乘十二寸合照——我們戴著墨鏡在安汶民族英雄塑像前拍的——考慮著要不要站起身。

我沒有。我看著桌上的隔夜菜，思考一場颱風的影響和一篇遊記的歷史功能。

後記

一場海上風暴改變了一個家族的歷史。

一場金融風暴改變了一個國家的歷史。

一九九七年七月亞洲金融風暴後，沒有人能預測它將帶來什麼影響和衝擊。最令人震撼的是，印尼總統蘇哈多在九八年五月下台。

印尼局勢不穩定，我卻在雅加達暴亂前三天，收到失去聯絡近一年的Jolanda寄來的postcard，說剛到雅加達，擔心局勢有變，會提早到新加坡來，之後便失去她的音訊。她一直沒打電話或寫信給我，我也無從聯絡她，只能祈禱我媽媽的平安符發揮作用。

我爸爸則祈禱暴亂不會蔓延到安汶島，我也相信那裡不會亂，我到過那裡，知道百年來時間在那兒靜止的地方不會有事。

安汶島還是發生暴亂。我爸爸的安汶再尋根去不成，我的九世祖也注定要留在安汶島。這可是冥冥中的安排？還有，我們回來後安汶才暴亂，這也是冥冥中的安排吧？

海峽指數今天再創歷史新高，報二二一四點，我迷信地認為，這還是冥冥中的安排。我已經認定，兩年前海峽指數猛瀉是讓我有個工作低潮，休息並接觸祖先，否則很難解釋股票在去年九月跌到八○五點，九個月內漲了一四○○點，比金融風暴前高十五巴仙，因為這兩年的經濟並沒有起色。

對了，今天是亞洲金融風暴兩周年，不知Jolanda是否無恙。我一直沒提筆，因為怕收不到她的回信。

起稿　1997 年 11 月 25 日

完稿　2004 年 5 月 25 日

修訂　2016 年 8 月 1 日

本文原收入謝裕民，《重構南洋圖像》（新加坡：Full House Communications Pte Ltd，2005）。

瓦歷斯‧諾幹

台灣泰雅族人，1961年出生於台中市和平區Miho部落。早期曾用瓦歷斯‧尤幹為族名，後正名為瓦歷斯‧諾幹。漢名吳俊傑，曾以柳翱為筆名。省立台中師院畢業，目前專職寫作，兼任大學講師。2011年「小詩學堂」組詩獲2011年吳濁流文學新詩獎，同年獲聯合報散文評審首獎。已出版作品《荒野的呼喚》、《泰雅孩子台灣心》、《山是一座學校》、《想念族人》、《戴墨鏡的飛鼠》、《番人之眼》、《伊能再踏查》、《番刀出鞘》、《當世界留下二行詩》、《迷霧之旅》、《自由寫作的年代》、《城市殘酷》、《字頭子》、《瓦歷斯微小說》、《戰爭殘酷》等。

父祖之名

　　你們都知道我的名字叫mumug，在我們祖先的話裡，意思是「樹瘤」。樹瘤就是地上的星星。我的祖父曾經用顫抖的嘴唇唱族人遷移的詩歌，那時候族人剛剛離開賓斯博干，是祖先從石頭迸裂的地方、野獸群聚與神鳥西麗克卜吉凶的時代，每個需要遷移的族人，都被賦予成為一顆膨脹的星星的任務。

> 讓我送給你們一張布之舌、枴杖的結
> 願所有的風和荊棘的刺都閃過你們
> 願你們腳踏的地方平滑順暢
> 不論你們散落在任何溪邊的角落
> 不要渾渾噩噩的過日子
> 不要像那掉落的葉子
> 願你們像星星般膨脹明亮
> 讓你周圍的人稱讚你們、敬畏你們

　　在好幾個世紀前，住在平原的人以鹿的敏捷、穿山甲的隱匿與海浪的力量將我們推擠到山上，並不是我們風的力量不足，而是風充滿了膨脹的溫柔，為了公平起見，我們和平原人訂下了和平的誓約，除非天災與傳染病襲擊上山，否則是不會降落到平原獲取靈魂。但是來自海上的人粗暴的結束了平原人的生活方式，一波一波的海上人，頭頂著日光曬成的黑色、紅色、黃色各異的頭髮，被海洋蹂躪過後，內心蓄積隱藏的憤怒與狡猾，他們用一塊羊皮卷騙取了土地，後來以嫁給平原人當「牽手」為樂，不論嫁入或以任何草率的藉口離異，都可以獲得廣大的土地，於是樂此不疲。特別是泥土色澤的人類，他們有一種神奇的種子——稻米——長大之後比小米巨大兩倍，只要稻米種了下去，土地就像放上了陷阱，再也無法自由快樂的活著，命運就要跟天天喘著大氣的耕牛連結在一起。留下來的平原人不再快樂的生活或者

死亡，在有文字的征服者底下，文字好像散播著悲傷的病菌，一條一條的法律有如繩子逐漸勒緊平原人的脖子，留下來的人還必須替征服者工作，學著馬匹從北邊奔跑到南邊，像耕牛套上了牛軛，整個天空的重量都接了下來。靠近海岸的沙轆社為了要照顧不夠熟悉的稻苗慢了幾天服勞役，整個社人就被軍隊殺戮殆盡，牛車路上沾滿痛苦的血流，月亮走完一次輪迴，紅色的血才成為黑色的泥土躲入草叢間，剩下兩三個好運氣的族人只好隱姓埋名，躲在征服者的歷史底下不再見天日。曾經跟我們在大安溪埋石訂約的崩山各社，後來也留著征服者的髮辮，從背上滑下股溝，好像頭上放著專吃小米的老鼠，穿著難看的衣服，掩蓋岩石一樣的肌膚，嘴巴發出難懂的聲音，連鳥雀也忍不住飛離草原。這些征服者稱自己叫做「漢」，對每一塊征服的土地種上稻米和木頭或是竹子當成柵欄，就像厚重的衣服將身體包圍起來，害怕四季大自然的變化，遠離篝火來溫暖夜晚的軀體。漢人對土地表達出超越自己所需要的欲望，因為他們不懂得讓土地休息，一年四季把土地當雞鴨看待，於是土地的呼吸就愈來愈衰弱，等到土地死亡以後，就圍起來讓人們居住，所以漢人永遠認為土地是不夠的，於是只好模仿最貪婪的動物求生——永遠視公平為糞便——在搶奪的土地邊緣堆起一粒粒土堆，看起來就像是惡臭的大便，直到土堆被推到平原與大山握手的地方，他們無法再堆上去了，因為我們會用番刀獵取靈魂警告他們。

　　一個世紀之前，來自北邊日本島嶼的矮人，也是用寫上文字的條約得到台灣島嶼，成為新而強悍的征服者，漢人的使者在海上遠離岸邊接下恥辱的條約，矮人帶著比每個部隊的軍士還要高的步槍跨進了岸上，以兩三顆打雷般的炮彈震懾漢人，以古怪的儀式在北部的大城宣布了統治者的地位，而他的主子卻是遠在天邊以太陽的形狀為象徵的天皇。為了讓別人感到被征服的恐懼，矮人穿上手掌大的皮鞋、戴上模樣像雞毛的高帽子，坐在冒著白霧的馬匹身上，腰邊繫上比一雙腿還要長的刀子，走在路上時，刀柄的鐵器就會發出刮殺玻璃的恐怖聲音。據說北部的族人曾經來到長刀人的大房子作客，但是長桌上缺乏足夠的獸肉，長刀人坐在高高的椅子上，不是以朋友的態度相待，於是帶回幾盒沒有用的糕餅回到山上，再也不願意受邀到大房子接受不禮貌的對待。反正自從我們的祖先從石頭裂開的時候，就與森林、走獸、河流過著幸福的日子，沒有必要為幾個裝腔作勢的矮人改變祖先留下來的生

活。不久，長刀人帶著走路的、發出喜歡生悶氣的雷聲一樣的大砲，毫無目標的炮打雄偉的山，讓每一座山腰開著味道難聞的火花，接著竟然大膽的要將整座山用鐵線圍起來，一群飢餓的山豬碰到鐵線，馬上就電光四閃，將山豬烤成山肉，我們才知道長刀人擁有可怕的魔法，這魔法一吋一吋的逼近山林，讓人無法忽視也無法呼吸，最後將每一座部落從高處打落到比較低的地方。長刀人將森林裡的檜木砍下來，在部落視野良好的高地建築駐在所，每天有好幾個警察什麼工作也不做，帶刀帶槍的用嘴巴指揮族人做這個做那個，特別是長在森林裡的樹木，長刀人砍下活潑的樹木成為不會揮手的木頭，將樟木丟進熱滾滾的水中，用了一個太陽與月亮的時間熬成黑色的汁液，冷卻之後叫漢人揹到很多人居住的地方，聽說以這樣的方式長刀人獲得很多印有人頭的紙幣，有很多人頭紙幣的人叫做「有錢人」，但我們還是像以前一樣的「沒有錢」。長刀人說要給我們「文明」的生活，結果我們一個一個像家禽，腿不能走遙遠的路，手不能抓住山豬，更糟糕的是，長刀人沒收了槍枝彈藥，如果我們要打獵，必須在檜木房子下的階梯等待，在一張紙上蓋上手印，長刀人說我們的槍枝容易打死人，所以要統一管理，長刀人的槍枝大炮不也是殺了我們更多人嗎？為什麼就沒有交給我們管理？於是族人都很生氣。

聽人家說，我出生的那幾年，長刀人派遣不少有學問的人——吃書像吃小米的人——查看每一棵樹木的長相，胖瘦或者高矮，都以怪異的字體記錄在黑皮內頁棕色的神祕的紙本上，他叫我們的人揹著他到每一座山的頭頂上，然後以奇怪的線條和數字寫在三角形符號旁邊，根本不願意欣賞我們向他指出每一片披上白紗的神祕風景，匆匆留下淡而無味的日本酒然後逃命似的回到平原上。因為樹林裡的蚊蟲特別喜歡叮咬新鮮的皮膚，就像勤勞的蜜蜂找到甜美的花蜜。據說最有學問的人是鼻子上掛上眼鏡的傢伙，這種人是用眼睛吃書，他們透過一層神奇的透明玻璃，從眼睛伸出兩根無形的口器，將書籍裡的字體吸食到腦袋裡面，然後在混亂的腦海裡將字的魔力慢慢蒸餾，最後從嘴巴吐出很多人大致上都聽不懂的話。

你如果仔細觀察，就會發現最有學問的人的眼睛簡直就像蒼蠅，蒼蠅的眼睛動也不動，但總是能夠找到新鮮的山肉的血液，蒼蠅人最喜歡來到部落，他們記下每一位祖父的聲音，不厭其煩的問個三五遍，你從哪裡來，父

親叫什麼名字，牙齒怎麼說，沒有鹽巴的時候怎麼辦，打獵之前為什麼要作夢⋯⋯最後蒼蠅人將我們的話藏在簿子上帶回大房子「研究」──我們不清楚「研究」到底是好吃的食物或者是某種要人命的火器──研究到最後，來自大房子的長刀人說我們祖父的話是野獸的語言，文明的語言是阿依烏欸嗚混合的聲音，因為我們跟野獸住得太接近了，要發出文明的聲音就必須要搬下來，長刀人拿起畫有線條與三角形記號的淡黃色油紙，指揮走路的大砲砲擊隱藏在樹林裡的竹屋，整座山都因為難聞的氣味而咳嗽不已，屋子被帶火的砲彈燒得很痛苦，小米園發出吱吱吱的喊叫，最後只剩下灰色的屍燼。族人只好不斷的深入森林，打擾躲在洞穴裡的動物，我們刮著山鹽青與動物一起爭奪，以免自己的脖子長出青蛙的肚子。自從有了記憶以來，我們就像受到驚嚇而倉皇行走峭壁的山羌，到處尋找又深又黑的森林，完全不像神話裡住在這片土地上的偉大獵人。有些人耐不住被追趕的命運，來到長刀人居住的地方學習種植稻米，最後他們的腳一定是被藏在水田裡的陷阱夾住，再也無法離開稻田的控制，我們的家族繼續過著祖先留下來的生活，繼續說著背簍、小米與神鳥這三件寶物的故事，直到再也找不到山鹽青與交換彈藥，這個時候，我記得天空真正的暗了下來。

　　長刀人替我們的新部落裝上一個名字──稍來社──在檜木的駐在所旁邊有個板子寫上了部落的名稱，我聽說其他被搬移的部落也都有一個陌生的名字，取名的時候從來不會徵求我們的意見，這種草草率率的態度傷痛了我們的心，我們不懂長刀人這種隨便命名的文化，這些名字不經過思考，沒有與祖先的土地一起生活過的名字是沒有力量的。因為名字記錄著每一個父親與母親的名字，而且必須經過夢的預兆，夢會帶領我們來到父祖之地，可以看到祖先讚許的微笑，如果一個家庭少了勇氣，祖先就會指指黑熊胸前的記號，脾氣如果充滿火藥的味道，你就可以在夢的草原看見雲彩般的鹿群，等到夢為我們做出指示，第二天清晨就要到通往山上的小路觀看西麗克鳥是否同意？我們是這樣慎重的為每一個孩子取名，絕對不給孩子超過命運的重量，這樣的一生才會像鳥一樣的輕鬆自在。就像我的父親，出生在山豬啃食箭竹那樣紛亂的時代卻有個華麗的名字，以至於遭到山靈的取笑，他的命運連走在山路獵徑上肩膀都要歪斜到另一邊，好像有過重的山壓著，意外就時常光臨，直到給他換了一個卑賤的 Yukan──膽小無毒的蛇，就算是風的嘆

息和草的微笑，也會使他逃之夭夭——命運的重量才取得了平衡。

　　雖然我們有個新部落的家，但是我們仍然喜歡潛回森林的內心，這個世界已經害怕得太久了，我們必須在大樹的葉蔭保護下成長，但是山的靈魂開始聽到大樹倒塌的哀慟聲，當大樹的身體被長滿牙齒的鐵器割斷手腳，流出大雨讓祂保管的汁液，我們都聽到了山靈的哀傷，就像有人瞄準在他的心裡居住的朋友送上發燙的子彈，有時候我聽到了，也要忍不住掉下眼淚。但是在森林裡，我感到很自由，父親和母親在白天耕種小米，第一片綠葉從冬天的尾巴探出頭，家人就要開始準備開墾祭，在夢與神鳥傳達美好的預兆指引下，來到開墾的新地，折下翠綠的芋婆葉，在新闢的一小塊土地放上獸肉，祈禱祖先讓這片土地很肥沃，雷雨和大風走路的時候都懂得繞道而行，然後父親握著鋤頭，向蜜糖般黑色的土壤鋤下第一塊泥土，隨後趕緊回到家裡，不要打擾山靈為新耕地撒下強壯的種子。經過這樣的儀式，緊接的小米祭才找得到適合生長的地方，小米和森林裡的動物一樣是有感覺，山豬的家一定在有泥沼的附近，猴子的家需要很多大樹的手臂，這樣才可以帶領牠們來到箭竹林，而小米也必須在向陽的山坡地，每天清晨要迎接太陽的微笑，這一天小米的心情就會很快樂。在小米長大的時候，我和弟弟妹妹就要守在小米園，因為麻雀很貪吃，但是母親說麻雀是為了考驗人類是不是很努力，不努力的人會讓茅草高過小米，麻雀就分辨不出小米粒與茅草殼，就會以哭鬧的啼音告訴祖靈，所以麻雀是祖靈的信差，有麻雀光臨的小米園是勤勞的證明，牠們吱吱喳喳就像討糖果的小孩，只要趕走牠們就好，不要傷害大地的小孩。但是趕麻雀真的很累人，到了太陽彎腰下山的時候，我們這群小孩也差不多要倒在地上，看著一天比一天點頭更深的小米，好像也在安慰我們疲累的身體。等到收割祭完了，樹葉開始轉成黃色，風吹的氣息一天比一天要冷，動物開始準備冬眠，一年裡最重要的祖靈祭要上場了，家族裡的人在這一天不能隨便放屁，不要讓祖靈聞到不好的味道，因為這天是祖靈享用食物的大日子，我們要讓祖靈在夢裡檢查眾人的手掌，男人的手是不是因為辛苦工作而裂出樹葉的掌紋，女人有沒有勤於織布讓手掌印上苧麻的臉。祖靈得到了安慰，吃得很高興，就會降下一千個祝福。到了夜晚，家族的長老輪流說故事，黑夜也就不會讓人害怕，因為祖先就在竹屋的四周和我們說話。經過一次又一次說故事的黑夜，我的喉嚨開始長出花生一樣的凸點，說起話來

像摩擦樹幹的聲音，我的男性也長大了，雖然應該是黑色的毛此時僅僅樣子像爬在腐木上的毛毛蟲，但是我已經有山豬力量的肩膀，可以將箭矢射向峭壁上的山羌，我知道我應該要成為男人了，就等待父親邀請文面師為我敲出墨綠色澤的記號。

有一天，一群長刀人來到了我們的森林，他們宣布一項不可思議的命令──禁止文面──聽說這是遠在海洋一邊的天皇的命令，是大房子的人所作的決定，就像以往一樣不跟我們商量就貿然行事，我的父親氣憤的將一位長刀人摔落山谷，長刀人用火藥與子彈很不公平的一起轟射過來，他們不用瞄準、缺乏技巧、卑劣的躲在暗處射擊，他們在森林走動的時候槍枝、背包和兩腳交雜在一起，動不動就跌倒，不像我們是風的民族，可以隨意穿越在樹林與草叢之間，跳躍在岩石與峭壁之間，他們穿著厚重的衣服，已經是矮小的人現在看起來更像行動緩慢的烏龜，說話沒有禮貌，脾氣暴躁，但是我卻笑不出來，因為父親被一陣茫無目標的子彈射中要害，我們在樹叢中大聲的喊著：「我們有人失去靈魂了。」這表示今天的死神找上了父親，帶走了他的靈魂，死神也已經走遠了，戰鬥就應該停止，讓傷心的家人安慰告別的眼神。但是長刀人還在亂射子彈，點燃火藥轟擊小米園，我在樹的背後看著他們放火燒毀裝滿故事的竹屋，聽著他們大聲的咒罵什麼，直到我的眼淚被風的手抹乾，母親拉著我的手，最後像鬼魂一樣消失在森林的深處。但我並沒有消失，我跟著樹葉變換顏色跟蹤長刀人，他們吵吵擾擾的打亂了森林的節奏，留下明顯的腳印，一點都不顧周圍的環境隨便丟棄自己的味道，這讓動物掩鼻離開。有時候我住在樹上，在濃密的枝枒與樹葉的掩護下，將對父親的思念膨脹到與夜空一樣巨大，但是長刀人肆無忌憚的大聲說話影響了我的思念，這讓我加速要奪取他們靈魂的意念。來到了稍來社駐在所的檜木房子，夜像池塘裡的水那麼安靜，很多族人的樣子看起來已經不太一樣了，他們喝著裝在瓶子裡的水然後變得精神錯亂，聽說那種粗製濫造的日本酒燒壞了族人的腦袋，也將一張張原來俊秀的臉龐裝上了凶惡的面具。我伏在窗下的草叢堆裡右手握著胸側的番刀，我的目標不是在門前站崗的長刀人，而是族人口中的大人物，他的靈魂一定最有力量，因為他說出的任何一句話就像炮彈一樣的殘酷，我等著大人物解下警服，吹掉煤油燈，躺在榻榻米上，嘴裡的呼嚕聲連接到夢，我翻進黑夜的空氣裡，大人物的臥房一目了然，他就

像吃了太飽的山豬窩在棉被蓋上的洞穴裡，我用左手將大人物的頭顱拉上來，好讓鋒利的刀刃來到割取的位置，大人物突然驚訝的張開眼睛，我什麼話也不說的就提著大人物的頭骨翻進叢林裡的黑暗中。頭顱在揹簍裡淌血，溫熱了我的情緒，奔到小溪，就在冰冷的溪水剔掉多餘的肉，心中默默的唱著：

親愛的勇士，你的精神將跟著我們，不會使你蒙羞，請你把你的家人全找來吧！

啊！你這人頭的弟兄，也必為我砍回來，你所有的力量，將被我獵首，任何多麼強的敵人，仍敵不過我！

沿著家人留下的記號，我在黑夜的祝福下找到了篝火，我唱著出草歌，母親含著淚對大人物的頭骨回應的唱著：

歡迎你來，你是很重要的客人，日後我們會出去打獵，請你吃很多獸肉，也會釀很多的酒請你喝。所以你應該把你的家人都叫來，你一個人在此會很寂寞的。

森林的中心是不能再住下去了，於是北走雪山山脈，我們必須尋找遠方親族接受庇護，就在「水邊的惡地形」（這是個謙虛的自稱，謙虛自己住的地方不好）找到了願意收留我們的親族，這就是svii部落。大人物被馘首的消息以雲的速度傳到了雪山山脈每個部落，聽說長刀人非常非常的生氣，就像是冬天僅存的樹葉被暴風雪狂亂的吹打，更像是掉入陷阱的山豬以獠牙衝撞樹幹。我不知道長刀人為什麼那樣生氣，我的父親被他們的子彈帶到彩虹橋的盡頭，我洗盡悲傷，以祖靈的名義獲取大人物的頭顱彌補我們失散的力量，大家的心靈都獲得了平靜，大人物在頭骨架上接受我們悉心的餵養，我唱歌給他聽，以尊貴的小米酒請他喝，又將山豬的脂肪抹上乾枯的嘴唇，連續七個月亮，悲傷已經遠離了我的胸腔，只有月光溫柔的滑進我的心房最裡面，心房的仇恨都掃乾淨了，只有飽滿的愛之歌碰撞我的心，長刀人為什麼無法將仇恨轉化為愛？我告別了家人，來到稍來社尋找解答。在駐在所前面的廣場，所有的族人都被集合蹲下，他們的胸側沒有一把祖先的番刀，像穿

山甲將脖子縮在布帛裡面，眼神露出恐懼的光芒。長刀人每問一個族人，族人只要搖著可憐的頭顱，黑色硬鞋的腳就飛踢過去，好像將夾在機陷的鳥隻再施以猛烈的棍棒，直到長刀人將腳都踢累了才停止。但是族人都被圈禁在一座大籠子裡面，他們哀傷的眼神讓我看不下去。到了晚上，青蛙在聒聒叫，長刀人從籠子裡面挑出一個女孩，她留著長髮，額上有孩子時留下的文記，兩頰並沒有文面，她被帶進檜木的房子裡，我認出她是比浩家族的好人家，她在轉頭掙扎的時候，我確信她的眼光射中了我，因為那冰冷哀告的眼光穿透層層的樹葉讓我全身顫抖起來，房子裡傳來不堪入耳的聲音，我用猴子的身手靠近木屋，幾個長刀人將褲子解到膝蓋，女孩在充滿口水的空氣裡閉著眼睛，她看起來就像是躺在木板上的山地鯝魚，撕開的衣服露出月光的顏色。我只好放棄任何理性的判斷，衝破簡單的窗戶，在每個長刀人的肚子上踢上一腳當作是為女孩道歉，接著以熊的力量扛起女孩，像雲豹一樣無聲的遁入黑暗之中。女孩在我肩上輕得就像是我身體的一部分，在一座山谷的溪澗邊我將她放下，她的身體此時看起來不比成年的山羌大多少，鼻息已經被孱弱的溪澗掩蓋過去，柔軟的骨骼像獸毛，比浩家族的女人最精於織布，十二次月亮的輪迴就可以織出一條箭竹一樣高的織進思念的布帛，她們會將長長的布帛掛在門前，讓太陽與月亮驕傲的照亮，吸引最強壯的獵人投來戀慕的眼神，但只有祖靈眷顧的獵人才能成為比浩家族的成員。我將她被撕裂的布帛合攏起來，手背卻被吐露舌尖般的軀體幾乎電昏，但是她動也不動，我將耳朵貼在她的胸前想要聽聽她靈魂的回聲，但是她的靈魂好像迷失在駐在所的木板上。我對著閉眼睛的女孩說出我的名字，以家族的故事安撫女孩恐懼的身體，我取下一根竹棒，用祖靈的聲音呼喚她的靈魂，汗水從我的背脊流下，我必須以最誠懇的心靈和她的靈魂對話。她睜開眼睛，像新生的嬰兒對我注視著陌生的世界與陌生的人，然後又閉上眼睛，安穩的睡著，留下水花一樣的笑容。

　　天一亮，我就揹起像是自己身體一部分的女孩走入森林，長刀人吵雜的追尋聲嚇壞了樹林裡的鳥群，我毫不費力的來到一處岩壁裡的洞窟，我收集清晨的露水替女孩擦淨臉龐，也抹掉長刀人留下來的氣味，女孩散發著溫暖的苧麻味道，她的靈魂也回到了身體裡。我帶著槍砲盒走出去，一把番刀，一串綁在腰際的麻繩，點火石和芭蕉鬚都很乾燥，用獵人耐心的等待捕獲一

隻白鼻心，在一棵樹洞裡抓到睡覺的白面鼯鼠，然後回到洞穴燒烤小獵物。我割下白鼻心的後腿肉，抹上厚厚的一層脂肪，我想要叫醒女孩，但我不知道她的名字，我又再做同樣的一件事，將嘴巴貼近她的耳朵，我吸到了她的氣息，蜂蜜的甜味竄入我的喉頭、胃，並流進我的血管裡，我感激女孩的慷慨，以只有她聽得到的聲音說出我的名字，我希望這名字成為她的祕密，我的念頭或許山靈也感覺到了，女孩輕輕的撥動唇舌，像女王蜂翅膀的震動，一個聲音成為了我永遠信守的音符——姬娃絲。

　　我們走了很久，第二天姬娃絲已經能夠走路，我們走走停停，因為必須要為姬娃絲尋找獵物補充衰弱的身體，我吃得很少，因為獵人不能吃下狩獵得來的獸肉，這是要給家人吃的。有的時候我們停下來，姬娃絲先是簡單的說出我已經知道的家族歷史，後來才對前幾日發生的恥辱忍著淚水道出心裡的恐懼，這時我很快的拿出口簧琴，像熱戀中的少年倒掛在樹枝上吹出情感洋溢的音符，以便阻止姬娃絲心靈裡的傷痛。最後我們來到了雪山山脈最深的一處森林，野獸的糞便像天空的星星一樣多，巨大的樹林遮蔽了外界的干擾，這個世界只有我們兩個人，我們的身體與靈魂愈來愈靠近，就像藤與蔓，最後分不出彼此。我們分享共同的夢境，用獸皮織出的被子一起抵抗寒冷的季節，小聲的說著情話以免動物聽到了會忌妒的發狂，我們共同建造的家屋只是用幾根木頭撐起來，上面覆上層層的Sabin（蕨類的葉子），有一團永遠不會熄滅的簧火見證我們兩人的情感。我知道我的命運在這個不確定的時代恐怕會走得很辛苦，但是祖靈的磨練讓我清楚的知道我手掌握著的姬娃絲就是祖先交給我的星星，一顆將會膨脹明亮的星星。許多年以後，我帶著姬娃絲——也就是你們的曾祖母——和你們的祖父回到「水邊的惡地形」，看到了我的母親和我顛沛流離的家族。稍來社事件已經被風吹到不知名的山谷，只流傳在族人口傳的腦海裡。接著家族遷移到Mihu部落，新的政府來了，我們又遷移到Srjux，也就是現在的三叉坑部落。每一次的遷移，族人都會唱著祖靈留下來的歌曲，讓我們不要忘記Atayal的根源：

　　aring zniaxan sbayan. Krahu hbunzhibung.
　　自從翻越sbayan大山，蔓延至hbunzhibung的溪會處

muah mtbuci ms`erux ngaus na luhung. Iyat simu nbah mglu.
各自站在臼口上。你們不可能再在一起

musa simu mtbuci pqara ssbqi na gaung.
你們將各自掛在溪邊的角落（意：遷移到有水的地方）

hmsuaga hasimu hmkangi psglabang hwinuk rqias laqi mamu.
這樣的話，願你們尋求兒女腰面寬廣的事（意指為子孫勢力發展設想的
事）

　　孩子，我很高興你們願意聽我這老人家的話，我已經老得身上結滿了巨
大的樹瘤了，看起來像一千歲那樣老，我盡著我的記憶為你們述說我的祖
父、祖父的祖父傳下來的故事，也許我無法為你們說明愛為何物，但我知道
死亡在愛的面前都要低頭。你們各自找到了心裡面的那顆星星，我祝福你們
這對年輕的孩子，並願意將我的名字送給你，雖然你有了漢人的姓氏，但不
要忘記我的名字叫Mumug Shiad（穆牡・夏德），你的祖父叫做Yukan
Mumug（猶干・穆牡），父親是Yukeix Nokan（猶給黑・諾幹），你的名字承
接我的命運，叫做Mumug Nokeix（穆牡・諾給黑）。

本文原收入瓦歷斯・諾幹，《戰爭殘酷》（新北市：INK印刻文學，2014）。

四

史與勢
History and Potentiality

史與勢

王德威

　　華語語系文學不以國家、疆界作為文學表現的判準，所投射的史觀也跨越國族歷史的局限。本書中許多作品描寫離散或遷徙、旅行的經驗，不是偶然。過去兩個世紀中國內憂外患頻仍，造成大量境內及境外的人口移動。華語語系作家書寫世變，感懷身世，下筆每多花果飄零的情懷。大歷史瓦解後的個人何去何從，往往是著墨的起點。

　　然而銘刻歷史星散之餘，華語語系文學也醞釀一種不同的動能——「勢」的力量不容忽視。「勢」有姿勢、位置，和運動的涵義，也每與權力、軍事的部署相關。更重要的，「勢」饒有審美效應：一種厚積薄發的準備，一種隨機應變的興發。早在《文心雕龍》就有〈定勢〉一說，唐宋文論中「勢」被引用為詩文的「句法」問題或策略部署。清初王夫之深化「勢」的理念，視為讀史、觀詩的指標。從詩歌到書法，「勢」的變化過程乍看似乎無可捉摸，但又有跡可循。

　　如果「史」代表已經或正在發生的經驗、理解、敘述，「勢」則是依違在審美與政治之間，隱含審時觀勢的判斷力，以及蘊藉穿越的想像力。如果「史」總是提醒我們時間俱往、記憶推移，「勢」則指向一種傾向或氣性，一種其來有自的動能。「勢」總已暗示一種情懷與姿態，或進或退，或張或弛，無不通向實效發生之前或之間的力道，乃至不斷湧現的變化。「史」與「勢」成為華語語系文學政治層面的辨證。

　　1960年代末全球左翼風潮迸發，一批臺灣留美學生企圖在海外推動中國革命。「保釣」運動趁勢而起，也的確曾勢不可扼。曾幾何時，這一運動從驚天動地到寂天寞地，當時的熱血青年日後竟成為小說家。郭松棻、李渝、劉大任寫作他們的憧憬與反思，下筆凌厲而又內斂，形成獨特美學風格。郭松棻的〈雪盲〉咀嚼無盡的歷史憂鬱，李渝的〈江行初雪〉思考宗教與藝術救贖暴力的可能，劉大任的〈且林市果〉則儼然重寫魯迅的〈在酒樓上〉，以此展開有關革命與虛無的對話。

　　1960年代末也是馬來西亞華人自決運動的關鍵時刻。1969年五一三事件後，華人地位每下愈況，也激發出日後黎紫書等作家的創傷書寫。〈山瘟〉回顧1940、50年代華人左翼運動的英雄往事，沉思大勢已去的惆悵。在中國，1960年代末文

化大革命鋪天蓋地的進行著，青年高行健也深陷其中。1987年以後高行健流亡海外，2000年以《靈山》獲得諾貝爾文學獎。本書收入其中一章，寫文革以後，高漫遊中國西南的一次奇遇。回顧歷史文明的創傷，個人生命的脆弱，高不禁嘆息，中國大地莽莽蒼蒼，靈山何在？

而歷史的幽靈依然徘徊你我之間，嘲弄我們，矜惜我們。賀淑芳〈別再提起〉寫盡當代馬華社會在種族、宗教壓力下的荒謬。相對於此，廖偉棠的〈旺角夜與霧〉則以詩人之筆，銘記香港雨傘運動的激情裡，意外滋生的抒情啟悟。

然而歷史的盡頭「以外」，還存在什麼？中國大陸科幻作家劉慈欣以〈詩雲〉作為回答。在這裡，詩——文學的精華——成為人類文明的隱喻。當外星人操作的人工智慧登峰造極，可以創造無數詩歌、填滿銀河星系之後，人類的末日這才開始。〈詩雲〉所觸及的「後歷史」是相當陰暗悲觀的。但劉慈欣卻執意要從文學找出人類文明存亡續絕的線索。以此，他肯定文學所蘊藏的「勢」，除了無中生有的創造力外，更有（外星人，人工智慧）無從限量的鑑賞力和判斷力。克服歷史宿命的契機或許在此？〈詩雲〉超越傳統文學時空局限，所投射的宇宙星雲如此壯麗奇詭，所提出的文明反思如此意味深長。宜乎作為《華夷風》讀本的高潮。

郭松棻（1938-2005）

生於台北市。父親為畫家郭雪湖。1958年發表第一篇短篇小說〈王懷和他的女人〉於台灣大學的《大學時代》。1961年台灣大學外文系畢業。1963年，在台大外文系教授「英詩選讀」，1965年參加黃華成導演電影《原》的演出。1966年赴美進加州柏克萊大學念比較文學，1969年獲比較文學碩士。1971年放棄博士學位，投入保釣運動。其後於聯合國任職。1983年再度開始創作小說，以羅安達為筆名發表作品於《文季》，接著〈機場即景〉、〈奔跑的母親〉、〈月印〉、〈月嗥〉陸續發表於港台報章。出版有《郭松棻集》、《雙月記》、《奔跑的母親》三本小說集。2012年出版遺作《驚婚》，2015年出版《郭松棻文集·保釣卷》、《郭松棻文集·哲學卷》。

雪盲

斜陽

小學校長抱住船，俯身將它推向海上。

白色的泡沫已經湧到他的身邊。風吹過來，隱約可以聽到海在他的腳下發出嗞嗞的爆響。褲管捲到膝蓋，露出了兩隻細腿。他的頭垂下去，看不見了。無袖的背心、兩條狹窄的肩帶從背身越過去，鬆鬆搭在肩骨上。僨張的手臂底下仍有兩叢濃密的腋毛。

幾分鐘以前，校長就把船從沙壩上推下來，一直要推到海裏去。防波堤外，海水一下子漲了許多。天空再也捕捉不到午前那些慵懶的雲朵。

為了讓我們雨後可以坐船在海上蹓躂，校長必須在落雨以前把船放回海上。被雨淋溼的沙坪將會產生抗拒，到時船就推不動了。

現在，遠處的地平線已經失去了雍容的平衡，露出逐步升級的焦灼。天空吸飽了墨水，海變得沉重。白浪帶著流質的鈍拙，喪失了衝向沙岸的意志。

地平線、海、沙地，統統沉靜了下來，各自安於自己的地位。連風也遁曳了。前一個片刻在頭頂上呱叫的海鳥突然在空中絕跡。不久，一場驟雨就要打破這種靜止的安排。

校長張開的腳趾盤入沙裏，腳板掀起來，成為他向前推進的著力點。沙上已經印出長長一條足跡，像鐵模的凹槽，輪廓完整而美麗。兩排略成八字形的印模彼此對咬前進，一直從沙壩上印到水邊。午飯前，校長太太蹲在天井折空心菜，細聲跟母親提起退休後校長的腰子病並沒有痊癒。現在腎裏還留著石頭呢。

母親和她站在沙壩上。只要校長抱著船用力推進一步，兩個婦人就驚叫一聲，彼此把高等女子學校老同學的手抓得緊緊的。

平沙從她們的腳下一直向下伸展，經過校長的赤腳，然後再伸入海裏。

校長快要把船推進海了。

慢慢被校長推動前進的船，和水面構成垂直交叉。船尖逐漸移向地平線，就要完成Ｔ形的結合。一直跟在校長背後的黃狗興奮地狂吠起來。

校長仍然抱住船，俯身奮力。鉛空下，他全身力量的集結透露了允諾的信息。

船，終於借著最後的一陣衝力，以舒坦的臥姿，漂浮在水上，完成了復歸的宿願。海水裏，校長稀疏的頭髮披了下來，水侵上他捲起的卡嘰褲。他雙手按住了海上的船身，拱形的背影沉默而嚴肅，一如週會時面壁朗讀國父遺囑的模樣。

你從窗口收身，埋頭繼續讀起手上那本台灣總督府監印的舊書：

> ……但終於沒有進學，又不會營生；於是愈過愈窮，弄到將要討飯了。幸而寫得一筆好字，便替人家抄抄書，換一碗飯吃。可惜他又有一樣壞脾氣，便是好喝懶做，坐不到幾天，便連人和書籍紙張筆硯，一齊失蹤。如是幾次，叫他抄書的人也沒有了。

校長跂著木屐，拾階而上。他抱著牆走過了濟公靈苔水那片藍白斑駁的廣告。午前的海風吹在他的身上，把他吹到牆邊。貼住牆，爬不上去了。

「先生，先生。」

從台北趕著火車過來的母親，從背後追上去，忙著用日本話叫住他。

校長轉過身，拎在手上的兩瓶黑松汽水碰在磚牆上，發出迸碎的聲音。

校長一聲痰氣很重的招呼，被遠處正在發動的漁船馬達掩蓋。你可以在石階上看到一排排靠在岸邊的漁船隨著海浪顛躓著。南方澳，蒼蠅飛滿在天空，等待著鰹魚入港。

「去海港看看你的小學校長罷。」

聯考剛過去，母親嫌你為了投考把身體弄得那麼消瘦，「像一隻白絲蟲」。於是要你到校長的家曬曬太陽。

漁港，無止境的夏日，海飄著魚的腐味。而漁會公所前的柏油路到處是令人噁心的馬尾藻。

聽到母親說你已經快要成為一個高中生了，校長的臉突然從鰹魚湯的碗裏抬起來，帶著不善於在漁港討生的靦腆。晌午，他被太太罵出門再去買汽

水。當了人家的校長了，連兩瓶汽水都拎不好。太太衝著他跨出門檻的影子說。

校長的木屐敲在鄉間寂靜的馬路上。不久可以看見他又抱著那段頹牆，拾階而上。這一次手裏多拎了一塊用草繩綑好的冰磚。

海邊的燕子在屋簷下築巢。一直啾啼個不停，惹得校長太太開心。進出門小心翼翼的深怕驚走了那些鳥。為此她特地早晚一根香，點著塞在門口板壁的細縫裏。

香腳已經塞得滿滿一大片。茄色的細籤一根根豎向屋頂。早上從門檻跨進來，一股廟宇的濃香撲鼻而來。

「就要發了。」

「可是到底還沒有發。」

「這孩子這裏好。」

校長把手上的筷子反過來，敲了一下自己的邊腦。為了不讓兩個女人談他的捕魚事業，他想把話題轉到你的身上。

太陽還在上升，已經升到油煙敷蓋的窗口。於是飯桌上多了一些光點。校長的臉總是那麼落落不歡，好像一輩子惦記著他的亡兄。吃飯時，大人們倒沒什麼話了。你可以聽到外面的海發出喎喎的聲浪。

太陽垂直照在海上。海鷗一隻、兩隻、三隻……沒有拍動一下羽翼，就悠然降落在椿頭上。岬角在遠處候立，而地平線已經染起了烏雲。這個海港的景致再也吸引不了你了。你埋頭戀讀著手上那本總督府監印的書。

飯後，校長唧著牙籤的嘴噴噴動起來。他邊走邊對你說，家裏沒什麼東西讓你玩。他打開了老玻璃櫥，拿出了那本舊書。這是家裏唯一的一本中文書了，你就拿去看罷。你把書接過來。書蟲已經蛀穿了書頁，一個一個小小的洞疤布滿在每一頁相同的位置上。你在書脊上還可以讀到「台灣總督府監印」的字樣，其餘的都給蟑螂吃光了。

他拿著書俯身向你。一邊翻著一邊若有所思起來。跌入了一段往事。嚼著檳榔的口腔壓迫著你。

「你就拿去看罷。」

校長在床邊脫去了無袖的襯衣，黝黑的皮膚。他低下頭。慌慌張張套進一件新的襯衣。被海水弄髒的卡嘰褲則沒有換。船推進海以後，他的一口氣

還沒喘過來。兩個女人在更深的昏暗裏坐著，靠著飯桌聊天，談著婦女病。你偶爾從書上抬起頭。屋裏沒有一片隔牆。沒有一點遮欄。屋子像一間倉庫。圓樑上垂掛著蒼繩紙。低鬱鬱的談話聲喁喁浸漫全屋。高女時代的回憶。舊同窗已經有人得乳癌過世了。某某夭壽的竟然倒了會，人逃得無影無蹤。藏起來了。而醫生把她誤診了，校長太太說，害她擔心了好幾年。雨點開始斜斜打在窗口上。校長走過去，把窗拉下。接著拿了一把椅子，欠著身子往飯桌湊了進去。加入婦人們的談話。換過衣服以後，校長突然有了在學校主持朝會的神氣。你則低下頭讀到：

> 中秋過後，秋風是一天冷比一天，看看將近初冬；我整天靠著火，也須穿上棉襖了。一天的下半天，沒有一個顧客，我正合了眼坐著。突然間聽到一個聲音，「溫一碗酒。」這聲音雖然極低，卻很耳熟。看時又全沒有人。站起來向外一望，……

雨果然下大了。校長太太站起來，從廚房拿出來臉盆和碗公，熟稔地一一放在雨漏的角落。嘟嘟……嗒嗒……，雨落在盛器裏。而某某的兒子在美國出了車禍，人都快得博士了。屋瓦排列得並不整齊。圓樑是傾斜的。你看到了雨點從瓦縫裏滲進來，然後落到地上。而他呀，就是三心兩意，太太埋怨著自己的丈夫，做事不夠果斷，竟耽誤了兒子一門好親事。校長在旁，默不作聲。嘟嘟……嗒嗒……。如今他心裏只有那隻小黃狗，哪裏還操心自己的兒女。嘟嘟……嗒嗒……。你現在終於看到屋瓦有好幾處亮光。可你也別指望子女什麼，她這樣下著結論教導母親。嘟嘟……嗒嗒……。雨大了，反倒可以聽到窗外海鳥悽冽的呱叫。

他們一直住在迪化街後面的一條小巷，在台北算是老鄰居了。古厝的樓上，綠色的細紗蚊帳褪成土褐色，一直掛在樓梯口的臥房裏。灰撲撲的一條窄巷。地上鋪著瓦灰色的煤渣。整天沉在洗衣水的空氣裏。早上你被幫浦的抽水聲吵醒。鄰婦們早在水井洗衣了。你從她們的身後繞著走，急急跑出巷口上學去。你擺脫了肥皂粉的嗆氣。

傍晚的水井霍地變成一座暗森森的黑影。

母親被井邊那個露陰狂嚇得奔進了門檻，手上是一簍還沒有洗完的衣

服。白色的肥皂沫一路從水井滴滴滴，滴到家裏。晚上，母親在飯桌上仍是一張沒有血色的臉。

登上漱暗的木階，腳步聲和校長太太的招呼一齊響徹了那棟木造的古厝。午後的陽光斜斜照進巷子。簷影印在牆上，安安靜靜的。女人們都把衣服洗完了。無尾巷的盡頭砌上幾層台階就聳立著面對面的木造房。靠河的一棟是校長的。對面則是一棟棄屋。從疏散的鄉下回來，在船上就聽大人細細絮絮地傳說，那房子的主人死了。窗玻璃被轟炸震碎。塵土厚厚敷在尖形的碎口上。從校長家的二樓望過去，兩框沒有玻璃的窗口成了被挖掉眼球的雙眼，啞地瞪著你。

台北被炸得最厲害的七月天，這一家主人受不住B-29的日夜騷擾，在二樓上吊自殺，把病在床上的妻子留在樓下。你從鄉下回來，還沒跳下渡船，就聽到師公念經的聲浪。天上一群一群的敵機飛過，你在防空壕裏還可以聽到南無阿彌陀佛沉悶的聲浪喁喁淹蓋了四鄰。

你還記得整條巷子陷入哀傷的日子，戰爭過去，病重的妻子也死了。留下來孤單單一個待嫁的女兒。

米娘在雙親相繼過世以後，突然從一個公學校流著鼻涕的女生變成了羞澀的少女。而家荒蕪了。雜草長在四周圍。圓仔花開在門前的土堆上。那株蓮霧被炸彈的爆風吹倒在一邊，靠在她家的窗口上更加濃鬱地長出枝葉。

米娘在敵機日夜的轟炸裏突然長大，成為一個女人，這是你躲在樹上怎樣思想也想不通的。

你爬上了那棵樹。和鄰居的小孩爭著採蓮霧。倘是她父親在世，那是不允許的。蓮霧到底是她家的啊。綠蔭滲進了陽光，聚成閃閃的光點。米娘站在自家的門檻外，梳去髮尖的水珠。沒有一根髮夾的新髮披得像一條河。你從樹上望下去，白瑩瑩的肌膚從她彎下頭的後頸爬上來，越過了雙肩，然後直溜溜向著胸前傾瀉下去，瀉入了她開得鬆鬆的領口裏。

啪嚓。折斷了枝枒。爆烈的乍響。校長蹲在自家的門口修腳踏車。他猛抬頭。望上來，驚惶失措的臉。噢，不是炸彈，只是蓮霧的小枝。

男人都是一樣的。母親提起井邊時常出現的那個露陰狂，校長太太就這麼說。她想談的是她的丈夫。

「我走。我走。」校長說。

　　後來到底還是米娘走了。房子變成了一棟暗摸摸的棄屋。

　　「他哪裏敢。他有膽，我倒任他去了。」幾年以後，校長太太一談起來，總是這樣理直氣壯。

　　光復了。巷子重新發散著薄薄一層肥皂水的嗆氣。太陽稍一斜，紅色的蜻蜓就在頭上飛。從這一頭飛過去，再從那一頭飛過來。整個午後就這麼重複著單調的來回。蝸牛爬入牆上的陰影裏。校長在這邊樓下修著他的腳踏車。米娘倚在那邊樓上的窗口，懶懶地梳著剛剛洗過不帶一根髮夾的長髮。髮水一滴一滴，滴到樓下的青石板上。他們兩人總是那樣，默默地各自做著自己的事。從樓下望上去，米娘還帶著孝，藍布條穿過一枚乾隆通寶，在她白皙的手腕上晃動著。

　　陌巷。安靜的午後，空氣停止流動。夏日無聲的慵懶發出喁喁的心的聲音。多熱啊。令人難以負荷的氣壓。米娘的上身探出了窗口。

　　相信他，默默地留在他的身邊。

　　校長用手搖著踏板。後車輪轉動起來。得得得……得得得……。製造著悅耳的聲浪。

　　全是一陣浪濤。把自己捲了進去。來罷，全世界所有的海水。會淹死的。小心。就淹死在午後巷尾無聲的空氣裏。噢。多熱。

　　突然。米娘從窗口縮身。閃進黑暗裏。不見了。啞然洞開的窗口。

　　同時樓下門檻出現了航空母艦般的影子。校長太太出來了。蜻蜓仍然在巷裏默默地來回飛著。校長一動也不動，照樣蹲在那裏。埋頭轉動著他的踏板。得得得……得得得……。多熱啊。這夏天。

　　校長太太手裏捧出了一籃豌豆，準備在陰涼的門口拆絲。米娘剛剛洗過的髮香留在空氣裏。拂擦著。拂擦著。

　　太太一氣轉過身。謝世症。謝世症。她拿起籃子，憤憤地往後尾走去。

　　我走。我走。校長說。

　　殘暑的黃昏。門口一排一排的蟻群。斷翼的蜻蜓順著密密扎扎的蟻跡被抬走，才看到地板上被撕裂的紅色殘骸，下一瞬間就被抬進牆縫裏。

　　不見了。

　　校長站在豆腐店的遮陽帆布下，臉上灰暗而莊嚴。手裏一個小包和一把雨傘，在耀眼的秋空下，出神地望著眼前駛過的每輛車。

我走。我走。隻身離開這個氣悶的海島。遠遠地走開。遠遠地走開。少年時代立的志。

迪化街已經變成一條長滿青草的田道。戰後。街的荒涼。那時校長還沒當校長呢。他是市政府的督學。噢，但願生命如日影，日復一日地縮短。他低下頭，痴痴望著從豆腐店的瓦楞投下的一片秋陽。

太太則記得戰前迪化街的熱鬧。亭仔腳水貨堆積如山。唐山來的。金鈎蝦，江瑤柱混著麻油香。在五花八門的招牌下，她，一個台中林家的家庭教師，坐在手車上像一陣風穿過了街心。吃了真珠粉長大的。一身細皮水滑的千金。準備下嫁當時的師範高材生。她端端莊莊地走進了陳家的門，獻出了一切：幾台貨車的嫁粧，花一般的年齡，還有她一向自豪的從不起繭的一雙腳。她第一次洗完澡撲上爽身粉。他竟驚異了。簡直不相信台北的師範生還沒見過爽身粉。

可是他呀，又得了什麼。巷子裏傳說校長和米娘雙雙沿著水門散步。這她倒是不信的。他有膽，就任他去了。在鴨仔寮校長被人撞見了。和米娘一齊擠在買菜的人堆裏。那一次，她倒沒話說。他總那麼興致勃勃，星期天一早就提著菜籃出門。卻沒想到是一個輕薄的人。還是市政府的督學呢。

我活夠了。我活夠了。入了陳家的門一轉眼就不想活了。楊仔仙，他趁著戰亂上吊算是有眼光的。太太說的是對門米娘的父親。然而人家可是精神失常啊。巷子裏任誰都曉得。七天七夜師公不斷念經也鎮不了精神病患的遊魂。

而鄉下和台北，現在太太倒喜歡鄉下了。戰時疏散的鄉間，生活多太平啊。

可是他呀，又得了什麼。在南方澳的平房裏，校長太太蹲在天井折空心菜。滿臉起皺的粉臉湊近母親。談起十年前那個夏日的午後。

她伸著脖子。細聲細氣地下了結論。其實他還算是一個好人。在一個房子裏，早晚共處，已經快一輩子了，還不曉得他？

校長挺起腰板，端正地戴上了他的打鳥帽，要出門上班了。

一個體面的小學督學。

他雙手抱著腳踏車，跨出了門檻。他彎下身用曬衣夾夾住了褲管。一切停當了。他才徐徐推著車子下石階。還來不及瞟一眼對面米娘的屋子，背後

就被趕出門的太太潑了一盆餿水，連帶還被詛咒了幾句。

　　頹牆上爬滿了豌豆花。水紅、淡紫、粉白的花瓣迎著晨光簇簇綻放。光復後難得一次海藍的天空。校長在牆上刷了刷身上的污水，拂了拂頭上的帽子。一切停當了。他跳上車就落荒而逃。一陣煙消失在巷子口。

　　更難為情的其實是校長太太。她是巷子裏唯一被稱呼「先生娘」的有身分的女人。

　　戰時淡水線的火車。急駛的窗口，你無意瞥見一個老嫗從屋裏急急衝出來。手裏拿著一根趕鴨子的籐條。火車從這家門前一閃而過。那老嫗一晃即逝的景象從此和校長太太聯成一體跟著你一起長大。

　　先前父親常說，校長是台灣人中難得的一個教育家。從年輕時代就立志做一個小學校長。必要時，校長還能說上一口上品的日文，比任何一個殖民地的文官都不差。你還記得星期一的週會，校長面壁朗讀國父遺囑的聲音。遇到捲舌音時，校長都能夠把他的舌頭認真地捲上去，而發出不令人厭惡的舌音。

　　星空燦亮。校長和太太重新修好。兩個人穿得厚厚的，勾著手臂散步到水門邊。歸途，校長手裏偶爾拎著兩尾魷魚來到家裏聊天。那時父親的身體還沒有壞下來。

　　魷魚放在火盆上烤。大人們圍著火談起台灣人出現第一個飛行員的往事。盆火照紅了父親一團被窩氣的臉。薩爾牟遜式的「高雄號」飛入雲端。萬里長虹。台灣人的抱負。意志升上去了。飛越在殖民地的上空。從高空鳥瞰，據說漢民族的土地鬱滄蒼翠。氣運沸沸。十幾年的威爾遜主義在這裏長出了苗芽。而念醫科的台灣青年實在太多了。「文化協會」那麼需要有志的知識人。

　　河風越過土牆，吹進二樓的玻璃窗，飛捲著魷魚香。帶有沙質的風，轟地一聲。「高雄號」失事機毀。第一個飛行士的屍體在練兵場外從飛機的殘骸裏被抬出來。青年時代的校長是懷著怎樣的心情去參加了死者的告別式啊。

　　他終於笑開了憂鬱的臉。郵差的腳踏車叮叮噹噹。轉入了窄巷。送來了聘書。不久在報紙上看到教育廳發布他榮任你們國校光復後首任校長的消息。

　　他仍然用曬衣夾夾住褲管，騎著腳踏車一早就離開了家。

　　你們在走廊上經過時，再也不須向校長室的門口鞠躬了，不管校長在不在裏面。這是他上任以後的第一個決定。

　　他代缺席的級任老師上自然課。在教室裏把火點起來做肥皂。他的口氣有點像圓環賣膏藥的打拳師傅。如果自己這樣做肥皂，就不用到外頭去買了。現在一條天香肥皂要多少錢啊？

　　粉筆灰和油漬都塗上校長的臉。脂肪加上氫氧化鈉。頭髮披到眼前。肥皂凝結了，在長方形的模子裏。可是現在他已經把教室弄得到處都是油煙。學生們都嗆起來了。慢慢地，大家看不見校長了。他在台上還忙著製造。晚飯時，母親舀了一匙新炸的豬油澆在你的飯上，你竟吃不下去了。那一次校長差一點沒把教室燒起來。鄰班的老師忙著跑過來。濃油油的黑煙，像一條龍向窗外飛捲而出。第二天升旗典禮時，看到校長立正垂直的雙手肥肥包裹著一團白紗布。

　　破戒了。校長太太當作空襲一般的大事到處嚷起來。

　　校長破戒嚼起檳榔是什麼時候呢？那一定在父親過世以前。因為記得聽父親說過「那是嚼著校長亡兄的影子」。那時，他早已小學畢業了。黃昏的水門經常看到校長。蹲在岸邊，俯身無語。額頭都快碰到淡水河了。香菸燒到指頭才猛地醒過來。急忙甩到水裏。

　　悔恨的影子被黃昏的渡船稍稍擾亂。校長這才站起身來。

　　船肚劃破靜止的河水。水浪漫過來，輕輕鑽進石縫，打出一些泡沫。水帶著陰暗裏的骯髒又返回河心。新莊的船夫一口痰啐入水流。薄暗的河霧。船夫站在渡頭上。孤零零的。他對著走遠的船客自言自語。無論如何，這是他的生活。請多多包涵。船進了一些水。沉不了的。請多多包涵。

　　三葉草，網絲般的歸路。從岸邊一路長到堤口。校長爬上水門的石階，順手折了一段茉莉的梗尖，剔著塞牙的檳榔末走回家。人消沉下去，沉海兄哥的影子來到了眼前，每天太太任他留戀在河邊。一個人楞楞眺望遠方，消磨整個黃昏。

　　少年時代最恨的就是鄉里的父老叭嗏叭嗏嚼著檳榔。亞熱帶的惰性。在糖廠的五分車裏，科隆科隆的機輪聲中，他和哥哥立志要和檳榔斷絕關係。

　　夭壽仔！他的嘴第一次呵出刺鼻的檳榔味，太太大叫起來。

同樣的五分車裏，同樣的機輪聲中，哥哥的臉印在漆成綠色的車廂裏。幾年以後的事了。暑假就要過去。哥哥正要北上，回到島都的大學醫科。

哥哥一路吞吞吐吐。下車前終於向他吐露了心事。

「醫科恐怕念不下去了。」

科隆科隆的輪聲。綠影閃爍。哥哥的臉。

「不要讓媽知道就是了。」

分手前，最後的一句話。

那一學期沒念完，就回家奔哥哥的喪。

跳海自殺了。沒有遺書。沒有跟他留下一句話。

沙灘上。他的衣物和一本書。

校長耐心嚼著魷魚絲。都快嚼不動這東西了。坐在火盆邊談起亡兄，鼻翼仍然脹得滿滿的。胸頭上一團牢固的繩結，仍然是解不開的。亡兄的屍體始終沒有找到。做母親的差一點心碎了，死了兒子竟不能在墳場或廟塔安一塊靈位供她思念。

海灘留下他的一本書，就能說明他已經自殺？

校長頭髮都花白了，還是想不通這一點。

不過哥哥從此沒有再出現，好像從地面上永遠消失。這又堅決駁斥了哥哥沒有死的想法。

校長在火盆邊，一談起亡兄就這樣反覆推論。然後雙眼直直瞪著父親一團被窩氣的臉，等待著父親的回應。客廳一片寂然。

哥哥突然從醫科大門衝出來，淚臉奔向馬路。白色的罩衣在風中飄捲。那慌張的身影是校長一直沒有忘卻的。

那一天，做弟弟的為哥哥拿來了戶口簿。哥哥準備把自己的戶口遷入那時住在島都的二叔家。

馬路空曠無人。桫欏科植物綠蔭成蓋。醫科的紅磚大樓，在驕陽下巍然矗立。豔麗的晌午時分。醫科的實習生剛剛上完接生課，哥哥一下子精神崩潰了。

哥哥要飛奔過街，罩衣像一隻白日的鬼影，嬉戲般在街心飛舞。那奔跑的影子，帶著繩結般的困擾，印入了校長的記憶。

在弟弟面前，哥哥仍然無法自持。一下子埋頭抽搐。一下子目瞪口呆。

弟弟手裏一直拿著家裏的那本戶口簿。在公園的石椅上，兩兄弟沉默無語。五月的正午，弟弟的手心涼到發顫。他不知道該怎麼把手上的東西交給哥哥。

「婦人的生產會那麼可怕麼？」父親問道。

「記得家兄從醫科大門奔出來後，唯一的一句話就是：想不到生小孩會那麼醜陋。」

少年時代口琴不離手的校長終於放棄了。他放棄的不只是一支口琴，而是音樂。

父親用銅筷撥了一下火盆裏的木炭。新火嗶剝作響。冬夜的屋裏逐漸有了一片暖和的景象。校長解開了上衣的鈕釦，瞪著盆中火紅的炭塊，告白似地說，自己終其一生都將是一個瘖啞的人格。

然而記得週會時，校長面壁朗讀國父遺囑時那滿腹生氣的聲音。

漁會公所前的柏油路上，投下一塊鼠白的日影，印出水泥樓房的輪廓。陰影容納了一些歇息的閒人。有人在下棋，有人站著吃仙草。新樂園牌的菸草香團團圍繞著人群。

海上起了烏雲。一場驟雨又要到來。每天都是一樣的。那日光，只偶爾從雲朵的破隙裏乍現一下，到底是欺人的。

洋神父騎著腳踏車奔馳而過。黑色的道袍在車後飛捲起來。從昨天，漁港的街道就出現了這奇異的景致。像龍一般的黑袍長衣隨時出沒，引起路人駐足凝望。聽說神父正忙著為來到海港尋死的一對青年辦喪事。

校長的木屐拖在寂靜的街道上。不用送了。不用送了。母親的手裏提著用新聞紙包起來的醃魚，校長太太臨行前塞在母親手裏的。一條新的柏油路。空曠的販魚場。無人的行道。蒼蠅，無精打采地飛在空中，等待著漁船入港。沒有魚腐時，牠們不會降落。只在頭頂上飛著，發出嗢嗢的聲音。不用送了。不用送了。

天氣好一些，我會上來的。這腰子病，症頭還留在身上呢。

火車還沒有開，校長遠遠站在月台的一邊，不送了。不送了。

現在海港的屋頂上家家冒出了一注藍色的炊煙。

有空我會上來的。我會回台北來的。

老式的冰箱築滿了螞蟻窩。這兩天校長太太時不時向母親埋怨著這冰箱。

來年看看罷。到台北買一台新式的。有空我會上來的。

不用送了。不用送了。回家罷。

在校長家宿了一夜。每頓吃的都是鰹魚。離開時你突然那麼高興。校長趁母親沒看到，在門檻外慌慌張張塞了一張鈔票在你手心。沒有說什麼，只是他潰爛未癒的眼角翻了一翻，露出了紅肉。簷下飛出了燕子，叫了幾聲。

拿去罷。拿去買自己喜歡的東西。

他又把鈔票塞過來。

不必跟你媽講。就收起來吧。

在車裏你又按了一下褲袋裏的那張鈔票。

你一時懊悔，昨天雨後你沒出去坐校長的船。你不該悶在屋裏看書。

車子開動了。不送了。不送了。你從車窗望出去。校長，一生的熱情，站在月台上，像戰前一支悲傷的歌。

這樣回去剛好。躲開了一場雨。會的，會的。來年我會上來的。不送了。不送了。

住在台北的水門邊。校長出門跳上了腳踏車。那雄糾糾的姿影。

海港的空氣，帶著雨意。拂擦著。拂擦著。快看不見月台上校長的臉了。

走了。再也吸不到鰹魚的腥味了。再也聞不到檳榔的麻辣了。亡兄的影子。嚼著。嚼著。這樣回去剛好。過些時雨就要來了。

而車廂裏，母親罵開了。在科隆科隆的律動中，你借著薄暗的光，仍舊戀讀著校長送你的那本書。

「你考不取給我看看。」

你從書裏仰起的臉一定很頹唐。

母親再也忍不住了，來校長家原是要給你曬曬太陽的，為了投考已經把人弄得像一隻白絲蟲，結果又窩在校長的家看了兩天的書。連校長好意要你坐船你也不坐。

母親的意思是，這次聯考考不取，你給我擔心。

你墊了一張報紙，坐在地上。擠在乘客搖晃的腿間，戀著手上那本舊書。

你突然對跪坐沉落下去的姿勢感到非常滿意。

車窗外的海景再也吸引不了你了。

現在那些零落的岬角一定遠遠等候在平坦的地平線那邊。海浪不再起伏。趁著一場驟雨還沒有落下，你匆匆搭上北上的班車，倉惶離開了海港，這是怎樣對不起校長啊。

在奔馳的火車裏，在大人站立的腿與腿之間，你驀地產生了懊喪。你連身邊的母親都不想理會了。你但願自己再也站不起來。讓雙手沾滿地泥，甚至讓自己的腿斷去。跟著手上的這本書一起沉下去……沉下去。

小心噢，過馬路要先左右看看。

出外要會照顧自己噢。

失去了父親以後，母親的叮嚀總是細細顫顫的。

入秋的蟬。

光復後的禮拜天。戒嚴中的台北。

為了讓病床上的老母吃到豆腐，校長拿著一只碗，摸著牆角出門了。

小心噢，過馬路……。

校長踽到亭仔腳，他想過街。

巷口的憲兵喊住了他。這是幹什麼的？

校長期期艾艾。只說就去對面的豆腐店，就過一下街，馬上回來，馬上回來。

老母病得太久了，難得在床上喊著想吃豆腐。

就過這條街，到對面的豆腐店，買了就往回走。就過這條街，馬上回來，馬上回來。

唰地憲兵一個大巴掌摑在校長的臉上。

這是什麼時候了。吃豆腐吃豆腐。

迪化街，空曠無人。那清脆的巴掌如記憶響徹在一街荒涼的空間。喁喁……喁喁……喁喁。

人間

爬上被含羞樹蔭遮的沙丘，走向公寓的停車場，腦殼裏就卡拉達、卡拉達響起來。有蟲在嚙噬著你。聲音從太陽穴迸裂開來。劇烈的頭痛佔據整個白天。開車時，眼前常有撞車的殘骸圖景。

鼻孔一陣辛辣。阿月渾子[1]的氣味。三朵天竺葵，在廚房的水槽邊，透過沙漠的晨照，發出允諾的光。窗外，超速公路無聲地從遠處延伸過來。再遠些，沙上騰起的白光，團團遮去了景物。

你突然悟到，那原是母親越洋電話的噪音。線上傳真不良。卡拉達，卡拉達，不斷地響著。頭痛則是遺傳的。小時候，看到步入中年的母親太陽穴上總貼著兩塊撒隆巴斯。越洋電話裏，母親的聲音細弱而遙遠，嗚嗚斷斷，像一段往事。

地熱敲擊著腦殼，天空像一片大錫箔紙，把熱光反射在地面上。那個聲音不斷從心底響起來：卡拉達、卡拉達、卡拉達。

有一天，這聲音成為沙漠黎明的第一線光芒。你在亂石中建築起來的這個城鎮安身了。你學會了忍耐。

那年，奇怪的聲音吵醒了她。她爬下床。以為床底下有老鼠在啃木器。又以為牆壁裏有蛀蟲在咬洞，最後她發現那原是你睡夢中在磨牙。

那是很奇怪的聲音。

那是怎樣的聲音呢？

你自己都感到奇怪了。夢裏的語言。

每天，你從這一頭一間一間清洗著廁所。她從那一頭一間一間推著吸塵機。你們從樓下清到樓上。中午的時刻，你們終會在樓上的某間房裏相遇。

清潔工人的白色罩衣。羞澀的一個招呼。各自做著自己的工作。你用鐵絲球刷洗著白瓷馬桶。聽到她在隔壁打開了吸塵機。不久空中一聲裂帛，她換上新的床單。

半個月以後再碰頭，你們就坐在新換的床單上，偷閒聊天。問對方是哪個學校的。念什麼，什麼時候出來的，一九六六。

過一些時候，話都問光了，已經沒什麼可談的了。你們就躺在新換的床單上，不敢開冷氣機。怕老闆娘在樓下聽見。

躺下來，可以聞到彼此身上帶著清潔劑的阿摩尼亞味。

她的手從你胸口那一片瘀血挪開，仔細再看，還是像一張地圖。一張美國地圖。豬肝色的傷痕遍布在兩排肋骨上。

1　即俗稱「開心果」的堅果。

「現在我們在這裏。」她指著傷口的一個地方。你的胸肉馬上抽緊一下。

「暑假過了，我就回到這個地方。」她指著傷口的另一個地方，「俄勒岡的沙蘭鎮。」

「你呢，」她說，「你就回到這裏。俄克拉荷馬。」

她的手移到傷口的南部。

你睡了又醒過來。夢裏全是一些螺旋鉗、扳手、鐵錘、螺絲刀、絕緣膠布……還有各種尺寸各種式樣的釘子。

工作的第一天，老闆娘把一盒沉沉的工作箱砰地放在你的眼前。「從現在起，這個箱子由你保管。」打開來都是一輩子沒碰過的用具。

「幸鑾，不必擔心，你的身體——我會照顧。」

「詠月。」

她有一對烏亮而灼熱的眼睛。現在總是直直地望著你。

第一次在申請工作的隊伍裏看見她。她轉過頭來。烏亮而灼熱的眼睛望到很遠的地方。

太陽在賭場建築物的那一邊落下去。霓虹燈開始佔據了整個沙漠。暑假剛剛開始。隊伍裏到處說的是中國話。工作介紹所很樂意接納中國學生，老實肯幹，一個多世紀的良好紀錄了，從運來築鐵路的豬仔工人開始。

他們都到賭場裏工作，你們兩人則分配到同一家汽車旅館當清潔工。

第二天，老闆娘要你搬一部老式的冷氣機。你傷了胸口。第二天出現了一大塊瘀血。你想不到它有那麼重。而詠月的嘴，如夏日窄巷裏的蝸牛，爬上牆的陰影。一條稀薄的舐液留在你的臉頰。

「魯——迅，」她翻著你的那本舊書問道。「他是誰？」

「是一個作家。」

「好看嗎？」

「好看。」

她翻著看，翻了兩次。看到每一頁在相同的地方都有一模一樣的蛀洞，她把書合起來，放回原處。

「幸鑾，不要想得太多。」

每天做完工以後，你渴望抓住她那兩只凍果般的乳房。剛剛從太陽裏進來的身體一向是燙熱的。只有乳房卻是解意的涼爽。那鼓脹的流體填滿在你

的指縫間，沒有一點空隙。你接觸到事物的核心。你十個手指的勞動使峰尖挺立如語言，傳出了允諾的信息。只要你願意，就隨時可以讓乳汁涓涓滴落在沙漠上。你的掌心因滿握而溫暖，好比故鄉的落照，好比傍晚的炊煙，好比屋瓦上的……，勞動罷。

暑假過去，那對烏亮的雙眼更其灼熱。分手以前，你們一起參加了旅館舉辦的大峽谷郊遊。你不小心一腳踩碎了她的避孕丸。而她，安詳如處女。沒有一句話，只默默地跪了下來，她用手指頭沾著地上的粉末，保證服下了足夠的份量。在觀光途上的旅舍裏，好像就在教堂。那樣虔誠地彎身領取著那團被踩成粉末的藥物。

「詠月。」

在觀光巴士上你抓住了她的十指。

「幸鑾。」

她是一個軟心腸的女人。她有十隻柔弱如水的指甲。你按著她的甲尖，它馬上彎下來，具備了柳條的美德。沒事的時候，你們一起細細觀看著她的水甲。每一隻上面都升起了霧一般的半月暈。她告訴你，祖母說，只有軟心腸的人才長得出水甲，而且她十隻都是。

巴士沿著科羅拉多河爬上去，山壁的切面露出了沖積物的彩紋。

經過一段赭色的山路，汽車駛入了石化森林。

你跪在她的面前。她的頭無力地枕在你的肩上。坐在馬桶，她斷氣般的呻吟。頭髮都汗濕了。血崩了以後，青蒼的臉。在沙漠的夜裏，蒼白一如母親被露陰狂駭跑以後的神色。馬桶則如山澗的泉水。她的臉在洶湧。

從蒙戈侖地緣向南伸延，展開了一片無際的沙漠盆地。

都市的汽車，鮮豔如甲蟲，無聲地在公路上跋涉，一隻隻奔向賭城。他們的假期很短。現在沙是寂寞的，平原上遲遲才來的平和。你站在這一頭眺望。等待落日跟地平線慢慢垂直交叉，構成T形的允諾。

你熱愛這片沙漠。你沒有離開的意思。

「你等待什麼呢？」她說，「不過去何畢保留區是個好主意。你可以看到印第安人的穴居。」

未能入眠的夜裏，她用她的指甲，擠著你臉上的蓄膿。

「缺水，就是這沙漠的歷史特徵了。」

嚮導的聲音在風沙裏突然有如隔山的回響。

還沒分手，她就說一定會想念的，像一支老歌。

在印第安人的保留區，看著她的臉，你想起了吳媽。

雙手交疊在窗前。頭長長伸了出去，然後把下顎倚在手背上。崩血以後的身子想來是疲倦的。穿過旅舍的玻璃窗，她默默張望著沙的景色。只有沉入雲靄裏的遠山才承接了天上的雨澤。平地則是乾燥的。

少年時代你總以為這樣悠閒的相處會發生在某個夏日的傍晚。那時你渴望日後有一個美麗如米娘的妻。

「吳媽是誰？」

「吳媽是魯迅寫的一個軟心腸的女人。」

站在旅舍的露台上，你突然了解到，再沒有像吳媽那樣一對無辜的眼睛了。以至於阿Q在赴往刑場的車上突然有了唱一支歌給她聽的意思。

那是只配眺望星空的一對眼睛。

「科羅拉多河的主要支流從幽馬分叉出去，就叫吉拉河。河水橫斷了整個沙漠。」嚮導的聲音仍然很遙遠。

觀光巴士停下來。她整個人都站不穩了。你緊緊貼在她的身後。她走一少，你就緊跟一步。她的血塊滲出了裙子。

「幸鑾。」

「詠月。」

在印第安人的帳篷裏，她突然哼了一段老歌。你買了一塊舌狀的龜紋石。

你繫入了她的頸項。紋石在她的胸口多了一隻舌頭。

> 看流水悠悠
> 看那大江東去不回頭
> ……像流水
> 像那大江東去不回頭

你要走。你要走得遠遠的。再也不回到那條陋巷了。小時尿床，被父親半夜拖下來用雞毛撢子打。你泡在悠悠濕成一灘的羶味裏，你唯一叨念的是

那女人。

　　第二天，那女人就只有渙散的眼神。她默默低著頭，把你尿髒的床被抱出去洗。那女人從沒說過一句話。那女人總覺得那是她自己的錯。一句話沒說，只低頭在水井搓洗。那女人就是你的母親。

　　這念頭生平第一次引起了你的悲哀。

　　你要走得遠遠的。不管穿過什麼樣的大街小巷，什麼地方總有一股微溫的尿羶等著你。木屐在鐵路倉庫後面敲出荒冷的聲音。被午照烘得很安靜的地面。草藤爬滿了泥灰牆，在那裏等待你的也是屎與尿。而最可笑的莫過於迪化街那些破敗的洋行。還裝著十八世紀歐洲洛可可的雕飾。纖巧如歌曲般的浮雕，被雜貨店的淡菜、金鉤、筍衣、江瑤柱……醺成老嫗般的醜陋。

　　出門要小心噢。多看看身邊的車子。阿幸仔……。

　　絕別母親的話。入秋的蟬。

　　你的思維一下蜂擁而上，簇聚在想像中的異國生涯。

　　「印第安人的文明……可以溯到公元前二萬五千年。那是偉大穴居文化的重鎮之一……。」

　　含羞樹的傘蓋下，綠蔭展開廣大的空間。你們躲開了嚮導的叨喋。九月初的陽光在頭上的縫隙裏閃爍，葉脈的羽狀紋路連續密織，有如祝福。別了。分手了。

　　粗大而深沉的腳模印在沙上，形成一條無頭無尾的軌跡。

　　遠處，旅客的形體，不規則的晃動，投在地平線上，剪出了鋸齒形的黑影，一簇一簇圍繞著印第安人的地攤。

　　斜陽以後，柔弱的金沙在眼前奉出了浩瀚無垠的表體。景物慢慢遠退。你的胸口很平靜。耳畔響起的是喁喁的海浪。風吹起神父黑色的袍衣。那一年夏天溺在海港的一對青年。洋神父的祈禱。

　　現在你可以抬頭直望碧空而不會扎眼。夜就要降臨。安靜的片刻，像一支老歌。切了。分手了。明天……或是後天。

　　「在淺河上，你們可以看到銅的閃光。銅仍然是亞利桑那的主要礦產……，還有就是輝鉬礦。」

　　沙漠上的一片落葉。葉肉在炎陽下萎縮。扭曲起來的殘骸隨著風在沙上擦出了漠然而遙遠的記憶。陰影吞過來。陌巷那片大而堅固的頹牆。豌豆花

在晨風中飄動。城市起了嗓音，早晚不斷，你決定要走到很遠的地方去。

　　分手了，就這樣切罷。她早已拿出了她的一切。現在更是。她學會了洋人在白晝公然盡情的熱吻。在含羞樹下，頸背勾了過來。她在你的嘴裏顫動起來。有一下沒一下的。有如沙漠的蛇信，表示告別。沒有字語的聲音，一把一把掃在你的心口上。你要走到很遠的地方去。

　　台北發出了嗓音。淡水河的霧浮騰起來，不到中午是退不下去的。母親在關帝廟抽的一支籤，預示著你的出外命，點出了若干年後，你在異國沙漠汽車旅館的一間房間裏會找到你的女人。

　　蜻蜓用那虛弱顫抖的薄片飛在空中。蓓蕾從汁液中綻出。膠質的季節。河上耀動著碎光。一雙金扣的紅鞋。急急踏下了青石的台階，載負著一團心亂的影子。一閃就消失。

　　不久，那雙紅鞋沿著水門又出現了。

　　慢悠悠踏著銀色的河光。一個人。踏出了新娘般的幽怨。

　　關於那雙紅鞋，也有一段傳說。

　　小時候，夜裏想起紅得搶眼的那雙鞋，你就心悸不已。你沉在被窩裏，感到在某個不被你所知的角落正在發生著什麼。

　　一條巷子家家都在窗後暗暗窺視著。

　　米娘的父親拿到了他一生的第一次月給。一個人跑進榮町，為剛剛做了新娘的米娘的媽買了那雙金扣紅鞋。

　　母親拿在手上拂摸著。她試穿了一下，看著鏡裏的那新鞋。

　　色澤太鮮豔招搖了。不敢穿出去。

　　本來為了這鞋還高高興興的。突然在鏡前生氣了。

　　花那麼多錢，買這樣刺眼的東西。鞋一脫下來。就狠狠地把它摔得遠遠的。

　　「買去給你的女人穿罷。又不是藝旦，穿這個。」

　　等米娘把它從箱底拿出來，自己穿上去，早就已經合適了。

　　那時，鞋還是新的。

　　巷子裏出現那雙紅鞋時，鄰婦們圍在水井竊竊議論起來。這米娘和她上吊的父親一樣，身上恐怕也帶著病——神經不正常，怕要比她父親來得早呢。

　　你可以看到那雙鞋在蓮霧的濃蔭裏隱隱作紅，然後閃出去，奔向河邊。

陽光下，紅殷殷的，快要按捺不住了。風雨的夜晚，那鞋彷彿長著蜻蜓的薄翼，不必著地就輕盈無聲地飛過你家的窗前，一則包不住的祕密。

每天一早，校長太太就急急把校長趕出門上班。

禮拜天的午後，校長藉故在門口修他的腳踏車。

狂犬病流行的台北。每隻狗都戴上口罩。再也不吠了。安靜的午後，狂熱的夏日，混亂的心。眼前一片扎眼的碎光。河上照上來的。多熱啊。喃喃不休的沉靜，煩人的髮的氣息，拂擦著，拂擦著。

校長望著米娘的身影遠遠走在孤單的水門邊，再也無法站著思念下去了。來罷。全世界所有的海水。

米娘的領釦從此不扣了。露出了一截令人疼惜的頸項。腳上踏的那雙紅鞋可是風雨無阻。

現在，她看到人，濛著一層陰雲的眼圈，就像海底的水母，默默地站在那裏張合著。沒有一句話。鞋的金釦子在街燈上倉皇閃亮。

在密織的羽狀葉脈下，你最後摟住了詠月。你埋入了她的髮，努力尋找著那截瀉入領口的頸項，如跋涉在沙漠上尋找不可得的寶藏。

太陽已經斜得很遠，熱氣卻還留在沙上。你的太陽穴敲擊著，你渴望脫離地表。離開這生硬無趣的沙漠。沉下去，看不見沙丘的光額和單調的浮線。沉下去……到底。

希望一場驟雨，由天而降，注入你發熱的體內。驅走腦殼裏不斷敲出來的無意義的聲響。

重新坐上了巴士。已經無話了。她倚著車窗，沙漠行走如海聲。分手了。就這樣切了。你搖著頭，想甩掉腦裏被地熱侵蝕的遲鈍。窗外的河水映出一粒一粒的白光，像一條米的軌跡。

　　胡拉哩
　　我為大江在呼喚
　　看它掀起浪滔滔
　　看那流水悠悠
　　看那大江東去不回頭

米娘終於離家了。從此再沒有回來。她的家仍然佇立在巷尾，面對著河流。可是屋子裏已經空無一物，那是光復才兩年的事。米娘的家成了一棟棄屋。

夏天過去了。灶雞子叫得令人心煩。夜裏從樹上落下來枯乾的蓮霧都聽得見。米娘早已不在。你才突然聽到她的聲音。你急忙打開窗。唧唧的河聲。你記起了隔夜的一場雨。你躲在床裏，懷疑那是她回來的腳步。而那是巷子的聲音。河風沉沉，水霧瀰漫夜空。整條巷子都是米娘的話語。整條巷子還不及米娘的愛深長。

你在床上抖索了一下，你突然長大了。

第二天，你從窗口望下去，你自信完全看到了校長上半身終於塌下去的背影。

水井、煤碴、頹牆，還有那滲著肥皂水的空氣，到處是那雙倉皇的鞋印。到處是她的聲音。在似雷的河濤中，動身了。盈盈的肌膚。陌生的浪花。奔向華麗的未來。離開這煩心的小巷。

我走了囉。慌忙的離走！

會回來探望你的。

什麼時候再回來看看河邊的空心蘆。

燒一盆火罷。我就把鞋脫下來。

烤一烤。

至少也烤一烤你背上的痛風啊。

再沒有人看到那雙紅鞋了。只是井邊的洗衣婦們每一次提起來都搶著說，那一夜自己是看到的。

蝙蝠從她家的破窗口成群地飛出去，是過了一年以後的事。

夏日的傍晚，在滿天彩霞飛捲的空中，你總看到那些有翼的哺乳動物繞著河在屋頂上唧唧不停地翱翔。

故國

窗外的高速公路，夜歸的汽車，轉一個彎頭燈就打進窗口，牆上印出形體不明的映像。

　　膠質的電線裹著一層油垢，灰塵和油煙的混合物。從天花板一直垂掛到尾端。彩色燈罩裏則滿是飛蟲的殘骸。

　　車燈印出來的影子越來越大……。模糊了。突然一起向牆壁的左上角倉皇遁去。

　　一組黑影消失，窗口就傳進轟的一聲。

　　汽車駛過公寓的樓角。

　　尾後的汽車又在牆上打出另一組類似的形象。

　　在你還來不及認辨以前，馬上開始變形。越來越大……越大。失去了明暗度。下一瞬間，影子照樣向左上方的牆角逃逸。在天花板上倒立遁走。轟。接著又是轟。轟——轟——轟——。

　　你迎接這樣的律動，倒出一杯罐頭沖的檸檬汁，靜靜地在飯桌上坐下來。聚精會神，陪伴著牆上走影的變形。內心計時般等待著窗外那一聲轟然的配音。

　　飛奔的牆影侵入你的腦殼，你在床上亢奮失眠，這是你沙漠生活的一部分。黑白的幻象一直留在你的視網膜上，不歇地重複著牆角的走動。第二天起床，蹣跚地走在通往停車場的路上，你想起小時半夜尿床的屈辱。

　　走向學校的沙地上，你突然便急，肚子喎喎地響起來。起床後那杯凍牛奶正從腸子穿過去。一進學校，首先衝進廁所。有時讓學生整整等上一堂課的事也是有的。校醫說東方人的肚子不適於空肚喝冰牛奶，除非你便秘。他不知已經看過多少這樣的病例了。

　　沙漠反射的光芒侵入你的肺腑，照耀了內心的一切，沒有一片陰影可以留存。在這一片被昆蟲學家所珍惜的沙漠裏，你不用擔心會染上什麼惡疾。

　　研究室裏，煙灰缸陳舊的尼古丁混雜著日本教授的牙膏氣息。你混亂的思維立即戛然停止。而一天最關鍵的時刻——甦醒——就在這被百葉窗封閉的研究室裏完成。然後你周而復始的日間生活由焉開始。卡拉達，卡拉達。無法組合的片斷，盤桓在腦際。科羅拉多松在木造樓的那一端伸出了堅忍的枝葉。被雷擊後的椏幹，準備獨自撐起從天空逼下來的熱溫，又是一天的起點。

　　這就是沙漠的勝利了，日本教授說。

　　步向教室的過道上，風景在你的眼前出現。

孤立的樹，涸乾的河川，地平線，太陽在你的頭上照耀。高速公路在無影的熱煙中消失。穿過峽谷就是通往拉斯維加斯的賭城。日本教授在空中比劃了一個手勢，他再也不打算穿過那個峽谷了。

他曾經那麼痴醉地描繪過第一次穿過峽谷的情形：汽車跨過山嶺，突然膨脹的胸臆。黑夜的山路上，一片燈火爛照的不夜城驟然出現在你的腳下。

他再也沒有離開過這塊沙漠。

現在就是靠著酒精也無法甦醒那團胸臆上的火焰了。日本教授興起了無端的感慨。

無論如何，這是一塊可以生存下去的地方。每年你忙著填寫申請來年教職的表格。

系主任說已經這麼多年了，還會有問題嗎？

話剛一脫口，自己也覺得口氣太大了一些。於是他轉而送你一個遲疑的微笑。那是說他看不出有什麼理由不再續聘——已經這麼多年了。你猜就是這個意思。不過合同既然以一年為期，只好每年都趕著填表。

電視屏上出現一種蝌蚪的甲蟲。硬殼下無數毛鬚般的細腳在水中暢游。乾竭的季節裏，牠們知道如何埋入沙土，把自己保護起來。雨季後再做一年一度的出現。考古學家在大峽谷發現了恐龍的遺骸以後，驚訝地注意到沙漠中綿延不絕的一條昆蟲生命史的軌跡。

公寓的每個人都送了花圈。

可憐的婦人。日本教授太太簽下了老人的死亡證明書後，感歎了一句。第二天從火葬場回來，她獲得了老人留下來滿滿一屋子的溫帶植物。這是寫在遺囑上的。你踱進了她的公寓，她就用日本的大禮向你鞠躬。每次臨走，她總送到門口，然後彎下腰照例說，由於你的光臨，使他們的公寓蓬蓽生輝。

現在她有了滿屋子繼承過來的植物。室內綠影交錯。太太的臉偶爾從密蓋的吸蚊竹中出現。安詳地描繪著老人死前的笑容。老婦人終於獲得了葬禮。從波蘭逃亡以後，她一輩子擔心的是死不到棺材裏去，她的家族統統是在毒氣室裏謝世的。

可憐的婦人。太太描繪完了後總以這句追念的話作為結束。

而日本教授靠著一本厚厚的萬國年鑑，把自己幻想成世界的一員。對於

近兩年來，這地球上面發生過的大事他瞭如指掌。他打著智者的口吻說，思維有如史前魚的鰭，拚命將自己划開這片沙漠，划向世界。

醉酒的時候，他就嬰孩般嚶哽起來。他要你為他想想，祖父曾經是四谷的武士。父親經營了江戶第一家外銷的紙傘店。而自己好端端一個江戶兒，竟落草般陷在這沙漠裏。他跌進了老式的皮沙發裏，曬得如太陽般的臉色，頓時惶惶然有如失去娘一般。

煙孃孃湧上山谷。二月的一場雨。遠山染上了金狗毛[2]的幼綠。像一片海水包圍了整年猙獰的山麓。那是瑰麗的三月君臨在寂寞的沙漠上。你的思維被擾亂了，你甩著頭，想甩掉殼裏的遲鈍。潮濕中孕育的蕨腥，從地平線的那端，隨著陣雨後墨色的曇天侵襲過來。母親在越洋電話裏說，台北已經變成了一個巨大的城。

阿幸仔，你回來都認不得了。

仿如蕨類的抽芽，一夜之間肥大了起來。

晌午的陽光已經變得灼熱。空氣到處響起沙粒爆裂的聲音，就像故鄉的警察廣播電台播放「萬人頌」那樣感動了你。在電話線的這端，你突然聞到了母親哺育你們幾個子女以後仍然有如煉乳般的體香。

父親生前那麼努力想把上品的日語說好，害得鄉下來的母親在一旁如鴨子聽雷。傻傻地楞在一邊。高三時你在飯桌上準備月考。大聲背誦著羅馬省行政官布魯塔斯刺殺凱撒後的演講。羅馬人，同胞們……請聽我講一講。又是另一種外國語。母親如崩血以後的臉，奇異地扭成一團，欣慰和屈辱。一生操勞的代價。

校長扭開了收音機。聽著廣播劇。學著用純正的北京話從嘴裏發出心底的思想。黃昏降臨。凝聚在巷子裏那股令人懊喪的惡氣，是光復以後一直沒有消散的。

夢中醒來，發現身在研究室裏。原來是被日本教授無意識地彈著他留得長長的尾指的指甲吵醒。愁思溫暖了你的思維。廣播劇喁喁的聲浪侵擾你午後的睡眠。你將這夢告訴了同室已經十幾年的日本教授。他沒說一句話。他只站起來，走過去把百葉窗拉開。要你好好端詳窗外的景象，恢復一下你的

2　植物名，蕨類。

神智。

耀眼的陽光刺痛了眼睛。被孤獨侵蝕的這片荒地，在烈日下舒展成和諧而純潔的沙的風貌。日本教授搖了搖頭說，他成為這沙漠裏的一匹狼，至今還是令人不可思議的。

狂犬病流行的台北。狗都戴上了口罩，在街上一律不准開口。整個城一下子聽不到吠聲。狗變成了一種最沉默的動物。把尾巴夾起來，默默地跟在人的背後，巴眨著令人不解的眼神。戴著口罩的鼻子這裏嗅嗅那裏嗅嗅。連走在地上的狗爪子都是默然無聲的。

校長一包米抱在胸前。急急走在歸路上。光復後第一次買到蓬萊米。一直想念這米的老母親卻早已做過了七旬。米粒從袋裏瀉出來，包都包不住。

一條黃狗順著地上的米一路跟校長走進了巷口。校長急走，狗也急走。緊緊跟著人的腳印。快到家了，那畜牲還是跟著。

校長停下腳，狗也停下來，然後抬頭，用奇異的眼光默默端詳著。米粒瀉得更厲害了。校長一慌張就用腿去擋住那狗。沒有放出任何驅趕的聲音。只是默不作聲，用腿去擠擠狗肚子。然而狗以為是在逗牠，等到急急又上路時，就高興地搖著尾巴緊緊跟隨過來。到了門口，校長停下來，狗也停下來。他沒有回頭，還是用腿去擦著狗肚子。狗在口罩裏發出了善解人意的吟聲。校長沒有法，等那畜牲不注意，瀉了一大把米在台階上，然後自己急急走進門，反身把門關了。

第二天聽到校長太太在水井那邊大聲說，連買一包米都不會。錢拿出去了，帶回來一只空布袋不說，還帶回來一隻迷失的小黃狗。無緣無故來耗費家裏的糧食。校長並無意收養。只是隔了一夜，那狗還好端端坐在門口，好像特地等著校長一早為牠開門。驚慌的神色一直掛在他的臉上。然而對這狗，他有點不解了。然而他憐愛了。放學回家，你可以看到校長坐在香菸攤裏打盹。睡著了，還是掛著失措的臉色。那狗卻安安靜靜貼在他身邊，替他看管著攤子。偶爾清醒，他就一邊看報紙的分類廣告，一邊慌張地嚼著檳榔。顴骨下面的凹頰快給嚼進去了。退休那年，校長在巷子口開了半爿香菸舖。再過一年，他才帶著太太和那隻黃狗離開了你們這條小巷，到漁港討生去了。

在台北的最後那年，校長裝了一副假牙，人突然年輕了許多。現在他的

影子經常出沒在圓環的夜市上。不期然碰到，他總是露出一臉的惶恐和羞慚。一下子把眼簾垂了下去。校長喜歡擠在攤子的條凳裏吃著他的豬腳麵線。

太太不讓小孩聽到，就用日本話跟母親說，他的嘴裏一股去不掉的檳榔臭味。她已經放出警告，再不戒掉，休想再跟她睡一張床。

他愛睡哪裏睡哪裏去。

他在路攤旁邊，把頭高高仰起來，買一瓶地骨露喝。骨咯骨咯。想沖去嘴裏的氣味。不一會，影子不見了。早已付錢走了。

過一會兒，影子在蓬萊閣附近躲來躲去。站在黑夜的亭仔腳怯怯望著對街的茶莊。遲疑而慌張的腳步。走過來又走過去，然後把影子深深藏在磚柱後面。才離圓環沒幾步路，這一帶卻是荒涼而黑暗的，沒有一盞路燈，街心看不到一輛車。

老校長這樣躲躲閃閃你已經見過不知多少次了。是的，你早已聽說，米娘離家出走以後，並沒有到他鄉去，她在圓環附近被人家發現了。

那是出走了幾年以後的事。她在茶莊的門前坐著。兩眼痴痴地望著前方。安詳和氣，一無所求似的。你放學回家路過時，總停下腳，從對街遠遠地窺望著。她已經認不得你了。你的胸口不禁怦怦地跳起來。頓時口裏發乾，你怎麼也不肯相信，坐在路邊那個一身破爛滿臉污垢的女乞丐就是米娘。

你恨透了水井那堆洗衣婦，每天總在那裏叨叨議論個不停。你怎麼也不相信米娘有什麼癲狂症。她的父親怕天上的敵機上吊自殺，跟她何干？

中學了，你路過茶莊時，胸口還是怦怦作跳。說是米娘的那個乞丐裹著髒棉衣的身子現在已經臃腫不堪。她已經生了好幾個小乞丐圍在她的身邊。冬陽照耀的晌晚，她把一家子攬得緊緊的，躲入破棉絮裏——日後，你自信在她的包袱裏還看到了那雙紅鞋——就在茶莊門前安靜的亭仔腳逐漸沉入了睡眠。

你冷不防心悸起來，你剛剛用食指剔出了書架上的一本書。窄窄一長條的半月店，舊書的氣味混雜在更為刺鼻的違章建築的木料氣裏。

在羅斯福路的一家租書店，你偶爾翻開《張愛玲短篇小說集》。充塞在一本一本薄薄的武俠小說裏，這本相較之下顯得厚實的書，一時帶上了私生子的名份。你在灰暗的燈火下，讀著〈中國的日夜〉。仍然硬硬的牛皮紙封

面還沒有沾上租書人的手氣。在平滑如真珠米的書頁上印著：

> 沉重累贅的一日三餐。
> 譙樓初鼓定天下；
> 安民心，
> 嘈嘈的煩冤的人聲下沉。
> 沉到底。……
> 中國，到底。

那是女主人翁挽著菜籃，行過菜市場。心裏默默地有了向隨時隨地都如市場般嘈亂的同胞祝福下沉的心願。

詩句固執地印在你的腦裏。在滿室發散著阿月渾子香氣的沙漠公寓裏，你但願自己有超絕的能力沉將下去。沉到底……到底。

七個學生默默注視著黑板，你試著為他們畫出作品的年表，創作的軌跡像一條河，越往前越衍生了一些支流。

學生們出神地望著。木然的神色。唯一的那個女生笑出了一個廣告牌的笑，推銷著汰漬牌的洗衣粉。期終考以前，學生們突然露出了阿諛的臉色。科羅拉多河畔紮營的印第安人對著觀光巴士上的旅人以順化的臉色相迎。

「現在打開第七十九頁。」

「Pistachio.」

沙漠上唯一的女生說，她送給你一瓶綠色的小油膏。瓶蓋封著，還可以聞到一陣沁香。頭一甩，散開了沒有一根髮針的長髮。

「謝謝，但這是什麼？」

「Pistachio.」

你在字典上查出：pistachio〔植〕黃連木屬。漆樹科。阿月渾子。阿月渾子的果實。阿月渾子果實的香味。淡黃綠色，蜜餞和點心的調製品。多種藥物調製的口食軟膏。

「現在打開第七十九頁。」

學生們全體抬頭望著你。

這是一九一九，作家的創作動力已經如河般奔注。三年以後的一九二一

他就達到了決定性的高潮……。

　　學生的臉，紅人馴服的眼。

　　「那麼，現在我們從第七十九頁唸起。」

　　全體埋下頭去，看著書本。

　　整段死去的枝椏掛著赭色的枯葉。樹皮剝裂。在烈日下失去了挺立的雄姿。你走下講台，望出窗外，每次看到的就是那棵孤立的樹木。

　　森林是萬古以前的事了。殘枝石化，年輪凝成彩虹的色暈。光禿的枝幹分叉伸入天際。背光的天空被割成一塊一塊。校務大樓的屋頂和遠處的地平線構成平行的兩條軌跡。天邊億萬顆強光的微粒如音樂般躍動。有一天你會忘了家鄉腐殖土的泥腥。也會忘掉蝸牛爬過的黏液的氣味。你悄悄走入一片鼠色的陰影，然後把身子藏在乾燥的黑暗裏，眺望著落日和沙的地平線慢慢完成 T 形的結合。魯迅，在陰影下曾經被樹上掉下來的毛蟲冷冷地爬過頸背。那是一九一八？

　　從烤箱裏拿出來電視餐，無端被電話鈴擾亂了。電視上正在講解全國性的氣候預測。內地已經釀成水災。內華達州洪水，損失了億萬的財產……。

　　阿幸仔。卡拉達，卡拉達……。母親的越洋電話。

　　被睡眠密密層裏起來的母親的聲音。遙遠、模糊，而又清晰如童年的記憶。

　　阿幸仔，都十七年了……，媽媽這一陣子……卡拉達，卡拉達。

　　內華達州的山洪逼入城市，造成千人以上無家可歸……電視上報導說。

　　阿幸仔。你有沒有記得你的小學校長？……就是陳校長了。卡拉達，卡拉達……來春的科羅拉多河積水將比往年高出許多……住在南方澳的陳校長死了……這將有益於亞利桑那的農作物和供水條件……聽說他到市場吃了一碗魚羹，走回家……卡拉達，卡拉達……儘管全國各處積水造成了水患……，卡拉達，卡拉達……在漁會公所前面倒下去……卡拉達，卡拉達……死了。

　　一個學生吃力地讀著第七十九頁。你痴痴地直望著窗外的那棵孤樹。學生念得很辛苦，斷斷續續，念不成句。只有念到捲舌音時才露出一點信心，自然地把舌翻轉上去。他突然停下來，但這裏沒有任何標點符號。不是句子應該停頓的地方。學生想繼續讀下去，卻一時感到吃力，念不出聲來。想想

一部車子陷進凹坑的情境罷。

這個學生再也念不下去了。大家抬起頭來。十幾隻有色的眼睛澀澀地盯住你，發出了求救的信號。

然而今天你不想營救他們。剛剛被指名朗讀的學生還在那裏用畏懼的顫音咕嚕著。聲音包裹在嘴巴裏。他一邊咕嚕一邊抬頭看著你。最後車輪爬出了凹坑。繼續大聲讀下去了。

當那學生繼續發出中文的聲音時，其他的學生頓時鬆了一口氣。頭重新埋在書頁上。學生到了第三年還是無法分辨四聲。他們幾乎都用英文的輕重音，慢吞吞讀著中文字。斷斷續續的喎喎聲浸漫在這二十立方尺的教室裏：

> ……但終於沒有進學，又不會營生；於是愈過愈窮，弄到將要討飯了。幸而寫得一筆好字，便替人家抄抄書，換一碗飯吃。可惜他又有一樣壞脾氣，便是好喝懶做。坐不到幾天，便連人和書籍紙張筆硯，一齊失蹤。如是幾次，叫他抄書的人也沒有了。孔乙己沒有辦法，便免不了偶然做些偷竊的事。但他在我們店裏，品行卻比別人都好，就是從不拖欠；雖然間或沒有現錢，暫時記在粉板上，但不出一月，定然還清，從粉板上拭去了孔乙己的名字。

學期還沒有結束，校園已經有了暑假的荒涼。建築物到處罩上了一層灰撲撲的塵埃。每年的暑假，你走進學校，感到教室的桌椅又都老了一年。木頭像人，也發出了老人氣。

現在期終考當前，學生個個露出了痴呆的臉色。七個人仰頭望著講台，好像突然對魯迅感到興趣似的。你光火了，不要以為我會事先暗示考題，你在心裏嚷道。其實你想學著母親的那句話：

「你們考不及格給我看看。」

已經十七年了，母親提醒你。在這沙漠裏你卻沒有走出一步的跡象。

海發出喎喎的聲音。白浪起伏不定。校長走向沙壩去推船以前，他小心翼翼地打開了那玻璃櫥，深怕驚動了櫥裏的蟑螂。

夢中被驚醒而四處逃竄的蟑螂，使校長在學生面前一時感到羞慚。而家裏到處掛著黏滿蒼蠅的蠅紙，他則處之泰然。

「來，這是家裏唯一的一本中文書了。」

校長從懸著蚊帳的床邊站起來，走到玻璃櫥去拿出那本書。

他翻了翻，一時沉默了。跌進一段往事。

家裏沒什麼讓你玩的，這書你就拿去看罷。

你把書接過來，讀著被蟲蛀了的書面：

　　魯迅文集　台灣總督府監印

就這樣，你第一次接觸到了魯迅。

廣漠的夜空。日本教授舉杯的姿勢，有如奮臂。他操著沙啞的聲音，感歎地說，這是怎樣的一種生活啊。

「來，為你的那位作家乾杯，為——」

「魯迅。」

「對了，為魯迅乾杯。」

從研究室回到公寓，從這點到那點，直線最短。你扶著爛醉的日本教授跌跌蹌蹌走出研究室。自從治好了痔瘡，他再也不鬧著要走出這沙漠了。關於研究室私藏烈酒的事，他的太太和系主任都不再過問了。從此他只是偶爾若有所思，低下頭，就細細數起他的家譜。從江戶的父親，數回到四谷的曾祖。而繼承了紙傘業的哥哥聽說最近生意破產，捲款私逃了。

「回到你的國家，你也教不了你的魯迅。」

他用這種激將法，想勸你安身於此地。頭頂上，星辰正在分裂著天空。那靜闃無聲的作為，比起閃電劈開雲天更其詭詐。

白天，他不斷搖頭。想把隔夜的沉酣甩掉。他用遲鈍的舌尖問你還想不想那個叫詠月的女人。然後為了某種原因，他轉開話題，步出陰影邁向了陽光。

他低下頭，開始思維。太太一早總把他那雙皮鞋擦得油亮油亮的才讓他出門。頭頂上是染髮劑慢慢褪成蜂蜜色的一部枯髮。他踩著沙的波浪。踩著沙的影子和他自己的影子。他吞吞吐吐地說，或許應該在沙漠上開一家冰淇淋店。每天，他等待的是一天最神往的時刻——等待著落日和地平線慢慢構成 T 形的允諾。等待著酒精把白晝吞食，既然沙漠的黑夜總擦不掉那白影。

　　到了深更，天空還留著白光。腳下的沙一直伸展到天邊還是可以看見。你追隨著一條軌跡。每次教完了〈孔乙己〉，你好像患了機能障礙症似地，腳突然失去了作用。你想像以孔乙己的模樣，用滿是污泥的手爬出教室，甚至讓自己的腿折斷，坐在地上一路跂著向前。現在這就是教室和停車場之間唯一可以頂天立地的行走方式。你忘不了南方澳的那次旅行。不管母親怎麼罵你，你還是屈身蹲在車廂的地上。讀著你的魯迅，讓自己在站客不斷搖晃的腿與腿之間沉落。

　　沙漠颳起風沙，抹去了落日和地平線結合的偉大構成。氣象報告說，這是一夜的大風，明天一早就將過境，太陽仍然會照耀在沙漠上。

　　現在沙浮動著，碎成千萬粒刺眼的細光。視線模糊了。學期的最後一課已經結束。向著停車場走過去的胸臆及時萎縮成孔乙己，準備以殘廢的雄姿迎接在風中連綿幾百英里的金瑩閃亮的沙粒。

　　車子開進風沙裏，你突然改變了主意。你準備還是給學生最高的成績。每個人都是Ａ。他們六男一女。個個碩壯的體格。他們每天要做五十個俯地挺身，三十個引體向上。畢業以後就被分配到平地的賭場去工作。

　　他們原無需魯迅。其實他們連一句簡單的中文都說不好。也許學生是早已風聞這門課容易拿Ａ而來的罷。他們堅持了四個學期，無論如何總算攀到魯迅這門高級課程。這已經難能可貴了。

　　你愛開什麼課就開什麼，不過這裏到底比不上普通的大學啊，系主任是容易通融的老先生。你在課堂上，眼前經常出現學生在單槓上奮臂而起，引頸過桿的偉岸雄姿。

　　暑假。一座空城。鳥抵擋不住熱氣，早已移棲他州。你要等到十二月才又聽得見美麗的鳥聲。你身邊已經積了一點錢。你無事可做。這假期你只想養養你病弱的腦筋。現在你可以呼吸到衣櫥裏冬衣的布味。臨行前，母親裝入皮箱的大衣、毛衣，甚至平紋的薄棉衣，在這裏一次都沒穿過。

　　出外要小心，自己要懂得照顧自己噢。

　　循著軌跡，你仍然可以聽到海嗚嗚的聲音。躺在從沙漠的亂石中築起來的公寓裏，你把玩著台灣總督府監印的那本舊書。你翻開書，扉頁上寫著：

　　陳昆南　昭和四年

你把書湊到鼻端，聞了又聞。

想聞出沙的氣息。

這一定不是校長的書。因為校長的名字叫陳興南。

而陳昆南，想必就是校長的亡兄了。

少年時代的校長再拿著戶口簿到殖民地的官廳去註銷的，必然就是這個名字。

你捧起了那書，狂烈地吸聞起來。你已經能夠聞到一蓬一蓬海沙的腥氣。你現在確鑿斷定，校長的亡兄跳海自殺時，在沙灘上留下來的就是這本書了。

你一時的興奮，造成了無比的沮喪。

你終於了悟到你一生缺乏的就是一位亡兄。好讓他把痛苦分享給你。使它成為你生活的一部分。

啊，什麼時候，有一個身穿白衣的哥哥，流著淚奔跑過街。醫科學生的罩衣在空中飛捲。他的髮，他的惶惶無主的腳步，他繩結般絞纏的胸口，突然間崩裂的人格，衝出了醫科巍然矗立的紅磚大樓。

那白日哭喪的魅影在狂風中及時為你目擊，好鑄成你日後幸福的佐證，領你走向立志的道路。

太遲了。太遲了。

你在心中總是這樣對自己說。

而立志這件事，對你是抽象而陌生的。小學的作文課上，在「我的志願」這個題目下，你總是慌張得不知如何下筆，抬頭會突然面對一片深不可測的空白。你在邊疆屯墾員、工程師、飛行員或鄉村教師之中任擇其一。而為了表示你的認真，無論你選擇了哪一樣身分作為你的志願，在文章的最後，你總是寫下如宣誓般莊嚴的一句話，作為你立志的一部分：願在明年的國慶日，把一面青天白日的旗插在南京的城頭上。

太遲了。太遲了。

穿過公園，走上一條空曠無車的柏油路。昔日矗立的醫學院大樓在夏日濃密的晨霧裏偉岸地浮現。綠蔭成蓋的杪欏木如影般拂搖。大學時代，你在上學的途中經常在此駐足不前，等待那白衣飄捲的影子，嬉戲般向你奔跑而來。

你從家裏樓上的窗口望下去，很早就知道如何為校長那失去亡兄以後的背影加倍凝望著。

督學時代的校長一早就把腳踏車推出了家門到市政府上班。他沿著溢滿生命的牆垣，穿過巷子裏家家潑著水飯飄散出來的米香，一步一步走入了陽光。

太遲了。太遲了。

五斗櫃發出台灣樟腦丸的氣息。客廳沒有一件傢俱。地上沒有鋪氈。窗簾整年封閉。搬進這家公寓時，早就是這個樣子。這些年，你只聽到一次敲門。那是穿得很體面的黑人叩門在傳教。臨走前，很體恤地送了你一本《聖經》。

你不想花時間去搬家。何況房東太太已經答應你換一床新的席夢思。在一年最冷酷的暑期，當人人逃離炎陽，你準備在風沙中沉落，……沉到底，沉入睡眠，養養你病弱的腦筋。

在這百無聊賴的日復一日中，倘還有什麼未能放得下的，也許就是在暝黯裏，你總是看到自己——那揮之不去的允諾——沿著少年的那段河堤在奔跑，迎來成群成群的蝙蝠，在夏日雲霞燦爛的天際喁喁飛翔，在這海拔五千公尺的沙漠上，在這美國的警察學校裏。

原載美國《知識分子》季刊1卷2期（1985年1月）；後收入郭松棻著，陳萬益編，《郭松棻集》（台北：前衛，1983）。

李渝（1944-2014）

生於重慶，成長於台灣。台大外文系畢業，美國柏克萊加州大學中國藝術史碩士、博士。曾任教於美國紐約大學東亞系、台灣大學台灣文學研究所客座講學。著有小說集《溫州街的故事》、《應答的鄉岸》、《夏日踟躇》、《賢明時代》、《九重葛與美少年》，長篇小說《金絲猿的故事》，藝術評論《族群意識與卓越風格》、《行動中的藝術家》、《拾花入夢記：李渝讀紅樓夢》，畫家評傳《任伯年：清末的市民畫家》；譯有《現代畫是什麼？》、《中國繪畫史》等。2016年出版遺作《那朵迷路的雲：李渝文集》。

江行初雪

一、

穿行過跑道上漂流著的霧水，緩緩地停下了速度，飛機六點五十分抵達郊區機場。學習美術史的我，第一次來到以古寺聞名的中國潯縣。

我從小窗望出去，在逐漸停轉的螺旋槳外，初冬的蘆花已經落去白絮，一大片光禿而筆直的枝幹，矗立在不遠處的江邊。

各位旅客請稍等，機場人員正在準備扶梯。

梳著兩條及肩的辮子，穿著白襯衫藍裙子的空中服務員，站在走道的盡頭，用北京腔的國語說。

我把安全帶解開，深深地噓了一口氣，本應該輕鬆下來的心情，因為接近了目的地，倒反而緊張起來。

我把裝滿照相器材的袋子揹在肩後，和其他乘客耐心地站在狹窄的走道上，一步步向艙門走去。

從未見過面的表姨，不知道會不會來機場接我。

一陣冷風迎面襲來；我拉緊圍巾，扯高大衣的領口，跨上伸展在我眼前的鐵梯。

負責接待我的是中國旅行社的老朱，一位年紀不過五十歲的瘦高男子，穿了件袖口起白的藍色夾裏人民裝，領口的釦子敞著，露出裏邊白色的襯衫，說話的時候，前面一排黃牙說出了抽菸過多的習慣。但是他的人很爽快，頗令我想起書上看到過的，忠心耿耿的黨書記或是基層幹部之類的人物。

我們到達立群飯店時，營業時間還沒開始。老朱按了幾下側門的電鈴。片刻工夫，一個剪著平頭的青年開了門。看見了我們，他三兩快步迎上來，從老朱手中接過為我提著的旅行箱。

「縣委辦公室昨天已經關照過了。」他露著和氣而禮貌的笑容。

我們隨他從側門進入。一小片庭園，種植著忍冬、杜鵑，和水松，除了白堊牆下的萱草已經枯黃以外，冬日仍舊保持了不落葉的滋潤。穿過梅瓣形的拱門，一長排松樹的後面，排列著廊似的客廂，雕花木窗規則地連接著，

楠木的色質沉積成鬱悶的醬紅色。

　　叫小陳的旅舍服務員用鑰匙打開廂底一間房門的時候，我幾乎以為紫雲紗、檀香几這一類古典小說裏的傢俱會出現在眼前呢。

　　裏面放著的是比意料還要簡單的木桌和木床，然而看來以前卻必定是某紳宦人家的房邸。

　　「早晚會有人來灌熱水瓶。三餐由食堂供應。有什麼意見，請儘管提給我。」老朱爽快地露著黃牙說：

　　「時間緊湊，我們下午就開始參觀，妳這會先休息休息。」

　　站在房門口，他轉身重新握住我的手：

　　「歡迎妳回來，多看看，各方面都在進步。」

　　他在本已有力的手勁中又加上了幾分力，好像要我肯定後面一句話的分量。

　　日程排得果真緊湊。不過三、四個小時，竟能一連參觀了托兒所，托兒所旁的老人院，還有一個紡織印染廠。大概是希望在三天半的逗留中，盡量使我對潯縣有個全面的印象吧。總是先到一個地方，聽取了負責幹部的簡報，再走馬似地繞一圈。至於究竟看到了些什麼，我也不大清楚了。倒是一切安排都顯得秩序井然，老朱似乎處處都流露著胸有成竹的信心。

　　然而此行我來並非為了老人院或托兒所；在紡織廠飛轉的線軸之間，我一直惦記著的，是玄江寺裏的那尊菩薩。

　　放在博物院檔案室的抽屜裏，放大圖片的右上角，這樣用精細的小字打著：

　　　觀世音菩薩·六世紀？頭高三十二公分·水成岩·玄江寺·中國潯縣。

　　標籤說明沒什麼奇特的地方，檔案室幾百張圖片大概都這麼記錄著，可是當我翻到這一張時，珂羅版的黑白光面紙隱約閃現了一片金光；或許是午後的陽光正好從天窗斜過，照到了它上面吧，然而這一片光卻使我禁不住停下了手指。

　　追隨六世紀風格的軀體在肩的部分已經略微渾圓起來。菩薩左手做著施願印，右手做著施無畏印。素淨的佛袍摺成均勻而修長的線條，從雙肩滑落

到膝的周圍，變化成上下波動的縐褶，像泉水一樣地起伏著，呈托在蓮花座的上面。

這行雲流水似的身體上，菩薩閤著眼，狹長的睫縫裏隱現了低垂的目光。鼻線順眉窩直雕而下，在鼻底掀起珠形的雙翼。嘴的造型整潔而柔韌，似笑非笑之間，遊走得如同蠶絲一樣的輪廓，靈秀地在嘴角扯動了起來。

早期南北朝的肅穆已輕軟化，盛唐的豐腴還沒有進襲，莊嚴裏揉和著人情。十三個世紀的時光像一隻溫柔的手，把如曾有過的銳角都搓撫了去，讓眉目在水成岩的粗樸的質理中，透露著時間的悠長。

揉含著悲傷的微笑，與其說是笑容，不如說是在天上守望著人世間的動靜生滅，來去是非，心裏發起悲憐，於是不得不脫離本尊諸佛們的寂然世界，降生到凡世，共分眾生的困難，超度世間的苦厄，在笑容後面牽動的，其實是悲哀和憐憫的意思。

這樣的笑，當天窗那一格陽光斜閃過我手中的圖片時，竟也扯動了我心裏的什麼絲絲絡絡。

不知怎麼的，這慈悲而淒苦的笑容以後就再也拂去不了。

在博物館收藏著的每尊佛像的臉上，我開始看到玄江菩薩的笑容；從鬱暗的展覽室回到研究室，每拿起一張圖片，迎來的是玄江菩薩；掠起一手水，端起一杯茶，在折波中看見的是玄江菩薩；迎面走來的路人中，車窗玻璃上飛逝的景物中，午夜的黑暗裏，都出現了菩薩。

修於宣統三年的《潯江府誌》在〈廟寺〉一則下，我讀到了有關菩薩的第一個故事：

> 潯縣郊外的玄江寺，建於東晉咸和年間。由天竺渡來此地的僧人慧能，看到江水，想起了故國的恆河，遂結庵為寺，並以玄江名之。
>
> 梁天正年間，文帝親臨江南，路過潯縣時，留在京城的寵愛的小公主慈真患上重病，誠奉佛教的文帝在玄江設大齋，向菩薩祈福，慈真在宮中不藥而癒。為了感謝菩薩的恩賜，王賜錢百萬串，修飾佛寺。玄江寺因而成為江南香火最盛的寺廟之一。此後兒女有疾苦的人家，每年二月十九日，都會齋戒祀禱，結會上山，在菩薩座前點上長明燈油，祈求安康。

　　明末潯縣的地位被揚州取代，市井日漸衰微。萬曆年間玄江寺陷於兵亂。清太平天國之戰幾毀於大火，光緒二十二年才又加以修復。

　　中國的地理環境常和藝術風格有密切的關係。莫不是潯縣的山水有什麼特別的氛氳，潯縣的鄉民有什麼特別的性情，終於醞孕出菩薩這般慈苦的笑容呢？

　　我期待著有一天可以親自去一趟潯縣。

　　年底，博物院為了明春和廣州舉辦現代繪畫交換展，要派人去交涉一些事情。對我來說，這真是天降的好機會。

　　我把中國地圖找出來。從廣州北上，經過長沙、武漢，去南京的途中如果停下，坐飛機大約要三個小時。坐火車經過衡陽、長沙、鷹潭、南昌，可能要一天的時間。然而無論是從哪條路走，如果把交換展覽的事盡快辦妥，總應該可以留下幾天時間，去一次潯縣。

　　感恩節已過，猶太聖節、聖誕節就要接踵而來。這歲末的時候，整個博物院都鬆下了節奏，同事們個個都準備著和家人團聚了，去中國的差事也就沒有競爭地落在我這寂寞的外鄉人的身上。

　　「明天可以去玄江寺嗎？」從紡織廠回來的麵包車裏，我問老朱。

　　「明天已經安排了參觀百貨店和工展。」老朱說。

　　我聽了心裏暗吃一驚，是我的信文化部沒收到，還是下傳到中國旅行社的這節上出了錯，於是為我安排了為一般觀光客而設的日程？

　　「我是特別為玄江寺而來的。」

　　老朱不為我明顯的焦急所動。「臨時改變程序不容易。」他慢條斯理地說：

　　「不過，如果妳專程為玄江寺而來，晚上不妨讓我想想辦法。」

　　的確，五點已過。照理說，各個單位都已經下班了。可是明天要重複這一連串我毫無興趣的參觀，聽一些無動於衷的解說，一想到這裏，就分外疲憊起來。從下飛機到現在，其實都還沒真正休息過呢。

　　吃完晚飯，我一個人漫步走回廂房。

　　在這旅遊的淡季，特為外賓而設的旅店除了三兩個外商模樣的人，幾乎沒有其他寄宿的，依著長松的一排客房冷清得叫人不想回去。

　　黑夜還沒有全來，冬日的黃昏也不留餘暉。晚霜很快浸襲，穿行在松幹間，沉迷在石板鋪成的小徑上。雕花木窗的上簷，日光燈已經先開亮，在黯淡的暮氣裏，濛濛地閃著筆直一條幽青的光。

　　這景象真有點悲哀，當我準備早一點上床的時候，小陳推門就進來，委實又令我吃了驚，好在衣服還像樣地穿著。早上為了灌熱水瓶，他就這樣進來過一次。

　　但是小陳顯然不覺得自己有什麼唐突的地方，一腳跨進門，提高了嗓音：「旅行社朱同志來電話請去會客室接。」

　　我隨手掠起外衣披在肩上，跑去前廳，準是改動日程有了眉目。

　　果然，只是因為時間過於迫近，上午已經不好動，下午的工廠參觀卻可以取消，如果把時間挪用到別的地方去，玄江寺的訪問明天下午午睡以後就可以開始。

　　我答應到時一定準備妥當。

　　為了溫習資料，我把隨身帶著的卡片鋪了一床。此外又檢查了照相機的曝光速度，底片的捲數，擦亮了鏡頭，再把近距離鏡頭掛在背帶上。

　　老朱的效率令我佩服，不過一天時間，對他已不得不建立起某種信任和尊敬。原來是在不動聲色的時候，認真地想著怎麼辦好事呢。然而下班以後仍舊能夠行事，是應了效率精神，還是其實具有特殊的權力呢？我一邊準備一邊禁不住揣想著。聽說他曾是十五、六級的幹部。

　　等到我覺得一切差不多就緒的時候，午時已過。熄燈躺上床，這一陣興奮使我完全不能睡了。

　　我起身推開對拘的雕窗。

　　白色的夜，是霜霧相映而成的白色，月亮不知在哪兒。松影像墨團似地浸在霧水裏。某一片不遠的樹林，有來不及南飛的鳥啾啾地叫著。

　　我和玄江菩薩近在咫尺，幾個時辰過去以後就要會見，我看見她在眼前召喚著。在這肅靜的夜心，已經使我領會到她溫柔的福賜。

二、

　　早早起身換好衣服，只是為了提防小陳不敲門就進來。小陳年紀比我還

小，真是令人尷尬。

　　既然起得這樣早，不如也就早早準備妥當了。我跨出房門，正打算前去食堂吃早飯的時候，看到老朱領著一個婦人，從廊的那頭走過來。

　　一段距離外的她，只到老朱的頸下，矮胖胖的，穿著深色的棉襖，深色的寬布褲，一頭晶瑩的白髮最是觸目。

　　我客氣地向她微笑，等老朱開口為我介紹，倒是她先開了口，嚅嚅地說：

「自家人都不認識呢。」

　　我這才恍然明白了眼前的婦人究竟是誰：

表姨！

　　在這從來沒見過面的長輩面前，我竟也像晚輩一樣地紅了臉，喚了她一聲，便嚅嚅地說不出話來。

　　典型的中國南方人的臉，看不出和父親的相似在哪兒，或許年輕時也曾好看過，此時仍很端莊整齊。銀色的頭髮像女中學生一樣地齊耳剪短了，全部往後梳，用一支細細的軟篦子在腦後一絲不苟地攏起來，愈發襯托出眼前的白淨。

　　參觀加進了表姨，路程上老朱和我兩人在心理上都輕鬆了不少。她並不常開口，偶時低聲在我耳邊補充別人解說的不足，或是指出有名的街道或建築而已。

　　她的口音帶著南京腔，把「昨天」唸成了「嵯天」，「離」又都說成了「泥」，使我想起了父親的說話。在鄉音後面，她有一種持久的平衡和鎮定，不因為情緒上有什麼激動而產生了音調上的揚抑。隨著她的敘述，一種和平的感覺竟從我倦憊得很的心中浮起，倒像回到了家鄉呢。

「妳看，那不就是鼓樓了？」

　　她拍拍我的肩，半傾斜著頭，指著窗外飛過去的一幢灰色牌樓，好像責備我怎麼把它忘了似的。

　　午後二時我們終於來到玄江寺。汽車在山腳停下。

　　順著梳篦般的石階往上看，疊嵐後面，縹緲著「玄江寺」三字飛草。據《桐陰畫論》的記載，這匾額還是宋末禪畫家玉澗的筆跡呢。

　　雖然開放了一段時日，冬天並沒有什麼香客。走在表姨和老朱之間的

我，忐忑著朝聖者的心情，一步步踏著石階往上走。

陽光乍現，令人不免驚喜，然而還沒有入晚就偏斜得厲害，一層澹淡的黃色只引起了視覺上的暖意。穿著厚棉襖的表姨漸漸落了後。我站在石階上等她，看見她額前的髮，秋日茅草似地透著亮。

住持惠江和尚是文革以後僅存的老人，穿著鑲黑色寬邊的灰袈裟，站在朱紅色的寺門前，看見我們上來，俯身合掌，喃喃唸著佛號。

我們跨過四、五吋高的門檻，進入鬱暗的佛堂。

「既然千里為菩薩而來，就先祈拜菩薩吧。」

惠江說。領我們斜穿過正堂。

我隨身低頭再跨過一個四、五吋高的門檻。正要抬起頭時，突然一片金光罩下，不由得使我吃了一驚。我急忙站穩了身——眼前矗立著一尊從頭到腳水泄不通的金色菩薩！

是弄錯了吧？這哪是水成岩的玄江佛呢？我急忙抽出袋裏的圖片。

左手齊腰合掌垂下，右手當胸推前，印相是完全相同的。可是，全身披掛著叮噹的珠璣纓絡，卻是和圖上的完全不同，更不用說這一身金了。

當胸就有幾串大小長短不整的珠鍊，齊腰紮了幾條蓮花圖案接成的束帶，肩上加出飄帶，佛衣滾上紅黃藍三色邊，頭上還有一頂碩大的高冠，疊鑲著各色寶石。

不消說，珠寶金玉都不是真貨。無論華麗到哪裏去，莫非都是合成材料照形狀塑成，再塗上紅藍綠的俗鄙顏色，把圖片裏的如水似雲的風格全數破壞了。

我再近前一步，沿著本該是春蠶吐絲似的衣褶底下，看見滴掛著一排排小粒的漆痕，才明白，這全身金光原是金油漆塗出來的，而且還是頗不薄的油漆呢。

手中搓撫著長珠的惠江，站在我的左側。在只有我們四人的空堂裏，告訴了玄江菩薩的第二個故事：

> 天上的慈航導者展目天宮，遙望人間，看見眾生疾苦掙扎，永無了期，動了慈悲之心，便化作太陽，投入地上興林國王后伯牙氏的懷中，生成為第三位公主妙善。

妙善公主自小就不沾葷乳，喜愛學佛，長大以後前去白雀寺出家，勤修佛理。

對公主的抉擇，妙莊王很不以為是，要白雀寺的僧尼百般刁難，公主卻都一一承受了。父王又下令焚燒白雀寺，僧尼俱毀於燄，公主卻安然無恙。父王又遣人斬公主，卻有白虎前來營救。

公主來到屍多林。有青衣童子引導遊歷地府。終於太白星化作老人，指引公主前往普陀落迦山，修為正果。

妙莊王重病，公主聽知了，剜目斷臂救療父王。父王病癒以後，大徹大悟，帶著王后一同去禮謝公主，同為公主濟度。

成為正果的公主，觀世聲音，皆施解脫，於是以觀世音名之，就是這眼前奉祀的玄江菩薩。

惠江俯身合掌禮拜：
「觀自在的菩薩，至上的尊王，慈悲的神明。」
喃喃的梵語回響在黑鬱的寺堂的兩壁，好像來自另一個世界。
暗紅色磚牆的那一面，傳來木魚的哆哆聲。
我這時，若是說被妙善剜目救人的精神感動了，不如承認心裏正湧翻出一種相反的感覺；這樣庸俗的佛像和其他廟裏的又有什麼不同呢？豈非是被騙了。

騙我的，當然不是菩薩，不是老朱，不是玄江寺的方丈，他們只不過跟我一齊受騙而已。一千三百年累積下來的文明可以在一刻間就被玩弄得點滴不存！

厚厚的金漆後面，妙善垂著雙目，從細長的睫縫裏端看著眼前人間的我們。嘴角微揚起的程度已經淹沒在徜徉的油漆下，然而柔弱得幾乎浮現不出的，仍舊是那不欺的笑容。無論人間怎麼翻騰，加諸在她身上的凌侮多麼沉重，一手從垂著的五指流出起死回生的生命之水，另一手推射出呵護眾生的五色之光，靜立在黯淡的室中，承受著人間所有的荒唐，引渡所有的辛苦到諸佛住持的淨土。

穿過窄門，經過膳房的時候，牆角似乎什麼在動著，我注意地看，不得不又意外了。一個活生生的老婦人踡坐在壁角，如果不留神，莫不是要把她

當作一尊泥塑的供養人了。

她正用手掬著一隻碗，嘴裏咀嚼著。

「不是已經沒有乞丐了呢？」

表姨、老朱、惠江竟都不接腔，便有一段沒趣的沉默。

天色在山中黑得早，五時還沒到就恍惚成一片。老朱怕汽車不好走，隨惠江走了一圈之後便催我下山。

「明天一早再來，還有整整一天的時間。」他說。

「明晚縣委請客，順便為妳送行，別忘了，華江飯店，請妳表姨一起來。」

回到旅舍的門口，臨回宿舍時，老朱提醒了我這一個約會。

然而明天再去不去，我已不甚在乎。一年來的期待，日前的焦慮，都已化作潮水退去，只留下瓦石的空岸。

也許應該提早回去，或是留下一天去南京或上海看看。下次來，不知又是什麼時候了。

可是，昨天走得匆忙，寺的建築和其他佛像都沒仔細看，幻燈片拍得也不齊全，再去一天吧，這樣草草就回轉，實在也不能平衡來時的熱望。

面對菩薩的瞬間，因為事情來得突然，又近在眼前，一靈竟失去了反應的能力，現在一節節回想過來，惘然的感覺像庭院的晚霧，開始無著無落地蔓延開來。

窗外庭園裏，霧已浸到近眼的地方。披著薄霜的叢木，分不清各自的形狀。菱花形的漏窗依傍著一株楓樹，落了葉的主幹隱沒在黑暗裏，只有頂端的細枝斜攲在深灰色的天際。

這時我才覺察，從城郊的機場到旅舍到玄江寺，從清早到黃昏到夜裏，一層迷濛的霧，或近或遠、似有似無，原來總在周身漂依著，好像悲戀的情人，又像記不清楚的回憶，虛虛實實地呈現著相貌。偶然也有一小點太陽，卻是棉紙剪出來的圈圈，給霧水浸得稀透地。

整個潯縣是個睜不開眼睛的人，迷茫地走在一個醒不過來的夢裏。

既然有表姨相陪，第二天老朱也就跟我告了一天假，忙別的事了。

惠江有事先下山去，留下一位年輕的和尚招呼我們，穿了件式樣中和了人民裝和馬褂的上衣，大概是改良的新式袈裟吧。

寒暄一陣後，年輕的和尚也就走開去，留下我們逕自跨入寺堂。

　　細看的結果，不過增加了昨天的不快印象，這哪像莊嚴肅穆的宗教場所呢，倒更近於古代的刑堂了。

　　脇壇左右塑了十八尊羅漢，袒露著肉胸，臉面本應是搜盡人間的詼諧貌的，卻陰森地懸坐於壁上，倒像是前來捉拿人犯的判官。

　　堂底幽幽坐著三尊佛。體上的金箔已經斑駁，露出底層黑黝的銅質。只有眼眶還保存得好，便在暗堂裏瞪著三對金色的瞳眼。本尊背後襯托住焰形的光背，流暢的線條，美麗的圖案，也都看不見了，唯有焰尖還留下刀鋒似的一點光。

　　金紅二色漆的案桌，擺著長明燈，土金色的玻璃罩裏，抖著鎢絲的豆光。左方擺著一盆大紅的塑膠牡丹，右方一盆杏黃的塑膠菊。金上加金，金上又加紅加黃，在陰濕的廳堂裏油膩又齷齪。明清以後的中國人，在宗教藝術上表現的貪婪無厭，簡直是不可原諒。

　　簡單吃過午飯以後，我們留在膳房休息。

　　年輕和尚拿來一壺茶，置放在木桌上。

　　「山後的泉水沖的呢。」他說。

　　果然沁鼻一陣芳香，我端起漆著「為人民服務」一排小紅字的茶碗。喝下靜心的茶水，對金佛的耿耿於懷卻沒有消去。

　　「什麼時候加漆的？」我問表姨。

　　博物院的圖片大約是四九年以前拍的。如果那時還保持著水成岩的面目，加漆一定是四九年以後的事，我這樣推想。

　　熟知潯縣的表姨想了想：

　　「是七五年春吧？」

　　竟是這麼近的事。

　　「為保護文物嗎？」

　　「不，是縣委病癒以後，為了謝菩薩而漆的。」

　　「說來，這還是為老太太而動的工程。」

　　我這才注意到，昨日的老婦人原來還踞坐在黑摸摸的壁角，自頸以下包裹在棉被裏，探出一個稀疏著白髮的頭。

　　「昨天妳問到要飯的，不是中國沒要飯的，是沒讓妳看見。」

　　昨天大家不接腔，原來只是因為老朱在場。

「不過，這老太太可不是要飯的，只是自己要住在寺裏，曾是中學教師呢。」

必定有某種有意思的身世吧，可是被金菩薩引起的索然還占著我的心思，打算一問究竟的念頭，當時也就沒有出現在心裏。

聽到了人聲，她把入定的老眼拉到了這邊——

驀地我驚奇了。起皺的黑臉，似在哪兒見過，是昨日百貨店的某個售貨員嗎？還是今天寺裏的一個香客？可是寺裏除了方丈以外，一位女性都沒遇見，除非是把那尊金菩薩也算上。

正是那尊菩薩，我頓時覺悟，那順著雙眉直下的鼻樑，柔韌的嘴形，略方的下巴，雖然已經覆蓋在乾皺的皮膚下，和菩薩的相似卻是錯看不了的。

一壺茶後我們回到前堂。表姨幫我持著閃光鏡頭，讓我拍下了幻燈片，測量了佛像的長寬，仔細看過了建築；在俗世的手懶得干涉的樑頂和簷角部分，斗拱和藻井倒是保留了南北朝的流利瀟灑的線條風格。

車子還沒來。我們穿過蕭瑟的竹林。已經捲縮成針筒形的枯葉孤憐地掛在枝上，一走過，就索索折舞在我們四周。

白茫的江霧，看不見江水，卻聽見水聲嘩然奔流。

「這是潯縣的命脈，它向東北流去，百里外接上長江。潯縣的紡織產品都要經過這條水線運送到南京和上海。」

表姨站在岩峭一塊平石上，谷底掀起一陣風，她的圍巾和白髮交舞在一起，藍布大褂的下襬在風裏拍拍地翻打。

溪山縹遙無盡。天水林木都化作了氤氳，變成混沌眾世的一部分。在這恆久的混沌裏，千億人生活著；故事進行著。從神話裏的興林國，經過了梁文帝天正年間，經過了一九七五年春，經過了此刻，還要向百里外的長江奔去。

慈悲的女神，至高無上的佛尊，過去現在將來的觀察者，心裏害怕著的人們看見祢會生起勇氣；被屈從的人看見祢會重拾起信心，另有一個一千三百年，會洗去祢一身的污金。

我從汽車的後窗轉回頭，默然在心中和菩薩道別。

玄江寺的青瓦在兩排榆樹的禿幹間漸漸後退，隱沒在夜落前的滿地霜寒裏。

三、

一進門，小吳從服務室的窗口探出頭來：

「今晚縣委的請客取消了，辦公室剛打過電話來，說縣委要去接一個外國訪問團。」

這一位潯縣第一號人物，替菩薩塗金油漆的人，今天晚上不能見到，頗令人失望。不過臨時空出的倒是一個好時間。

留下一起吃個飯吧，我邀請表姨，想對一路陪同略表謝意。

她推辭了一陣才答應。

我請表姨點幾道喜歡的特產菜，又請服務員去小賣部拿一瓶竹葉青來。

端起雙鉤著一叢青竹的白瓷瓶，小心地在兩個剔白瓷杯裏斟滿了酒。

她舉起杯，波動的酒光閃過她的臉，那麼瞬時即逝的三兩折，近老年的瞳仁透露了江南女子的靈秀。

一仰盡了酒，我沒料到她有這等豪氣，我自己卻是不能飲的。

晚飯時間過去以後，只有三兩個食客的飯廳更空冷了。

捲邊荷花的白瓷長掛燈底下，鋪著一張張水青色的枱布。

一邊飲，一邊談著，我知道了第一次見面的表姨的一些私事。表姨父是文革時候過世的，還有一個獨生女兒在邊區的蘭州工作，而她自己在紡織廠也已近退休了。

為了夜裏來去的旅客方便，飯廳並不完全打烊，可是服務員也都慢慢離去，留下一個年輕的姑娘，梳著劉海，在櫃台前剝著花生吃。

直到椅子都搬上了桌子，荷花都熄了燈，還剩下一盞，在我們的桌上蕩下五瓣捲邊形的光。

這樣一圈荷光下，從表姨的口中，我聽到了關於玄江菩薩的第三個故事。

潯縣城北近江的地方有一條朝陽街，住著姓岑的一家三口。

大躍進的時候，工程師的父親在一次水堤意外去世，留下母女兩人。

文革時，出身中學教員的母親因為平日言行小心，沒有遭到事故。

七〇年開始軍管，派來了新縣委。這時女孩已經十五、六歲，長得很是秀美。天氣好的時候，喜歡依在門口，看縣委的轎車隊從街口開過

去。

長征老幹部的縣委有顆比誰都大的頭，跟人說話的時候，就是努力的維持也不能止住搖晃。家裏養著一個已經三十多歲的白痴兒子，平日不讓出來，留在後面一間房裏，由一個遠親的老婦人照顧。

長久留在屋子裏，失去了常人的光澤，白痴的模樣可真不好看，只有一顆不輸於父親的大頭，稍稍撐起了一點場面。

縣委決定給痴子找一名現代的保健護士，說是找護士，其實縣委心裏要著的，大家都猜想，恐怕是一房媳婦吧。

縣委想起了朝陽路上有對剪水眼睛的姑娘。

做母親的怎能依從要女兒去服侍白痴的要求？可是縣委把紅旗牌停在門口，親自下了車。

整條巷子都憋住了氣，在木條窗的後面等看著。

直到天變黑，縣委才從岑家跨出門，臉上怎麼也看不出結果，可是木條窗後的人都明白，無論怎麼樣，都會如了縣委的心願的。這遠近七十方里的第一號人物，有什麼做不得的事呢？

不過聽說他的確自己許下了日後送女孩上大學的承諾。

此後小汽車一日兩回來巷裏。女兒早上去，摸黑才回來，卻也總是高高興興的，母親也漸放了心。想到這樣勉強兩三年，能夠過江去上學，也不能說不值得。

白痴給女孩帶著出來了，拐著兩條細腿，像聽差一樣畏縮地跟在身旁。

女孩子買了什麼，就趕緊張開了袋子，好讓她扔進去。如果是下雨天，就看見他撐把大傘走在女孩的後頭。頭上肩上淋濕了雨，一搖一拐的。

有年秋天冷得特別快，十五沒過就落霜了。縣委得了頭疼症。說是一寒下來，百腳蟲就不知從哪裏鑽進了腦殼，在裏邊慢騰騰地扭起來。

縣裏有一位從上海來的西醫，一直空著沒事做，這難得的機會給縣委診測了，說是大約是患上了周期性偏頭疼，要他先試試紙袋治療法。聽說在一個紙袋裏呼吸十到二十分鐘，大多數頭疼都能治好呢。

一有空，就見縣委就著一個紙袋呼嚕呼嚕吸著。這麼吸了好一陣子，

絲毫沒有轉好的現象，反而疼過了全頭。

紙袋醫生已經不能信任，縣委從江西老家請來了近八十歲的中醫。

老大夫給把脈看舌以後，這樣對縣委說：

有一種腦生來就埋伏著寒邪，到了時機，寒邪蟄動，一發不可收拾，痲癲現象即呈現而出。這種病有時隔代相傳，有時代代相承；有時早發，有時遲來，不過都是遲早的事。

「家裏——有什麼癲癇的先例麼？」老先生問出了這樣的問題。

聽說當時大夫為了說出下面的怵然的治方，雖然身邊除了縣委以外並沒有他人，也盡量壓低了聲音：

採用身健體清的姑娘，乘命氣活躍時直接收入，由血脈即時運至腦中，以腦治腦，以腦引腦，以熱震寒驅寒，或有治癒的希望。

高幹家的伙食好，岑家姑娘的臉圓了，手腳結實起來，皮膚底下透著桃紅，本來就是好看的孩子，現在人人見著都更喜歡。

潯縣山上的鳥往年都是寒露一過就沿江水往南飛，開春再回來的。那年落了幾次霜都不見有鳥動的跡象。只見牠們一群群棲候在枯黃的竹林裏，天一黑就拔著嗓尖叫，叫得奇怪。

恐怕要有事了。年紀大的都這麼交頭接耳，竊竊私下傳說。

一天晚上，白痴在飯桌上喝了杯橘子水就打起瞌睡來。

像往常一樣，岑家姑娘準備收拾收拾就回家。

母親像往常一樣等在門口。天黑透了，又去巷口等。那一整夜，女兒都沒回來。

那晚，過了午時，潯縣的人都聽到了一聲淒厲的喊叫。大家都熄燈睡了，這又慌張地跳起身，趕緊把門窗關緊了，該藏的東西藏開去，預備著公安隊隨時推門進來。

林裏的鳥都從梢頭驚飛出來，嘩嘩地搧著翅膀，黑壓壓一大片，掠過漆黑的朝陽街的上空，向江邊飛去。母親獨自一人站在漆黑的巷頭。也聽到了那聲嘶喊。

清冷的曙光裏，汽車終於黑點似的出現在街的盡頭。母親等到了沒有氣息的女兒。說是晚上不知怎麼地往後一摔，摔到了八仙桌的銳角，傷了腦，連急救都來不及呢。後腦結纏著凝血的頭髮間，果真碎了一小片

腦殼。

從那天起，潯縣一直都罩在一片霧裏。到處是霧，站在這廂的人看不見合院那廂的人。生煤團的時候，看不見爐上的白煙，去河邊打衣服，打著了自己的手腳。人人都得恍恍惚惚地摸索著。

百日以後，霧散了些。大家在寺後的亂竹林裏，發現了吊著已經臭了的痴子。痴子自己怎麼摸上山的，也不清楚，不過有人說，曾經看見由女孩帶著到寺裏看菩薩，在竹林子裏又跑又笑地。

縣委顯然避過了險頭，眼不斜了，頭也不疼了。以後反見他硬朗起來，恢復了威嚴的容貌。大家雖然也都聞風了故事，卻不見有人張聲說什麼。

不久縣委傳下整修菩薩的命令。

本是打算貼金箔的，一時沒這種材料，也找不出懂手藝的老匠人，就決定了拿油漆來塗上。

開閣的那天，選了妙善公主二月十九日的生辰。從前一天晚上就有人陸續上山燒夜香了。沿著江邊直到玄江寺的門前，一路星火不斷，潯縣已經幾十年沒見過這麼熱鬧的光景，十九日天還沒亮，菩薩尊前就都是等著的人了。

天光從窗口進來，照亮了菩薩的臉，寧靜祥和極了，擾攘著的人都靜了下來。可是這五官怎麼這樣地面熟？大家都忍不住捺著聲音猜議，可不是，除了閤著的眼皮以外，看來不正是岑家姑娘的臉呢？

從那天起，母親就再也不肯離開玄江寺，坐在寺房的一角，沒日沒夜地守著菩薩。佛寺一旦開放，菩薩跟前來往的人多了，又加上外賓參觀，縣委覺得實在不好看。便特別給老太太在城裏劃了一間有自己廚廁的房子，無奈老太太怎麼也拖不出去，只得抬去了後房。從那時起，就由寺裏的方丈照顧著。

白色鉤花窗簾的鏤空洞眼外，庭園逐漸從昨夜的長夢裏醒過來。無論是落葉的還是不落葉的叢木，都蜷伏在凌晨的厚霜下，似真似幻地摸索著自己的輪廓。

竹葉青的酒瓶被持著的手捂得暖和，裏邊卻已沒有了酒。

通宵沒睡的表姨顯得十分蒼白。她的臉有一種令人無法推想的嫻靜，拱圍在白髮之間，好像寒林中的一片止水。

「──我該回去了。」她從恍然中回轉出神態。

「離天亮不過三兩個小時，到我房裏躺躺吧。」我說。

「還是回去的好，在外頭睡總不習慣，年紀大了就只認自己的窩。」

她回復了笑容，把軟箆子拿下來，重新箍好了頭髮。

「讓我送妳一段路。」從椅背我拿起棉外套。

朦朧的清晨，白堊土的牆，青灰色的瓦，石板路旁有河道，河上有月形的橋，橋旁有夜泊的木船，船尾蹲著生爐火的婦人，正用一把裂開的蕉扇仔細地搧，斜著頭，避著爐上的灰煙。

灰煙裊裊地升上天，天上有一彎浸了水的下弦。

畫中常見的江南景色，現在就在我的周邊，是真實的嗎？是第一次來到這兒嗎？第一次見到這時正走在我身旁的表姨嗎？對這些事情，忽然我都不能十分確知起來。

而玄江菩薩的故事，從水成岩的六世紀到塗金的二十世紀七〇年代，究竟是美術史上的一個纏綿惻悱的傳說，還是曾經的確發生過，而且還要繼續發生下去的事實呢？

那樣殷切地召喚我，借助了天窗的一線光，離開潯縣的前夕，我終於明白了心意。

飛機本應下午三時起飛，過了午時仍不見霧散去，反見天色愈來愈沉。老朱打電話去機場。

「恐怕要遲了。」他回來我屋裏說：「螺旋槳的飛機不好開，一定要等天氣有把握。」

兩點多仍沒有動靜，我焦急起來。這裏一遲，跟著一連串預定的行程都要改變了。

「到底有沒有起飛的希望呢？」我問老朱。

他仰頭看窗外的天色，早上本來還能浮動的雲，現在已經凝滯成厚厚的一層，鐵盔似地壓在頭上。

「改動行程可以嗎？」老朱說。

「接下來的事可真麻煩呢。」

「看樣子，飛機來都來不了，恐怕要做旁的打算了。或者坐船上溯南京，從南京再飛廣州，怎麼樣？」

這倒是權宜之計，與其在這裏苦等，不如及時動身趕去南京，大城市的退路總是多些。

我同意了。老朱立刻和中國旅行社聯絡，重新釐定行程，最後決定了從潯縣特別開出一艘小汽輪，送我去南京。

一切重新安排妥當以後，也迫近了黃昏，空氣愈發濕冷，醞釀著雪意。

剛才一陣急促，只想快點動身，現在事情定了，離別的情緒漸漸不可救藥地湧上來。

老朱提著我的箱子打前走，我和表姨跟在他身後，走過了迴廊，穿過了水松的庭園。

我們到了江岸時，小汽輪已在等候。天空開始飄起白色的雪絮，靜悄悄地落在我們的肩上。

老朱幫我把箱子放好，又叮嚀了掌船的，覺得一切妥當無錯了，才彎身出來。

回岸前，他伸出手：「有機會常回來看看，總是不同的。」

又在掌裏加了幾分勁力，要我肯定後半句話裏的決心。

我送表姨走到船尾時，雪已漸大。

雪花落在她的白髮上，落在她的圍巾，落到藏青色棉衣的下襬，繞過她的棉鞋，靜靜地堆積在艙板上。

她用雙手握住我的手，江南女子的細細的灰眼睛消失在索索的雪裏。

「再回來。」她說。

馬達開動了，船身緩緩掉過頭，掠過蕭瑟的蘆稈，向蒼茫的前路開去。

我站在船尾，一直等到表姨矮胖的身影隱失在飛雪裏。

江中一片蕭靜，噠噠的機器聲單調地擊在水面，雪無聲無息地下著，我從艙窗回望，卻已看不見潯縣，只見一片溫柔的白雪下，覆蓋著三千年的辛苦和孤寂。

原載《中國時報・人間副刊》，1983年10月2日；後收入李渝，《應答的鄉岸》（台北：洪範，1999）。

劉大任

1939年生於湘贛邊界山區，1948年隨父母來台。台大哲學系畢業，早期參與台灣的新文學運動。1966年赴美就讀加州大學柏克萊分校政治研究所，1969年獲碩士學位並通過博士班資格試。1971年因投入保釣運動，放棄博士學位。1972年入聯合國祕書處工作，1999年退休，現專事寫作。著作包括小說《晚風細雨》、《殘照》、《羊齒》、《浮沉》、《浮遊群落》、《遠方有風雷》、《枯山水》、《當下四重奏》等，運動文學《強悍而美麗》、《果嶺春秋》等，園林寫作《園林內外》，以及散文和評論《紐約眼》、《空望》、《冬之物語》、《月印萬川》、《晚晴》、《憂樂》、《閱世如看花》、《無夢時代》、《我的中國》、《赤道歸來》等。作品曾獲台北書展大獎。

且林市果

　　雖然還算是夏天，禮拜日下午的唐人街，卻有點冷冷清清，像個散戲後的舞臺。心臟地帶的人行道上，逛街的遊客顯著稀落了。橫過馬路，二樓高度的上空，那一長幅白布紅字的電影商招，在難得吹來的風中，彷彿徒然號召著刀光血影，盡自無力翻動，偶爾也發出劈劈啪啪的聲音。

　　我約會的朋友因故未到，只得獨自一人帶著幾分落空的心情，在成列的禮品店、茶餐廳、生果攤和雜貨鋪所組成的這樣一種既非異國又非鄉土的雜碎風景裏，漫無目的地溜達徘徊。

　　這幾年，移民額增加，東南亞資金大批湧進，唐人街的外貌，起了很大的變化。如今雖然還是新舊雜陳，中西合併，但我們從前的一些遺憾，卻也陸陸續續添補齊全，過去覺得缺的，現在差不多都有了。燒餅、油條、韭菜、柿子、魚丸、肉粽、鹹水鴨、蚵仔煎，以及上海式的理髮美容和蘇州式的清粥小菜，全都齊了。或者就只差這麼一個喝酒的地方吧，我心裏嘀咕著，這麼一個黃酒白酒各備上那麼幾罈，鳳爪牛肚豆腐乾也滷上那麼一鍋的地方。大街小巷轉上幾圈以後，我又想就此回去，又有點意猶未足。然而，我確實是無聊到想做點什麼事情卻又什麼事情都懶得去做的光景，想買點白菜蘿蔔，又怕洗洗切切麻煩，想從那些擺滿了紀念品的櫥窗裏發現點什麼奇技淫巧的小玩意兒，卻看來看去實在難以下手，最後，終於在一家進口二等粗瓷的老字號裏，挑了一個四吋口徑的花盆。紅泥倒還燒得可以，只可惜胡亂添上的幾筆蘭草，頗不入眼。然而，也只好將就了。

　　等我意興闌珊地跨進那家坐落在偏僻角落裏的小書局的時候，已經四、五點鐘了。天光其實還早，這間書鋪裏面，卻已開開了日光燈。但是，貼牆的木頭架子，層層疊疊，中央小小的空間裏，也架上大大小小的桌櫃，書報雜誌堆得滿坑滿谷。從外面走進來，感覺上有點突然，除了一股撲鼻霉味，我的眼睛，竟一時適應不來，只覺得天花板上吊著的兩枝光管，白花花的，一陣暈眩。

　　我面對一排紅紅綠綠的皇冠叢書，呆了兩、三分鐘，讓書皮上的黑體字

自動顯現。身子背後，忽然傳來一位中年男子似曾相識的聲音。

「這兩本，缺了十幾頁，你怎麼還要收錢？」

轉過頭去，我看見櫃檯前面，站著一個似曾相識的背影。

老孫的身材，的確大大走樣了。記憶中，他原是一副運動員的架式，雖然看來有點五短，但結結梱梱，隨便往哪兒一站，也像個百米選手衝線的樣子。那幾年，我們搞「革命」那一陣，建中橄欖球隊出身的老孫，一向愛挑重活幹。放電影，他總是搶先搬桌椅、掃地；開大會，他一定掛上紅臂章維持秩序；碰上遊行示威大場面，五呎五吋的他，卻是扛大旗的好材料，走上幾十條街不必換手不說，再大的風，旗子照樣不歪不倒。現在看去，老孫的兩脅以下，圓領衫幾乎包裹不了他那個大肚子，相形之下，腰皮帶像根細繩子，呼拉圈似的斜吊著，眼睛一接觸，你便老擔心它往下掉。老孫的脖子，更粗更短了，連說話都嘎啞得多，彷彿他的聲帶，也給什麼東西壓得扁扁的。

我看著老孫還了二十五本「俠骨柔情」，又把三十六本「書劍恩仇錄」擺進購物袋，清了帳。臨出門，老闆討好地說：「阿叔，老主顧嘍，那兩本有缺頁的，未曾計你錢，算了！」

我跟著他，再次回到既非鄉土又非異國的唐人街上，流浪起來。

經過「且林市果」[註]，老孫的腳步忽然放慢了下來。

「你還記不記得，那一年，我們把大隊拉到這裏，高唱『國際歌』那回事？」

老孫望一眼華裔陣亡軍人紀念碑，頭慢慢一路仰起，好像對著那一條無色無味的天空說話。他手指著不遠處一棟紅磚大樓：「我住的那間公寓，窗口剛好看見這個牌樓，每次看它，我就想到那年遊行隊伍經過這裏，記得吧？這一帶的窗口裏，不是有人把汽水瓶往下扔，還有人大聲叫：『打死共產黨！』沒想到過沒幾年，自己居然也搬進這些窗口裏去了……」

這些年來，老孫結了婚又離掉了。他說他住在這裏，也是圖個方便。他現在是大通銀行的電腦程式員，收入不惡。上班地方，就在華爾街附近，走路十五分鐘，連地鐵費都省了。吃吃喝喝也方便，他說他已經三年沒開伙了。

「我還有半瓶竹葉青，要不要到我那兒坐坐？」老孫這麼提議。我一時

也想不出有什麼理由不贊成，我們就彎回去，買了一隻燒鴨，兩包天府花生，一齊塞進他那只購物袋，一人拎一邊，提進紅磚大樓，坐上電梯，走向他那個九樓的窗口。

要不是竹葉青，我怎麼也不可能記起老孫的老家來。其實，在我們這一輩的人裏面，只要是美國混久了，又誰記得誰的老家是哪裏呢？大家吃的，都是雜碎，穿著方面，也大抵相當雜碎，連日常講話，也是不南不北，半中半英的雜碎，只不過我們的中文，倒多少是一個調子，都是一律的「注音符號國語」，唯一的差別，祖籍北方的，還殘留一點捲舌音，南方人的LR不分，仔細聽，也還聽得出來罷了。老孫談起他的山西老家來，也有那麼一點不中不外的味道，聽久了，也無非覺得又是一種雜碎。

「我一共沒帶幾卷polaroid，」他一面啃鴨皮，一面說：「好傢伙！老老小小，一下子來了三、四十口，除了我爸爸那張陳年老照片上看過的，我一個也認不出。好在臨行前，老頭子給我寄了一張祖孫三代的家譜詳表，我就一人一張，膠卷拍光為止。然後呢，按圖查表，把每個人的名字、輩分、出生別、年齡，全註明在照片背面，寄給我老頭，才算是交了差。What a mess！」

老孫說著這些的時候，他的山西五臺鄉音，說著說著便濃了幾分。或者是竹葉青在嘴巴裏含弄久了，舌頭有點黏住了，也說不定。

我本來就對山西五臺沒什麼太大興趣，何況，這些年來，這一類的牢騷話，我聽得實在太多太多，老孫的話頭一開，我又頗難插嘴，更覺得索然乏味了。眼看著一地的花生殼，心裏尋思，得找個藉口脫身才好。但是幾次站起來想走，都叫老孫拉住了。

「你聽我說說那地方的那份兒窮勁兒，」他把我摁下去，自己卻在屋子裏不停來回走，「革了三十多年的命，我老頭兒跟我講的村子裏的那個樣兒，還是那個樣兒。可憐我那老頭兒，自己住在花園新城，還在想村子後頭那座山和山底下那條水呢！哪兒有什麼青山綠水？這麼些年，張嘴要飯的人頭，翻了好幾番，山上的草木，早砍光了，光禿禿，啥也沒有。我走得才狼狽呢，除了身上一套衣服，全剝光了……」

我自忖一時三刻跑不掉，便索性放懶身子，縮進老孫的沙發裏面去。

老孫的公寓，是個典型單身漢的公寓，家具簡單，但該有的也都有了。

倒也不像一般留學生時代的宿舍那麼凌亂，我們所在的這個客廳兼飯廳的空間，收拾得還算整齊，燈光的配置，也是柔和實用兩相兼顧，大體看來，是一點兒也不能說得上「潦倒」兩個字的。然而，他這間屋子，又有點什麼地方，讓我覺得不那麼典型。到底是什麼地方呢？一時又分辨不出。我一面任由耳朵收聽老孫半帶嘎啞的嘮嘮叨叨，一面用眼睛四處逡巡，是有點什麼不太一樣的，可又說不出來究竟是一點什麼。這個心思，大概在我腦子裏盤據了半個鐘頭左右，不知不覺間，也放棄了。我又開始給自己想一條出路。這一次，我妥協了一步，我知道，站起來，上廁所或者說明天還要上班一類的話，是沒有用的，退而求其次，我便集中力量，想換一換話題。

「小三子最近怎麼樣？有沒有他的消息？」

我搶在老孫喝酒換氣的當兒，提了這麼一個問題。小三子也是我們的老革命夥伴，他一向同老孫一搭一檔的。

「甭提了，這小子，真沒出息！成天抱著兒子，什麼也不想，」我暗自慶幸，這下可離開山西五臺了，可是，老孫的話，還沒有說完！「去年夏天，在北京華僑大廈碰見他，我跟他說：『你光看安排好的導遊節目，不行的，你得闖出他們這個官僚佈置的統戰宣傳網，看看民間疾苦。』我跟他說：『你跟我跑，咱們去我老家看看！』這小子沒出息，人家不批，我都替他吵了，他自己反而打退堂鼓，那批官僚，不吵不行的，你吵，他就軟，你不吵，他不樂得？結果還是我一個人走，五臺山、少林寺，你知道，就在我老家那兒，給糟蹋的⋯⋯」

我們又回到了山西五臺。這以後，我又試著插了幾次嘴，老孫就有這個本事，隨便你提什麼，他都有篇議論。他從前是只幹不說的，我記得。然而，這還不是要害，要害的是，隨便發什麼議論，三彎兩轉，話題又回到了山西五臺。

我開始覺得，大概唯一的出路，就是同歸於盡，我於是決定大口喝那瓶山西五臺帶回來的草藥味道濃厚無比的竹葉青了。

廚房的壁鐘，忽然噹噹噹，敲了十二下，十二下敲完，妙了，居然有一段音樂，而且，居然是久違了的「東方紅」。我這才恍然大悟。起先不是老覺得他這個單身公寓有什麼不太一樣的嗎？原來，他這一屋子，從地毯到天花板，大概除了電燈泡，所有的家具、用品、擺設、裝飾，連牆上掛的、櫃

子裏放的、桌子上擺的，甚至連字紙簍在內，幾乎沒有一樣不是大陸來的土貨！我坐了一晚始終並不感覺很舒服的這張沙發，竟然也是頗為講究的仿明朝式樣的紫檀木器。

一個禮拜天的夜晚，就這麼耗掉，似乎有點可惜，然而，我想想，其實也未必，我本來不也是沒事找事地逛著的嗎？逛成這個樣子，當然也是始料所未及，不過，又有什麼分別呢？我轉頭看向窗外，的確，窗口雖然不大，從那個角度向下一看，正好就看見那一小方略帶三角形狀的「且林市果」。

被九樓的高度一對比，那塊安全島似的空地，更顯得窄小了。又叫近日新蓋的高樓大廈一擠，這小小的方場，看來就像縮進一口深不見底的古井裏面去了一樣。只不過，午夜的唐人街，還有些未滅的燈光，幽幽地烘照著那座不起眼的水泥牌坊。

離開老孫家，我自己也不只微醺了，雖然未曾腳步踉蹌，卻也輕飄飄，彷彿腳不點地。究竟是殘夏了，才不過十二點多，風颳起來，已經有點陰陰冷冷。我從地鐵入口處走進燈光暗淡的隧道，一張發黃的舊報紙，被穿堂風掀起來，飛在鐵柵門上，不由自主地儘自翻動，偶爾發出劈啪劈啪的聲音，在這個昏沉污濁的地底世界裏，回響著。

一直到我下了車，糊裡糊塗地摸回自己的公寓，掏鑰匙開門，才想起來，我花了大陸原價十倍的錢買來的那個粗陶花盆，卻忘在老孫那裏，歸入他一屋子收藏的外銷土貨裏去了。

然後我才想起來，這可能是一天裏唯一完成的一件事，幸運的是，卻是於無意間得之。

註：且林市果：英文原名是Chatham Square，紐約華埠的一個小方場。「且林市果」是當地約定俗成的中譯，源自老輩華僑的臺山話發音。

本文原收入劉大任，《秋陽似酒》（台北：洪範，1993）。

黎紫書

原名林寶玲，1971年出生於馬來西亞。

近十年來馬華文學最被看好的作家之一，自24歲以來，多次奪得花蹤文學大獎，是自有花蹤文學獎以來，獲得最多大獎的作家。也受到台灣文壇的肯定，數次贏得聯合報文學獎與時報文學獎。出版人詹宏志首次接觸到她便讚嘆不已，譽為「夢幻作家」，更將她的作品首度引進台灣。

已出版長篇小說《告別的年代》；短篇小說集《未完‧待續》、《野菩薩》、《天國之門》、《山瘟》、《出走的樂園》；極短篇小說集《簡寫》、《無巧不成書》、《微型黎紫書》；散文集《暫停鍵》、《因時光無序》，以及個人文集《獨角戲》等等。

山瘟

山神。山神溫義。

英國人稱他瘟神。卷舌的拼音。說話的是一九三〇年至五五年間的英國軍官，唇上留著往上翹的小鬍子，頭戴硬殼帽，制服兩襟別了勳章；年紀不大，但都拎著一根精緻的手杖。

我祖上說起英國人，也還是歷史課本上的黑白印象。他後生時替英國人照過相，記得也有的穿筆挺的燕尾西裝，稀薄的頭髮中間分界，梳得油光滑亮。每次擺好了姿態，二十度斜角叉腰挺胸屏住呼吸，可聽得有人喊準備時，便自然的、不經意地昂起下巴。嘿，像萊佛斯初抵單馬錫，甲板上的高姿態，看蒼生如螻蟻。

「不信，不信改天你去問溫義。」我祖上說。

* * *

丁丑年十二月廿三日　戊辰木箕平
宜祭祀　忌作灶栽種
是日格言──貧賤生勤儉，勤儉生富貴，富貴生驕奢；驕奢生淫佚，淫佚復生貧賤。

我祖上一輩子貧困，臨終時家裏兩台算盤嘰哩嘎拉七除八扣，實在窮得騰不出一口薄棺。可他老人家八十高壽還拿了黃老仙廟最後一筆香油錢，黎明時騎鐵馬飛馳到夏采成紙紮舖買冥紙一疊香燭一把，再賒冥衣一套紙鞋一雙，騰雲駕霧到那東蓮淨寺拜祭昔日好兄弟溫公，義。

我隨祖上到過東蓮淨寺安靈塔。記得祖上的腳踏車如野馬脫韁奔一路顛簸，直到屁股痠痠就可見著東蓮後山焚化爐的煙囪。偶見冒煙時我祖上總想起溫義親手捲的土菸，他說那菸絲透著焦薰，與這燒屍的柴煙一樣夾了腐物和死亡，頹廢的味道。

溫義的往生牌位在安靈塔最高的地方，坐北向南，正對窗戶。祖上責怪

看守的老不愛開窗，枉費了窗外青山疊巒虎踞龍蟠的絕妙風水。他喚我推開窗門，自己則擺了生果水酒向睽違已久的溫兄弟連敬三杯。其實說是拜把，他總隊長前隊長後的喊。之前眼中嚙淚，喊時聲淚俱下，須得把壺痛飲，方能將哽隨喉結難以吞吐的心裏話，猛往肚腸灌。

祖上主持黃老仙壇時妙舌花生，像哄樹上小鳥似的騙得黃老仙師奔波人間天上。鎮上廟宇無數諸天神佛，就數黃老仙測字最準最靈驗。所以我祖上雖一輩子好賭敗家不積陰德，但靠一張嘴也就混得了黃老仙再混一眾信女善男。祖上在時我家終日被聲音籠罩，他連夜間做夢也喃喃有聲，吵得路經寶地的老鼠蟑螂也吊膽提心。可在安靈塔上，我祖上的沉靜卻堪比死人，只對著溫義的神主牌一味自斟自飲，屍白的臉上垂兩行尿黃的淚。

久遠的記憶了，祖上仙逝後我沉思終夜，記得他老人家飲泣時我侍候在側。有感安靈塔上眾魂皆寂，藉牆角蜘蛛樑下蝙蝠的眼，冷然凝視我和祖上的後腦勺與背脊。窗門打開後空氣不再擁擠，柴煙隨山風捲入，隱隱可聞焚化爐中劈哩啪啦的燒屍之聲。

當時年幼，舉頭三尺但見幽靈恍惚，只一隻懸樑蝙蝠朝我睞一睞眼。我便信若有輪迴，想必那就是溫義。我祖上每逢酒後述說溫氏平生，總不忘提他在莽林中魑魅般竄越的本事。開場必就在那一大片雨後的橡膠林中。祖上照例背著藥箱，蝸牛般隨疲軍蜿蜒穿越墨綠的暮色。話到這裏我例必從案上縱下，溫義來了溫義來了。是啊。我祖上打一個酒嗝。好個溫義昂藏七尺，從林中豆點燈火閃閃爍爍的深處走來。

就一個人？

對，溫隊長例必獨行

不挑一盞燈？

要燈幹啥，他是妖，山精。有人說一入夜他瞳孔就燒起磷火，你沒見過山貓兩眼，就一個樣綠光慘慘。

嘿這就不對頭，祖上搬出童年時坐在橋頭上聽說書那一套。因為不懂節制，言辭動作流於浮誇，每把言之鑿鑿的歷史都說成虛張聲勢的神話。如此畫虎不成，一眾圍坐孩童反倒懷疑溫義此公的真實性。好在有我祖上的大老婆為證。真的，我見過。說時她的瘦臉浸在煤油的光暈中，神祕又陰森，如泡在藥酒樽裏死不瞑目的蜥蜴。

一九四六年狙擊英國人一役，我祖上猛誇溫義神勇。他哼哼冷笑，說山林是溫義的地頭。要知道他飲豬籠草兜裏的露水長大，一生與鱷為伍與蛇同眠，盡收天地靈氣日月精華。呸。這回祖上的小老婆打岔，尖聲說他老黃賣瓜。記得我轉頭來看見恨意在她的大餅臉上發脹，乜眼瞅著老朽的男人。他有這般神威，你今日就不必抱黃老仙大腿扒軟飯。

哼妳這婦道人家懂個屁。我祖上剝完一包萬里望花生，假牙上滿滿黏著花生碎。吐。他翻一翻眼入定，活像扶乩時滯留錯置的身分一樣的，深深陷進回憶的泥沼裏。那一年要不是溫義，今兒我早死在林中，妳倆要到老虎野豬肚裏撿我屍骨。祖上長嘆一聲，一口飲盡滿泡著花生米的紹興花雕。

遙想一九四三年與溫義相遇，剛經過一場廝殺的兄弟們獲沿山路走避日軍。路上遍見海市蜃樓，經過六日五夜眼前仍晃著痛的顏色血的聲音；耳窩還炸響打打打打機鎗的頻率。我祖上見這路無窮無盡，幾疑就是黃泉。他連連追問這路還有多遠哪，可是眼前幢幢人影無人回顧，只有鴟鴞唧田鼠振翅掠過，厲聲叫囂。總算在銀灰濛濛的膠林裏，一個魁梧的人影破霧而至。祖上記得那人寬肩韌腰形同鍾馗，只臉色黝黑中透一股風塵，以及飢餓似的青蒼。

「我是第三獨立隊隊長溫義，同志們辛苦了。」那人攝手額前，兩排牙齒白森森。

戊寅年三月十四日　丁亥土亢危
　　　　宜結網畋獵　求醫治病
　　　　日值受死大凶　不宜諸吉事
　　是日格言──性氣宜平，心思宜專。平則不偏，專則不雜。
　　　　　不偏則事理得，不雜可免始勤終於惰之弊。

關於我祖上的身世和經歷，他的大小老婆各擁一個版本。兩種流傳偶有部分吻合，卻有更多疑點彼此矛盾互相衝突。多年來兩個婦人互不信服，卻能齊聲認同一個結論，即我祖上這男人，怯懦失德無藥可救。兒孫們依循這線索追溯，知道祖上舊時頗有家底，可他不學無術積一身紈袴習氣，未到而立之年就以一副骨牌散盡家財。直至年老時我祖上仍這句口頭禪，「風吹雞

蛋殼，財散人安樂」，說時縮頸聳肩，擺明要一輩子耍賴。

　　賣了祖厝家當後，我祖上在照相館裏給英國人拍照。雖他仍習性不改七日三工，但憑他舌頭三寸不爛，又八哥一樣極快學懂一套翹舌英語，不僅討得老闆顧客歡心，那年還乘照相之便，隨手討了個時髦女子當小妾，由是掀起我家族永無止境的醋海之爭。

　　我自懂人事便冷眼袖手，見證大小祖母大半輩子明爭暗鬥。雖不如祖上有通靈之能，卻也看見兩個婦人的謾罵廝打裏常有黑影倏而閃現。那人面目模糊、似假還真，是故令兩位祖母煩躁莫名，常常夜半扎醒，狀似冤魂纏身。然這魂，就連黃老仙師也無從著手，唯有孽啊孽啊的嘆。如此長年累月，終於歇斯底里欲罷不能。

　　處在女人之間，我祖上睜一眼閉一眼做一日和尚敲一日鐘。他好翻黃曆，危日例不做法事，便攜孫兒一名老狗一條，到村後山頭獵捕野豬。路上免不了又提舊事，重述他與溫義如何獵殺一頭猛虎。四七年間第三隊受困林中又臨斷糧，英軍守在林外，猶如圍捕一頭掉入陷阱的獸。祖上說他耳尖，彷彿聽到英軍和馬來士兵的笑聲五音不純，蕩於林梢。

　　只溫義一個不動聲色，問我想不想去打山豬。

　　雖我祖上極力掩飾，但故事在重述之間難免出現無法契合的紕漏。從中我知悉年輕的祖上所以入伍，背後必有一籮筐不堪啟齒的荒唐事。按大祖母說，我祖上畢生絆在「浮」字上頭；小祖母則嘆他貪酒嗜賭，又饞一個「色」字。前者後者無不認定我祖上是在外頭招惹大禍，終至逼入深山。一如若干年後投靠洪興三寶仔，連我也懷疑祖上不過是臨危抱佛，求一道出入平安護身符。

　　且讓我勉力把經驗與印象湊合起來，去述說這段落。時值正午，陽光在林中千樹萬木撐開的傘穹上喧譁騰攘。那天該我祖上輪值去搜糧，可他這樣人物只想走到受潮的雨林裏找一些野葷交差了事。正當他刷洗鍋子後準備出發，隊長溫義卻拿一把萊福鎗挺立他跟前。

　　「你，跟我去打山豬。」我猜他實際上用手指挑一挑，這麼說。

　　我祖上生得瘦小白皙，像一條三天缺葷的土狗巴巴跟在隊長後頭。他也扛一支萊福，那鎗沉沉地叫他踩碎一路黃葉枯枝。嘎勒作響的聲音讓我祖上聽著難受。記得前些天陳林被野豬撞斷兩支肋骨，隊友們抬他回來時已喘息

乏力，只痛得抽搐、磨牙齒、傷處血漿紅得喧攘，嘎勒嘎勒響他一夜。

又聽說有人搜糧時錯把隊友當野豬，連開兩鎗驚散一林走獸飛禽。我祖上呐呐問隊長這傳聞是否屬實。溫義轉過頭來，從兩耳開始橫向擴充笑意。放心，你知道他們背後叫我山魈，這林裏我是主人。溫義說著揪我祖上領子，扳他臉向著泥濘上沓亂的足印。看看這裏，一窩野豬。

溫義拉我祖上藏身灌木叢裏，隔一簇魔爪猙獰的羊齒植物。隊長右手抓他後頸，耳語粗礪磨過他的聽覺。我教你，想不要先被野豬發現，就得化身這些草木。我祖上但覺脖子的手稍為一緊，看看，溫義黧黑的臉只剩一彎牙白陰森駭人。

我，要怎麼做？

還不簡單。要騙野豬，先騙過這些草木。

從來我祖上就覺得溫義似人像獸，彷彿血肉身軀暗藏兩個靈魂。偶爾他在燈下讀馬克思，黧青色臉上燈火黃黃燎過，眼神既虔敬又脆弱。可作戰時他總枯鱷似的潛藏在密林暗處，只露一雙眼綠光磷磷，似乎打一個飽嗝也透血腥，或腐物的氣息。我祖上在隊中有名賴皮老么，可對這人他打從心裏嘆服，如敬畏神魔；如敬畏這深不可測的叢林，或一場延綿十數日的緊電密雷暴雨狂風。

我祖上回想當晚他和溫隊長扛一頭百斤野豬回到營裏，如何在轆轆飢海中引起騷動。兄弟們的采聲雷轟一樣，多少年磨的精鋼紀律險險崩潰，群情一度陷於瘋狂。我祖上被大伙兒抬起來，拋上半空。夜空星月飛散，令人目眩，我祖上兩腳著陸時眼前一片斗轉星移，幾乎便要撲地嘔吐。斜眼看見溫義笑著解開隨身皮袋，揪出一顆血色淋漓的頭顱。兄弟們，這裏還有一隻英國豬。

有一陣子我祖上說到這裏總嚼傷舌頭，似乎他自己也難以置信。那是英軍裏有名的「太哥」上校，之前好幾場硬戰都由他當前鋒。我祖上描述這人時眼皮猛跳，語音還微微顫抖。那人金毛綠眼滿腮虯髯，舉一把長鎗例無虛發。這人猶如英政府養的獵犬，生來專事剿共，捉了戰俘就拖到林外鎗斃。之後屍體掛在樹上陰乾，腥血腐肉孕著一窩蒼蠅的叫囂，蛆一樣在共軍的睡眠裏蠕動。

兄弟們暗地喊那人太歲，偏溫義要在他頭上動土。那些年來結結實實交

過幾次手，只日治時期緩過一緩，光復後又廝殺起來，卻只堆積了一本黃曆般循環不盡的怨仇。倒沒想到那日陰差陽錯，一頭野豬滾葫蘆似的朝那簇張牙舞爪的羊齒綠葉橫衝過來，我祖上吶吶地趕緊上膛，溫義的鎗卻已連炸兩響，轟得那龐然之物彈到兩碼以外。野豬死不瞑目，咬著獠牙吐不出一聲哀嚎。我祖上撥開長葉縱身撲過去，差兩步時瞥見前方十碼外的矮青芭一陣動搖，才霍地記起隊長先前交代過的：野豬習慣結伴而行互相照應。祖上眼看舉鎗不及，不等一頭豬尋仇衝來，一聲慘叫便已脫口而出。

我祖上說時七情上臉，到這裏照例打住，嚥一口唾液。先誇溫義了得，不論手鎗鐮刀吹筒，每樣都使得出神入化。那子彈堪堪在耳邊擦過。我祖上說著翻他右耳背示人，果然染一斑薰黑。當時年輕的祖上呆立在一頭死豬之前，眼看前面的灌木叢掉下一支長鎗，一個穿英軍制服的紅毛兵斜斜倒下。

孩子你料不到，人稱金毛太歲太哥上校的傢伙，如此死在殺豬的鎗下。

印象裏祖上每次狩獵均無所獲，只舉著獵鎗一味喋喋不休。又說當年拍過照片留念，和溫義勾肩搭背，笑得可真燦爛。可惜半生遷徙，顛沛流離間，早不知失落何處。

傍晚回到廟裏，祖上直喚大小老婆替他搥背鬆骨，解兩臂痠痛。大小祖母一邊搥一邊罵，對我祖上極盡數落之能。我捧著盛飯菜的碗公坐在門檻上，抬頭看見祖上背後有巨大的黑影鵠立土牆，那姿態宛如壇上的黃老仙師，慈悲又無為地，睥睨眾生。

戊寅年五月廿五日　丁酉火婁平
　　　　　　　宜沐浴掃舍　塗整手足甲
　　　　　　　忌嫁娶理髮　作灶出行
是日格言——隔窗不窺視，隔室不竊聽，不呼喚。
　　　　　自立自重，不可跟人腳跡，學人言語。

話說洪興三寶仔倒在檳城街頭那天，我祖上日間就得了神明啟示。黃老仙師蒞臨他午憩的夢裏，用那拂塵在他肩膊連拍六下。自幼無心向學的祖上不知哪來靈光一閃，醒來就喃喃唸著一句「本來無一物，何處惹塵埃」。這十字嚼破以後，流了滿腔酸苦。我祖上說他鎮日心傷，左眼皮又跳得屬害，

想想不對頭，便裝病推了師父三寶仔的約。果然傍晚三寶仔偕兄弟四人到杜蕾絲電髮院刮臉修甲，被仇家的剃刀劃上脖子。聽說一刀一個乾淨俐落，末了還剃掉堂主三寶仔兩眉。

我祖上後來在靈堂瞻仰師父的遺容，見他仿那關聖帝君畫了粗粗兩筆，色澤蠟亮。我祖上怎地想起溫義，突覺五蘊皆空、頓悟人生無常。眼前只見黃老仙師的拂塵如水袖揚過，從此但覺了無生趣。祖上漏夜挾了妻小趕回銀州錫城，按黃老仙師訓示，挑個不大不小的華人新村落腳開壇，今生雖無望騰達高陞，可仗仙師之名總不愁荒了五臟廟。

沒了私會黨撐腰，我祖上一家只得活在黃老仙師膝上。祖上日子過得飄忽，因常將身子借予仙師，久之變得精神分裂雙重人格，常常控制不住兩個靈魂自行對話，從彼此檢視到相互埋怨，我祖上與仙師冤家也似的關係剪不亂理還亂。每日醒著時祖上總不得安寧，晚飯後必要到聚成酒舖喫椰花酒，灌至爛醉就混著三幾印度膠工蜷在騎樓，在異族的狐臭汗酸中躲避往事的糾逐。

唉孩子你不知道，不醉嗎他就入夢來索魂。

很多年後我祖上體內的酒精才作祟，心肌梗塞症和胃腫瘤爆發，把他折磨得瀕臨顛瘋。此時黃老仙師終棄他而去，任他躺在壇前詛咒命運，累了就凝視自己攣縮成爪的指掌。夜裏我瞞著大小祖母餵祖上飲酒，看他貪婪地和著汗水喝下劣質的廉價酒，如飲觀音菩薩羊脂白玉瓶中的甘露。孩子你不懂。我祖上總作如是說：人生如朝露呵。

當年黃老仙師開壇不久，很快有求財的人笑逐顏開，一撮一撮前來還願。我祖上從香油錢箱裏掏一把鈔票，跳上腳踏車直奔十里遠眺的東蓮淨寺。據說他涕淚稀糊，從緘封的桃木小盒裏掏出一根枯萎乾癟、顫巍巍的手指。從此好兄弟溫公義有了安身立命之地，不必夜夜向我祖上托夢，驚他四十年冷汗狂飆、氣喘如牛。

祖上有一回與我齊到吉寧理髮舖剃頭，在店裏的躺椅上又被那夢侵蝕。醒來他臉色青蒼，語音抖抖，彷彿衰老就是那麼一下子的事。他告之夢境但見林深如墨，舊魂新魄影影綽綽；昔日敵友錯身，盡流連其中。唉就那溫隊長始終不見。可祖上感知他的存在，如同在獨木舟上感知河中飢荒的巨鱷。這種無定向感知讓祖上自覺被窺伺，夢中他成了獵物，而隊長溫義不曉得化

身那一簇草木，只待時機撲殺過來。

　　沒想得八十歲那年時辰方到。我祖上原在醫院的病榻上等待溫義，可丁丑年十二月某日他翻過黃曆，兀地迴光返照神智清明，凌晨時分自個拾包袱趿拖鞋逃離醫院。回到廟裏只見壇上祭果零落香火寂寂。其時大祖母已早一年駕鶴歸西，剩小祖母拎個臉盆出來，與祖上照面時嚇得盆子掉下，滾在地上匡啷匡啷驚醒全家。

　　就那天晌午我祖上最後一次祭溫義。半年病疾噬他筋骨，我祖上瘦得只餘三分二。見我時他摳了眼垢目光茫茫，似乎不知人間何世。難得出發之前他低聲下氣，央小祖母替他揩身，還指定要廟後荒廢多時的老井水。我遵旨打水，見那水色黝黑鋥亮，映著流金的晨光。明知是髒了卻不忍拂逆，進房裏陪在一側，低頭侍候小祖母洗布絞水。

　　洗過老井水，祖上老朽之身透股仙氣，一一把兒孫認出來。團圓後他嚷著要理髮修剪指甲，眾人以情誼深淺衡量，除小祖母外便數我該得此大倖，於是妻兒媳孫競相退開，獨留我擔當大任。照例我祖上又提從前，很久很久以前啊他替溫義剪過頭髮。

　　隊長的頭髮好長結了一把，鬢上總桀驁地落下一兩綹，在耳畔晃蕩。隊裏規矩嚴格，其實很不人性化，偏生溫義不修邊幅儀容不整，憑他身手精幹聲名顯赫也保得了他當隊長。我祖上記得溫義說髮裏有他對仇恨的記憶。日本仔來了英國人走、日本仔走了英國人來，知道結繩記事嗎這髮已暗中記錄。祖上回憶溫義說時目光炯炯，一邊捲著土菸，鬢上髮落耳垂。剛勁的側臉線鑲了流光，距離近成大特寫，才看見這人的苦笑中甚麼時候牙已薰黃，且透一股焦臭。

　　原來這一出生入死，眨眼五年有餘。

　　隨那剪刀起落，斷髮灰白參差，一一掉在襟上。我祖上仔細撿起，如當年撿起柴火不讓英軍有跡可尋。想當年所有林中討生的伎倆，都由溫義旁授。說過了這命啊不由隊長在太哥手上撿回來嗎。我祖上無以為報，終等那一日溫義討了個原住民。當天黎明我祖上被尿意喚醒，便抓緊褲襠趕去解手。回來時瞥見溪邊有人，道是誰呢原來隊長趁著月光尚未退盡，浸在銀光燦燦的溪中搓洗那一把長髮。

　　不明白隊中多少女同志暗地傾心，溫義最終卻挑了個塌鼻樑的婆娘，還

是個膚色不同的局外人。我祖上老早發現不妥，自從中央傳來要復員的風聲以後，隊長雖不動聲色，但菸抽狠了，連那顫抖的兩指也染了煙城棕褐的病色。雖眾人裏他也混著笑談，可我祖上察覺這份熱鬧其薄如紙，不過大家都小心翼翼不忍撕破。且看溫義揩他配鎗的次數，和抽菸一樣與日俱增。

話說回頭，溫義髮梢滴水，遠裏又坐在岸上抽菸。我祖上走前去陪他蹲在煙霧中，那靜謐，彷彿黎明垂死吐出個氣泡，將兩人包裹，與世隔絕。我祖上連溪水潺潺之聲也不復聽見，只聽得髮梢水珠墜落，穿越他們的呼吸。

爾後溫義命我祖上給他理髮。剃個光頭也罷。他甩一甩頭，水珠濺在我祖上的眼鏡片上。我祖上回帳裏找了把剪刀，抓那濕髮時怔忡一陣，而水光中見溫義閉上眼，仍舊吐煙。

好兄弟，剪吧。剪了我們就能重新做人。

不知怎麼狠得下心腸哪我祖上果真咔嚓咔嚓動了剪刀。看那髮絲一撮一撮落在水上，飄搖啊，蕩漾遠了。只剪了個平頭，溫義又用小刀蘸水刮鬍子，留下鬚根像青苔一樣冷冷地燒他半張臉。其時晨光大亮，祖上但見溫義徹底換了一個頭樣，且扔掉菸蒂，摸一摸濯濯的下巴，笑得樸素。我祖上也陪隊長乾乾地笑，但莫名所以心裏漾起一陣酸酸的痛。

那麼乾淨的一張臉，像個出家人。

我祖上回想這一幕，溫義拎著馬靴赤足過溪，涉水走到對岸。因為不再長髮颯然，後頸霉青一片，整個背影便像是別人的了。當時祖上想不透，又無法解說，只感到無奈又悽楚，像丟失人生中極重要的一部分。

三天後果然宣佈復員，第三獨立隊在傍晚的儀式過後，挖一個大坑把鎗械武器埋入地下。同志們仍然嚴守紀律，排隊一個一個走到坑前，就像喪葬儀式中撒一把泥土樣的，扔下武器。我祖上這次走在前頭，很想把他背了幾年的鐵藥箱也給扔進去。好了好了，以後不必再挨餓。一個隊友扯一扯我祖上的衣袖，面目忘了就只記得臉浮菜色，語言如木薯羹黏糊糊地缺乏彈性。

第三隊一百三十一人走過去以後，祖上聽誰喊起來。隊長呢。大家面面相覷，溫義不是一直押在隊尾嗎？倒是我祖上無動於衷，目睹隊形拆散；受命尋人的隊友如螞蟻躲雨似的失措、驚惶、四處騰竄。後來又誰上來報告說溫隊長和他新婚的妻子都不在營裏了。方圓三里都沒見他們的形跡。也許走遠了。也許正匿身林中某處。也許已經走出了這深沉的莽林。

也許。我祖上負責鏟土埋坑，不意瞥見兩條蜈蚣先後鑽入石隙。倏地記起溫義說過的，這徵兆一場風雨。

戊寅年六月十八日　戊子火虛定
　　　　　　宜祭祀嫁娶　出行移徙
　　　　　　忌開光問卜　受田開井
是日格言──美衣足食亂說閒話，終日昏昏，不如牛馬。
　　　當慎，正在快意時遇快意人說快意事。

祖上不枉讀過幾年私塾，一輩子說話暢快流利擅用典故，成語諺語俚語粗言穢語夾纏著互輔互成。有一句常對廟中自來狗說的是「寧為太平犬，莫做亂世人」。說時須得一手撫著狗額頭，語調偏沉一再重複，既像吟哦又如唸咒。

每年仙師誕廟裏人潮滾滾，拈香的善信總被青煙蒸得淚落披紛。連放生池裏年歲最大的老龜也靜止水中探頭仰望，眼瞼處淚流成溝，並對人們扔下的薙菜葉梗視若無睹。祖上說唯此得道老鰲該得仙緣，一縷龜魂望空而去，做黃老仙師一日坐騎。善信們無不譁然，俱言：幸哉此龜。不知誰發起的許願之想，且率先擲了個五角硬幣，此後逢仙師誕則放生池內錢如雨下，驚得龜兒們躲入各自的防空洞，喃喃祈禱求黃老仙師打救。

仙師誕後翌日，我必隨祖上下那池中撿拾錢幣，順便清除池中穢物。祖上說善信愚昧破壞風水，染得滿池銅臭，只有壞了龜兒的清修大事。我每撿一枚硬幣就放入祖上手挽的小藤籃裏，叮噹叮噹清脆的聲音宛似風鈴搖曳。祖上告之風鈴乃招魂之物，不祥。可壇前門楣吊了一盞，每次有人問卜它總識趣地響，如怨如訴；似有陰魂悠悠忽載，更添氣氛詭秘，又幾分真實。

再見溫義，就在部隊重新召集舊員的前個星期，又這角度，我祖上正在井底挖掘淤泥。原來復員後我祖上在錫礦場求得一工，可他不勝曝曬之苦，中暑大病一度。痊癒後只有悻悻地留在舊厝內打點，種菜養雞顧孩子。大小祖母每日一逕恥笑著，徒步到礦場洗硫瑯。那日祖上想到荒井內掏點沃土種兩排芥藍，時遠天烏雲湧動，井底也聽見簷下風鈴幽幽泣訴。我祖上哼著周璇名曲低頭幹活，忽然一襲暗影灌入井中，驚得我祖上鬆了鐵鏟，舉頭，但

見背光中來人魁梧，一對眼珠綠光凜凜。

這麼個無法預設的重逢，耳際風鈴聲隱約飄來，讓我祖上懷疑來者是人是鬼。他也不怕，只悲從中來，顫聲喊了一句隊長。

放生池中我祖上一邊刷洗池壁一邊回想當年。我渾不在意，在一旁幫忙點算籃中的錢幣，唯有那隻背負過黃老仙的、巨大又有靈性的老龜，在一側伸長脖子凝神聆聽。嘿不必再聽我也記得，那人正是溫義溫隊長，山裏迢迢而來，告訴我祖上中央與馬來人談不攏，隨時要回到山裏重新裝檢。

聽我說，要吃安樂茶飯，你就別再捲入政治的漩渦。不然你會死在山裏。

匆匆交代以後，溫義趕著要走。他委身伏在井口，把右手伸到井裏，奇怪的距離和角度，用力與我祖上緊緊握一握手。等我祖上攀繩爬出荒井，四周已然人跡杳杳。看看他沾滿泥污的手上猶且溫熱，井邊一叢甘蔗煞煞搖動；鐵皮屋頂上滴滴答答，便那雨落下。

晚上忍不住將這事告訴大老婆，她嫁入我家後一輩子都在夜裏為新添的兒孫趕織毛衣和襪子，雙掌加十指變成一台編織的機器。她聽後抬起頭，雖目無表情，可手指仍翻花繩似的變換著花樣。哦那人我見過，幾天黎明洗衣時都看他躲在外頭的楊桃樹下，暗影中只一雙眼陰鷙地透光。我還以為自己陽壽將盡，怎地活見鬼。

兩天後我祖上拖兒帶女，再攜老婆兩個，一家子佔用火車廂一格，吵吵鬧鬧北上英國人旗下的喬治市。火車上只見無盡長路隨鐵道向前方鋪展，如好長一條紅地氈。我祖上膝上坐著新生的孫兒，在靠窗的位子上看倒退的風景洪流般呼嘯而過，忽然感到日子如蒲公英一樣飄浮無根。這樣他既忐忑又哀傷，在假寐中完成漫長的逃亡路程，終於下車後再渡海來到聞名已久的檳榔之島。

爺爺仙逝那日夜裏，我把放生池中的老龜載到近打河放生。老龜碩大無匹，體重三十公斤有餘，先賴在河灘上抬頭與星空對望，惜別似地流了半夜眼淚，才慢慢潛入湍急的河流中。彷彿我看見老龜神話一樣終於成仙，回頭來深情看我一眼，對人間既無望又戀棧。跟隨我腳後的仙師廟太平犬則百無聊賴，始終窩在灘上夢回前生。

戊寅年十月初一　庚午土角危
　　　　　真滅沒日大凶　凡事少取
　　　　　忌造舟橋　蓋屋經絡
是日格言——欲人無聞，莫若勿言；欲人勿知，莫若勿為。
　　　　　富以苟，不如貧以譽；富以辱，不如死以榮。

　　自我祖上老病後離死不遠，小祖母不知入過多少廟堂哭過許多神佛，最後慘被鬼迷心竅，隨個紅毛牧師到海邊受洗。回來後她嚷著要把廟內神像一一摔破，可礙於眾兒孫的情面，終究應承等祖上登其極樂以後才動手。但黃老仙壇沒了我祖上便形同虛設，正如放生池少了百年老龜就等同廢井，此後初一十五前來進香的人潮不復見。

　　祖上抱恙中仍為舊事魂縈夢牽，每次昏睡中扎醒就交代死後要與溫隊長共埋。也不必多就舌頭一根，切下來煙薰後風乾，如山中打得離群野象，吃不完的肉片便如法炮製。切記須將之放入供有溫義手指的景德鎮青花瓷甕中，望能泯盡恩仇。

　　「且無舌可免我死後鉤舌根之苦。」祖上吶吶的說。

　　關於那手指，唯有等他老人家發燒攝氏四十度，昏懵中似是而非地發囈，方透了端倪。那年剛入洪興門下，便被黨裏人盯上。半夜裏一群人翻牆入來，鎗管戳他太陽穴，紅紅地印了兩圈。大小老婆瑟縮牆角，大的猛唸喃嘸阿彌陀佛救苦救難觀世音菩薩；小的齜牙咧齒咒人家祖宗十八代，終被結結實實摑了幾個耳光，掉一只門牙。唯我祖上開始時狀似視死如歸，卻在拿鎗的弟兄扣扳機時渾身索然，尿濕一褲子。

　　那年頭到處都喊拿漢奸，我祖上內心暗忖，憑他也配以漢奸這名號接受處決，這頂大帽子值得他風光大殮了。躊躇間弟兄們才說明來意。嘿解決你這賴皮就一根手指也嫌多了，犯不著勞師動眾。我們要拿的是山神、山神溫義。

　　說真的這話讓我祖上如遭雷殛，他抿著嘴唇斜眼瞅說話那人，下定決心以沉默來抗拒弟兄揶揄的目光和嘴角曖昧的笑。可又一管鎗指著他眉心。我祖上再一個寒顫，兩隻眼珠被那鎗管牽引，瞳孔集中在鼻樑兩邊。除那鎗管以外，便眼前所有影像都失焦了。

我，我不知道；我怎麼知道。

你當然知道。誰不曉得你是他養的狗，哼哼。一條沒牙沒爪的狗。

我祖上奮力要抬頭，但那鎗吃得更緊，像要嵌入他的前額。他閉上眼，牙齒磨得似有碎片飛濺。不知怎麼那當兒腦袋一片空白，只充氣一樣鼓鼓脹痛，好久才破聲說了「不」一個字。據說拿鎗的人在扣扳機的一刻，不經意地昂起下巴，高視角，一如英國將領站在照相機之前；如執刑的日本軍人揚起軍刀。我大小祖母都清楚聽到扣扳機的聲音，她們前所未有地一起拉開嗓後，厲聲尖叫。

兩年後我祖上隨三寶仔到二奶巷收賬，重遇當日拿鎗戳他的舊同志。沒想他也從山裏逃出來，還捲走黨裏一些錢，日日躲入銷金窩。這回三寶仔把柴刀架上他的脖子，惡言逼他還債。我祖上開頭橫眉冷眼裝作不相識，可最終還是忍不住扯師父袖子說了些好話。走的時候那人追上來，把一只桃木盒子塞在我祖上的手裏。

我祖上打開盒子，見是一根煙肉似的枯黑手指，雖他見慣世面飽經風浪，也不免慄然心悸。抬頭見那昔日同志賠笑的臉，猛哈腰，說是前年那一戰腥風血雨，好不驚心。兄弟們在暗林中摸黑行事，死傷十來人方得成事。事後他好不容易才分得這一截，山裏當作護身符，果然邪魔迴避、妖獸難侵。如今送你做個紀念，嘿嘿。

就當日下午，黃老仙師入我祖上夢來，以拂塵拍他六下。我祖上痛徹心肺，忍不住在夢中放聲痛苦。

戊寅年十月初八　丁丑水斗滿

　　　　　　　宜祭祀

　　　　　　　忌祈福設醮

是日格言——人有不及，可以情恕。非理相干，可以理遣。

祖上人生中最後一次出門，黎明一架老鐵馬絕塵而去，直至深夜未歸，家裏人才開始著急。大伙兒認定祖上注定要死在酒精裏，故提議到聚成酒舖找人。就小祖母伸手橫攔，大餅臉上水到渠成。她用手指挑了幾個平素與祖上親近的，著我們到東蓮淨寺走一趟。

走吧，你們去向溫隊長要人。沒人嗎屍也是要帶回來的。

打齋設醮那日，小祖母自恃宗教不同，避於房中。可她之前著意叮囑，這一場法事需連溫義一起超渡。我家三十餘口披麻戴孝，跟隨道師終夜圍那棺木兜圈子，夜半時小祖母半掀門簾，示意我等天明拿一張照片到鎮上合家歡照相店翻拍放大，好置於靈柩前像個舉殯的樣子。

那是一張微微泛著黃漬的黑白照，明信片尺碼，裏頭那青年軍人一手揪著個輪廓深深的頭顱，另一手挽著鐵箱，烈日下仍見面黃肌瘦、笑容疲憊。身後林蔭處有個失焦的模糊人影，依稀正叼著菸在揩長鎗，額前一兩絡長髮，仍然動影晃蕩。

* * *

自掌仙師廟後，我日日好整以暇、無所事事，終釀成流連放生池的怪癖。這年頭的龜兒老則老矣，可耽於寢食、好逸惡勞，除拉屎外無事可幹，更別指望得道升天。祖上留下的黃曆被我翻得破破爛爛，卻總是佛經禪理一樣參不透。反正適宜祭祀的日子就到安靈塔上替祖上推開面山的窗門，任山風灌入，再收拾被蝙蝠與老鼠啜飲過的舊酒殘杯。

祖上與溫義的神主牌並排在同一格廂子裏，青花瓷甕被我拭得發亮。可不搭調的是小祖母叫人裝在一旁的瓷片，白底黑漆雕寫了這麼一句：

「神要擦去他們一切的眼淚，不再有死亡，也不再有悲哀、哭號、疼痛，因為以前的事都過去了。」

（啟21：4）

原載《聯合報‧聯合副刊》，2000年9月26-29日；後收入黎紫書，《山瘟》（台北：麥田，2001）。

高行健

國際著名的全方位藝術家，集小說家、戲劇家、詩人、戲劇和電影導演、畫家和理論家於一身。1940年生於中國江西贛州，1997年取得法國籍，定居巴黎。2000年獲諾貝爾文學獎。他的小說和戲劇關注人類的生存困境，瑞典學院在諾貝爾獎授獎詞中以「普世的價值、刻骨銘心的洞察力和語言的豐富機智」加以表彰。

長篇小說《靈山》和《一個人的聖經》法譯本曾轟動法國文壇，法新社評為二十世紀末中國文學的里程碑，現已譯成37種文字，全世界廣為發行。劇作包括《山海經傳》、《八月雪》、《叩問死亡》和《高行健戲劇集》等18種，已在歐、亞、北美洲、南美洲和澳大利亞等地頻頻上演，也是進入當代世界劇壇的第一位華人劇作家。文學藝術思想論著《沒有主義》、《另一種美學》、《論創作》、《自由與文學》，見解犀利，獨立不移。

曾經榮獲法國藝術與文學騎士勳章、法國榮譽軍團騎士勳章、法國文藝復興金質獎章、義大利費羅尼亞文學獎、義大利米蘭藝術節特別致敬獎、美國終身成就學院金盤獎、美國紐約公共圖書館雄獅獎、盧森堡歐洲貢獻金獎；香港中文大學、法國馬賽—普羅旺斯大學、比利時布魯塞爾自由大學、臺灣大學、臺灣的中央大學和中山大學皆授予榮譽博士。

靈山（選段）

　　我騎著一輛租來的自行車，這盛夏中午，烈日下四十度以上的高溫，江陵老城剛翻修的柏油馬路都曬得稀軟。三國時代的這荊州古城的城門洞裡，穿過的風也是熱的。一個老太婆躺在竹靠椅上，面前擺了個茶水攤子。她毫無顧忌，敞開洗得稀薄軟塌塌的麻布短褂，露出兩隻空皮囊樣乾癟的乳房，閉目養神，由我喝了一瓶捏在手裡都發燙的汽水，看也不看我丟下的錢是否夠數。一隻狗拖著舌頭，趴在城門洞口喘息，流著口水。

　　城外，幾塊尚未收割的稻田裡橙黃的稻穀沉甸甸已經熟透，收割過的田裡新插上的晚稻也青綠油亮。路上和田裡空無一人，人此時都還在自家屋裡歇涼，車輛也幾乎見不到。

　　我騎車在公路中央，路面蒸騰著一股股像火燄一樣透明的氣浪。我汗流浹背，乾脆脫了溼透了的圓領衫，頂在頭上遮點太陽。騎快了，汗衫飄揚起來，身邊多少有點溼風。

　　旱地裡的棉花開著大朵大朵紅的黃的花，掛著一串串白花的全是芝麻。明晃晃的陽光下異常寂靜，奇怪的是知了和青蛙都不怎麼叫喚。

　　騎著騎著，短褲也溼透了，緊緊貼在腿上，脫了才好，騎起車來該多痛快。我不免想起早年間見過的脫得赤條條車水的農民，曬得烏黑的臂膀搭在水車的槓子上，倒也率性而自然。他們見婦人家從田邊路過，便唱起淫詞小調，並無多少惡意，女人聽了只是抿嘴笑笑，唱的人倒也解乏，可不就是這類民歌的來歷？這一帶正是田間號子「薅草鑼鼓」的故鄉，不過如今不用水車，改為電動抽水機排灌，再也見不到這類景象。

　　我知道楚國的故都地面上什麼遺跡也不可能看到，無非白跑一趟。不過來回只二十公里，離開江陵之前不去憑弔一番，會是一種遺憾。我把考古站留守的一對年輕夫婦的午睡攪醒了。他們大學畢業才一年多，來這裡當了看守，守護這片沉睡在地底下的廢墟，還不知等到哪一年才會發掘。也許是新婚的緣故，他們還不曾感到寂寞，非常熱情接待了我。這年輕的妻子給我一連倒了兩大碗泡了草藥解暑的發苦的涼茶。剛做丈夫的這小伙子又領我到一

片隆起的土崗子上，指點給我看那一片也已開始收割的稻田，土崗邊的高地上也種的棉花和芝麻。

「這紀南城內自秦滅楚之後，」這小伙子說，「就沒有人居住，戰國以後的文物這裡沒有發現，但戰國時代的墓葬城內倒發掘過，這城應該建在戰國中期。史料上記載，楚懷王之前，已遷都於郢。如果從楚懷王算起，作為楚國的都城，有四百多年了。當然史學界也有人持異議，認為郢不在此地。可我們是從考古的角度出發，這裡農民耕地時已陸續發現了戰國時代許多殘缺的陶器和青銅器。要是發掘的話，肯定非常可觀。」

他手指一個方向，又說：「秦國大將白起拔郢，引的河水淹沒了這座都城。這城原先三面是水門，朱河從南門到北門向東流去，東面，就是我們腳下這土墩子，有個海子湖，直通長江。長江當時在荊州城附近，現在已經南遷了將近兩公里。前面的紀山，有楚貴族的墓葬。西面八嶺山，是歷代楚王的墓群，都被盜過了。」

遠處，有幾道略微起伏的小丘陵，文獻上既稱之為山，不妨也可。

「這裡本是城門樓，」他又指著腳邊那一片稻田，「河水氾濫後，泥土堆積至少有十多米厚。」

倒也是，從地望來看，借用一下考古學的術語，除了遠近農田間斷斷續續的幾條土坎子，就數腳下這塊稍高出一些。

「東南部是宮殿，作坊區在北邊，西南區還發現過冶煉的遺址。南方地下水位高，遺址的保持不如北邊。」

經他這一番指點，我點頭稱是，算是大致認出了城廓。如果不是這正午刺目的烈日，幽魂都爬出來的話，那夜市必定熱鬧非凡。

從土坡上下來的時候，他說這就出了都城。城外當年的那海子湖如今成了個小水塘，倒還長滿荷葉，一朵朵粉紅的荷花出水怒放。三閭大夫屈原被逐出宮門大概就從這土坡下經過，肯定採了這塘裡的荷花作為佩帶。海子湖還未萎縮成這小水塘之前岸邊自然還長滿各種香草，他想必用來編成冠冕，在這水鄉澤國憤然高歌，才留下了那些千古絕唱。他要不驅出宮門，也許還成就不了這位大詩人。

他之後的李白唐玄宗要不趕出宮廷，沒準也成不了詩仙，更不會有酒後泛舟又下水撈月的傳說。他淹死的那地方據說在長江下游的采石磯，那地方

現今江水已遠遠退去，成了一片汙染嚴重的沙洲。連這荊州古城如今都在河床之下，不是十多米高的大堤防護早就成了龍宮。

這之後我又去了湖南，穿過屈原投江自盡的汨羅江，不過沒有去洞庭湖畔再追蹤他的足跡，原因是我訪問過的好幾位生態學家都告訴我，這八百里水域如今只剩下地圖上的三分之一，他們還冷酷預言，以目前泥沙淤積和圍墾的速度，再過二十年這國土上最大的淡水湖也將從地面上消失，且不管地圖上如何繪製。

我不知道我童年待過的零陵鄉下，我母親帶我躲日本飛機的那農家前的小河，是不是還淹得死小狗？我現今也還看得見那條皮毛濕漉漉扔在沙地上的死狗。我母親也是淹死的。她當時自告奮勇，響應號召去農場改造思想，值完夜班去河邊刷洗，黎明時分，竟淹死在河裡，死的時候不到四十歲。我看過她十七歲時的一本紀念冊，有她和她那一幫參加救亡運動熱血青年的詩文，寫得當然沒有屈原這麼偉大。

她的弟弟也是淹死的，不知是出於少年英雄，還是出於愛國熱忱，他投考空軍學校，錄取的當天興高采烈，邀了一夥男孩子去贛江裡游泳。他從伸進江中的木筏子上一個猛子扎進急流之中，他的那夥朋友當時正忙於瓜分他脫下的褲子口袋裡的零花錢，見出事了便四散逃走。他算是自己找死的，死的時候剛十五周歲，我外婆哭得死去活來。

她的大兒子，也就是我的大舅，沒這麼愛國，是個紈袴子弟。不過他不玩雞鬥狗，只好摩登，那時候凡外國來的均屬摩登，這詞如今則譯成現代化。他穿西裝打領帶，夠現代化的，只是那時代還不時興牛仔褲。玩照相機那年月可是貨真價實的摩登，他到處拍照，自己沖洗，又並不想當新聞記者，卻照蟋蟀。他拍的鬥蟋蟀的照片居然還保留至今，未曾燒掉。可他自己卻年紀輕輕死於傷寒，據我母親說是他病情本來已經好轉，貪吃了一碗雞蛋炒飯發病身亡。他白好摩登，卻不懂現代醫學。

我外婆是在我母親死後才死的，同她早逝的子女相比，還算命大，竟然活到她子女之後，死在孤老院裡。我恐怕並非楚人的苗裔，卻不顧暑熱，連楚王的故都都去憑弔一番，更沒有理由不去找尋拉住我的手，領我去朝天宮廟會買過陀螺的我外婆的下落。她的死是聽我姑媽說的。我這姑媽未盡天年，如今也死了。我的親人怎麼大都成了死人？我真不知道是我也老了，還

是這世界太老？

　　現今想起，我這外婆真好像是另一個世界的人。她生前就相信鬼神，特別怕下地獄，總指望生前積德，來世好得到好報。她年輕守寡，我外公留下了一筆家產，她身邊就總有一批裝神弄鬼的人，像蒼蠅一樣圍著她轉。他們串通好了，老唆使她破財還願，叫她夜裡到井邊去投下銀元。其實井底他們先放下了個鐵絲篩子，她投下的銀錢自然都撈進他們的腰包，酒後再傳了出來，作為笑料。最後弄得她把房產賣個精光，只帶了一包多少年前早已典押給人的田契，同女兒一起過。後來聽說農村土地改革，我母親想了起來，叫她快翻翻箱子，果真從箱子底把那一卷皺巴巴的黃表紙和糊窗戶的棉紙找了出來，嚇得趕緊塞進爐膛裡燒了。

　　我這外婆脾氣還極壞，平時和人講話都像在吵架，同我母親也不和，要回她老家去的時候說是等她外孫我長大了，中了狀元，用小汽車再接她來養老。可她哪裡知道，她這外孫不是做官的材料，連京城裡的辦公室都沒坐住，後來也弄到農村種田接受改造去了。這期間，她便死了，死在一個孤老院裡。那大混亂的年代，不知她死活，我弟弟假冒革命串聯的名義，可以不花錢白坐火車，專門去找過她一趟。問了好幾個養老院，說沒有這人。人便倒過來問他：是找敬老院還是孤老院？我兄弟又問：這敬老院和孤老院有什麼區別？人說得十分嚴正：敬老院裡都是出身成分沒有問題歷史清白的老人，身分歷史有問題或不清不楚的才弄到孤老院去。他便給孤老院又打了個電話。電話裡一個更為嚴屬的聲音問：你是她什麼人？打聽她做什麼？其時，他從學校裡出來還沒有個領工資吃飯的地方，怕把他的城市戶口也弄得吊銷了，趕緊把電話扣上。又過了幾年，學校裡進行軍訓，機關工廠實行軍管，不安分的人都安分下來了，剛接受過改造從鄉下才回城工作的我姑媽，這時來信說，她聽說我外婆前兩年已經死了。

　　我終於打聽到確有這麼個孤老院，在城郊十公里的一個叫桃花村的地方，冒著當頭暑日，我騎了一個多小時的自行車，在這麼個不見一棵桃樹的木材廠的隔壁，總算找到了掛著個養老院牌子的院落。院裡有幾幢簡易的二層樓房，可沒見到一個老人。也許是老人更怕熱，都縮在房裡歇涼。

　　我找到一間房門敞開的辦公室，一位穿個汗背心的幹部腿蹺到桌上，靠在藤條椅上，正在關心時事。我問這裡是不是當年的孤老院？他放下報紙，

說：

「又改回來了，現今沒有孤老院，全都叫養老院。」

我沒有問是不是還有敬老院，只請他查一查有沒有這樣一位已經去世了的老人。他倒好說話，沒問我要證件，從抽屜裡拿出個死亡登記簿，逐年翻查，然後在一頁上停住，又問了我一遍死者的姓名。

「性別女？」他問。

「不錯，」我肯定說。

他這才把簿子推過來，讓我自己辨認。分明是我外婆的姓名，年齡也大致相符。

「已經死了上十年了，」他感嘆道。

「可不是，」我答道，又問，「你是不是一直在這裡工作？」

他點頭稱是。我又問他是否記得死者的模樣？

「讓我想想看，」他仰頭枕在椅背上，「是一個矮小乾瘦的老太婆？」

我也點點頭。可我又想起家中的舊照片上是個挺豐滿的老太太。當然也是幾十年前照的，在她身邊的我那時候還在玩陀螺，之後她可能就不曾再照過相。幾十年後，人變成什麼樣都完全可能，恐怕只有骨架子不會變。我母親的個子就不高，她當然也高不了。

「她說話總吵吵？」

像她這年紀的老太婆說起話來不叫嚷的也少，不過關鍵是姓名沒錯。

「她有沒有說過她有兩個外孫？」我問。

「你就是她外孫？」

「是的。」

他點點頭，說：「她好像說過她還有外孫。」

「有沒有說過有一天會來接她的？」

「說過，說過。」

「不過，那時候我也下農村了。」

「文化大革命嘛，」他替我解釋。「噢，她這屬於正常死亡，」他又補充道。

我沒有問那非正常死亡又是怎麼個死法，只是問她葬在那裡。

「都火化了。我們一律都火化的。別說是養老院裡的老人，連我們死了

也一樣火化。」

「城市人口這麼多，沒死人的地方，」我替他把話說完。又問：「她骨灰還在嗎？」

「都處理了。我們這裡都是沒有親屬的孤寡老人，骨灰都統一處理。」

「有沒有個統一的墓地？」

「唔——」他在考慮怎麼回答。

該譴責的自然是我這樣不孝的子孫，而不是他，我只能向他道謝。

從院裡出來，我蹬上自行車，心想即使有個統一的墓地，將來也不會有考古的價值。可我總算是看望了給我買過陀螺的我死去的外婆了。

本文原收入高行健，《靈山》（台北：聯經，2010，二版）。

賀淑芳

1970 年出生於馬來西亞吉打州。曾任工程師和報章副刊專題記者。2008 年政大中文所碩士畢業。曾獲時報文學獎評審獎、聯合報文學獎等等。曾於馬來西亞霹靂州金寶拉曼大學中文系執教,目前為新加坡南洋理工大學中文博士候選人。著有短篇小說集《湖面如鏡》、《迷宮毯子》。

別再提起

　　我的大舅父去世的時候，舅母堅持要為他做完法事。二十年以後，我再度見到那個為我舅父打齋的喃嘸佬[1]。他的樣貌衰老得多了，但打齋的方法還是老樣子。他的左腕上掛著一個小雲鑼，手指夾著一對赤板打拍子，右手掛鈴，手上還抓著小錘子偶爾敲一下雲鑼，偶爾執牛角，吹號招魂。（嗩吶號角響起，我們開始出殯了。）

　　喃嘸佬除下道袍歇息，走過來坐在我身旁休息。他並沒有認出我來，因為二十年前我還是一個孩子。不過他看見了我的舅母之後就馬上認出她來了。他們四目交投，並不交談，彼此像分開重逢後的情人一樣無話可說。我在一旁看得分明。你要相信我的話，我不得不把這個故事在二十年以後才告訴你，因為當年我還是一個小孩，你不會相信一個小孩講的故事。可是現在我長大了。無論如何，這是一個成年人處理他童年回憶的方法。在當時人人熱血沸騰，然而事過境遷以後，幾乎沒有人願意面對過去。回憶會斑駁、甚至會被羞恥感竄改，所以我會盡可能詳細的把當時的情況告訴你，你有權利質疑故事的真實性，至於我，我可以坦然的告訴你，我所說的保證是我所記得的。

　　二十年前，一群顧香火的棺材佬[2]、喃嘸佬和眾家屬面對面分坐在長桌兩邊，外婆巍巍然站立起來發言：「法律抱的是死人的卵葩，就是沒顧到活人的心。」當時，宗教局的代表，即兩個華裔端哈芝[3]坐在長桌的另一端沉默不語。林議員坐在長桌的另一端不停摸著額頭上的一顆痣，看起來既可憐又噁心。

　　當一個人去世，醫院收回死者的身分證。假如死者的名字後面跟隨著敏阿都拉，當局便知道那是第一代皈依回教的信徒。宗教局代表便會在當地警

1　為死者打齋超度的道士，廣東話。

2　喪事從業員的總稱，廣東話。

3　曾經到麥加朝聖歸來的回教徒，馬來話。

察和衛生官員的陪同下抵達葬禮現場，和死者的家屬談判。

談判進行時，我和妹妹正在一旁把糖果結上紅繩，旁邊的玻璃罐裡，已經堆滿了結紅繩的糖果。二舅父一拳打在桌面上，杯子一震，咖啡濺到桌上來，舅母的臉煞白。（三年以後，我跟舅父提起這件事，他說：怎麼可能？我記得那時騎機車摔下來受了傷，手痛得不得了，怎麼可能還拍桌子呼呼喝喝的？）

「他不是回教徒。」舅母的聲音顫抖得厲害。「他講過要換名字。我陪他去了註冊局三次。第一次去時是六年前。最後一次去是上個星期。註冊局要他去向回教局申請。」

「只要身分證上的名字沒換，就沒人相信他不是回教徒。即使已經下葬，他們也會把屍體挖出來。太太，妳想怎麼辦？」喃嘸佬這麼說。（二十年以後，他說，他怎麼可能插嘴說話？我們是第三者，永遠不會插手於喪家和宗教局之間。）

舅母執意要為舅父打齋，問喃嘸佬是否還可以繼續辦下去。喃嘸佬點點頭。後來他繼續在空棺材前面開壇打齋了兩天。（有嗎？他懷疑的問，屍體都被搶走了幹麼還要打齋這麼多天？至多一天罷了。）

外面停下一輛警察車，四個警察走進來。端哈芝站起身在額前合掌揚聲問候。記者舉起相機咔嚓咔嚓的拍照。警察走到棺材前面，林議員張開雙臂，要他等一等，他的嘴巴翕合得很快，不停地在說些什麼。舅母號啕大哭。（八年後，當年的林議員即現在的部長在回憶錄裡解釋，死者的意願應該被尊重，他當時努力勸導家屬應該接受事實。）

警察轉頭看著哈芝，哈芝把文件交給律師，律師點點頭。家屬都在搖頭。有什麼辦法呢。爸爸：誰叫華人這樣貪小便宜，要申請廉價屋呀、德士利申[4]呀，統統以為姓敏阿都拉就好辦事。有什麼冬瓜豆腐，用白布一包就去了。有些人改信了回教，到死都不敢告訴家人。男人每天在外頭，妻子怎知道他在幹什麼。

我的先生不是回教徒。舅母哭著說。（多年來我沒有再聽舅母提起過這件事。舅父留下來的東西一點一點的送走，後來她也搬走了。她不能再住原

4　准證，馬來話。

來的屋子，因為那間屋子屬於舅父的名字，舅父是回教徒，舅母就不能繼承他的遺產，包括那間屋子。她後來就搬到表哥的家裡住了。）

太太，我很抱歉令妳這麼傷心。這份宗教局發出的文件是有效的公文，證明死者已經皈依阿拉為唯一的真主。這公文有法律的效力。死者是回教徒一事無庸質疑。人證、物證都在。妳丈夫的第二妻子沒有來，因為我們認為要她出現在這裡不論對誰都是太大的打擊，但是你們不是回教徒，你們不能辦理一個回教徒的葬禮。屍體必須從棺材裡搬出來，交回給妳丈夫的第二妻子，只有回教徒才可以幫另一個回教徒殮葬。（舅母還曾住過我家一年。那一年她不曾提起過舅父的名字。）

棺材佬正忙著收拾金銀紙燭，一個記者拍了他的一張照片，惹得他火冒三丈。他怒叱記者不如拍他自己的卵蛋屁股洞更好。記者連忙向他揮手道歉。（我後來在報紙上找到這張照片，旁邊的描述是：傳統喪禮逐漸沒落 唯有老人獨守長夜 淒淒慘慘戚戚。）

棺材佬說他前一天晚上見鬼。凌晨兩點時他見到一個男子蹲在五號房門前一動也不動。棺材佬彷彿聽見他說他沒有門進去。他說他找不到自己的名字。他踏步向前，他看見自己的腳步穿過男子的影子。他似乎看見男子的影子在消失前做了一個讓他費解的動作。他做了一個抹屁股的動作。他吃了一驚，想收回腳步已經來不及。他彷彿踩了個空，卻發現自己正蹲在廁所的馬桶上大便，一條很大條的糞便擠出來。他穿上了褲子走回房間，看見同伴瞪大眼睛看著他。

棺材佬問同伴：「我剛才去了哪裡？」

「你不是去屙屎嗎？」

小說家：亡靈似乎有事情想告訴他，但是嘗試了幾次，絕望的發現他們之間似乎沒有對話的可能。假如能夠，每個亡靈都想敘述自己的一生。他們千方百計闖進生者的夢裡，想要被聆聽，像從前在生時一樣，可以展示自己的傷痛和迷亂。但是敘述的話語被生者的種種煩惱和欲望堵住了，終於不得其門而入。所以生者常常不知道事情的真相，迷惑積壓久了，就變成哀傷。（舅母每天在客廳的一角縫製被單或抹腳布，有時哎啞咿啞的逗弄我的外甥女，也就是她的孫女。她一歲的時候，舅母每天餵她吃稀粥，彷彿她用下巴吃東西似的，湯匙老是在她的下巴刮來刮去。她一歲半的時候，舅母又每天

跟在她背後走，兩隻手伸長垂下來彷彿人猿。）

　　棺材佬開棺的時候，喃嘸佬在一邊剛剛說聲要往生者好好安息，好好的去，自由自在，舅母和表哥表姊就大哭起來。我媽媽也哭得肝腸寸斷，至少我爸爸是這麼說的。棺材佬扛起大舅父的屍體，一陣淡淡的異味飄上來。（有點像外甥女叫嗯嗯時的味道。）喃嘸佬的手指扣著赤板，口中咿啞啊啞的唱著，彼到花開見到佛，無邊煩惱海，無量智慧花。去去來來去去來。（以上經文是二十年後的今天我自喃嘸佬的經文書裡抄出來的。）

　　兩個警察走過來，一個接過了屍體的頭，另一個托腳。冷不防舅母撲過來，把捧頭的那個警察一把推開。後者驚愕的望著她，她的眼淚鼻涕在臉上糊成一片。有人舉起相機對著她的臉拍照，其他記者也忙不迭的按快門。一時間停殮房裡鎂光燈閃爍不停。（十年後，一個記者帶著舊報紙想要專訪她，她看了照片一眼就說：你找其他人吧，我不認識這個人。我沒有空。我很忙。你這個人怎麼這樣蠻不講理？然後她大力的摔上門。）

　　警察過來扯她，她大聲嗚哇哇地叫。誰也聽不清楚她在叫些什麼，叫聲像許多又粗又短的錘子敲在門上。二舅衝過來撞開警察。另外兩個警察從他的脅下伸出手想架著他離開，二舅憤怒得呵呵嚎叫。外婆奔過來拉著大舅父的手臂。一個哈芝過來抓著大舅父的大腿，另一個警察抓著大舅父的另一隻腳。林議員被推擠在外，可是他卻在努力擠進去，他張開手臂，像一隻跳過雞寮的公雞尋找落腳的地點。我挖了鼻屎塗在他的褲腳上。他抱起我，眼睛閃著淚光讓記者拍照。

　　我假如還是個小孩的話，你一定不會相信我的話。可是我現在長大了，而且正在白紙黑字地寫下來，你最好相信：那具屍體即我的大舅父，他開始大便了。糞便從屍體的下體湧出。到底從褲管湧出來，還是從褲頭湧出來，這點我並不清楚。我只知道隨著警察、哈芝、外婆和舅母的拉扯，糞便先是一團一團、然後一截一截的掉在地上和棺材裡，糞便的味道瀰漫整個殮房。（驗屍醫生受訪時表示：死亡意味著從大腦到全身每個細胞都死亡。大腸或許會因為細胞菌的代謝過程所發出的氣體而爆破，但是僅有萬分之一的機會會因此而大便。）

　　相機直接表示了它的興趣，有人走得很靠近糞便，在大概不超過一尺的距離拍下那堆糞便。然後有另一個人在稍遠的地方拍那個人如何拍糞便。也

有的人站到更後面，拍一個人如何拍四個人爭奪屍體之下四濺的糞便。媽媽看得呆了，一時忘了哭泣。爸爸：你看，這些照片第二天將會出現在報章的頭版，一定比文字更吸引人。（在事件變成新聞的翌日，每個人探索各種解釋的可能，並找到了一些法醫學家、宗教師、社會學家和民俗學家來辯論。在一日之間，它膨脹成一連串驕傲與尊嚴、聖潔與污穢的爭辯。經過三天之後，報館接到一封晦澀的通知信，裡面充滿不明確的警告，暗示他們低調處理此事。因此，在一個星期之內，這則新聞萎縮成地方版的小新聞。在人們的腦袋還來不及接受這個突然陷入虛空的狀態前，報館找到了另一則事件，使前一則事件順利的淡出人們的記憶。）

前面的人開始後退。每個人開始往後移，是因為他們見到糞便開始從一截一截，變成像稀粥一樣的半液體物，這種半液體物飛濺的範圍無疑比一截一截的糞便更廣。糞便飛濺在哈芝的手上，也飛濺在喃嘸佬的道袍上、警察的制服上、林議員的皮鞋上、攝影機的鏡頭上、遺孀的衣襬上以及他娘親的腳上，是糞便的降臨使到他們驚醒。（報紙上完全沒有人被糞沾污的照片，刊登這種照片，最好徹底了解誹謗法令的內容。）

屍體最後終於大便完畢，並以一個響屁作為結束。當時宗教局告訴家屬，回教徒的糞便必須埋葬在回教徒的墳場裡。舅母憤恨的說，這堆糞便是由兩個信奉道教的女人煮出來的三餐所變成的。爸爸、媽媽、二舅舅和阿姨們都紛紛拍掌，最後宗教局的人同意這堆糞便該由家屬埋葬在原來的墳墓裡。（我們現在每年還到舅舅的墳墓拜拜和掃墓。小時候我問過媽媽：裡面是不是舅舅的大便？她就大力的拍我的頭，小孩子不要亂講話。不管怎樣，舅母的靈柩送到這裡來了，待會就要把她葬在舅舅的墳墓裡，我很快就知道空棺材裡面是不是有大便了。）

原載《中國時報‧人間副刊》，2002 年 11 月 16-17 日；後收入賀淑芳，《迷宮毯子》（台北：寶瓶文化，2012）。

廖偉棠

1975年出生於廣東，後遷徙香港，並曾在北京生活五年，現暫居香港大嶼山島，四出遊歷。全職作家，兼職攝影師、攝影雜誌《CAN》主編、文學雜誌《今天》詩歌編輯。曾獲香港青年文學獎，香港中文文學獎；台灣的時報文學獎，聯合報文學獎，聯合文學小說新人獎；馬來西亞花蹤世界華文小說獎及創世紀詩獎。曾出版詩集《永夜》、《隨著魚們下沉》、《花園的角落，或角落的花園》、《手風琴裡的浪遊》、《波希米亞行路謠》、《苦天使》、《少年游》、《黑雨將至》、《和幽靈一起的香港漫遊》、《八尺雪意》、《半簿鬼語》、《傘托邦：香港雨傘運動的日與夜》等，攝影及雜文集《我們從此撤離，只留下光》、《衣錦夜行》、《異托邦指南／閱讀卷：魅與袪魅》，攝影集《孤獨的中國》、《巴黎無題劇照》，小說集《十八條小巷的戰爭遊戲》等。

旺角夜與霧

那天深夜來到旺角
彌敦道上的黑塵比我還老，
我倆坐著坐著便想起舊情，
它對我耳語：多久了不曾見這寧靜。

它喜歡我們的雨遮彩色或透明，
它喜歡我們走路輕柔有時跳舞，
當我們相擁相觸彼此肩頭
它告訴我曾有火柴也這樣劃亮街道。

亞皆老街與我皆老，
不願再聽螃蟹卡農演奏，
曾經昂首的塵埃不願再低首，
自由了的陰影和雨點都無法回收。

夜重來總是躡足如霧，
另一個旺角如獨角獸舔爪，
多久了你尚能記起自己曾經竹林呼嘯，
多久了彌敦道曾挽起怒海傾倒。

2014 年 10 月 5 日（寫於香港雨傘運動占領旺角初期）；後收入廖偉棠，《傘托邦：香港雨傘運動的日與夜》（香港：水煮魚文化，2015）。

劉慈欣

生於1963年，中國當代深具影響力的科幻作家，擁有大批粉絲，書迷自稱為「磁鐵」。最新作品《三體Ⅲ：死神永生》首刷十萬冊，甫上市即搶購一空，緊急再刷，吸引力可見一斑。現為中國電力投資公司高級工程師，工作於娘子關火電站。自1980年代中期開始創作，1999年6月起在《科幻世界》雜誌上發表多篇科幻小說和科幻隨筆，並出版了多部長篇科幻小說，現為中國科普作家協會會員，山西省作家協會會員。其代表作有長篇小說《球狀閃電》、《三體》、《三體Ⅱ：黑暗森林》、《三體Ⅲ：死神永生》，中短篇小說《流浪地球》、《鄉村教師》、《朝聞道》等。

《三體》已翻譯為英文，並獲得2015年雨果獎（Hugo Award）最佳小說，為首位獲得該獎項的亞洲人。

《三體》已被改編為電影，長篇小說《超新星紀元》也被好萊塢買下改編權。

目前是中國最有影響力的本土科幻作家之一。

詩雲

　　伊依一行三人乘一艘遊艇在南太平洋上做吟詩航行，他們的目的地是南極，如果幾天後能順利地到達那裡，他們將鑽出地殼去看詩雲。

　　今天，天空和海水都很清澈，對於做詩來說，世界顯得太透明了。抬頭望去，平時難得一見的美洲大陸清晰地出現在天空中，在東半球構成的覆蓋世界的巨大穹頂上，大陸好像是牆皮脫落的區域⋯⋯

　　哦，現在人類生活在地球裡面，更準確地說，人類生活在氣球裡面，地球已變成了氣球。地球被掏空了，只剩下厚約100公里的一層薄殼，但大陸和海洋還原封不動地存在著，只不過都跑到裡面了──球殼的裡面。大氣層也還存在，也跑到球殼裡面了，所以地球變成了氣球，一個內壁貼著海洋和大陸的氣球。空心地球仍在自轉，但自轉的意義與以前已大不相同：它產生重力，構成薄薄地殼的那點質量產生的引力是微不足道的，地球重力現在主要由自轉的離心力來產生了。但這樣的重力在世界各個區域是不均勻的：赤道上最強，約為1.5個原地球重力，隨著緯度增高，重力也漸漸減小，兩極地區的重力為零。現在吟詩遊艇航行的緯度正好是原地球的標準重力，但很難令伊依找到已經消失的實心地球上舊世界的感覺。

　　空心地球的球心懸浮著一個小太陽，現在正以正午的陽光照耀著世界。這個太陽的光度在24小時內不停地變化，由最亮漸變至熄滅，給空心地球裡面帶來晝夜更替。在適當的夜裡，它還會發出月亮的冷光，但只是從一點發出的，看不到圓月。

　　遊艇上的三人中有兩個其實不是人，他們中的一個是一頭名叫大牙的恐龍，它高達10米的身軀一移動，遊艇就跟著搖晃傾斜，這令站在船頭的吟詩者很煩。吟詩者是一個乾瘦老頭兒，同樣雪白的長髮和鬍鬚混在一起飄動，他身著唐朝的寬大古裝，仙風道骨，彷彿是在海天之間揮灑寫就的一個狂草字。

　　這就是新世界的創造者，偉大的──李白。

禮物

　　事情是從10年前開始的，當時，吞食帝國剛剛完成了對太陽系長達兩個世紀的掠奪，來自遠古的恐龍駕駛著那個直徑50000公里的環形世界飛離太陽，航向天鵝座方向。吞食帝國還帶走了被恐龍掠去當作小家禽飼養的12億人類。但就在接近土星軌道時，環形世界突然開始減速，最後竟沿原軌道返回，重新駛向太陽系內層空間。

　　在吞食帝國開始它的返程後的一個大環星期，使者大牙乘它那艘如古老鍋爐般的飛船飛離大環，它的衣袋中裝著一個叫伊依的人類。

　　「你是一件禮物！」大牙對伊依說，眼睛看著舷窗外黑暗的太空，它那粗放的嗓音震得衣袋中的伊依渾身發麻。

　　「送給誰？」伊依在衣袋中仰頭大聲問，他能從袋口看到恐龍的下顎，像是一大塊懸崖頂上突出的岩石。

　　「送給神！神來到了太陽系，這就是帝國返回的原因。」

　　「是真的神嗎？」

　　「他們掌握了不可思議的技術，已經純能化，並且能在瞬間從銀河系的一端躍遷到另一端，這不就是神了！如果我們能得到那些超級技術的百分之一，吞食帝國的前景就很光明了。我們正在完成一個偉大的使命，你要學會討神喜歡！」

　　「為什麼選中了我？我的肉質是很次的。」伊依說，他三十多歲，與吞食帝國精心飼養的那些肌膚白嫩的人類相比，他的外貌很有些滄桑感。

　　「神不吃蟲蟲，只是收集，我聽飼養員說你很特別，你好像還有很多學生？」

　　「我是一名詩人，現在在飼養場的家禽人中教授人類的古典文學。」伊依很吃力地念出了「詩」、「文學」這類在吞食語中很生僻的詞。

　　「無用又無聊的學問，你那裡的飼養員默許你授課，是因為其中的一些內容在精神上有助於改善蟲蟲們的肉質……我觀察過，你自視清高目空一切，對於一個被飼養的小家禽來說，這應該是很有趣的。」

　　「詩人都是這樣！」伊依在衣袋中站直，雖然知道大牙看不見，還是驕傲地昂起頭。

「你的先輩參加過地球保衛戰嗎？」

伊依搖搖頭：「我在那個時代的先輩也是詩人。」

「一種最無用的蟲蟲，在當時的地球上也十分稀少了。」

「他生活在自己的內心世界裡，對外部世界的變化並不在意。」

「沒出息……呵，我們快到了。」

聽到大牙的話，伊依把頭從衣袋中伸出來，透過寬大的舷窗向外看，看到了飛船前方那兩個發出白光的物體，那是懸浮在太空中的一個正方形平面和一個球體，當飛船移動到與平面齊平時，它在星空的背景上短暫地消失了一下，這說明它幾乎沒有厚度；那個完美的球體懸浮在平面正上方，兩者都發出柔和的白光，表面均勻得看不出任何特徵。這兩個東西彷彿是從計算機圖庫中取出的兩個元素，是這紛亂的宇宙中兩個簡明而抽象的概念。

「神呢？」伊依問。

「就是這兩個幾何體啊，神喜歡簡潔。」

距離拉近，伊依發現平面有足球場大小，飛船在向平面上降落，它的發動機噴出的火流首先接觸到平面，彷彿只是接觸到一個幻影，沒有在上面留下任何痕跡，但伊依感到了重力和飛船接觸平面時的震動，說明它不是幻影。大牙顯然以前已經來過這裡，沒有猶豫就拉開艙門走了出去，伊依看到它同時打開了氣密過渡艙的兩道艙門，心一下抽緊了，但他並沒有聽到艙內空氣湧出時的呼嘯聲，當大牙走出艙門後，衣袋中的伊依嗅到了清新的空氣，伸到外面的臉上感到了習習的涼風……這是人和恐龍都無法理解的超級技術，它的溫柔和漫不經心的展示震撼了伊依，與人類第一次見到吞食者時相比，這震撼更加深入靈魂。他抬頭望望，以燦爛的銀河為背景，球體懸浮在他們上方。

「使者，這次你又給我帶來了什麼小禮物？」神問，他說的是吞食語，聲音不高，彷彿從無限遠處的太空深淵中傳來，讓伊依第一次感覺到這種粗陋的恐龍語言聽起來很悅耳。

大牙把一隻爪子伸進衣袋，抓出伊依放到平面上，伊依的腳底感到了平面的彈性。

大牙說：「尊敬的神，得知您喜歡收集各個星系的小生物，我帶來了這個很有趣的小東西——地球人類。」

「我只喜歡完美的小生物，你把這麼骯髒的蟲子拿來幹什麼？」神說，球體和平面發出的白光微微地閃動了兩下，可能是表示厭惡。

「您知道這種蟲蟲?!」大牙驚奇地抬起頭。

「只是聽這個旋臂的一些航行者提到過，不是太了解。在這種蟲子不算長的進化史中，這些航行者曾頻繁地光顧地球，這種生物的思想之猥瑣、行為之低劣、其歷史之混亂和骯髒，都很讓他們噁心，以至於直到地球世界毀滅之前，也沒有一個航行者屑於同它們建立聯繫……快把它扔掉。」

大牙抓起伊依，轉動著碩大的腦袋看看可以往哪兒扔。

「垃圾焚化口在你後面。」神說。

大牙一轉身，看到身後的平面上突然出現了一個小圓口，裡面閃著藍幽幽的光……

「你不要這樣說！人類建立了偉大的文明!!」伊依用吞食語聲嘶力竭地大喊。

球體和平面的白光又顫動了兩次。神冷笑了兩聲：「文明？使者，告訴這個蟲子什麼是文明。」

大牙把伊依舉到眼前，伊依甚至聽到了恐龍的兩個大眼球轉動時骨碌碌的聲音：「蟲蟲，在這個宇宙中，對一個種族文明程度的統一度量是這個種族所進入的空間的維度，只有進入六維以上空間的種族才具備加入文明大家庭的起碼條件，我們尊敬的神的一族已能夠進入十一維空間。吞食帝國已能在實驗室中小規模地進入四維空間，只能算是銀河系中一個未開化的原始群落。而你們，在神的眼裡也就是雜草和青苔一類的。」

「快扔了，髒死了。」神不耐煩地催促道。

大牙說完，舉著伊依向垃圾焚化口走去，伊依拚命掙扎，從衣服中掉出了許多白色的紙片。當那些紙片飄蕩著落下時，從球體中射出一條極細的光線，當那束光線射到其中一張紙上時，它便在半空中懸住了，光線飛快地在上面掃描了一遍。

「唔，等等，這是什麼東西？」

大牙把伊依懸在焚化口上方，扭頭看著球體。

「那是……是我的學生的作業！」伊依在恐龍的巨掌中吃力地掙扎著說。

「這種方形的符號很有趣，它們組成的小矩陣也很好玩兒。」神說，從

球體中射出的光束又飛快地掃描了已落在平面上的另外幾張紙。

「那是漢……漢字，這些是用漢字寫的古詩！」

「詩？」神驚奇地問，收回了光束，「使者，你應該懂一些這種蟲子的文字吧？」

「當然，尊敬的神，在吞食帝國吃掉地球前，我在它們的世界生活了很長時間。」大牙把伊依放到焚化口旁邊的平面上，彎腰拾起一張紙，舉到眼前吃力地辨識著上面的小字：「它的大意是……」

「算了吧，你會曲解它的！」伊依揮手制止大牙說下去。

「為什麼？」神很感興趣地問。

「因為這是一種只能用古漢語表達的藝術，即使翻譯成人類的其他語言，也會失去了大部分內涵和魅力，而變成另一種東西了。」

「使者，你的計算機中有這種語言的數據庫嗎？還有有關地球歷史的一切知識，好的，給我傳過來吧，就用我們上次見面時建立的那個信息渠道。」

大牙急忙返回飛船上，在艙內的電腦上鼓搗了一陣兒，嘴裡嘟囔著：「古漢語部分沒有，還要從帝國的網路上傳過來，可能有些遲滯。」伊依從敞開的艙門中看到，恐龍的大眼球中映射著電腦屏幕上變幻的彩光。當大牙從飛船上走出來時，神已經能用標準的漢語讀出一張紙上的中國古詩了：

「白日依山盡，黃河入海流，欲窮千里目，更上一層樓。」

「您學得真快！」伊依驚嘆道。

神沒有理他，只是沉默著。

大牙解釋說：「它的意思是：恆星已在行星的山後面落下，一條叫黃河的河流向著大海的方向流去，哦，這河和海都是由那種由一個氧原子和兩個氫原子構成的化合物組成。要想看得更遠，就應該在建築物上登得更高些。」

神仍然沉默著。

「尊敬的神，你不久前曾蒞臨吞食帝國，那裡的景色與寫這首詩的蟲蟲的世界十分相似，有山有河也有海，所以……」

「所以我明白詩的意思。」神說，球體突然移動到大牙頭頂上，伊依感覺它就像一隻盯著大牙看的沒有眸子的大眼睛，「但，你，沒有感覺到些什

麼？」

大牙茫然地搖搖頭。

「我是說，隱含在這個簡潔的方塊符號矩陣的表面含義後面的一些東西？」

大牙顯得更茫然了，於是神又吟誦了一首古詩：

「前不見古人，後不見來者。念天地之悠悠，獨愴然而涕下！」

大牙趕緊殷勤地解釋道：「這首詩的意思是：向前看，看不到在遙遠的過去曾經在這顆行星上生活過的蟲蟲。向後看，看不到未來將要在這行星上生活的蟲蟲；於是感到時空太廣大了，於是哭了。」

神沉默。

「呵，哭是地球蟲蟲表達悲哀的一種方式，這時它們的視覺器官……」

「你仍沒感覺到什麼？」神打斷了大牙的話問，球體又向下降了一些，幾乎貼到大牙的鼻子上。

大牙這次堅定地搖搖頭：「尊敬的神，我想裡面沒有什麼的，一首很簡單的小詩。」

接下來，神又連續吟誦了幾首古詩，都很簡短，且屬於題材空靈超脫的一類，有李白的〈下江陵〉、〈靜夜思〉和〈黃鶴樓送孟浩然之廣陵〉，柳宗元的〈江雪〉，崔顥的〈黃鶴樓〉，孟浩然的〈春曉〉等。

大牙說：「在吞食帝國，有許多長達百萬行的史詩，尊敬的神，我願意把它們全部獻給您！相比之下，人類蟲蟲的詩是這麼短小簡單，就像他們的技術……」

球體忽地從大牙頭頂飄開去，在半空中沿著隨意的曲線飄行著：「使者，我知道你們最大的願望就是希望我回答一個問題：吞食帝國已經存在了8000萬年，為什麼其技術仍徘徊在原子時代？我現在有答案了。」

大牙熱切地望著球體說：「尊敬的神，這個答案對我們很重要!! 求您……」

「尊敬的神，」伊依舉起一隻手大聲說，「我也有一個問題，不知能不能問?!」

大牙惱怒地瞪著伊依，像要把他一口吃了似的，但神說：「我仍然討厭地球蟲子，但那些小矩陣為你贏得了這個權利。」

「藝術在宇宙中普遍存在嗎？」

球體在空中微微顫動，似乎在點頭：「是的，我就是一名宇宙藝術的收集和研究者，我穿行於星雲間，接觸過眾多文明的各種藝術，它們大多是龐雜而晦澀的體系。用如此少的符號，在如此小巧的矩陣中蘊涵著如此豐富的感覺層次和含義分支，而且這種表達還要在嚴酷得有些變態的詩律和音韻的約束下進行，這，我確實是第一次見到……使者，現在可以把這蟲子扔了。」

大牙再次把伊依抓在爪子裡：「對，該扔了它。尊敬的神，吞食帝國中心網絡中存貯的人類文化資料是相當豐富的，現在您的記憶中已經擁有了所有資料，而這個蟲蟲，大概就記得那麼幾首小詩。」說著，它拿著伊依向焚化口走去。「把這些紙片也扔了。」神說，大牙又趕緊返身去用另一隻爪子收拾紙片，這時伊依在大爪中高喊：「神啊，把這些寫著人類古詩的紙片留做紀念吧！您收集到了一種不可超越的藝術，向宇宙中傳播它吧！」

「等等。」神再次制止了大牙，伊依已經懸到了焚化口上方，他感到了下面藍色火焰的熱力。球體飄過來，在距伊依的額頭幾釐米處懸定，他同剛才的大牙一樣受到了那隻沒有眸子的巨眼的逼視。

「不可超越？」

「哈哈哈……」大牙舉著伊依大笑起來，「這個可憐的蟲蟲居然在偉大的神面前說這樣的話，滑稽！人類還剩下什麼？你們失去了地球上的一切，即便能帶走的科學知識也忘得差不多了，有一次在晚餐桌上，我在吃一個人之前問它：地球保衛戰爭中的人類使用的原子彈是用什麼做的？他說是原子做的！」

「哈哈哈哈……」神也讓大牙逗得大笑起來，球體顫動得成了橢圓，「不可能有比這更正確的回答了，哈哈哈……」

「尊敬的神，這些髒蟲蟲就剩下那幾首小詩了！哈哈哈……」

「但它們是不可超越的！」伊依在大爪中挺起胸膛莊嚴地說。

球體停止了顫動，用近似耳語的聲音說：「技術能超越一切。」

「這與技術無關，這是人類心靈世界的精華，不可超越！」

「那是因為你不知道技術最終能具有什麼樣的力量，小蟲子，小小的蟲子，你不知道。」神的語氣變得父親般的溫柔，但潛藏在深處陰冷的殺氣讓

伊依不寒而慄。

神說：「看著太陽。」

伊依按神的話做了，這是位於地球和火星軌道之間的太空，太陽的光芒使他瞇起了雙眼。

「你最喜歡的顏色是什麼？」神問。

「綠色。」

話音剛落，太陽變成了綠色，那綠色妖豔無比，太陽彷彿是一隻突然浮現在太空深淵中的貓眼，在它的凝視下，整個宇宙都變得詭異無比。

大牙爪子一顫，把伊依掉在平面上。當理智稍稍恢復後，他們都意識到另一個比太陽變綠更加震撼的事實：從這裡到太陽，光需行走十幾分鐘，但這一切都發生在一瞬間！

半分鐘後，太陽恢復原狀，又發出耀眼的白光。

「看到了嗎？這就是技術，是這種力量使我們的種族從海底淤泥中的鼻涕蟲變為神。其實技術本身才是真正的神，我們都真誠地崇拜它。」

伊依眨著昏花的雙眼說：「但神並不能超越那樣的藝術，我們也有神，想像中的神，我們崇拜祂們，但並不認為祂們能寫出李白和杜甫那樣的詩。」

神冷笑了兩聲，對伊依說：「真是一隻無比固執的蟲子，這使你更讓人厭惡。不過，為了消遣，就讓我來超越一下你們的矩陣藝術。」

伊依也冷笑了兩聲：「不可能的，首先你不是人，不可能有人的心靈感受，人類藝術在你那裡只是石板上的花朵，技術並不能使你超越這個障礙。」

「技術超越這個障礙易如反掌，給我你的基因！」

伊依不知所措，「給神一根頭髮！」大牙提醒說，伊依伸手拔下一根頭髮，一股無形的吸力將頭髮吸向球體，後來那根頭髮又從球體中飄落到平面上，神只是提取了髮根帶著的一點皮屑。

球體中的白光湧動起來，漸漸變得透明了，裡面充滿了清澈的液體，浮起串串水泡。接著，伊依在液體中看到了一個蛋黃大小的球，它在射入液球的陽光中呈淡紅色，彷彿自己會發光。小球很快長大，伊依認出了那是一個曲蜷著的胎兒，他腫脹的雙眼緊閉著，大大的腦袋上交錯著紅色的血管。胎

兒繼續成長，小身體終於伸展開來，像青蛙似的在液球中游動著。液體漸漸變得渾濁了，透過液球的陽光只映出一個模糊的影子，看得出那個影子仍在飛速成長，最後變成了一個游動著的成人的身影。這時液球又恢復成原來那樣完全不透明的白色光球，一個赤裸的人從球中掉出來，落到平面上。伊依的克隆體搖搖晃晃地站了起來，陽光在他濕漉漉的身體上閃亮，他的頭髮和鬍子老長，但看得出來只有三四十歲的樣子，除了一樣的精瘦外，一點也不像伊依本人。克隆體僵僵地站著，呆滯的目光看著無限遠方，似乎對這個他剛剛進入的宇宙渾然不知。在他的上方，球體的白光在暗下來，最後完全熄滅了，球體本身也像蒸發似的消失了。但這時，伊依感覺什麼東西又亮了起來，他很快發現那是克隆體的眼睛，它們由呆滯突然變得充滿了智慧的靈光。後來伊依知道，神的記憶這時已全部轉移到克隆體中了。

「冷，這就是冷？！」一陣輕風吹來，克隆體雙手抱住濕乎乎的雙肩，渾身打顫，但聲音中充滿了驚喜，「這就是冷，這就是痛苦，精緻的、完美的痛苦，我在星際間苦苦尋覓的感覺，尖銳如洞穿時空的十維弦，晶瑩如類星體中心的純能鑽石，啊——」他伸開皮包骨頭的雙臂仰望銀河，「前不見古人，後不見來者，念宇宙之……」一陣冷顫使克隆體的牙齒咯咯作響，趕緊停止了出生演說，跑到焚化口邊烤火了。

克隆體把兩手放到焚化口的藍火焰上烤著，哆哆嗦嗦地對伊依說：「其實，我現在進行的是一項很普通的操作，當我研究和收集一種文明的藝術時，總是將自己的記憶借宿於該文明的一個個體中，這樣才能保證對該藝術的完全理解。」

這時，焚化口中的火焰亮度劇增，周圍的平面上也湧動著各色的光暈，使得伊依感覺整個平面像是一塊漂浮在火海上的毛玻璃。

大牙低聲對伊依說：「焚化口已轉換為製造口了，神正在進行能—質轉換。」看到伊依不太明白，他又解釋說：「傻瓜，就是用純能製造物品，上帝的活計！」

製造口突然噴出了一團白色的東西，那東西在空中展開並落了下來，原來是一件衣服，克隆體接住衣服穿了起來，伊依看到那竟是一件寬大的唐朝古裝，用雪白的絲綢做成，有寬大的黑色鑲邊，剛才還一副可憐相的克隆體穿上它後立刻顯得飄飄欲仙，伊依實在想像不出它是如何從藍火焰中被製造

出來的。

又有物品被製造出來，從製造口飛出一塊黑色的東西，像一塊石頭一樣「咚」地砸在平面上，伊依跑過去拾起來，不管他是否相信自己的眼睛，手中拿著的分明是一塊沉重的石硯，而且還是冰涼的。接著又有什麼「啪」地掉下來，伊依拾起那個黑色的條狀物，他沒猜錯，這是一塊墨！接著被製造出來的，是幾支毛筆，一個筆架，一張雪白的宣紙（從火裡飛出的紙！），還有幾件古色古香的案頭小飾品，最後製造出來的，也是最大的一件東西：一張樣式古老的書案！伊依和大牙忙著把書案扶正，把那些小東西在案頭擺放好。

「轉化成這些東西的能量，足以把一顆行星炸成碎末。」大牙對伊依耳語，聲音有些發顫。

克隆體走到書案旁，看著上面的擺設滿意地點點頭，一手理著剛剛乾了的鬍子，說：「我，李白。」

伊依審視著克隆體問：「你是說想成為李白呢，還是真把自己當成了李白？」

「我就是李白，超越李白的李白！」

伊依笑著搖搖頭。

「怎麼，到現在你還懷疑嗎？」

伊依點點頭說：「不錯，你們的技術遠遠超過了我的理解力，已與人類想像中的神力和魔法無異，即使是在詩歌藝術方面也有讓我驚嘆的東西：跨越如此巨大的文化和時空的鴻溝，你竟能感覺到中國古詩的內涵……但理解李白是一回事，超越他又是另一回事，我仍然認為你面對的是不可超越的藝術。」

克隆體——李白的臉上浮現出高深莫測的笑容，但轉瞬即逝，他手指書案，對伊依大喝一聲：「研墨！」然後逕自走去，在幾乎走到平面邊緣時站住，理著鬍鬚遙望星河沉思起來。

伊依從書案上的一個紫砂壺中朝硯上倒了一點清水，拿起那條墨研了起來，他是第一次幹這個，笨拙地斜著墨條磨邊角。看著硯中漸漸濃起來的墨汁，伊依想到自己正身處距太陽1.5個天文單位的茫茫太空中，這個無限薄的平面（即使在剛才由能製造物品時，從遠處看它仍沒有厚度）彷彿是一個

飄浮在宇宙深淵中的舞台，在它上面，一頭恐龍，一個被恐龍當作肉食家禽飼養的人類、一個穿著唐朝古裝的準備超越李白的技術之神，正在演出一場怪誕到極點的話劇。想到這裡，伊依搖頭苦笑起來。

當覺得墨研得差不多時，伊依站起來，同大牙一起等待著。這時平面上的輕風已經停止，太陽和星河靜靜地發著光，彷彿整個宇宙都在期待。李白靜立在平面邊緣，由於平面上的空氣層幾乎沒有散射，他在陽光中的明暗部分極其分明，除了理鬍鬚的手不時動一下外，簡直就是一尊石像。伊依和大牙等啊等，時間在默默地流逝，書案上蘸滿了墨的毛筆漸漸有些發乾了，不知不覺地，太陽的位置已移動了很多，把他們和書案、飛船的影子長長地投在平面上，書案上平鋪的白紙彷彿變成了平面的一部分。終於，李白轉過身來，慢步走回書案前，伊依趕緊把毛筆重新蘸了墨，用雙手遞了過去，但李白抬起一隻手回絕了，只是看著書案上的白紙繼續沉思著，他的目光中有了些新的東西。

伊依得意地看出，那是困惑和不安。

「我還要製造一些東西，那都是……易碎品，你們去小心接著。」李白指了指製造口說，那裡面本來已暗淡下去的藍焰又明亮起來。伊依和大牙剛跑過去，就有一股藍色的火舌把一個球形物推出來，大牙眼疾手快地接住了它，細看是一個大罈子。接著又從藍焰中飛出了三隻大碗，伊依接住了其中的兩隻，有一隻摔碎了。大牙把罈子抱到書案上，小心地打開封蓋，一股濃烈的酒味溢了出來，它與伊依驚奇地對視了一眼。

「在我從吞食帝國接收到的地球信息中，有關人類釀造業的資料不多，所以這東西造得不一定準確。」李白說，同時指著酒罈示意伊依嘗嘗。

伊依拿碗從中舀了一點兒抿了一口，一股火辣從嗓子眼流到肚子裡，他點點頭：「是酒，但是，與我們為改善肉質喝的那些酒相比太烈了。」

「滿上。」李白指著書案上的另一個空碗說，待大牙倒滿烈酒後，端起來咕咚咚一飲而盡，然後轉身再次向遠處走去，他不時走出幾個不太穩的舞步。到達平面邊緣後又站在那裡對著星海深思，但與上次不同的是，他的身體有節奏地左右擺動，像在和著某首聽不見的曲子。這次李白沉思的時間不長便走回到書案前，回來的一路上全是舞步了，他一把抓過伊依遞過來的筆扔到遠處。

「滿上。」李白的眼睛直勾勾地盯著空碗說。

……

　　一小時後，大牙用兩個大爪小心翼翼地把爛醉如泥的李白放到已清空的書案上，但他一翻身又骨碌下來，嘴裡嘀咕著恐龍和人都聽不懂的語言。他已經紅紅綠綠地吐了一大攤（真不知是什麼時候吃進的這些食物），寬大的古服上也吐得髒污一片，那一灘嘔吐物被平面發出的白光透過，形成了一幅很抽象的圖形。李白的嘴上黑乎乎的全是墨，這是因為在喝光第四碗後，他曾試圖在紙上寫什麼，但只是把蘸飽墨的毛筆重重地戳到桌面上，接著，李白就像初學書法的小孩子那樣，試圖用嘴把筆理順……

　　「尊敬的神？」大牙俯下身來小心翼翼地問。

　　「哇咦卡啊…卡啊咦唉哇。」李白大著舌頭說。

　　大牙站起身，搖搖頭嘆了一口氣，對伊依說：「我們走吧。」

另一條路

　　伊依所在的飼養場位於吞食者的赤道上，當吞食者處於太陽系內層空間時，這裡曾是一片夾在兩條大河之間的美麗草原。吞食者航出木星軌道後，嚴冬降臨了，草原消失，大河封凍，被飼養的人類都轉到地下城中。當吞食者受到神的召喚而返回後，隨著太陽的臨近，大地回春，兩條大河很快解凍了，草原也開始變綠。

　　當氣候好的時候，伊依總是獨自住在河邊自己搭的一間簡陋的草棚中，自己種地過日子。對於一般人來說這是不被允許的，但由於伊依在飼養場中講授的古典文學課程有陶冶性情的功能，他的學生的肉有一種很特別的風味，所以恐龍飼養員也就不干涉他了。

　　這是伊依與李白初次見面兩個月後的一個黃昏，太陽剛剛從吞食帝國平直的地平線上落下，兩條映著晚霞的大河在天邊交匯。在河邊的草棚外，微風把遠處草原上歡舞的歌聲隱隱送來，伊依獨自一人自己和自己下圍棋，抬頭看到李白和大牙沿著河岸向這裡走來。這時的李白已有了很大的變化，他頭髮蓬亂，鬍子老長，臉曬得很黑，左肩背著一個粗布包，右手提著一個大葫蘆，身上那件古裝已破爛不堪，腳上穿著一雙已磨得不像樣子的草鞋，伊

依覺得這時的他倒更像一個人了。

李白走到圍棋桌前，像前幾次來一樣，不看伊依一眼就把葫蘆重重地向桌上一放，說：「碗！」待伊依拿來兩個木碗後，李白打開葫蘆蓋，把兩個碗倒滿酒，然後又從布包中拿出一個紙包，打開來，伊依發現裡面竟放著切好的熟肉，並聞到撲鼻的香味，不由拿起一塊嚼了起來。

大牙只是站在兩三米遠處靜靜地看著他們，有了前幾次的經驗，它知道他們倆又要談詩了，這種談話它既無興趣也沒資格參與。

「好吃，」伊依贊許地點點頭，「這牛肉也是純能轉化的？」

「不，我早就回歸自然了。你可能沒聽說過，在距這裡很遙遠的一個牧場，飼養著來自地球的牛群。這牛肉是我親自做的，是用山西平遙牛肉的做法，關鍵是在燉的時候放——」李白湊到伊依耳邊神祕地說：「尿鹼。」

伊依迷惑不解地看著他。

「哦，就是人類的小便蒸發以後析出的那種白色的東西，能使燉好的肉外觀紅潤，肉質鮮嫩，肥而不膩，瘦而不柴。」

「這尿鹼……也是純能做出來的？」伊依恐懼地問。

「我說過自己已經回歸自然了！尿鹼是我費了好大勁兒從幾個人類飼養場收集來的，這是很正宗的民間烹飪技術，在地球毀滅前就早已失傳。」

伊依已經把嘴裡的牛肉嚥下去了，為了抑制嘔吐，他端起了酒碗。

李白指指葫蘆說：「在我的指導下，吞食帝國已經建起了幾個酒廠，已經能夠生產大部分地球名酒。這是它們釀製的正宗的竹葉青，是用汾酒浸泡竹葉而成。」

伊依這才發現碗裡的酒與前幾次李白帶來的不同，呈翠綠色，入口後有甜甜的藥草味。

「看來，你對人類文化已瞭如指掌了。」伊依感慨地對李白說。

「不僅如此，我還花了大量的時間親身體驗。你知道，吞食帝國很多地區的風景與李白所在的地球極為相似，這兩個月來，我浪跡於這山水之間，飽覽美景，月下飲酒，山巔吟詩，還在遍布各地的人類飼養場中有過幾次豔遇……」

「那麼，現在總能讓我看看你的詩作了吧。」

李白，「呼」地放下酒碗，站起身不安地踱起步來：「是作了一些詩，

而且是些肯定讓你吃驚的詩。你會看到，我已經是一個很出色的詩人了，甚至比你和你的祖爺爺都出色。但我不想讓你看，因為我同樣肯定你會認為那些詩沒有超越李白，而我……」他抬起頭遙望天邊落日的餘暉，目光中充滿了迷離和痛苦，「也這麼認為。」

遠處的草原上，舞會已經結束，快樂的人們開始了豐盛的晚餐。有一群少女向河邊跑來，在岸邊的淺水中嬉戲。她們頭戴花環，身上披著薄霧一樣的輕紗，在暮色中構成一幅醉人的畫面。伊依指著距草棚較近的一個少女問李白：「她美嗎？」

「當然。」李白不解地看著伊依說。

「想像一下，用一把利刃把她切開，取出她的每一個臟器，剜出她的眼球，挖出她的大腦，剔出每一根骨頭，把肌肉和脂肪按其不同部位和功能分割開來，再把所有的血管和神經分別理成兩束，最後在這裡鋪上一大塊白布，把這些東西按解剖學原理分門別類地放好，你還覺得美嗎？」

「你怎麼在喝酒的時候想到這些？噁心！」李白皺起眉頭說。

「怎麼會噁心呢？這不正是你所崇拜的技術嗎？」

「你到底想說什麼？」

「李白眼中的大自然就是你現在看到的河邊少女，而同樣的大自然在技術的眼睛中呢，就是那張白布上那些井然有序但血淋淋的部件，所以，技術是反詩意的。」

「你好像對我有什麼建議？」李白理著鬍子若有所思地說。

「我仍然不認為你有超越李白的可能，但可以為你的努力指出一個正確的方向：技術的迷霧蒙住了你的雙眼，使你看不到自然之美。所以，你首先要做的是把那些超級技術全部忘掉，你既然能夠把自己的全部記憶移植到你現在的大腦中，當然也可以刪除其中的一部分。」

李白抬頭和大牙對視了一下，兩者都哈哈大笑起來，大牙對李白說：「尊敬的神，我早就告訴過您，多麼狡詐的蟲蟲，您稍不小心就會跌入他們設下的陷阱。」

「哈哈哈哈，是狡詐，但也有趣。」李白對大牙說，然後轉向伊依，冷笑著說：「你真的認為我是來認輸的？」

「你沒能超越人類詩詞藝術的巔峰，這是事實。」

　　李白突然抬起一隻手指著大河，問：「到河邊去有幾種走法？」

　　伊依不解地看了李白幾秒鐘：「好像⋯⋯只有一種。」

　　「不，是兩種，我還可以向這個方向走，」李白指著與河相反的方向說，「這樣一直走，繞吞食帝國的大環一周，再從對岸過河，也能走到這個岸邊，我甚至還可以繞銀河系一周再回來，對於我們的技術來說，這也易如反掌。技術可以超越一切！我現在已經被逼得要走另一條路了！」

　　伊依努力想了好半天，終於困惑地搖搖頭：「就算是你有神一般的技術，我還是想不出超越李白的另一條路在哪兒。」

　　李白站起來說：「很簡單，超越李白的兩條路是：一、把超越他的那些詩寫出來，二、把所有的詩都寫出來！」

　　伊依顯得更糊塗了，但站在一旁的大牙似有所悟。

　　「我要寫出所有的五言和七言詩，這是李白所擅長的；另外我還要寫出常見詞牌的所有的詞！你怎麼還不明白?!我要在符合這些格律的詩詞中，試遍所有漢字的所有組合！」

　　「啊，偉大！偉大的工程!!」大牙忘形地歡呼起來。

　　「這很難嗎？」伊依傻傻地問。

　　「當然難，難極了！如果用吞食帝國最大的計算機來進行這樣的計算，可能到宇宙末日也完成不了！」

　　「沒那麼多吧。」伊依充滿疑問地說。

　　「當然有那麼多！」李白得意地點點頭，「但使用你們還遠未掌握的量子計算技術，就能在可以接受的時間內完成這樣的計算。到那時，我就寫出了所有詩詞，包括所有以前寫過的和所有以後可能寫的！要特別注意：所有以後可能寫的！超越李白的巔峰之作自然包括在內。事實上我終結了詩詞藝術，直到宇宙毀滅，所出現的任何一個詩人，不管他們達到了怎樣的高度，都不過是個抄襲者，他的作品肯定能在我那巨大的存貯器中檢索出來。」

　　大牙突然發出了一聲低沉的驚叫，看著李白的目光由興奮變為震驚：「巨大的⋯⋯存貯器?!尊敬的神，您該不是說，要把量子計算機寫出的詩都⋯⋯都存起來吧？」

　　「寫出來就刪除有什麼意思呢？當然要存起來！這將是我的種族留在這個宇宙中的藝術豐碑之一！」

　　大牙的目光由震驚變為恐懼，把粗大的雙爪向前伸著，兩腿打彎，像要給李白跪下，聲音也像要哭出來似的：「使不得，尊敬的神，這使不得啊！！」

　　「是什麼把你嚇成這樣？」伊依抬頭驚奇地看著大牙問。

　　「你個白痴！你不是知道原子彈是原子做的嗎？那存貯器也是原子做的，它的存貯精度最高只能達到原子級別！知道什麼是原子級別的存貯嗎？就是說一個針尖大小的地方，就能存下人類所有的書！不是你們現在那點兒書，是地球被吃掉前上面所有的書！」

　　「啊，這好像是有可能的，聽說一杯水中的原子數比地球上海洋中水的杯數都多。那，他寫完那些詩後帶根針走就行了。」伊依指指李白說。

　　大牙惱怒之極，來回急走幾步總算擠出了一點兒耐性：「好，好，你說，按神說的那些五言七言詩，還有那些常見的詞牌，各寫一首，總共有多少字？」

　　「不多，也就兩三千字吧，古曲詩詞是最精練的藝術。」

　　「那好，我就讓你這個白痴蟲蟲看看它有多麼精練！」大牙說著走到桌前，用爪指著上面的棋盤說：「你們管這種無聊的遊戲叫什麼？哦，圍棋，這上面有多少個交叉點？」

　　「縱橫各19行，共361點。」

　　「很好，每點上可以放黑子白子或空著，共3種狀態，這樣，每一個棋局，就可以看作由3個漢字寫成的一首19行361個字的詩。」

　　「這比喻很妙。」

　　「那麼，窮盡這3個漢字在這種詩上的所有組合，總共能寫出多少首詩呢？讓我告訴你：3的361次方首，或者說，嗯，我想想，10的172次方首！」

　　「這……很多嗎？」

　　「白痴！」大牙第三次罵出這個詞，「宇宙中的全部原子只有……啊──」它氣惱得說不下去了。

　　「有多少？」伊依仍是那副傻樣。

　　「只有10的80次方個！！你個白痴蟲蟲啊──」

　　直到這時，伊依才表現出一點兒驚奇：「你是說，如果一個原子存貯一首詩，用光宇宙中的所有原子，還存不完他的量子計算機寫出的那些詩？」

「差遠著呢！差10的92次方倍呢!!再說，一個原子哪能存下一首詩呢？人類蟲蟲的存貯器，存一首詩用的原子數可能比你們的人口都多，至於我們，用單個原子貯一位二進制還僅處於實驗室階段！唉！」

「使者，在這一點上是你目光短淺了。想像力不足，是吞食帝國技術進步緩慢的原因之一。」李白笑著說：「使用基於量子多態迭加原理的量子存貯器，只用很少量的物質就可以存下那些詩，當然，量子存貯不太穩定，為了永久保存那些詩作，還需要與更傳統的存貯技術結合使用，即使這樣，製造存貯器需要的物質量也是很少的。

「是多少？」大牙問，看那樣子顯然心已提到了嗓子眼兒。

「大約為10的57次方個原子，微不足道，微不足道。」

「這……這正好是整個太陽系的物質量！」

「是的，包括所有的太陽行星，當然也包括吞食帝國。」

李白最後這句話是輕描淡寫地隨口而出的，但在伊依聽來像晴天霹靂，不過大牙反倒顯得平靜下來，當長時間受到災難預感的折磨後，災難真正來臨時反而有一種解脫感。

「您不是能把純能轉換成物質嗎？」大牙問。

「得到如此巨量的物質需要多少能量你不會不清楚，這對我們也是不可想像的，還是用現成的吧。」

「這麼說，皇帝的憂慮不無道理。」大牙自語道。

「是的是的。」李白歡快地說，「我前天已向吞食皇帝說明，這個偉大的環形帝國將被用於一個更偉大的目的，所有的恐龍應該為此感到自豪。」

「尊敬的神，您會看到吞食帝國的感受的。」大牙陰沉地說，「還有一個問題：與太陽相比，吞食帝國的質量實在是微不足道，為了得到這九牛之一毛的物質，有必要毀滅一個進化了幾千萬年的文明嗎？」

「你的這個疑問我完全理解，但要知道，熄滅、冷卻和拆解太陽是需要很長時間的，在這之前對詩的量子計算應已經開始，我們需要及時地把結果存起來，清空量子計算機的內存以繼續計算，這樣，可以立即用於製造存貯器的行星和吞食帝國的物質就是必不可少的了。」

「明白了，尊敬的神，最後一個問題——有必要把所有組合結果都存起來嗎？為什麼不能在輸出端加一個判斷程序，把那些不值得存貯的詩作剔除

掉？據我所知，中國古詩是要遵從嚴格的格律的，如果把不符合格律的詩去掉，那最後結果的總量將大為減少。」

「格律？哼！」李白不屑地搖搖頭，「那不過是對靈感的束縛，中國南北朝以前的古體詩並不受格律的限制，即使是在唐代以後嚴格的近體詩中，也有許多古典詩詞大師不遵從格律，寫出了許多卓越的變體詩，所以，在這次終極吟詩中我將不考慮格律。」

「那，您總該考慮詩的內容吧？最後的計算結果中肯定有百分之九十九的詩是毫無意義的，存下這些隨機的漢字矩陣有什麼用？」

「意義？」李白聳聳肩說，「使者，詩的意義並不取決於你的認可，也不取決於我或其他任何人，它取決於時間。許多在當時無意義的詩後來成了曠世傑作，而現今和以後的許多傑作在遙遠的過去肯定也曾是無意義的。我要作出所有的詩，億億億萬年之後，誰知道偉大的時間會把其中的哪首選為巔峰之作呢？」

「這簡直荒唐！！」大牙大叫起來，它那粗放的嗓音驚起了遠處草叢中的幾隻鳥，「如果按現有的人類蟲蟲的漢字字庫，您的量子計算機寫出的第一首詩應該是這樣的：

啊啊啊啊啊
啊啊啊啊啊
啊啊啊啊啊
啊啊啊啊唉

「請問，偉大的時間會把這首選為傑作？！」

一直不說話的伊依這時呼叫起來：「哇！還用什麼偉大的時間來選？！它現在就是一首巔峰之作耶！！前三行和第四行的前四個字都是表達生命對宏偉宇宙的驚嘆，最後一個字是詩眼，它是詩人在領略了宇宙之浩渺後，對生命在無限時空中的渺小發出的一聲無奈的嘆息。」

「呵呵呵！」李白撫著鬍鬚樂得合不上嘴，「好詩，伊依蟲蟲，真的是好詩，呵呵呵……」說著，拿起葫蘆給伊依倒酒。

大牙揮起巨爪一巴掌把伊依打出了老遠：「混帳蟲蟲，我知道你現在高興了，可不要忘記，吞食帝國一旦毀滅，你們也活不了！」

伊依一直滾到河邊，好半天才能爬起來，他滿臉沙土，咧大了嘴，既是

痛的也是在笑──他確實很高興：「哈哈！有趣，這個宇宙真他媽的不可思議！」他忘形地喊道。

「使者，還有問題嗎？」看到大牙搖頭，李白接著說，「那麼，我明天就要離去，後天，量子計算機將啟動作詩軟件，終極吟詩將開始。同時，熄滅太陽，拆解行星和吞食帝國的工程也將啟動。」

「尊敬的神，吞食帝國在今天夜裡就能做好戰鬥準備！」大牙立正後莊嚴地說。

「好好，真是很好，往後的日子會很有趣的，但這一切發生之前，還是讓我們喝完這一壺吧。」李白快樂地點點頭說，同時拿起了酒葫蘆。倒完酒，他看著已籠罩在夜幕中的大河，意猶未盡地回味著：「真是一首好詩，第一首，呵呵，第一首就是好詩。」

終極吟詩

吟詩軟件其實十分簡單，用人類的C語言表達可能不超過兩千行代碼，另外再加一個存貯所有漢字字符的不大的數據庫。當這個軟件在位於海王星軌道上的那台量子計算機（一個漂浮在太空中的巨大透明錐體）上啟動時，終極吟詩就開始了。

這時吞食帝國才知道，李白只是那個超級文明種族中的一個個體，這與以前預想的不同，當時恐龍們都認為，進化到這樣技術級別的社會在意識上早就融為一個整體了，吞食帝國在過去的1000萬年中遇到的5個超級文明都是這種形態。李白一族保持了個體的存在，也部分解釋了他們對藝術超常的理解力。當吟詩開始時，李白一族又有大量的個體從外太空的各個方位躍遷到太陽系，開始了製造存貯器的工程。

吞食帝國上的人類看不到太空中的量子計算機，也看不到新來的神族，在他們看來，終極吟詩的過程，就是太空中太陽數目的增減過程。

在吟詩軟件啟動一個星期後，神族成功地熄滅了太陽，這時太空中太陽的數目減到零，但太陽內部核聚變的停止使恆星的外殼失去了支撐，使它很快坍縮成一顆新星，於是暗夜很快又被照亮，只是這顆太陽的亮度是以前的上百倍，使吞食者表面草木生煙。新星又被熄滅了，但過一段時間後又爆發

了，就這樣亮了又滅滅了又亮，彷彿太陽是一隻九條命的貓，在沒完沒了的掙扎。但神族對於殺死恆星其實很熟練，他們從容不迫地一次次熄滅新星，使它的物質最大比例地聚變為製造存貯器所需的重元素，當新星第11次熄滅後，太陽才真正嚥了氣，這時，終極吟詩已經開始了3個地球月。早在這之前，在第3次新星出現時，太空中就有其他的太陽出現，這些太陽此起彼伏地在太空中的不同位置亮起或熄滅，最多時天空中出現過9個新太陽。這些太陽是神族在拆解行星時的能量釋放，由於後來恆星太陽的閃爍已變得暗弱，人們就分不清這些太陽的真假了。

對吞食帝國的拆解是在吟詩開始後第5個星期進行的，這之前，李白曾向帝國提出了一個建議：由神族將所有恐龍躍遷到銀河系另一端的一個世界，那裡有一個文明，比神族落後許多，仍未純能化，但比吞食文明要先進得多。恐龍們到那裡後，將作為一種小家禽被飼養，過著衣食無憂的快樂生活。但恐龍們寧為玉碎不為瓦全，憤怒地拒絕了這個提議。

李白接著提出了另一個要求：讓人類返回他們的母親星球。其實，地球也被拆解了，它的大部分用於製造存貯器，但神族還是剩下了其中的一小部分物質為人類建造了一個空心地球。空心地球的大小與原地球差不多，但其質量僅為後者的百分之一。說地球被掏空了是不確切的，因為原地球表面那層脆弱的岩石根本不可能用來做球殼，球殼的材料可能取自地核。另外，球殼上像經緯線般交錯的、雖然很細但強度極高的加固圈，是用太陽坍縮時產生的簡併態中子物質製造的。

令人感動的是：吞食帝國不但立即答應了李白的要求，允許所有人類離開大環世界，還把從地球掠奪來的海水和空氣全部還給了地球，神族借此在空心地球內部恢復了原地球所有的大陸、海洋和大氣層。

接著，慘烈的大環保衛戰開始了。吞食帝國向太空中的神族目標發射大量核彈和伽瑪射線激光，但這些對敵人毫無作用。在神族發射的一個無形的強大力場推動下，吞食者大環越轉越快，最後在超速自轉產生的離心力下解體了。這時，伊依正在飛向空心地球的途中，他從1200萬公里的距離上目睹了吞食帝國毀滅的全過程——

大環解體的過程很慢，如同夢幻，在漆黑太空的背景上，這個巨大的世界如同一團浮在咖啡上的奶沫一樣散開，邊緣的碎塊漸漸隱沒於黑暗之中，

彷彿被太空溶解了，只有不時出現的爆炸的閃光才使它們重新現形。

這個來自古老地球的充滿陽剛之氣的偉大文明就這樣被毀滅了，伊依悲哀萬分。只有一小部分恐龍活了下來，與人類一起回舊地球，其中包括使者大牙。

在返回地球的途中，人類普遍都很沮喪，但原因與伊依不同：回到地球後是要開荒種地才有飯吃的，這對於已在長期被飼養的生活中變得四體不勤五穀不分的人們來說，確實像一場噩夢。

但伊依對地球世界的前途充滿信心，不管前面有多少磨難，人將重新成為人。

詩雲

吟詩航行的遊艇到達了南極海岸。

這裡的重力已經很小，海浪的運行很緩慢，像是一種描述夢幻的舞蹈。在低重力下，拍岸浪把水花送上十幾米高處，飛上半空的海水由於表面張力而形成無數水球，大的像足球，小的如雨滴。這些水球在緩慢地下落，慢到可以用手在它們周圍畫圈，它們折射著小太陽的光芒，使上岸後的伊依、李白和大牙置身於一片晶瑩燦爛之中。由於自轉的原因，地球的南北極地軸有輕微的拉長，這就使得空心地球的兩極地區保持了過去的寒冷狀態。低重力下的雪很奇特，呈一種蓬鬆的泡沫狀，淺處齊腰深，深處能把大牙都淹沒，但在被淹沒後，他們竟能在雪沫中正常呼吸！整個南極大陸就覆蓋在這雪沫之下，起伏不平地一片雪白。

伊依一行乘一輛雪地車前往南極點，雪地車像是一艘掠過雪沫表面的快艇，它的兩側激起片片雪浪。

第二天他們到達了南極點。極點的標誌是一座高大的水晶金字塔，這是為紀念兩個世紀前的地球保衛戰而建立的紀念碑，上面沒有任何文字和圖形，只有晶瑩的碑體在地球頂端的雪沫之上默默地折射著陽光。

從這裡看去，整個地球世界盡收眼底，光芒四射的小太陽周圍，圍繞著大陸和海洋，使它看上去彷彿是從北冰洋中浮出來似的。

「這個小太陽真的能夠永遠亮著嗎？」伊依問李白。

「至少能亮到新的地球文明進化到具有製造新太陽的能力的時候，它是一個微型白洞。」

「白洞？是黑洞的反演嗎？」大牙問。

「是的，它通過空間蛀洞與200萬光年外的一個黑洞相連，那個黑洞圍繞著一顆恆星運行，它吸入的恆星的光從這裡被釋放出來，可以把它看作一根超時空光纖的出口。」

紀念碑的塔尖是拉格朗日軸線的南起點，這是指連接空心地球南北兩極的軸線，因戰前地月之間的零重力拉格朗日點而得名，這是一條長13000公里的零重力軸線。以後，人類肯定要在拉格朗日軸線上發射各種衛星，比起戰前的地球來，這種發射易如反掌：只需把衛星運到南極或北極點，願意的話用驢車運都行，然後用腳把它向空中踹出去就行了。

就在他們觀看紀念碑時，又有一輛較大的雪地車載來了一群年輕的旅行者，這些人下車後雙腿一彈，徑直躍向空中，沿拉格朗日軸線高高飛去，把自己變成了衛星。從這裡看去，有許多小黑點在空中標出了軸線的位置，那都是在零重力軸線上飄浮的遊客和各種車輛。本來，從這裡可以直接飛到北極，但小太陽位於拉格朗日軸線中部，最初有些沿軸線飛行的遊客因隨身攜帶的小型噴氣推進器壞了，無法減速而一直飛到太陽裡，其實，在距小太陽很遠的距離上他們就被蒸發了。

在空心地球，進入太空也是一件很容易的事，只需要跳進赤道上的5口深井（名叫地門）中的一口，向下（或向上）墜落100公里穿過地殼，就被空心地球自轉的離心力拋進太空了。

現在，伊依一行為了看詩雲也要穿過地殼，但他們走的是南極的地門，在這裡地球自轉的離心力為零，所以不會被拋入太空，只能到達空心地球的外表面。他們在南極地門控制站穿好輕便太空服後，就進入了那條長100公里的深井，由於沒有重力，叫它隧道更合適一些。在失重狀態下，他們借助於太空服上的噴氣推進器前進，這比在赤道的地門中墜落要慢得多。用了半個小時才來到外表面。

空心地球外表面十分荒涼，只有縱橫的中子材料加固圈，這些加固圈把地球外表面按經緯線劃分成了許多個方格，南極點正是所有經向加固圈的交點，當伊依一行走出地門後，看到自己身處一個面積不大的高原上，地球加

固圈像一道道漫長的山脈，以高原為中心放射狀地向各個方向延伸。

抬頭，他們看到了詩雲。

詩雲處於已消失的太陽系所在的位置，是一片直徑為100個天文單位的漩渦狀星雲，形狀很像銀河系。空心地球處於詩雲連緣，與原來太陽在銀河系中的位置也很相似，不同的是，地球的軌道與詩雲不在同一平面，這就使得從地球上可以看到詩雲的一面，而不是像銀河系那樣只能看到截面。但地球離開詩雲平面的距離還遠遠不足以使這裡的人們觀察到詩雲的完整形狀，事實上，南半球的整個天空都被詩雲所覆蓋。

詩雲發出銀色的光芒，能在地上照出人影。據說詩雲本身是不發光的，這銀光是宇宙射線激發出來的。由於空間的宇宙射線密度不均，詩雲中常湧動著大團的光暈，那些色彩各異的光暈滾過長空，好像是潛行在詩雲中的發光巨鯨。也有很少的時候，宇宙射線的強度急劇增加，在詩雲中激發出粼粼的光斑，這時的詩雲已完全不像雲了，整個天空彷彿是一個月夜從水下看到的海面。地球與詩雲的運行並不是同步的，所以有時地球會處於旋臂間的空隙上，這時，透過空隙可以看到夜空和星星，最為激動人心的是，在旋臂的邊緣還可以看到詩雲的斷面形狀，它很像地球大氣中的積雨雲，變幻出各種宏偉的讓人浮想聯翩的形體，這些巨大的形體高高地升出詩雲的旋轉平面，發出幽幽的銀光，彷彿是一個超級意識的沒完沒了的夢境。

伊依把目光從詩雲收回，從地上拾起一塊晶片，這種晶片散布在他們周圍的地面上，像嚴冬的碎冰般閃閃發亮。伊依舉起晶片對著詩雲密布的天空，晶片很薄，有半個手掌大小，正面看全透明，但把它稍斜一下，就看到詩雲的亮光在它表面映出的霓彩光暈，這就是量子存貯器，人類歷史上產生的全部文字信息，也只能占它們每一片存貯量的幾億分之一。詩雲就是由10的40次方片這樣的存貯器組成的，它們存貯了終極吟詩的全部結果。這片詩雲，是用原來構成太陽和它的九大行星的全部物質製造的，當然還包括吞食帝國。

「真是偉大的藝術品！」大牙由衷地讚嘆道。

「是的，它的美在於其內涵：一片直徑100億公里的、包含著全部可能的詩詞的星雲，這太偉大了！」伊依仰望著星雲激動地說：「我，也開始崇拜技術了。」

　　一直情緒低落的李白長嘆一聲：「唉，看來我們都在走向對方，我看到了技術在藝術上的極限，我……」他抽泣起來，「我是個失敗者，嗚嗚……」

　　「你怎麼能這樣講呢?!」伊依指著上空的詩雲說，「這裡面包含了所有可能的詩，當然也包括那些超越李白的詩！」

　　「可我卻得不到它們！」李白一跺腳，飛起了幾米高，在半空中捲成一團，悲傷地把臉埋在兩膝之間呈胎兒狀，在地殼那十分微小的重力下緩緩下落：「在終極吟詩開始時，我就著手編製詩詞識別軟件，這時，技術在藝術中再次遇到了那道不可踰越的障礙，到現在，具備古詩鑒賞力的軟件也沒能編出來。」他在半空中指指詩雲，「不錯，借助偉大的技術，我寫出了詩詞的巔峰之作，卻不可能把它們從詩雲中檢索出來，唉……」

　　「智慧生命的精華和本質，真的是技術所無法觸及的嗎？」大牙仰頭對著詩雲大聲問。經歷過這一切，它變得越來越哲學了。

　　「既然詩雲中包含了所有可能的詩，那其中自然有一部分詩是描寫我們全部的過去和所有可能與不可能的未來的，伊依蟲蟲肯定能找到一首詩，描述他在30年前的一天晚上剪指甲時的感受，或12年後的一頓午餐的菜譜；大牙使者也可以找到一首詩，描述它的腿上的某一塊鱗片在五年後的顏色……」說著，已重新落回地面的李白拿出了兩塊晶片，它們在詩雲的照耀下閃閃發光：「這是我臨走前送給二位的禮物，這是量子計算機以你們的名字為關鍵詞，在詩雲中檢索出來的與二位有關的幾億億首詩，描述了你們在未來的各種可能的生活，當然，在詩雲中，這也只占描寫你們的詩作裡極小的一部分。我只看過其中的幾十首，最喜歡的是關於伊依蟲蟲的一首七律，描寫他與一位美麗的村姑在江邊相愛的情景……我走後，希望人類和剩下的恐龍好好相處，人類之間更要好好相處，要是空心地球的球殼被核彈炸個洞，可就麻煩了……詩雲中的那些好詩目前還不屬於任何人，希望人類今後能寫出其中的一部分。」

　　「我和那位村姑後來怎樣了？」伊依好奇地問。

　　在詩雲的銀光下，李白嘻嘻一笑：「你們幸福地生活在一起。」

本文原收入劉慈欣，《微紀元》（瀋陽：瀋陽出版社，2010）。

延伸閱讀書目

Ang, Ien. *On Not Speaking Chinese: Living Between Asia and the West* (New York: Routledge, 2001).

Bachner, Andrea. *Beyond Sinology: Chinese Writing and the Scripts of Culture* (New York: Columbia University Press, 2014).

Bernards, Brian. *Writing the South Seas: Imagining the Nanyang in Chinese and Southeast Asian Postcolonial Literature* (Seattle: University of Washington Press, 2015).

Chiang, Howard and Ari Larissa Heinrich, eds. *Queer Sinophone Cultures* (New York: Routledge, 2014).

Chow, Rey. *Not Like a Native Speaker: On Languaging as a Postcolonial Experience* (New York: Columbia University Press, 2014).

Groppe, Alison M. *Sinophone Malaysian Literature: Not Made in China* (New York: Cambria Press, 2013).

Lupke, Christopher. *The Sinophone Cinema of Hou Hsiao-hsien: Culture, Style, Voice, and Motion* (Amherst, N.Y.: Cambria Press, 2016).

McDonald, Edward. *Learning Chinese, Turning Chinese: Challenges to Becoming Sinophone in a Globalised World* (New York: Routledge, 2011).

Shih, Shu-mei, Chien-hsin Tsai, and Brian Bernards, eds. *Sinophone Studies: A Critical Reader* (New York : Columbia University Press, 2013).

Shih, Shu-mei. *Visuality and Identity: Sinophone Articulations across the Pacific* (Berkeley : University of California Press, 2007).

Tan, E. K. *Rethinking Chineseness: Translational Sinophone Identities in the Nanyang Literary World* (New York: Cambria Press, 2013).

Tsu, Jing. *Sound and Script in Chinese Diaspora* (Cambridge, Mass.: Harvard University Press, 2010).

Tsu, Jing and David Der-wei Wang, eds. *Global Chinese Literature: Critical Essays* (Leiden: Brill, 2010).

Wu, Chia-rong. *Supernatural Sinophone Taiwan and Beyond* (New York: Cambria Press, 2016).

Yue, Audrey and Olivia Khoo, eds. *Sinophone Cinemas* (Houndmills, Basingstoke, Hampshire; New York: Palgrave Macmillan, 2014).

王德威，《華夷風起：華語語系文學三論》（高雄市：國立中山大學文學院，2015）。

王德威，《華語語系的人文視野：新加坡經驗》（新加坡：南洋理工大學中華語言文化中心，2014）。

史書美著，楊華慶譯，蔡建鑫校訂，《視覺與認同：跨太平洋華語語系表述・呈現》（*Visuality and Identity: Sinophone Articulations across the Pacific*）（台北：聯經，2013）。

向陽、黃恆秋、董恕明，《鬥陣寫咱的土地：母語地誌散文集》（台北：文訊雜誌社，2012）。

李有成、張錦忠主編，《離散與家國想像：文學與文化研究集稿》（台北：允晨文化，2010）。

周蕾，《寫在家國以外》（香港：香港牛津大學出版社，1995）。

林澗，《華人的美國夢：美國華文文學選讀》（天津：南開大學出版社，2007）。

姚嘉為，《在寫作中還鄉：北美的天空下》（台北：允晨文化，2011）。

柯思仁，《戲聚百年：新加坡華文戲劇1913-2013》（新加坡：戲劇盒、新加坡國家博物館，2013）。

柯思仁、金進主編（專輯主編），「新加坡文學與文化」專輯，《中國現代文學》23期（2013年6月）。

柯思仁、許維賢主編，《備忘錄：新加坡華文小說讀本》（新加坡：南洋理工大學中華語言文化中心，2016）。

孫大川主編，《台灣原住民族漢語文學選集》（中和市：INK印刻，2003）。

高嘉謙主編（專輯主編），「華語語系文學與文化」專輯，《臺灣東南亞學刊》11卷1期（2016年4月）。

張錦忠，《南洋論述：馬華文學與文化屬性》（台北：麥田，2003）。

張錦忠，《馬來西亞華語語系文學》（吉隆坡：有人，2011）。

張錦忠（編），「馬華文學專號」，《中外文學》29卷4期（2000年9月）。

張錦忠（編），「華語語系文學論述＝Sinophone studies」專題，《中山人文學報》35期（2013年7月）。

張錦忠（編），「華語語系表述：馬華文學＝Sinophone Articulations: Sinophone Malaysian Literature」專題，《中山人文學報》40期（2016年1月）。

張錦忠編，《重寫馬華文學史論文集》（埔里：國立暨南國際大學東南亞研究中心，2004）。

張錦忠、黃錦樹、莊華興主編，《回到馬來亞：華馬小說七十年》（吉隆坡：大將出版社，2008）。

梅家玲、陳培豐（專輯主編），「華語與漢文」專輯，《中外文學〉44卷1期（2015年3月）。

許子漢、游宗蓉主編（專輯主編），「近三十年亞洲華人劇場」專輯，《中國現代文學》20期（2011年12月）。

許德發主編（專輯主編），「馬華文學」專輯，《馬來西亞華人研究學刊〉16期（2013年）。

陳大為，《最年輕的麒麟：馬華文學在台灣》（台南：國立台灣文學館，2012）。

陳建忠、樊善標主編（專輯主編），「香港文學」專輯，《中國現代文學》19期（2011年6月）。

陳國球總主編，《香港文學大系・1919-1949》（香港：商務，2014-2016）。

陳智德，《解體我城：香港文學1950-2006》（香港：花千樹，2009）。

單德興，《銘刻與再現：華裔美國文學與文化論集》（台北：麥田，2000）。

黃英哲、王德威主編，《華麗島的冒險：殖民時期日本作家的臺灣故事》（台北：麥田，2010）

黃錦樹，《注釋南方：馬華文學短論集》（八打靈再也：有人，2015）。

黃錦樹，《馬華文學與中國性》（台北：麥田，2012）。

黃錦樹，《華文小文學的馬來西亞個案》（台北：麥田，2015）。

蔡建鑫、高嘉謙主編（專輯主編），「華語語系文學與文化」專輯，《中國現代文學》22期（2012年12月）。

融融與陳瑞琳主編，《一代飛鴻：北美中國大陸新移民作家短篇小說精選述評》（北京：中國文聯出版社，2008）。

鍾怡雯、陳大為主編，《當代西藏漢語文學精選：1983-2013》（台北：萬卷樓，2014）。

鍾怡雯、陳大為編，《馬華散文史讀本》（台北：萬卷樓，2007）。

鍾怡雯、陳大為編，《馬華新詩史讀本1957-2007》（台北：萬卷樓，2010）。

＊由於涉及華語文學與文化的研究資料眾多，難以窮盡備載。僅就本書各單元關懷的主題，和未及收入之主題的相關書目，擇要載入，作為教學和研讀之參考。

編者

王德威（David Der-wei Wang）

國立臺灣大學外文系畢業，美國威斯康辛大學麥迪遜校區比較文學博士。曾任教於臺灣大學、美國哥倫比亞大學東亞系。現任美國哈佛大學東亞系暨比較文學系 Edward C. Henderson 講座教授。著有《從劉鶚到王禎和：中國現代寫實小說散論》、《眾聲喧嘩：三〇與八〇年代的中國小說》、《閱讀當代小說：臺灣・大陸・香港・海外》、《小說中國：晚清到當代的中文小說》、《想像中國的方法：歷史・小說・敘事》、《如何現代，怎樣文學？：十九、二十世紀中文小說新論》、《眾聲喧嘩以後：點評當代中文小說》、《跨世紀風華：當代小說20家》、《被壓抑的現代性：晚清小說新論》、《現代中國小說十講》、《歷史與怪獸：歷史，暴力，敘事》、《如此繁華：王德威自選集》、《後遺民寫作》、《一九四九：傷痕書寫與國家文學》、《茅盾，老舍，沈從文：寫實主義與現代中國小說》、《抒情傳統與中國現代性：在北大的八堂課》、《寫實主義小說的虛構：茅盾，老舍，沈從文》、《現代抒情傳統四論》、《現當代文學新論：義理・倫理・地理》、《華語語系的人文視野：新加坡經驗》、《華夷風起；華語語系文學三論》、*Fictional Realism in Twentieth-century China: Mao Dun, Lao She, Shen Congwen, Fin-de-siècle Splendor: Repressed Modernities of Late Qing Fiction, 1849-1911, The Monster That Is History: History, Violence, and Fictional Writing in Twentieth-century China, The Lyrical in Epic Time: Modern Chinese Intellectuals and Artists Through the 1949 Crisis* 等。2004 年獲選為中央研究院第 25 屆中央研究院院士。

高嘉謙

國立政治大學中國文學博士，現任臺灣大學中文系副教授，曾於捷克布拉格查理士大學客座講學。主要研究領域為中國近現代文學、漢詩、民國舊體詩詞、臺灣文學、馬華文學。著有《遺民、疆界與現代性：漢詩的南方離散與抒情（1895-1945）》（台北：聯經，2016）、《國族與歷史的隱喻：近現代武俠傳奇的精神史考察（1895～1949）》（台北：花木蘭出版社，2014）。編輯《抒情傳統與維新時代》（上海：上海文藝，2012，與吳盛青合編）、馬華文學的日本翻譯計畫「臺灣熱帶文學」系列（京都：人文書院，2010-2011，與黃英哲等合編）、《從摩羅到諾貝爾：文學・經典・現代意識》（台北：麥田，2015，與鄭毓瑜合編）、《散文類》（台北：麥田，2015，與黃錦樹合編）。

胡金倫

馬來西亞理科大學人文系畢業，國立政治大學中國文學碩士。曾任馬來西亞星洲日報專題記者。現任聯經出版公司總編輯。作品曾獲馬來西亞全國大專文學獎、星洲日報「花蹤」文學獎、馬來西亞雲里風年度優秀作家獎、全國學生文學獎、全國大專學生文學獎、中央日報文學獎等。主編《赤道形聲：馬華文學讀本 I・小說卷》（台北：萬卷樓，2000）、《赤道回聲：馬華文學讀本 II・評論卷》（台北：萬卷樓，2003）。

我還是猜不透你想

說什麼

一個括弧在左，停頓

久久

另一個括弧在右

中間是不完全抽象不完全

具體的……變化

（我猜你偏愛

　　殘缺、極簡、不對稱）

我情願你不說

不用文字

不思索：符號、假設、

觀念、借喻等等

我情願這麼面對你

　　（我猜你偏愛

　　　一些不確定、距離

　　　及孤獨）

想像你掌心的玄機

你不著邊際的

美學

陳育虹

祖籍廣東南海，生於台灣高雄，文藻外語學院英文系畢業。

旅居加拿大溫哥華十數年後，現定厝台北。出版詩集《關於詩》、《其實，海》、《河流進你深層靜脈》、《索隱》、《魅》、《之間：陳育虹詩選》等；以《索隱》一書獲《台灣詩選》2004 年度詩人獎；譯有英國桂冠女詩人 Carol Ann Duffy 作品《癡迷》。

之二十・索——陳育虹

本文原收入陳育虹・《索隱》（台北：寶瓶文化・2004）